U0112923

茅盾文学奖获奖作品全集

都市风流

孙力 余小惠 著

人民文学出版社

图书在版编目(CIP)数据

都市风流/孙力,余小惠著.—北京:人民文学出版社,2018
(茅盾文学奖获奖作品全集)
ISBN 978-7-02-013966-8

Ⅰ.①都… Ⅱ.①孙… ②余… Ⅲ.①长篇小说—中国—当代 Ⅳ.①I247.5

中国版本图书馆CIP数据核字(2018)第046758号

责任编辑 赵 萍 薛子俊
装帧设计 刘 远
责任印制 王重艺

出版发行 人民文学出版社
社 址 北京市朝内大街166号
邮政编码 100705
网 址 http://www.rw-cn.com

印 刷 三河市鑫金马印装有限公司
经 销 全国新华书店等

字 数 392千字
开 本 890毫米×1290毫米 1/32
印 张 16.25 插页2
印 数 1—5000
版 次 2005年1月北京第1版
印 次 2019年4月第1次印刷

书 号 978-7-02-013966-8
定 价 45.00元

出版说明

一九八一年三月十四日,病中的中国作家协会主席茅盾致信作协书记处:“亲爱的同志们,为了繁荣长篇小说的创作,我将我的稿费二十五万元捐献给作协,作为设立一个长篇小说文艺奖金的基金,以奖励每年最优秀的长篇小说。我自知病将不起,我衷心地祝愿我国社会主义文学事业繁荣昌盛!”

茅盾文学奖遂成为中国当代文学的最高奖项,自一九八二年起,基本为四年一届。获奖作品反映了一九七七年以后长篇小说创作发展的轨迹和取得的成就,是卷帙浩繁的当代长篇小说文库中的翘楚之作,在读者中产生了广泛的、持续的影响。

人民文学出版社曾于一九九八年起出版“茅盾文学奖获奖书系”,先后收入本社出版的获奖作品。二〇〇四年,在读者、作者、作者亲属和有关出版社的建议、推动与大力支持下,我们编辑出版了“茅盾文学奖获奖作品全集”,并一直努力保持全集的完整性,使其成为读者心目中“茅奖”获奖作品的权威版本。现在,我们又推出不同装帧的“茅盾文学奖获奖作品全集”,以满足广大读者和图书爱好者阅读、收藏的需求。

获茅盾文学奖殊荣的长篇小说层出不穷,“茅盾文学奖获奖作品全集”的规模也将不断扩大。感谢获奖作者、作者亲属和有关出版社,让我们共同努力,为当代长篇小说创作和出版做出自己的贡献,为广大读者提供更多的优秀作品。

人民文学出版社编辑部

第 一 章

一

如果外地人初来到这座大都市,冷不丁地问一句,市中心在哪里?谁也不会想起普店街。按说它位于的卫海区该是正宗的中心区,它是这座城市的发祥地。

还在大清盛世,就围着这块不大的地方筑起过城墙,它便由集镇正式成了城。八国联军打进来,四面墙轰塌了三面,它的地界由此又扩大了。现在的一百五十平方公里市区就是以它为中心,慢慢扩展、繁衍而成的。然而随着城市的扩大,它却越来越破、越来越挤。新区的居民从人数到实力都居优势。人们随着离宗忘典,不再以它为中心,甚至它的存在都似乎影响了繁华大都市的形象,羞于提及。这座都市是全国首批开放城市,从西哈努克亲王到伊丽莎白女王,无不光顾此市。

要以繁华和位置而言,中华区该称为首。西方人用大炮打开了中国的门户,又靠经济侵略控制中华。八国联军的兵营一撤,八国的富家财东们便拥进来,在这里沿着月牙河修起一条长十里的月牙道,又沿着月牙道盖起一座座高高大大的一长溜儿建筑。大百货公司、大银行、大饭店……光看这些异国色彩的建筑,就知道他们进来后就不想离开。只是他们做梦也没想到,只用了半个世纪,就让中国人连锅端了。那些百货公司、大银行、大饭店、大公司成了中国人自由进出的商业、贸易、金融中心。可对市民来说，他们整天的生活可不是清清闲闲地逛商店，吃宴席，夹着皮包大宗地存款、取款，把这儿称为中心，好像有点儿不妥。

新市区的居民优越感最强。全市最大的图书馆、医院、剧院、高等院校、科研单位大多在这个区，这是个建国后建设起来的新区。这里的居民常常自诩这儿为市中心，因为它代表了这座城市的现貌和水平。更主要的是市委、市政府的办公地位于此区，你说它不是市中心哪儿是市中心？

可也有人说不对。真正的市中心应该在本城西南角儿。

沿着新市区那条市里最宽的上海路朝西直奔，就进了市郊的西市区。然后拐入武昌道向南走下去，便是被市民们称为“华尔街”的厦门路。

厦门路是建国后起的名，原先根本称不上路，这儿是洋鬼子在西郊盖的一片别墅，依次立着德、日、意、法、英、美、俄、奥的风格各异、参差不齐的小洋房。这么大的市郊田园，洋鬼子别的地方不选偏偏都挤到一块儿，比着劲儿地盖起这么一大片地道的漂亮住宅群。这地方原是块风水宝地，这是碧眼金发的外国佬儿请来地道的中国风水先生测定的。宝地全因那个温泉眼。据说喝这口泉水的人能避风祛邪，益寿延年。于是这片房子就围着宝泉盖了起来。1949年天安门前的建国礼炮一响，厦门路两旁的漂亮住宅便易主了。市里局以上的各级进城干部陆续搬了进去。三十几年来，这里一直是各级首脑人物的居住地。别看它临近市郊，远离市区地图的中心点，但每当市民们提起厦门路无不肃然起敬。现在当然不那么敬了，但听说谁是住在厦门路的，仍不免露出羡慕的神情，高看其一眼，厚待其一等。从这个居住地，能测出人的身份、地位。面对这种身份的人，不少人背后骂他的祖宗也有这个胆，但当着面还少不了赔个笑脸，顺着话茬子说几句恭维中听的话。这帮人谈起来都以攀龙附凤为耻,可做起来又多少有那么点贱骨头。难怪,中国封建几千年就是个权力、人治社会。既然厦门路的住户都是些掌管着大局以上权力的人物,自然它便是一个权力中心。权力中心才是地道的中心。

如果再精确一点,找一下中心的中心点。那就还得沿着厦门路往西走,就能看见一排四米高的灰墙,顺着高墙向南拐个弯,有一扇三公分厚的大铁门。铁门白天是敞开的,两旁站着两个持枪的警卫。他们可不像是新华门站岗的警卫,笔直地挺着,一点不打弯。这儿的警卫可以溜达着,也可以轮流地到门内那间值班室里去喝口水,坐着歇歇。只有看到进进出出的"丰田""奔驰"牌轿车,才挺一下腰板,行个注目礼。望着汽车顺着松柏夹道下的平坦车道,消失在一片白杨树后,才又重新放松下来。

那片白杨树,是一片郁郁葱葱的林带,可称为全市的绿化标杆区域,就其面积而论,绿地覆盖率绝对地超标准。白杨林带岔出三条小径,分别通向三座美观、别致的两层楼房,按照五十年代一次书记处会议上做出的一条没有正式成文的规定,这三座房子的主人,是市委第一书记、第二书记和市长。现在它们的主人便是市委书记高伯年、市长阎鸿唤,剩下的一座楼是原市委书记、现中顾委委员徐克的。徐克在这里住了整整三十五年,调中央后,房子只住着他的儿子徐援朝。这件事引起不少人的议论和不满,特别是那几个有资格取代这房子主人的人,高书记和阎市长已经注意到这个问题。不好办的是,徐克经常要回来,虽说中央有规定,完全可以收回去,但他是市里的一位元老,是市里所有干部的老上级,硬做不大合适,于是它便成了一个必须解决,又暂时不能解决的问题。

这个地方是厦门路 222 号。过去三位意大利人盖起这花园别墅时,叫它利华别墅。

单凭住在这儿的两户人家，就不用怀疑厦门路222号的中心点的准确性。

二

清晨，整个世界都是清清亮亮的，阳光透过淡淡的清新的雾气，温柔地喷洒在尘世万物上，别有一番令人赏心悦目的感觉。

可惜，并不是所有的人都能天天享受到晨雾的清新，五点半钟，这座城市只有少数人在跑步，只有花园里才聚集着一些练功、习武、踢腿、甩胳膊的人，除此之外，就是至今不被人们所认识、看重，而又绝离不开的清洁工了。而大部分人，在这个时候，还甜甜地沉睡在温馨的梦乡之中。

高伯年照例在这个时候起了床。往日他刷完牙，就用一条干毛巾使劲擦脸，直擦到面部辣辣的，红透了才住手。又拿起那把黄杨木梳梳头，节奏均匀，悬腕有力。一会儿的工夫，头皮就和面颊一样发热了，从里到外舒服极了。然后他又轻轻梳几下，把灰白的头发向后拢顺拢齐，蛮有风度的。

人到了这把年岁，能坚持住这种养生之道，注重仪表举止也属不易。其实高伯年在四年前，对养生和仪表都是从不上心的。他不吃鱼、不吃虾、不吃海参、不吃螃蟹。甚至海带、紫菜、蛤蜊、青蛙，凡是沾水的动植物，他一概拒食。别说吃，闻一闻都会恶心。老战友说他是穷命，他的河北省老家是块旱地，只见得着井，看不到河，三十里之外有条渠一样宽的水沟子。乡亲们轻易见不到水产，更别提吃它了。他七岁那年吃到一次鱼，是在东家的猫食盘里偷出来的。他躲在没人的地方吞下去，腥腥的一股子臭味，呛得他险些晕过去，接着无数根钢针横叉竖挑，扎在嗓子眼上，大咳、呕吐、差点送了命。从此他便闻水货丧胆。直到他当了局长，副市长乃至市长，市委书记，经常参加大小宴会，多高级的宴席都未扭转他对水产品的憎恶，从不沾一筷。医生警告他，这种饮食态度，会使他缺乏碘、钾、钠、镁等多种元素，他深信不疑，却毫不在乎。他不怕死，人前人后他经常说。解放石家庄，他们营担任攻坚任务，冲过去，他冲在最前面，他不怕死，所以子弹也避他。“人连死都不怕，还怕缺碘吗？”他笑着对医生说。这句话被人传开了，久而久之，又被人淡忘了，谁知“文革”时，这话成为反动言论一百条中的一条，“人连死都不怕，还怕缺点吗？”——一个顽固不化，死不悔改的“走资派”。他对穿戴更不讲究，进城后，始终一双布底鞋，后来买不到了，只好穿塑料底鞋，但鞋面一定要布的。他平生只有过一双皮鞋，那是去参加党的八大时特地买的，为了显得庄重些。可在小组讨论时，他发现中央的领导人也有不少穿布鞋的。第二天，他就脱下了硬邦邦的皮鞋。从此再也没有穿过，直到“文革”这双鞋才有了它的用场，成了修正主义生活方式的物证，被造反派抄走。

但是最近这四年，高伯年似乎变了，变得连女儿都取笑他赶时髦。

首先，他加强了自身保健，闲的时候翻一翻医书，他并非赶时髦，而是越来越觉得自己身体零件不大好使，毛病多起来。

他开始注意仪表。很多人说他老了，而他自己并不觉得老。有好心人告诉他，这是因为他的服装老式，人才显得老的，他觉得有道理。现在是改革时期，领导干部的形象也要改一改，要善于接受新事物。高伯年来了个飞跃，这飞跃让人感到吃惊。他一贯的发型小平头现改为小背头。一贯的中山装换成了西装，自从党的总书记、国务院总理穿西服上了天安门，他就换了，而且一穿就不再换下。惟独缺憾的是对“革履”仍不感兴趣，他的脚无论如何不能适应皮鞋，服饰是为人服务的，所以他心安理得地西服布履。

早晨庭院里很静,听不到一点点噪音。他做了一个深呼吸,一股花草清香直冲鼻腔,让人顿时觉得,纯净的氧气入腔,体内的浊气排出,神清气爽,心情舒畅。

他的楼前是一块修剪得整整齐齐的草坪。每天,他要在这儿练一练太极拳。他的拳很不规范,还是在"文革"后期,他由牛棚荣升为"挂"着的公民时,跟花园里的老头们学的。可惜时间太短,还未学通,"四人帮"粉碎了,他被"摘"了下来,回到了市政府。几年来,他坚持练身的,就是这么一套半生不熟的太极拳。

但今天,上面的这一套清晨的生活程序,高伯年都没有进行,他失常了;没有练拳,没有用黄杨木梳梳头,没有用干毛巾擦脸,甚至连牙也没刷,就趿着拖鞋走出来了。清晨,万物仍是清清亮亮的,世界还是那个世界。但高伯年心里那股子浊气就是排泄不出来。

最近保健医生又警告他,血压偏高,心脏音律不齐。要注意休息,注意睡眠,注意脑子不要过于劳累,注意不要激动……全是一堆符合实际又不切合实际的废话。

他无法抑制自己的激动,他失眠了。昨夜,他怎么也睡不着,但他没有服用安眠药,他需要想问题,不需要麻痹自己。

昨天上午,大儿子高原从老山前线寄来一封信,信中以一个誓为国捐躯的战士的名义向父亲要一张生母的照片。信是寄到机关的,秘书拿来就放到家中的办公桌上。妻子沈萍看到了,脸变得纸一样白。他躺在自己的卧室里,她在旁边的书房里哭,他没有起床去劝她,他知道,儿子写信时也会哭的,起码哭过。他无法劝说妻子。无论高原能不能从战场上生还,沈萍已经失去了这个儿子。

他也无法满足儿子的要求,他没有那张照片,也没有办法搞到这张照片。

下午,女儿高婕突然早早地下班回家,和任何人都没有说话就悄悄地躲到自己房间里去。保姆到她的房间里去,她要鸡蛋、要排骨、要牛奶。一一送去,她又什么都不吃。保姆告诉沈萍,高婕一个人闷头躺在床上,像是在哭。沈萍揩干自己的泪水,奔上楼去,看到的是一张流产证明书。

“是张义民?”沈萍又惊又气。

高婕摇摇头,但又不肯说出那个人的名字。

“流氓!”高伯年也到了女儿的房间,他觉得自己的嘴唇在抖。他不是骂女儿,而是骂那个未知数,“一定要严加惩处,我找公安局。”

“爸爸,”高婕拉住把手伸向电话机的父亲,“是我主动的。”

“你? ……”高伯年一时说不出话来,他不相信女儿会堕落,可对女儿所处的文艺圈子又早有所闻,沈萍原来就反对女儿去当演员,是他说服了妻子。应尊重女儿的志愿和选择,可现在,女儿的行为打了他一个耳光。

“你和张义民的关系断了?”父亲吼道。

“没有。”

“你准备和那个混蛋结婚?”他此刻恨透了那个肇事者。

“不。”

“你,你这算是什么?”

“张义民可以和我散,我本来就不爱他。”高婕淡淡地回答。

高伯年被激怒了。市委书记的女儿和一个不是丈夫也不是未婚夫的男人怀上了孩子,这种丑事传出去,在老百姓嘴里不知会怎么张扬。他扬起手想打女儿,又放下了,怒冲冲地离开女儿的房间。

女儿门边站着一个人,这是张义民。他早来了,刚才的一切他都看见,听见了。

高伯年觉得无法跟这个年轻人交代,甩手走下楼去。张义民留下了。

房间里只剩下了高婕和张义民。这一夜,女儿向张义民都"交代"了些什么,高伯年无从知道,但他以为,不会有好的结果,一个男人对背叛了自己的女人,不会原谅的,即使这女人是市委书记的女儿。

高伯年脑子里已经没有地方去想女儿的事了,他的大脑细胞正为临睡前的一个电话所消耗、困扰。

电话是市长阎鸿唤打来的,告诉他,总理从北京打来电话,要阎鸿唤明天赶到北京汇报工作。

"只通知你一个人?"

"对,只让我一个人去。"

"市长会议?"

"不是,好像是单独汇报。"

"汇报哪方面的工作?"

"没有讲,我正想问问你知不知道什么情况?"

高伯年不知道,他什么都不知道。他只知道一块石头堵到嗓子眼。

他从没有被放在这样一种位置上过。这是从未发生过的事情,他是这座城市的一把手。

高伯年从解放这座城市就在这里了。三十五年的历史,他的名字已经和这座城市紧紧联系在一起。全市四百万人口,可能有人不知道现任国家主席是谁,但绝不会有人不知道高伯年的名字。而现在,他在市民心目中的位置已经动摇了,一个更响亮的名字已逐渐在取代他。上届调整市委班子,曾有人动议调他到另外一个省去当人大主任。中央领导说:"还是不要动了,他熟悉这个城市。"这才不过两年,向总理汇报这样大的事情,都可以不由他去,甚至不通知他,不经过他,一个电话打给了阎鸿唤。这座城市现在可以没有他了。这是一个信号,他心里清楚自己,尽管他在会议上多次表示过,到时痛痛快快交班,要培养年轻人,让年轻的同志早日担起重担。可现在,不用说退下来,就是这样冷落一下,他的神经都感到疼痛。他害怕这一天的到来,他受不了寂寞。多少年来,他习惯了“交伯年同志批阅”,“请示一下伯年同志”,“按伯年同志的指示办”。指挥、拍板、行使决策权,已经成为他的一种生活习惯和必需,而且慢慢地占据了生活的全部内容。他不能想象,有朝一日离休之后这些变为一片空白,对于他这样一个事业心、责任感极强的人来说,将是一种什么日子?

当然,现在他并没有更多的这种恐惧!他认为这座城市目前仍离不开他,还没有合适的人选接替他。市长阎鸿唤的威望不过是个假象。

他对阎鸿唤的感情是复杂的。三年前,是他首先提名让阎鸿唤当市长的。“阎鸿唤是个实干家。”在中组部和市委常委会上,他这样评价他的接班人。他没有看错,阎鸿唤上任三年,市里发生了很大的变化,实实在在干了几件漂亮事。但他也逐渐发现了阎鸿唤的许多毛病,他骄傲,对老同志、老领导的意见不那么尊重。常常自以为是,过多地抛头露面,这些事常惹得高伯年心里十分不愉快。

思绪万千,高伯年在床上辗转反侧,好不容易到下半夜才迷迷糊糊睡着,但五点半又准时醒了。算了算只睡了两个多小时。

他沿着鹅卵石小路走去,这条小路的尽头是阎鸿唤的房子。阎鸿唤是第一次单独向总理直接汇报工作,要提醒他,在中央领导同志面前不要把弓拉得太满,要谦虚、多听指示,少表现自己,尤其要强调市委整体的作用。关于市政的全面规划方案,不要先讲出去,等过些日子,高伯年自己去北京开中央工作会议时再讲。

他走着走着,突然又停住了。昨天阎鸿唤电话里并没有请教他，或是跟他研究的意思，丝毫没有。只是问他知不知道，阎鸿唤未免太狂妄、太自信了，难道他不懂这么大的事，应主动找市委书记研究研究？阎鸿唤的眼里还有没有他这个书记？甚至这个电话，都很难说没有别的用意，比如暗示他阎鸿唤俨然已经是这座城市的决策人；暗示总理对他的赏识和信任。……高伯年越想越不对劲儿，他不主动找我，我又何必主动上门找他，助长他的得意情绪，表明我对这件事的重视？不，高伯年绝不能在他的心目中落得这么个感觉。他应表现得很轻松，把这件事看得很淡，看成一件没有什么了不得的小事情，高伯年背起手，转过身，踱着方步往回走。

还没走回自己房前，他又站住了。他必须把注意事项告诉阎鸿唤，否则，他放心不下。他转过身朝大门口走去，他估计阎鸿唤六点半钟将出发，他就在那儿装作无意溜达与阎鸿唤开出的汽车偶然相遇，然后就可以非常自然、非常正常地给阎下达“指示”。

他故意走得很慢，随时想听到身后传来汽车开动的声音。但他一直走到大门口，也没有听见盼望的声音。守卫的警卫战士向他敬礼。

“换岗了？”高伯年亲切地问一个战士。

“没有，七点钟换岗。”战士回答。

“这么早就把大门打开了？”高伯年随便地问，他有意消磨时间。

“阎市长五点半钟坐车出去了，我们就没再关门。”

什么，走了？高伯年心中一凉。五点半钟，就在他每天准时睁开眼的那个时间，阎鸿唤已经出发了。

“今天首长都起得这么早。”战士说。

高伯年无心再答话，只是咧着嘴对战士笑笑，转身走回去。

刚走上台阶，沈萍迎出来：“你去哪儿了？到处找不到你。”她的眼眶发青。

“你找我干什么？睡你的觉去呗。”高伯年一肚子气没地方撒，又不敢向沈萍撒。

沈萍叹口气：“张义民昨天晚上十二点才走，也不知道和小婕谈得怎么样，早起我叫小婕，小婕不理我。这事，你得问问义民。”

“我不管！”烦事加烦事，高伯年忍不住咆哮起来，径自走进那扇玻璃门。

沈萍跟进去，她当然不知道电话的事，只知道自己一夜没合眼。

“你发什么火？不管小婕的事！哼，我知道你为什么，还不是为高原的信，为信里提到的那个人，那张相片。”沈萍大声喊起来，她了解高伯年的秉性。你越让他，他越来劲，你蜇他一下，他知道痛了反而乖了。

“你胡说些什么，没轻没重的，让人家听见。”高伯年果然把自己的音调降了下来。

“小婕的事交给你办，你找张义民谈，他要不通，你负责。”沈萍又开始给高伯年下指示了。

在外面，沈萍比任何人都注意维护高伯年的尊严与威信。恨不得把丈夫塑造成“神”，尤其在自己单位里总是装作对市委内部和领导之间的事一无所知。她这样做赢得不少群众的尊重，觉得她这个人不爱炫耀自己，谦虚，反倒对她增添了几分神秘的感觉。人们想象不出他们是怎样生活的。他们也跟市民们一样有个户口本、粮食本、副食本、煤本吗？他们买衣服买鞋也到商店自个儿去买吗？……利华别墅的生活对市民们是一个谜。

高伯年是不是个凡人，只有沈萍最清楚。

在婚前，高伯年在沈萍的心中也有一圈光环，但婚后，像所有的家庭一样，是女主人当家。当这个家庭的女主人，虽说不必为柴米油盐,洗刷浆补劳神费力,但男主人与女主人之间的内战却像千百万个家庭的矛盾起因一样,也因为一个“钱”字。沈萍家族的老一辈几乎一色的商人,她这一辈又几乎一色的知识分子,自然经济上不用沾她的光。但高伯年的老一辈则全是一色的庄稼汉,他这辈儿除了他,仍是一色的农民。前十几年,每个月高伯年都要给老家寄钱,少则二三十,多则四五十,老家就像个永远填不满的无底洞。最要命的是隔三岔五,乡下就要来人。找工作的,治病的,逛城的,连八竿子打不着的亲戚都来他们这里吃大户。开始,她还能做出一副笑脸,后来,就只好摆出一副冷脸。冷脸仍挡不住那些人来。直到有一次,她亲眼看见一个高伯年的什么侄子,把一口痰公然吐在她家客厅的地毯上,她忍无可忍了,把那侄子和侄子他爹,高伯年孩提时的朋友一齐撵了出去。高伯年回到家,知道了这件事,便大发雷霆,认为她丢了他的面子,使他“忘了本”,用他军人武夫式的巴掌一下掴在她脸上。这是他第一次打她。沈萍摸着自己被打得肿起来的面颊,眼泪流了下来。她把婚后的一切不满都化成恶毒刻薄的语言嚷了出来。嫁给他,有什么好的,她算什么?充其量不过是高伯年的一个附属品,一个装门面的夫人,她忍无可忍,豁出去了,便哭嚷着朝门外走去,她要去法院申请离婚。

高伯年拦住了她。

他不能让沈萍把家里的事嚷嚷出去,不然他这个领导还怎么当?他的面子朝哪儿摆?于是,他让了步。

他给老家寄的钱由每个月一次改为每年一次,他冒着得罪乡亲之大不韪,写信谢绝来人。结果,高伯年虽然没有当成孝子,乡下亲戚们也没有因此饿死的。沈萍从道理和实际上获胜了。高伯年也只好彻底服输。这几年农村实行经济承包责任制,老家渐渐地不再要钱了,这个问题也就早已不存在了。但家里仍有矛盾,矛盾的焦点,是这老头子太迂、太古板,死心眼儿。

他出了一次国，别人至少都给家里带回些家用电器，即使没带回彩电也能带台收录机，可高伯年却只带回一条英国烟。气得沈萍直骂他“假马列”。

堂堂市委第一书记，家里电气化程度还赶不上一个普通老百姓，直到去年，家里还只有一台十四英寸的黑白电视机和一台单缸洗衣机。轻工业局给市委送来一批本市引进日本生产线生产的二十英寸彩色电视机，全声道立体音响，按内部“试销价”卖给市里部长以上的干部，只收个成本费。高伯年不仅自己不买，而且一个批示，将东西全部退回，在整党时还抓了那个局长一个不正之风的典型。这件事登在《支部生活》上，群众为高伯年竖大拇指，觉得党风好转有了盼头。但一些干部，当然也包括沈萍，心里挺别扭，别人不敢说，沈萍可不管三七二十一，回家把高伯年劈头盖脸地数落一顿，说他是个“没人情味的大傻瓜”。沈萍一个电话打给机关事务管理局的范局长，几天之后，全套最新家用电器进了高宅，全是出厂价。谁知，高伯年第二个月的工资一分也没拿回家，秘书说，高书记指示用工资把电器的市场差价补上。沈萍气坏了，可又不能动手打。现在，老头儿的身体比不上从前，毛病越来越多，打坏了，损失无法弥补。像这一类的事多的是。二儿子高地想办法出国留学，他不管；沈萍不愿在医院里当书记，想调到卫生局坐机关，他不管；女儿高婕出了这么个事儿，他还是不管；沈萍怎不恼火。

沈萍降服高伯年有绝招儿。吵吵不过是常规武器，绝非高伯年打不过她，他在战场上一刀能把敌人砍成两段，晚上，在床上他能弄得她喘不过气来。凭着这股子力气，别说她只小他八岁，就是再年轻十八岁也敌不过他。也不全是他顾面子。其实他败给沈萍，是有意让她，因为她掌握高伯年那次“过失”的秘密，同时也掌握高伯年处处要维护自己正人君子形象的心理。

其实，沈萍是不会把秘密公开的，损害了丈夫的形象也就等于损害了她自己的形象。她不过是拿这个秘密武器作为要挟。高伯年竟不掌握妻子的这种心理,连反击一次的勇气都没有。

高伯年的退让也是有限度的,他从不放弃原则。他可以忍气吞声,不争不辩,心里却总有个定盘星。沈萍深知他这一点,所以凡事也从不硬逼他;一旦她的"秘密武器"失了灵,她也就黔驴技穷,一点威力都没有了。

"你到底听见没有?"沈萍见他不说话,又动了气。

"这孩子太气人。"高伯年憋出一句话。

"你不气人?孩子随你,子不教,父之过,谁让她有你这么个爸爸。"

高伯年瘪了壳:"好了,好了,回头我找义民谈谈。"

沈萍这才松了口气,一点支撑力没有地倒在长沙发上:"这个家呀,真让我操心透了,整整的一夜没合眼。"

"你呀,满脑子都是家里的私事,一点党的事业心都没有,心胸狭窄,你睡不着觉,别说一夜,就是一个月,也毫无价值。"

"那么你呢?孩子出了事,不是你的事?"沈萍不服气地嘟囔着。

高伯年这才感到自己昏头涨脑,嘴唇和手指也有些发麻,肯定是失眠引起了血压高,他得赶快去补一觉。

他缓步走出客厅。

三

一辆"皇冠"牌豪华轿车,在公路上急驰。早晨五点半发车,只用了十分钟,汽车就开出市区,驶上通往北京的公路。按正常时速计算,阎鸿唤可以六点半出发,但问题在于市里交通拥挤,晚出发一小时，赶上“高峰”，也许会耽搁一个半小时。现在看来，中午前可以赶到北京，先去看看老首长徐克，三点半到中南海见总理，时间安排得很从容。

“十一点钟能进北京市里吧?”阎鸿唤问司机。

“没问题。”司机瞄了一下车上的表，知道市长又有意要他提前一点，他把油门踩到底，汽车飞一样地驰去。

阎鸿唤放松一下，头靠在座背上。他们都互相摸透了脾气，司机知道市长一坐上车，就恨不得车飞起来，他问十一点能进北京吗，就是告诉他，十一点前必须到北京。

没有人会想到，这次总理接见，是阎鸿唤自己写信要求的，他也没有想到，总理这么快就和他约定了汇报时间。中国老百姓现在仍普遍认为当今政治、实权还要靠“根子”。即使在市领导层中间，“背景”的能量也是相当大的。他没有根子。要说有，那就算是徐克和高伯年，他是六十年代初市里树起的劳动模范，当时，徐克和高伯年接见了他。现在徐克退居二线到了中顾委，但和他这个市长没有任何直接的关系。高伯年是现任市委书记，从职务上，党政两巨头属平级，但高伯年自恃是阎鸿唤的老领导，是他一手提拔的，所以常常不自觉地包办市政府的工作。阎鸿唤越来越感到这个“根子”对他简直就是一根“绳子”，束手束脚，捆得你挥不出拳头，迈不开腿。他建电厂工程中就被高伯年无休止的干预弄得哭笑不得。其实按阎鸿唤的计划办，电厂一年就能完工。现在花了两年的时间，高伯年还认为既快又省。理没法再说清了，真理失去了检验的机会，谁会承认这个真理存在过呢？现在，一个宏大的市政整体规划出台了。第一步改造工程就要上马，他不能再像电厂工程那样窝窝囊囊地干。他这个人不习惯按常规惯例去思维，他习惯创造奇迹，习惯干别人办不到的事情，这或许是他天生的性格。他当过工人、车间主任，当过公司经理，当过工业局的局长；在每一个台阶上，他都创造过奇迹。如今，他要让他的城市以最快的速度，变成最现代化的大城市，在世界建设史册上留下这座城市的名字。这种在别人看来近乎狂妄的设想，在他到任的第一天起就萌发了。

三年前，他刚刚当了一个星期的市长。

摆在他面前，有三份材料。

一份国务院文件，对外开放的城市名单中，没有他们城市，理由很简单：城市环境脏、乱、差。

市经贸委的一份报告，仅有的两项议项合资项目，经外商来市实地考察后，均因环境问题，解除先约，拒绝投资。

"大参考"转登一条消息，某国际卫生组织来华考察，认为这座城市是"世界上最糟糕的一块地方"。

这一切都是地震造成的。

唐山大地震的余波，波及了半个华北，震毁了这座城市二十万平方米的房屋。大地震使简陋的防震棚，简易的临建房，星罗棋布于全市各个角落。市政规划部门控制失灵，房管部门无能为力，一切任其发展，听其自然。

马寅初先生预言和企图节制的"过剩人口""危机"性生命成熟了，到了结婚，继续繁殖新的"过剩"和下一代"危机"的时候。结婚和养育需要房子，可房子并不过剩，只有危机，人口急骤增长的速度与住宅建设速度在比例上大大失调。一男一女合在一起能生出一个孩子，但绝生不出一间房子。儿媳妇不愿与公公睡在只隔道布帘的屋子里，怎么办？于是乘乱，以盖防震棚的名义在马路边盖间房。地震是不是一两年就消失，谁也不敢打这个保票。这房子兴许就一年一年住下去了。盖起来，结了婚，以后怎么办？人们想也不想，眼下有地方住就行。于是，本来就拥挤的城市，窄小的街道，就变得更加拥挤、窄小，越发脏和乱。

一位副总理来视察，拨了一个亿，钱花了一半儿，临建棚却只增不减。

阎鸿唤一上任，那位副总理就批回市里一份报告。批示上明令要求，一年内彻底清除市内临建房屋！不然将改组市领导班子。这份带着批示的报告，高伯年转批给了阎鸿唤。新上任的市长一手拿着“通牒”，一手拿着那一个亿的另一半儿。

也许还嫌给新市长的压力不足，一场无房者联合静坐示威爆发了，真是天上地下一起加压。

三百多名无房者包围了市政府大楼。

他们之中，有年逾七旬的老人，有怀抱婴儿的青年男女，有从老山前线回来的、被炸断了双腿的残废军人……他们坐在楼前的台阶上，密密麻麻，堵塞了出入的汽车道，示威者没有呼口号，只是沉默地坐着，胸前或手上挂着或举着牌子，记述着无房者再也无法忍受下去的悲哀。

阎鸿唤并没在市政府大楼，他正在财政局听汇报，接到电话，他立即赶回市政府。

盛夏，三十八度的北方夏季高温，人们坐在滚烫的地面上，静坐示威，有人晕倒了，一个，两个，三个……

秘书长建议，通知公安局和武警部队协助劝解，必要时强制架走。

新任市长摆摆手，登上市政府的高台阶，站在门前那只雄狮的头上，望着人们。

他觉得，黎民百姓是冲着他阎鸿唤来的。人们忍受不住了。老少三代，七八口人挤在一间十几平方米的小屋里，十多万人就住在马路两旁用苇席和薄泥盖成的临建棚里。这些闹事者，并非无法无天，大多数恰恰是胆小怕事的规矩人。他们没有房住，新近各区、局用抗震救灾款盖起的一幢幢新楼，但多数用作某些人的“锦上添花”,有的人甚至为四岁的孙子留了一套将来结婚的住房。而他们却仍像沙丁鱼一样挤在自己的小闷罐中。

一年、两年、三年……也有的人等了十年、二十年。

数字最能说明一切,使任何能言善辩的诡辩家在它的面前都显得苍白无力。

三十五年,全市大中小型企业由一百多个,发展为一千五百多个,增加了七倍。

三十五年,全市人口由七十万增至五百万,增加七倍。

三十五年,住宅建筑面积只增加了原建筑面积的三分之一,人均住房面积仅二点三平方米。

还说什么?!

新市长上任了,群众自愿集合,无声请愿。

阎鸿唤十分激动,群众无声的抗议在他眼中比巨大的声浪更让他难忍。这些人的脸虽然是陌生的,但他熟悉他们的生活,了解他们的品格,因为他就来自他们之中。

他开口说话了。带着浓重的地方口音。他没用话筒,但声音足以震撼所有在场的人。他喊出了四百五十万平方米。只有这个数字才能拆除这座城市的全部临建,才能基本缓解群众住房紧张的局面。时间只是一年,一年的时间盖出三十五年房屋建筑的总和。

示威者带着怀疑,抱着希望,散去了。四百五十万这个数字像电波一样散到全市四百万人的心里。群众将信将疑。

血气方刚,不知深浅的阎市长,开头就捅了这么个大娄子,在他第一次有资格参加的市委常委会上,他受到领导经验丰富的老同志们一顿好“撸”。

“没有经过市委研究,人大会议讨论,个人怎么就能许愿,你知道这样做,给市委、市政府的工作带来多大的被动?!”高伯年首先发难。

“四百五十万平方米意味着什么？你根本不懂得建筑，这不是搭积木，也不是种庄稼，这是盖高楼。一个亿的资金！钱呢？”

“这么大片的居民区，规划、征地、施工、配套工程……所需的人力、物力、财力、时间……”

………

一切发言的中心论点，是阎鸿唤擅自说出了一句不负责的空话，给市委的工作造成不可挽回的被动局面，而这种被动，将孕育和导致一场更大的危机。

新市长的威信，没有从零点起步上升，而是一下子跌至负数。这么好激动的人能不能当好市长，领导这么一座大城市，可靠系数有多少？在市领导决策层里，阎鸿唤被不满的舆论和怀疑的情绪淹没了。

阎鸿唤要的似乎就是这个效果。否则这些人就不能从反证中懂得现代化建设的速度和潜力，就不会留心领教现代管理的手段和领导艺术，就不知道时间的价值和含义，也就无心去创造奇迹。

“既然不可挽回，就只好背水一战。因为已经形成被动，只好被逼着动，为了避免导致危机，我们只有抓住战机。这句话是我说出来的，就由我全权负责把话落实。”

阎鸿唤待会议上劈头盖脑的大浪过去之后，把头浮出水面，轻松地回答。

这一仗，阎鸿唤胜了。

五百五十万平方米的新型居民区拔地而起，一年的时间比原以为不可能的四百五十万，整整多出一百万，全部临建棚在这座城市消失得无影无踪。更神的是，他居然有了富余房解决了近一百万户无房和低于标准的困难户的房子。

只有各区、局的区长、局长们心里明白，这五百五十万平方米的房子是怎么逼出来的。首先,阎鸿唤全部“借”走了各区、局原先盖的房子,用于安排临建户,同时附加上一道命令:九月份之前,各区、局的临建房一处也不准存在。只要发现一间临建棚,查出是哪个局、区的,就免那个区、局区长、局长的职。如自己房源不够,或无力量盖房的,议价向市里购买。自己盖楼每平方米造价三百元。向市里购买一平方米收价五百元。这样,各局、区只好把原先私分的住房先用于安排解决临建拆除所需用房。不够怎么办?疼钱的,只好自己抓紧盖,盖不能随便盖,统统规划到市里圈定的固定区域,虽说远一点,但征地费免了,市里都包了。疼力的,只好掏钱,市统建房外檐美观,内装修适用,现成省事。这么一搞,自筹建房三百九十万平方米,集资七千万元,交给阎鸿唤买房。集资各区有各区的点子,各局有各局的高招,化整为零,承包到底,阎鸿唤的手里立刻有了一亿两千万。拿出四千万盖房,三千万去征地和施工三通一平的准备工作,还剩五千万贷款,补助文教卫生事业单位,在新建居民区盖上医院、学校等配套单位。

阎鸿唤以灵活的策略,铁的手腕在市边上建起了三个大居民区。

有人说这五百五十万平方米根本不是阎鸿唤干的,但阎鸿唤的许诺成为了事实,三个新型居民区奇迹般地诞生了。

阎鸿唤之所以敢应这个数,是因为他心里有底数。这个数经过他精确地计算和筹划。

他上任的第一炮打响了,一亮相就来个满堂喝彩。大街小巷恢复了地震前的面貌。中央满意,市民满意,市人民代表大会满意,市委常委会也满意。原先,老百姓对这个相对年轻的市长并没投信任票,群众习惯了有过革命经历的功臣们当领导,打江山的人坐江山似乎是天经地义。而忽然间,普通人中间,有人当了市长,颇有微词,多有不服。

这一炮，群众对新市长刮目相看了，开始认为他有些“不凡”。

阎鸿唤不是程咬金，三斧子下去，劲儿就没了。

又一个半年，市区两条主干线道路拓宽，这个城市第一次有了两条三十米宽的道路，又一个半年，三百多个商业大小网点建立起来了，市民们买菜、买粮、买煤难的问题冰释了。再一个半年，四座大型污水处理厂、三座发电厂，又相继落成……城市建设出现了令人瞠目的大发展。

现在，阎鸿唤想对这座城市动一个大手术。这一斧子砍下去，整个城市就会发生一个根本的变化，随着他政绩的积累，经验的丰富，威信的增长，他的“野心”越来越大，胃口也越来越大。

这个“野心”是两年前他去访问西德时产生的。望着那曾是战争废墟上建立起来的美丽城市，他发狠，要让自己的城市超过它。

“市长，快进京了。”秘书小朱轻轻推推阎鸿唤。

阎鸿唤睁开眼，注意看看公路旁的里程碑，距离北京还有三十六公里。

小朱翻开一个文件夹：“开始吗？”

“好吧。”阎鸿唤说完又闭上眼，头仰在座背上。

秘书开始一项项地把全市生产、建设、财政各方面的数字读给他听，这些数字他要核实一下。

秘书读完，合上了夹子。市长听的时候没有打断他，这说明市长头脑中不存在记忆误差。

汽车穿过一个地道，北京市区出现在面前。

宽阔的大街，两旁是排排高耸的高层建筑，新建的立体交叉桥划出辽阔的弧线，给人一种首都现代化宏大的气势。

他的城市还没有这种气势，但他就是为了创造这种气势而来的。

第 二 章

一

在这座北方的大都市里住久了的人都知道,夏季是最难熬的。

住在老城区普店街一带的居民这种感觉就更加强烈了。冬天,虽然从西伯利亚吹来的凛冽寒风,能把街上的土坷垃冻成钢铁,连路两边儿的树都如同让人抽干了汁似的,挺在那儿像一具具僵尸,没丁点活力和弹性。但是,普店街的住户只要进了家门,可就不在乎屋外世界的寒潮肆虐了。挤挤巴巴的一间小屋,被前后左右的邻居小屋包围着,就有了三面火墙,地当中再生一只煤火炉,屋里立时就暖烘烘的,热得穿不住一件厚毛衣。让你忘了外面是吹气成霜、冻裂铁管子的数九腊月。可到了夏天,普店街住户的优越性便全部丧失了,进了屋,就像一头扎进了红外线烤箱,闷得你不知人究竟得用身上的哪个部位去喘气,四面八方涌来的热浪把你各个器官都堵得严严的。尽管开着门,敞着窗,可南来北往的风就是死活不进家门。现在,家用电器开始普及了,普店街各家各户抱回家里来的首先不是电视机、收录机,而是电风扇。不少人家一买就是两台,放在自己小屋的两个角儿上,呼呼呼地一开就是半宿,要不,一家子人根本没法睡着觉。人哪,是越活越金贵,越活越娇气。过去没有电扇,一把芭蕉扇也活过来了。如今有电扇了,还是夏夜难熬。大伙儿夜游神似的,天天夜里没有不在屋里屋外折腾它八次十次的。到困得迷迷糊糊睁不开眼了，才从胡同口、马路边回到小屋，在电扇吹的热乎乎的风下，渐渐入睡。

普店街的居民们开始诅咒起自己居住了几代的鬼地方。

这条街是市里原来面积最大、人口密度最高的一个居民点，胡同紧挨着胡同，高低不同，公盖私建的各式平房密密麻麻，比肩接踵，拥挤不堪。倘从空中俯视，那些房子横七竖八，毫无规律地错落交叉，像一张扯破又结织的蜘蛛网。

这张“网”几乎是与这座城市同时诞生的。

这座城市的历史不过五百年的时间。人们有兴趣记载它的历史则更短。普店街是怎么挤成这个样儿的，偌大的天地空间，人们为什么偏偏要聚集到这儿来盖房，挤在一堆儿生活，没人能做出准确的考证，也无人有意对这块“杂巴地”做点研究，说出个一二三四来。

生活在这里的人们，似乎早就养成了一种禀性：承认既成事实，安于既成事实。他们当然从来没想考察这儿的整体形成和演变，也懒于思索它的发展和改造，那不是他们的事儿。

到了世界进入二十世纪八十年代，中国历史上第二次自个儿打破“闭关锁国”政策的时候，这里的居民，也随着文明意识的觉醒，对自己的现状开始不满了。当市里两片新的居民小区漂亮的排排楼房拔地而起，当西面那三幢二十四层的高层住宅楼像三座大山耸在面前，普店街的居民更加感到一种难以忍受的压抑和不平。尤其到了晚上，人们坐到马路边乘凉时，望着那三幢高层建筑，看看那上千扇窗户里闪出的各色灯光，真觉得自个儿肚里的气横竖卡着，怎么喘气也不顺。

“×他奶奶的，就这么点风，还他妈的全让它们给挡上了。”陈宝柱光着脊梁，坐在板凳上，嘴叼着烟卷，狠狠地骂。

这几乎是入夏以来，天天晚上在街头都要重复的老话题。一个人先骂个头，便产生连锁反应，很快形成一片诅咒声。

“你小子把长头发剃剃比来风还凉快。”陈宝柱的邻居万家福指着宝柱的脑袋说，他比宝柱大几岁，这会儿他望着那些漂亮的大楼，不由得羡慕起来，“这帮子人们真福分，什么时候咱也能住到这样的房子里去。”

“你万元户还怕住不进去？破点财买它一层。”陈宝柱说。

“一层？我早打听了，四万块一个单元。有那几万块，我还想办工厂呢。”

“你个混蛋又他妈的瞎吹。”坐在他俩旁边那圈人中间的万老头突然扭过脸来冲儿子吼起来，“整天说梦话，几万，上哪儿弄去？老子整天命都搭上了，攒那么千把块钱，你娶媳妇儿还不够哪。”

大伙儿全笑了，万老头眼瞪得更圆了。

“笑嘛？这是老实话，这小子好吹。都说我成了万元户，狗屁！摊煎饼能赚了那么多？腰都累折了，一分钱一分钱地攒，又全让这小子折腾百货给赔进去。”

“哟，家福这么笨呀！”张义兰见这边热闹，拿板凳托着屁股凑过来。藕荷色的真丝连衣裙像薄翼一样贴在汗嗒嗒的身上，显露出她那些迷人的曲线，“光赔还想当经理？”

万家福受不住了，他最怕张义兰看不起，但又不愿跟父亲吵：“爸，您胡编什么？”

万老头霍地站起来：“你个臭小子，老子胡编？看我不揍你这个不争气的兔崽子。”

大伙见老头真的动了气，慌忙拉住。万家过去日子艰难，靠大家接济，大伙心里都有数。现在，万家发了迹，虽说实数多少没人清楚，可谁都明白，一千块在万老头的存折中不过是个小零头儿。可大家碍着面子，谁也不想跟万老头较真格儿，万老头不能算个规矩的老实人。他做买卖，耍手艺，鬼点子多。早先他摆小摊时就这样。现在也改不了。可这老头儿在街坊中,还有点面子,一是因为他为人处事胆小谨慎,从不得罪邻居们,二是他手头富裕后,挨家挨户还旧情,还的“情”比得的“情”重得多,这倒也让大伙觉得他够意思。

“算啦,算啦。老万,现在的年轻人都犯一个毛病,雨还没来呢,雷就打上了,整天说的全是些没影子的事。”张义兰她爹拄着拐站起来,把万老头按回到板凳上。

“年轻人也不都一样,你看你那小子多出息。两人同班同学,得,义民是市政府的大处长,家福就活该落个个体户。要体面没体面,要钱,没两个半子儿。”

万家福不再吭声,他这个爹糊弄人糊弄惯了,嘴里没实话。

陈宝柱挺高兴,他这个人爱看热闹,尤其爱看万家福的热闹。刚才万家父子差点交了火,他挺美。这会儿,看他们爷俩儿没闹起来,便有点扫兴。他眼珠子一转,瞥见了凑到这帮光棍堆里来的张义兰,便想拿她找找乐。

“义兰,守着个大处长哥哥,怎么还‘对’不上‘象’呀?”

张义兰二十八岁,还待字闺中,陈宝柱专捅她的心窝子。

“谁理你,臭流氓。”张义兰从小嘴就像刀子。

陈宝柱挨了骂,却一点不在乎,厚着脸嘿嘿一笑,凑到义兰耳边:“实在嫁不出去,就咱俩吧。”

“啐!”张义兰真的朝陈宝柱脸上唾了一口,“你再胡说八道,我可扇你了。”

陈宝柱抹抹脸,刚想还击,一扭头正看见张瘸子瞪着他,就卡了壳。装得像没事人似的昂起头看那座快撞上星星的高楼。

“小兰,听说你们家也快搬进那楼里去了?”万家福把凳子朝张义兰跟前挪了挪,声音柔和地问。

“没准的事儿。”张义兰故意淡淡地说,“听说有我哥一个单元,十七层,你看见没,还黑着灯的。”

张义兰的话引起周围不少人翘首相望,陈宝柱伸长了脖子,活像只公鹅。

“行呀,你算抖起来了。”陈宝柱怪声怪气地说,听不出是挖苦还是羡慕。

“哟,他分房碍我什么事,那是市里给他娶媳妇的,市委高书记的千金小姐,还能住咱们这破街陋巷。”

一个巧妙的炫耀。张义兰非常善于用“贬”的言词,达到抬高自己身价的目的。虽然她清楚哥哥自私透顶,未必会给她沾什么光。有一次,她在马路上远远地看见哥哥和一位漂亮姑娘走在一起,她笑着迎上去,可义民却像见了瘟神似的拉着那位高家大小姐擦着她的身子疾步走过。那小姐准是奇怪了,走了十几米远还不停地回过头来看她。哥哥好像在解释着什么,结果那小姐甩手管自走了。她远远地看着,心里真解气。义民不给她“光”沾,她自己可会借“光”,虽然这“光”不太亮,但足以让普店街和副食品店的人炫目了。

“别糊弄人啦,你当小姑子的,准能捞上一套。家里有当官的,八竿子打不着的都沾光,还能少了你亲妹妹的?人家张嘴一句话,动笔一个条,十套八套的房子还不跟闹着玩似的?到时候可别忘了给咱哥们儿对付一套,一间也行。”

“去你的,谁是你哥们儿。”

“哟,兰妹子,这话可不对,咱俩好歹有点儿交情。”陈宝柱故意把“交”字咬得特别重。

张义兰刷地红了脸,好在水银灯下大伙的脸都给照得清一色的惨白,让人看不出来。这个浑小子才从监狱里放出来一年多,就又犯上野性了。她想走,又怕周围这帮小伙子觉察出什么味儿,只好装做什么也没听出来,撇撇嘴,不屑地说:

“谁想住那破地方？瞧那楼里出出进进的那帮子男男女女的那股子酸劲儿，让人看着就恶心。尽是些资本家，华侨什么的。人爬得高，摔得狠，我才不稀罕去凑那份热闹呢。”

“哼，要再来次‘文化大革命’，他妈的每家都够挨抄的。”陈宝柱的思维往往是由别人牵动的。

听了陈宝柱的话，万家福笑笑：“你小子还盼‘文化大革命’呢！”

他是大学生，而且是“文革”后的第一批，要不是犯了案，他早是个中学教师。知识这东西就像雕塑家手里的铲子，经它一修，连人的仪表、言谈、举止甚至性情都能变个模样。他小时候和陈宝柱一块儿混的时候，也是满嘴粗话、脏字，后来考上高中，他就渐渐变了，大学毕业后，他就像脱了胎换了骨。蹲了监狱都没还原本相。那地方的人整天一张口，就荤的、素的变着花样儿来，谁哪天不胡说几句就像短了点儿什么，憋得五脏六腑腾云驾雾。他也想变得合群点，合“身份”点儿，说他几句便宜便宜嘴，况且自己是犯了“花案”进来的。可他就是野不起来。为此他没少受犯人们的气，连跟班的衙役也变着法儿挑他毛病，给小鞋穿。在外面人们的眼里，他是个流氓、恶棍。可在流氓、恶棍中间，他又成了与那些人格格不入的、被戏弄的知识分子。

“‘文化大革命’在中国不会再搞了，至少这几代不会让悲剧重演。而且，现在改革改的虽然是经济体制，可在思想体制上也在挖掉封建主义的残余，这样就从根儿上消灭了‘文化大革命’再次发生的隐患。”

万家福平时说话就有这些字眼，今天张义兰坐在旁边，他越发选择一些书面语言，以区别自己与陈宝柱档次的不同。他不希望张义兰搬到那高楼里去住，倒不是嫉妒，而是怕她住高了会更看不起他这个低的。他悄悄看中了张义兰。当然，如果他没有那一次的失足，按他的审美要求，张义兰或许并不能打动他。可现在不同了，人随着自己地位的变化会不自觉地调整自己的需求度，然后自觉地按照现实的条件寻求自己能够得到的最高目标。于是，张义兰就成了他心目中的西施。他喜欢张义兰的性格，她能说、泼辣，这是搞买卖、弄企业的一个重要素质。他今后要想有发展总不能一个人折腾，必须有个助手。这个助手必需可靠，信得过，真效力，真豁命。最好不过是自己的老婆。开夫妻店，一配合就成了，少了不少的麻烦事。这样的老婆，张义兰再适合不过了。他几次想主动表示一下，又担心太唐突，惹了她，挨顿骂是小事，真凉了热乎气，可就全毁了。于是他采取稳妥战术，慢慢来，用文火炖，才熟得透。只要她一年之内没有选中其他的对象，只要她不离开普店街，他就有信心。

陈宝柱可顶看不上万家福酸文假醋的劲儿："别一本正经的！"

"你懂什么，我说的是实话。"万家福仍然一本正经的样子，"中国能发生这个十年惨剧，就是因为少个资本主义阶段，我看，现在搞改革就是让资本主义因素多一点，封建主义少一点，怎么说，都是个进步。唉，你这样看我干什么？你呀，跟你说是对牛弹琴。"

陈宝柱不服气："得了吧，资本主义谁不懂，美国、日本，对了，我想起来了，听说人家男男女女随便……"他看了一眼张义兰，把刚想出口的那几个字换了个词儿，"玩，谁也不管，是真的吧？资本主义太过瘾了。"他拍拍大腿，好像眼前就是资本主义似的。

"你这人，狗一样，人家家福谈的是理论，你一说就邪门了。"张义兰笑着骂陈宝柱，她其实对他的话并不那么反感，只是觉得他不该当着一个姑娘，肆无忌惮，信口开河。

陈宝柱只要一听到男女之间的事，浑身就来了精神，更别说张义兰是笑着骂他，就是在这当口骂他祖宗八辈全是婊子养的，他也能嘿嘿嘿的当伴奏听。

"听春生说，他饭店里的外国客人，一到晚上，那女的也不管认识不认识,也不管是不是一个国家的,就公开地钻到男人屋里去。”陈宝柱仍旧兴致勃勃。

“那当然,西方男的和女的睡不犯法,两个男的在一屋睡倒犯法。”万家福接口说,他看出张义兰也爱听。

“我才不信呢,外国女的就那么不要脸,主动送上门让男的占便宜?”张义兰忍不住激烈地反对。

“我信。”陈宝柱一挑大拇指,“外国的那些女人,哪像咱中国女的,一个个假模假式,其实哪个不想跟男的睡,不然他妈的,为嘛一个个都要结婚呢! 兰妹子,你有种一辈子不结婚?”

“去你的!”张义兰红了脸,又气又恼地拍了陈宝柱一巴掌。

这一巴掌打得陈宝柱乐滋滋的。

“喂,家福,要是在国外,你这点事根本不算一回事吧? 准还有更邪乎的。”一个小伙子问,他们的兴趣不在张义兰结婚不结婚上,而是希望能把话题进一步扩展开来。

陈宝柱一摆手:“不用说在国外,万大哥的事放在现在,毬毛大点的事。”

万家福不愿再说下去,他的目的已经达到了。他刚才说那么两句,就是想让大家得出这么个结论。出狱后,他常有种压抑感,一个无形的包袱沉沉地压在他的头上。其实在普店街,他本来算是个守规矩的老实孩子,结果偏偏他栽了跟头。他要彻底改变人们头脑中对他的认识,甩掉那个包袱。反正大家对他的案情了解得不清楚,对法律也不太懂,他就是要造成一个舆论:玩玩一个女孩子,毬毛大点的事。

“小兰,”万家福把话题引入自己的轨道,“你说得有道理。爬得高,摔得重。我不是指你哥,我是说住高层楼太危险,谁能保证不突然又来次大地震,十七层,好家伙,真塌下来,上下一碾一压,人非成粉末不可。就算不整个塌下来,斜倒拍下来,也得摔瘪了。”

“你这人怎么这么缺德！招你惹你啦，这么狠地咒我们家。”张义兰小脸一绷，满脸冰碴子。

万家福没想到小兰的脸说变就变。他傻了眼，眼瞧着张义兰气哼哼地提起板凳，扭扭地走了。他沮丧地叹口气。陈宝柱却带头起哄，大笑一通。

一帮小子坐在一块儿谈天说地，骂娘斗气，本来挺热闹，不觉得少点什么。这时，来了个凑热闹的女的，一下子像油锅里放把葱花，话头话尾的味更足了，越说越带劲儿，带劲得忘了什么味。突然这女的一走，顿时大伙便会觉得谈兴全无。刚才还像炒爆豆似的劈啪劈啪的又快又响的话茬子，全都瘪了，蔫了，没了趣。

没了趣也不能立刻走，怕人说是跟女的走了。粗胳膊粗腿子的男子汉，不够意思。再说，还不到十点呢，大热的天，一点困意也没有，往哪儿去？回蒸笼里去睡觉？那还不跟上酷刑一个样。还是这儿呆着，到底还有点儿过堂风，再说便道、马路上横七竖八，星罗棋布，哪儿都坐着人，多热闹。哥儿几个便又开始拿对面那高层住宅楼出气。骂那高楼窗口闪出的灯光太刺眼，扰人心烦，骂古今中外当官的没好东西。又想起大地震最解气，来个九级，普店街的人顶多伤点皮，落身土，可住那楼上的，嘿，全他妈的稀巴烂。

“到那时候，我爬出来第一个往那楼里奔，外汇券，彩电，冰箱咱也享受享受。”陈宝柱狠到极处，一拍大腿，两眼发红，仿佛对面真的楼倒屋塌了。

“别在这儿做梦了。”猛然有人给了陈宝柱一脖溜，“回家看你妈去，这天多热呀，当儿子的不回家给妈擦擦洗洗的，倒跑到这来聊天。快，走！”

说话的是杨元珍大娘，大手大脚的六十多岁老人还精精神神的。这一巴掌真灵，陈宝柱立刻站起来了。

杨大娘在普店街可是个“官”。这么一大片房屋，几千号子居民,四分之一归她领导。从五三年开始,她就是街道代表。这么多年,从中央到市里的头头,换了不知多少届,但在普店街居委会里的人们心目中的头面人物始终是杨元珍。她孤儿寡母的在这儿住了多半辈子,谁家的忙她没帮过! 人心换人心,要是杨家有什么为难事,比如杨大娘的独生子杨建华出差或工程忙回不了家,那么买煤,买过冬白菜这些个力气活儿,用不着打招呼,一帮子争着抢着全都帮着干。就连陈宝柱,万家福这帮二十七八的小子,也一个个都对杨大娘毕恭毕敬服服帖帖的。

“我正准备回家呢,不信您问问他们,是他们非拽着我讲改革。”陈宝柱做出一副无可奈何的委屈相。

杨大娘拧拧陈宝柱的耳朵:“浑小子,你要会讲改革倒出息了。快回家去。”

陈宝柱悻悻地倒提着板凳往家走,别看大娘厉害,可她的话是为了他好,他虽浑心里还明白,不能不听。

“杨大娘,您在这儿坐会儿,这凉快。”一个小伙子讨好地说。

“不啦,我该回家去啦。”

“今晚怎么没见建华哥呢?”万家福问。

“他在屋里鼓捣东西呢。”

“这么热的天,不出来凉快,关在屋里鼓捣嘛东西呀?”张义兰不知什么时候又凑了过来。

“他多会儿闲得住? 和春生两人瞎折腾呗。”杨元珍笑着说。

二

屋里真够热,电扇三档快速,使劲地吹,不顶事,只要电扇稍一摆头,身上的汗,刷地全冒出来。

杨建华和史春生两个人,一个铁活儿,一个木活儿,一晚的工夫,拆了两辆旧自行车和一把破椅子,要装好一辆手推式轮椅。

手推轮椅的活是杨元珍派给儿子的,她是为了宝柱妈。宝柱妈半身不遂有五年了。

宝柱家三口人,比起普店街的其他老住户算个人口清静的人家,偏偏这个家又最不清静。自从她从良嫁给宝柱爸,安生日子没过几天,隔三岔五就是一场恶架,打得鸡飞狗跳,四邻不安。她是个要脸面的人,可解放前却因走投无路,干上了最不要脸面的活儿。初起,仗着年轻、俊俏,客人也肯掏大钱。偏有一次,遇到个有势力的,使劲折磨她,她不肯依从,便把主顾惹翻了。鸨母见她给自己惹了祸,拿着一把烧红的烙铁朝她脸拍过去。这回,她从楼上被撵到楼下,脸上拳头大的疤把她能卖高价的身子变成了甩不出手的“处理品”。她接的客全是只能摸出几口酒钱的三轮车夫,没处歇脚的大车老板儿,进城卖菜换油盐钱,家里娶不上媳妇儿的庄稼人。她碰上一个男人,也就是后来宝柱他爸,两人一下子好上了。她觉得他是条汉子,他觉得她可怜。他是个拉胶皮车的,打那以后,有俩富裕钱,就去找她。没多天,解放了。她进了教养所,教养员很快了解到她的身世,帮她找到了宝柱他爸。他连块花布都没扯,就娶了个老婆。他比她小三岁,他没在乎,女大三,抱金砖。她脸上有疤,他不嫌弃,他头上还有块癞呢。刚成亲那些日子,俩人心里都挺美。宝柱娘觉得终身有靠,一心一意地侍奉丈夫。可没过多久,他忽然知道了对他来说是一个绝顶的大事,她不生养。他越寻思越别扭,一别扭就起火,起火就骂,骂不解气就打,打累了就抄家伙砸,一个好好的家成了破烂堆。

她只是躲在墙角哭,她不怕挨打,窑子里打得比这狠,打对她也是家常便饭。她只是觉得对不住他。“不孝有三,无后为大”。是她让他成了陈家的不孝之子。

杨元珍看不过，挺身干预陈家“内政”，邻居们也都过来，一起给宝柱爸开窍。宝柱爸不是听劝的人。杨大娘动了肝火，请来了派出所所长，他只好收敛了些。

趁热打铁，杨元珍带着六岁的建华，东奔西跑，找到一个三个月的男孩子。

这孩子就是陈宝柱，他维系了这个快要散架的家。

从此，她成了宝柱妈，他成了宝柱爸。这些事，陈宝柱本来不知道，别看普店街的人多嘴杂，可以前，谁也没透出半个字儿。大伙怕宝柱爸火暴子脾气，可怜宝柱妈受过的那些罪。所以，宝柱懂事以后，男人见了孩子，都故意当着孩子面说：“瞧，宝柱随他爸。”女人则反驳：“眉眼可像宝柱妈。”老人则说：“宝柱是爹妈身上的一块肉嘛，哪能不像？”

谁都知道这是假的，但又都当成真的说。一来二去，宝柱爸、宝柱妈也真觉得这个孩子就是自己亲生的骨肉。偏偏“文革”一来，人们十年编织的快要成真的好事，一下子给捅破了。

现在，这段往事普店街的人早已忘得差不多了。记忆起来的就是一觉醒后，宝柱爸突然抖上了，成了全市赫赫有名、令人望风丧胆的工矿企业造反总司令部直属刺刀见红铁血团的副司令。他回趟家都是吉普车接送，后面还跟着辆载满警卫的电三轮。这可让世代平民百姓的街坊邻居们惶恐了。一时，宝柱爸给世人不屑一顾的普店街增了辉。在普店街一些已经造反或者想要造反的年轻人心中，宝柱爸成了他们的骄傲，在外边说一句“陈俊生是我邻居”，腮帮子都咧得神气点儿，脸上、肚脐、鞋底子都显着荣耀。

惟独万家不觉着荣耀。万家与陈家是货真价实的邻居，一个院儿，用着同一面墙，夜深了，墙那边喘气的声音都听得清。可两家那会儿是一个天上一个地下，陈家穷，穷得光荣，能当“司令”。万家穷，穷得狗熊，他们的成分不好。万家老爷子干过大买卖，还给日本人做过事。鬼子投降了,万家的铺子倒闭了,破了产的老爷子才躲进普店街。这种出身在“文化大革命”热乎头上是闹着玩的嘛?谁能打保票,兔子就不吃它几口窝边草呢,况且宝柱爸不是兔子,他是一只老虎,见人就要咬。万家原先与陈家并齐在院儿里盖了间小厨房,却比陈家的矮小,一下雨,陈家厨房顶上的水哗哗地往万家厨房顶上流。万家就拆了厨房,想重新盖高点。偏偏昨天拆了,今天“抄家风”就刮起来了,吓得家福爸不敢兴土木,龟在家里观观风声。谁知风声越刮越紧,一发不可收拾,到了宝柱爸成了陈司令,万老头扩建厨房的念头算是彻底打消了,陈司令能屈居一室吗?陈司令得住公馆,盖公馆,别说他这块厨房巴掌地,连万家那两间房子也得早晚让他占了。

万老头的担心不是没由头的。陈俊生确实打过这主意,堂堂司令的“官邸”太栽面了。可是忠心跟随他左右的几个小青年打消了他占房扩地的念头。

“这房不能动,十年之后,这儿准成司令故居,要当历史文物保管呢。”

“瞧见毛主席的故居吗?那是个大纪念馆,这儿将来早晚也得盖一个。”

这样的话说多了,一传十,十传百,随便说的成了真的,没影的成了有影的。有人开始当笑话听,听着听着就半信半疑,进而坚信不疑。

“‘文化大革命’结束,陈司令最起码当个部长,到时候,用不着你说话,就得搬进利华别墅,首长得保证安全呀,没错。”这话最管用。陈俊生从此不再提占房的事。他觉得纪念馆的事,将来会有人管,用不着他现在操心,他顶多叮嘱宝柱妈注意保护好“故居”现状。

宝柱妈觉得丈夫这两年发了疯,但她从不敢招惹他。

“故居”现状是保存下来了,但“故居”里的人都变化了。“四人帮”粉碎不久,宝柱爸同样又是一觉醒来就被戴上手铐逮走了。法院审判完,贴出大布告:原市革委会委员陈俊生,因犯流氓强奸罪、抢劫罪、杀人罪、阴谋暴乱罪,依法判处死刑,立即执行。

普店街几乎所有的人都跑到街上去看了,宝柱爸五花大绑,脸垂在胸前打着红×的白牌上,分不清哪儿是白纸,哪儿是脸,只看见白花花的长着烂楂儿的癞头顶。——宝柱爸关了一年,头发全白了。

宝柱妈躲在人群中看了一眼那白头顶就晕倒了。枪毙宝柱爸的枪声没响过几天,宝柱就步他爹的后尘,让警车给逮走了。儿子是什么时候变坏的,她不知道,就知道宝柱老是不回家,回来就又抽烟又喝酒。瞧人斜愣着眼儿,说话瞪着眼,走路横着肩。结果又是一张判决书,宝柱因持械伤人,聚众殴斗,判有期徒刑两年。

不到一个月,一家三口,少了两口。宝柱妈夫死儿关,她没脸见人,羞恼成疾,病越来越重,加上心情忧虑,伤心得过度,又不肯吃药。尽管杨元珍精心照料,街坊接济,等陈宝柱出狱后,宝柱妈已经落了个半身不遂,几乎全瘫了。

陈宝柱回来后,显得老实多了。但两年的监管是扭不过十几年形成的“德行”的。像回到人类中的狼孩还时时表现出狼的野性一样,陈宝柱也时时表现出他的那份“德行”。他对他妈的感情是复杂的,他不是她生的,她是婊子,丢了他的脸,可他又明白,她疼他,世界上她对他最亲。在狱里,杨大娘给他送去母亲硬撑着半个身子给他做的肉饼时,他哭了。现在,他出了狱,她瘫了,他不能不尽点义务。他讲义气为个朋友还两肋插刀呢,况且是把他养大了的妈。

但宝柱尽的义务却是很有限的,不过是大面上亮得过去的一点事,一日三餐,端屎倒尿,他能做,可擦擦洗洗说话解闷这类细致事，他一样也不干。于是，宝柱妈一到夏天，就受大罪了。不能动，活人闷在屋里也得焐臭了。

杨大娘看不过去，决计让儿子给做辆轮椅。晚上也好把宝柱妈抱上去，推到马路边上过过风。宝柱是建华队里的工人，建华觉得这事也义不容辞，便答应了。

建华和春生都挺能干，吃完晚饭动手，到这会儿已经装成了。轮椅做得简单，但很灵便、适用。

建华放下手里的工具，抹了把汗。“好家伙，海南岛跨过黄河了。”他把电扇调调，递给春生一支烟，“歇口气，一会儿你给推过去。”

春生跑到外边水池那儿，拧开水龙头浇个痛快，浑身上下水淋淋地又转回屋里。

“建华，你说句痛快话吧，我可不想在这屋里憋着了。”他坐下来，接过建华的烟。

“说实在的，我是怕不放我。我是副队长，一摊子事儿呢，不然豁了命我也调。”建华脊梁上的汗成串往下淌。

“一个破副队长，你还真当成官了。凤华大饭店是全国一流的，本市独一家，来来往往的全是高级内宾、外宾。在这种大饭店当老板，我甘心干一辈子，给我个市长我也不当。”

“你不知道，市政工程队的人，进来了就休想离开，除了让人开除，或者死了。调走？绝对没有门儿。”

史春生站起身，把背心往肩膀上一搭：“可惜了，这样的差，送上门，你不去试试，那就怨不得咱老弟了，反正咱们哥们儿的意思到了。”

“要不，给我半年时间，要走，我也得先把路铺平了。”建华吸了一大口烟。

“算啦，你当你的党员，副队长去吧。”史春生用力搬起车，“我推荐你去,总公司和美方听你的学历,还有点儿感冒,嘀嘀咕咕的有心思等你半年?拜拜吧。"

杨建华听了这话,顿时恼了:"那好吧,我杨建华干一辈子市政认了。"

史春生没有搬动车,见建华恼了,也不劝,不解释,反冲建华叫起来:"喂,帮把手,这么笨的东西,我自个儿怎么搬出去!"

建华沉着脸,不理他。春生便放下轮椅,朝建华肩上就是一撇子:"真怪了事了,我是来帮你,你这个副队长愿意笼络人心,帮助职工解忧排难,关我什么事,怎么倒像是我求着你了。"

两个人正在斗闷气,杨大娘进来了,见他们像斗鸡一样站着,不知发生了什么事儿,解围地说:"哟,你们还挺麻利。春生,看你这一身汗,来,大娘给你擦擦,你也到外边凉快凉快去。"

春生笑笑,乖乖地让大娘用毛巾从脖子到腰给擦了个遍,然后顺坡下:"杨大娘,我可交差了,好不好的,您找他。"他一指建华,"后果由他负责,我尽了力,没我事儿了。"说完咧嘴朝建华一笑走了。

建华心里还别扭着,但他能说什么?春生说的是实情。

凤华饭店竣工了。想当凤华中方经理的人挤破了头、争红了眼。史春生为自己能入选,招都使绝了。从去年凤华饭店破土动工,美方就提出,按协议书规定,凤华的中方经理必须是市里各饭店中最出色的管理人员。为搞好市里这第一家合资饭店,市饮食服务总公司把五个候选人分别派往五家管理最差、经济效益最低的中档旅馆去比试,半年为期。结果史春生获得金牌。美方经理戴维与中方经理史春生会面,共商凤华饭店的经营大略。管理大权归中方,春生明白,搞合资他来学的就是管理,不让美国人赚钱,他们是不会投资的;具体实施管理归中方,春生挺满意,具体实施等于当着一大半家。

“史春生,你打算怎么组织我们的管理人员?”戴维用蹩脚的华语问春生,说出的每一个字,都像咬着一块石头。

“由我组阁。”春生的英语也挺差,舌头分外卖力气,但又不听使唤。

戴维似乎听明白了,先是拼命地把眼、鼻、嘴往一起凑,像是闻到一股无法容忍的气味,接着又把脸骤然拉长,张开嘴,疑惑地望着身边的翻译,费力地说:

“他当总统?什么意思?”

翻译笑了,嘀溜溜说了一大片,戴维笑了。

“好,就这样办。”

几天以后,饮食服务总公司经理对春生讲:“公司同意凤华饭店中方各级管理人员的组阁,全权给你,但最后一定要由公司审查一下,批准后才有效。”

妈的,外国人说话就是管用。春生原先当经理时,要了几次人权,公司就是不肯放,撤换一个部主任,提拔一个班长都得经过公司批准,层层关卡,研究来研究去,最后的结果准是卡住一个也动不了。可现在这个大脑袋戴维一句话,总公司居然痛痛快快地批准了。春生在感到满意之余又觉得愤怒。

春生组阁,关键得找个帮手。人家给他推荐了几个大学管理系的应届毕业生,他都没要,那些个小子毛太嫩,说起来一套套的,做起来,什么事都不行。他找到了杨建华。他找帮手的标准是心齐、脑灵、手快、认真,至于有没有酒店经验那不是主要的,他经营这一行也已五六年,有他就成了。

这样一件迫在眉睫又挤破门槛的差事,哪里还容得拖半年?春生的恼火是有道理的。

建华静下来想想春生的话,气先自消了一半。不然明天先和老队长疏通疏通试试。

“过来，妈也给你擦擦。”杨大娘心疼地替建华擦汗水，“还在这儿傻愣着干什么，快把宝柱叫来一块儿送过去。然后再去外边过过风。小蒙也该睡觉了，我去叫他。”

杨大娘走了。

建华还是没有动。

后背痒痒的，挠挠，还痒。他回过头，原来是张义兰在他身后拿着个笤帚苗儿轻轻地划他。

“咯咯咯，”张义兰笑起来，“建华，把自己关在屋里念什么经呢？”

“呆着也是闲着，给宝柱妈做辆轮椅，让老太太也能出门凉快凉快。”

“哟——”张义兰拉个长声，“敢情你这队长真关心人呀！”

她说着，坐到床上，毫无顾忌地撩起裙子扇风，两条大腿袒露在建华面前。

建华皱皱眉，转过身子：“你扯到哪儿去了，这是居委会给的任务。”

“那我不管，我问你，你这个队长怎么不关心关心我，一个臭流氓你倒挺关心的。”

“你？”建华笑笑，“你有个手能摸得着天的哥哥，还用得到我这个小小的队长。”

“我哥怎么你啦？你总和他过不去，我看你嫉妒他。”

建华扯开话题，拍拍手：“算啦，来帮我给宝柱家搬去。”

“我不管。”

“那我去找宝柱。”

“我不让你去。”张义兰跳下地，横在门框中间。

他知道她又犯了小性。他是看着义兰长大的。他还记得那一天。他九岁，正读三年级，和义民一块放学回家，正看见义民爸瘸着条腿倚在院门口。

“爸,我妈生了吗?”张义民问。

“生了。”义民爸皱着眉,“一个丫头片子,顶不着多大用,就是添张嘴。”

这张嘴,就是张义兰。

义兰小时候胆小,建华老爱吓唬她,他一瞪眼一咳嗽,她就没命地撒丫子跑。义兰现在还说,她额角那块小小的月牙疤就是被吓得乱跑时,在墙角磕破的口,建华可一点不记得了。他下乡时,她才九岁,他对那个瘦瘦小小的闺女根本没印象。

如今张义兰成了名副其实的大姑娘,白长了一张俊脸蛋,二十八岁了还高不成低不就的找不到婆家。建华认为这是因为她“扯”,越扯越找不到婆家,越找不到婆家越扯,恶性循环,一晃成了老大难。当然,这是建华私下的看法,义兰并不知道,她走到街上,“回头率”挺高,所以她对自己挺有信心。她这会儿见建华不再撒丫子跑了,叉腿叉腰横在门口。

“别捣乱了,该回去睡觉了,明天早上还得上班。”建华对她气不得,恼不得,无可奈何。

“那你坐下,我告你个事。”她命令他。

他坐下来,看看她。她浑身汗淋淋的,薄薄的连衣裙贴在身上,线条分明地向他发出诱惑,他垂下眼睛。

“说不定哪天,我就搬家了。”张义兰盯着他的脸。

“早听说了,要搬到对面大楼去住。”建华脸上淡淡地说。

“走了,就见不到你和小蒙蒙,还有杨大娘的面了。”

“不就隔条马路吗,有工夫到胡同里瞅瞅,谁还能吃了你?”建华还是不开窍。

“你吃我吗?”义兰希望能在墨盘里找出一条细微的裂缝。

“我没工夫吃你。”建华一脸子不耐烦。

得,一个严丝合缝的大闷罐,一点亮也没有。

“我真搬走了,你可带小蒙蒙到我那儿去串门啊。”

“还不定有空没空,到时再说吧。”

“你……”张义兰心里一委屈,眼就红了。

建华也觉得话说得太过头儿。他恨义民,可义兰没招他惹他的,拿她撒什么气?

“怎么啦?”他打岔道,“你搬出普店街就美得要掉眼泪?”

“少胡扯。”张义兰狠狠地说,霍地转过身,走到门口,又转过身,“告明白你,我恨你!活该你离婚,打一辈子光棍。”

她扭身走了。

建华松了口气。

第 三 章

星期天，对于千家万户都是一个小型的节日，合家欢聚一日，七天只有这么一次。采买、洗衣服，改善伙食……虽然劳累，甚至比上班还劳累，但这又算得了什么！况且这是为自己干，为自己的小家干，只有这一天是属于自己的。越是休息天越得拼命做家务活，中国人似乎不大懂休息。这里没有海滨，也就没有去洗海水浴的习惯，没有郊外树林，也就没有野游打猎的嗜好。只有一堆平日没有时间做的家务活儿。干完了活儿，腰疼腿疼，乐在其中。所以星期一成了工作效率最低的日子，人们要在这天把星期天的劳累慢慢消除。

星期天，柳若晨站在窗前远远望着街上穿梭般往来的人群，人们手提菜篮，购物袋，在为过一个星期天而忙碌。他忽然感到一阵孤寂。他没有这种忙碌，没有那种乐在其中的福分。

他这个家，三室一厅，两口人住得蛮宽裕，然而有家如同没有家。他和妻子分居两室，从结婚起至今他们没有同过床。

他今年四十八岁了，结过两次婚。第一个妻子是大学的同学，第二个就是现在户口本第二页标着的徐力里。

第一个妻子只跟他生活了一年。一次意外的车祸带走了她和她腹中四个月的胎儿。

他很爱她。读大学时，他学习上是班里拔尖的高才生，可政治上，他的家族是“黑”色的，父亲虽已去世，但他的大资本家成分给儿子带来了抹不去的颜色。母亲是父亲的二姨太，虽然是平民出身，但嫁给了资本家，也无力给他政治上染上一点红色。更不要说侨居美国经商的二伯和逃到台湾的大伯这些不光彩、甚至令人畏惧的社会关系给他罩上的阴影了。

他在大学没能得到他应该得到的东西。信任、荣誉、平等，这不是他努力争取就能得到的。

他曾努力争取过。入学的第一天早晨，他就候在系党总支办公室的门口，手里捧着他几乎熬了一夜写成的入党申请书，像捧着自己一颗赤诚的心。看见系总支书记远远地走来，他赶紧迎上去，把这颗“心”双手捧给了他。他没有勇气说一句话，说什么？上面写着自己的心愿，自己的灵魂和自己的信念。当系党总支书记惊愕地看看他，又微笑地瞧瞧手里的申请书时，柳若晨红着脸，逃走了。他跑出多远，心还怦怦地跳。后来，他后悔了，当时的样子实在太不严肃，怎么连一句铿锵的誓言都没有表示，做贼似的溜掉。申请书写得很好，但交得太不像样，他一直这样想。没有人找他就入党问题谈话，班上同学入党，没人通知他参加，都是那第一印象太糟了，他幼稚地一直这样想。直到后来，他才知道那跟第一印象毫无关系，倒是与他那些毫无联系的社会关系和九泉之下的父亲有直接关系。

他埋头于公式和书本里，悄无声息地拼命念书，班里仿佛没有他这样一个人存在。

但有人却时刻感到他的存在，那就是她。毕业前夕，她向他走来。“我喜欢你。”她说。他觉得自己像是在梦中，梦中也不曾希望梦见她这样一个纯洁、美丽而又根红苗正的姑娘。

他当然一点也没有想到，是二年级时的一场班级篮球赛成为他俩的月老的。那次比赛，班里少一名队员，大家想到了他这个一米八三的“大虾米”，作为团支部文体委员的她，代表组织交给了他这项光荣的任务——当一名班级篮球队队员，打一场球。他打得很卖力气，卖出了他吃“二姨太”奶的力气（他在每月必交的思想汇报中就这样称他的母亲），他的血沸腾了，上下所有能活动的关节都在剧烈地、亢奋地活动。他的眼镜被打掉了，膝盖蹭掉了一块皮，手腕搓伤了，他还是拼命地跑、跳、夺球，豁了命地蹿上篮板去争球，他忘了一切。他只有这一次才感到自己是一条生命，一条和别人具有同样价值的，活生生的，跳跃着的，和荣誉联系在一起的生命。四周观众觉他“滑稽”，把他看成一个笑料。只有她没有笑，却哭了。他对她说过：“只要是组织交给我的任务，上刀山下火海，我也要出色地完成。”组织上没有任务给他，因为不信任他，只有这一次给他任务。这个幼稚得傻气，而又真诚得可爱的大个子同学，从此进入了她的心扉。

他当然不知道她的心路历程，她想起了小时候看过的一个童话：一个美丽的公主向一个砍柴的樵夫求爱，樵夫答应了，从此他便有了一把金斧和举世无双的神力。

她没有给他金斧和神力，只不过和他一起扛起了原来压在他一个人身上的包袱。这包袱不轻，一个人背着沉重，两个人背着似乎更沉重。她也知道了这包袱的分量，和他一样，毕业后她没有分到科研部门，也没有分到大工厂而分到一个偏僻的小厂，专业完全不对口。她成了一个普通技术工人。一个包袱压碎了她成为科学家的梦。

她哭过，埋怨过，一肚子的闷气，但她没有后悔，心甘情愿为两个相依为命的生命，孕育着一个新的生命。

突然地，她消失了，毫无声息，毫无价值地消失了，连一个小型的追悼会也没有开。一个资本家的儿媳妇去为她的丈夫买一件衬衣而遭车祸，即便有人给开个追悼会，又能说些什么？她做了一年资本家老公公的儿媳妇，却不知资产阶级的生活是个什么样子。在那幢厦门路的漂亮小楼里，她和他的房间四壁空空。原先家里的物品他们一件也没有要，一张木板床，一只写字台，两只柳条包是他们的全部财产。她和他一起动员“二姨太”为河北水灾捐出了最后一笔存款。他们决计用自己的工资养活母亲和弟妹。他们的生活开始拮据了，可心里却非常坦然，他们用自己的劳动开始了脱胎换骨的改造。

她陪他整整走了一年，永远忘不掉的一年。

第二个妻子徐力里是怎么走进自己生活里来的？当时他没有认真想，现在不愿想。他只知道，他与她谁也没有进入过对方的心里。

他被落实了政策，不单是他的身份和职称——工程师，而且还有他的家和资产——那幢小楼。

“文革”之前，他一个人住在那幢小楼顶的阁楼里，一间过去用人住的房子。但进入小院时，他仍常常感到不安，这条街的主人大都是为推翻剥削阶级而流过血的革命者。只有他家与对面两家属于被推翻的剥削阶级的后代。“文革”中，他和他的母亲、弟弟、妹妹被赶到院子右边的两间平房，原先司机住的房子。不幸之中，他却感到庆幸，他心态平衡了。然而现在，他又被通知，按照政策继承了已故“二姨太”的这幢房子。他心有余悸，不想要，要捐给国家。但组织上一再说明他要继承下来。——他的二伯要回来了。二伯还活着，他老了，对故土的眷恋，使他的爱国之心浓缩在一个聚集点上，他要投资，支援祖国的四化建设。陪同回来的是他的儿子，哈佛大学的教授，一个比柳若晨小五岁，功业却大五倍的著名人物。父亲为国投资，儿子为国增光，父子俩的回国成了一件带有很强的政策性的政治大事。柳若晨必须立即回到厦门路小楼，这也是一件政策性很强的政治大事。有生以来，柳若晨第一次沾了政治的光。

紧接着，光环一圈圈地笼罩在柳若晨的头上。先是他被调到研究所当工程师，然后又上调到一个大企业当总工程师。不久，市委副书记亲自找到他，把市委书记的女儿徐力里介绍给他。他又一次如堕入迷雾之中。梦里都没想到会发生的事情，在生活中接二连三地出现了。然后，他入了党。在他想"红"想得发疯时，他一点红色都沾不上。而当他自以为不再可能有作为时，却突然红得发紫了。这次，他没有出现神话般的幻影，他已经不是做梦的年龄，他只是觉得这一切来得太快，太突然，有些不可理解，其实还有几分怅惘。

"一个预备党员，还封建？死去的人已经死了，活着的人应该有革命精神，革命朝气，向前看嘛！"为他说媒的袁副书记以四十年党龄的资格，要求他这个新党员肃清封建残余，忘掉死人，与活人成亲。

他无言以对。

忘掉她，这不可能。"没有朝气"这倒是他的实际。自从她离开后，他就像一只孤雁，做任何事情都打不起精神，他无论如何忘不了她。她倘若不是猝死，临终前会对他说些什么？劝他再娶，还是期待他说出一句永不变心的誓言？不，她什么也不会说。她肯定知道他，一个有了她才有了生命力的丈夫，永远也不会忘了她。

"你难道还相信人死去会有灵魂？"厂党委书记奉命说服他。

他当然不信。人死就像一张燃尽的纸，连灰烬早晚也要消失得无影无踪。

"那你为什么？"

不为什么，他一个人习惯了。一个人生活平静。不怕外界的风和雨，不用让另一个人为他的不幸而撕心裂肺，不用让另一个人为他负重而使之心如刀割。自己的存在只会给别人带来痛苦，他不愿意再有一个人和他"共苦"。当然，这是在逆境中的想法，那么现在，是该"同甘"了吗？死去的她没能与他"同甘"，为什么要另找一个女人,为什么一定要找这个徐力里?与他“同甘”的人应该与他共过“苦”。

“徐力里同志是个很好的人,‘文革’中受了很多的苦,经历了很多不幸,你们会相互理解的,尤其又都是搞技术工作的。”

拖了一百天,最终是这句话让他点了头。

受过苦的人,至少跟他会有共同语言,可是产生感情,那是不可能的,况且他不愿意让关心他的领导为他的事一次次地找他,过去,连见都见不到的人物,现在不厌其烦地找他,固执会让人感到他太不通情理,会让人误解落实政策翘尾巴,会让人误认为他对党有成见。他是通情达理的人,心肠也软。他热爱党,在一些青年人已经不屑入党的时候,他在入党宣誓时仍激动得热泪盈眶。他尊敬市委书记徐克同志,由衷地敬爱。六五年他亲耳听徐克同志在人民礼堂做过一次报告。徐克同志讲:“对知识分子,一定要注意团结,特别是我们党培养的知识分子,更应该相信他们,依靠他们,发挥他们的作用。对其中一些出身不好的知识分子,不能歧视,要重在表现……”这些话温暖了他的心。他感动极了,如同遇到再生父母。虽然那次讲话没使他再生,可他感激徐克同志这段话。就为了这段话让他走进徐克同志的家门他也是情愿的。毫无办法的是他对照片上那个冷若冰霜的徐克同志的女儿没有一点好感。

但他仍然点了头。对他来说,那女人是什么样的人完全不重要,重要的是他同意结婚了。

对方又等了一百天才点头,这是后来才知道的,否则,即使他点了头也可以再摇头的。

世界上竟有一个女人跟他一样对此事要想一百天,却并不要求见对方一面。

新婚那天,他们两人从徐克同志家回到他那幢小楼,原来相距不过几百米。

走进他草草收拾过的新房,他有些惶惑。

第一次结婚的第一个晚上,当他和她单独在一间属于他和她的房间里时,他立刻有一种异样的感觉,一种不可遏制的冲动,一种男人的本能支配了他,使他无法镇静在如火如荼的燃烧中,如醉如痴的欲海中,他得到了一种近乎疯狂的满足。当他慢慢平静下来,恢复了理智的时候,他感到羞愧。他悄悄地望望她。她却闭着眼睛,双颊绯红,一种幸福和陶醉使她分外美丽、动人。“就这样,永远永远结为一体,不分离。”她说。

可这一次入新房,他没有一点点兴奋,没有一点点异样的情绪。有的只是疲倦和厌烦。整整一天,他应付了多少礼貌的恭贺之词,说了多少言不由衷的话,表示答谢,表示喜悦,表示满足和幸福,这些让他的大脑疲惫不堪,口干舌燥。难道只是因为累了,或是没有感情?为什么自己的那部分丝毫感觉也没有?人的身体器官不像房间里的家具,不用了闲置起来,什么时候用都可以。他忽然意识到自己可能生理上有了毛病,他望着陌生的新娘,心里产生了一种歉疚感,仿佛自己是个等待审判的人。

徐力里坐在沙发上,打量着房间,仿佛这屋里并没有他这个人。

“这幢楼,全是你的吗?”她问,并不看他。

“对,还有我弟弟和妹妹。”

“那我的房间呢?”

“就是这间,噢,这是比较大的一间,而且向阳。”

“那好吧,我们谈完问题,你就回你的房间里去吧。”

柳若晨这才听清楚,原来在徐力里的概念里,他与她应该是各有一个房间的。可他原来根本没想到,除了这间新房外,他还要准备另一间,尽管这完全办得到,而且很多有产阶级和无产阶级的有权者都有这种生活习惯,但他还是感到意外,起码在新婚第一夜是意外的。

“谈问……题?”他有点迟疑地问。

“我是个搞技术的。”她说。

“我知道,我也是。”

“我的意思是说我对家庭担负不起什么责任,我不会做家务,也不想学。没有兴趣,也没有时间。我惟一的嗜好是看书……可以这样说,我对家庭生活缺乏准备而且非常不习惯。”

“我们在这一点上有点相似。”

“我们最好各自都是自由的,我不愿意成为家庭的奴隶。”

“这,您尽管放心,我这个人的性格,恐怕在社会和家庭里都当不了奴隶主。”

她露出一丝不易被察觉的微笑,这笑显得有那么点冷酷,像她那张照片。他觉得她在嘲弄他。

“我的意思,”这是她第二次用这话开头,仿佛她老在岔开他的话,“我们各自吃各自的饭。其他花销,比如衣服、书籍也是各买各的。”

“这个……”他虽然不了解徐力里,却没有想到她如此之“独”,结了婚还分灶、分账,这是他又一个没想到,第二次结婚与第一次果然处处不同。

“好吧,这对我也挺习惯。”他说,觉得很扫兴,尽管他本来就没有什么兴。

“我的意思是,”徐力里第三次说这个开头,“我不想做母亲,有人结婚就是为了做母亲,可我绝不做。所以,我们没有必要晚上住在一起,你结过婚,自然明白我说的意思。”

这一次,他对她的“意思”全都明白了,她不想尽妻子的责任,也不要他尽丈夫的义务。两人毫不相干。这叫夫妻吗?放到别人身上,这是绝不可以容忍的事。而柳若晨却突然产生了一种解脱感。这样好,最好。刚才那个毫无反应的部分给他造成的紧张,一下子放松了。

“问题”很快谈妥了,他回到另一个房间,那是他的书房,里面放着三天前刚刚从那大屋里搬出的单人床。他感到好笑,这次婚姻就是换了一间房子,把原先当做卧室的房间让给了她,自己睡到了书房里。他用一间向阳的冬暖夏凉的大房间为自己换得了一个名分上的妻子,和一份不再被人叨扰的安静。

对这种生活方式,他们俩遵守着一个默契,谁也不曾吐露一点。连住在楼下的弟弟柳若明和妹妹柳若菲都没有发现。

不久,柳若明兴冲冲地跑上楼同哥哥商量。市开发公司要买他们这幢楼,出价六十万,另外再给他们三套单元房。柳若晨拿不定主意,他对这幢楼总有一种畏惧,一种厌恶,这是他父亲用剥削的钱买来的,他们兄妹三人本不应在这里住,只是政策落实到他们头上,才搬了回来。住可以,卖行吗?柳若明看不上哥哥这种优柔寡断的样子。“算了吧,收起您那套左派论调吧,什么不合适。买主是国家,卖就是于国于己有利,不卖就是给市政府出难题。”妹妹柳若菲闹得更凶,她当了二十几年狗崽子,不能白当,精神摧残得要物质补偿,她离开了丈夫那个小窝,可住在自己漂亮的小楼里却没有钱买双漂亮鞋,二伯父回来答应带她去美国,虽说伯父有钱,但总不如自己有花得痛快,后半生她要过得舒服点,没钱一切是个零。

柳若晨为难了,一个刚刚转正的党员,可以这样做吗?他想到了妻子,只有跟她商量商量了。

“这是你们家的事,我不管。”徐力里一把尺在图纸上量来量去,头也没抬。仿佛这事与她毫无关系。

“你去问问你父亲。”他说,“我们不能犯错误。”

徐力里没有说话。晚上,她推开他的房门,对他说:“父亲说,政策允许,完全可以。”这是徐力里参与柳家惟一的一件事,也是柳家几十年来最大的一件事。他多少觉得她还算个柳家的人。

房卖了,兄妹三人各分了二十万元。弟弟高高兴兴拿着钱搬走了,妹妹拿着钱申请去美国找二伯。柳若晨把钱全部交了党费。组织动员他留下,他执意要交,这一举震动了全局,他被评为年度优秀党员。

他和徐力里搬进了普店街对面那幢二十二层的黄山大楼。三室一厅的单元房,仍是各住各的房间。没有了楼下弟弟妹妹的喧嚣,他觉得有些孤寂,这个小单元门一关,把他和她关在一个单独的世界里,但他们仍没有把两个人合到一个更小的世界。柳若晨和徐力里就这样清清白白而又不明不白,孤单而又自在地“共同”生活了五年。

今天一大早,徐力里就出去了。他从来不问她去做什么。他们每天是用灯打招呼的。他下班回来看见她屋里的灯亮着,就说明她回来了,还没有睡。房间黑着灯,就表示她还没有回来,或是睡了。谁知她会不会注意到她的房间之外还有一个住着他的房间,有一盏会亮也会灭的灯。

窗外,是人声鼎沸的热闹世界。柳若晨望着楼下那条已成为自由贸易市场的小街。个体摊贩们一大早就吆喝上了,各式各样的蔬菜,国营商店里难得见到活蹦乱跳的鲜鱼,粮店里买不到的各样品种的五谷杂粮……一个丰富多彩的大千世界。他把目光聚集在密集的人流中,分解一个个的人。一个胖胖的老妇人领着个小男孩,那孩子指着一个货摊拼命地拉那个老人,于是那孩子手上多了一把木制的大刀。一个中年妇女提着装满鲜菜的网兜和一个鱼贩激烈地争执着什么,突然扭身要走,鱼贩拉住她。不一会儿,那妇女的网兜里多了一条鱼。他的目光又落到一个戴着眼镜与自己年纪相仿的中年男子身上。那男人显然是走得不耐烦了,拎着一只活鸡想往外走,又被一个女人拽住了。他甩开她,仍想走,可那女人硬扯着他朝一个人堆儿里挤,那儿可能有什么稀罕货!中年男人无可奈何地垂着头跟她走了。柳若晨看着这一对男女,他忽然有点羡慕,羡慕那被拉扯得垂头丧气的男人。一个男人,在生活里也许需要一个女人拉扯一下,需要跟在一个女人屁股后面无可奈何,垂头丧气。

他想起死去的她,如果她活着,说不定他们今天也会挤到这人群中去,她会挽着他的胳膊,就像从对面普店街走出走进的那一对对青年男女一样。她有这个胆量,即使在那"兴无灭资"的时代,她也敢在街上挽着他走路,在树荫下的暗处突然踮起脚儿来亲他一下。可徐力里不会这样,也不能指望有这样一天。

他不由得有些伤感,有些沮丧,进而有点冒火。他感到了没有家的悲哀,也感到一种对徐力里的恼火。他相信天底下没有人过着他这种生活,没有他们这样的夫妻。

他扭转身子,窗外的世界太刺激了。空荡荡的房间也让他感到刺激。他不会抽烟,没有赖以排遣烦恼和缓解惆怅的东西,每当他要思考的时候,他总是习惯地搓着手中的笔,久而久之,笔杆上被他搓出了深深的痕迹。他搓着笔一下又一下,一个念头冒了出来,十分强烈。——到她房间里去!他为什么不可以进去看一看,坐一坐,翻一翻?那是妻子的房间,他完全有权利进去,以一个主人的身份进去。搬家时,是若明找朋友一起帮他搬的,他帮她把东西乱糟糟地堆在屋里后,就再也没进过那房间。

他把笔插到口袋上,走到她的房间门口。门没有锁,他们是君子协议,两个人又都是君子,谁也没有违反过。可今天,柳若晨决定当一次小人。他打开了门。

房间干净,陈设简单。他结婚时买的那张床和一对椅子,她从娘家搬来的写字台和一只棕色皮箱,两个书架。都是些他早已见过的东西,所不熟悉的是单身女人房间中特有的一种馨香。

这不免让他扫兴,当了一次小人,却一无所获。他不甘心转身就走,既然已经当了"小人",索性就当到底。他在床上坐了坐,很快又站起来,把坐皱的床单拉平,他打开皮箱,里面整整齐齐放着她的内衣、内裤。他赶紧盖上,仿佛自己做了件令人脸红的事,心也有些发慌。他又走到写字台前,玻璃板下压着许多照片。每张照片都有她。她梳羊角辫儿的红领巾照,戴着团徽和大学校徽的少女照,她与父亲和弟弟徐援朝的合影,陈毅同志和他们兄妹合影的纪念照,以及她各个阶段的集体合影照。没有他。他和她没有拍过合影照,他曾有一张照片由介绍人转交给她,但她没有放在这儿,这不怪她,他们本来不过是名义上的夫妻。

左面的抽屉,里面放着一叠钱。右面的抽屉是梳子和剪子之类,中间的抽屉,里面是书和笔记本,会不会是日记?猎取她的秘密这一念头牵动着他,他相信已接触到了秘密,一个他想窥探的秘密。他看看身后,门是关着的。他急忙拿起一本翻开,不是日记,是工作笔记;又翻开一本,是会议记录;再翻开一本,是学习札记,一本本全翻过去,他彻底失望了。

什么也没有得到,他再一次地失望了。

剩下的是几本外文专业书和一本小说。不会再有什么了,他拿起小说,随意翻着,这是一本"文革"前出版的《简·爱》,他觉得有点好笑,她还喜欢读小说,读这本充满了爱与恨的《简·爱》?这么说她还不是一个不谙尘世情感的修女。或许这书里有哪些话吸引过她,使她也像在那几本外文专业书上一样画上些红线。

他没有发现红线,却意外地发现了一张夹在书中间的照片,一个他所熟悉的人的照片。

他惊呆了。

是他,绝对是他。虽然照片上的他那样年轻,额头没有皱纹,脸形要消瘦些,体形要健壮些。他还一眼就认出照片上的人就是现任市长,他每天都要见上一面的阎鸿唤。

这究竟是怎么一回事？还用解释吗？他无力地合上书,放回抽屉里。他终于发现了她的秘密,五年的谜底,轻而易举地就被他探知了。原来,她心里也有一个人,是过去的恋人,还是现在的情夫？

他浑身颤抖地走出她的房间。

保姆秦阿姨恰巧买菜回来,她立刻发现了柳副市长的这种“小人”行为。

她对于柳家夫妇这种互不相干的生活,已经由惊讶到习惯了。她的工作就是根据他们夫妇的不同口味,做好早晚两餐饭,洗洗衣服收拾一下房间。她是个本分的农村妇女,从不干涉主人的个人生活,可这一次,她惊讶了。

“柳同志,您……”秦阿姨情不自禁地问。

“你少管!”柳若晨恶狠狠地嚷道,“记住,不许跟她说,你听到没有？不然我辞掉你!”

“你们两口子的事,我从不多嘴的。”秦阿姨被他的凶相吓傻了,她从来没看见柳同志这样凶过,他一贯是客客气气,文质彬彬,和风细雨的。但今天,柳同志变了,变得像一只要吃人的鸠。

第 四 章

一

杨建华瞅了个空儿，凑到老耿队长面前。

“老队长，和您商量个事儿。”

“嘛事儿？”

建华笑笑，掏出一盒“金皇后”牌过滤嘴香烟，送到老队长面前。

老队长推开建华的烟，从自已口袋里掏出一根放到嘴上，他从不让烟，也不抽别人的烟，他就这么个脾气。

“不行，师傅，今天，您得抽徒弟一根儿，我有大事和您商量。”建华不容分说地把烟又递到师傅手心里。

老队长犹豫了一下，便把自个儿的烟放回烟盒，接过了建华的一根烟。他家里有个把家的内当家，烟钱总是给不够数儿。老队长奖金见涨，市场上物价见涨，就是内当家发的烟钱不见涨。老头儿只好抠自个儿，买烟自己省着一点点抽。没烟也不跟别人要。不然人家就会跟你要，给心疼，不给，许你抽人家的，不许人家抽你的？他不愿落个占小便宜的名分。都说烟酒不分家。他分，分得一清二楚。今个儿，他看出建华确是有事和他商量，敬的烟可以抽，抽完了，谁也不欠谁的。

“啥事儿？有人给你说媳妇儿了？该找了，找个好心眼的，别的啥也别挑，像那个妖精，模样倒好，心黑。”

“这辈子我不结婚了，我和小蒙过得挺好，现在我养他，老了他养我。”

“他养你？那要看他长大娶个什么媳妇儿。人老了还是有个伴儿好。嘿嘿……”老队长说到这儿，打了个顿儿，他知道自个儿有个怕老婆的坏名声，老想着纠正纠正，“像我老伴儿人么是厉害点儿，但对我是尽心尽力。她不让我抽烟，是对我好，怕我得癌症。省下钱给我补身子。天天回家热汤热水的。孩子不行，嘴上再甜，但心都在自己的小家上，谁真格的惦着你？儿子要多想你点儿，媳妇就不干，别看我不吭不哈的，早看透了。要靠还就是靠老两口相互照应着，儿子、媳妇、闺女、女婿，一个都指望不上。”

老队长一跟建华扯起自个儿家里的事儿，就没个完。他家那点儿底，他又不愿都抖搂出去，就只在边边沿沿上发发牢骚。他家人丁兴旺，老两口一辈子养了六男一女，实指望七个儿女成人后，自己能得到他们的孝敬。“赶明儿七个孩子，一人给你十块，就够你舒坦的啦。”那时候，不少工友这样对他说。谁知等孩子们大了，挣了钱，成了家，世上的风俗却变了，不兴儿女孝敬老的，反倒兴起老的倒贴小的来了。老伴克扣他的烟钱，哪儿补了他的身子，全都给了儿子娶媳妇，现在媳妇倒是都娶上了，又添了个新花销，每到星期天，儿子、媳妇、孙子、孙女、闺女、女婿、外孙女蝗虫似的飞来一片，吃呀、喝呀，好吃好喝的塞了一肚子，又蝗虫似的呼啦着飞走了。老伴糊涂，对老头子管得挺紧，可对儿女们却一味娇惯。

“师傅，我今天和您商量的事儿，可比娶媳妇事大，关系到我的事业。”

“事业？那你痛快说吧。你有啥主意尽管说，师傅听你的。看着队里这帮小青年吊儿郎当的样子，我真憋气，放到五几年，早把他们整治了。”

老队长的思维天地,就这么一个工程队和那么一家。

“不,师傅。我是想调个工作。你知道吧,市里盖了十五层的大饭店,咱们公司四队参加盖的。”

“咋的,你想调四队?”

“不,那个饭店是中美合资的,人家想要我去那儿。”

老队长呼地站起身,把剩下的半截子烟拽到地上,扯开脖子就嚷:“没门儿!你,你想溜号?怪不得小青年都看不上咱这工作,就是你带的头儿。这市政工人怎么就干不得了?容不下你啦?非得钻到那十五层的高楼上去给外国人当三孙子?你为啥?为的吃喝着方便?没门的事,从我这儿就不答应!没有咱,什么大饭店,全他妈的狗屁,我让它没水没电,拉屎拉尿都没处流。”

建华不再解释,解释也解释不清。老队长反而会越嚷越凶。

“算了,师傅,就当我没说。我这不是想和您商量嘛。”

“这事儿没商量!”老队长大嘴一嚷,建华这扇希望之门算是关上了。

一连几天,杨建华一直很沉闷。他不愿再想这件事,但它常常不由自主地又在脑子里转悠上了。

七年前,他曾经是威风凛凛的一团之长,手下有二千六百多个兵团战士,一百二十万亩粮田和草原,数不尽的牛、马、羊。他脑子里有一幅美丽壮观的建设蓝图。可这蓝图,他没能实现。知识青年大返城,起初是股小流儿,很快就汇成了不可阻拦的大洪流。他批准放走了一批知青,直到最后剩下了为数不多的早已成家的人,他是其中的一个。与其他人不同的是,他的妻子柳若菲早已回城了,他的婚姻并不是回城的障碍却是回城的通行证。妻子写信来、拍电报来催他办回城的手续。她的二伯父从美国回国,这正是个调回城的好机会。然而,他只把她的户口转了回去。他不肯走,团里还有几百个知青看着他,团长拔腿跑了,团里准乱了营。一年过去了,剩下的几百人也陆陆续续地走了,能走的全走光了。连队里再也见不到战士整队坐在食堂大厅里听他讲话的场面,再也见不到亲亲热热围上来的知青伙伴。草原更加空旷,一群羊在草原上缓慢地移动。他望着那群羊,觉得自己仿佛是一只离群的羊。他感到孤独和失落,羊尚且要追上自己的群体,自己呢?这儿曾经是他的战场,有他的理想和憧憬。但大部队早就撤回到城市,他这只孤雁该在哪儿找到整体,柳若菲已经四个多月不来信。这是个感情突变的年月。他们是结了婚的,也会变吗?兵团已经准备改为农场,师部让他继续担任农场场长。他犹豫了,一夜之间,两盒香烟,死亡了无数脑细胞,他做了一个抉择,决定去赶回城的队伍,他不想让小蒙蒙失去妈妈。

城市接纳了他,但并不欢迎他。他不再是一个指挥员,而是一个普通的回城知青。他是回到了一个整体,但不是那支虽不威武,但很豪迈有气势的军垦部队,而是汇进两手空空的待业大军。

半年后,他被安置在市政公司施工队当了工人。他回来,没有保住这个家,小蒙还是没了妈妈。而他在施工队一干就是五年。

施工队几乎是一支文盲的队伍。老的老,小的小,老的拿张报纸认不得几个字,小的看学历,全是初中、高中毕业生,但却不会解出一元一次方程式。建华的水平在队里不只是高出一星半点儿,全队老少全服他,他干活有力气,遇事有主意,讲话有水平,写文章不费劲儿。只有一个人不把他看得那么高,这就是老队长。他是建华的师傅,他提拔建华当了副队长,自个儿就认为什么事都得由着他。他是没文化,可是有技术,什么工程都干过。别说建华刚来了五年,就连公司的头头们谁敢惹着他!硬活儿还得靠这个六十年代初的老劳模披挂上阵,所以老头儿倔着呢。老队长就像个监工,整天瞪着个眼珠子,跟在工人屁股后面挑毛病,看不上眼就骂。小青年们就变着法子蒙骗他,捉弄他。建华有过几次新的施工想法，合老队长心思的他就听，违他章法的他理也不理。在他眼里，你个副队长的任务就是领着大伙儿去干活儿，活儿怎么干还得听他这个老师傅的。

在这样一个单位干下去，能干出什么名堂！杨建华心里窝火，有时就埋怨妈几句：

"当初，让您去兵团，您就是不去，您要去了，我就不回来了。"

"妈哪儿也不去。你回来有什么不好，做人不能心气儿太高。"

建华一直弄不清妈为什么不肯去内蒙。母亲并不喜欢城市生活，从小他就常听母亲对农村那些往事的回忆，那些人好，天也好，地也好，在农村养成的习惯改都改不掉。为什么不能去内蒙呢，那儿有的是地，种菜、种豆、养猪、养鸡，可由着性子来。建华在兵团一结婚就写信劝妈妈来，可妈妈总说想去，又说不能去。建华猜不出母亲的心思。

回来有什么不好？他说不出来，嘈杂的街道，狭小的住房，简单的劳动……与那个广阔的天地相比，他仿佛是回到了一口狭长的深井，只能见到巴掌大的蓝天。

建华从小在这条胡同里就是个尖子，中学读书时，他从不怀疑自己能考上全国一流的重点大学。然而命运却使他丢掉了上学的机会。当了五年道路工人，他自学了企业管理专业的课程，拿下了自学考试的文凭，然而他的知识在这个小小的施工队却施展不开，公司里的一切都是老章程。春生了解他，给他提供了合资企业的这么个好位置。可这又成了泡影。

建华把自己关在办公室里抽烟。门砰地被推开，陈宝柱一阵风闯了进来，一看见建华，他收住了脚步，嘿嘿嘿地笑笑。

"嘿，大哥，一个人蹲在屋里想谁呢？"

"别耍贫嘴，有事说事，没事修犁去，今天我检查了，有七台犁还没保养。"

“没问题，这点活儿说完就完。哎，队长，小哥儿几个都问，这个月没活干，奖金没戏了吧？”

“对。”建华有点不耐烦。

“得，咱这媳妇儿算是娶不上了，连个烟钱都挤不出来了。”陈宝柱做出一副苦相，凑到建华跟前，“大哥，给哥们儿拿个主意，我想辞职。”

“辞职？”建华吃惊地看着他，“你又要胡闹了。”陈宝柱劳教回来后，安排哪个单位，哪个单位也不敢要，还是建华想方设法给他办到队上当了正式工人，所以建华的话，宝柱从来俯首帖耳。

“我是说真格的，不是闹着玩儿。”宝柱摆出一副一本正经的样子，“你猜，万家福那小子有多少钱了？妈的，最起码四五万，人家个体户，算捞上了。”

“你什么都知道。”

“他自己说的。这小子想办工厂，说办工厂得十万，他还差两万。”

“跟你说的？”建华还是不相信。

“那小子能跟我说实话？他跑银行去贷款，跟义兰说的，还让义兰保密。结果义兰昨晚上在马路上凉快时，全给他抖落了。气得万老头给了家福一个嘴巴子。昨天你在屋里不知道，打得可热闹呢。”

“家福这个人肯吃苦，也有知识，心灵手巧。像你这样的不行，搞个体也不是人人都能赚大钱。”

“所以，我才想着你嘛，干脆你也辞职吧。我跟着你干，我就不信你没家福能耐，你当头儿，我当腿儿，咱们也挣个十几万，到时候不干活，光吃利息就能痛痛快快活一辈子。”

“你别整天光做梦想着发财，你是国家正式职工，应该想着怎么干好，别光这山望着那山高，忘了你当初是怎么进到队里来的。”

“妈的，后悔了，谁知这两年变得这么快。放着万元户不当，跑这儿挣一天十八大毛。”

“你呀，死了这条心吧，公司有规定不准辞职。行了，快干活去，不然一会儿老队长回来又撸你。”

“他奶奶的。”陈宝柱骂了一句，挠挠头皮，晃着膀子出去了。

杨建华轰走陈宝柱，看看表，快下班了，老队长还没回来，他想去看看工人们，电厂工程刚结束，又没新活儿，工人们没事，准是在打扑克呢。果然，他出了队门，就听到对面的那排平房，又说又笑，怪喊怪叫，好不热闹。这要是让老队长听见了，能把窗户玻璃砸了。

他走到门口，刚想进去，又站住了。怎么，里面有个女的声音：“我就再唱一个，你们可得说话算数。”

“没问题，最后一个！”有人喊。

“不行，我才听了一个，得给我补一个。”陈宝柱阴阳怪气的声音，接着是大伙噼里啪啦的掌声和起哄声。

杨建华听出来了，她是市政工程局宣传处的干部肖玲。

他对肖玲的印象很好。她从不像局里有些干部，一到工程队总是居高临下，装腔作势，端着个架子。这姑娘谈吐大方，活泼、直爽。她来队里是了解施工队的情况，写简报的，但哪次来，她都要先跟工人们干一阵子活儿。她爱笑，一边说一边笑，工人们根据她的笑声和名字称她为“小铃铛”。肖玲只在一个人面前不笑，那就是杨建华。他们俩见面总是一本正经的，除了谈工作，就很少有话说。

肖玲人小体轻，但“铃铛”在施工队工人心目中的分量可不轻。有她在，没出息的小伙子们干活都起劲。她一句话，就能攻无不克。这并不是夸张。肖玲让小伙子们服气，她哪次来都认真学门子技术，一来二去。她学会了开铲车、开推土机、开辗道机，甚至能替换工人们拖电镐，端汽锤，道路工程队的机械活，她全拿得起来。而且她还会唱歌，再加上人精神，两只眼黑亮黑亮的，说话就冒精气儿，难怪，队里的小伙子，着了魔似的喜欢她。

杨建华也喜欢这个姑娘。喜欢看她那无拘无束的样子，喜欢看她那混在工人堆里满不在乎拼命干活的身影。看见她，他常常情不自禁地拿她跟柳若菲做比较。柳若菲绝不是个乐观的女人，她的笑声是罕见的，但少女时期的柳若菲身上有那么一点东西跟肖玲很像，是什么呢？杨建华说不出。然而这种不自觉的比较却常常影响了他正常的心理。当他远远看到工人们，特别是二十几岁的青年工人和她竟一无遮拦又毫无水平地说话，或是在她面前故意相互打逗，哗众取宠，以引起她的注意和笑声时，他心里就冒火。他有一次忍不住发了火，沉着脸把那几个小伙子一顿好剋。他希望工人们自重，工人们不理解；他维护肖玲的尊严，可她似乎也不领情。休息时，肖玲和工人们一起吃饭，笑声不断。他走过去，笑声立即停止了。去它的吧，杨建华再也不干涉这种事了。

屋里肖玲唱完了歌，小伙子们撕毁协议，非让她再来一个。肖玲不干了，笑着跑出来，和正在门口听着的杨建华撞个满怀。

“对不起，杨队长。”她吓了一跳，赶紧道歉。

建华显得更尴尬：“没什么，我刚从队部来，你来有事吗？”

“我是来向你要电厂道路工程施工总结的。”

“那你为什么不去找我，反倒跑到这儿唱歌？”建华心里一股火。

“嗨，十几天没来了，一来就被大伙儿截住了，有什么办法？”她笑笑，“现在也不晚哪。”

“晚了！”建华还是发火了，“看看你的表，现在下班了。”说完，他气呼呼地走了。

二

万家的钱库又多了一张一千元的定期存款单,万家福的爹却把整个存款折一张又一张地重新数了一遍。现在,数存款单成了家福爹的一大享受。他一辈子不好什么,老了老了,终于有了一好,数存款单。这可比在路灯下甩扑克,下象棋提精神,让人忘记一切。这么闷的天,门和窗户都关上,他一点不嫌热,"钱"的作用可真神了。

这八十张存款单是一张张存出来的,每张一千元,每存一次换一个储蓄所。家福爹有算计,"文化大革命"时,凡银行两千元以上的存款全部冻结。很多人家被抄,是红卫兵小将找到银行,在银行内部造反派的支持下,查出来的。平时你再装穷,银行那儿可挂着号呢。今后谁敢保证就再也不会来这么一下子呢。为了保险起见,他宁肯多跑十几里路。

"老头子,这么热的天,你闷这儿干吗?"家福妈叫着门。

"嚷啥?洗澡呢。"家福爹赶紧把单子放进铁匣子里,然后拉开门插销。

家福妈进了屋,见到装钱的铁匣子心里就明白了:"没事瞎数个嘛劲儿?"

家福爹赶紧把匣子上了锁。他知道这锁屁也不顶,只要这匣子被人发现,用不着费劲砸锁,只要把匣子往怀里一揣就能把八万块"命根子"拿走。他加把锁,是想锁住老伴和儿子的眼。老伴是个厚道人,过日子精细,但就是手太松。过年过节,侄男侄女来了,她几块几块地往人家手里塞钱,一点儿不知道心疼。儿子是他最要防范的人。这孩子心眼儿活,卖百货每个月进钱都不少,他看着心里欢喜,将来儿子比自己有出息,对这一点,他深信不疑。问题在于家福太不安分。本来只要爷俩这么搞它几年再赚个十来万的,没什么问题,但家福偏偏要变着法地琢磨着把攒得的这笔钱拿来办工厂。工厂是这么好干的?国家现成的厂房,现成的机器设备,现成的原料、人力都那么费劲巴拉的,你一个个体户,靠着几万块钱就能搞出名堂?他费了不少口舌说服儿子,儿子却仍绝不了办工厂的念头。他只好垄断了全部财产。儿子的买卖也得向他报账,收入一笔笔地上缴,他查不出儿子的账上有什么毛病,但心里老怀疑儿子跟他打埋伏,这小子能跟顾客赚钱,谁能保证不赚他老爹?

“你亲眼见那条牛仔裤只收了十四块钱?”他抬眼问老伴。儿子的话,他不大信,明明可以赚七块,却只赚了三元。

“我说你少疑神疑鬼的好不好?省点脑子多活几年吧。钱是我收的,还能错了?”

“噢,噢。”他不再追问了。老伴是他派出去的监督员,她的话,他还信。

万老头把铁匣子放进大木箱的棉裤裆里,盖上盖儿,又用把大锁锁上,这才轻松地喘了口气。

“家福还没回来?”他又问。

“回来你能看不见?就那么巴掌块地方。”老伴儿不耐烦地顶他一句。

“我是怕他回来不进家,又跟门口的胡聊天,把时间全耗在嘴上。”

他站起身,拿毛巾擦把汗,开始准备明早的买卖。他打开电冰箱,拿出一个塑料篮子,扒拉着里边的鸡蛋问老伴:“这有多少斤?”

“三十五斤。”

“个儿大了点,跟你说过了,得买那一斤十三四个的,这么大的,一斤也就十一个。”

“嫌大以后你自个儿买,人家送来的就这么大,你不要?到自由市场上看看去,那鸡蛋一斤顶多八九个。”

万老头没词儿了。他小心翼翼地把鸡蛋一个个拿到明儿摊煎饼时用的小柳条筐里。他摊煎饼有三着偷手:一是量上,面里兑水兑得稀,摊得薄;二是质上,绿豆面里掺点儿白面、玉米面,而且比例越掺越大;三是在鸡蛋上下功夫,一角二分买进的鸡蛋卖一角九分,用个鸡蛋就有七分的赚头儿。他算计着自个儿的煎饼摊地处位置好,早晚上下班的人流不断线,尤其早晨很多人怕上班迟到,不敢进早点铺去挨个儿买果子,便到他摊上来买煎饼果子吃,有的人还专爱吃这一口。所以万家的煎饼摊买卖兴隆,不在乎质量不质量,每天都赚个二三十元钱,四季旱涝保收,没有例外。

“早上广播预报了,这两天有暴雨,你看咱这门槛是不是得再加高点儿?”老伴儿不放心地看看那半尺高的水泥门槛。

“我看用不着。雨水小进不来。雨水大,一尺高都白搭,去年宝柱砌了一个高门槛,不照样进水没辙儿。”

老两口儿说是说,还是齐心合力把一袋袋豆面,怕水的东西全放到屋子里搭的两层小阁楼里。

门砰地被推开了,万家福兴冲冲回来。白衬衫湿透了,贴到身上。进了门先奔水缸,一铁瓢水咕咚咕咚进了肚,立刻又变成汗刷地从汗毛孔冒出来。

“都几点了,才回家!天天晚上净去干吗了?”万老头数落着儿子。自打那天晚上他为儿子在胡同口瞎吹牛,打了儿子几巴掌,儿子一连两天没再理他这个爹。那巴掌重了,父亲想,当着邻居的面,打了他,他能不记恨?别看儿子蹲过大狱,面子照旧薄着呢。今天,父亲先开了口,这就等于主动向儿子赔不是。一条裤子,少赚四元,准是怄气呢,老是这么怄下去,三百四百的就全跑了。

儿子抹抹嘴,没吭声,打开电扇吹风。

"明天闹不好要下雨,旁边屋那货包垫起来没有?不然雨下起来,灌进屋,货可就全糟蹋了。"

儿子还是没吭声。

家福妈怕儿子又把他爹惹急了,这老东西低次头也不容易,赶紧说:"家福,你爸跟你说话呢,你听见没有?气象预报报的可是暴雨,我看你还得垫高几尺。"

家福还是不吭气。他早摸透了父亲的脾气。他来了火,你别理他,来闷的,他就服软了。

"我是为你好,你个孩子家懂嘛!我可是经过的事多了,办事要牢靠,听老的话,吃不了亏,不然,你闯了祸,受一辈子罪。"万老头忍不住,还是想与儿子说话。

"为我好,就别管我。"家福终于接了话茬子,他听出父亲的话头子软了。

"看准了屁!国家的政策你有准儿,卖煎饼,搞点小买卖,什么时候不让干了就收摊。本钱小,吃不了大亏。你卖他买,两方便。不偷,不抢,不剥削谁。办工厂行吗?你一个人干不了,就得雇人。雇人,你就得养活他,人家还得说你剥削他,这不明摆着的事嘛。今天国家允许,明天就不见得,工厂大了,来个公私合营,过几天又没收,你不信等着瞧。几年工夫搭进去不算,你投的几万块也得白搭进去。一分钱收不回来,收回来的就是一顶剥削分子的大帽子。"

"我认了。"家福闷声闷气地说。

"我不认。"家福爹比儿子的声音高八度,"一分钱不许动!"

"那,咱们分家!我挣的那份归我,你没权干涉!"家福也硬了起来。父亲打他从来是当着外人打给别人看,以显示他做父亲的威严,在家可从不碰他一个手指头。

“混账！家里哪儿有钱?!”万老头这话是嚷给别人听的，对门宝柱妈瘫在床上，耳朵可没聋。她要听见了让宝柱知道了可不是闹着玩的。那小子不是东西，真要起了贼心，能连窝端了你。他赶紧压低声音，“你小子死了心，我活着，你就一分钱拿不走。”

“算了吧您，血汗钱？我办工厂赚钱比您赚得干净，赔钱赔个心甘情愿。”家福笑着瞥瞥他父亲。

“我赚的钱怎么不干净？你说！你个小混账，小王八蛋！给我滚！”万老头最怕人说他买卖不地道。没想到外人没说他，儿子却拿这话来戳他心窝，他火了。

万家福拍拍屁股起身出去，今天反正说不通了。

做买卖，虽然赚头大，但他总觉着不光彩。人家生产出来的东西，你去折腾，从中赚钱，这钱挣得不硬气。父亲那种赚法更没劲儿。他要生产产品，要看着那些没用的材料在他手里变成抢手的商品。但父亲的话，不是没有道理。私人企业，雇工不可避免，剥削也无法摆脱。他却想摆脱，先按股份分工，等投资收回了，再缴还股东，让工人们都成为股东，再研究制定新的分配方案。比如上缴完国家税收，扣除生产基金，剩余利润一律采用岗位工资加利润提成奖分掉，真正做到按劳取酬。他只掌握生产资料的使用权，所有权自然过渡到集体所有制，每个工人都是工厂的主人，这样或许能摆脱那两个可怕的字？他脑子里出现一个乌托邦。但最关键的问题是政策会不会变，私人企业现在开了口，又能维持多久？他并不怕收归国有。真能收归国有，还正说明他的企业干得像回事儿了。他担心的是那顶帽子。他可不愿意干个几年、十几年给头上来顶剥削者的帽子戴。“文革”期间，他家没有被抄，就因父亲是个体劳动者，头上没那顶帽子！可他从社会主义教育运动开始，背上就有个无形的包袱，这全因为爷爷头上有那顶帽子。搞社会主义，今后还会不会有那种帽子？这个风险太大了。政策不变，万家福自信能成为当今中国一个财力雄厚的实业家。怕就怕没干几年就变,那他可就成了身败名裂,分文不值的坏蛋了。

他走到胡同口。马路边和马路上,三三两两坐满了乘凉的人,一帮子闲人。他转身朝张义民家走去。他和张义民是同学,关系不密切,但也没闹过别扭。张义民在政府工作,或许他能对政策看得准些。

张义民家里亮着灯。门上挂着个门帘。他敲敲门。

"谁呀?"是张义兰的声音。

没想到义兰今天在屋里,每天她都是马路边闲聊的常客。万家福一阵心跳,想悄悄溜掉。又舍不得放弃这次与张义兰单独谈话的机会。他没答话,咳嗽了两声。

里面没再问,咣当一声,门插销打开了。

万家福推开门,屋里一阵热气夹着香脂气。

外屋没有人,他便向里屋走去,里外屋不过隔着层木板墙。

"哎呀!"张义兰突然尖叫起来。

万家福愣住了。张义兰穿着一条粉红的短裤,上身裸着,正在擦澡。他结结巴巴地说:"我……我是找义民……找你哥问个事。"他的血一下子涌到脸上。

"你,你快给我出去!"张义兰用毛巾挡住胸脯,又羞又急。

万家福这才醒过味来,赶紧退到外屋。

"谁让你进来的,他又不在!"义兰气恼地在里屋喊。

"我敲了门,见门开了,就进来了。"家福慌忙解释。

"我以为是我哥呢,他就爱不答话光咳嗽。"

"对不起。"家福见义兰口气软了下来,心里才不那么乱扑通了,他生怕义兰把今天的事和他过去那块病联系起来,那可就全完了。

"我哥上高伯年家去了,天天不到十二点不回家,你走吧。"她下了逐客令。

瞧这口气，高伯年家、市委书记在她嘴里就像是提到她菜店一个售货员的名字。

“义兰，”万家福迟疑了一下，决心把话说出来。“我想跟你说件事儿。”

“那你到外边等着去，这要叫人撞见，算怎么回事。”

“好，好。”万家福答应着退出屋去。屋外一丝凉风吹来，他才发觉自己不仅身上全都是汗，连手掌心里也湿漉漉的。他蹲在小院门口，想着一会儿怎么张口。含蓄些，怕没个结果，直截了当，又怕她接受不了。他好恨自己，要不是那次“失足”造成千古恨，他什么样的女朋友找不到！何必为她，弄得魂都没了。

他，不该明知道那个女孩子是下过水的，还单独找她谈话，不该控制不住自己，不该……不该的事情多着哪，偏偏发生了不该发生的事。

她那会儿可能是疯了，突然发狂般地吻他，他感到一阵眩晕，又有一股急待发泄的欲火，但他克制着，一动不敢动。她是一个十六岁未成年的学生，但比自己的老师还懂得性，他害怕，却又舍不得推开她，想在那狂吻下多醉一会儿。她突然拉灭了灯，把他的手拉向她，他的防线崩溃了，经不住这巨大的诱惑。正在他的快感得到放纵之时，他被抓住了。被到学校来寻找她的哥哥当场抓获。他成了强奸少女犯。

他感到无地自容，从一个人民教师到一个罪犯。

直到成了罪犯，他也没有见过女人的身体。今天，无意之中，他看到了，虽然只是一闪，却印象鲜明，使他脸热心跳。他这会儿蹲在门口，想着一会儿该说的话。但却总是恍恍惚惚，拢不住神儿。

“进来吧。”张义兰在屋里喊他。

万家福慌忙起身走进去，见她穿上了一件红底白碎花的没袖连衫裙，一头黑发披散着，正在梳头。

“什么事？说吧。”

“小兰，”他讷讷地说，“我，我想办工厂。”话一出口，不知怎的变成了这个。

“你跟我说了八百遍了，钱弄足了吗？”

“钱好办。”

“别吹！小心让你爸再给你个耳掴子。”

“不管怎么样，我就是想冒冒险。”

“你胆可够大的，对了，找我哥干啥？”

“想问问他，私人办企业，有多长的寿命？”

“哟，这么大的政策，他哪儿管得了？那是中央定的，你问他，他准不表态。他说话可小心了。”

“只要中央现行政策允许，我就干。我搞企业还帮着国家解决待业青年，创造财富呢。就算是与国营企业竞争一下又有什么不好？促进他们改革嘛。”

“嗄，你办个多大的厂子呀，还想着与国营赛。”

“厂子现在小，由小到大呀，啥事不是从小到大？”

“你觉着这么对，就干呗，谁也没拦着你。”张义兰嘴一抿，刚洗过的红扑扑的脸上露出一只笑涡，把万家福看得发呆，他鼓起勇气。

“小兰，你跟我干行吗？”

“什么？你说什么？”张义兰吃惊地望着他。

“你能不能……和我……一起冒险？”

张义兰松了口气，笑了：“算了吧，我才不呢，售货员再没出息，也是国营的，让我跟你们掺乎干个体，不成了笑话吗？从国营退到个体去。”

“不跟我干也没什么,只是……你愿意不愿意和我好?”万家福费了九牛二虎之力才说完这句话,像是跑完了漫长的马拉松全程。

张义兰的眼睁圆了。她虽然吃惊,但没恼火。她喜欢男人追她,可她绝不想跟万家福。一个个体户,又是劳改释放犯,虽说人性情挺乖巧,长得也白净,可自己也不能嫁他。“你想到哪儿去了?”张义兰正色说,“这不行,我明确告诉你,以后永远别跟我提这事。”

万家福脸上红一块,白一块,走也不是,留也不是:“我知道,你是嫌我犯过错误……”

“咳呀呀,你快别说了,那叫错误呀?那叫犯罪!你快走吧。”

张义兰说着,真的站起来,硬是一把把万家福从屋里推了出去。

咔嚓一声,门插上了。

第五章

一

张义民姿势潇洒地骑着新买的锰钢自行车，穿过大街小巷乘凉的人群。

他精力充沛。今儿晚上，他更感到自己浑身上下都像这辆新车一样灵活。一连四天没有去高伯年家，今天接到了高夫人的电话，态度特别热情。看来，自己的沉默已经使他们坐不住了，这个效果是他最满意的。让他们带着内疚来迎接他，明白他是做了牺牲的，他才能取得在这个家庭里的平衡。

在同龄人中间，他总是佼佼者。他很自信，在任何竞争中，他从不相信对手会是胜利者。大学期间，班里只发展了一批党员，他是第一个入党的。全中文系只有一个市委机关的分配名额，而他如愿以偿。到机关后半年，一同被分到机关的二十三位大学生中，只有两个人被调去给市委领导当秘书，一个是刚离休的原市政府副秘书长的儿子，一个就是他。而且他做了市长高伯年的秘书，这个职位往往是由经验丰富，工作能力出类拔萃的干部担任的，可他成为市长秘书时，不过刚刚二十八岁。他只当了两年半的秘书，高伯年转任市委书记，他对自己这个年轻的秘书相当满意，在离开市政府大楼之前，便把他安插到市政府新成立的一个重要部门综合处去。于是张义民又成为市委、市政府机关里最年轻的一位处长。

然而，张义民并不满足，他的眼睛总是不断向上看，瞄准上一个阶梯。他心怀大志，而又小心翼翼。他潜心研究着领导的每一个意图，判断着领导的每一个脸色，分析着领导内心的好恶，然后决定哪些事要抓紧办，哪些事可以缓办，哪些应该先办，哪些可以时机成熟再办，哪些需要领导明确指示才能办，哪些不要等待领导发话就该主动去办。所以他的事情总是办得漂漂亮亮，深得领导赞赏。这是他成功的诀窍，而这种诀窍又不是一般人可以领悟和掌握的。他在这方面的精明，确使人望尘莫及。

然而，世界总不能让人十全十美，尽随人意。张义民最大的遗憾是没有能出生在一个有光荣革命资历和地位的干部家庭，这使得他的每一个进步都要付出比具有这种条件的人多几倍的力气，他完完全全是凭着自己出人头地的。他平时十分谦恭，然而在谦恭的背后，是一种抱负，他要做人上人。而做人上人他最大的缺憾是没有一个稳固的政治靠山。机遇使他找到了这座城市里最大的政治靠山，他不能让它溜走。他不仅凭着自己的精明赢得高书记的器重，而且凭着自己的外表和头脑的灵活赢得了高夫人的赏识。他刚当了半年的秘书，沈萍就看中了这个整天“长”在她家的英俊青年，准备把女儿嫁给他。张义民原来只想过成为高伯年“线”上的人，而从没敢想过能成为市委书记家庭的成员。当沈萍含蓄而又明白地告诉他，征求他的意见时，他的第一感觉就是一颗福星降临了。

读大学时，不少女同学追求过他，但他谨慎地一次次地逃避了。他这个人是个矛盾的复合体，他为人谦卑，那是对同事和上级，但在同学中他又常常显得清高。在这清高的外表下却又隐藏着一种自卑，不是自卑自己，而是自卑自己的家庭。这个家庭与他这个人太不相称了。他不相信那些追求他的姑娘，看到他那个低矮、简陋的破窝，那个一天到晚喷着酒气的瘸腿父亲，那个打扮俗气、举止缺乏教养的妹妹后,还会爱他。于是他向全班封锁了他的家庭住址。可是毕业前夕,班团支部书记,一个貌美、人精的姑娘突然出现在他的家门口,他自惭形秽,面红耳赤。她却全不在乎他家的地位高低,境遇好坏。他露了底儿,可她并不因此看轻他。他们关系很快"白热化",甚至谈到了毕业后,分到房就结婚。

但她与高婕相比就相形见绌了。倒不是因为高婕长得比她更漂亮,而是因为高婕有个举足轻重的父亲。在张义民的爱情天平上,政治砝码压倒一切。

高伯年对此事不露声色,不介入,然而张义民却清楚地感到,他的首长对他又悄悄地多了一层长辈式的关照。高伯年调到市委去之前先把他安排当了处长,就是一个明证。

只是高婕的态度却常使他感到捉摸不定。她时而显得很亲热,兴致勃勃地与他谈天说地,时而又冷若冰霜,居高临下地把他从家里"打发走"。于是,一个漫长的了解过程开始了。张义民以超乎寻常的忍耐力来对待这场决定他命运、前途的恋爱。他经受着一次次冷落和嘲弄,忍受着自尊心的一次次折磨。

张义民每天晚上都要到高家去坐一坐,也不管高婕是否在家。她不在,他就向高书记汇报市政府的情况,他们处掌握着市政府各部门的工作动态,于是高书记不用在市委常委会上听取阎鸿唤的汇报,就掌握了市府的基本情况。

高婕出了事,他感到震惊,也感到屈辱,他毕竟是个男人,当他站在门口,听到屋里谈的一切时,他真想冲上去,揪住高婕的脖领子,狠狠地打她一记耳光。平时你高傲得像个公主,可现在,你算个什么东西!他恶狠狠地想,甚至有一种幸灾乐祸的快感。然而,他没有动,他训练有素的大脑神经控制了他的一切冲动。

他的理智救了他,使他在这场突发事件中表现出他的过人之处。高婕自己的过失给他的恋爱天平加上了一个砝码,使本来倾斜于她的杠杆平衡了。他要抓住这个平衡。

沈萍见张义民进了门,忙不迭地招呼:“义民来了,坐坐,我给你去叫你高伯伯。”

高夫人少有的谦卑、热情,立刻被他注意到了。她嘴里的“你们高书记”变成了“你高伯伯”。

高伯年走进房间,脸沉着。张义民站起身,高伯年礼貌地伸手示意请他坐下。两个人在沙发上坐好。

“沈阿姨,您也坐。”张义民完全知道即将开始的是一场什么内容的谈话。虽然高伯年的脸色阴沉,张义民却心中坦然。在交谈双方,他第一次处于主动者的位置,而对方则是揪着心听取他的表态。

“不,你们谈。我给你们做点冷饮来,我刚刚学会了做冰淇淋。”沈萍巧妙地把谈话留给了丈夫,她觉得由丈夫来谈话,效果会更好些。

一阵沉默。一个在考虑怎样谈才不失身份,一个故意不开口,目的是攫取更多的东西。

“你有几天没来了吧? ……部门的工作情况怎么样?”高伯年终于张了口,然而却习惯地扯上了工作。

“还好。”张义民避开了第一个问题,接住了第二个话题,“市政改造整体规划方案需要做重大修改,阎市长让我们会同规划部门、建工部门,一周拿出具体实施的意见,因此压力很大。”

“噢,鸿唤已经和我交换了意见。有些我是赞同的,但市政改造是个大事情。规划可以搞得长远一点,宏大一点,但具体制定实施方案,要实际一点,稳妥一点。切不可凭着一股子蛮劲,一时的冲动,就不顾一切地干起来。总想着自己干出点别人没有干过的事情。但别人没干过的事情总有他没去干的道理。我担心我们有些同志不肯接受五八年‘大跃进’的教训,以为大刀阔斧就是改革,其实这是蛮干！是‘左’的错误思想的表现。”

张义民十分仔细地听着，他听出“有些同志”指的是谁。他钦佩阎鸿唤，同时又很怵他。这位市长不是从听你说些什么来衡量你，而是从你能干什么来认识你。因此，他在阎鸿唤面前，常有一种危机感。即使使出浑身解数，也很难使市长十分满意，这不免让张义民苦恼。市长对基层的情况相当熟悉，有着十分合理而准确的想象力和预见性，所以当你未经实际调查，未付出应付的劳动代价，便向他汇报工作时，肯定会被他不留情面地揭穿。这一切，都使张义民隐隐感到一种威胁，这种威胁不是来自某一个人，而是来自一种发展趋势，来自发展中不断自然产生出来的取代者。有阎鸿唤当政，他张义民要想像以往那样顺顺当当地上升不容易，他要花费许多真气力。这也是他急于想加入高伯年家族的原因。有了这个符号，他就能借助风力，扶摇直上，而不必跟着阎鸿唤的屁股后面去登山。现在高伯年的话中露出的不满，不禁使他暗喜。阎鸿唤与高伯年的资历相差太远，远不是高伯年的对手。高伯年可以提议阎鸿唤当市长，也完全可以提议免去他的职务，尽管目前他俩是平级干部，但老的永远主宰着年轻的。

“阎市长要求我们仍按‘七一五方案’搞，改造工程从交通改造入手，听阎市长讲，好像国务院领导同志非常支持这个方案。”张义民望着高伯年，试探地说。

“七一五方案”，是阎鸿唤亲自组织制定的一个改造工程方案，因为定稿是七月十五日，所以称为“七一五方案”。这方案否定了高伯年当市长时制定的一个方案。两个方案的分歧点，在于完成市发展整体规划的第二步，即改造工程的入手点。高伯年的第二步是在解决电力和城市用水问题之后才开始企业改造。而阎鸿唤则认为第二步是在解决交通问题的同时进行旧区改造。高伯年很恼火，其实对于两个方案先搞什么后搞什么，他并没看得很重，他看重的是他提拔起来的新市长，竟敢于否认他这个老市长的方案。于是，他主持召开了市委常委会，否决了阎鸿唤的“七一五方案”。当然“否决”不是以决议的形式，而是根据常委会的惯例，高伯年摇了头，就算做否决。这就是权力、威望的象征。在常委会上，阎鸿唤没有成功，却在第一步能源工程完成之后，又突然重新拿出自己的“七一五方案”，先跑到国务院，取得领导认可。让高伯年没法子再讲话，这种做法堪称高明，也实在可恶。高伯年现在甚至比阎鸿唤刚提出“七一五方案”时还要恼火。在阎鸿唤从北京回来向他传达副总理指示时，他按捺不住，大发雷霆。一个市长怎么能未经常委通过就可以直接向中央征求意见！现在阎鸿唤并没有因为他发了火而变得慎重些，仍然按他的方案，组织实施，这无疑是明目张胆地对市委书记权威的公开蔑视和挑战。

“先生产，后生活，这是我们党一贯的政策。”高伯年觉得手有些发麻、发胀，他用力把拳头攥起来，有节制地在沙发垫上捶了两下，“修什么现代化公路，搞些花里胡哨的东西，表面繁荣。”

“阎市长的‘七一五方案’的精神已经向各区局传达了，据说有的区已经收集了群众反映，尤其老城区，居民反映很强烈，说阎鸿唤是‘好市长’，‘最知道老百姓的冷暖’。”

“好市长”三个字又一次强烈地刺激了高伯年的神经，他笑笑，“小张啊，遇事应该有自己的独立思考，依你看，是把生产搞上去，从长远上解决人民群众的民生问题好，还是挖肉补疮，放弃大事不抓只抓那些眼前利益的事对呢？”

张义民没有马上回答，他明白高伯年的想法，是想让他说出一堆反对“七一五方案”的话，然后以此为据，拿到市常委会上去驳倒阎鸿唤。他对“七一五方案”，内心是矛盾的，他承认阎鸿唤的总体规划是科学的，这个新市长办的事件件是实事，绝无一句空话。他久住普店街，当然知道住“三级跳坑”的滋味。但他并不希望阎鸿唤成功,这不仅因为阎鸿唤使他惧怕,也因为普店街已经与他无关,况且,他的命运之绳已系在高伯年的航船上了。

沈萍救了张义民的驾。她端着两盘自制的冰淇淋走进来,在门外,她就听见高伯年谈的根本不是她授意的内容,心里很不高兴。她把盘子放在两个人面前的茶几上,踩踩丈夫的脚,提醒他该言归正传了。

“好了,我们不谈这些了。你记住,作为一个青年干部随时要敢于讲真话、敢于发表自己的意见。”高伯年理解了妻子那一脚的用意,收住这个令他恼怒的话题,开始考虑如何转入下一个同样让他恼怒的话题。

“那天,小婕把她的事情向你坦白了没有?”高伯年有意不去看张义民。

“小婕很坦白。”张义民很冷静地回答。

“究竟是怎么回事?”高伯年不是故弄玄虚,他到现在也弄不清女儿出事的具体缘由,又不愿亲自问她。

“一个外地歌唱家,在组台演出时,与高婕产生了几天热情,他们没有想到会有孩子。事情就这样简单。”

“混蛋!”高伯年骂起来,从与张义民谈话起,他就憋着一肚子火,这时正好发泄出来,“堕落,简直是堕落,她丝毫不对自己、对自己的家庭负责!”

沈萍赶忙压住丈夫的火气:“你吵什么,听义民说嘛,扣帽子,骂人能解决问题吗?义民你说呢?”

“我觉得高婕对那个演员不过是几天的热情。这也是一时糊涂,文艺界受西方性解放思想影响,在男女关系问题上往往比较轻率。高婕大概是受环境熏染。”

“对,对。我同意义民的说法。”沈萍忙点头赞同。

“那你打算怎么办?我指的是你与小婕的关系。”高伯年的目光由冰淇淋上转向张义民，“我作为国家干部，绝不干涉你们年轻人的生活选择，但作为小婕的父亲，还得了解你的态度，我们做老人的，心里要有数。”

张义民虔诚地望着市委书记，他发现平时威严的书记突然显得很老，很疲惫。他搓搓手，沉默了一会儿，认真地说：“我反复思考过了。我希望继续保持与高婕的关系，我想用自己真挚的感情去融化她，高婕现在更需要的是温暖，如果因为发生了这种事情，我就断绝了关系，对她会是个更大的打击。我问过高婕，那个演员有妻子，他不可能同高婕结婚。”

高伯年又一次被激怒了。女儿一点儿不珍惜自己的名誉，随随便便就去同一个男人睡觉，而那个男人怎么就敢去欺辱一个堂堂市委书记的女儿，他就一点不害怕吗？

“想结婚，我也不会准许。”他恨恨地说，他痛恨那个害了女儿的混蛋，然而就在说出这句话的同时，他突然意识到自己所能加在这个混蛋头上的所有报复，只能是这么一句毫无用处的话，他不可能制裁这个人而丝毫不损害自己的女儿。为了保全女儿的名誉，同时也为着自己的名誉，他只能听之任之，一瞬间，他感到悲哀，他的权力原来小得可怜。

“所以，我要爱护高婕，否则，她会感到人生太冷漠，对生活失去信心，而真的堕落下去。”张义民完全表达出自己编织好的一片真诚。

“小婕不会堕落，你们不要老用这个词好不好？她是一时糊涂，人难免有糊涂的时候，关键在一个人的根儿是什么样的，小婕从小正派、聪明，绝不会变坏。”沈萍不愿听到别人把“堕落”与女儿联系在一起，更怕把这类问题说得严重了。

高伯年站起身，走到张义民的面前，拍了拍他的肩膀。他没有看错这个年轻人，关键时刻张义民表现出了对自己的忠诚。他叹口气，并没表示出更多的东西。他的感激不能让对方发现，应该使对方认识到这样做是天经地义的。

“请您相信我，高书记。”张义民不失时机地进一步表现自己的忠诚。

高伯年仍不做声，手指轻轻捏了捏张义民的肩膀，然后离开了客厅。

“义民，小婕在楼上等着你呢。”沈萍一颗石头落了地。

“沈阿姨，那我上去了。”

“义民，你要想法给她减轻思想压力。你是知道的，你高伯伯最疼爱她，这孩子被宠惯了，无论她说什么，你都别生气，她是故意的。另外，这件事你一定要保密，包括对你们家里人。”

“我明白，您放心吧。”

张义民此刻，心情非常轻松，他给予了高家最需要的承诺，也得到了他需要的东西——高伯年夫妇在心理上的欠账单。

他走进高婕的卧室。这是一间布置得极有情致的卧室，墙上挂着两幅抽象派风格的油画。鲜明的对比颜色上，抹着一些莫名其妙的几何图形，这是高婕和她一个画友的杰作。两只组合框里摆着一些不协调却很有味道的小摆设。几只绒布做的小动物围着一个瓷制的老寿星，两只洋娃娃旁站立着一员泥雕的中国古代将军。墙角是一架漆得黑亮的钢琴。

房间的主人坐在床上，背靠着一只竖起的枕头在读书，她指指沙发椅，示意走近她床边的张义民坐到离她三米距离的地方。

“身体怎么样？”张义民坐下，看着高婕。她乌发披肩，薄薄的白色乔其纱睡裙恰到好处地显露出她身上那些迷人的女性线条。她真美，美到即使遭受了玷污，也丝毫不损害她的形象。他不由地想，从哪个角度考虑也不能丢掉她。

“想必你一定在我父母面前充当了一个富于自我牺牲的义士

角色，讨得他们欢心了，对么？不然他们不会让你上来。”高婕放下书，淡淡地说。

张义民一时无言以对。他没想到她仍是这么个态度，他有力量去征服她的父母，却无力去治服她。她的眼睛，语言，总是具有一种穿透力，让他无法遮掩。

“我们不是一种人，你何必要做个牺牲品？”高婕看着张义民，又拿起了书，仿佛是想宣布此次谈话的结束。

“高婕。”张义民尽量使自己的语调显得平静，“今天我不想同你争论，这种争论继续下去太没意思。我说喜欢你，就是喜欢你，谈不上什么牺牲。尽管我有我的道德观念，尽管我希望你生活得严肃些，但我能理解你，能原谅你的行为。我从没想到这是为讨你父母的欢心，我这个人没有政治上的野心，更不想依仗谁的势力去达到某种目的。你难道不相信会有人真爱你，你以为那个摧残了你并溜之大吉的人是真对你好吗？”

张义民说着，自己都被自己的语言感动了，他必须要扫除高婕心里那个障碍，不然她不会真爱他。

“噢，你真那么崇高？”高婕仿佛是惊奇地睁大眼睛，笑笑，“如果我们家老头子不是市委书记，是个老百姓，你也会如此宽容我的行为，违背自己的道德观念考虑问题？那您就太伟大了。可惜，我们家老爷子是市委书记，所以无法印证我的推断。”高婕又放下书，站起身，“说心里话，我对你并无恶感，相反还有一点欣赏，人非圣贤嘛。可我觉得，我们不是一路人，你懂得我的意思吗？我们向往、追求的不一样。你热衷于政治，而我对政治不感兴趣。你的奋斗，想的是如何爬得更高，官做得更大。我也奋斗，我追求我的艺术，追求生活的真实。在你们眼里，我们这些人干什么事都出格，放荡不羁，可在我眼里，你们这些人虚伪，根本不理解什么是人，也不懂得真正尊重人。在自己需要的时候，你们是能摆出一副为别人牺牲的嘴脸。一旦自己不需要时,你们又最能牺牲别人,让所有的人为你的个人利益服务,我说得对吧?"

"不对,你这套理论不仅贬损了我,也是污辱了你的父亲和所有为中国革命牺牲的革命者。"

"别混为一谈。"高婕截住张义民的话,"我崇敬那些为理想而牺牲的勇士,而不是你们。"

"你的概念太含混了,我们? 我们是谁?"张义民有点坐不住了。

"一小部分人,在权力集团中的一小部分,权力暴发户,口心不一的人们,心里最看重的是地位、金钱、汽车、住房,嘴上却冠冕堂皇,谁敢公开自己的内心世界?"

"高婕,你怎么能这样说。把关心、爱护甚至爱你的人都说成是虚伪,难道那个污辱了你的人倒是高尚、真实的? 你思维太混乱,结论太荒唐了。"

"他真实就在于他需要得到我,我的真实就在于我爱他,而并不一定和他结婚。你能像我一样坦白吗? 你敢对我说,你是为着得到我父亲的庇护,想跨入这个家庭才耐心等待、大度宽容、忍气吞声的吗?"

"够了。"张义民打断高婕的话,世界上还没有一个人这样尖刻,赤裸裸地当面剖析他的灵魂,他受不了了。

"我再说一句,我观察了你很久,觉得你太可怜了,你从不敢违背我父亲一丁点儿,每句话都是适合他的口味和心思,像我父亲意志的奴隶。"

张义民觉得自己脸上火辣辣地烧得难受,他用力压下了自己想在高婕那漂亮而冷酷的脸上猛挥一拳的念头,站起身,走到门口,又转过头。"随便你怎样分析,这是你的自由,我只劝你冷静地想一想,不要把被污辱当作幸福,更不要把污辱别人的人格当作愉快。你不爱我,我不勉强,但我奉劝你不要伤害你父母的感情,你总不至于怀疑他们对你的爱吧?”

“我当然不怀疑父母爱他们的女儿,但他们老了,权力也不会维持多久,他们这种爱的方式也维持不了多久了,这里,我也得提醒你一句。好了,你可以走了,欢迎再来。”

狂妄、骄傲、尖刻、糊涂!张义民走下楼,心里恨恨地骂着这个令他着迷又令他惧怕的姑娘。随她去好了,很快,她就会属于他,沈萍连房子都为他们准备好了,这一切高婕都知道,她从没反对过,这就够了,结了婚,看她还敢如此猖狂。张义民对任何事从不悲观,悲观情绪只会让人无所作为。他对一切充满信心,早晚有一天,她会听从他的摆布,在他获取她父亲一样的地位,在她的父亲失去了原有地位的时候。

二

张义民骑着自行车离开了高家小楼。

外边依然闷热,热风、热气。他沿着利华别墅的小路,缓缓地骑着车,时间已近十点钟,骑到家需要三十五分钟,但他一点不着急。回去干什么,关进那个闷罐子?罐子的空气是污浊的,连人带家具都散发着一种臭气。一天不离开普店街,一天没有他真正的家。那个生养了他的地方不过是他的古拉格岛,现在他该搬出那个鬼地方,离开那帮俗不可耐的群体。他该生活在这里,往返于利华别墅和黄山高层大楼之间。每次他离开这里的时候,都有些恋恋不舍,这里的空气都格外清新。

星光闪烁,朦胧的月光洒在幽静的花园里,投下一片片银白,一株株树影。这里是个幽深的世界,也是个威严、凛然不可侵犯的地方。

迎面四辆摩托车急驶而来,几个男女,唱着,笑着从他身边掠过。他狠狠地瞥了一下他们的背影。他对这些幸运儿怀着一股天生的仇恨,凭什么自然界赋予了大家一样的皮囊,而偏他们的幸福“得来全不费功夫”,自己却要靠苦熬苦挣。空气中飘着一股香气,这种香味他很熟悉,高婕身上就是这种味儿。这是一种幽香,妹妹义兰有时也爱用香水,但香得呛人,使他发晕,有一次,他特别注意了高婕梳妆台上香水的牌子,照此托人从友谊商店用外汇券买到了一瓶法国“迪安娜”牌香水,希望妹妹身上的香味能让他舒服些。谁知换了牌子,香味却依然如故。难道香水作用于不同人身上,气味还会产生差异,张义民根本没意识到,这种差异正来自他的心理。

后边又响起急促的摩托车声,张义民本能地向边上靠了靠,把正中的道路让给这些目空一切,飞来飞去的家伙。谁知那声音嘎地停住了,一辆摩托车在他的自行车前划了个圆弧。

驾摩托车的是徐援朝,车后坐着一个姑娘,两条裸露的大腿分叉在摩托车架两旁。

“嘿,哥们儿,我一眼就看出是你,眼力不错吧?好久不见,听说你混得还可以。”徐援朝潇洒地用脚蹬着地,掏出一盒香烟,轻轻一弹,甩出一根烟。

张义民毫无思想准备,烟从面前飞过去,掉到地上,他犹豫了一下,不知该不该去拾。

“算了,换一根。”徐援朝把烟盒递到张义民面前。

张义民只好从上边抽出一根叼在嘴上,然后用手捂住徐援朝伸过来的打火机,点着烟,他不明白徐援朝为什么又回过头来特意追他。

“怎么,跳舞还是看节目去了?”他尽量做出很随便的样子,顺口问。

“天太热，出去兜兜风，谁他妈的想到骑摩托都兜不出风来。这雨憋着不下要闷死人了。”

“这里还算凉快，市内更热。”

“怎么，又去巴结高书记？噢，不，未来的老丈人去了？”徐援朝笑着说。

张义民的脸拉了下来，他想回敬这个纨绔子弟一句，但又忍住了。他是在给高伯年当秘书时，认识徐援朝的。那时徐援朝刚从部队转业回来，在家等待安置，闲着没事就在大院里溜达。他的身份，当时市委书记徐克的儿子，他的形象，细高个子，漂亮面孔，再加上他满不在乎、洒脱倜傥的风度，都使他在别墅大院里挺扎眼。他是在这大院里出生的，高伯年搬进利华别墅已经是第三代住户了，阎鸿唤则属于第四代。大院里的很多勤杂人员都和他很熟，尤其老花匠是看着他穿着开裆裤长大的。他常帮老花匠浇水、剪枝，和警卫聊大天。张义民很快就注意到这个人物。了解了他的身份。他们俩年龄相仿，徐援朝也从不端什么架子，张义民便很想跟他交个朋友，高干子弟在他眼中总包着一层神秘的光圈，他想了解他们，知道他们的内心世界和生活方式。所以，每次碰到徐援朝，便有意识地站下来和他随便聊上几句。最初，他觉得徐援朝很健谈，似乎无所不知，进而，他就觉得徐援朝很浅薄，这个公子，什么都见过，但对什么都是一知半解，而且知识贫乏，对各种边缘学科，当代新思潮，各种新观念，一无所知，只是天南海北地胡聊。原来，徐援朝这些人除了父母加在他们头上的那个光圈，竟不如一个贫民子弟。张义民心里油然升起几分得意和自信。不久，徐援朝分到了外贸公司保卫科当了科长，见面的次数少了。后来，即使见了面，徐援朝的态度也变了，变得十分冷淡，甚至傲慢。张义民开始忐忑不安，他不知徐援朝态度突然降温，有什么“背景”。是不是哪句话冲撞了他？没有，张义民一向跟徐援朝说话比较谨慎，是不是自己哪一次态度上先冷淡了？也没有，张义民虽然从心底里看不起徐援朝，但他对市委书记宠爱的这个公子，一贯的原则是接近他，怎么会表现出冷漠呢。平时遇上再紧急的事儿，他看见徐援朝都要停下来，寒暄一通。慢慢地，张义民才发现徐援朝冷淡的不是他一个人，而是对所有大院的工作人员，包括那个从小抱过他的老花匠。原来，这小子狂了，社会宠惯了他那颗优越的灵魂，使他又重新意识到他原来是这座城市的“太子”。张义民一颗悬着的心落了地，落在地下的心充满了对这个“太子”的仇视和轻蔑。总有一天，他要把徐援朝这类八旗子弟，踩到他的脚下。但他现在犯不着得罪徐援朝。于是，只要那位“太子”迎面骑车过来，他还是招招手，不管对方是否答理他，只是在自己招手的时候，心里总要骂一句“这个混蛋”。三年前，徐克退居二线，调到北京，高伯年当了市委书记，张义民才不把徐援朝放在眼里。徐克管不到他头上了，以后，两个人在利华别墅相见，便互不理睬，擦肩而过，也形同路人。

今天，徐援朝掉头追过来主动跟他说话，想干什么，难道是为羞辱他？

“开句玩笑嘛，哈哈。”徐援朝拍拍张义民的肩膀，“刚听说，老弟荣升大处长了。”

张义民不认为徐援朝是恭维他。这小子不是普店街的住户，把处长这个角儿会看得多重。在徐援朝眼里，局长，部长都算不得什么。他笑笑，反唇相讥：

“我可听说，你早是个老科长了。”

徐援朝仿佛什么也没听出来，仰脖哈哈一笑：“老皇历了。不像老弟，市委第三梯队，前途无限量。”

摩托车后座上的牛仔短裤女郎不耐烦了：“别逗了，有事没事呢？你要说你在这儿说，我先骑车回去了。”

徐援朝没有回头，只是用手向后拍拍那姑娘的屁股："别闹，耐心点。"然后又对张义民说，"这么热的天，回家干什么，走，到我们家玩玩去。"

"谢谢，我还有事。"张义民目前并不想与他深交。

"别蒙人了，都快十点了，这么晚能有什么事？别摆谱了，你天天到这儿来，敝人寒舍你还没来过。走吧，随便坐坐，就当认个门，跳跳舞，正缺个男伴。"

徐援朝的邀请，在张义民眼中是自己的胜利。他终于让这个"太子"知道了他的分量，居然低头主动向他表示要交个朋友。但是，如今的张义民已经不是刚刚跨入厦门路 222 号大院的 那个小秘书了。他自信自己能成为这座花园主人之一，高家家族的成员的日子为期不远了。他早已没有去见识一下徐家的欲望。他现在去徐家就是赏光了，他不能赏给徐援朝这个光。

"等没事的时候再说吧，现在没时间，明天市政府又是一天会，我得早点休息。"他的这番话，是为着表示一下自己对徐援朝的轻蔑，强烈的报复欲支配着他。

"少坐一会儿呗，今天我家从北京来了几个朋友，认识认识对你有好处，北京信息多灵，你不想多了解点什么？"徐援朝漫不经心地踩着摩托，似乎在等待张义民的最后决定。

"北京的朋友"这几个字让张义民心动了。看样子徐援朝也算真心实意，去就去，认识几位北京的干部子弟还是很有必要的，谁知道将来哪道门向他开呢？

徐克这幢房子，看外表与高伯年那幢样子区别不大，但走进那扇雕花大玻璃门，张义民立刻发现了它们的不同。这幢房子有一个十分宽大的前厅，光滑的大理石地面，光可照人，像个舞场。从门口到二楼楼梯上，铺着一条紫红色的长地毯，另一条紫红色地毯拦腰横跨，两端伸向一楼两侧的棕色菲律宾木雕花房门口。徐克毕竟是市里的元老,他的住宅从内部结构到装饰都比高伯年的房子气派,考究得多。

张义民随徐援朝走进一楼左侧的房间。

房间很空旷,摆着三套沙发,上面坐着几个男女,显然他们就是那些飞车的男士和飘香的女士。

“来,我给你们介绍一下,这位就是我说过的那位高伯年的未来女婿,现任市政府综合计划处处长张义民。”

几个男的站起来,向他伸出手。徐援朝按着张义民的肩膀,给他介绍:“郭小军,中组部的,李建民……”

“中组部”三个字使张义民的思维停顿了太久,以致没听清下面的名字,只记住了“外经委”“中华贸易总公司”“振华经济开发公司”这几个对他没有太大吸引力的单位名字。

“这位,你一定认识,他是柳副市长的弟弟柳若明,咱们市赫赫有名的华厦农工商联合总公司的副总经理,百万富翁。”

柳若明长得文雅、秀气,和他哥哥很像,所不同的是他眼中有一种咄咄逼人的神态,而柳若晨是一副书生相。

“听我哥哥介绍过你,年轻有为的青年干部,今天认识你十分荣幸。”柳若明蛮有风度地握握张义民的手。

“比不了你,年轻的总经理,我很佩服你哥哥。”

徐援朝拉着张义民走向那几个姑娘,她们却好像没看见他俩,仍在各行其是。剪指甲的剪指甲,削水果的削水果,随着音乐晃晃的还在晃,甚至连眼皮都不抬。这多少让张义民有点尴尬,自惭形秽。

徐援朝发现了双方这一神态的微妙,便笑着拉过来和他俩一同回来的牛仔短裤女郎:“罗晓维,咱们市里著名女歌星。大名鼎鼎,电视里一定见过吧?”

大名鼎鼎?张义民不知道,他从来不听那些浑身扭动,有气无力的通俗歌曲。他很少看电视，晚上不在家，到高伯年那儿又不看这种节目，所以没机会在荧屏上认识她。为了礼貌，他还是伸出手："呵，久仰，久仰。"

罗晓维让他们俩一恭维，显然是高兴了，拍了徐援朝的后背一下："就你那么迂腐，还一本正经地介绍什么，一起玩玩呗，一会儿不就熟了？"然后，她拉过张义民，"来，我招待招待你，想喝点什么？可乐还是橙汁？"

徐援朝笑了："好了，义民今晚可就交给你了，好好照顾照顾我们哥们儿。"

张义民被拉在沙发上。罗晓维从冰箱里拿出一听可乐递给他，自己打开一瓶矿泉水倒在杯子里，又加了两块冰。"喝吧，都热死了。"她坐在张义民的沙发扶手上，一股香气直冲张义民而来。

张义民觉得有点发晕，刚才罗晓维拉住他的手时，他就有点发傻，虽然他已经在名义上交过两个女朋友，可还从没有跟一个女性有过任何肌肤的接触，女孩子的肌肤对他还是一种可望而不可即的圣地。他不由得往远处悄悄挪了挪。

"北大毕业的？"罗晓维喝完杯里的水，问他。

"不，师大的，怎么？"

"北大进入政界的最多。"罗晓维笑了。

"你呢？音乐学院毕业的？"

"酒吧学院。"罗晓维又笑起来，"从酒吧走向荧屏怎么样，这条成功之路还算可以吧？"她为自己又开了一听橙汁，倒在杯子里，"不过，我曾经考过，可没考上。其实，如果考上了，生活也许就没有像现在这么自由自在。那些大学生心高脸皮薄，干这个怕丢面子，干那个怕失身份，死抱着洋腔洋调和那张干巴巴的文凭活一辈子，绝成不了红歌星。白白有个好嗓子，唱的歌儿没人听。他们也羡慕我们赚钱多，可又放不下架子来抱我们的饭碗，只好看我们到处组合演出，灌带子，出名，唱红，白白干瞪眼。”

罗晓维大大方方地谈着，就像跟一个早已熟识的老朋友谈天，毫不掩饰自己的想法。这态度感染了张义民，“名”和“利”其实是他梦寐以求的东西，但他从来回避谈这个。她却直言不讳，毫不顾忌，这倒使他不由得羡慕起她来。他注意地打量了一下面前的这个姑娘。她有二十二三岁，刚才脱掉了套在外面的蝙蝠衫，里面是一件薄薄的米黄色连衣裙，领口开得很低，短短的头发，圆圆的脸，两只黑黑的眼睛，配上小巧的鼻子和嘴，整个人显得十分娇小可爱。

“现在人们都想弄张大学文凭，你这种思想倒很特殊。不过，人的追求不同，所以不能一概而论。”

“当然，像你这样的大学生中佼佼者，又另当别论。”

徐援朝朝他们走过来：“哦，看来你们谈得很投机。”他拍拍张义民的肩膀，“不陪我们晓维跳跳舞吗？”

“不，我不会，你们跳吧。”张义民忙摆摆手。他跳舞并不外行，他是为高婕学的。高婕是歌舞团的，未婚夫怎么能不会跳舞！可他今天不想跳，尤其不愿在这里跳，这种环境和气氛，他很不习惯。

“咳呀，你这么好的身材，不会跳舞太可惜了。来，我负责教你，保险一教就会。”

张义民这才发现，不知什么时候，大灯已经关闭，四面壁灯亮了，屋顶上一盏转球彩灯转了起来，把一束束五色光柱抛洒在正在舞曲中起舞的对对男女的身上。而且，他们的舞姿很特别，跳舞时不仅搂着腰，而且脸贴着脸，几乎是全身都紧紧地贴在一起。他不由得心里一阵狂跳，脸也红了。

“来，怕什么，都是自己人。”罗晓维站起身，拉住他的手，“家庭舞会的优越性，不怕出丑，没人笑话。”

“好了，晓维，好好照顾我的哥们儿。”徐援朝笑着拍拍张义民的手,“别犹豫了,快跳吧。”

罗晓维的手又小又软,张义民觉得自己的手发烫,像一股热流,由与她接触的部分流向全身,他身不由己地站起身。怕什么?不是还有中组部的干部在吗!这里的男性公民们哪个不是有头衔和身份的人,他们既然不怕,自己又怕什么?跳跳舞又何妨?只要注意保持距离就行。

他和罗晓维转入舞池。

“你原来会跳呀,为什么说谎?”罗晓维很快发现张义民的舞步很熟练。

“我是不习惯你们这里。”

她笑笑:“这有什么?跳舞本来就是为了寻求快乐和刺激,何必假正经,像你这样,恨不得拉开几尺的距离。”

“不,跳舞是种体育性的娱乐,它……”

罗晓维笑起来:“那您去体育馆好了,最好您只用一个小指头顶着我的腰。”

“那不行,转起来,我非摔倒了不可。”

“不会的,我会立刻抱住你的。”

他情不自禁地搂紧了她的腰,她也顺势把身子贴向他。他感到了那凸起的少女柔软而又敏感的部位,触到了她细细的发丝,闻到了阵阵袭人的香气。他觉得自己再一次发晕了。他闭上眼,觉得自己生活在一个梦一样的世界里。拥靠着罗晓维迷人的身体,陶醉在这音乐中,他忽然觉得人生并不都是奋斗,也有舒适和感官的享受。这个舞池中有最现代的性观念,也会使人产生最原始的性感觉。他的手不由朝她的腰部下面滑去。

突然,外面几道划亮夜空的闪电,又响起一阵滚动的闷雷。张义民吃了一惊,手松开了。

“天要下雨了,我得赶紧回家。”他说。

“援朝刚才对我说,今晚不让你回去了,就住在这儿,这是我的任务。”罗晓维并不松手,话里似乎有某种暗示。

住在这儿?张义民又是一惊。不,陷得太深就无法自拔。他是高婕的未婚夫,高婕可以走得很远,可他却一步也不能走错。

“不,我得回去了。”他猛地推开了她。

第六章

一

市政府大楼,六二〇会议室,人称“政府决策地”。凡有需要研究的重要问题,都在这里召开市长办公会。

今天,确有一个重大方案要在这里出台——市政交通改造的二号方案。秘书在会后起草会议简报时,把这次市长扩大办公会议称为:“本年度市政府最重要的一次会议”。办公厅主任却将这句话抹去,改为:“这是一次对我市市政发展有着关键性作用的会议。”

阎鸿唤又抹去办公厅主任的话,写上这么一段文字:

“我们掀翻第一张多米诺骨牌,群众会很快看到城市建设将发生的一系列连锁变化。事实会证明,这一造福于民的方案对一座城市的发展是决定性的。”

这是根据七一五城市发展总体规划制定出的一个交通改造工程方案。方案一经实施,等于给这座城市动了一个改头换面的大手术。

根据七一五总体规划:整个市区将分解成几个相对独立的综合区,将中心区北移。考虑城市发展沿革、地形特点、新旧区之间的关系、公共场所的现状,以及近郊土地使用条件等因素,在市的四郊建立四个外围区。形成市区、综合区、居住区三级结构体系。

在总体上将城市各项高度集中的复杂功能活动,从功能和时间上分解开来,形成彼此隔离而又相互联系的有机整体。以解决目前城市布局混乱、中心建筑密集,人口稠密,居住拥挤,工厂包围住宅,住宅包围工厂,污染严重,道路不成系统,城市基础设施超负荷的混乱局面。

解决这些问题有两条途径。一是继续扩大城市区域,在建卫星城上下功夫。这条途径比较简单,但大量的农业土地被占用,将会造成对城市生活供应及生产原料供应不足的威胁。二是从改造城市交通道路入手,通过疏理城市“血管”,让城市“肌体”活起来。但难度相当大。

阎鸿唤果断地选择了第二条途径。他不喜欢拖泥带水,割一刀就要让它见血,手到病除。温吞水,留后遗症那不是他的作风。

交通改造方案由此制定。

按照这个方案,整个城市道路系统将由一个环城路和一个环郊路构成环形路网系统骨架,并整修九十七条干道为辅助线。这个路网系统把全市连接起来,并且有效地将市区布局做出合理切割。

与会者对这个经国务院领导同志认可的大胆构想,当然无异议,但具体的实施,摆在面前的许多现实困难又障碍重重。

这项工程一旦开工,面临的是,七十多家中小企业、七所中小学校、十九个机关事业单位、五千多户居民的搬迁。施工力量不足,市财政力量不足,几处改造旧居民区的资金需全部占用;地下管道,通电线路将受到破坏,重新铺设。本来就十分紧张的交通系统,在施工期将更为紧张,施工沿线居民的正常生活会受到干扰……

这一刀动好,全盘皆活。动不好,伤筋动骨,甚至会导致城市的整体瘫痪。

讨论非常激烈。一个不可行的方案再宏大,也不过是空中楼阁。市长们的责任不是给市民讲述一个美妙的童话,而是要干出群众看得见,摸得着的实事。

然而,这个方案终于通过了。

阎鸿唤回到办公室,走到桌前坐下。下一步他要审定实施方案,他习惯地掏掏口袋,空空如也,才想起,刚才开会前就没烟了,他抽的是秘书长给的烟。自己的烟,昨晚上就断了顿儿。改不了的坏毛病,这两年,他的烟越抽越凶,几乎一支接一支。每月工资他交家里五十元,其余的交给秘书小朱,安排他的吃饭和抽烟两项开支。近一年,几乎月月小朱都向他报亏损,他只好下令降低伙食标准,以补抽烟的高额支出。然而,最近,他发现秘书不能尽职,香烟总是供不应求,心里不免有点恼火。小朱是他亲自挑选的刚毕业不久的大学生,人很精明,性格也对路,也许就是性格相像,秘书太有主意了,才敢犯上,怠慢他。

他叫来小朱。

"烟。"他伸出手。

小朱无可奈何地苦笑了一下。

刚毕业不久就当上他所崇拜的市长的秘书,他何尝不想把市长交办的事情干得漂漂亮亮的。但他无论怎样努力,市长也能在工作中挑出他的毛病;无论怎样精打细算,也解决不好市长的抽烟问题。工作中的差错,他认账。但抽烟问题,市长却显得近乎无理。市长每天能抽三盒烟,一个月近二百元的香烟费。他不忍心让市长抽次烟,既是对他身体负责,又是为了照顾领导体面。可光供应高档烟,市长的伙食费只能降到每顿五角钱,现在市场物价老涨,机关食堂的伙食费也提高了,五角钱的伙食费,连个像样的乙菜也吃不上。他几次试图把市长的烟量压成两盒,结果一切努力全是徒劳。他只好四处巧立名目为市长讨烟。堂堂一个市长,手里掌握着多少个亿,可就是自己腰包里穷得叮当响。

阎鸿唤见小朱没递烟,刚想发火,抬眼见秘书一脸难色,又把火压下去。

“怎么,又没钱了?”

小朱把开支明细账单递过去:“市长,您就减少点烟量吧,现在到处宣传戒烟呢。”

阎鸿唤接近账单看也不看就揉成一团扔到纸篓里。他计算机式的脑袋里储存着全市几十亿经济账,哪多哪少,哪盈哪亏,一清二楚。他能变魔术般地从僵死的数字中,挖出成倍的钱,去干一项接一项的工程。但对自己二百多元的工资开支,却总是一笔糊涂账,心中无数。

“过去好像没有这么紧。”

“那当然了,过去您一天抽两包。过去的烟没有现在高级,现在烟厂把烟加个过滤嘴,提个档次,以前您抽‘大重九’就成,现在抽‘金恒大’,差一半的价呢,动不动再抽个‘万宝路’,‘三五’什么的。”

“好,今后一律降到‘云烟’。”阎鸿唤指示性地说。他皱皱眉,轻轻敲打着桌子,又抬起头,斜乜着眼看着秘书,“不过,你的办法太消极了,你应该设法打个主动仗。”

“我什么法子全想过了。您知道,每次开会,接见外宾,出席招待会,我都故意留在最后,把烟碟中的招待烟全敛来,您没辨出,这几天的烟全是杂牌烟?”

阎鸿唤没有注意这些。抽烟只是他思维的借助工具,他从来不去细品味一种烟与另一种烟味道上的差异。

“好!”阎鸿唤赞赏地点点头,“好办法。你再开动开动脑筋,肯定还能想出别的高招。不过记住,敛烟时,可要注意隐蔽些。”他狡黠地一笑:“懂吗?”

小朱只好又一声苦笑。市长忘了还是装糊涂？为了节约机关经费开支，前些天，市长刚刚亲手批复了一个报告，从下月起，取消各种会议的招待烟。市长当全市的家，只要能省的一笔也不浪费，该省的全省了，他这个秘书又从哪儿给市长捞烟去！又不能干给领导造成不良影响的事儿，如今秘书难当，尤其给阎鸿唤当秘书，就更倒霉。

小朱从身上东掏西掏摸出三包烟，这是他手中的最后存货，而且毫无把握，明天是否还能弄到三盒。

他想想，留下一包，交给市长两包。“从今天起，您得适当戒点烟。”

阎鸿唤接过两包烟，果然是凑起来的，他得意地笑笑，点上一支，含在嘴里，拍拍秘书肩膀。

“好，开始办公。”

二

阎鸿唤一进门，就发现妻子任素娟脸上带着喜色。

“鸿唤，你来看。”她手里拿着张照片。

阎鸿唤走过去。照片上，儿子阎晓松和一个漂亮的女孩子亲昵地依偎在一起。

“这女孩子看上去挺好，是不是？”

“好什么，还没怎么着，就照这种照片。”阎鸿唤故意沉着脸说。

“你不喜欢我喜欢。”任素娟看出丈夫其实也很喜欢。他们就这么一个儿子。儿子大学毕业后分配到沈阳一家外贸公司工作。

“她哪儿工作的？”阎鸿唤关切地问。

“和晓松一个单位的，做翻译。”任素娟把儿子的来信塞到阎鸿

唤手中,阎鸿唤看后笑笑,拍拍素娟的手背说:

"看来成熟了,该到与我们夫妇分离的时期了。"

夜深人静,万籁俱寂。

阎鸿唤躺在床上吸着烟,久久不能入睡。

任素娟望望丈夫的侧影,灯光下,两道抬头纹像刀刻在阎鸿唤的额头上,脸颊上一道深影,他瘦多了。她禁不住轻轻凑到丈夫身边,吻了吻那深陷的面颊,然后轻轻下了床。

妻子的这一系列举动,阎鸿唤都没有注意,他还在想着他那个方案。方案定了,市委常委还未通过,这又是一关。在市政府,他有权威,副市长们相信他能说到就能办到。但在市委常委会上,不是他说了算。施工力量,他有办法解决,除了本市市政,建筑队伍外,还可以从华北三省及市郊区去组织农民施工队进行招标,还可以组织全市各系统的义务劳动大军,中国最大的资源不就是人嘛,物资问题,他也早有准备,从去年他就着手工程材料的准备工作,建材局和物资局保证了工程的全部用料。关键性的问题是资金筹划和整个搬迁工作的指挥。这些他也早有了主意,否则他不敢去制定这个方案,可这需要一个默契的配合。这种配合来自市委意见的一致,来自上下的高度统一,否则办不到。

"吃一点。"不知什么时候任素娟端来一杯热奶和一盘夹肉面包,站在他面前。

"我不吃。"阎鸿唤有点发火,被妻子的不是时候的关心弄得挺烦。

任素娟没有说话,把东西放在床头柜上,便默默坐到沙发上,注视着蹙眉思索的丈夫。

过了很久,阎鸿唤的思维才从交通改造二号方案中跳回房间,他觉得很疲劳,想睡了,便去拉灭灯,这才发现身边是空的。一抬眼,看到妻子正坐在昏暗处,眼睛一眨不眨地盯着他。

“你坐在那儿干什么？怎么还没睡？”他不解地问。

“陪着你。”

“你呀，就会干这些没有一点用处的事情。”

“奶凉了，要不要给你热热。”

阎鸿唤没有说话，拿过奶杯一饮而尽。

任素娟上床拉灭了灯。她靠在他胸前，一只手轻轻地抚摸着他。顿时，一阵轻松柔曼的情感传遍全身。

“明天还得上班，你也早点睡吧。”他拍拍妻子的手。

任素娟轻微地叹了口气，她一点也不怪他。她对自己生活里发生的一切都理解。

她与他结婚二十多年了。现在想起来，时间是那样的转瞬即逝，二十多年似乎只有二十多天。

像千百万普普通通的家庭一样，她和他是“介绍”认识后结婚的，那时他刚从大学毕业不久，她也才踏出技校校门。丈夫很能干，工人出身使他练就了一双巧手，很快打了一房新家具。她也挺能干，家务料理得井井有条。白天，两个人在厂里忙，到了晚上，他是她的。尽管她明白在丈夫眼里永远是她属于他，他对她常有一种主人般的气势，但她一点也不反感。白天她在厂里像个男人一样干活，只有到了晚上，丈夫才使她还原为一个女人。一个女人能够成为自己男人的附属品也是一种幸福。现在不同了，丈夫不再是个平民百姓，他成了一市之长。随着他事业上的成功和地位的上升，他似乎不仅仅属于她和他们这个小家了。她觉得自己和这个家在他头脑中的位置越来越小 。夫荣妻贵，社会不能容忍一个高级领导干部的妻子还是个普通工人，于是，她被安排到区妇联当主任。尽管如此，她仍觉得自己在失去丈夫的同时也失去了自己。在人们的眼中，她不再是个独立的人，仅仅是个“市长夫人”，她的一举一动，一言一行，就常常被赋予一种特别的意义。她感到惶惑,甚至有点不知所措。但久而久之,也便习惯了。不仅习惯了在旁人面前说话要有分寸,也习惯了丈夫的忙碌与冷漠。她随遇而安,能适应生活中的各种变化,她理解丈夫的事业,她觉得世界上一切干大事业的人,都不是终日只知卿卿我我的人。

朦胧中,阎鸿唤听见了妻子的叹气。"怎么,工作中遇到困难了?"他问。最近市里离婚率特别高,任素娟所在的区信访办公室搞了一个材料给他,他做了个批示,要各级妇联组织,认真针对第三者插足问题,做好宣传教育工作,扭转社会这种不良道德风气。但妇联的工作未能有效地制止离婚率的进一步上升。阎鸿唤在法制教育工作会议上,狠狠地批了妇联,包括点名批评了妻子担任主任的那个区妇联工作无力。

"工作上哪能没有困难。"她小声地回答丈夫。

"我反对遇到点困难就唉声叹气。"

"不,我是担心你……你不能在工作中稳一点?现在哪级领导干部不是求个稳当,没有上面的指示自己绝不别出心裁,你又何必去冒险,惹得老同志对你有意见。"

"嗽?"阎鸿唤转过脸,神智又清醒过来,"你听到了什么?"

"我周围的同志提起你,都说你敢干、胆大。这也许是称赞,可你不是过去的车间主任、厂长,你是个市长,不能落个胆大的形象。今天我碰到了沈萍,说老高对你这一点很有意见,也让我劝你稳重些。一市之长,一个决定错误,造成的损失,个人是承担不起的,我真担心你老这样下去要跌跟斗,犯错误。"

阎鸿唤此时的睡意全没了,他重新坐起来,拉亮灯,点燃烟。

他早感觉到高伯年的不满了,时常有些议论传到他耳朵里,这不能不引起他的重视,个人之间的成见事小,计划的落实受到的干扰事大。动这场大手术之前的准备工作还要加细,除了物质、技术上的准备,人事关系上的准备不可小视。在中国,技术上的失误可以纠正,人事关系上的失误却可能输掉全盘。

他吸了一口烟,凝视着天花板上的吊灯,那灯是个五花围灯,五朵美丽的淡蓝色小花围着中心的花芯灯。这是他去西德考察时,一家灯具公司送他的礼物。

“一个市长的风度和形象当然重要,胆大的形象有什么不好?市长应该是城市的统帅,建筑工程的总指挥。去年,我出国考察了美国、西德、日本的几个城市。这些国家经济起飞的经验有一条就是在经济发展的规划上,特别注重流通设施和道路网络的现代化。每到一座城市,看到人家美丽、整洁的市容,林立的高楼,通畅的大街,交叉的高速公路,我就想到,这座城市曾经有过一位杰出的设计师和出色的工程指挥,造福了城市。而我这个市长又能对我的城市做些什么?现在我们中国也在经济起飞,各个城市似乎正在开展一场竞赛。几乎所有的市长都是新的,魄力都很大。各个城市的建设速度快得惊人,快得让人坐不住。改造道路,修建环线路不是我的独家创造。北京、天津、广州都干在前面了。我阎鸿唤干事从来没有输给谁的习惯。我要领先,我要让我领导的城市是最先进的城市,我的市民是最骄傲的市民。不然,我枉做一任市长。一个市长在任时不从事几件宏大的事业,不能留下实实在在的业绩,就愧对子孙万代。”

任素娟替激动的丈夫捋捋头发:“你呀,也是快五十岁的人了,还改不了爱出风头的毛病。”

“你胡说些什么!”妻子说的“出风头”三个字刺激了阎鸿唤,有些人用这个词贬损过他,他很反感,想不到妻子也这样说。

任素娟被丈夫的脸色慑住了,不知该说什么才好。

阎鸿唤觉得自己有点儿过分了,便抓住妻子的一只手,语气缓和了下来,像是在自言自语:“中国人太缺乏表现自己的性格了,总是把冒尖、特殊看成是坏事,总爱一、二、三,齐步走,什么都一样才好,典型的大一统思想。这往往是相互扯皮,互拉后腿的可悲结局。现在中国在世界上到了该出出风头的时候了。搞改革,需要人出风头,人人都出点风头,事情就好办多了。现在是不干的整干的,懒的整勤的,坐在那儿的人看着干活的人说'出风头',真真岂有此理!……算了,快睡吧。你也帮不了我什么忙。"

他松开她的手,再一次把灯拉灭。

妻子是了解他的,但她不该用这个词儿来形容他。他现在需要威信,需要树立起在人民群众中的威信,这是他事业成功的保证。他的成功不是为个人,怎么能简单地说成是出个人风头呢?"十年动乱"之后,不知什么时候起,群众对领导的认识出现了这样一种看法:不干,是心里没有群众;干,是为了个人野心。为避免误解,有损于形象,他反感用这个词儿来形容自己的作为。

然而他又不得不在内心里承认,妻子对他性格的概括又是准确的。

他不禁想起自己四十年前的一桩往事。

那年他刚九岁,是个顽皮、倔犟而又瘦弱单薄的农村孩子。一条铁路从他们村子经过,通向这座城市。他站在铁轨上,双手叉腰,挺着露出条条肋骨的小胸脯,毫无惧色地瞪着迎面飞驰而来的火车。三百米,二百米,一百米……火车撞翻了竖在铁轨中央的一块小木牌,呼啸着向他铺天盖地地冲过来。

路基旁的孩子们吓得闭上眼睛,四处闪开,相信一个粉身碎骨、血肉模糊的惨景已经发生。

在这千钧一发的刹那间,他一个骨碌,跳出铁轨,滚下路基。火车呼啸着冲过他身边,一股强劲的风吹乱了他的头发,尖硬的石头划破了他的胳膊和膝盖。

火车驶远了,伙伴们才慢慢镇定下来,明白了眼前发生的一切,欢呼着,雀跃着围在他身边。他掸掸土爬起来,朝着一个比他高一头的男孩子跷起大拇指:“你敢不敢?”大个男孩子退缩了。这是一场竞争,争当村子里孩子们的“大王”。昨天,大个男孩是在距火车头八十米处跑开的,便大吹大擂。他不服气,今天把木牌竖在距离自己六十米处。仅仅缩短了二十米,但这二十米足以使全村的孩子们魂飞胆破。在胆量和意志的竞赛中,他获胜了。

四十年的光阴冲淡了许多的往事。惟独这件事阎鸿唤没有忘记,这是他儿时向人生的一个小小挑战,从小便铸成了钢一样的性格。

“我知道我帮不了你什么忙。”她还没有睡。“你当基层干部,我觉得我还能帮你出出主意,现在,我真感到跟不上趟了,我的文化水平太低了。”

“你想到哪儿去了,我不过随便说说,好让你快点睡觉。文化水平高,夫人就能参政了? 工作上的事你甭管。”

“如果当初你娶的是她,也许对你能有帮助。”她悄声说。

“谁? 你又想起什么了?”

“徐力里呀,她是建筑工程师,对你抓市政建设肯定会有帮助。”

“你今天是怎么了?”他又开始烦躁起来。

怎么了? 这些日子,总有人向他提起徐力里,一个该忘掉的名字,到北京,徐克同志提到徐力里在搞工程方案,规划局长提到徐力里,现在和他生活了二十四年的任素娟又跟他提起她……

清华大学的男生宿舍。

他把自个儿独自关在屋里补袜子。他太好活动了,一双袜子两天前刚补过又破了。好在自己的粗手能伺候自个儿的大脚,破了再补。一个袜板儿,一针一线地缀上袜底,他不怵。

在班里他年龄最大,是惟一一个带工资上学的调干生,因为他是老大哥,系学生会改选时,由系党总支提名,他入学半年后当了学生会主席。他没上过高中,可在大学中仍是一个小有名气,有些影响的人物。他雄辩的口才赢得了同学们的敬佩,他健康的体魄使运动场上的对手折服。但他学习基础差,尤其是数学很感吃力,机械专业的主要基础课上不去可不行,于是,他埋头在图书馆,他要拿下这个堡垒。靠窗的座位几乎成了他的专座,他几乎每天晚上在那里坐到闭馆。

一天,闭馆后,他照例收拾好书向外边走。

"呃……"身后一个女声似乎在喊他。他转过头去,一个细高个儿的女孩子站在他身后,她穿一件白衬衫,毛蓝背带裤的膝盖上打着两个补丁。

"这是你的吗?"她递给他一张卡片,那是他摘录的读书卡。

"谢谢。"他接过,顺口问道,"你是哪个系的?"

"建筑系的,和你们机械系是邻居。"她说。

"你怎么知道我是机械系的?"

她笑了,露出一排整齐的牙齿,细眉毛有点得意地一挑,"我当然知道了,我还知道你来自哪个城市。"

他惊讶了。

她笑着解释道:"我和你是老乡呢。"

这姑娘就是徐力里。

从此,他们相识了。图书馆,排队买饭的队列和礼堂,他发现他们原来有这么多的机会共处于一个小的空间,他还发现她在人群中很出众,很显眼儿。他们像老熟人一样见面打招呼,点头,微笑,问一些该问或根本不需要听到回答的话:"吃饭去?""又来看书了?""这个电影怎么样?""这段时间紧张吗?"……

暑假时,她问他:"我们一起回去吧?"

"不,我想留在学校补习功课。"

二年级暑假，她又问他："数学成绩上到班里第三位了，还不回去吗？"

她怎么对他什么都知道？原籍，在工厂时的绰号，评上劳模时剃了个光头……包括这次考试。可是，"第三"不是他的目标。他咬咬牙，还是没有回去。

三年级时，正是三年困难时期的第一年。他带头把自己的粮食定量压减到二十四斤，男大学生的最低定量线。

食堂里的菜越来越单调，量越来越少，油越来越见不到。相反主食的花样却越来越多，个儿越变越大，越来越软，两顿馒头，粗糠饼，高粱面捞面，黑豆面煎饼，"增量法"窝头……他一顿只能吃二三两，不是一顿两顿，一天两天，而是一年两年。他常饿得两眼冒金星，像水泡涨的面条一样，浮肿了。

她发现了他的变化，开始每月送他三斤粮票。他不要，她想出许多办法，放在他枕下，夹在他书里，悄悄塞到他的口袋里。她家里每月给她寄的黄豆，都要分一半给他。那时的黄豆就像珍贵的芝麻，补养了他，也救了他班里一位得肝炎的同学。而他家里只给他寄过一包山芋干，他全给她当橡皮糖吃了，他与她像一对兄妹，在患难中相互体贴，他和"老乡"的关系特殊起来了。渐渐地，他发觉自己如果晚自习时没见到她，心里就像少了一半儿似的，情不自禁地跑到建筑系女生宿舍去找她。

两个系的同学开始哄他们，好心好意地开他们的玩笑。"老阎对我们小徐是情深意长啊！"她宿舍的一位女生打趣地说，"什么时候公开你们的秘密呀？"

可他们从没在一起谈过什么"情话"，即使在那个令人难忘的夜晚，他们的谈话也充满了政治色彩，像那个时代所有的热血学生一样。

那天，他们漫步走出校门，朝颐和园方向走去。正是春天，郊外田地里,麦苗已经吐绿,散发着沁人的泥土芳香,醉人的景物,醉人的夜晚,夏天的风,使万物生机盎然,也催动着春心勃发。

“《关于国际共产主义运动总路线的建议》这篇文章读了没有?”阎鸿唤很想对徐力里说点温柔的话,可一张嘴,却是谈论当天的报纸。

“看了一半儿。”

“中苏两党关系破裂了,社会主义阵营分裂看来不可避免。”他沉重地说。

“真没想到列宁缔造的世界上第一个社会主义国家会变修,我真为国际共产主义运动的前途担忧。”

“我觉得挺自豪。我一直遗憾自己没能参加抗日战争和解放战争,只能做一名和平时期的党员,现在终于能够参加一场反修斗争,也是件值得庆幸的事。”阎鸿唤觉得自己年轻的身体里流淌着一股热血,他虔诚地相信自己将参加一场具有历史意义的斗争。

“可是,我们今天不能谈点别的吗? 这儿的空气多好闻哪?”

“好。”阎鸿唤收住了自己激昂的话题,他也觉得在这个宁静的夜晚,难得有两个人一起散步的时候,不该去议论那些火药味的话题,可他又不知该说些什么,他们这一代人是习惯以“工作”“学习”的话题来谈恋爱的。

“快毕业了,分配工作后,我们就不能像现在那样天天见面了。”她暗示着他,姑娘的心毕竟要细一些。

“我们可以采取另一种形式,照样天天见面。”他是聪明人,多次苦于无法找到向她表达情感的语言,今天她的话把机会牵到了他的面前。

“什么形式?”她似乎是明知故问。

“……”他迟疑了一下,“结婚”两个字终于吐出口来,“力里,我们结婚吧,那样就可以天天在一起了。”

他停住脚,转过身,双眼定定地望着她。

她也望着他,忽然一行热泪流出了眼眶,他慌了,有点不知所措地扶住她的肩膀:“你怎么了?”

她倒在他怀里,泪水打湿了他的衣领。

“出了什么事?”他更慌了。

“我一直等着你这句话。”她喃喃地发出一声低语。

他的心被震颤了,双臂把娇小的姑娘紧紧揽在自己的怀里,像一团火,熔化了他怀里的姑娘。

粗大的树干,用背脊庇护住他们。大树和颐和园的红墙,把他们关进了一个只属于两个人的世界。

然而他们当时谁也不曾料到,等待着他们的同样是分离的命运,而这一分离酿成了她一生的悲剧。

当时,他们只是觉得自己永久性地拥抱住整个春天。

……

阎鸿唤闭上眼睛,不出声地叹了口气。每当他想起这段往事,他心里就发痛。懊悔、自责,常使他感到痛楚,倘若当时自己不是那样过分的自尊,过分的褊狭,过分地看重那个其实并不存在的名分,一切就绝不会是现在这个样子。妻子说得对,现在搞市政建设,他正需要她。他知道她现在的身份——市政工程局的总工程师。他也知道她在那里,柳若晨副市长的妻子,住在黄山高层大楼里。但他一直没有勇气去见她。有很多次机会,他们可以见到面,市政府制定道路改造工程计划,召开规划设计、工程技术方面的研讨会,她本来应该参加的,但三次会,她却一次也没来。他清楚,这全是因为他,他召集、主持的会,她是不会来的。

难道需要市长亲自去请她?对别的工程技术人员、专家学者,他完全可以这样做。对她,他绝不想这样去做了。

为什么?

他自己也弄不清楚。世界上很多原因是不能深究的,他从来没有深想过,他只是恼火自己为什么会有这样纤细的、搞不清的情绪,这种情感绝不应属于他阎鸿唤。他只想忘掉她。

阎鸿唤喘了一口粗气,伸开手臂,把仍在黑暗中闪动眼睛注视着他的妻子一把搂在怀里,把她搂得好紧,好疼。

三

一位参加过老山战斗的英雄对柳若晨说:激战前的沉寂是最难熬的,最令人紧张,恨不得炮声立刻就响,不然折磨得人的神经受不了。一旦战斗打响,枪声、炮声连成一片,反倒什么也不怕了,什么都忘记了,什么都不在乎了。恨不得跳出战壕,离开掩体,与敌人面对面、枪对枪,来个刺刀见红,即使负伤、牺牲,也觉得痛快。

他此刻就在熬着,熬着激战前夕令人窒息的沉寂。

"徐同志发现有人翻了她的东西。她问我,我说没有,起码我没翻。她问我,是不是看到过您进去,我只好说没看见。她很生气。柳同志,我敢保证我没跟她说,可她不知怎么会知道了,您……您可别怪罪我呀。"秦阿姨紧张地、结结巴巴地拉住刚进门的柳若晨大惊失色地说着。

"没关系,我跟她说。"柳若晨安慰着秦阿姨。

"她出去了。一会儿可能回来。"

他回到自己的房间,等待她回来。他用不光彩的手段,发现了她的秘密,待她问到他,他该怎样解释自己的窥视行为?可她怎么会知道的,轻轻动了一下怎么会留下痕迹?难道她在自己的门口、箱子、桌子上做了什么标记不成?此刻,他的心情竟像前线战士,等待一场即将开始的恶仗一样紧张。

这几天,柳若晨注意地观察阎鸿唤在他面前的表情,他没有发现任何异常。阎鸿唤还是像以往一样自信,坚毅。有时用决断来表现自己的不可抗拒;有时用诙谐来凝聚周围和部属的意志。阎鸿唤像一个永动的主轴,有效地使整个政府的机器转动起来。他满脑子都是那幅城市发展的蓝图,好像除此之外,没有任何可以占有他注意力的事情。他整天都处在一种上足了发条的紧张之中。办公厅秘书处把他的每一天都排得满满的,他的时间不是以天、小时来计算,而是以分、秒为单位。柳若晨无法想象,这样一个人还会有剩余的精力去见徐力里,和她谈情说爱。他发现了自己一个判断上的错误,这个错误曾使他几天内处于极端愤怒和苦闷之中。偶然间,他推翻了这个错误判断。阎鸿唤召集了几个工程技术负责干部会,徐力里是应该参加的,但她没有来。如果他们至今还有接触,徐力里对这种名正言顺的机会,是不会错过的。除非她不想见到他。柳若晨明白了,他所发现的秘密是妻子和阎鸿唤的一段往事。

然而这个发现并没有使柳若晨心情平静下来。这段往事对他仍然是一个谜。她仍保持着阎鸿唤的照片,说明她心里还在眷恋着过去的情人。那么究竟是什么事情使他们分开的呢?一个妻子丝毫不尽妻子的责任,反而苦苦地、默默地爱着另一个人,那么她把他柳若晨放到什么角色上?一个名义上的丈夫、一个随意耍弄的小丑!……这样的婚姻和家庭还有什么值得维护和保持的价值?他可以容忍她是一块冰,但绝不能容忍她对他是一块冰,而对另一个人是一团火。

今天,她或许会跟他闹起来。闹起来也罢,这样他反倒可以摊牌,把一切都讲明了,结束这个所谓的家庭。他希望"短兵相接",然后,他可以没有任何负担地从事他该从事的工作。他的担子不轻,如果一旦交通改造工程上马,搬迁的任务就要具体地落在他身上。他是学电子的,对无形的电子他能指挥自如,可有形的厂房民房搬迁,他至今心里没有底数。他觉得自己根本不是一个指挥员的材料,这种飞速的步步荣升,他感到荣耀,但同时又觉得是一种"苦刑"。有人宁愿为着虚荣,甘心受"苦刑",他却不愿意。人人都有着自己的自由王国,他的理想王国是电子王国,如果想获取荣耀,他可以到那里去摘取桂冠。在不属于自己的行政王国迟疑、消磨,无异于浪费时间和生命。然而,他每递一次辞职报告却换来一次职位的升迁,由副所长直至副市长,这反而使他不敢再轻易行动了。

徐力里终于回来了。他听到秦阿姨在和她打招呼,又听到她的脚步消失在她房间里。他镇定了一下自己的情绪,缓步走进她的房间。

她没有料到他会在这个时候走进来,眼睛一动不动地看着他,显得有些意外和吃惊。

他等待着,等待火山岩浆的喷射,她却异常镇静,静得反倒让他心慌。

"现在你已经全明白了。"她终于开了口,面部毫无表情,声音也出乎意料地平缓。

"不,不明白……我明白了什么?"他突然想抵赖一下,不知为什么他在她平缓的声音面前失去了刺刀见红的勇气。

徐力里轻轻拉开抽屉,取出那本书,放到写字台上:"你把照片夹错了页码,所以我知道你动了我的东西。看了那页的文字,你多少了解到我的一点感情了吧?"

柳若晨愣住了。

"这就是我们的结合,两个人心里都装着另外一个人。"徐力里凄楚地一笑,"没有爱情的夫妻必然同床异梦,我们都是明白人,所以才没有同床,对吗?于是两个真实的自我,构成一个最虚假的家庭,真可笑。没有人会相信有这样的夫妻,我们为了逃避外界的闲话,为了躲开外人的干预,只好生活在一起,这就是我和你。”

“不,我们并不一样。”柳若晨心里恢复了平静,他在她房间里那把惟一的椅子上坐下来,“我心中装着我死去的前妻,这是一种对死者的怀念。而你心里的人活着,而且结了婚。对死者的怀念是一种忠诚,而你念念不忘的是一份早已结束了的感情。这种感情对我,对他,和他的妻子都是一种不尊重、不道德。”

“是吗?”徐力里突然异常痛苦地喘了一口气,“我没有想过,我不想伤害你们三个其中任何一个,这本来就是个秘密,藏在我心里的秘密……”

“可这秘密伤害了我。”柳若晨忍不住接口说道,“刚结婚时,你对我提的要求我都同意了,那是因为我并不爱你。现在,我们这对假夫妻形同路人地住在一起五年了,突然间,我知道了这一切,你想,我心里是个什么滋味?”他有点激动,声音也显得粗哑了,“我毕竟是个人,是个有血有肉的男人,怎么能看着自己的妻子爱着别人而无动于衷?”

徐力里有点惊异地望着他:“我,我没有想到,对不起。”她显得有点口吃,“我以为这对你是无关紧要的,我以为:我们已经找到了一种,一种最理想的生活方式。这么多年了,都相安无事。”

他看着她,发现她说话时细细的脖项里有一根血管显得特别突出:突突突地在跳动。他记起,死去的前妻也有这么一根蓝血管,不过那不是在脖颈上而是在额角,想起前妻,他心里一阵哽咽,眼睛也模糊了。

她有些怜悯地望着他。他被她的这种目光刺伤了自尊心。她为什么要可怜他,难道她以为他会爱她,他是嫉妒了?不,她错了,他的心是属于那个女人的,不会再为别人动心。于是,他说:“我们分开吧。”

“如果你这样想,我不能反对。反正结婚、离婚对我们来说不过是一张证书的事儿,可是……”徐力里顿了一下,“我有点担心,副市长离婚,会成为社会上的一大新闻。”

他一时语塞。是呀,他之所以五年来与她维持着这样一种不即不离的形式婚姻,就是怕舆论。舌头能锯断大树,舌头能长出花儿来,他不需要什么赞誉,也不顾别人诋毁自己的名誉。

“难道我们就这样虚假地维持下去?现在,我们再见就是一种摧残,我们当然可以像过去那样生活,可总避免不了见面,我无法忍受。”他又有点激动了。

“我搬走,搬回我父亲那里,和弟弟住在一起。”她仍旧平静地、不动声色地说,“我们可以暂不办理离婚手续,拖一段时间再说,你看如何?”

“可以,当然可以。”她的平静又一次刺伤了他的自尊心,他提高了嗓门,“只要让我见不到你,怎么办都可以。”

他猛地站起身,大步走出房门,突然又转过身,朝她严肃地、近乎命令地说:“做为一个同志,我还要劝告你,不要太痴情,不能去伤害他的家庭!”

徐力里终于被激怒了,她霍地站起来,脸涨得通红:“用不着你来劝告!痴情不痴情是我个人的事,你无权干涉!我正是为了不伤害他的家庭才和你结婚的。难道你还不明白?”

明白,他怎么会不明白!他在她的生活里只不过是一块遮羞布。

“你最好现在立刻就搬走,听见了没有?!”他浑身的血都涌到了脸上,“你……你给我滚!”

活了四十七岁,无数个人曾让他“滚”过无数次,但他却是第一次让别人“滚”。

第七章

一

老天爷终于开了口，憋了一个多星期，暴雨总算下来了。

“哗……哗……哗”大雨倾泻在路面、屋顶，溅起粒粒珍珠。雨来得太迟，又来得太凶。二十年来，没有这样大的雨。

杨建华从外边逃进队部小屋，只听得木板屋顶上像有机枪扫射似的“哒哒哒”地被猛烈敲击着。窗外雨线早已形成一道水帘，让人看不清二十米以外的东西。

糟糕，家里该遭殃了，用不了十分钟，普店街就会成灾。他前几天加高了门槛，还另外装了两个草袋子，准备挡水。母亲最近关节炎犯得厉害。杨建华惦着家里，心里烦躁不安。他怨自己为什么早起上班前不想着把那泥袋子挡上，也怨那该死的气象台，天天报有雨，天天不下雨，像报告“狼来了”的放羊小孩，把人都弄疲沓了。

老队长敞着怀，不住地摇着芭蕉扇：“下吧，下场透雨就凉快了。”他发现建华没应声，只是皱着眉站在窗前，便又说，“放心吧，一会儿公司就该来电话了。”

果然，他的话音未落，电话铃就响了。

老队长抢上去，拿起话筒。

“三队吗？呵，是你，我听出你声音来了……我是公司赵洪呀……对,……气象台来通知,这场雨估计得下两天,排水处向咱们求援,我命令你们全队整装待命,谁也别回家,随时接受紧急任务。”

“扯淡!”老队长气哼哼地骂了一句,“他们排水处早干什么去了?临时抱佛脚,年年来这么出戏,正好这个月我们队没奖金,让他们包发。”

“少废话吧,我就要离休了,你这老家伙也干不了几天了,少发点牢骚吧!”赵经理在电话中教训着老部下。

“你别给我念丧经。告诉你,你离你的,我可还差座桥没修呢,不攒够个数,谁也甭想让我走!”

“哈哈哈……”对方笑着把电话放下。

老队长摘下雨衣:“我去通知队里这帮浑小子们,做好准备。别动窝儿,回头有紧急任务。”

“我去。”杨建华也去摘雨衣。

“算啦,”老队长拉住他,“你那工程总结还没写完呢,局里催了,若交晚了,咱队这个典型就没了。”

老队长穿上雨衣,走出门去。

杨建华刚想关上门,肖玲却从迷茫的雨雾中跑过来,浑身水淋淋的,雨水不断顺着头发、雨衣往下淌。

她骑车从机关出来的时候雨还没有下,骑到半路,倾盆大雨刷地下了起来,同时刮起了大风。半路上,她躲没处躲,藏没处藏,待跳下车穿雨衣的工夫,身上早淋透了。一件塑料雨衣哪挡得住狂风暴雨。

“这么大的雨,你跑来干什么?”建华一把把她拽进屋来,随手关上门。

肖玲捋捋头发上的水,用力甩掉:“还不是你们逼的,电话催你们交总结,交总结,你这队长就是拖着不办,我是当兵的,只好下来拿。”她说着笑了。

建华拿起自己的毛巾，递了过去。

肖玲翻翻眼睛看看他，脱掉雨衣，用毛巾擦了擦脸和脖子。她长得处处都比别人小一圈儿，包括脸和脖子。

“你们机关就重视什么计划、总结的。我们是干活的，哪有时间要笔杆子，你们闲着没事干，看该总结点什么就随便写点呗。”

“你在兵团当团长时也这么想？”她又笑了，淘气地一吐舌头，见他并没有生气，又戳上一句，“不会总结工作的头儿，肯定是稀里糊涂的头儿，该撤职。”

她说着转身到脸盆前，去搓毛巾。

“啊，挂那就行了。”

“我给洗洗吧，闻闻这味，毛巾都馊了。”

建华不好意思地笑了。

“原来你还会笑呀？”她也第一次在他面前咯咯笑起来，“我问你，你那天怎么那么凶？”

“哪天？”

“就是我上次来的时候，你脸阴得就像这外面的天，说话的声音比打雷还吓人。”

建华无法解释，她问得他好窘。

屋外雨潮声中，突然传来一阵含混不清的吵闹声。

门砰地被推开，一个老师傅惊慌失色地朝建华喊道：“陈宝柱和老队长干起来了，把老队长打得出了血，你快去看看，那帮小子还在一边看哈哈。”

杨建华顾不得披雨衣，拔腿跑去。

瓢泼大雨中，老队长和陈宝柱滚在泥水里厮打，有几个工人在拉，但谁都拉不开，地上的人似乎要拼个你死我活。

“住手！”杨建华大吼一声，一个箭步蹿上去，用手钢钳一般攥住陈宝柱的衣领把他拽起来。

陈宝柱拗不过建华的力量,松了手。老师傅把老队长从泥水中扶起来,他鼻子里流出了血,雨水冲掉一股,又一股殷红的血涌出。

建华冲愣在一边的工人厉声道:“傻愣着干什么?快把老队长扶到屋里上点药!”

几个工人搀着老队长走向队部。建华一把把还在梗着脖子的陈宝柱反剪着胳膊,推搡着拖进木板房。

“为什么打人?!”建华松开手,浓眉耸立,气得声音发颤。为了挽救陈宝柱,他花费了多少时间、口舌、心血。但他恶习不改,竟大打出手,拳头挥到了老队长头上。

陈宝柱的胳膊刚被松开,脚就一蹦三尺,歇斯底里地嚎叫,叫声里带着哭腔:“这个老王八蛋,狗娘养的没人性!不叫我去瞧我妈,我妈要有个好歹,我就敢宰了他!”

原来,他野蛮的行为却发自刚刚苏醒的人性,一颗才萌发的孝子之心。

那天,他回到家里,看到建华给母亲做的轮椅,心里好不是滋味。床上躺着的是他的娘,可照顾和惦记娘的却是杨大娘和建华。

“宝柱,妈活不了多久了,总有句话,想跟你说说,你能听妈说吗?”

“你说吧,我又没堵你嘴。”宝柱从来说话就恶声恶气的。

“你也老大不小的了,今后花钱省着点,攒俩钱儿,赶明儿也该说个媳妇儿,妈看见孙子,死也就闭眼了。”

“你现在就闭眼睡你的觉去吧,胡嘞嘞什么!”他没好气地说,“谁愿嫁我呀,守着个瘫妈,我这辈子甭想娶上媳妇!还攒钱?拿什么攒?这俩工资还不够糊口的!”

宝柱妈没想自己引出儿子这么番话,愣住了。

宝柱看妈不再唠叨,便铺床睡觉,一夜相安无事。第二天,忙完早上的一堆事,他准备上班去,妈叫住他。

"宝柱,过来,妈跟你说两句话。"

"马上到点了,说什么话呀,你!"他最烦妈的啰里啰嗦。他勉强走到母亲身边。

宝柱妈一把拉住儿子,泪水一下子流了满面。

"你又犯病了不是? 大早起地哭什么。"宝柱甩开母亲的手,扭身想走。

"宝柱!"母亲一声惊呼,拉住他,"宝柱,我告你个事儿。"

宝柱转回身来:"嘛事? 说吧,快点。"

母亲擦擦泪:"你记得我这床底下有个耗子洞,你小时候帮妈一块堵上的?"

"记得,怎么了? 又闹耗子啦? 晚上再说吧。"

"那不是耗子洞,是妈藏首饰的洞,那会儿太乱,妈怕这首饰惹事,埋起来了,这事,连你爸也不知道。"

"首饰?"陈宝柱一听,来了精神。

"对,两件金首饰,虽说成色不算好,也值点钱,回头,你把它们兑成钱,也算妈给你尽了点心。这钱是你娶媳妇用的,不敢乱花。"

"行呵,"陈宝柱又烦了,"晚上再说吧。首饰又跑不了。"

"还有,你今后可得听杨大娘、建华大哥的,你好好做了人,也算替妈报了人家的恩。"

"行了,行了,一唠叨就没个完!"陈宝柱看看表已经晚了,甩手大咧咧地出了门。一大早就叨叨个没完没了,他烦透了。

到了班上,队里保管找他,让他还借队上的电钻,队里急用,那电钻是他借到家里给墙上打眼拴吊铺的,成天和母亲躺在一张木板床上,他不得劲儿,看美国电影上洋人躺吊铺上挺自在,便自个儿也想搞一个。眼儿已钻好,电钻却忘了还。他便回家去取。

刚骑到家里小院门，便听自家屋里咕隆一声，什么东西沉重地砸到了地上，他赶紧推家门，不觉呆住了。

母亲半躺在地上。

一条撕坏的床单带子一头系在床栏上，一头系在妈的脖子上，她的脸已经憋得发紫。

她这是怎么了?!

宝柱脑子里嗡嗡的，半天才醒过来，赶紧替妈解开带子，把母亲抱上床去。

“妈!”他喊着母亲。

“宝柱。”母亲缓过劲儿来，声音低缓地说，“你为啥救我？让我死吧，死了就不拖累你了。”

“妈!”宝柱没想到母亲会为了自己去死。

“宝柱……我知道你恨妈……我守着帮不了你，反倒让你挂不住脸儿，我们都走了，你自个也就心静了，跟着你建华哥好好干，兴许能出息。”

宝柱听着母亲的话，一时间，母亲很多疼爱他的往事全都涌上心头。他一下扑在母亲身上：“妈，怪我先前不懂事，以后我再不好好伺候你，让我……”

母亲一把捂住他的嘴，没让他把那诅咒的字眼说出来。眼泪簌簌地流下来。

从那天起，陈宝柱回到家，先服侍母亲吃完饭，就把母亲抱上轮椅，推到街上去凉快儿。可怜的陈老太太从小没捅过儿子一根手指头，为着儿子舍不得吃，舍不得喝；冬天怕他冻着，夏天怕他晒化，受着丈夫气，挨着丈夫打，苦苦地把儿子拉扯大，结果养出一只狼，从没享受过儿子的这份孝心。每次宝柱抱她，她都恨不得哭，见到外面大马路和街坊四邻，激动得说不出一句完整的话。

“宝柱这小子变懂事了。”有人夸宝柱。

“抽两下风,有不了长性。”有人悄悄议论。

宝柱当然只听见了夸他的话。这几天,他对母亲好,邻居夸,母亲乐,他自个儿心里也痛快。长这么大他还没听到过这么多好话。良知的恢复,越发使他体会到母亲多么需要儿子,而自己最亲的人也还是母亲,几天的时间,使他觉得自己跨越了两个人生。

刚才暴雨下起来时,陈宝柱首先想到了自己瘫在床上的老母亲。老娘怎么办?水没到床上,命就完了。他坐不住了,穿上雨衣,推车就走。请事假的事,他连想都没想,他没把那穷规矩放在眼里。赶巧让老队长碰上了。老队长拉住宝柱的车不让走,陈宝柱就骂。老队长认准了陈宝柱借词儿溜号。“这龟孙子见来重活了,总是找这种理由偷懒儿。”雨声大,两个人又都是一急就说不清楚话的人,嚷了半天谁都只顾自己说,没听见对方说的是啥。陈宝柱只听清一句:“你小子这两天就别想回家,走,就开除你!”陈宝柱混横惯了,除了在劳改农场装熊老实了两年外,可从来不受窝囊气,他顿时火冒三丈,挥手一拳,打得老队长鼻子见了血。老队长更是个容不得别人对他不敬的人,居然让这个早让他看不顺眼的家伙打出了血,牛劲上来了,拼上老命死死揪住陈宝柱。陈宝柱先是有些怕,老队长可不是能打着玩儿的,会闯祸。可当老队长揪住他摆出一副豁了命的架势时,他也豁出去了。反正错已经犯了,横竖一个处分。扣工资,开除,老子认了。他拿出自己在社会上混时练的拳脚,打了个痛快。

这就是刚才的全部经过。

杨建华脸色铁青,握紧拳头一步步逼近陈宝柱。陈宝柱一步步退到墙角让一把铁镐挡住了。

“建华!”一个工人上前抱住杨建华。他知道陈宝柱是个亡命之徒,逼到他狗急跳墙的地步,他什么事都干得出。

杨建华一抡胳膊,将那工人甩开。就在这一刹那,陈宝柱握住了铁镐。他曾经用锋利的钢刀，刺穿过一个人的肚子，现在他同样敢用铁镐在一个人脑袋上凿个窟窿。

可面前这个人是杨建华。

陈宝柱有片刻犹豫。伤害杨建华，太没义气了。等着挨揍，在众人面前栽跟头？那他陈宝柱就算“栽面儿”了，今后就别想在大家伙眼里立住。

啪一记耳光，重重地掴在陈宝柱脸上，与此同时，建华一脚踢向陈宝柱握镐的手，手飞起来，镐倒在地。接着又是一拳击中了他的腮帮子，陈宝柱被打倒在地上，鼻子里也流出了殷红的血。

只一秒钟，迅雷不及掩耳。大家平时只知道杨建华脑子快，有力气，但没想到他手脚如此利索。

建华凛然站在那儿，眼睛怒视着趴在地上的陈宝柱，如同用把利剑逼住了对方的喉咙，让对方无法反抗。

“滚回去吧，你停职了！”他说。

陈宝柱被打蒙了，捂着火辣辣的脸从地上慢慢爬起来，他知道任何反抗都是徒劳的，还击，只能一败涂地，把整个面子输光。他浑身泥水，雨衣也撕破了。

“把你妈背到我家去，我家的床架高了。”建华把自己的雨衣扔给宝柱，转身要走。这时，他发现一双眼睛注视着他，这是肖玲。

他盯了她一眼，走出门去。在她眼里，自己一定和陈宝柱一样野蛮。

他向队部走去，此时，他更关心的是老队长，老队长的犟脾气他知道，并不比陈宝柱容易对付。

扑哧、扑哧，一阵践踏雨水的急促脚步声追上他。身后，有人把一件雨衣给他披上。他转过脸，是肖玲。她正淋着雨跟在他身后。

“这回，你这个宣传干部汇报工作可有词儿了。”他冷冷地说。

肖玲跑了两步,她步子小跟不上建华的大步。

“我保密。”她说,讨好地朝建华一笑。

“想包庇？觉得三队是你抓的先进点,就报喜不报忧?”建华一点不领这个情,到手的先进,该丢也得丢。

“不是。”肖玲并不在意他的态度,“我觉得解气,我真佩服你。”

肖玲是真心话。

“佩服我打人?”杨建华斜眼看看她。

“不,佩服你教训坏人！一个真正的男子汉。”

建华苦笑一声:“一个干部动手打人,表明他的软弱,算得上什么男子汉。”

“软弱?”肖玲大惑不解,“那你为什么还要打?”

“因为软弱。对这种情况,我毫无办法,陈宝柱打了老队长,我打了他,对他是一种报复,也是一种开脱。”

“开脱?”肖玲越听越糊涂。

“我不打他,他打老队长就会成为一件天大的错误,而副队长也打了人,老队长心里就会取得一种平衡,领导上追究起来或许会因为顾及到我而减轻对打人行为的惩罚程度,当然,也许是徒劳。”

“可你不该为这种人开脱,还搭上你自己。”

建华看看天空,乌云厚厚压在低空,雨势丝毫未减。

“他住在蛤蟆尿泡尿都成灾的‘三级跳坑’,这么大的雨,一个瘫痪母亲躺在床上一动不能动,他能不着急吗？过去,他只想跟着他父亲往地狱里钻,现在他刚懂得点人性,虽然仅仅是对自己的母亲,也说明他开始有了良心,你说我能不为他开脱吗?”

“你把他住的地方说得太严重了吧？雨再大,也没成河,怎么会进到房子里去?”

建华看看肖玲,哼了一声,忽然把雨衣掀起扔给在雨中淋着的肖玲,一股火气冲口而出。

“严重？一点也不严重！我的家就和他住在一起，请您有时间去参观普店街！”

二

普店街真的成了河，水漫过了膝，各家各户用脸盆向外淘水。

掏着掏着，大家不约而同地停止了徒劳的努力，听任水漫全屋。四处的地势都比普店街高，这儿是一块盆地。盆地内又出现一个个阶梯。胡同的地面高出院里的地面，院里的地面高出屋内的地面。怪不得人们戏谑地把它叫做“三级跳坑”。面对上端流下来的水，抵挡只能是一时的，当灌进来的水远远多出泼出去的水时，人们发现他们的劳动只不过是一种自欺欺人的心理安慰。

杨元珍家里早灌进了水。她起初是想把建华灌好的土袋子横到水泥门槛儿上，但她没能拽动，便赶紧把屋里地上的东西收拾到高处，十分钟后，水就顺着门缝挤进来了。她的腿好疼，这条伤腿一遇到变天，受凉，就疼得钻心。她盘腿坐在床上，看着屋里地上的水位慢慢往上升，心里七上八下的。倒不怕水漫上床，建华把床架高了一尺半，水不到能行船的程度是上不了床的。她是惦着孙子小蒙蒙，那孩子一早冒雨上学去了，放学回来这一路蹚水可怎么走？想到这儿，她又想到宝柱妈，那个孤独的老太太，自个儿躺在床上，还不让水吓着？不行，她得去看看。别人家有劳力，人手多，早有准备，宝柱家就难说了。

她的雨鞋漂在水面上，她够不着，再说，雨鞋穿上也得灌篓，她索性穿着布鞋下了地。穿过闷热的空气，泡在滚烫地面上，水并不算太凉，可她仍然冷得刺心，腿有毛病，一点点凉，她都受不了。她一狠心，双脚全都泡在了水里，然后拉开了门，高出台阶的水顿时哗哗地涌进屋。

“杨大娘,您这是上哪儿去?得小心点。”史春生的媳妇王敏正从胡同里蹚过来,她一个多礼拜没回家了,乍一见到邻居,脸上还有点儿挂不住。

“我去看看宝柱妈,跟她做个伴儿。怎么,回家啦?该回来了,小两口怄什么气呀。”杨大娘笑着说。

王敏不好意思地笑笑,急急忙忙开了自家房门。天啊,锅碗瓢盆,床下她的鞋,宝宝的玩具,春生的几件脏衣服,全在地下漂着,箱子柜子泡在水里,里面的东西还不全泡烂了!她好气。

这些天,她一直惦着家,知道要下雨,知道家里准会灌水,想回来看看,收拾收拾,可就是碍着面子,不肯向春生低头。她这次要治服他,他不给她磕头,她就不回这个家。自己工厂姐妹里,哪个不在家里说了算,把丈夫管得服服帖帖的。哪个丈夫像史春生,什么事都由他自个儿的主意办,连跟她商量都不商量。结婚时,正巧他的单位分房,就一个条件:照顾先进,偏春生那年评上了公司先进,春生赶上了,分了一个独单。可春生让老两口住进去,他们小两口留在这破房里结了婚。那会儿她就有气,真想和春生就此掰了脸儿,可想想又舍不得。自己好不容易才找上他这么一个像模像样的对象,就要过门了,为这个事闹崩了,自个面子上也不好看。于是,她忍下了这口气,求个贤惠、懂事的好名声,以后好相处,遇大事儿也好张口。谁知,春生的傻劲儿没完没了,那年服务行业搞承包,奖金每月一百多,春生月月给他爹妈送去一半儿。她又生气又心疼,跟他闹,他就瞒着奖金数,让她一分钱也见不着。有了孩子,家务活儿多了,春生仍然不顾家。家中活儿一点也不干,什么事都一推六二五。整天早出晚归,回来吃饱喝足了就看书,看累了一倒就睡大觉。一日三餐由她做,洗洗涮涮天天忙到晚上十一二点,他倒好,不管不问,什么都等现成的。

王敏并不是对丈夫干事业一点不支持,哪个女人不盼着自个儿的男人混个头头脑脑的,在工厂里兴比这个,连厂领导都看人下菜碟。有个有势力的丈夫,比当生产骨干还红。她沾了春生不少光。厂里来了外省市的业务单位,厂领导找到她,一个电话,住处解决了。厂里请关系户吃饭,领导托她,二百元的一桌席,就收她们厂一百二十元。领导在她请假、发奖金的问题上处处照顾,看的还不是春生的面子!想起这些,她有时气就消了点,一些事情尽量往远处想。比如春生补习高中文化,她不反对,文件有规定,没高中文凭,今后别想升官儿。后来他又去上业大,她也没有反对,现在讲学历,是个大学生处处吃香。但她恨他读书读上了瘾,对她却不闻不问。好像这不是他的家,是旅店,饭馆,她也不是他的老婆,而是一个老妈子。姐妹们都说她好福气,福气个嘛!鬼才知道她受的什么罪。

她这次和他吵起来,该吵的事儿太多了,家务活谁干的?这几个月奖金哪儿去了?孩子病了当爹的为什么不请假?家里想买台进口彩电,他有路子怎么不找?天天下了班不回家跟谁一起混?那天晚上和他一道骑车的女的是谁?为什么夜里一点不主动,一点劲头也没有?……从家庭琐事,吵到他有外心。吵够了,她抱着孩子回娘家去住,来了个一去不复返的架势。

她原以为史春生会来找她赔不是,求她几次,她再给他个台阶,提出一、二、三几个条件让他认可,她才回家。不料,半个月过去了,春生连面都没照,像是早就把她和孩子给忘了。她坐不住了,又放心不下家里的东西,怕哪天下暴雨把东西毁了。春生没来找她准是顾不上来。回家要做饭,洗衣服。怕下雨还得收拾屋子,加高门槛儿,这也够他一个人受的。活该!她又气又恨又心疼,他充什么硬汉,来趟赔个礼,她不就回去了。女人,哪一个不是刀子嘴豆腐心!今天雨真下起来了,她在厂里慌得干不下去活儿,请个假跑回来看看。如果春生都做了准备,她也就放心了,再回娘家去。

没想到,王敏却看到这么一幅景象。他整天干什么去了?一定是跟哪个女人好上了,不要这个家了。她越想越心酸,站在水里,泪水止不住地流。

旁边万家也热闹了,万老头早晨五点钟起来收拾收拾就照常推车去卖煎饼。摊位好,一上午能卖三百多套,摊前断不了人。可今儿早上卖着卖着,天就阴下来了,云越压越低,越变越黑,就像是洪水要直接从天下泻下来。他买卖不做了,赶紧收摊,推车往家跑,半路上,雨就来了,等他人进了院子,水就没了脚脖子了。他顾不上换件衣服,急忙奔到自个儿那间“库房”。家福卖的百货,成箱成包地堆在屋里,架是架起来了,就是不够高。家福没经验,三十年前闹大水时,家福还小,不知道真闹水,水能齐半间屋子高,架这么半尺高,只能挡个小雨。万老头既怨儿子也怨自己。这几天,他一直催儿子干,可儿子今天拖明天,明天拖后天,一直拖到昨天,他才发了个脾气逼儿子把库房垫好。可就忘了检查检查,否则,哪会出现这事。

他把老伴喊出来帮忙,用块塑料布蒙上货,一包一箱地往屋里倒货,没搬几趟,就累得气喘吁吁了。老伴一不留神,绊在院里一块砖头上,扑通一声连人带纸箱全趴到水里。万老头扛着一匹化纤料子蹚水走过来,没顾得上看看老伴摔得多重,先看那箱货,见是一箱童袜,也没弄脏,心里石头落了地,才伸手去拽趴在水里的老伴。

万家福冒着雨急匆匆地往家赶。他今天没去卖货,和几个同学约好了到工商管理局。他用十条“大重九”,外加两条牛仔裤,取得了管他们片的工商管理员小姜的帮助,搭线认识了工商管理局的小刘。他在小刘身上不惜下本,不露声色地送了不少东西。小刘答应帮忙,说只要他们有厂房、有资金、有经过国家技术鉴定的产品,一定支持他们把工厂搞起来。万家福和几个同学四处奔波,终于万事俱备,只欠执照了。谁知今天小刘一见面,两手一摊,大骂局里保守。接着哭丧着脸,诉说局里不批私人办工厂,还把他撸了一顿。万家福一听就明白了,一个多月白忙活。

“局长的理由是什么?”他问小刘。

“局长说办第三产业可以,办工业不行。国营那么多工厂还吃不饱呢,根本用不着私人办,私人办工厂无非是抢国营的饭。”

“我计划投产的是刚刚获得专利的新产品,不会挤国营的,国营的厂家还没生产呢!”万家福还抱着一线希望。

“我都跟局长说了,可局长说,专利应该卖给国家,让国家生产,哪能让个人掌握,把钱都肥了个人腰包。”

话说到了这份儿上,看来无望争取了。他们几个人出门就骂,骂局长的逻辑是混蛋逻辑,骂小刘不是东西,昧良心吹牛,白捞了那么多东西。可骂又有什么用!反正送的礼收不回来了,谁让你去行贿,自找的。几人骂着,正无计可施,心里凉到底时,天也忽然凉快了,下起了大雨,又急又猛。万家福一下子想起普店街的家和他的百货。坏了,工厂办不成,以后还全指着那货卖呢。他赶回家门,一推院门,正看见老爹把母亲从水里捞出来。

“愣在那儿看戏呢!”万老头看见儿子回来,不禁心头火起。“还不赶快搬!昨天就让你架高架高,结果,就架那么半尺高,挡尿呀!整天叨叨工厂,工厂……这些货都淹了、泡了,几千块钱就糟蹋了。”

万家福从水里搬起那箱童袜:“爸,您就别唠叨了,工厂我不办了,从今以后我老老实实地卖我的百货。”

父亲见儿子说话一本正经,不像是说气话,弄不清为什么家福能回心转意。“这就对了,像个聪明人的样子。咱们手头这点钱存在银行里,往后就是在家里呆着,光利息也够你吃一辈子了。依你办工厂,折腾,冒险,好了赚点钱,办砸了,这钱你哭都哭不回来。”

万家福没有吭气,进进出出地蹚水干活。这小子哑巴了,真从心里服气了,万老头暗想。昨天还拗着劲儿,今天一场雨浇明白了,这雨下得及时。

杨元珍打伞蹚水走过来,看见万家搬搬运运的好热闹。

“杨大娘,您这是干什么来了?”家福妈看见杨元珍走路十分吃力,连忙打招呼着,扶了她一把。

“来看看宝柱妈,怎么,你们也进水了吧?”

“可不,哪能不进呢。瞧瞧,刚进来的货就全泡了,所以我们……我们也没顾得上去照顾宝柱妈,就忙这么一会儿,我还摔了一下。”家福妈拽了拽身上的湿衣服。

杨元珍这才看见家福妈一身的泥,她赶紧说:“你们忙吧,我去看看她。”

杨元珍一折伞,进了宝柱家,一进屋,立刻愣住了。

床的四条腿倒是架起两块砖,加上本来床腿就高,一半尺水还上不了床,但屋顶漏了,四处滴水。床上的塑料布汪着一片片水,再看宝柱妈,全身湿透,上牙打着下牙不住地哆嗦。一滴滴豆大的水珠接连不断地从屋顶上砸下来,全砸在她的脸上。

杨元珍顾不上腿疼,赶紧拿伞替她支在床头,又爬上床,把雨水抖落净,动手帮她找干衣服换。

“他大娘,不用了。”宝柱妈有气无力地说。她动弹不了,就任雨水漏在身上,不愿意惊动旁人,一个不中用的老婆子随它去了。

“哎呀,你发烧了。”杨元珍摸摸宝柱妈的头,滚烫的。她忙走出门,大声喊,“家福,快来帮个忙。”

万家福听出杨大娘喊声不对劲,立刻蹚水过去,家福爹、妈一齐跟过来了。

万老头一见宝柱妈的惨状,心里挺着急,忙催儿子:“快,快背你大娘到杨大娘家去,把我这雨衣披上。”

“爸,这叫什么话? 咱家就在旁边,该背咱家去。”

万老头不说话了,心想:宝柱妈一进自己家,可就不是一天两天的事儿,他家房漏了,天晴才能修,家里放个瘫老太太,受累、腻烦不说,那陈宝柱还不也得住在家里? 那不就等于引狼入室,晚上守着这么多日用百货睡,丢个一件两件的到时不好说。

“这……”家福爹支支吾吾。

杨元珍早看出万老头的心事,爽爽快快地说:“你们家人多太挤,不如住我那儿舒服,再说宝柱、建华一块上班,住一起挺方便。”

家福背起宝柱妈,走到胡同里,迎面碰上赶回家来的陈宝柱。

“我妈怎么了?”陈宝柱扔开自行车,在水中急急奔过来,没膝的水让他蹚得溅起来,弄得全身都湿了。

“你家房漏了,你妈着了凉。别慌,跟家福一块把你妈背到我那儿去,我去街委会找保健站大夫去。”杨元珍见宝柱来了,放了心。

两人深一脚,浅一脚,好不容易把宝柱妈背到建华家。

“杨大娘!”一声尖脆的喊声急急从窗外传来,喊声未落音,张义兰推门进来,一见一屋子人,不禁一愣。

万家福见到张义兰,赶紧迎上去:“义兰,你家怎么了? 我帮你。”

“我家没事,是市委书记来咱普店街了。街里通知让居委会代表全到街里去迎接。”

“狗屁!”陈宝柱突然瞪起眼珠子,脖子上的筋都红了。“他市委书记来,管个屌用! 他们住着高楼,用不着到咱这儿洗脚丫子来,还欢迎他? 要我,他妈的把他轰走!”

张义兰兴冲冲地来,没来由的被宝柱抢白一顿,便瞪了他一眼："臭德行，谁理你，家福，咱们走。"

"嗳！"家福脆崩地答应着，和张义兰一块蹚水走了。

三

高伯年知道自己不是龙王爷，他止不住雨，也掏不尽水。但他觉着，在群众最困难的时候，市委书记的出现，会产生一种无形的力量。这座城市，这里的人民群众，就是靠这股力量，在过去几十年里，克服了无数困难。

他让司机远远地停下车。窄小的马路上到处拥挤着缓缓蹚水的人群。他脱掉鞋，下了汽车，试着向前蹚了几步，积水形成的阻力，使他站立不稳，迈步相当吃力。尤其两旁来去匆匆的行人走过去，脚下涌起的一股股水波，像一阵阵细浪，撞得他左摇右晃。

秘书赶紧追上来，一手打着伞给他遮雨，一手搀扶住他。

一时间，他感到自己老了。

六三年，那是一股什么劲头！他作为分管街道工作的副市长，陪着徐克，挽起裤腿，蹚过一条条胡同，视察大水给普店街造成的灾情。居民们感动得热泪盈眶，站在自家门口，老老少少列队欢迎他们，那场面真是激动人心。

"不要管我！"他把胳膊从秘书手中挣脱出来，让人架着走路，这成什么样子！他不能以这种形象出现在群众面前。"你先到街委会去，去帮助他们指挥。"

秘书犹豫不决，他看出高书记今天脸色很不好，不知该不该遵从他的指示。迎面五六个人坐着一辆"东风"三轮车驶过来。那车在水里，就像一艘游艇，劈开路上的积水，两侧溅起一米多高的浪花，很多行人被水浪的冲击力撞倒在水里！车上的人却毫不顾及，只是拼命地招着手，大声喊着："高书记，高书记！"

高伯年没听清他们喊的是什么，只当是抢险救灾车，慌忙向路边躲。他今天是从家里直接出来的，没来得及通知其他常委同行。但他知道这么大的雨，对普店街意味着一场灾害，他应该到灾情最严重的地方去，他没想到，他来普店街的消息，很快被市委秘书长知道了，立刻指示办公厅挂电话通知普店街党委。于是街党委书记、主任们闻讯而动，急急忙忙坐上一辆正停在门口的"东风"，赶来迎接。

"东风"在高伯年面前停下，几个人跳下车，热情地围住市委书记。

"高书记，快上车，这么大岁数，蹚在凉水里怎么行？"

"不了。"高伯年摆摆手，"群众泡在水里，我们也应该泡在水里，像你们刚才的样子，群众会有意见，影响很不好。"

好不容易，高伯年才在几个人的前呼后拥之下，蹚进了普店街街委会大院。

街党委李书记赶紧吩咐一个干部去烧碗姜糖水，又让通知有线广播站，立即向各居民点通知市委书记亲临普店街的消息，并通知居委会主任到街党委向高书记汇报。

"不要让他们来了，我们应该到下面去。"高伯年已经感到精神不佳，但仍坚持要到户里去。

"高书记，外边下着雨，您就让他们来吧。"

"不行，我不是到这里喝姜糖水来的。"

市委书记亲临普店街的消息很快传到了普店街各家各户，以家庭妇女和退休老工人为主体的居委会，在传达上级指示和特大喜讯方面的功夫，不减当年。

但市委书记这一次的到来，没有带来高伯年预想的鼓舞、安抚的效果，反而引起一片牢骚和骂声。

群众不是当年的群众了。人们现在厌恶形式,看重实际。实际摆在那儿,从六三年开始,市里就说要改造普店街。先是说把地势垫高,然后重新盖房,后来说,把普店街平房拆了盖楼房。一个个计划,一场场梦。一次次许诺,一次次落空。群众心里的希望破灭了,换之一肚子牢骚。

群众的怨言,高伯年坐在街党委办公室里当然听不到。他只觉得一阵冷一阵热。不住地打喷嚏。一碗滚热的姜糖水喝下去,鼻子才微微有些通畅。老了,真的老了,当年雨夜行军,浑身浇透,一走一二百里路,从来不知道什么叫感冒。

他回过头向秘书指示:"给阎市长去个电话,告诉他普店街雨情严重,让他到这里来。"他想想,又叫住欲走的秘书,"再给办公厅起草一个通知,要求每一个党员,每一个党员干部,在暴雨中要发挥先锋模范作用,一个也不要回家,要和人民群众站在一起,保护和抢救国家和人民群众的财产。"

高伯年说完吃力地扶着椅背站起来:"走,我们下去。"

话音未落,一阵眩晕,他跌倒在椅子上,额头渗出汗珠,脸色苍白,呼吸短促。

"快,快去叫保健大夫,再去把卫生院大夫叫来。"李书记慌了神,忙吩咐身边的干部。

门被推开,杨元珍急急忙忙赶来,进门就喊:"李书记,保健大夫在哪? 宝柱妈病了……"她话没说完,就发现大家正神色紧张地围着一个人。她走过去,看见一张曾经是那么熟悉的一张脸,心里猛地像是被蜇了一下,紧缩起来,感到浑身发麻,她没想到会在这里看到他,看到的他又是这么一副样子。

"市委书记病了还找不到大夫呢,还顾得上什么宝柱妈。"一个街干部小声说。

杨元珍靠近了一些,看见高伯年闭着眼,脸色苍白。她的心哆嗦起来。她希望他能睁眼看到她,又怕他睁眼认出她。

但他没有睁眼。

秘书急了:“不行,这样不行,赶快叫司机送市医院。”

高伯年被抬走了,在场的人忙乱而紧张,谁也没有注意痴愣愣留在屋里的杨元珍。

外边的雨仍在下。

四

高伯年秘书的电话打晚了,当他接通阎市长的电话时,阎鸿唤已经和柳若晨驱车来到普店街。

六三年这座城市闹大水,阎鸿唤不在这儿,他正在北京上大学。那年普店街的水势他只是听人讲过,今天他看到了,不光是普店街,这城市凡是低洼地段都积着水,普店街更为严重。

一座城市,经不起自然界赐予的一场无情雨。关键问题在哪里?

他们先坐车绕着普店街转了一大圈,然后下了车,由张义民引路,穿过一条窄小的胡同。他们走进一家住户。这家只有祖孙三人,老两口盘腿坐在床上,地上有个五六岁的小男孩坐在木盆里划船。

“你们找谁?”老大爷问,他是个退休工人。

“我们是市政府的,路过这儿看看。”阎鸿唤回答,然后坐到床沿上,“老师傅,您是这里的老住户吧?”

“是啊,住了有年头了。”老人说着,赶紧腾出些地方,招呼柳若晨和张义民坐下,“我们这地方,再不修不行啦,排水管道老喽,堵啦,别说这么大的雨,就是泼盆洗脸水也得渗好一会儿工夫,加上地势低，不淹咋着？你们是市政府的干部，该向市长们反映反映，不能老让老百姓总这么住下去。”

“老师傅，北边有条街，地势也不高，怎么水不这么大？”阎鸿唤问。

“哪条？”

张义民接口道：“普店东街北面的柳州道。”他对这一带非常熟悉。

“当然。”老人点点头，“柳州道当然没事儿，那条街是五六年修的，年头少，道路宽，排水管粗。那会儿我参加修的，路下设施我一清二楚，不像普店街东西南北，只五三年开过一次槽。”

“多年一直这样？”阎鸿唤问。

“原先好些，这一二年，房子越增越多，越堆越密，排水就越来越不行了。要说也是，想修也不那么容易，除非把住房扒了。”

阎鸿唤一行人告辞了老人，蹚出胡同。

“市长，我们去街党委吧？”张义民问。

“不，去市政工程局。”

他们上了汽车，张义民坐在司机旁，阎鸿唤和柳若晨并排坐在汽车里。

柳若晨沉默无言，这两天他心绪很乱。前天，在他盛怒之下，徐力里真的搬走了。他弄不清楚她的走是为了他，还是为着阎鸿唤。但他知道，自己的家庭纠纷与他身旁坐的这个人毫无关系，尽管如此，他见到这个人还是有一种无形的受辱感。

阎鸿唤此时陷入沉思。他当了三年市长，这三年一直干旱。夏秋季节雨水少，普店街排水系统的严重问题被他忽视了。现在看来，道路工程方案有必要修改一下，环线不绕过普店街，而是横穿过去。

“老柳，你看该怎样解决普店街的问题？”阎鸿唤向来在自己决定一件事之前要征求一下别人的想法,来撞击自己的设想,撞击灵气和火花。

“啊,我还没有考虑成熟。”柳若晨回答。

阎鸿唤没有注意到柳若晨态度的沉闷。他相信柳副市长的话是实话。这个人,没把握的话从不说。阎鸿唤刚接任市长时,对安排柳若晨这样一个人当副市长很不以为然,柳若晨根本不是当领导的人才,市政府这一届领导班子,充分体现了党的知识分子政策,和启用重视知识分子的组织路线,除了阎鸿唤和一位抓农业的老副市长外,全部是有职称的高级知识分子。很多人对这套缺乏领导素质和指挥能力的班子表示怀疑。阎鸿唤很快就意识到这种结构对他十分有利。如果一套班子全是由很有指挥能力,很有主见,很有权力欲的人组成,就很难统一,各持己见,各行其是,互不服气,任何事情都会复杂化。但在他的这届班子里,绝少出现这种事情,至少对他没有出现过。书生气十足的人往往对一些具体问题束手无策,而他却有着丰富的实践经验和久在基层做领导工作时运用娴熟的领导艺术。很快,副市长就对他们的“班长”服气了,言听计从,从心里佩服。仅仅半年时间,阎鸿唤在市政府的轴心作用就不可动摇了。阎鸿唤可以大胆地去施展自己的全部才能和实施自己的一个又一个的计划。他要成为这座城市的总设计师。

“小张,你对普店街的情况了解吗?”阎鸿唤顺口考验他,这位年轻的处长在工作中处处表现出他的精明。

张义民早就在等着市长问他。那天高伯年让他向阎鸿唤反映普店街的问题后,他特地翻阅了普店街的历史和地下设施的有关资料,然后做好了发言提纲。市政府的市长扩大会,他参加了,但他很快决定一言不发。他看出市长的决心是不可动摇的,而且其他与会者都没人从反对的角度提出意见,他干什么冒傻气去得罪阎鸿唤?即使市委书记和市长出现分歧,他也要脚踏两只船。在没有确切看准今后发展势头的情况下，他不能轻易表现出死跟哪一个人。高伯年那儿，只要一成了女婿，就算抓住了。阎鸿唤这边则要稳妥对待，不仅不能有丝毫碰撞，而且要表现得尽心竭力，是一个心悦诚服的追随者。过去，他一直苦于没有更多的机会和更合适的场合在市长面前表现自己，让阎鸿唤发现自己身上的巨大潜力。刚才，当市长问柳副市长时，他就迅速地将那天准备发言的内容做了调整，变换了角度，以便万一市长问到自己时，立即能做出符合市长意图的回答。他懂得机关工作的规矩该说的说，不该说的不说，该说的时候必须说，不应说的时候绝对不能说。市长交谈时，处长不能随意插嘴，只有等问到你的时候，才能张嘴。他等着。果然，市长问了。

"据说，清末时，普店街就有了雏形，最初是个贸易市场，后来人们索性在这里盖起店铺，因为卖货，又围绕店铺盖起住房，一代又一代，普店街的房子也一圈加一圈，一层加一层，形成了现在这块杂乱无章的住宅区……"

"接着讲。"阎鸿唤很感兴趣。

"当时人们缺乏修建生活区附属设施的知识，也因为都是一家一户的平民住宅，盖房时，根本没考虑排水设施，所以经常是污水泛滥，解放后，五三年才正式在这里铺设一条下水管道，通往南新河。由于这条管道同时承担了排污和排水任务，不仅造成南新河严重污染，而且长期污水沉积物堆积，堵塞了管道。加上普店街住房密集，房子又盖得走向不一，十分混乱，以致翻修，疏通管道，无法施工。这是普店街排水问题长期未能解决的一个主要原因。"

阎鸿唤点点头，点着一支烟："你认为有什么办法可以解决?"他觉得这个年轻人头脑清晰，了解情况全面，说话言简意赅，他有点欣赏张义民了。

"我的想法不够成熟。"张义民谦恭地说。

“不成熟也可以说嘛,我们一起探讨探讨。”

“要想根本解决,除非拆除一部分民房,加宽普店街各条路的路面,然后打通一条通向环线的道路,这样既可以解决普店街一带的交通问题,又便于地下排水管道的改造。然后在地下铺设三条排水管道系统,一条排污,排向护关河,两条排雨水,其中一条接环线下设管道通南新河,一条连通环线下设管道通北洋河。这样,即使普店街地势再低,雨水也能迅速排除。所以,只要环线建成,普店街的问题迎刃而解。”张义民的这番话是有他的一番劳动为基础的,他在那次准备发言时,不仅翻看了资料,还特地请教了市政工程局的总工,做了两套发言方案。

“好,是个好想法。”阎鸿唤赞许道,“小张,我忘了你是学什么专业的?”

“学中文的。”

“噢。可看样子,你对市政工程方面很了解。”

“学呗,在政府机关工作,什么知识都得学,不然怎么当好您这个市长的兵呀。”

张义民的话,阎鸿唤听着很满意。看来这个年轻人很善于学习和思考。机关干部的素质如果都像张义民这样,很多事情办起来就顺利多了。

当然阎鸿唤和他身边的柳若晨都不会想到,张义民这番话的真正设计者,是徐力里。

“阎市长,您有什么考虑?”张义民问。

“胆子不妨再大一些。”阎鸿唤做了一个横向一扫的动作,“既然是个瘤子,就干脆割掉它,让环线从普店街中间穿过,怎么样?”他真的认真地和张义民讨论起来。

“那当然好。只是,环线工程中搬迁任务更重了。”

“小张,如果给你副重担子,让你协助柳副市长指挥搬迁工作,你敢不敢挑?”

“整体工程由您坐镇,搬迁工作由柳副市长挂帅,我当然敢。”张义民迅速做出反应。他知道挑这副担子意味着什么。最初议的时候,阎鸿唤准备让秘书长担任搬迁副指挥,后因秘书长要负责组织班子起草市政府的一个重要报告,又有意由建委一位副主任或民政局局长担任。但今天市长的话表明,这项应由局以上干部担任的重要职务市长有意交给他。不失时机的一番话,他的“点儿”升高了。

汽车驶进了市政工程局大院。

阎鸿唤下了汽车。他当市长后,全市所有的局他都去过,惟独没来过市政府工程局。那是因为她,这座大楼里的总工程师。市长来检查工作,总不能不见总工,为了躲开这种尴尬,这种扰乱心境的会面,他总是把市政工程局的局长叫到市政府去研究、布置、检查工作。

柳若晨也没到这个局机关来过,虽然市政工程局由他分管。他不愿在公众场合与妻子见面。市政工程局有时召开总结、表彰、告捷大会,要请主管市委参加,他必须来,而且每次都来。但会场都是在人民礼堂或建工礼堂,他只需按时到会,坐到主席台前排就可以了,不必与后排坐着的妻子照面。散会后,直接由局长、书记送上车,不用一一跟局干部握手告别,避免了暴露他的夫妻实际关系的可能。局长有时开开玩笑,他便也笑着掩饰:“天天见面,不必打招呼了。”

但今天,阎鸿唤和柳若晨却一起来到市政工程局。普店街的居民泡在水里,市政工程局应该迅速组织力量去排除水情。

他们来到局长室,局长正在召开一个小型会议,见到市长,几个人忙起身迎接。

阎鸿唤开门见山:“我们是为普店街而来的。”

“市长,我们正在研究这个问题。”

“啾? 你们怎么研究的?”

局长指指身边一个青年人:“我们准备由他带领一支突击队下去,采用抽水机抽的办法,将水排到护关河里。”

“只有这种对付农田的办法吗?”阎鸿唤显然对这种原始排水方法不满意。

“目前只好这样。”赵局长无可奈何。

“目前? 为什么一直等到目前? 你当了八年市政工程局局长,八年时间,可以结束一场世界大战了,可你究竟想过什么办法没有? 普店街排水系统三十四年没有翻修,这个情况你知道吗?”

“知道。”

“知道为什么不想办法? 为什么不向市里打报告? 市委扩大会你是参加了,在研究道路改造地下管道系统工程时,你为什么不提出普店街的问题?”阎鸿唤一连串的“炮弹”砸在市政局长头上。看来,市政这个班子是非换不可的了。赵局长无言以对,只好摆出一副苦笑挨剋。

阎鸿唤又看看坐在一旁的年轻人:“突击队你负责?”

局长忙介绍:“对,这是工程公司三队的副队长,局里的先进,叫杨建华。”

“你准备用多长时间抽干普店街?”

“如果雨停需要三天。”

“能不能快一点?”

“晚了。”杨建华直言不讳,“如果你们市领导早一些不以年来计算时间,而以天来计算,很多问题早已不存在了。”

这个看上去已经不算年轻的青年人居然用这种口气评价市领导的工作,这让阎鸿唤有几分不快。然而杨建华的话他是赞同的,他在各种会议上多次讲到过时间观念,他看重效率,珍惜时间。他不满意这个副队长说话的口吻和指向。

“我认为你们应该加强一下突击队的技术人员力量,要配备工程师,包括局总工程师都应该下去实地调查。”阎鸿唤转对局长,指示性地说。

“总工病了,怕不能下去。”

“什么病?”阎鸿唤随口问,他此刻并没意识到“总工”就是徐力里。

“癌症。”局长答。

“什么?!”柳若晨惊呼起来,“不,不可能!”

“医生是这样通知我们的,而且到了晚期。”

阎鸿唤和柳若晨同时怔住了。

第 八 章

一

尽管市中心医院的高干病房要比普通病房的条件好得多,安静得多,高伯年还是觉得整天医生、护士进进出出,打针、吃药,弄得他心里乱糟糟的。

他几次要求出院,都被主任医生婉言拒绝了,心脏病的急性发作,对一个上了年纪的人来说,是个危险的征兆,预示着人的生命从此踏到一条安危莫测的红线上。高伯年这是第一次发病,发现和治疗得还算及时,危险期还没有完全过去,医生不能轻易放他出院。

高伯年感到乱,并非环境不安静,而是他心里不安静。

他病倒了。市委的工作由一位副书记主持。市委常委会出于对高伯年健康的考虑做出决定,高伯年住院时间,市委工作一律不向他请示,只有重大人事安排问题才等他出院后再定。高伯年对这条规定又很不放心。

他担心自己病倒后市委的工作会停滞下来,又担心他不在,很多工作会乱了套。他感到自己离不开工作,市委也离不开他。

一般群众不了解市委书记每天的工作情况,他们以为他这个市委书记天天优哉游哉的呢。这种认识,老婆说过,女儿说过,甚至这次住了院,医生护士言谈话语中也有所流露。他们似乎觉着市委书记完全是可有可无的人物,多他多道关,无他地球照样转。“你们不就是成天开会、发文件、做报告,说一些听着有道理,干起来又摸不着门的原则话嘛。”女儿的话代表了一般群众的意向。由此,他们便推论市委书记的时间是相当富裕的。手下有的是干部和秘书,生活有人料理,讲话有人写稿,整天无非是听听汇报,看看文件,然后就去钓鱼,疗养,吃些延年益寿的高级补养品。

相反,群众却觉得市长很忙,因为群众在报纸、电台、电视台,经常看到的是市长们在那里抓生产、抓生活、抓治安、抓卫生、抓服务态度、抓计划生育、抓住宅建设……这些都与市民生活密切相关,所以市政府的形象是干实事的。

高伯年很反感群众这种无知和错误的理解,每每听到类似的议论,他都感到心里冒火,市政府是市委领导下的政府,市里一切大政方针不都是市委制定的?市里的重大工作无一不凝聚着他的心血。市政府、区政府两级干部班子都是由他亲自主持,一个个考察、筛选出来的。世界是人主宰的世界,人是由精神去支配的,还有什么工作比管人、从事精神文明建设工作更重要、更复杂的呢?

他是市委书记,每天要处理的问题很多,从没有闲时间去钓鱼。他也没吃过什么特殊的礼品,他最喜欢吃老家带来的新玉米面菜糊和两面发糕。这或许在人们天天吃细粮的时代显得与家人和大多数市民有所不同,倒是阎鸿唤却一次次地去参加大宴会,小宴会。

想到阎鸿唤,他心情更难以平静。一山不能有二虎,阎鸿唤这只虎是他推荐到山上来的。他曾经欣赏过阎鸿唤,尤其是他的那种锐不可当的气魄。但他无论如何没有想到,这只他抬举上山的虎居然与他争起雄来。

市长扩大会的情况,他听说了。阎鸿唤也派人将方案送到了他的办公室,但他没看。因为这都是些天方夜谭,是痴人说梦,他根本不用看。他原打算在市常委会上再次否决阎鸿唤的方案。他要对他的城市负责。可现在住进了医院,既然常委会决定不让他过问工作,他就不必为那个方案操心了。反正他表示过反对意见,常委会非正式否决过,将来出现的一切严重后果,由阎鸿唤自己负责。在他住院的转天,他就把这个意思让秘书转达主持市委工作的副书记。他觉得自己的态度也许会迫使阎鸿唤主动放弃那个不切实际的方案。

他还在关心普店街。普店街让他心里觉得欠着一笔账。这笔账来自一位战友的临终嘱托。

这战友是他当侦察营长时手下的一个排长,叫杨德和,解放后,他带着这位排长一起进了城。杨德和分配在西市区公安分局当副局长,高伯年在工业局当局长。几年后杨德和得了肺结核,没有来得及成个家就去世了。临终前,他对高伯年一再嘱托,让他关心普店街,把普店街的群众生活照顾好。杨德和为什么这样关注普店街,他没来得及问,他只是连连点头答应了。六三年发大水时,他去普店街救灾,面对泡在水中的市民,他想起了杨德和的嘱托,再一次对群众许诺了。他从局长升为市委书记,二十八年弹指一挥间,他为市民群众做了些什么?只有空空的许诺,看到此次泡在水里的群众,他觉得内心有愧。

但他又觉得无愧。街党委书记来看望他,告诉他由于市委书记在群众最困难的时候,来到他们中间,民心大为安定,精神倍受鼓舞,只用了两天半的时间就排除了积水,普店街全体群众向他表示感谢和问候。

高伯年不知道街党委书记的话里含有恭维和夸张的成分,但他自信,那一片汪洋大海,只用了两天半就还原成陆地,他病倒的价值起着决定性的作用。

一个小护士推门进来,为高伯年送药。

他接过小护士递过来的水杯，把药片送下肚，再把杯子还给她，然后随手拿起床头柜上的一本书，准备翻翻看。虽然明知道自己并不能看进去。他让秘书给找来了一堆《领导科学基础》《产业社会学》《管理科学讲话》《第四次浪潮》等，现在当领导没有一套新名词、新理论，底下干部就会觉得你没水平。但他怎么也记不住，看着索然无味。记不住，索性不记。马克思主义不搞那套虚花活儿，这么多年，他什么书也没看，还不是照样当他的市委书记。现在，他翻翻，不过是闲得无事可干。

“现在该到休息时间了，不许您看书。”小护士大眼睛一闪，轻轻地把书夺下来。

“噢？小家伙，挺严厉么。”他笑着望望这位新接班的小姑娘，忽然觉得她很像一个人。

年轻姑娘腼腆地一笑，两腮露出一对惹人喜欢的酒窝。“请您原谅，这是我的职责。”

“对对。你应该管，现在我是你的病人嘛。小同志，今年多大了？”

“十八岁。”小护士说，又随回问道，“高书记，您常在我们这里住院吧？”

“这只是第二次，第一次还是刚解放的时候……”

高伯年突然住了口，他记忆中的什么东西复苏了，是的，这个小护士像的那个人，正是年轻时候的沈萍，他的妻子。

当年他第一次见到沈萍时，她也正是十八岁。

他不过是因为一个小小的手术，切除扁桃腺，住进了医院。刀口感染了，让他在医院内耽搁了一个多月。就是这短短的一个月，沈萍，一个泼辣、开朗的年轻护士闯进了他的生活。

她崇拜革命，崇拜解放军，崇拜炮火连天的战场，崇拜年轻的老布尔什维克。她告诉他，她十五岁就参加了地下民青组织，负责监视护士学校的反动校长——她的姨妈。他也给她讲了很多事情：他是怎么参的军、入的党，怎样在执行侦察任务时九死一生，俘获敌人一个副团长。他和她在一起，两个人都有一种说不出的满足感。

他迷上了这个一笑一对酒窝的圆脸姑娘。为了她，他抛弃了自己的结发妻子，那个为他生了儿子的粗手粗脚的年轻媳妇。

媳妇过门的时候，才是个十五岁蔫巴巴的小妞儿。乡亲们闹完洞房散了，她却开始掉泪。吹了灯，他把她抱进被窝，她的身子像筛糠似的抖个不停，双手死命地护着自己。他动了蛮，她才松手，低声抽泣着，一声声地叫着"娘"。他心里憋着火。十八岁的壮小伙子被自个儿的媳妇看成一只狼，他好窝火。没过几天，他就跑去参了军，丢下媳妇，背着爹妈，拔腿跟着队伍走了。在部队，整天打仗，行军，钻高粱地，没工夫想家。直到四七年，他的部队路过自己村子，他顺便回家看看，才发现自个儿的媳妇已经变了个人。人长得高大丰满了，两颊红润润的。不仅长相变了，连举止、说话的嗓门儿都变了。爹告诉他，他媳妇现今是村妇女主任，已入了党。

怪不得，他想，对她有了几分好感。

晚上，她早早把炕头烧热，不住地催："爹，他累了，娘，明早他还要跟队伍赶路呢。"

他跟她走进她住的西厢房，被窝早焐好了。她回身把门闩插上，自个儿竟先自把衣裳脱个精光，裸着身子钻进被窝，火辣辣地招呼他。

"不哭啦？"这三年，他很少想起她，想起她就是那副可怜巴巴的哭模样。

她紧紧地搂住他："那时我小，不懂事，你别老记恨，你走后，人家心里好悔，早盼着你回来……"

这次分手后，他开始常常想到她。想到她，就觉得她很辣，辣得使他心里发慌。他盼着早一点打完仗,回去守着她。

一年后,一次执行任务回来,团长对他说:“快去看看,你老婆追你来了。”

她躺在部队临时卫生所的土坯房里,腿上缠着厚厚的绷带。她是带着支前队给部队送粮食来的,打听到他的队伍就离她七十里地,便只身一人找来了。到了那儿才知队伍又走了。她就追,一直追了一百二十里。路上碰上了一支败退的蒋匪军,庄稼地光了,无处躲,她就趴在道边的河沟里。天黑下来,疲惫不堪的国民党军也停下休息。她悄悄摸上公路,从一个个打着鼾的兵堆里溜过去,不小心手里包着十个咸鸡蛋的小包袱掉在地上,她在地上摸,鸡蛋是给自个儿男人的,身边带了半个月,说啥也不能丢给这群敌人吃。摸着摸着摸着了一个铁家伙,机枪!一挺歪把子轻机枪,不知哪来一股子胆儿,她抱起机枪就跑,跑下公路向大野地里奔。放哨的敌人发现了动静,拿枪扫,噼里啪啦一阵枪响,她伏在地上,大气不敢出。敌人是打了败仗撤下来的,不敢轻易追,见野地里没动静,便慌忙集合继续撤。敌人队伍走远了,她觉出腿发软,一动弹才知受了伤。她撕下袖子裹上腿,拖着机枪,一瘸一拐往前挪,幸亏不远村子里碰上了他的部队的侦察排,排长杨德和问明她是高营长的老婆,找副担架把她抬了回来。

“不要命了?”他又气又心疼,忍不住埋怨她,“革命快胜利了,要保重自个儿,迎接解放。”他当了营长,学了文化,水平高多了,说话也变得文绉绉的。

“可惜了那十个咸鸡蛋了。”她说,笑了。

“别再干这种傻事了,多危险!”

“一年不见了,怪想的,离得不远,就找来了。”

不远?不吃不喝不睡的,一个女人靠两条腿足足走了一百多里路。

“有间空屋吗?”天黑了,她小声对他说,“我不睡这儿,这人太多。”

“你想干啥? 刚把弹头取出来,不能轻易动,免得落毛病。”

“我想生个娃儿,”她对着他耳边说,“上次没种上,我这次就为这来的。”热气呵得他耳根痒痒的。

“胡闹,在部队怎么能搞这,现在大敌当前,你这党员连这道理都不懂?”他瞧瞧四周,小声严厉地批评她,看她一脸委屈,又柔和地劝她,“打仗的人,自己是死是活还不知道呢,万一牺牲了,要孩子干啥?”

“就因为打仗,就因为咱是党员,才该有个孩子,有革命后代,万一你有个好歹,还有孩子为你报仇,跟我做伴。”

他不再反对,就在那天夜里他们有了大儿子高原。

转天部队出发了,杨元珍被担架送到附近老乡家养伤。

再与老婆见面是解放后了。他进了城,整天忙着接管工作和民房修盖,厂房翻盖,根本没工夫回家,五二年她来看他,把已经三岁的儿子带了来,进了市委幼儿园。没住几天,她就走了,一是住不惯,二是惦着乡下地里那点子活儿,三是得去服侍年老的公婆。

他和媳妇结婚八九年,总共在一块儿的时间也不到一个月,分开的时间比在一起的时间不知多多少倍。她来了,他觉得日子挺热乎,她走了也就走了。

沈萍的出现,使她在他的印象里变淡漠了。在一股风里,他与媳妇办了离婚。

他把自己的离婚决定和结婚打算告诉沈萍的时候,回答他的是沈萍一阵令人销魂的吻,这个吻抵消了他内心的不安,那个媳妇从来不会给他这种感觉,只会赤裸地、粗俗地跟他“要个种儿”。

与沈萍婚前的恋爱和新婚的甜蜜早已被后来无休无止的争吵冲得毫无踪影,高伯年想起这段往事,不禁自嘲地笑了笑。现在的年轻人都以为只有他们才有爱情,殊不知他们的父母年轻时也有自己的罗曼史,也曾着魔地、痴迷地爱过。只不过,有的爱开出了幸福的花儿,有的爱结成了一枚苦果。

他望望眼前的小护士:“小同志,谈恋爱了吗?”

小护士羞赧地摇摇头:“没有,我还小。”

高伯年赞许地点点头:“好,十八岁还很年轻,要趁年轻的时候多学点知识,国家提倡晚婚,这对你们成长有好处,工作干好了,有好小伙子找你的。”

小护士红脸笑了,一对浅浅的笑窝十分可爱,端着药盘走了。

高伯年望着她的背影,十分感慨。时间真快,在忙忙碌碌的工作中他并没有意识到时间的流逝,到了医院,他才意识到自己是六十岁的人了。沈萍脸上那对酒窝伴随着她那让人心悦的微笑的消失,变成了细长的两道皱纹。她有了脾气,会发号施令,会大打出手。她不再崇拜他,反而总是在怨恨他的迂腐,死板,无能。

那一个呢,如果活着也是近六十的人了。离婚后不久,父母相继病故,他请假回村里奔丧,才知道她早就带着个刚满月的孩子走了。走到哪里去了?没人知道。他没有理由去打听她的去处和选择,他感到深深的内疚,因为他竟然对自己又一次做了父亲而浑然不知。一个女人心中装着一张离婚判决书去分娩,那多痛苦。还有那个儿子,落地的第一声啼哭,竟是为着与自己生父的离别。高原要求他找到自己的生母,要一张生母的照片,他又到哪里去找?

当然他愧对的不仅仅是她,还有另外一个女人。机关保健室的医生。人很年轻。五七年她与右派丈夫离了婚,一个人生活很苦闷。于是她给副市长检查身体时,有时也顺便述说一下自己的孤独。当时,他正被沈萍的吵闹弄得万般无奈,不知是出自对沈萍的报复,还是为了弥补感情生活的空虚,一天,他突然握住了女医生的手。那女人分明对他的举动感到惊慌,眼神像一只被惊吓的小鹿,但她顺从了。也许依从仅仅是为了换取一种政治上和精神上的庇护。她怀了孕,自己悄悄打掉了,他们并没因此而止步,直至有一天被破门而入的沈萍捉住。沈萍不依不饶,大吵大闹,而高伯年和女医生都惧怕丑事张扬,便答应沈萍,两人永远分开。半年后,女医生报名支援了西藏,从此再没见面,甚至没通过一封信。

这些回忆对他是痛苦的,是不能公开、又无法解除的痛苦。除了沈萍在吵架时向他亮一下这张王牌,没有任何人知道,他无法向别人去诉说,求得理解。能理解的只有他自己。他认为自己不是陈世美,道德也不败坏,他的一切过失无非来自一种需要。自己本质是无产阶级的,但对这需要是属于哪个阶级世界观的范畴,他又感到迷惑,或者说他有意迷惑自己的思维方向盘。但有一点,他是明确的,他的过失与女儿高婕的那种毫不负责的性解放有着原则的区别,与糟蹋他女儿的那个畜生的行为完全是两回事。他起码还知道自己的行为不体面,知道要对组织负责不敢放纵。而现在的青年人受西方资产阶级文化浸染,毫不知耻地去搞什么"性拍卖",而被拍卖掉的行列中就有自己的女儿。尽管张义民能原谅高婕,但作为父亲,每当他想起这件事,总是忿忿然,怒不可遏。如果他只有儿子,只有上前线的高原,读研究生的高地,他会轻松得多。偏偏就这么一个女儿,让他操心、担心、痛心。

"高书记,外边市政府的张处长要求见您。"那个新来的小护士又进来说。

"让他进来吧。"他坐到沙发上。

张义民每天必来,像他过去每天到高家去一样,而且每次来都要带些适合高伯年口味的食品来,饺子啦、枣发糕啦,有一次他居然带了一饭盒城市中罕见的荞麦饸饹,叫高伯年胃口大开,他已经多少年没吃过家乡的饸饹了。张义民像钻到了他的心里,对他的好恶一清二楚。高伯年是清廉的"官儿",平时在机关连一张电影票都决不沾公家的光，更反感一些人请客送礼的坏作风。但对张义民，他一点不反感，这孩子细心，贴心。政治上他越来越感到张义民是自己最可靠的干部，生活上，张义民是最知冷知热懂事儿的孩子。他这次病，大儿子不在身边，二儿子忙着搞一个什么论文只来看他一次，女儿更好，来都没来，只打了个电话。惟独这位未来的女婿，天天看他，这多少使他感到欣慰。

“您今天感觉怎么样？”张义民在高伯年旁边的沙发上坐下，从提包里拿出一个大口保温瓶；一个小饭盒。

“还是那个样子，今天你又给我带来了什么消息？”高伯年马上就问到他最关切的问题。

张义民当然知道高伯年的“消息”是指的什么。“政府常务会把方案定下来了，普店街列进去了，环线从普店街中间插过……”他止住话题，打开保温瓶。

高伯年未置可否地听着，接过张义民递给他的勺子和冒着热气的菜粥，这是一种青菜、玉米面和碎面条煮成的咸粥，最合他意的。他吸了一口粥，才问道：“普店街的居民怎么样？”

“计划搬迁到幸福里居民住宅区。”

“噢。”高伯年答应着，便不再说话，一口接一口地喝粥。当着张义民的面他不想多评论。关于道路工程改造方案，他不表示任何态度。不参与是一种确定的态度，想了解其中的情况，又是一种心情。矛盾吗？世上万物都是统一的矛盾体。

“政府常务会上，确定由我协助柳副市长负责整个工程沿线的搬迁工作，您看……”

“你自己怎么表的态？”

“我不能不领命。”

高伯年又埋头喝粥，他思忖了两个来回，道路工程改造中，搬迁是一大难关，阎鸿唤派张义民去干，是什么意思？

“您若是不同意,我就……”张义民观察着高伯年的脸色。

“不,已经答应的事不要反悔。义民,你记住我这句话,一个党员,一个国家干部,特别是像你这样的青年干部,特别要注意听从上级的安排,干工作不要带个人好恶。你了解我对方案的一些意见,这些意见只供你干工作时去思考,而不能成为你倾向性的感情。既然市长让你去担负这项工作,就说明上级需要你去做这项工作,就不要推卸。事情做错了,由决策人负责,而你没干好,就该由你负责,懂吗?”

“您的教导很对,我明白。”

“光明白还不行。搬迁工作是个很复杂的工作,当初市政府之所以没有解决普店街的问题,很大程度考虑在搬迁上。这个工作政策性很强,原则性也很强。在工作中除了服从之外,还需要纠偏,在自己的工作范围内纠正和减少整体决策的错误。”

“我懂了。”

张义民听了高伯年这番话,漂浮着的心抓住了一根缆绳。高伯年的态度和反应给他提供了一个十分有利的空隙,他完全可以放心地在这种空隙中生存,并做出进一步的选择。

“沈阿姨今天来过了吗?”

“上午来的,我告她不要来。她有她的工作,我又没有什么危险。这里有医生、护士。就是高婕这孩子不懂事,一次也没来过。”高伯年有意把话题引向高婕。

“高婕去外地演出了,沈阿婕没告诉您?”

“什么?演出去了?不好好休息,怎么又走了?”高伯年一听心里又有些冒火,流产手术刚十五六天,父亲住在医院里,就又跑到外面演出。

张义民低头搓着手,神色沮丧地说:“我劝过了,她根本不听,今天早上给我打了个电话,在火车站打的,倒是关照我多照顾您。”

晚了，高婕这孩子变成这样一个孩子，都怪当初自己培养她朝文艺方面发展。文艺这个圈子是个大染缸，多么好的孩子进去也得变色，高伯年懊悔地长吁了一口气，闭眼靠在沙发上，自己真是老了，说了这么点儿话，就又疲乏得不行。

二

高婕走了。在家里她一刻也不能继续养下去了，她是去找他。

在火车站，二哥高地追上了妹妹。高地一点儿也不像他的父母，从长相到性格。他是家里惟一的圆脸，小眼睛，小个，戴着副近视镜，典型一个白面书生。他比高婕大三岁，可高婕从不把他当哥哥看。他太软弱，太老实了，不仅没有一点儿干部子弟的风度，连个男人的气质也没有。他胆小，说话紧紧张张，结结巴巴，一句话半天也说不清楚。难怪父亲看不上他，仿佛家里根本没有他这么个儿子存在，母亲也不喜欢他。高婕是家里惟一一个对高地好的人，但她又声明，这只是由于她同情弱者。她像妈妈一样，也常毫无顾忌地把火撒到他头上，而他就像一只呆头鹅，眯着眼，毫无反应地听着，没有半点委屈和不满，最后还用几句断断续续听不明白的话来宽慰妹妹。

高婕常数落高地："你怎么不学学大哥，那才是堂堂的男子汉，就是徐援朝，讨厌虽讨厌，可也敢狂一下，你呢，窝窝囊囊，不言不语的还不如个姑娘。"

高地对妹妹的话总是报之一笑，从不反驳。

数落归数落，高婕心底里还是挺佩服二哥的，她佩服的是二哥的学识而不是性格。

高地是高家惟一的知识分子，名牌大学毕业，又考上了本校研究生。硕士生毕业后,他又报考了出国博士生,考试结果,他和一个同窗形成最后角逐的局面。大家都以为留学生的名额非他莫属,因为他是高伯年的儿子。但结果出人意料,那个同学走了。沈萍给这次落选做了个结论,“后门”优势。出国留学,对目前大学生的吸引力太大了,哪个肯在机会、条件相等的情况下,甘心败北呢?那个同学认为自己的对手是高伯年的儿子,一定加倍动用了各种关系和力量,包括使用经济报偿的手段。否则不会战胜高地的优势。而高地的优势在哪儿?父亲是市委书记,但市委书记没发一句话。沈萍以为有丈夫管,一切可以放心,可丈夫却根本没办。结果公布了,沈萍一逼问丈夫,才知道他连问一下都没问,沈萍要是知道丈夫不管,她管一管也不至于落这么个结局。大学校长的级别和市委书记一样高,你不发话,人家怎么会把照顾主动送上门来!

“小婕,你怎么……怎么不打招呼……和妈妈打声招呼……爸爸住院……你身体行吗?你就走!”高地气喘吁吁的,拽住高婕。火车站候车室人很多,他好不容易才找到妹妹。

“我给妈妈留了条儿。”高婕望望二哥头上的汗,怪可怜他。

“我见了条……你没任务,想不开……就走,你骗妈妈。”

高婕笑了:“看你挺傻的,看问题还挺准,到底是研究生。对,你说得很对,就是这么回事,我想去找他,你可别告诉爸爸,免得把他气出个好歹来。”

“你,你很喜欢他吗?”

“谁?”

“那个歌唱家……可他,他真心喜欢你吗?”

“你操心操得太多了,硕士先生,这要影响你的学业,不管他爱不爱我,我爱他,我不愿压抑自己的感情,可惜你是搞数学的,不是搞心理学的,理解不了我。”

“我不理解,……你不该这样,这样要出事的……不光彩。”

“我劝你关心关心自己,我真担心像你这样,不会有姑娘来找你。”

高地的脸红了。他是想来说服妹妹的,如果能够彼此在心里对话,也许能说服她,可惜,人的语言需要经过嘴来表达,因此,他难以说服妹妹了。

“这样做对不起人……对不起义民……你不应该对不起人。”

“有什么对不起的?他对得起我吗?他对得起的只是爸爸,如果让他在爸爸和我之间选择,他肯定选择爸爸。”

“不。”高地极力想说明自己是对的,又没有有力的佐证,“人家天天来,为的什么?他,他是不好意思,才,才和爸爸聊天的。”

“你没注意到他的行动轨迹吗?爸爸在家,他天天来,爸爸在医院,他就天天到医院,爸爸有一天没有了,他也许就会在我们家销声匿迹。”

“不,怎么会这样?”

高婕看看表,又瞧瞧哥哥:“好吧,我给他打个电话,让他一起陪我到南方转转。看他是否真心,怎样?”

她说完,真的拉高地一起到公用电话亭给张义民打了个电话。“喂,张义民吗?……我在火车站,本人就要坐火车走了,……不,是出去转转……知道,知道,处长的工作一定很忙的,但你毕竟还有时间去医院,对,市委书记住院嘛,……当然可以理解,不过你应该再给我爸爸申请一份市长工资……玩笑?……好了,我是在电话亭打电话,话说得太多,后边排队的人有意见,别解释了。我只想问你一件事……能不能陪我去趟上海?……怎么是胡闹呢?”高婕笑着看看高地,“你应该跟我去,必要时候可以决斗呵……哈,你真聪明,让你猜中了……好了,你认为现在我能觉悟吗?……也许你是正确的。这以后再讨论吧,请你告诉我父亲,我是出差演出……当然要你告诉,这不就显得你什么情况都知道了吗?他高兴了会把你安插到安全局去当局长。再见。”

高婕放下电话,笑着望望在一旁无可奈何的二哥:“怎么样?我没说错吧?”

她没听从二哥的劝说,还是坐上了南去的列车。

在又挤又脏的硬席座上找到了自己的座位,高婕坐了下来。自己在二哥眼里是不是显得太玩世不恭了?高地可是个认真谨慎的人。规矩得不管是别人划的圈儿,还是自己划的圈,都能把他圈住。张义民不像二哥,他有心计,是属于那种画圈儿引着别人往里跳的人。他居然能忍受她这种玩世不恭的行为,正是这种忍让让她觉着自己与他的距离越来越远。对付这种衣冠楚楚、冠冕堂皇的伪君子,最好的办法就是在他的内衣里撒上一把麦芒,使他疼痒不止,露出并不那么神圣、文雅的姿态。当然,他也有他的吸引力,否则她连理也不会理他。

黄炯辉不虚伪,他与张义民截然不同。他是真爱她的,第一次他看见她,眼神中就闪出一种火辣辣的光彩,这光彩一直追踪着她,从宾馆的餐厅一直到舞台。他火辣辣的目光灼得她心里发痛,一种使人感到眩晕,感到幸福的痛感。这是她从未体验过的一种感觉。黄炯辉是全国知名度很高的青年作曲家和歌唱家,他在音乐艺术和声乐上的造诣,使同行们妒嫉、叹服。他其实已经四十二岁了,但仍是那么年轻洒脱,风度翩翩。他一举手,一投足都有一种特殊的风度,十足的绅士风度。他对她彬彬有礼而不失殷勤,替她开门,掀帘,脱大衣;他殷勤又十分得体,总与她保持着一段距离,这使他反而更有魅力。

一次演出后的小宴上,他举着酒杯走到她面前,对她说:“你太美了,以致使我觉得,看上你一眼都是人生的莫大享受。”

她为他的赞美陶醉了,一时不知该如何回答他。

她与他好了。

那些日子,她快乐极了,谁也没给过她这么多的快乐。参加完上海的组合演出,他又邀她一起到南京、武汉、天津、沈阳去参加演出。人家是请他,他却把邀请她作为自己应邀的条件。他为她创作了几首歌,教她如何唱这几首歌,于是所到之处,很多观众为她倾倒。每次演出之后,他们就厮守在一起,她觉着,离开了热情的观众,世界上就只有她和他两个人。

他从没问过她的家庭,父亲是谁,他爱的是她本人。他告诉她,他有妻子,有一个过去苗条现在发了福的妻子,和两个长得像他,又没有他那样音乐天资的女儿。

她不在乎这个,只要他爱她,其他的全与她无关。她把自己的一切都交给了他。

她怀孕了。她给他写了一封信,不知道该不该留下这个孩子。她舍不得这个小生命,这毕竟是她与他爱的结晶,可她这样的身份,又如何能养孩子?

黄炯辉很快回了信:“打掉。除了爱和艺术,我们什么也不要。”只有短短的几个字。几天之后,她又收到了他汇来的两千元汇款。附言写着:补养补养。

硬席车厢香烟的浓雾,呛人嗓子,加上乘客们身上的各种各样的汗臭、体臭,以及携带的各种物品的气味混杂在一起,简直无法让她呼吸。她忍耐着,希望等到下一个大站,等到卧铺的空位子。

她心太急,不然晚走几天,可以买到卧铺票。整整十五天时间。手术后,她人在家休息,心早飞到了上海。那个熟悉的大夫替她开了一个月的假,这剩下的时间,她都要给他。在家的半个月,她度日如年,父母的责怪,张义民的“大度”规劝,二哥吞吞吐吐的关心,加上对他的切切思念,她每天都像生活在炼狱里,觉得自己从来没有过的软弱,软弱得禁不住十五天的消磨。只要早一天能见到黄炯辉,她什么都能忍受。

但这车上实在令人难以忍受。

她身边是位三十多岁的男人。穿着时髦,西服笔挺,烫着一头爆炸式小卷毛。别看他衣着讲究,料子是上等的,却带着一种说不出的俗气。这么热的天,他竟然捂着西服舍不得脱下来,弄得身上一股股汗臭朝她阵阵袭来。

"你这一趟,赚多少钱?"对面的那个戴眼镜的乘客好奇地问"西服"。乘客们闲极无聊,靠聊天熬时辰。看来"西服"是个跑买卖的个体户。

"除去路费、住宿费、饭费,多则也就落个四五千,少了也有一千多。"个体户回答。

"嚯,比我一年的工资加奖金还要多出几倍。""眼镜"赞叹着,露出羡慕的神色。

"您在哪儿工作?"个体户问。

"科技情报所,我们向客户提供的科技信息,使很多农民都成了万元户,可我们仍然是两袖清风,袋里没钱。"

现在各行各业的人都在讨论着钱。为钱才去干的,干出钱来的,干了也赚不来钱的,不干却能照样拿钱的,辛勤一生也成不了万元户的,身不动、膀不摇几十万遗产从天而降的……钱,钱,钱,谁也不再羞于谈赚钱。为钱而兴奋,而苦恼,而不顾一切,甚至失去人的尊严。钱从什么时候具有如此大的魔力?按劳分配是最公正的分配原则。但有的人应该得却得不到,而不该得那么多的却轻而易举地得到很多。

高婕从来没有为钱犯过愁。从小她生活优越,现在钱,在她也来得容易,跟黄炯辉去演出,住高级宾馆,顿顿吃宴席,各种名目的纪念品,还有,每场得到数目相当的演出费,一个月下来,她就拿到了三千元。她从没计算过得到的报酬与付出的劳动是否相符,反正别人也拿那么多,而且是主办单位定的标准。得到多少钱,她从来不数,随便签个字就揣进提包里,她心里只有他。

“什么信息能使农民成了万元户?”个体户对“眼镜”的话十分感兴趣。

“很多哪,人工养貂,人工养珍珠,人工养虾……”“眼镜”随口举出一连串的例子,“不光在农村,就是城市,致富途径也很多的。比如……”

“等等,”个体户做了个制止的手势,又看看周围,“您看这硬座坐着多憋屈,咱哥俩包间软卧,一块好好聊聊,您不是到终点站吗?咱们一道。”

“这,我们单位可不给报销软卧,再说,也够难找的,没卧铺票。”

“没问题,瞧我的。”个体户站起身,“单位不报有啥?我包了。”

“不,不……”“眼镜”急忙阻止,但个体户已经离座走了,走得不管不顾,把高婕的白裙子扯了一下。

“真是的。”高婕不满地皱皱眉头。

“哦,对不起。”“眼镜”忙道歉,倒像是他扯了高婕的裙子。

高婕不觉有点好笑,这又是一个二哥型的人,不过会发几句牢骚,做不出什么出格的事儿来。

不一会儿,个体户返转来,拉着“眼镜”去了软卧,高婕看他们走了,心里一阵轻松,又一阵不快。凭什么这个体户会这样轻而易举地弄到卧铺票,因为他有钱又有手段吗?她不由得有点委屈。

又熬了难过的几个小时,她终于等上了卧铺,硬卧。

她的卧铺票是中铺。这儿人少,空气要比硬席车厢里好得多。

“你是高婕吧?”下铺的姑娘盯着她。

“你怎么认识我?你是谁?”高婕打量着这姑娘,一头流行的披肩发,脸上化了淡妆,眉毛被描成一条弧线,嘴唇涂着唇膏,丰满而又性感。穿一条白色的牛仔裤,配一件西洋红的涤丝衬衫,裸露的雪白的脖颈上戴着一条精巧的金项链。是个十分俏丽的姑娘。

“谁能不认识你哪,歌舞团的新秀,高伯年的千金。我叫罗晓维,唱通俗歌曲的。呶,这些都是我的同路人。”

罗晓维指指对面铺上三个烫着卷发的小伙子。

高婕听过这个名字。罗晓维,在歌迷心目中是红歌星,她见过大街上卖罗晓维的磁带,挺走俏。只不过她一直不屑与这些只会唱流行歌曲的人为伍,从没和他们打过交道。

“你们这是去演出?”高婕漫不经心地问。

“当然。我们很少有闲着的时候。不像你的歌舞团吃国家俸禄,一年演出几场就算完成了任务。我们得去奔命,一个合同接一个,趁着流行歌曲走红,狠狠地捞点儿,将来人和歌都变得不值钱时,也能对付着活着。”

“你们去哪儿演出?”

“杭州,然后苏州、上海、南京、武汉、长沙、广州……”罗晓维一口气报了一长串城市。

“看样子半年下去了。”

“不,半个月,还得赶回来去北京灌磁带。我们演出可不如你们惬意,都是几个城市来回赶场,要是机票方便,一天照着两三场来,不对付它点像样的数儿,对得起自个儿吗?”

“对不起,我想休息一会儿,刚才太累了。罗晓维,刚才这个铺位睡的是男的还是女的?”

“女的,放心吧,挺干净的。”

高婕长吁了一口气,爬到自己的铺位,躺下,腿伸开,真是舒服极了。

罗晓维却站起身,扒看她的铺位,小声地问:“你这是出公差?”

“不是,我去看一个朋友。”

“朋友?”罗晓维眨眨眼睛,“喂,你那个男朋友可真够帅的。”

“谁?”高婕虽然对自己的事并不在乎别人说她什么,但还是吃了一惊,难道她与黄炯辉的事已广为传播了? 真讨厌。

“别保密了,张义民呀,看来,你一生的命运要伴随着当官的活着了,官小姐,官太太,挺福气。”

高婕松了一口气:“算了吧,他算什么男朋友。你认识他?”

“当然,才貌双全嘛。我们还一起跳过舞呢,咦,你可别吃醋。”

高婕笑笑:“他还会跳舞?”

“哟,你别装了,他跳得这么好,一定是你教的。”

高婕不想解释,谈论张义民,这个话题太乏味了,便随口问:“你们怎么认识的?”

“在徐援朝家。”

徐援朝家。这么说罗晓维和张义民都同徐援朝有过来往,而且还一起跳过舞? 高婕顿时对罗晓维产生了一种厌恶感,她讨厌徐援朝,也讨厌徐援朝的朋友。

徐援朝本是大哥高原的低班同学,一起插队,一块参军,她从小把徐援朝当哥哥看待。大哥留在部队提了干,徐援朝转业回地方。回来时,他带回一个穿军装的姑娘。不久,徐家为儿子举行了盛大的婚礼。新娘蜜月后回部队了。徐援朝便常到高家来玩,与高婕海阔天空地神聊。高婕对他没有了小时候的崇拜感,她觉得他变了,变得好吹牛,但也没有恶感,毕竟他是哥哥的同学,和自己一个院里长大的。但有一天,徐援朝突然把她抱住了,不顾她的挣扎,硬要吻她,她感到恶心,给了他一记重重的耳光。从此,徐援朝再也不登高家门,高婕也不愿意想起这个人,甚至不愿听别人提到这个名字。

“别说了,真的别说了。我要睡觉了,别跟我再提到这个名字。”高婕有些火了。

罗晓维瞥了高婕一眼。不许提谁的名字？张义民？……啊，她一定是与张义民闹别扭了。罗晓维有点幸灾乐祸。

高婕闭上眼，车厢轻轻晃动着，她真有些困了。好好睡一觉，去见他，总不能一脸憔悴。她要维护自己的美，因为他是美的。

第九章

一

柳若晨骑着自行车来到徐克家的小院。结婚这么多年,这是他第四次来。第一次是与徐力里结婚,第二次是参加徐援朝的婚礼,第三次是送岳父去北京赴任。这三次都是必须要来的,除此之外,他从不来,即使他的汽车进入厦门路222号,但车总是开到阎鸿唤家院门口为止,不曾再往前走一点。

他有些紧张,进了院子,望着二楼左角处那间房子里的灯光,他就觉得自己的心跳加剧了。那是徐力里婚前住的房间,她回来后一定还住在这间屋子里。

楼下的大门半掩着,方厅里的灯光耀眼,出于礼貌,他没直接推门而入,他不是这里的主人。他摁了一下门铃。

透过玻璃窗的白纱帘,他看到一个轻盈的身影很快旋到门口,人未到,话音先到:"门又没锁,自己不会进来,来得这么晚,让别人好等。"

一个唇红齿白,眉清目秀的姑娘出现在门口,随身带来一股香风。她见到柳若晨,先是一愣,接着吐吐舌头,把身子缩回到门的后面。"你找谁?"

"我找徐力里。"他十分客气地回答,一时弄不清这位姑娘是徐克家的什么人。

姑娘没有让他进来,反而把门关上。两分钟后,徐援朝出现在门口。他看见是柳若晨,仿佛有点喜出望外:“姐夫大人到了,姐姐在家。快请进,你回家还不直接进来,揿什么门铃。”

他把柳若晨让进门来:“姐夫真是稀客,还不如若明。喂,若明,若明,你大哥来了!”

“你姐姐住在哪儿?”

“二楼,她原来的房间。”

柳若明出来了,他穿一件印花的棉毛紧身背心,留着齐耳的长发。柳若晨有两个多月没见过弟弟了,他怎么成了这副鬼样子?

“你们聊吧,我上楼看看你姐姐。”柳若晨没和弟弟打招呼,管自上了楼。身后,若明出来的那个房间,传出一阵各种打击乐和电子乐器混杂在一起的音响,令人烦躁的哑嗓歌喉中夹着男男女女的说笑声直冲他的耳膜。

楼上有一个绝症病人,楼下却灯红酒绿。下面的气氛和上面病人的心境太不协调了。难道徐援朝也不知道自己的姐姐正度着最后的时间了。这种环境,她怎么能住下去! 是自己“逼”她到这儿来的,他一边上楼一边深深地谴责着自己。

他轻轻地走到那房间门口,里面没有声音,很静。他敲敲门。

“请进。”她的声音。

他走进门去。徐力里正坐在写字台前写着什么,看见是他,很感意外,忙把桌上的东西收拾起来,才回头对他说:“坐吧。”

柳若晨环顾了一下房间,这屋里只有一张床,一张写字台,一只皮箱,一个书架,此外空荡荡的再没别的。徐力里没想在这间房子里接待任何人,所以也没设置任何一件可以让他坐下的家具。床,她是忌讳别人坐的。

他只好站着。

“我是来,来请你原谅,那天,是我不好……”他说。

“没什么，我早晚要搬出来的，我愿意和援朝住在一起。”

“我刚刚知道你病了……你为什么不告诉我？”

徐力里没有回答，她把自己坐的椅子搬给柳若晨，自己轻轻坐到床上。

“你为什么不回答我？难道你真的觉得没必要告诉我？我们……我们毕竟是夫妻，哪怕只是一个名义。你不该什么都不对我讲……”他说着说着激动起来，他本来是来忏悔的，但见她那冷漠的态度，又控制不住自己了。

“你喝酒吗？”她说。

“什么？不。”

她站起身，走出房门。柳若晨不知她去干什么，觉得自己的心空了，思绪也乱了。她像一池平静的湖水，总是那样清静淡泊，安恬自然，而他在这湖边就总是狼狈地照出自己颓然无力的影子。近来自己是怎么了，为什么在她面前总是那么容易激动，容易失态？难道，自己心里产生了那种不该再有的感情？

他走到徐力里床边，床单是洁白的，散发着一种女人的清香，他竟然不可抑制地扑到她的床上，抱住她的枕头，那枕头上有她的发香。这是一种爱的发泄，是一种因为害怕失去才产生出的贪婪。

他与她结婚五年，到现在才爱上了她，这爱来得太迟，又太突然。世上的爱情都是慢慢地爬出人的心，而他的爱却像一道闪电，从他这个已不该再有激情的中年人的心中飞出。从他听到她患了癌症的刹那，他已意识到了自己感情上受了一种强烈的撞击，使他一整天心里都阴云密布，而现在，他明白了，他是爱她了。但他也明白，她是不会接受他的爱的。对一个人来说，最大的悲哀莫过于真挚的爱得不到回报，甚至没有一点希望的影子。

门外响起脚步声，他赶紧坐起身。徐力里推门走进来，手里拿着一瓶王朝葡萄酒和两只高脚杯，她看了一眼他，仿佛什么也没发现,把酒放到桌上,倒满一杯,送给柳若晨,然后自己拿另一杯。

“让我们干一杯吧,这是告别酒,说些什么呢?……我觉得很对不起你……”她把酒一饮而尽。

他慌乱地举着杯子,看着她又倒满了杯子。

“以后你会好起来的,你年纪不算老,会找到好妻子的,世界上像我这样的女人不多……你们男人的命运总比女人要幸运、主动。”

“不,不……你别这样说,你的病会好的。”

“谢谢你。”徐力里凄然一笑,“我知道我的病。”

“今天,我是来接你回去的。”柳若晨觉得自己声音喑哑费力。

徐力里摇摇头:“你不用心里不安,我不是你轰出来的,而是我自己要回家的。只不过早走了两天。这里是我的家,有我弟弟。除此之外,我现在不需要任何人,这是我的真心话。”

柳若晨心凉了。对于一个快要离开人世的人,她有选择的权利,有权利去选择怎样离去和在谁身边离去。这里是她成长的地方,这里有她的弟弟,这里距离她心里那个人只有一百米的距离。对她的选择他无可非议。但他还想对她说件事,这事应该与她商量一下再决定。

“我想告诉你,我打算辞职。”

“为什么?”徐力里惊讶地说。

“我感到吃力,我想回去搞我的专业。”

徐力里沉默了,许久,她说:“你不该这样,你是为他才要离开的。他是他,你是你,我是我。”

“不,我不是为他或你才离开市政府的,我是为我自己。人应该走一条最适合自己的道路。现在世界早已进入了电脑技术时代,我学的是计算机,以前搞了多年,现在半途而废,硬着头皮去当一个不称职的副市长。尽管这个位置有职有权有面子,可这等于是毁了自己。人的生命有限，不该为一个虚名而浪费自己，也不该让徒有虚名的人占着一个没有作为的位置而误国事。”

徐力里还是第一次听到自己这位丈夫谈论点什么，她感到这个看来呆里呆气的人其实是个内心很矛盾、很真诚的人，她目不转睛地看着他。

柳若晨避开她的注视：“我知道我对你是个多余的人，也许，现在我们的关系对于你是一种约束。但请你相信我，不论你想做什么，我都不会怪罪你，我只想把丈夫的身份保留到最后。”

“我不懂，你的意思……”

“我不可能再说清楚些了。”他抑制着自己再一次的冲动，“感情不是一件物品，可以去买，去偷，去夺。一个男子汉的标准不在他能否驾驭女人的爱，更主要的是看他能否驾驭自己的事业和命运。我回到我的专业，会如鱼得水，而你，也不应停止自己想做想追求的事情，我不会干涉你的。”

徐力里又淡然一笑：“你以为我现在还想做什么吗？我回到自己的家，中止了一切……”

“不能中止。人的追求应该到最后一刻才中止。现在……”柳若晨激动地站起身，“阎鸿唤组织制定的市政道路改造工程马上就要动工了，你是市政工程局的总工程师，现在正需要你。你如果真爱他的话，就不应该悄悄地去等待那最后一刻。你能帮助他，帮助他实现造福子孙万代的宏伟蓝图。这爱才是最真实，最有价值的。……我知道你在病中一定会很痛苦，很寂寞。但越是离开事业去等待那一刻，越会痛苦。”

柳若晨越说越激动，脸涨得通红。

徐力里的眼睛湿润了。

“对不起……”柳若晨发现了她眼里的泪花，放缓了声音，“我不该提到你的病，也许……也许你觉得我一再提到那一刻，太残忍了,是的,我不想回避,我只是想真实表达我的意思,……我想,你是坚强的人,不喜欢虚伪的关心……只是,请你原谅。”

“我明白,谢谢。”徐力里的泪水涌了出来,她是第一次在他面前掉泪。她以为自己把眼泪都给了那个男人,不会再有眼泪了。可今天,她控制不住自己了,她没有想到柳若晨能这样理解自己。

“更主要的是癌症不是绝对不能战胜的,你要尽可能多找中医偏方去治,有病乱投医,绝处逢生的事例很多,我有个朋友推荐了一个名中医,明天我请她来给你看看病,要有信心,情绪要乐观,乐观是战胜疾病的良药。”

徐力里顺从地点点头。她感到温暖。他在尽他丈夫的责任,她想。他是好心,同情帮助一个行将死去的人。她又想。

“如果你同意,我想每天都来看看你。”柳若晨说。

徐力里摇摇头:“不必了。”

“那么,需要我时,给我去个电话。”

“好吧。”

徐力里送柳若晨到门外,柳若晨打开自行车锁,又想起什么,转过头:“徐援朝知不知道你的病情?”

“不知道,我没有告诉他。”

“这怎么行,我告诉他。”

“不,是我不想告诉他,不到万不得已的时候,我不想破坏他的心情,他生活得很快活。”

“你要注意,他整天这样男男女女的混下去,会出问题的。还有我弟弟,最近也变得厉害。”

“他们不是孩子了,干什么事不是别人能说服得了的。也许是我们的观念太守旧了,他们有他们的需求和生活方式,我们这些五十年代的大学生,不能用过去的标准来衡量当代青年的行为。我肯定,援朝不会变坏,我了解他。他会分清哪些是该做的,哪些是不该做的。”

柳若晨不再做声，人微言轻。现在他说什么她也不会听进去的。她太固执了，她要爱一个人，就爱得根深蒂固；她要轻视一个人，也同样难以扭转。有时他觉得她不是个女人，而是一个男人，比男人还刚烈。

“还有什么事吗？”他问。

“我想你的辞职是有道理的，但能不能放到道路改造工程完工之后，他现在需要干部，需要支持。”

柳若晨迟疑了一下，没说什么，骑上车走了。

徐力里目送自行车消逝在夜幕中。她结束了一段生活，这段生活没有留下什么痕迹，匆匆一晃五年，惟独这最后一晚上所留下的却比整段生活的全部内容还多。她走回自己的房间，关上门，倚在门上。这样地把他送走了，她的话说得太绝对了。她不需要他，那么他不会再来了。除非到她死后，他才会再来，戴着黑纱，把她的骨灰放进公墓的木格子里，善始善终地结束他做丈夫的义务。他为什么要保留这种义务？他为什么那么激动？今天晚上，她仿佛看到了这个朝夕相处淡漠、木讷的人的另一面，原来他还那么易于冲动，还有那么丰富的情感和打算。他保留这个义务，难道是他对自己产生了……不，不，什么原因也没有，不过是尽善尽美，善始善终，仅仅如此。她送走他是对的。她难道还幻想在死神笼罩着自己头上的时候，会有爱神降临？不，她早已过了幻想的年龄，她的爱早已成为一根单向漂浮的线。

她定定神，走回写字台来。坐在椅子上，最近她常感到自己精疲力竭，浑身每一个部件都像是锈死了，活动一下就会散了架。自己这盏灯已经没有多少油了，必须抓紧时间。她振作了一下，拿起那大卷图纸。她抽出一张打开，用镇纸压好，展露出来一张立体交叉桥的设计图。

这是她用了半个月时间精心设计的。听到市政府计划修筑现代化道路的消息后,她就一直在收集资料,潜心思考桥的设计。现代化道路离不开立体交叉桥。她设想了十几种方案,这张就是她最满意的。

她不希望任何人再来打扰她。她需要和死亡抢时间,在有限的日子里,为这座城市,设计一座世界第一流的立体交叉桥。

这不仅是出自对阎鸿唤的感情,更主要是出自一个市政工程总工程师的责任。

她为自己能在生命最后的日子里,能和他并肩奋斗,为完成一件共同的事业而感到幸福和满足。

她没有想到柳若晨居然能够理解她内心深处的这种感情。

二

阎鸿唤起了个大早,和秘书乘车来到北郊区委大会议室里等候。八点钟,他要在这里召开工作会议,各区局的一二把手都要参加,具体布置道路改造工程任务。通知是昨天发出去的,特别注明"务请准时出席"。

这些日子,他明显瘦了,颧骨突出来,额头上的皱纹也变得更深更密。高伯年突然病倒了,不能主持市委工作,给阎鸿唤创造了一个难得的机会,市委常委会没有讨论道路改造工程的方案。这无疑是给他开具了一张放行证,然而也是一条截在身后的江河,他要在高伯年出院前,把道路改造方案变成无法更改的既定事实。当一个市长难,当一个有作为的市长更难。一任新市长,应该预示着一个城市有一个大的跨步。

一位副市长曾建议他是否缓一两年再去跨这一步,理由是时机不够成熟。

一两年？用这座城市的历史来衡量不算长，用人类历史的长河来计算更是一瞬间。但在世界城市飞速发展的当今时代，一两年，会给一座城市的人民造成隔世之感。道路问题不解决，堆积的问题更多，改造工程的难度更大，与发达国家，现代城市的距离更远。城市发展速度只有相对更缓慢。为什么要等？为什么在等了二三十年之后还要再等这一两年？

他是这座城市的第五任市长。他是幸运的，他的时代是中国实行经济政策的时代，市长的责任十分明确，一心一意搞经济建设、城市发展，这是他比前三任市长更有所作为的有利条件和客观环境。但他面临的新问题，却是他的前任们所预想不到的。

他的事业需要一种气势，一种一声令下，万马齐奔，全军队伍整齐开步前进的局面。但他面临的却是一盘散沙。十年浩劫后的中国，人们由绝对崇拜，到谁也不相信；由意志高度统一，到捏不起个儿的散沙一盘。一个青年在座谈会上对他说："中国人失去了心目中的权威，失去了神圣感，是种进步的表现。"他不否认这种失去，中国人经历了已经成为历史的空前迷信和一场历史上空前的思想解放，绝对权威不会再出现了。但一个民族失去热情、失去整体感，一个国家失去集中、失去整体的神圣感，绝不能认为是一件好事情。他认为目前的关键不是应不应该形成权威，而是怎样去形成权威，形成一种什么样的权威。

人民厌恶专制，但需要能代表他们利益的领导者，需要通过他们的威望去把群众的意志集中到统一的行动中去。

"看一看世界上发达的国家和强盛的民族，哪一个不是因为他们有一个共同的信念和一个坚强的民族之魂？"他大声地对那个青年说。

阎鸿唤不是思想家、理论家，他不能有效地说服当代思想活跃的青年。但他不完全赞同他们的观点。市长不能在那里空泛地议论,他必须站在现实的土地上。他清楚,威望是事业成功的前提,而这绝不是凭权力可以获得的,这需要靠为民办实事,为民造福去赢得。这些年,党的威信,在人民心中低了,要恢复也要靠一点一滴的实际工作,让人民信服。

但是,即使是造福的举动,在开始时也未必被群众所理解,因为它需要破坏旧的,建立新的。一座旧宅,顶上换瓦,房主人会心满意足,而推倒这座旧房子,主人是要发牢骚、骂大街的。

今天的会,他就是要向各区局的领导讲清这个问题,并通过他们向市民讲清意义。把全市的民心团结在一起,在市区的边缘地带修筑一条长五十公里宽六十米的环形道路算不上奇迹,在环线上架起几座立交桥也算不上奇迹。然而要用九个月时间完成这条路;用六十天时间架起这些桥;用十天时间完成沿线二十万平方米的拆迁任务,这不能不称做奇迹,就是在世界上也没有哪位市长敢于做出这种大胆的设想。

然而,阎鸿唤却迫不得已地做出这种计划。

要彻底缓解市内交通紧张的局面,就必须修这么长这么宽的路,架这么多的桥。要想这次施工不影响市民的正常生活、生产,时间不能超出九个月,否则城市就会出现混乱。全线工程必须保证九个月完成。九月动工,明年“五一”告捷。这是阎鸿唤为了取得尚方宝剑,而向国务院领导同志立下的军令状。

阎鸿唤说话,从来是句句掷地有声,落地开花的,然而困难能把别人难倒,对阎鸿唤也不会宽容。他之所以自信,敢于挑战,是他相信他的干部,相信他的人民,也相信自己的智慧和才能,他从来不打无准备之仗。

他看看表,已经八点钟,但会议室只来了北郊区区长和紧靠着北郊区的北安区区长,其他区局长都没来。

“阎市长。”北郊区区长指指表，“看来，中午得准备工作饭了吧？”

阎鸿唤哈哈一笑：“何止一顿工作饭，晚上还有一顿。”

一辆“尼桑”轿车，随着潮水般的自行车队伍，缓慢地在街上行驶。司机开不动车，便不停地摁动喇叭。起初，汽车还能像一艘游艇劈开前面的人流前进，慢慢地，喇叭的声音不再起作用，“游艇”也搁浅了。

柳若晨坐在车上，不时地看看手腕上的表。七点五十二分，距开会的时间还有八分钟，但离开会的地点，至少还有十五里路的距离。他不免心急起来。与阎鸿唤共事三年，深知他的脾气，开会误点，无论是谁，阎鸿唤都不会留情面的。作为一个副市长带头迟到，影响太坏了。

“能不能选择其他的路绕一下？”柳若晨问司机。

“上班时间，哪都一样，这条道还稍宽些，还可以和自行车挤一挤。”司机回答。

柳若晨不再说什么，他相信司机的经验，只好听任汽车与自行车同速向前慢慢地挪动。他暗自埋怨自己太大意，应该早些动身，使时间留有余地。他天天上班，东市区早晨的交通拥挤状况，他是清楚的，应该想到全市的早晨到处都一样。再说自己昨夜不该从徐力里那儿出来又去阎鸿唤那里，结果为徐力里的事谈得很不愉快，害得自己一夜都没睡好。

与此同时，东市区区长康克俭的汽车也在马路上慢慢地向前蹭。

汽车突然停住了，他发现车前是密密麻麻的人群，离路口还有百米多的距离，不会这么早就受到红灯的拦阻吧？

“怎么回事?”他问。

“我去看看。”司机跳下汽车。

很快司机又重新坐上车,神情紧张,打着火,挂挡向后倒去。喇叭一声接一声,震耳欲聋,后面蜂拥而至的自行车纷纷闪出一条仅够汽车宽度的窄道。

“小心。”康克俭一边紧张地看着后车窗,一边提醒司机。司机以高超的驾驶技术,向后直倒。

有人开始砸汽车门,也有人用手指指点点地骂。有骂汽车险些碰到他们的腿,撞了他们的车的;有骂司机“缺德”,诅咒司机进班房的;还有人在骂他,“什么狗屁大的官,就横冲直撞。”

坐着上海牌汽车,已经标明他不是什么显赫人物,车窗里能瞧见的他,又太不像个“官”,个不高,体不胖,顶不谢,鬓不斑,人也不过四十岁出点头,没有一点可让人敬畏的模样。

汽车终于突围出来了,司机来了个漂亮的调头,拐进一条比胡同宽不了多少的小道。康克俭发现自己和司机都已经大汗淋漓了。

“前面出事了?”康克俭这时才敢问司机。

“堵了,十几辆卡车卡在那儿,四面又围上了几千辆自行车,咱要不早退出来,堵里头,两个小时也疏通不开。”

康克俭不禁吁了一口大气,真要卡在里面,迟到两个小时,市长非抓他个典型不可。他只想当个出色的区长,去打先锋旗,绝不想在任何方面落后。

柳若晨的车还在路上蜗牛般地爬行。昨天晚上应该问问阎鸿唤,为什么偏偏选择北郊区这个离市区最远的地方开会?他想。阎鸿唤不是最强调时间的价值吗?在这么远的地方开会,把时间都白白浪费在路上了。他昨天没有想到,阎鸿唤也没有说明。他脑子里被徐力里的病和自己的辞呈塞满了，而阎鸿唤悠悠自得，仿佛忘了今天的会。

“一定睡不着觉才来找我的吧？来，咱俩摆盘棋。”

“哪有那份闲心，想找你谈谈。”

“噢？公的，私的，公私合营的？”

“全有。”

“我们先谈公的。”

柳若晨扶扶眼镜，觉得从公事谈起也好，先创造个气氛。

“你对九个月全线完工，究竟有多少把握？”他问。

“十成。”阎鸿唤回答十分肯定，“在农村，农民盖间房还懂得土木不可擅动，备齐料，才敢破土。更何况我们给城市动个大手术呢，差一成也不能轻举妄动。”

阎鸿唤手一挥，一副信心十足的样子。

“你的准备在哪儿？”

阎鸿唤笑了：“整整花了三年时间。刚上任，我就选择了这个手术方案。但那时条件不够，水的问题，电的问题，住房问题，吃菜、吃蛋、吃鱼的问题，这些与人民生活密切相关的事都没解决，现在这些问题初步解决了，基本条件就具备了。市政府安抚了民心，也取得了民心。群众信赖市政府，相信市政府办的事都对他们有好处，心甘情愿去响应，还有什么准备比这种准备更重要？”

“钱怎么办？这么大的工程，上面没拨一分钱。”柳若晨记得，研究方案时，阎鸿唤就讲过，钱由他和负责财政的副市长负责，他们又到哪里去弄钱？

“人民的城市人民建，公共的事业公众掏嘛。”

“这么说你把市基本建设投资下放到区，给局拨出商品房贷款也是……”

阎鸿唤情不自禁地拍拍他的肩膀：“老柳，你真行，我服你了。”

“你想的点子,怎么倒服我?”

“孔明能点破周公瑾的心,他比周瑜厉害。”阎鸿唤一贯善于用鼓励调动同行们良好的自我感觉,使他的助手和下属处于最佳的、主动的活跃的思维状态。

“怕是放下去容易,收回来难。”

“你放心好了,保证放下的是苗,收回来的是鱼。”

这个鱼怎么收呢?

康克俭的“上海”穿过小道,来到与刚才那条路平行的马路上,插进密集的队列。

这条马路的情景并不比刚才那条路好多少。一长溜儿的公共汽车、卡车、轿车、自行车排着队几乎是一米一米地向前推移。康克俭很少有机会到北郊区去,对走这一趟所要花费的时间估计不足。过去,他总以为他的东市区交通最拥挤,谁知出了东市区,一个区比一个区更糟。他突然发现,隔着自行车流不远有一辆“尼桑”,这是副市长柳若晨的车,这下可好了,有副市长做伴,他的心一下子安稳了许多。

缓缓行进的汽车又停下来,前边路口又堵上了。

康克俭不由得一阵烦躁,他上任以后,抓了商业服务质量,自由贸易市场管理,环境卫生改善和区建的几幢居民住宅的工程。现在看来得管管交通了,不然每天人们上下班一场交通大战,一年三百六十五天,怎么得了?城市,难道你的名字注定与嘈杂、混乱、拥挤联系在一起?他不由得想起自己下放那几年虽然艰苦然而恬静的小山区,落后、愚昧、原始,但是安宁、平静,甚至“阶级斗争”的火都没在那儿烧起来。也许进步和变革就必定伴随着各种噪音和错位,一瞬间的乡间回忆抹平了他心里的烦躁,他走下汽车,来到柳若晨的车门前,看看表,已经八点。

“副市长，我们开会迟到了，我本想争个第一，谁知落个鸡蛋。”

柳若晨只是苦笑了一下。

康克俭向四面张望一下，发现前后有不少小汽车，里面走出一个个焦虑不安的人，都是去参加会的人。

轻工业局局长从密集的路口走回来，对康克俭点点头，然后钻进副市长的汽车。

“前面全堵死了，安心在这儿等吧。”轻工业局局长对柳若晨说。

“这是几中队的管区？路上不能采取点别的预防措施？”

“没有措施好想。通往北郊工业区就这两条路，十万人早晨在一个钟点挤到一起，不堵才怪。我们轻工业局很多家工厂都在这一片，这点我清楚。住在市里的工人若不想迟到，得六点钟出发。我下基层一般都错过这个高峰期，上午九点钟动身，那时马路上才清静下来。”

“看来，八点半到不了会场了。”柳若晨担忧地说。

“放心吧，开不了会，商业局、物资局、机械局、教育局、邮电局的局长们都卡在这儿，还能开会？公安局赵局长到路口指挥去了，看老赵有没有高招吧。”

“这道路是该改造了，如果路口有座立交桥，道不这么窄，什么问题也没有。”柳若晨说。

“修路我们局双手赞成，掏钱也认了。您知道天天交通堵塞，光耗时间，一年就耗掉我们几十万。”轻工业局局长说。

阎鸿唤是否也被堵在路上？柳若晨想。他昨天夜里也不会睡好的。

柳若晨与阎鸿唤谈完道路工程问题之后，仍坐在沙发上，他希望阎鸿唤能问一下徐力里的病情，这样，他也好向阎鸿唤说出他早想涉及的那个话题,可是没有,阎鸿唤东拉西扯,仿佛竭力回避什么。

"你为什么不向我问问徐力里的病情?"

"噢,对不起。我的脑子这些天让道路问题占满了。"阎鸿唤有点慌张地向柳若晨道歉。"你爱人的病情怎样? 怎么治疗的? ……这个时候,你应该多照顾她一下,工作我可以重新安排。"

"徐力里仅仅是我的爱人吗?"柳若晨打断了阎鸿唤的话,盯着他的眼睛,"难道除去我的爱人这层关系,你就不该关心一下她吗?"

阎鸿唤手有点发抖地点着一支烟:"当然,她是我们市建筑工程上的总工程师,我们应该关心这样的知识分子。"

"你知道不知道她对我没有丝毫感情?"柳若晨再次打断阎鸿唤的话,压低了声音。

阎鸿唤对柳若晨的话感到吃惊。他一直认为徐力里会恨他,而把这种恨转化成对柳若晨的爱。她和柳若晨的气质更相近,他们的生活会更和谐,这种想象中的和谐常折磨着他。

"你是不是对她要求太高了?"阎鸿唤一副不以为然的样子,"女同志往往感情内向。"

"不! ……"柳若晨第三次打断了阎鸿唤的话,他抑制不住地提高了嗓门儿,"她……她是爱着你,她一直在爱着你。"

柳若晨的话把阎鸿唤惊呆了。他感到强烈的震撼,和莫名其妙的惊慌,一时有点不知所措。

"你胡说些什么?!"他冲动地站起身,对柳若晨喊道,"你为什么要和我说起这些? 无聊! 这是什么时候,正副市长难道是在情场上打交道吗?"

"我不是胡说,这是真的。我是为了她才把这些告诉你的。我不忍让她爱了一辈子,到死还一无所得。我也不能让那个折磨她的人,就这样心安理得,一无所知……或许,装作不知。”

阎鸿唤颓然地倒在沙发上,仿佛被击垮了,捧住头,把手指插进已经长出白发的头发里。

“你告诉我,让我怎么办?”他的声音有些发抖。

“……我只是想告诉你,一个人闷在心里受不了。我自己也不知道我该做些什么。”

一阵疾风暴雨式的喧嚣吵闹声平静了,两个人的心同时堕入茫茫雾海。

足足二十分钟后,阎鸿唤从沙发上站起来,握住柳若晨的手:“现在我不能再去想了,一切全交给你了。拿破仑说过这样一句话:有时一夜就决定了整个历史的进程,或向前推进一个世纪,或向后推迟百年。现在这个夜属于我们,属于这座城市。”

堵塞在柳若晨轿车旁边的自行车队伍越来越密。行人看出轿车和轿车里坐着的人,不是一般市民。反正堵在这儿了,前进不了半步,也后退不了半步,干脆拿憋在这儿的“官儿”们找找乐,撒撒气,堵在一条路上,就没有上下贵贱的区分了。

“别挤,别挤,哥们儿别挤呀,看挤坏了汽车,这可是进口货。”

“车是进口的,里边的人是出口的吧?”

“他妈的,就是这种乌龟壳太多,把路堵的。一个人坐辆车,占着几个人的道。”

“他妈的,道天天堵,奖金月月拿不到,算谁的?喂!你们当头儿的迟到扣不扣奖金?”

“扣个屁,这些人凑这热闹上班都多余,反正不干活,在办公室坐着,不如在家坐着。”

“别瞎说。”一个女青年推了一把身边骂街的小伙子,“就你嘴能,小心人家记住你。”

“记住呗,我说的是大实话,道堵了不是一天两天,也不是一年两年了,他们当官的要干事,早解决了,我说他们就会坐着,还冤了他们。”

“哈哈哈……”

群众的叫骂和哄声直冲站在车边的康克俭的脑门,他不能发火。向群众发火是没有道理的,他也不能解释,群众不接触他们的工作,是不了解他们的苦衷的。一年前,他还是个没吃过药片的硬汉,当了区长,一年里累病了两次,两次都是病未好就“开小差”擅离了医院。他爱人发牢骚:“咱不当这破区长了,挣得还不如我这日用化工厂的工人多,操这么多心,费那么大力,损寿一二十年,犯得着吗? 当官图个什么?”他什么也不图,就图为全区的人民办点事。他觉得一个人活一生,倘能做成几件实实在在对人们有益的事也不枉一生了。这一年,东市区在全市各项工作上都是走在前面的,东湖区居民楼群落成,他们由一个荒僻的区成为全市绿化标杆区。新建了七所幼儿园,成立了十个家庭服务队,办了中小学学生食堂,解决了蔬菜、肉蛋供应断路问题……他的足迹遍及全区每个机关、学校、街道、工厂,几乎是每时每刻都在用自己的心血浇灌这块土地。然而,他无力解决道路问题,照样得在这儿听骂。

柳若晨这一路的几位区局长们是在八点四十五分赶到北郊区区委的。他们懊丧地推开会议室的门时,才发现会议尚未进行。另一支比他们早来不到十分钟的队伍正围着阎鸿唤在诉苦。康克俭走过去,一听就笑了,原来他们也挨了骂,而且骂得更狠。他环视了一下会议室,数数还有两位副市长没到,这么说,起码还有一支队伍堵在路上。

柳若晨走到阎鸿唤身边:“看来,今天的会议得推迟了。”

“为什么要推迟? 我们的会议已经进行了。”阎鸿唤望望大家,

"一路上,群众给我们致了开幕词呢。"

大家一下子明白了市长选择北郊区开会的真实用意。

会议在九点一刻开始。

阎鸿唤笑吟吟地坐到主持者的讲桌前。

"今天的会主要是布置环线工程的任务,我算了算,一条线直接间接涉及到市区所有的区和局,所以请大家都来领任务。本来会议要有个开场白,可我阎鸿唤的嘴太笨,讲不清楚花那么多钱,动用那么多工,牵涉你们区、局长们那么大精力,去修这条路,意义何在,价值多大。说不服诸位,我们为什么必须先于一切地解决道路问题。于是我请道路帮帮忙,替我来了个开场白。让我们这些住在市里,往来于市中心的同志们掌握些第一手的情况。我想,大家都对'堵塞'有着深切的体会。我们市民就是这样天天挤着、挨着,日复一日,年复一年。你们还应该到公共汽车站去看看,看看那些怀孕的女工,抱着孩子的母亲,是怎样在天天拼搏,参加这挤车大战的。群众当然要骂,我们挨挨骂就知道群众想什么了,就知道群众需要什么了,就清楚我们该去做什么了。

"在今天之前,我曾在一些区、局听取意见,也可以说是去化缘。有的区说,交通问题主要是工业系统受益,应该他们掏钱;工业系统的各大局长们说,道路问题是市政问题,市政部门应该想法解决。总而言之,互相推诿踢皮球,都想把交通问题说得与己无关,都想把公共的事业说成是哪一家的事。今天我们的区、局长们还能说出这样的话吗?在我们的道路上,受苦的有工人、干部、医生、教师、学生、服务员……各行各业的人都有,哪个区长、局长敢说没有你们的人?听到群众的骂声,那些推诿责任的区长、局长们就不觉得惭愧?

"当然,城市交通的现状,责任不在你们身上,我们各区、局的领导大都是近几年才任职的,但城市交通的明天属于我们在座的所有人。去年,我们打击了经济犯罪,但我们是不是需要进一步想想经济浪费问题,请大家看看,所发材料的数字,一目了然。”

大家开始低头看发的材料,材料上清楚地印着全市机动车、自行车的数量,每日交通道路的流量;按单位时间计算出的,因道路不畅、堵塞造成的直接经济损失。数字惊人,每一个比较差都令人不可置信。

阎鸿唤接着说:

“我们的局长们天天抓生产、抓效益,我们的市财政一笔笔、一分一分地抠钱,但每年我们起码有一个亿毫不吝惜地扔在马路上,多么大手大脚的城市,多么昂贵的马路。这种浪费该不该治理一下? 这种因交通造成的浪费,哪一个局不存在?”

没有一个区长、局长表示异议。他们由衷地表示赞同市长的话。

“好,下面就请工程指挥部,把任务具体地布置下去,既然是大家的事,就大家办,人民的城市,人民建。这项工程分段进行,限期完成,沿线拆迁,谁家的孩子谁抱走,属哪个局,归哪个区的房子,哪个区局负责迁。一个原则,有力的出力,没力的出钱,文化事业单位无钱无力,就搞后勤,搞慰问,搞服务,总而言之,来个全市总动员,全民齐上阵。一鼓作气,七月一日正式开工,明年‘五一’,让我们的城市出现一条畅通无阻的光环。”

大家议论纷纷。

柳若晨注视着会场,注视着会议的每一个过程。

他深深佩服阎鸿唤。他知道市长之所以胸有成竹,是因为他手握金山,有一支他自己锻造出来的,蕴藏着巨大潜力的干部队伍。然而并不是每一个领导者都能发现和挖掘使用这潜在的力量,这需要胆略,需要高人一等的运筹帷幄的能力和气魄。

阎鸿唤凑近他,小声问:“老柳,下边该公布指挥人员名单了,拆迁指挥问题……你看,需不需要换一下?"

柳若晨想想:"不,还是我吧,我是主管副市长。"

柳若晨不由自主地按徐力里说的话做了,先助市长搞环线建设,之后再想专业的事。

"好!"阎鸿唤一拍柳若晨的肩膀。而后转过头去,拿过话筒:

"……我们进行以环线为主体的城市道路改造工程,是我市建设史上的一个伟大创举。它将改变我市原有的布局,一个焕然一新的美丽城市将伴随着这条环形线出现。不可小瞧这条环线,它不仅改造了城市的外观,方便了人民生活。采用综合治理的手段,彻底解决我市交通问题,就为今后把我市建设成一座高度现代化的城市打下了基础。环形线一旦交付使用,全线通车,我们就会通过它产生巨额的静效益,看到它的经济价值。所以今天各局长、区长慷慨解囊,掏点钱,或损失一些企业、单位利益,不要心疼,这是大企业家的风度,是干大买卖、赚大钱的明智之举。我们修筑的,是一条城市繁荣致富之路……"

第十章

一

杨元珍一大早就把炉子捅开,然后到旁边的早点铺买来豆浆、油条,又给儿子摊了个鸡蛋,伺候建华吃完,走了,才坐在床沿上喘口气,星期天建华还得去公司开会,说是去领任务,准是又有新工程了,这下,他又该忙了,一天到晚着不了家了。每次一个工程干完,建华就像剥了层皮。她轻轻给孙子正了正枕头,小蒙正睡得香。

建华离婚后,一直不愿再成家。哪一天她身体顶不住,死了,他能照顾好这孩子吗?可是,娶个后妈,又能对小蒙蒙好吗?杨元珍一阵心酸,爱怜地摸着孙子的小手。

这孩子自小懂事,像他爸爸。眉眼像谁呢?她端详着孙子细嫩稚气的脸,小时候人家都说他像他妈,现在,她却在小蒙蒙的脸上看到了另一个人,那个抛弃了他们的人。

"奶奶,我爷爷呢?"小蒙问过她。

"死了。"她骗孩子。

"怎么死的?"

"打仗牺牲了。"

建华看了母亲一眼。他知道父亲并没有牺牲,而是和母亲离了婚。他不知道他的父亲是谁,没有人告诉他。他懂事,也从不打听，抛弃了母亲的人，他不想知道。

"妈，您跟小蒙蒙瞎说些什么？"建华小声埋怨母亲。

杨元珍平静地看着孙子："小蒙，奶奶没瞎说，你爷爷是英雄，奶奶佩服他。"

她对孙子说的是真心话。

她想着，眼睛模糊了。没想到她还能见到他。除了六三年普店街闹大水，她躲在人群里偷偷看见他一回之后，这次又见到他。这次她看得那么清楚。他老了，脸比过去细润了，她惦记着他的病，但又不能去看他，她不愿去难为他，老杨当年就说过，他那个女人好恶。

她不是没有后悔过。那年送高原来，她就不该回去，是自己那会儿眼界太窄，死心眼儿，惦记着公婆，惦记着家里刚分到的几亩地。

临走那天晚上，她问他："我走，你想我不？"

"净说些没用的话，怎么会不想！"

"那你还放我走？"

"是你要走，又不是我赶你。你走也好，家里没人照顾，我这儿又忙，顾不上安个家，你住在机关里，出来进去也不方便。"

"我可不兴你跟城里的大姑娘拉拉扯扯的，把我甩了。"

"你呀，还是个党员村干部呢，说话没个水平，像个没觉悟的妇女，胡乱猜疑个啥！"

她拖住他的胳膊，把脸贴在他的肩膀上："我看出，你在人面前不愿意理我。去看戏时也不和我坐一块，嫌我太土气对不？"

"瞧你这个婆婆妈妈的劲儿。我这是在工作，能没事儿光跟你穷聊，再说，头排座是发给领导的，你一个家属，也能一块坐到头排去吗？"

她不再吭声。

然而，让她说中了，他果真找了个城里的大姑娘。那一次，竟是她与他的最后一夜……

一滴泪水掉在孙子小蒙蒙的脸上，他睁开了眼睛。

“奶奶，你哭了？”小蒙爬起身。

杨元珍慌忙用衣襟擦擦眼：“傻孩子，奶奶眯眼了。”她拍拍孙子的屁股，“快起来，奶奶给你弄早点去。”

“杨大娘。”是张义兰在窗外喊她。这些日子，这姑娘跑得勤，几乎每天来一趟，每次都给大娘捎些新鲜菜、瘦肉、排骨什么的，还不肯收钱。她在副食店卖菜，买的便宜，可义兰这些举动，她明白，全都是冲建华来的。这可让她犯难了。要说义兰这孩子不错，长得挺俊，人也勤快，爹是个瘸子，哥是个“十指不沾香”的主儿，家里的活儿，全是义兰包了，干起活来泼泼辣辣，麻麻利利，当家过日子，里里外外都拿得起，是把好手。而且义兰还有一副热肠子，嘴上厉害，心里没啥，要是对谁好，割她身上一块肉，她也干。偏偏建华对义兰一点心思也没有。杨元珍不时在儿子耳边叨叨义兰的好处，建华毫不动心，听见这姑娘的名字就心烦。杨元珍不知儿子到底是什么打算。每次见了义兰，就觉得对不住这姑娘。

“啊，刚起床呀？”张义兰话音刚落就径直进了屋，见小蒙蒙正在穿衣服，慌忙过来帮他穿。

“我自己会。”小蒙害羞地夺过自己的裤子套上。

“你爸爸呢？”

“不知道，我刚醒。”

“杨大娘，建华哥呢？大星期天的还上班呀？”张义兰冲窗外问。

“谁知道，说是到公司领任务，不知又要来啥工程了。”杨大娘给孙子摊上了鸡蛋。

张义兰一挑门帘走出来：“我知道是什么任务，我就是来告信儿的。”她脸上喜气洋洋，“咱普店街要拆了，在这修环形线。”

“拆？啥环形线？你们年轻人的名词，我越来越听不懂。”

“就是修大马路，在咱们这儿修条大马路，顶咱们前那条路十个宽，把咱普店街的房全扒了，搬到新楼房里去住。”

“你这是从哪儿听到的信儿？这么大的事儿，街里也没说呀。”杨元珍不敢相信。

“没错，我哥是工程指挥部的，市长让他负责拆迁，他说这个月底，咱们的房就得全扒净，建华哥准是领活儿去了。”

这月底？杨元珍吃惊地瞧着张义兰，义民在市里工作，说的事不会有假。普店街的住户们早就住腻了这大凹地、小黑屋，平时总嚷嚷着别人住的楼房好，恨不得把普店街早一天“规划”了。可过去从街里听到的信，总是说这儿地方太大，住房太多，不好改造，国家拿不出那么多钱。现在，突然，真的要拆了？

“往哪儿搬？”她问。

“还没定呢，我跟我哥说了，别人家我不管，杨大娘家，他可得给找个好地点，好楼层，高质量的房子。”

“那哪儿成？怪麻烦的，大娘是居委会的，就是搬也得随着大伙，别难为你哥。”

“哎呀，大娘，居委会算个什么芝麻绿豆？您还当回子事！我哥正管这事儿，有权不使，过期作废。好房子不留给自己给谁？”

“先还说不上这话呢，到时候再说吧。”杨元珍急忙转移话题。“义兰，在这儿吃点吧。”

“我吃过了……”义兰替大娘掀起门帘，跟她进了屋，“一住进楼房，咱们来来往往的就不像现在这么方便了。”

“要说也是，住平房有住平房的好处，住惯了平房也许住不惯楼房呢。来，义兰你再在这儿吃点，大娘给你盛碗豆浆。”

小蒙蒙坐在桌边：“咱们要搬楼房了？太好了，搬得越远越好。”

“为什么?”义兰搂搂小蒙蒙的肩膀。

“我不愿意住普店街,我们老师说普店街的学生就是野,坏。”

“这话可不对,你爸爸不是普店街的,在学校学习最拔尖。你义民叔叔不住普店街,人家不是都当了市政府的干部?我回头去给你们老师提意见。”杨元珍真的生这个老师的气。

“小蒙,你跟姑姑住一起好吗?姑姑搬哪儿,你搬哪儿。”

“行,还有春生叔叔,家福叔叔;……不要宝柱叔叔。”小蒙稚气地说。

张义兰见小蒙蒙没答出自己想听到的话,不免有些泄气。义民说了,想法给家里找个近处的房子,而其他住户还说不定迁到哪儿去呢。真要和建华家不住在一块儿,那她和建华的事儿还有希望吗?她无论如何应该在搬迁之前弄清建华的打算,单等他主动求婚,怕是连门儿也没有了。瞧那天晚上他的态度,真把她气哭了。可建华转天见面连个歉也不道,一个离婚的单身汉在姑娘面前还这么傲,也不称称自己几斤几两重。她想下狠心,不再去理他,非得巴结他?张义兰还没到了找不到对象的时候,不少小伙子都向她套近乎呢。像万家福,人家是万元户,财大气粗,还黏黏糊糊地想跟她好呢。可她就是没志气,下了狠心也没恒心,不出三天没见着建华就又想去见他,主动去找他说话,建华还是那副不冷不热、爱理不理的劲儿。这个人太傲了,可她偏就喜欢他这股子傲劲儿,越傲越对她有股子吸引力。是自个儿太贱骨头了吗?不,建华对女性的确有魅力,这不仅是他身材魁梧,人长得英俊,更主要的是他有股子精神儿,这种精神儿就像一种任何东西也压不垮的力量。义兰总觉着若能得到这种力量的保护,生命是安全的。她身边天天围着转的都是些留着长发鬈毛发或蓄着小胡子的家伙,她一个也看不上。

杨元珍听出了张义兰的意思,看她发窘的样子,忙把荷包蛋盛给她:"义兰,来,吃个荷包蛋。"

"不了,我回去了,回头您告建华哥个信儿。"张义兰起身走了。

杨元珍觉着一阵心乱。真的要搬家了吗？这儿地方凹是凹,乱是乱,可住了三十来年,真要搬走了,也还舍不得。

搬到普店街来的时候,建华还走不稳路,杨德和抱着他,领着她走进这间平房。现在一晃建华的儿子都这么大了。

她忘不了那年的冬天,天格外地冷,公公背着筐去拾粪,婆婆背一口袋粮食去集上换鸡蛋。两个老的不准她动,马上要生孩子,怕她累出毛病来,她就腆着肚子坐在炕上搓麻绳。

村长等着两个县政府的干部进了门,一脸尴尬的笑,坐在炕沿上,你瞅瞅我,我瞅瞅你,又没了话儿。

"说吧,啥事？别看我怀着孩子,没事儿。"

那个干部吭吭唧唧说不出话来,老村长也只顾闷着头抽烟袋锅。

"出了啥事？你是个爽快人,咋这黏糊糊的？"她对村长说。

"伯年最近来信了不？"村长问。

"有几个月没接到信了,咋的,他出事了？"她慌了神,心格登一下跳到嗓子眼儿。

"没……没……他在城里当干部能有啥事儿。"村长低头抽着旱烟,对县干部说,"你说吧,她经得住事儿。"

县干部清清嗓子:"头一回跟你见面,但大妹子的名字在县里响着呢,全知道你是个英雄,为新中国挂过花,在村里处处带头,很坚强的。"

"同志,啥事你直说了吧,我全经得住。"

"伯年给县里来了信,想着和你办离婚,这不,组织上让我征求你个意见。"

她脑子里刚才转悠了几个个儿，男人病了？小原出事了？……独没想到他的嘴里说出的是这么一句话。

顿时，她只觉着天旋地转，悬着的心空了，变成啥也不知道的东西。

县里干部嘴还在说着什么，村长抽抽鼻子，抹把泪出了门。她直愣愣地坐着，啥也看不见，啥也听不着。

"……如果你没啥意见，同意了，就在上面摁个印儿。"

她看着前面一张印着字的纸，她知道那是离婚书。张柱家和她男人离婚，就用的这样一张纸。

就这么平白无故地和自己男人离了？她没有对不住他的地方，也不像张柱家的，男人是国民党特务，她嫌丢人，离婚是找婆家。自己的男人可是个硬邦邦的共产党员。

她天天盼胜利，盼解放，盼着和他团圆，胜利了，解放了，他又活着，她咋能和他离？

县里干部又说了一簸箩话，她一句听不进，就是摇着头不肯摁那印儿。县里干部走了。

那天晚上，她生了。孩子像是知道了她的苦楚，早了几天跟妈做伴来了。

月子里没人跟她提这事儿。公公婆婆整天价唉声叹气，家里能弄到的好东西，可着劲儿地给她吃。她吃不下，不想吃，冷的端走了，热的又端来，看得出婆婆恨不得把心掏出来给她。公公在院子里气哼哼地骂，骂野猫馋嘴忘恩负义，没良心，到处偷吃油腥；骂自己祖上没积德，养活出个牲口蛋子。她明白，公公这是在替她出气，骂自己的儿子，那个曾给全村带来荣耀的男人。

出了月子，她叫来村长，让他把县里干部找来摁手印儿。

"大妹子，你可要想好喽，摁了手印儿，后悔不得了。"村长提醒她。

“我想通了。他要离，你将就着，他心也早不跟你了，在一起过日子还有啥过头？咱是党员，还能学那些没出息的媳妇，死赖着人家？再说，他要离，有他的道理，他在城里当干部，咱在乡下种地，日子过不到一块儿。就是找去了，连个文化也没有，能帮他干点啥？他要是找上个能写会说的，不比我这个乡巴佬强？他有功，现在又管着大事儿，我不愿让他落个不好听的名声，我想，离就离吧！……”

她摁了手印。婆婆知道后，哭得一天吃不下一碗粥，死活不让她走。公公像头碾磨的驴，急得在屋当中打转转，这些年，多亏了这个媳妇伺候老人，家里地里一天忙到晚，还给高家生了两个儿子，这样的媳妇，哪找？让她走，天理不容呀。

县里考虑到她是老支前模范，村干部，也为着照顾她的生活和高伯年的名誉，很快就把她调到县妇联工作，刚安顿下来，杨德和就来了。

“嫂子，我知道信儿晚了，要不，咋也不能让他这样干。”

“别怪他，我自个儿同意的。”

“唉……”杨德和眼圈红红的。

“往后，你得替我照看我的小原，我不疑他爹对他不好，就是怕后娘不疼他。”想到儿子，她落了泪，不知儿子是跟着在城里当干部的爹好呢，还是跟娘在乡下过好。

“我接你进城住，找个事儿干，住着城里守着自己孩子就近了，想见了，就去一趟看看，以后，孩子大了，懂事了，不能不认自己的亲娘。”

她心动了，她想念儿子。而且，村里人总是为了安慰她，骂上几句高伯年，这让她受不了。索性离开这儿，离得远远的，让人忘了她，也忘了他。

她悄悄地随杨德和进了城。

乡下人不知她到哪儿去了，久而久之，果真不再提她。而她在普店街一住就是三十多年，住白了头发，住掉了牙，也对普店街这小屋、小院住出了感情。

杨元珍走进自己门口的小厨房。这厨房是老杨亲自推砖、和泥砌的。三十多年了，砖都糟了，顶上的木梁让长年的雨水淋得朽了。建华几次想翻盖，她总不让，还有老杨给买的那个腌菜坛子，宝贝似的放在柜顶上，怕让小蒙给打了。

到城里，一个乡下的妇女，抱着个连路都不会走的孩子，又没了经济来源。她隐匿下落走了，高伯年应给的钱也拿不到了。那段日子，全靠老杨接济。后来，他又帮她安排在小被服厂工作。生活上的难事，老杨全包了下来，修房，买煤，送粮，砌墙，……进了家就不歇手地干这干那。都姓杨，街坊四邻们都以为老杨是建华的亲舅舅。

“德和，你也应该成个家了，老这样照顾我们娘儿俩，耽误了你。”杨元珍心里不忍，瞅个机会就劝他。

“我成家干啥？现在国内敌情这么多，干我这行的，还是单身方便。再说，你这儿不也是个家嘛。”

她听了心里有点打鼓，又没敢往深里领会。

在老杨的安排下，她见过几次大儿子小原，远远地，悄悄地，像做贼一样。每次从小原的幼儿园门口回到家，她就一阵阵心疼。

“去见见老高，让他以后安排个时间，你们娘儿俩好好见个面。”杨德和劝她。

她摇摇头，她想儿子却不愿见到儿子的父亲，离了婚，再见面就没啥意思了。见面让他为难，儿子如今认了别人为娘，再见到她，儿子小小的心里会怎么想？

她一个人默默咽下这口苦水。

年三十，她备了一桌酒菜，杨德和坐下，一杯接着一杯，闷着头不住地喝。

她把住他的酒杯,不让他喝了。他是公安分局局长,贪杯是要误事儿的。平时,他顶多喝一杯,今儿虽说是年根儿下,也不能这样可劲儿地喝呀。

“没,没事儿……在部队时一斤酒也喝过,不该干公安,好多年不敢痛快地喝……个够。”他还是把一杯酒灌进了肚子。

“你今天咋了,像是心里有事儿?”她问。

“大姐……”杨德和其实大她一岁,因为高伯年的缘故,一直称她“嫂子”,后来,嫂子无从叫起了,进城后,便改称“大姐”,“你说心里话,是不是我接你来,反倒叫你心里更难受?”他眼里似乎有许多血丝。

“哪儿的话?你还不是为我们娘俩好。”她心里发酸,泪水涌上了眼眶。

“可你过的这叫啥日子,离他倒是近了,可又不是自己男人。还不如留在老家,心慢慢静了,日子还可以重新开始。”

她低下头,悄悄抹了抹泪。

“大姐……我们再改改称呼吧,我和你一起过。”杨德和突然站起身,紧紧攥住她的手。

“不,不行……”她惊恐得下意识地挣脱了手,“他大舅,这万万使不得。”

一时屋里显得好冷,她觉得上下牙都在不停地打颤。她愣了好一会儿,便转身给歪在被垛上睡着了的小华脱衣盖被。

“大姐,你觉着我这个人不好,有歹心,是吧?”杨德和抽了一堆烟灰后,闷声说。

“不,你的心我看得真真的,我一辈子感激你。”

“那我刚才的话,又咋不行?”

“他舅,你知道我的心思,又不知道我的心思。我不再嫁人了。

过去,我老嘀咕你不成家是为了我们娘儿俩,我怕就怕这个,怕你糊涂。今天咱就把话说明了吧。他高伯年不认我,我认他,这辈子是他的人。再说,我是个乡下妇女,城里有的是会说会写,长得又俊的闺女,你也该找个像模像样儿的。”

杨德和霍地站起身:“说心里话,我羡慕过我们高营长。自打那次见到你,看到一个女人敢去抱敌人机枪,负那么重的伤,爬五十里路去找自个儿的丈夫。我就佩服你,认准你是世上最好的女人。我也想找一个,又哪儿去找,城里这些酸文假醋的女人,我一个也看不上!”

他穿衣戴帽走到门口,又转回身:“大姐,刚才算我说的混话,就算没说,以后我们还照过去的关系处。”

下个星期天,他又来了,没事人一样,笑呵呵地抱住小华,用胡子扎他的脸。

可杨德和始终不成家。

一九五六年,杨德和突然病倒了,躺在病床上,不住地咳血,医生说,是肺结核晚期。

杨元珍的心一下子揪紧了,她知道这是啥病。

她每天到医院去守着他,伺候他。杨德和对她一生有报不完的恩。她这条命是他给的。还有进城后的一切全靠他支撑着。她觉得对不住他。他给了她这么多,但他又从她这儿得到了啥?啥也没有。一个人活了一辈子,就这么一个人走了吗?

“我接你到家去住吧。”她对他说。

他摇摇头:“这病还是死在医院吧,到哪去也是腻歪人的。”

“不怕。”她轻声说,“住到家里,你想干啥都依你。”她抓住他干枯的手,泪水滴在那手上。

杨德和睁大眼睛,用灼热的目光久久地望着她。

“有你这句话,我啥也不需要了。今后,你自个儿带着孩子更难了，我关照了区里，尽量照顾你。遇事依靠党和政府，也可以去找老高。……大姐，我佩服你，你对得起老高，我从参加革命的第一天起就跟着老高干，闭眼的时候，总算没有做过对不起他的事。”

杨德和去世了。

建华长大了。他依稀记得小时候，生活中曾有一个用胡子扎他的脸、很威风的、当公安局长的舅舅。可他不知道，这是一个怎样不寻常的舅舅。

杨元珍呆呆地站在小厨房里，看着那一砖一木。住进楼房，这厨房就得拆了，但她实在舍不得拆它。

二

肖玲坐在局宣传部的办公室里，等得有点不耐烦了。

隔壁是局会议室，局长们正向局属各单位的领导们传达市政府准备修筑环线路的决定，具体布置有关工程的准备工作。

她看到杨建华也来了，并且知道杨建华之所以能参加这种会议，不单因为他是基层工程队的副队长，更主要的他是市政工程二公司的经理候选人。前天，在局党委书记办公室，她无意中在一份公司领导班子调整名单中看到了杨建华的名字。

过去肖玲对人事上的事情毫不关心，她觉得这些事情与自己毫无关系，她一辈子也不会去负什么责任，她连自己都驾驭不了，还能去管别人？她天生单纯，复杂的人事关系听起来常使她毛骨悚然。她完全凭表面直觉去判断人的好、坏、真、伪。别人对她热情，她也就对别人热情，很少去想别人热情的背后隐藏着什么目的，因为她对任何人所持的态度都很少含着目的性。她对领导班子的变更也不像有些干部那样敏感，谁上谁下，有谁无谁，她从不走这份心思。

但这次她却对这份上报名单发生了兴趣,杨建华的名字引起了她的特别注意。

“是二公司三队的那个杨建华吗?”她问书记。

“对。”

肖玲不知道为什么自己很高兴,为领导终于承认了杨建华的才能而高兴?她候在会议室旁的办公室里,希望散会时能遇见杨建华。

门开了,局党委副书记和一个中年人走进办公室,副书记对她笑笑:“小肖,我们借你这屋随便聊聊。不碍事吧?”

肖玲:“没事儿,我碍事儿吗?”

“没事儿,哪儿有客赶主人的道理。”副书记笑笑转头对中年人,“你接着说。”然后坐在沙发上。

中年人也在沙发上坐下:“我已经在公司会议上批评了杨建华包庇纵容流氓分子,袒护‘三种人’子弟的做法。您想想,陈宝柱算什么人?他父亲是市里罪大恶极的造反派头头,这次打老队长,明显是一种报复行为。可杨建华却对他如此包庇,这是极端错误的,所以我准备在全公司范围开展一个整顿组织纪律的教育活动。另外再办一个学习班,请各基层队的副队长参加,咱们系统基层队的干部文化水平太低,政治素养也差。三队发生的事就是个典型例子。一方面纵容有劣迹的劳改释放犯,另一方面教育方式是副队长动手打人。确实看出了基层队的素质。”

肖玲本想离开办公室,她觉得这种交涉场合,自己在场是不合适的,可听到“杨建华”的名字,又禁不住留下了。“你对杨建华的分析是错误的,他是为了教育陈宝柱才动手的。”

中年人转过身:“哦,看来你很了解情况?”

“当然,当时我看见了。你是谁?我比你有发言权。”

副书记笑了:“小肖,你不认识他?这是二公司副经理严克强。”

严克强一副文质彬彬的样子。“做领导的要循循善诱,不能以拳头施教,而且,打了人后又不肯处理,弄得老队长至今不肯上班,这个问题就复杂了,后果太严重。”

“可是……”肖玲还想替杨建华辩解。

副书记向她做了个手势,示意她不要往下讲了,然后,对严克强说:“关键要做通老队长的工作,让他上班。几十年的老工人、老队长了,要有点觉悟。另外,办学习班的事,我看也可以,但为期要短。环线要开工了,不要影响了工程。”

“那我回去做个计划,列个学习书目和讲课题目,书记您可得给我们上一课呀,上次您给公司讲的党课,群众反映深入浅出,受到了很大的教育。”

副书记站起身,露出微笑:“我看时间是否允许吧,这件事,我再与书记碰一下。”

严克强也站起来,握住副书记的手:“那么,一言为定。您要是能来,学习班肯定会大有收效。”

两人离开了办公室。

肖玲坐不住了。她心急如焚,真想立刻见到杨建华,告诉他,她从来没有为一个人这样担心过。

时间近中午,会议才散。肖玲跑出办公室望着从会议室走出来的人群。

“杨……”终于看见杨建华露了面,便急忙喊住他。

杨建华站住了,惊奇地望着肖玲:“星期天你还加班吗?”

肖玲觉得自己忽然间心慌得不行。她从来在建华面前不敢随便逗笑,建华对她也向来没有微笑。

她镇定了一下自己:“我想问问你,散会后有事没有,我有点事想跟你谈谈。”

建华看看表:“我得去老队长家里一趟,咱们另找时间。”

肖玲赶紧接口:“不,我跟你一同去老队长那里。”她有点紧张地望着建华,生怕他不同意。

“也好。”

他们一同走下楼梯。

“老队长为什么不上班?”她问。

“他对陈宝柱的警告处分不满意,要求开除宝柱。”

“那你就舍卒保帅吧。”她说。

“为什么?”他看看她。“开除一个人不是那么简单的事,关系到那个人的前途。我们不能对人这样不负责。”

“可是……”她的话几乎要冲口而出。

建华帮她把自行车从车棚中推出,自己也推出车。两人翻身上车。

“建华,”她不自觉地采用了亲昵的口吻,“该狠心的时候也得狠狠心,否则,影响太大了。”

“我们办事要将心比心。你看到陈宝柱家房子漏雨的情况,也看到了陈宝柱母亲的病情,怎么能不顾原因,随便处分一个人。处分可不能分什么‘卒’和‘帅’,看人下菜碟。”

肖玲沉默了,那天她随着三队一块去普店街,给陈宝柱家修房顶,陈家的情况她看见了。但那时,她的注意力全在建华身上,根本没有细想想陈宝柱的窘状。

“而且,虽然对陈宝柱谁也不能打保票,可我们总不能把他甩给社会,我要尽最大努力改变他,我就不信我们就这么无能。”

“可公司里有人反映你不讲原则……”

“这种原则谁也会讲。”杨建华有点动气,“开除了他,他在工程队不捣乱了,难道让他到社会上去捣乱?”

“你在最近一个时期处理问题时千万要慎重。”

“为什么?”

肖玲迟疑了一下,还是把要冒出的话咽了回去:“我觉得是这样。为陈宝柱老队长不肯上班,容易让人说闲话。”

杨建华笑笑:“老队长那里,今天你就看我的,保证说服他。可气的是那些想专靠整别人表现自己原则性强的家伙。”

杨建华知道有人在老队长那里煽风,而且这个人就是副经理严克强。他比建华长一岁,中学毕业分到市政工程二公司当了两天工人,由于能写两笔,很快调到公司宣传科当干部。“四人帮”粉碎后,宣传科长因是造反派头头而被免职,严克强便当了科长。三年前公司班子调整,严克强作为年轻干部,选拔到公司领导岗位上来,成了年轻的公司副经理。不知为什么严克强专找三队的毛病,公司里艰巨的任务历来交三队去干,但表彰的时候,又千方百计贬低三队,老队长为此火透了。严克强在中学时就好嫉妒人,和建华关系也不好。这次严克强听到三队发生打队长事件,而且建华也动了手,顿时来了情绪,亲自看望了老队长三次,每去一次,老队长的态度就变得更加强硬,他这样哪里是做工作,分明是给老队长加温,给建华施加压力。

杨建华很生气。但他不知道,严克强之所以在三队打人事件上大做文章,恰恰是因为他与严克强成了经理人选的竞争对手。他在基层工程队,对上面人事安排的酝酿一无所知。

老队长住在北市的一片平房区,这是刚解放时盖的第一批工人新村,当年红砖灰瓦,煞是气派。三十年一晃,这儿东盖西搭,一副脏乱不堪的样子。

建华敲了半天门,老队长灰白的头发才乱糟糟地从门缝中露出来。他望望门外这两个人,连招呼都不打,背转身,一步步蹭回屋里,躺了下来。

建华和肖玲两人各自找了一张凳子坐下。

“老队长,您好点了吗?”肖玲见建华不吭声,便主动问候。“大家都盼着您早点上班。”

“那混蛋开除了?”老队长脊梁对着他俩。

“这……”肖玲语塞了。

“不开除他,别来找我。”老队长闷声闷气。

杨建华没有接腔,不动声色地递去一个纸袋:“这个月的工资,您点点。”

听到这话,老头儿立刻起身接过了工资袋。他仔细看看工资条,然后用拇指蘸口唾沫,认真数起来。建华非常熟悉他这个动作,每次发工资,他都这么认真地一张张捻动着,生怕发错了数。数完又仔细与工资条一笔笔核对,直到确信无误时,才小心翼翼地把钱装进口袋。那神态和他检查工程质量时一样一丝不苟。

他数完钱,脸上皱纹似乎舒展了一些。这么多天不上班,他一直担心扣他的工资,没灾没病的,这不是旷工吗?他觉得自己这样做对不起自个儿的良心。可不处分陈宝柱这小子,叫他老脸往哪搁?严副经理说得对,这样下去,队里这帮浑小子还不都登脖子上脸了。有公司撑腰,他便硬撑着在家闲呆,心却像火烧似的,恨不得能跑回队上看看,几十年来,他还没有这么长时间离开自己那个乱哄哄、热腾腾的工棚过。

他把钱压在枕头下面,坐直腰板:“就这事儿?办完了就走吧,师傅用不着你往这儿跑,你小子没良心,看我是假,护着陈宝柱是真。你凭啥不让开除他?”

“师傅,陈宝柱已经认了错,那天他一时性急,犯了性子,您要同意,明儿我带他向您赔礼道歉。他知道错了,您该给他一次改正的机会。”

“我不见他!”老队长暴躁地嚷着,“原谅他一次,就有两次,这号人都是这个德性。我有伤,是他打的,你要他,我就不干。你没扣我钱,别以为我会感激你,这是工伤。”

建华温和地笑笑:“师傅,你不上班可别后悔。”

“怎么,你真敢扣我钱?”

“那不会。我们全队出满勤的就您一个,平时,您连迟到早退都没有过,光加的班,也早够歇半年的了,何况您真有病。我是说,你不上班,马上要开始的一项大工程,可就参加不上了。”建华说着,站起身,用眼睛示意肖玲也随之站起身。

“我不稀罕,我也不缺那几块外勤补助!”老头儿毫不退让。

杨建华笑着说:“是呵,要说也没有什么,就是架座桥呗,师傅,我们走了。”说着,他拉拉肖玲的袖子,朝门外走去。

“等等。”老队长站起身。“架啥桥?”

肖玲转过身:“老队长,市里决定建立交桥。”

杨建华补充一句:“您过去不常叨叨要建立体交叉旱桥吗,这回任务下来了。”

“你别诳我,那我不过是看挂历上印着人家外国有那桥,挺稀罕,随口一说。咱们修,到哪儿架去?挤挤巴巴的马路,巴掌大的路口,架得了那样大的桥?要架得拆多少房?”老队长将信将疑,琢磨着是不是建华哄他。

队长从十六岁就当道桥工。横架在普运河和北洋河上的四座桥,他都参加建了。平日里,他常向徒弟们炫耀自己这段光荣历史。他觉着架桥工程才学得着技术,含糊不得半点儿,不像修马路,宽几公分,窄几公分,这鼓点那瘪点没关系。这三十年来,虽说哪天也没闲着,可也没搞几项大工程,整天就是给马路修修补补,今天刨开下管子,明天刨开装电缆。刨了修补,补了又刨。人干这种活儿,越干越疲沓。前年,公司发了本挂历,一月份的画页上是一张美国立体交叉桥,他喜欢得要命,没事儿就站到挂历前端详,念叨:“啥时,咱也像人家美国在马路上架座桥,这辈子能修这么座桥也就算没白活。”他总觉着,一座桥立在那儿,世代能传下去,将来就是一座碑。就像城北的那个舍利塔,传了十几代,后人啥时候瞧见都得佩服先人的手艺。自个儿快退休了,退休前还图个啥?他只有两件心事:儿子结婚还没房子;自己还没架座像模像样的大桥。

“这是真的。”肖玲赶紧帮腔。

杨建华认真地说:“局里布置修八座立交桥,可咱局有四十多个工程队,咱们队得抢,才能把活揽到手。”

老队长一激动,想在身上摸支烟,一摸口袋才记起老伴这几天借机把烟钱给卡了,他有一天半没烟抽了,一个烟头也不知放在哪儿了。

建华掏出自己的烟递给老队长,他犹豫了一下,抽出一支叼在嘴上。

“得抢,我不是吹牛,建华,架桥还得是我这老头子,四十多个工程队,我敢说没谁干过这活。”老头儿吸着烟,口气一下变了。

“可您这病……”

“我没事,是心病,让那坏小子打了,心里窝屈。”

“公司说您是重伤。”

“我是为了整治那小子。严经理的主意。”

“给陈宝柱个处分,叫他当着大伙的面,给您赔不是、认错检讨。就别开除了,让他在这项工程中立功改过。您看行不?陈宝柱打了您,我不也打了他?要是开除他,那我也该受个处分才对。”

“那可不一样,严经理也是这么说,开除他,给你个处分,我没应,他挨打是活该,你是为着给师傅出气。”

“您的气都让我替您出了,还窝屈什么?”

“……光给处分不行,还得扣他这季度奖金。”

“我看该扣。”

“再当着我的面打自己几个耳光。”老头仍不解气。

“这条我看就算啦。他自己打自己,脸痛心不痛,几个耳光把事儿了了,不如让他心里欠笔账,这样更能促使他往好处变,您说呢?”建华笑着说。

老头儿后面这句话本来是句气话,听建华这么一劝,也就顺坡下了:“好,娘的,为了修桥,全依你。”

老队长转转身子,把趿拉着的鞋穿上:“这些天他娘的憋屈坏我了,像女人坐月子。嘿,你们俩别走,我给你们沏壶茶,先喝着。师傅今天管饭。”

建桥对老队长的吸引力竟是如此之大,肖玲惊异地望望杨建华。

“师傅,要说吃饭,我们请您去饭馆来一顿,算是庆贺老将挂帅怎样?”他知道师傅在家做不了师娘的主。师傅思想通了,他宁可请老头儿一顿,让师傅心里痛快点儿。老队长一生求个什么?一是想干点漂亮的活儿,二是让人尊敬他,有了这两条,他就知足。然而,仅就这两条,他又得到过多少满足?杨建华说着,朝肖玲丢个眼神,想让她帮着说一句。

他丢给肖玲的眼色,让老队长全看在眼里。老队长左右打量着建华和肖玲,恍然大悟地说:

“我说你们俩怎么会一起来的,别是还有别的意思吧?”

老队长的话把他俩问愣了。

老队长拍拍脑门儿:“瞧我老糊涂了,你们俩为啥想起请我的客?”

“想让您高兴高兴。再说您要上班了,我们心里也高兴。”

“别唬我老头儿,当我看不出来,你俩这是对上象了吧?”

老队长冷不丁冒出这么一句话,立刻把杨建华和肖玲说得面红耳赤。

“师傅,怎么能乱说呢。”建华愣了一下,赶紧责怪老队长。

“嘿嘿,你们瞒着就瞒着,我早就瞧你俩合适,‘铃铛’人小心大,工程队这帮浑小子,没有能配得上你的,只有建华。建华可是个有本事的,这事儿我赞成。今儿,师傅不跟你们去吃了,单等着哪天喝你们的喜酒呢。”

老头儿高兴得真像喝醉了酒。建华还想解释,老队长一句也听不入耳:“就当师傅没说,你在这儿啰嗦个啥?”

他们只好告辞了走出小院门。

杨建华低着头,觉得自己的心发慌。他不知道自己为什么会这样。对于身边这个年轻姑娘,他常常有一种不自觉的保护人的心理,不愿意她受到伤害。今天,老队长的话是自己无意造成的误会,他怕肖玲受不了这种过分的玩笑。同时,又隐隐希望,肖玲不会在意。

肖玲低头推着车,刚才老队长一席话出乎意外,又使她感到惊喜;有人把她和建华连在一起了!杨建华,这个在她眼中几乎是高不可攀的男子汉,居然也会发窘。她看见杨建华脸红了,往常威严、认真,居高临下的脸色现出一副窘态,一米八的大个子像个做错了事儿的小学生。这情景使她感到幸福、陶醉。她真希望就这样和这个心爱的男子一同并肩推着车,就这么走下去。她不愿打破这个宝贵的沉默。

这个沉默还是让建华打破了。

“老队长从来说话都是这样,队里工人都知道他这毛病,开玩笑出圈儿,你可能不习惯,不过别在意。”

肖玲抬起眼,勇敢地望着建华:“我倒愿意他的话不是玩笑。”

建华又一次愣住了,一时不知说什么才好。

“你一定觉得我很幼稚吧?”肖玲一双眼睛闪着光,“可我是认真的。”

“你怎么也开起玩笑了。”杨建华佯作不解，故意岔开肖玲的话。肖玲和他不是一代人，这个年轻的女孩子还不了解他，不了解生活，他应该打消她对自己的好感。

肖玲默不作声。

他们又默默地走了一段路。

“好啦，我该拐弯了，再见，我母亲和儿子还在等我。”建华故意把“儿子”两个字音咬得很重。

肖玲凝视着他的背影好半天，深深地吸了口气，心里觉得空落落的，是失意，是迷惘，还是惆怅，她搞不清楚。

三

杨建华推开家门，桌上用饭罩罩着一大盘凉粉，几张薄饼，两盘炒菜，红的西红柿炒鸡蛋，绿的青椒炒肉丝，非常好看。妈和小蒙蒙坐在桌边。

小蒙蒙见爸爸坐下来，就攀着建华的肩头：“爸爸，听义兰姑姑说，咱们要搬家了。”

杨大娘赶紧制止住孙子：“小蒙，别瞎说，街里没通知的事儿，可不能乱讲。”

小蒙做了个怪相，从爸爸衣袋中翻出两毛钱，出去买冰糕。

“妈，怎么回事？”建华擦擦脸，问母亲。

“上午义兰来说，她哥讲的这普店街要修成大马路，咱们都得搬走。”

“对，可能。”建华听局里布置修环线的任务就想到了普店街一准拆迁。

杨元珍叹口气，给儿子递过筷子。“妈住在这儿几十年了，还真舍不得走。咋，你开会和这事儿有关？”

“嗯。”建华心不在焉地答着，跟肖玲分手后，他心里一阵迷茫，仿佛肖玲那双真挚深情的眼睛一直盯着他。

杨元珍自然不晓得儿子的心事，她只当儿子累了，便不再说话，坐在一边看建华吃饭，心里盘算着如何跟儿子提提张义兰的事儿。

义兰走后，整整一上午，她就琢磨着这件事。义兰这姑娘的心事，她看出来了，今儿又半隐半露地说了出来。可是，她知道义兰的哥哥张义民跟高家的闺女好上了，现在建华若再跟义兰成了亲，不等于高家又与张家结了一门亲？杨元珍不愿建华跟同父异母的妹妹成为这么一种关系。可又一想，这样，建华也许能跟他亲哥哥见上面了，她也许就能见到小原了。三十多年了，小原该成了个壮汉子了，她真想见见他。

建华吃完了饭，顺手洗了碗筷，便往被垛上一靠：“妈，我累了，想睡会儿。”

“等会儿再睡，妈想先跟你说个事儿。”

杨元珍把义兰上午的话和神态学给了建华。

“我看义兰这孩子真心实意的，对小蒙蒙也好，差不离就成了吧。人家还要帮咱们多要间房呢。”

“妈，您别操心了，我看不上她们家。以后您得明告她，我不想结婚。”建华烦躁地说。

“这叫什么话？她们家怎么了？人家市委书记的闺女都能看上她们家的人，你就看不上了？再说，你又不跟她们家过，义兰人好就行了呗。”

“她们一家子人身上都有那么股子酸劲儿，义兰也不例外，我讨厌。”

“你这也讨厌，那也讨厌，就这么一辈子过下去？你好说，小蒙靠着你行吗？我将来一蹬腿，可怜的是孩子。你主意大，妈的话你一点听不进去。”杨元珍说到这儿，真的伤心了。

建华知道自己刚才对母亲的态度太硬了，便放缓口气：“妈，您别说了，以后我自己找就是了。离过一次婚了，再结婚就得看准了。”

杨元珍说服不了儿子，不再讲什么，她其实也不喜欢张家的人，只有义兰一个让她动心。她叹口气，出去找小蒙。

建华其实哪里睡得着，他只不过想自己安安静静地躺一会儿。他喜欢肖玲，但她太年轻了，冲动的感情，发热的神经，天真的同情。而这些情绪，对于他，早已成为过去。

他与她是两代人。

当初，他爱柳若菲，最初萌生的不也是同情吗？她对他的爱不也是一种感激吗？同情和感激不是爱情。然而无数个爱情却从这里起航，尽管这些爱情的归宿不尽相同，起点却都有着最初的理解、沟通和友情。

过去，是那么的遥远又是这样的贴近。

他，兵团连队的副连长。一张胡子拉碴的黑脸，剃一个又短又粗的平头，穿一身洗得发白、打了补丁的旧军装，一脑门子责任感和使命感。要把连队建设成一流的过得硬的革命化连队占据了他的全部脑海。

他很少接触连队里的女生，即使接触，他也是神态严肃，从不像别的小伙子那样和女生说说笑笑。连里的女孩子们敬重，甚至可以说敬畏他，也从不敢跟他说笑。而背地里，他却成了全连女生心目中的偶像。尽管他严格遵守着兵团“三年之内不准谈恋爱”的禁令，却有许多女生，悄悄地向他展开了爱的“攻势”。他丝毫没有动心。

作为一个副连长,他早就知道柳若菲,她是连里政治思想分析会的主要分析对象。但他从没跟她正面接触过。

柳若菲与众不同。在转运站分连队时,他一眼就注意到她。在无数个绿军装、绿军帽的人海中,她像一朵白芙蓉,亭亭玉立,格外引人注目。她的头发、眉毛、睫毛、眼球很黑很黑,而皮肤又很细很白,这种黑白对比使得她的脸格外富有光彩。她的眼睛很深很大,鼻梁笔直,像个"混血儿",可怜巴巴地埋着头,跟在队伍的后面,他觉得自己好像在什么地方看到过她。

可到了连队不久,他发现柳若菲表现得太恶劣了。

第一个星期的劳动任务是脱坯。大家都拼了命地干,有的女生白天干不完,夜里悄悄爬起来干,谁都希望在到边疆的第一周来个"开门红"。三天结束后,每个人都完成了自己的定额,或者超额。只是除了一个人,那就是柳若菲。她只完成了一半儿,连长点名批评她,让她站起来,接受批评,她不站。连长大发其火,她仍无动于衷,结果遭致全连第一次大批判会,她一下子在连里"臭"了。仅仅半年,女生排又开了她第二次批判会,因为她打了排长吕爱红。原来,柳若菲脸上天天都要抹雪花膏,而吕爱红认为革命战士,只需抹点"凡士林"即可,雪花膏纯属资产阶级的"香风臭气",便把柳若菲箱子里的雪花膏、洗头膏、花露水统统扔到了茅坑里。柳若菲知道了,找到排长,便与她揪打起来,身为一排之长的吕爱红在指导员的支持下,便召开了批判"追求资产阶级生活方式,搞阶级报复"的批判会。柳若菲不服气,批判会便几乎升级为斗争会。

连长闻讯赶来,制止住几个女生揪打柳若菲想把她拖到台上的举动,决定把柳若菲带到连队去批评教育。吕爱红想不通。奇怪的是柳若菲反倒停止挣扎,主动站到了台上。她在示威,向排长示威,也向曾经第一个批判过她的连长示威。

谁也没想到，这次批判会，竟成了指导员和连长矛盾爆发的导火索。指导员在党支部会上支持吕爱红，批评连长干涉制止批判会的行为是错误的。连长自恃是参加中印自卫反击战的英雄，坚持连队是连长说了算，排里干什么事儿要经过连长的批准。这次暴发的矛盾，一直延续下去形成连队领导层的两大派。

而柳若菲却莫名其妙地成了两大派夹击的对象。她依旧我行我素，对连队的一切都似乎很冷漠，甚至充满敌意。她成了连队里一个孤独的、落后的"个别分子"。作为连长的副手，一个尊敬、敬佩英雄连长的杨建华，对这个懒惰、思想"灰色"的女生也没有什么好印象。

然而，当他第一次直接接触到她时，他觉得她与自己原来的印象并不一样。

冬天，锡林郭勒草原是一片白雪茫茫的世界。零下三四十度的严寒，把大地冻得结结实实。井边上，被水桶洒出的水，泼出一个一米多高的冰坡，井口越冻越小，成了只能穿过一只水桶的洞。

建华到井边打水，只见一个女生穿着厚厚的皮大衣，脸捂得严严实实，站在井台上，拼命地左右摇晃着绳子，可只听见水桶在井底乒乓乱响，就是打不上水来。

杨建华拿过她手中的绳子，把水桶向上提提，然后猛地一抖绳子，扑通一声沉入水底，提上满满一桶水。他解开桶上的绳子，把水桶提下冰坡，然后把绳子系在自己的桶上。

那女生默默地看着他做完这一切，小心翼翼地滑下冰坡，把那桶水毫不吝惜地倒掉，又爬上冰坡。

"为什么倒了？"他不解地问。

"我想自己学会。"她站在他身边，看他打水。

"快两年了，还没学会？"

她不吭声，只是学着他的样子，一次次地试着，终于提了满满一桶水。他帮助她把水桶提下冰坡。她又倒掉了一半儿。

"提不动?"他善意地嘲笑说。

"不,用不了。"

"那么多人怎么会用不了?"

"别人不管我,我何必管别人?"她冷冷地说。然后抬起头来,口罩上一双漆黑的眼睛直直地望着他,"你是连里惟一帮助过我的人。"

她的语气很硬很冷,却有一种凄楚的味道。

杨建华这才认出她是柳若菲。

"你想过没有,为什么大家会这样对待你?"他这样问她,只是出于副连长对战士教育的职责。

"不知道,也许我是个瘟神。我从来没有伤害过谁,可这里根本就没有公理、正义和人性,只有阴谋、嫉妒和虚伪。大家都是势利眼,只要不触犯自己,谁又肯为一个弱者说话,谁都不肯触犯权势,讲句真话! ……"她一口气说着,眼圈发红了。

"可是,"他迟疑了一下,"你也该想想自己的主观原因。大家都是一起来的知青,怎么偏对你一个人这样?"

"主观原因? 我心里当然清楚,我的性格,还有我的……这没办法,天生的,我既不想妨碍谁,也不想让谁把我吃掉。"

她提着水桶,艰难地踏着厚厚的积雪,向女生排的土坯房走去。雪地上留下一条零乱的、不规则的脚印。

那脚印像印在他的心上,引起他心上的颤动。

冬天,天寒地冻,连里除了炊事班,别的排都没有活干,便利用冬闲,办学习班。围着烧着牛粪的土坯灶,以班为单位学习"毛选"和"马列"六本书。牛粪是这儿取暖做饭的惟一燃料。可是女生排秋天只拾回十车牛粪,无论如何抵挡不住漫长的冬天。于是要派人去四十里之外的弱畜点去起牛粪。女生排的活儿,还要女生排出人,吕爱红点名让柳若菲去,任务交代得很明确,每星期起出三车牛粪,周六连里派车去拉。

远离连队的弱畜点,是连队的"西伯利亚流放地"。每年冬天都要把原农场的几个四类分子遣到那儿去服苦役。派一个纤弱的女生去,未免有点过狠了,不少女生都动了恻隐之心,主张多派几个人去。男生听了也引起了一番骚动,有几个人主动要求一起去。但连里还是决定了。连长提的名,指导员出自对吕爱红的支持,也想用这个法子给吕爱红出气。杨建华出于一种复杂的心理,没有表态。

一个白毛风漫卷天地的日子,杨建华从师部回来,路经弱畜点,他突然觉得应该去关照一下这个被流放的女兵,这么冷的天气,她不可能如期按量完成任务,自己或许可以帮帮她。他骑马驰过一座座牛盘时,发现一垛垛的牛粪已经起好堆在地上,足足够装十大车。这太使人惊奇了,不知为什么,他心里很高兴。

他钻进干打垒墙的小屋。一个带队的老职工正和几个四类分子喝酒,吃肉。

杨建华接过老职工递过的大茶缸,喝了两口酒,顿时觉得身子暖和多了,便问:"柳若菲呢?"

"她住在对面的小屋,现在给弱畜挑草去了。"

"她在这里表现还可以吧?"建华随口问道。

"蛮好,蛮好。吕爱红说她又娇气,又懒,我看不然,她干得蛮不赖。"老职工环视着几个四类分子,"你们觉得怎么样?"

那几个人一起点头附和:"不赖,的确不赖。"

老职工站起身:"这冷的天,牛粪都冻死在地上,你们让她两天刨一车粪,吭!你这小伙子干个试试,你们大家都是城里一起来的,整治她干啥?"

"这不是整她。知识青年是接受再教育来的,劳动是锻炼。"他看看屋里几个人,“这么说,牛粪是你们起的?”

“小柳这孩子可怜呀,力气小可好强着呢,一天到晚地干。我们看不过眼,帮帮她。可她一时不闲着,这不,有点空,又帮我们挑草去了。”

建华听了心里很不是滋味,他与职工聊了几句,就来到柳若菲的小屋。她还没回来。他环视着她的“窝儿”,干打垒的墙很薄,四角结着一层厚厚的霜。中间垒着个大灶,里面煨着火。几捆苇子铺成个地铺,上面铺着条羊毛毯,旁边整齐地放着四只大玻璃瓶,想是装热水焐被窝用的。灰暗的屋里只有羊毛毯上的那床兰花被,可以证实主人是个女孩子。

门帘掀起,像个宇航员似的柳若菲穿着厚厚的皮大衣、毡靴,走进屋来。看到他,她指指地铺:“坐吧。”算是打了招呼,然后放下手中的桶,脱下大衣,摘掉皮帽,坐在土灶前。

“听老职工说你干得不错,特地来看看你。”建华坐下说。

“谈不上,总比坐在屋里什么活儿都不干的人强点。”她边说边脱掉厚毡靴,把脚伸到炉边去烤。

“你这次表现很好,这是一个进步,长期这样下去,大家都会改变对你的看法的。”

她嘴角露出一丝冷笑:“我一贯如此。我不乞求别人改变什么看法。我不为别人的看法活着。”

“可你刚来时,干活为什么那样消极?”

“那时我有病,劳动是锻炼,可不是玩命,对吧?”

“病?”

柳若菲望望他,勉强地笑笑:“是的。女生们都有的正常生理现象。吕爱红不懂吗?偏不准我假,让我在全连亮相。”

“你当时应该向吕爱红解释一下,和她谈一谈……”

“解释?”她急急地打断了他的话,“任何解释都是多余的,一个人要是嫉妒上你,她就会千方百计损害你。"

"你多心了,吕爱红不会那样。"杨建华认为她的感觉和判断是错误的,在这个革命化的时代,吕爱红怎么会嫉妒她?

"你当然不会理解,可我的直觉早告诉了我,在来兵团的火车上,就开始了。心里感觉,只有女生之间才能感觉出来。"

"不,她也许是看不惯你。她希望每一个知青都像她那样,拿出接受再教育的样子来。"

"接受再教育的样子是什么样子?我们穿一样的兵团服、干一样的活儿,睡一样的铺……"

"问题不在形式,而在追求。比如……你总在脸上抹点什么,而她是脸黑心红。"

"哈哈……"柳若菲忽然笑起来,"看来副连长的逻辑是脸黑才能心红了?"她把一只脚伸进毡靴,又脱掉另一只靴子,换了脚来烤。袜子破了个洞,柳若菲却毫不介意。

"看来脸和心必须是对立色。因为老职工的脸是粗糙的,所以我们的脸也必须弄成干树皮。因为世界上还有三分之二的受苦人,所以我们就不应该生产粮食而应该和他们一样饿肚皮。"她看看袜子上的破洞,索性脱掉袜子,露出一只雪白的脚,又瞧瞧建华,"无产阶级追求的应该是这种生活方式吧?不,还不够彻底,应该像原始人那样,用树叶和兽皮裹着身子。"

不知怎的,建华看见她的动作,她的脚,生理某部位突然有一种异常的感觉,心里慌慌的,他克制着自己转过头去。

"我不明白,那天连长让你去连部你为什么不去?"

她的脸一下子变白了,眉梢微微一颤,身子轻轻一震,咬住嘴唇,乜斜着一闪一闪的灶火,神情古怪。

杨建华觉得不对劲儿。她的表情不对劲儿,连长对她的种种矛盾态度也似乎不对劲儿。

“告诉我,这是怎么回事?”

她咬紧牙关,眼光阴郁、凄楚,还有一种愤恨。

“相信我,我们都是同列车来的同学。”

她抬眼望着他,突然间,泪水迷蒙。

她的话,让杨建华惊呆了。

当初,柳若菲报名来到兵团没被批准,因她社会关系复杂,出身又不好,她便自己跑到兵团接收站去请求。连长当时来接兵,接待了她,谈了两次话,就答应带她到自己的连队去。柳若菲于是登上了赴兵团的火车,一车厢知识青年,她谁都不认识,只认识接收她的连长。连长让她坐在自己身边,她把他视为救星。到供给制的兵团,生活有保障,否则,她身单力薄,到农村插队会饿死。

在兵团转运站,由汽车一批批把兵团战士送到连里。知识青年们住下来等候。那天晚上,连长把柳若菲叫到自己的房间,说要和她谈思想。她去了,如实谈了自己家庭的遭遇,自己的思想包袱和决心。连长滔滔不绝地跟她谈起自己,贫农出身,中印自卫反击战立过三等功,谈一个连长在建设兵团所拥有的权力……一直谈到转运站发电机停止供电。电灯灭了,连长一双手突然抱住了她。她本能地呼叫起来。连长不得不松开手。柳若菲感到头晕,不知道哪里是门,只能背对着墙,面对着那个黑影,在这一刹那她还幻想着连长刚才的动作不过是没有站稳。

“别害怕,我喜欢你,跟我好,我保证今后你再不受气。”黑影低声说,语调很亲切。

她听明白了。一瞬间,这黑影,那声音全成了魔鬼。

“我不需要,快让我走,不然我还喊。”

亲切的语调变成了恶狠狠的恫吓:“你敢喊,我就掐死你,不知好歹的狗崽子。”

“流氓!掐死我,我也喊!”

黑影坐下了，划了根火柴，点着一根烟，在黑洞洞的屋子里像是一盏鬼火。

“刚才，我是吓唬你。你好好想一想，你是到内蒙扎根的，要在这里安家，你跟我好上了，不比跟兵团战士强？连长在连里就是皇上，你别糊涂。”

“就是真皇上，我也不答应，你放我走！”她喊道。

“好哇！”连长狠狠地把烟丢到地上，一脚踩灭，“既然这样，你等着吧，有你好瞧的。早晚我要叫你知道我的厉害。我他妈的不叫你乖乖服输，就不是人！”

连长把这个可怜的女孩子低估了。姑娘没有就范，她生性不会向邪恶低头，从此，她便遭了厄运。

杨建华心里打了个冷颤。这一瞬间，他理解了她的全部话。原来在她的头上罩着一张出自各种目的、各种心理的网。她是一只处在嫉妒和阴谋枪口下的猎物。一个想打伤她，损害她的形象；一个想折磨她，为着捕获她。而一切进行得又是那么冠冕堂皇、合情合理。龌龊的目的，冠以革命的名义，而又不露蛛丝马迹。

“太卑鄙了！他现在还找你的麻烦吗？”他问。

“你想呢，不然我为什么会被‘流放’？”她抱着肩膀，像一只无力再挣扎的幼狍，“我有时真害怕，虽然表面上我死硬死硬，可我心里……”

“别害怕！”杨建华冲动地站起身，“我会保护你，不管你相信不相信我，今后不论发生什么事，你都要立即告诉我。”他动了情，他同情她、怜惜她，也为自己悲哀。他一直信赖连长，在大家眼里，他是连长的人，他是被欺骗了。面对这个独自鏖战，精疲力竭的女孩子，他真想一把把她搂进自己的怀抱，用自己身体去温暖她，保护她。她是自己的同龄人，知青战友，一个勇敢的、美丽的姑娘。

柳若菲望着建华真诚的眼睛，泪水夺眶而出。

从这天起，连长莫名其妙地发现，他全力培养起来的副连长，突然对他冷漠了，处处跟他唱对台戏。女生排的战士们也不无醋意地发现，她们所倾慕的副连长对柳若菲表现出对任何女生也没有过的热情和关心。

转年，连队接到团里布置的战备命令，要求各连挖战备沟。男生每天规定的任务是挖三立方米，女生是一立方米。女生领袖们认为这个规定是对女战士的歧视，便由连里折中为两立方米，男女一样。

然而，两立方米土对女生来说，是力所不能及的。于是几乎所有的女生都靠男生支援了。只有柳若菲，男生照例不敢沾她的边，谁去帮她，男生们会起哄，女生们会挖苦，舆论这张网谁也不敢去触。

离收工就差一个小时了，柳若菲的土方刚刚完成了三分之一，吕爱红走到她身边，望着汗水淋淋的柳若菲："柳若菲，你快点干！就你拖全排的后腿了。"

柳若菲看她一眼，抹了把汗，索性往地上一坐，从地上拔根草放在鼻子下闻。

"你这是什么态度？"吕爱红火了，"今天挖不完，不准回宿舍！"

杨建华来到工地，听到这边吵闹，便赶过来。

"副连长，你管不管，她天天完不成任务，我批评她，她一屁股就坐这儿了。"吕爱红挑衅地望着杨建华。

"坚持一会儿，大家都在干。"他对柳若菲说。

"累了。"柳若菲淡淡地回答，"我不是机器，是人，力所不能及时，就会累，就需要休息。我没完成任务？你们的任务哪一个是凭自己完成的？"

"嘿，那你就管不着了，别人群众关系好，谁让你没人缘。"吕爱红挖苦道。

周围的人越来越多。杨建华不再说什么,他脱掉外衣,朝手心吐了点唾沫,拾起柳若菲的锨干了起来。他的动作有力,一锨锨的土飞快地起出,上沟。

柳若菲站了起来,脸上由于兴奋而泛红了,她神气地站在那里迎接着周围诧异的目光。

"我提醒你,副连长,你要注意立场,爱憎分明!"吕爱红被杨建华的举动激怒了。

杨建华不动声色,一板一眼地说:"我爱什么,恨什么,清清楚楚。"

果然,杨建华帮助柳若菲的事,引起全连哗然。

吕爱红收工后,立即把这一情况向连长指导员汇报。杨建华一时成了众矢之的。

"听说你当着大家的面,公开说你爱柳若菲?"连长夹着烟,口气像审犯人。

杨建华完全可以说明他并没有这样讲,但他不想申辩。

"对。"面对连长,他一口承认。他觉得这种回答是对弱者的最有效保护。谎言有时是出自神圣的需要。

"你,你们是什么关系?"连长暴跳如雷。

"谁敢欺负她,我就揍谁,就去上面告发,就是这么一种关系!"他斩钉截铁地回答,目光锋利地逼视连长。

连长被这咄咄逼人的目光吓呆了,瘫坐到椅子上。他面对着一头暴怒的狮子,他远不是建华的对手。

消息一下子在全连传开。兵团战士正值青春旺盛时期,但青春的欲火被兵团纪律压抑着,人们便靠传播各种消息,议论别人来发泄。柳若菲听到了连部的这场"舌战",找到杨建华。

"但愿你不是开玩笑。"她找到他,静静地说。

"只要你愿意,它就不是玩笑。"他不假思索地回答。

这是他的第一次爱情。到兵团的第四个年头,他们便结了婚。面对各方面的高压,上上下下的流言,他毫不胆怯。在那间草原上的小土屋开始了自己温暖的家庭生活。

他爱柳若菲,也爱他们那个土坯的小屋。每当他疲惫地收工回到自己的家,坐在那个暖暖和和的灶火前,和柳若菲一起做那些简单的饭食时,他的心中都会涌上一种甜蜜的感觉。

“我们把妈接来吧。”他说。

“在这儿安家?你真想在这鬼地方呆一辈子?”

她望着他:“我早晚要离开这儿。”她冷冷地说。她的心像是结了冰,暖都暖不过来。

她怀了孕,却丝毫没有当母亲的喜悦,坚持要打掉。他不同意,通知团部、师部卫生所和医院不准给她打胎,这样,小蒙蒙才来到人世。她不肯用自己的乳汁喂养儿子,小蒙蒙是父亲用牛奶喂大的。

但他没有更多地责怪她,他觉得她的心是让那些痛苦、那些不公正塞得太满了。他愿意用自己的爱去填充她的心。然而,他没有成功,她还是离开了他。

他独自带着儿子过了六年,从来没想过再成个家。尽管母亲常在耳边念叨,他毫不动心。他习惯了和小蒙蒙在一起,他不能想象会有什么样的女人能够接受他的儿子,也不能想象自己能与什么样的女人再产生爱情。

现在,肖玲,这个快快活活的姑娘朝他的生活走来,自己该怎样对待她?

第十一章

一

环线工程就要上马了。一切施工的准备工作都在按部就班地进行。

几天来,阎鸿唤马不停蹄地跟建委、市政工程局、市规划局的领导们到环城路途经的街道去考察,召开各种有关会议,对整个工程做严密部署、责成落实各项配套施工方案。他重视每一项具体工作开展之前的准备工作,把困难考虑得更艰难,把解决的措施制定在前面,力争万无一失。现在施工的大型机械已陆续调进,施工物资已做好准备,施工力量正在组织。

“怎么样,万无一失了吧?”阎鸿唤对身边的新任市政工程局局长曹永祥说。

曹永祥是个老“市政”,六十年代当过局总工程师,后来调到建委当处长,已经五十九岁了。老曹满以为再干上一年就该老老实实退休了。谁知,老了老了,临退休之前,突然被市长点将做了市政工程局局长,取代了原局长赵山,而且委以道路改造工程总指挥的重任。受命于危难,这些日子老曹的压力很大。

“不轻松呀,这不是外科大夫给一个病人开刀,而是给一座城市开刀,动不好就是几个亿的损失,市政府的威信扫地,你想想我肩膀头的分量吧。”曹永祥叫苦。

“正因为如此，我才请你这个金刚钻出山。我是临死拉个垫背的。我替你想好了，你的出路只有两条：一条是成功，功德无量，体体面面离休，安度晚年；一条是把工程搞砸，丢人现眼，落个处分，苟且余生。”阎鸿唤诙谐地说。他早就摸准了曹永祥的脾气。这个老家伙，专爱吃石头。搞工程，曹永祥是个行家，思路开阔，办法多。城市建设的很多点子是他出的，方案是他做的，电厂工程是他指挥的。这样的好马，不能让他早早就解套。组织部提出，像老曹这样的年龄，任期只有一年。局级干部，尤其是正局级干部最好选一个稍年轻一些的，以免更替过于频繁。阎鸿唤火了：“你们组织部考察干部是考察实际能力呢，还是考察岁数？由年龄决定取舍，那要你们干什么？有户籍警就够了！一年你们嫌少，我要的就是他这一年，这一年是黄金。”常委会上，又有人提出异议：“是否再到医院请示一下高书记？”阎鸿唤一摆手：“道路工程由我负责，市政工程局局长归我管，这个人我任定了，将来他出什么毛病，先拿我问罪。”他找到曹永祥，想着如何用激将法将这个“老帅”激上马，谁知曹永祥二话没说，转天就到局里报到去了。手中没有金刚钻，怎敢包揽瓷器活儿？阎鸿唤心定了，更确信自己没拜错帅。

“我也给自己选了两条道，一条是进医院，一条是进监狱。”曹局长十分认真。

阎鸿唤哈哈笑起来：“老曹，有你这句话，我就稳操胜券了。反正我把脑袋系在你裤腰上了，你可得对它负责。”

“我担心只给一年时间能不能拿下来，关键的问题不在我这儿。”

“在哪？”

“在上帝和你这里。因为道路拥挤、堵塞，我们才改造，可一动工，那么多条道封死不能通行，交通问题就更大了，到时候，群众怨声载道，你顶住顶不住？”

“提得好。”阎鸿唤点点头，“正因为如此，我们才搞切割式分段施工，堵死几条马路是没办法的事，问题在于时间。你必须给我搞出一个高速度、高质量来，建一座立交桥，我只给你三四个月，挨三四个月的骂，我认了。挨过这阵儿骂，以后五十年五百年不挨骂。”

“还有，我这里快速施工，拆迁工作跟上跟不上？你是要我在一个房屋密集的地方，开一条道。别看路不好走，市民有意见。可真要改造，涉及到他自己利益，拆他房，让他搬走，就该想不通了。现在不是五八年炼钢铁那阵子，一声号令，千军万马，砸锅卖铁跟你上。到时候，真给你出点难题，一个地段出几个‘钉子户’，整个工程就停滞，你总不能动用军队吧？”

阎鸿唤又沉思地点点头：“喂，伙计，给支烟。”

曹永祥掏出一包烟，塞给市长。阎鸿唤抽出一支叼在嘴上，然后扬扬香烟盒，放进自己衣袋里。

老曹的问题正提到坎上。阎鸿唤对工程的准备工作基本满意，这仅仅是一方面。另一方面同样举足轻重，这就是民心。这些日子，他也一直思考这个问题，总觉得缺一把火儿。搬迁工作，他把任务派给了各区和有关的局。虽然大家都立了“军令状”，但他知道这是把难题交给了下面，他这个市长还没有将解决难题的路铺垫好。要想法子，调动全市人民对道路改造工程的热情和关注。这个工作做漂亮了，什么问题都迎刃而解。人民的城市人民建，把城市的发展和人民群众的直接利益联系起来，就会形成一种舆论，就会产生巨大的能量，势不可挡，这些一旦形成，速度就有了，质量也就有了。

“你应该搞个电视讲话，把道理晓知群众，道理讲透了，就会减少阻力。”曹永祥见市长足足抽下半根烟，还不说话，便提出自己的建议。

“不。”阎鸿唤摆摆手，“这把火要引得艺术些，要让群众自己把火烧起来。”

曹永祥不再说话,向市长告辞。他的话点到了,市长自会有办法。跟着想干事的人干,干得痛快,他之所以肯接这副担子,就因为是阎鸿唤挂帅。

阎鸿唤送走了老曹,立刻叫来了秘书。

“小朱,你叫办公厅,明天上午八点半,把全市大小报纸和电台、电视台的负责人召到我这里开会。”

“会的内容?”朱秘书问。

阎鸿唤略微想了想:“就说,我要和诸位总编、台长交交心。”

转天,七点五十分。参加会的人就陆续到齐了。市长很少召集新闻界的头头开会,像这次除了日报、晚报还把工人报、青年报、妇女报、少年报等一些群众性报纸的总编也招来谈心,更是前所未有。大家猜不出市长今天要交什么心。出于常规,各自都做好了各方面的准备:前一段报道工作的成绩,今后的计划;本报宣传的典型事迹;披露的典型案例,调查的重大问题,发行量……全部整理一遍。有的报纸还专门召集了编委会,对汇报内容做了充分的研究,甚至有的人还准备把报社的困难带到会上,与市长“交心”。

八点钟。市长阎鸿唤准时进入会议室。他与各负责人认识了一下,点燃一支烟,坐在中间的沙发上。

“和你们搞新闻的人谈心,就谈新闻。你们先把你们的宣传报道计划和我谈谈,我再向你们交我的心。怎么样,谁先谈?”

电视台台长早料到市长的目的是听汇报。他摊开笔记本,把电视台下一阶段如何宣传全市工农业生产的大好形势、宣传经济体制改革所取得的成就具体化。组织出更为丰富、更为活泼的节目,提高电视宣传效果。

接着,晚报、电台相继汇报,宣传重点也是放在本市各条战线的大好形势上。

日报总编则更为敏感。他提出下一个阶段，日报主要结合宣传近年来市政建设方面的成就，做好即将动工的道路改造工程的报道宣传，尤其注意突出宣传工程中将涌现出的先进事迹。

阎鸿唤听到这里笑了，用手势打断日报总编的汇报。

“我看你们大好形势已经宣传得不少了。”他把抽到烟屁股的一支烟又接上一支，放在嘴上吸了两口。走到桌前，“宣传市里大好形势作为最近一个时期的重点，这个，我同意，不过……”

他把手臂交叉在胸前，慢步踱在大家坐的沙发外围，边走边说：

“不过，我们的报纸、电台、电视台不能在那里光宣传好的，不说坏的。你们天天歌功颂德，老百姓听多了，就反感了，咱们不是一切都那么好，莺歌燕舞，要实事求是，提出问题，反映群众的意见和呼声，反映我们存在的问题和现状，成绩不讲，群众看得到；问题不讲，群众也看得到。因此，我觉得宣传的作用关键在于沟通上下的思想，影响群众的注意力，协调人们的兴奋点。党报嘛，应该有党性，是党的喉舌。可党性不等于一味只说市委、市政府的好话，而不敢批评我们工作中的问题。共产党的党性，是以人民利益为最高原则的。反映人民的愿望和呼声，同样是党报应遵循的党性原则。有的事情，我们干了，需要宣传，让群众了解我们的工作，从而受到鼓舞，增添干劲。但有些事，不用宣传，人人都看得到，说多了反而让人觉得你大吹大擂。可问题呢？你不讲，群众心里也有数，他在那里一肚气，你却喋喋不休地讲那点子好事，大家不骂你们报纸才怪呢。”

各报总编和两台台长面面相觑，不解市长之意。

阎鸿唤坐回自己位置上。

“我今天给你们一个任务——针对市政府的工作来一次攻势，攻击点在市内交通问题上，保你们得民心。我可以给你们出几个题目,供你们参考。青年报去了解一下有多少青年因道路堵塞,学生上课迟到,工人拿不到全勤奖;妇女报,了解了解孩子妈妈天天上班挤车的苦衷;工人报统计一下因运输不畅造成的企业经济损失;晚报听听市民普遍的反应和呼声;日报可以搞得再大一点,把天天早晚道路大战的情景,写个连续性通讯。电视台可以拍一点这种现场新闻片嘛。我希望你们在这方面做做文章,迅速报道出来,要绝对真实地反映,不用夸大或缩小。”

工人报总编笑了:“谈这个问题,恐怕群众有的是话要说。群众整天骂大街。”

晚报总编摇摇头:“真可谓怨声载道呀。”

阎鸿唤哈哈一笑:“群众骂我这个市长坐在大楼里听不到,你们的报纸要替群众骂出来,变成铅字,市长就看到了。这些骂声、意见、牢骚,不要贪污。当然你们报纸发表时,要把骂娘的话删去,注意不要污染了我们精神文明建设。”他风趣地开了个玩笑。

日报总编向后捋了一下花白的头发:“鸿唤同志,您真要组织这么一场攻击?恐怕要骂得你很被动。”

阎鸿唤又笑了:“当然是真的。群众的骂声,会使我们这些领导者头脑清醒,坚定信心,鞭策我们在任期间为人民办更多的事。在任挨骂,总比卸任后挨骂好。更重要的是,这骂声一旦得到全市人民的共鸣,就会凝聚成一股力量,形成上下呼应,变成一种自觉自愿的行动。这样,我们即将开工的环线工程就有了根本保证,我们需要的是这个。”

在座的人这时才理解了市长的意图。

“环线什么时候动工?”

“现在是万事俱备,只欠东风。现在,道路改造工程的风早就吹出去了,可据我了解,群众听了反应不大,认为这只是建筑部门、市政部门的事。这不行,如果修条环形路这么好办,恐怕市政府早就办了。不仅仅是物力财力,更主要的需要群众的理解和支持,需要群众和我们一起动手扫除障碍。大家的事,大家一起来办,这个东风,靠你们借来,而且在整个工程进行过程中,都离不开这个东风。你们先打好这场攻击战,然后市政府要公布改造市内交通,修建环城线的决定。你们一年内有的是文章好做,保证东风不衰。这件事办好了,我代表人民感谢你们。”

众人领命而去。

阎鸿唤回到自己的办公室。

中午他要组织一个宴会,现在还有一个多小时时间,他准备细细审定一下整个工程各级指挥人员的名单和施工力量部署。总部署制定完毕,各路大将必须是强将。四梁八柱,一根不能折。

首先是拆迁工作。柳若晨的总指挥。他不怀疑柳若晨的才华,但不放心他的指挥组织能力。可拆迁工作由他负责是顺理成章。他要为柳若晨配备一个强手当副将,康克俭最合适。他对这个人很赏识,康克俭人精明,能实干,一把小九九装在肚子,开会爱发个牢骚,讨价还价,轻易不吃亏,可犟虽犟,总比那些惟上是从,毫不考虑本单位利益,只求个人在领导面前留个好印象的干部称职。康克俭心里装着他的区。这一次东市区面临最重的拆迁任务。仅一个普店街大居民区就有上千间民房和公共设施需要拆除。康克俭当然又得叫了,但他叫归叫,真摊到头上任务,还没有“熊”过,这是个实干家。现在给他压一副拆迁工程副指挥的担子,让他自己向自己叫苦去吧,这家伙准有办法。

另一个副手张义民,阎鸿唤还拿不太准。他对这个年轻干部还缺乏真正的了解。他之所以给张义民这副担子,一是因为他那天发现张义民谈出许多好的想法,是个苗子。应该给个机会,进一步培养锻炼他。艰巨的任务往往是出干部的熔炉。二是他把拆迁指挥部,有意安排成老中青梯队,以便相互补充。老柳缺乏魄力,而且这一阶段思想不能集中，徐力里的病，会使他分心，实际担子落在康克俭一个人身上。安排个年轻干部会帮老康减轻些负担。他看出张义民很想表现自己，这种心情，他不反感，他以为这种愿望是可贵的，想表现自己，把事情办好，想挑担子，想被重视是好事。给他个表现自己的机会，他会拿出别人拿不出的精力和智慧，而这个正是目前所需要的。

阎鸿唤一级级地认真审查。

怪事。市政二公司的经理人选居然报到市长这儿来定夺。他注意地看了看名单，有两个人选。一个叫杨建华，他对这个在市政工程局大楼里见过一面的年轻人有印象。据说二公司很多硬任务都是他领导三队夺的标。局里从民意测验和各方面考察认为他应该提到经理位置上来，而且是局长曹永祥亲自提名推荐的。另一个人叫严克强，提他的理由很简单，一是顺理成章，由副转正；二是，他是高伯年书记亲自关照提议的干部。严克强的父亲曾任原市委办公厅主任。无疑市政工程局之所以把公司经理人选上报，既表明了他们的倾向性，又表现了他们的不敢负责任。哪儿来的这么股坏风气，上级领导提拔的人只能保不能撤，只能升不能降，这是什么干部路线？中国有多少有能力的组织人才因无法结识或不愿意有意识地接近高级领导，而被他们的顶头上司的嫉妒心和“武大郎开店”式的心理给埋没了。曹永祥是个善于调兵遣将的人，怎么竟在这个问题上表现得如此不敢负责？

他立即给曹局长挂了电话。不出所料，组织部此举曹永祥并不知道。“组织工作是由党委书记负责的。”老曹解释说。“可二公司将来要接硬任务，这个担子非杨建华挑不可。”曹永祥的语气有点情绪。

阎鸿唤立即明白了曹永祥的情绪所在。用人的人没有任用权，管任用的人却不了解人。

他毫不犹豫地建议杨建华为经理："关于用人、考察干部关系涉及党政分家、政体改革的问题，以后是要解决的。"他告诉老曹，"但这次工程中一定要改变，你点将，出了问题，我兜着。"

阎鸿唤接着又打了个电话给柳若晨，让他召集整个拆迁办公室人员会议，研究方案。三天后市长办公会专题研究。

这一切处理完，他看表十一点二十分，时间正好。他要去凤华饭店，今天他要为三十二个工业局的局长开一个别出心裁的"宴会"。

一点钟，宴会结束。他送走了客人，离下午的活动还有一个小时的时间。他准备在这儿停留半小时，找凤华饭店总经理戴维商谈一件事。

戴维把市长让进自己简陋的办公室，这是他的 LTT 集团的工作习惯，最好的房间是客房，最差的房间才是工作人员的办公室。他知道，在中国开饭店，官方的支持是何等重要，他深感过去对中国国情了解甚少，因此他那套在七个国家取得成功的管理经验，在中国却运用得不太顺手。开业以来，生意很不景气。他有本事管理他的部属，创出一流服务，但对宾馆外面的事，却一筹莫展。

这次，戴维想抓住机会，取得这位有权势的市长先生的帮助。凤华主要接待外宾，而政府邀请的外宾下榻的选择，决定权在中国官方。

"怎么样，开业以来有困难吗？"阎鸿唤语气亲切，像是老朋友。

作为闻名于世的 LTT 管理集团的得力工作人员，戴维不能在中国，在他的管理之下，让 LTT 出现失败的记录。当合资的中美双方决定聘请他管理之时，他就下决心迎接中国人松散、怠惰习气的挑战，然而在凤华他感受到的比他预想的复杂情况更为复杂。由于这座城市投资环境太差，外国人光顾此地的很少，昂贵的房价，中国人是无人问津的，整个饭店客房率不到百分之二十，却有无数双手伸向凤华。体委举办足球赛,要凤华赞助,某协会搞大奖赛,要凤华出基金;几家报社走马灯似的踏进经理室,商谈广告,电视台搞节目占用大厅,电台向他们拉广告。戴维没想到凤华的名字响彻这座城市,未能给他增添一个客人,反倒招来更多的人以更多的名义向他索要更多的钱。

戴维向市长诉说了他的苦恼。

阎鸿唤认真地听完了他的叙述。

“我向你提两条建议。”阎鸿唤吸了一口烟,“中国有句老话,叫‘入乡随俗’。凤华要搞好,首先,经营思想要变得灵活些。凤华星级高,国内没有客人住得起,国外客人又少。业务必然萧条。如果把凤华分为内外客房,内客房面向国内,降低客房标准,可以开设新婚夫妇客房、农民客房、会议客房,服务标准低些也不要紧,总比闲置要好。”

“不行。”戴维摇摇头,“凤华的标准绝不能降下来,这关系到饭店的声誉,将会影响我们对各国大主顾的吸引力。”

“这当然由你自己再考虑。但你可以在凤华的中西餐厅上打点主意,别只面对住宿的客人,对外开放嘛。搞成全市第一家西餐厅,正宗的。西餐有你们这块牌子打响,中国人目前住店还住不起,吃饭却还吃得起,越高级越有吸引力。而且还可以同时开放你们的顶楼转厅,让中国客人光顾参观,饱览市容,再吃顿饭,这是一笔大收入。”

戴维点点头,对市长这一建议表示赞同,但这笔收入对于他这个负着四千万美元欠款的总经理来说,还嫌太少了。

“市长先生,我还有一个请求,就是,今后市政府能否帮助我们解决一些客源问题,就是说,介绍客人。”

阎鸿唤笑了:“我今天就是想跟总经理先生商量这件事情,不仅介绍一些客人,只靠政府请来的客人太少,而且要争取不用请,就把客人引来。”

“哦?”

“解决凤华的症结关键在于改善市内的投资环境,吸引更多的外商到市里投资;改善市里的自然环境,吸引更多的国外游客,这两条办到了,凤华的问题就解决了。”

阎鸿唤向戴维描绘了即将开工的道路改造工程;老城区改建工程;古文化系统工程;城郊县自然保护区维修工程;古长城修复工程和大型游乐场与仿宋代名城的小城区建设工程……

戴维异常兴奋,市长说的这一切如果能实现,这座城市就会成为一个旅游和投资热点,凤华必然会兴旺。

“那么,这些工程什么时候动工,什么时候竣工?”

“等我把资金筹足了,就可以开工。道路改造工程只需要一年。三年,我说的全部实现。”

“什么,这太神速了。这办得到吗?”戴维表示怀疑,虽然他是外行,也深知此系列工程的艰难,尤其是在中国,每做一件小事都不那么容易,况且这种宏大的、根本性的工程。

“戴维先生,您来的时间还太短,对中国人的脾气太不了解了。中国人说到的,就能做到。”

“那太好了。”戴维由衷地赞叹。

“今后,不管哪一家伸手,包括那些报社,你可以一律不给。有什么麻烦,你来找我。你凤华饭店的宣传我包了。你这笔钱应该派点大用场,花在与凤华利润直接有关的实际事情上。”

“对,只是您认为——”

“比如快要开工的道路改造工程,你应该投点资,哪怕是象征性的,影响可就大了,既有利于解决你的问题,又帮助了城市建设。戴维先生,这笔买卖做不做?我保你现在投资五十万,三年后,你就会从中得利,十几倍地赚回来。”

戴维心悦诚服地与市长达成了协议。

他送走市长,回到办公室门口,正碰上迎面走来的副经理史春生。

“史先生,黄小姐最近连续迟到,如果再发生第六次,我就要解雇她。”

“可是……”

“没有什么‘可是’。”戴维冷冷地说,“在管理上,您得服从,我是总经理。”

望着这个高高的美国人傲慢的背影,史春生没再多说一句话。

总经理已经开除了一个客房部的女领班,因为她在上班时间溜出去买了一斤毛线。史春生和工会主席出面干预,干预的结果,仍是开除。

“这儿不是殖民地,凭什么他戴维说开除就开除?我们是在自己的国家、自己的饭店里工作,凭什么由外国人说了算?!”客房部女主任黄砚秋当时就强烈不满。

不是殖民地,也不是外国人的领地,是在中国,在自己合资修建的饭店里。但这又能怎么样?戴维实施的是LTT一整套的饭店管理,而国家派他到这个饭店任副经理,就是让他学会这种管理。协议书明确规定了总经理有权开除、处分任何一个违反纪律的人员,甚至包括他副经理在内。

下一个被开除的难道就是黄砚秋?

黄砚秋原在国民饭店时就是客房部主任,是史春生的得力助手。她是一个漂亮、文静、内向的女性。她从不爱多讲话,总是认认真真地做着服务员们不愿做的许许多多细小烦琐的事情。他们常常在一起聊天,上山下乡的经历,给他们提供了共同的话题,也使他们对生活有了许多共同的感受。谈得多了,也就深了,他知道她内心的苦闷,她有一个不求上进、无所追求而又嫉妒心极强的丈夫,靠着老子有些存款和自己外表一副文质彬彬的皮囊混日子。

他把她带到凤华饭店。他总想为她做点什么。但他没想到凤华饭店却给她带来一系列危机。

先是她丈夫,对她早出晚归越来越持怀疑态度。凤华工作节奏快,当她一天精疲力竭,没有兴致与他同床时,他竟断言她白天同外国男人睡了觉,而且调到凤华饭店就是为了这个。黄砚秋忍受不了丈夫的侮辱,对抗的结果竟是丈夫一顿毒打。黄砚秋只好忍着疼痛,爬起来去上班。她到了班上,就不想再下班,可是凤华严格规定,下班之后,必须离开饭店。凤华不需要她以饭店为家。

再就是她的迟到问题。她家离凤华很远。顺利时骑车也得一个小时的路,要是赶上道路堵塞,时间就无法掌握。她不得不绕路走。但市区的路几乎到处堵,她只好天天提前一个小时离家,躲开交通拥挤的高峰,才能保证按点到店。而来早了,不到交班时间不准进店,她就得在门外等上一个小时。她被弄得筋疲力尽,可偶尔一晚,赶上了高峰期,就迟到,她已经迟到五次了。戴维发出了黄牌警告,那是威严不可侵犯、不可动摇的警告。

史春生感到自己的无能,他无法解除黄砚秋的危机。第一个危机,他无法,他有老婆,他不能做她的丈夫,去理解、信任、爱护、体贴她;第二个危机,他也无法,他既不能疏通堵塞的交通,也不能更改凤华的规章。

凤华,给他和她的生活带来多少烦恼!

他走到走廊的大玻璃窗前,看见市长一行人正走下台阶,市长容光焕发,神采飞扬。市长,你的生活中也许没有我这么多烦恼吧,史春生想。

阎鸿唤和一行人走下台阶。

他走向汽车,刚想钻进汽车,衣角却被人拽住了。绿化委员会秦主任沉着脸,拦住市长,身边站着市政府副秘书长。

“鸿唤,你是存心要撤我的职呀。”

阎鸿唤一见是这老头儿,马上明白了他的来意,故意不解地问:“您是市里的元老,我阎鸿唤哪有胆子撤您。”

秦主任气哼哼地:“不给钱,你让我拿什么去建公园,绿化带,美化居民区?全是扯淡!”

“老主任,钱可没少给您。”

“六百万,本来就不够,现在倒好,财政又给我压下五百万,这不是欺侮我老头儿吗!我的任务写进你的政府工作报告里,将来,各部门都报捷,就我完不成。到时候,谁又知道我巧媳妇难做无米炊。全市老百姓还不骂我老朽无能?离休前,我不丢这个脸。”秦主任越说气越大,捋下头上的凉帽,露出一头花白的头发,头顶上腾腾冒热气。

阎鸿唤忍不住笑了。前三天,他刚和谷副市长商量妥,把市里几大项工程都尽可能地压缩了投资指标,挤出二千万为建设超级生活娱乐宫垫个底,其中绿化委员会被压得最多。他背着手,若无其事地说:

“主任,先别发火,你那绿化活儿,好弄钱,冷静冷静,主意就能出来。”

“我想不出法儿。”

副秘书长接过话:“我刚才向老秦建议,搞社会募捐,绿化是全民的事,像儿童游乐中心一样,算上郊区,一人一元钱就是四五百万。”

阎鸿唤摇摇头:“那法子不能再用了。儿童的事业,让大家捐款,群众能接受。现在孩子是皇帝,为孩子们办事都舍得掏钱。这绿化,老百姓可就不一定认为是自己的事了。捐款的事不宜多搞,一块钱现在不当什么钱,老百姓不会在乎这一点。但这种事搞多了就会影响群众心理。他捐一块钱就觉得是交税,共产党会多,国民党税多,咱们可不能会没减下去,税也多起来。”

“那……”副秘书长无计可施,“那只好压缩绿化指标了。”

“不行。”阎鸿唤又一摇头,“老主任说得对,向市民许了愿的事,只能兑现、不能落空。老秦,刚才,我是跟您开个玩笑,你的钱,我早就给您想出主意了。到时候一分钱少不了你的。”

“一言为定。”秦主任半信半疑。

“一个月以后,五百万回不到您的账上,你就到市人大告我去。”

秦主任当然不知道,就在一个小时前,市长为这五百万开了一个宴会。

“同志们。”市长举起酒杯先敬酒,“凤华饭店建成不久,大家忙得没有时间光顾。这一阵子,诸位为我们城市的工业发展出了力,我本想在这儿慰问慰问大家。但我这个市长是个穷市长,市政府也是个穷政府,比不得诸位财大气粗。今儿设个便饭,意思一下,顺便谈谈心。饭很简单,但是总算是在全市最豪华的饭店开的,图个环境气派吧。”

局长们注意到餐桌上摆的一人一份的份饭和一人一听啤酒。越是餐厅豪华,越显得饭菜寒酸。局长们都清楚当前中央三令五申不能搞大吃大喝,所以谁也没挑剔。市长讲得很实在,也就是意思意思吧。

市长举着啤酒杯,向大家敬了酒,开始谈天说地。由今年工业生产计划,谈到市的整体规划,由市区改造又扯到环境美化,消除污染和噪音,一顿半个小时的饭,吃了足足一个半小时。最后,阎鸿唤指着窗外说:

“如果我们全市的整体规划两年后能实现,城市就将非常壮观。可就是显得秃了些,自然色少了点儿。假若我们能在所有的道路两旁全栽上树,在每条马路的交叉地开辟出一块绿地,建它几座大公园和几十个乃至几百个街心公园,所有的居民楼之间都种上草,种上花,那我们的城市就不仅壮观,而且漂亮了。甭说草木绿地还可以吸收尘土、减少噪音。我还想围环线栽圈百米宽的林带,挡住春季风沙,而且全种上果树,供市民吃四季水果。"

局长们听得入了神。大家的情绪越听越高涨,七嘴八舌帮市长出点子。有人提出美化市容可以利用屋顶、阳台,搞成花园屋顶和花卉阳台,加上草坪和街心公园,全市将成为一座大花园。

阎鸿唤的启发引导达到了预期的目的。

"大家的主意太好了,就算我们这些人提的建议吧。问题在于钱。市政府这次搞道路改造,钱都花空了。我看这件事还得咱们办,这可是个对后代功德无量的大事。我与在座的凑个份子。你们每个局掏几十万,对于你们是九牛一毛,加把劲就能挤出来。我市政府穷,但也不能落后,掏五十万。将来事办成了,我负责在市区建几座纪念碑,把做出贡献的大局名字刻在上面,让我们的子孙在绿林丛中念念我们这代人的功德。怎么样,这个德咱们积不积?"

"当然积喽。"局长们纷纷回答。

阎鸿唤笑了:"今天的客,我请对了。"

一个局长笑着说:"就是吃这顿饭,送的礼重了些,吃三块钱的饭,得送三十万的礼。"

阎鸿唤大笑:"大家吃得蛮痛快嘛。吃出了甜头,闹不好,今后还要请几次客呢。"

局长说:"不敢再吃了,吃不起。"

大家都笑了。

这一下,阎鸿唤手中又多出了一千万。

秦主任当然对市长敢如此作保不知内情,可老不让市长走终归不是办法,况且他已做了保证。

"好吧,就按你的话办,不给钱,你等着吃我的状子。"秦主任无可奈何地看着市长上了车。

阎鸿唤和几个市长乘车沿市区巡视之后,确定了下周政府办公会的内容,又赶去财贸会议参加了一个小时的闭幕式。做了总结式发言后又参加了会餐,待回到厦门路222号时,已经是晚上七点钟了。汽车在楼前小院外停下。他每次都让司机把车停在院门口。他觉得在这葱翠的绿色环境中走上几十步,是一种难得的享受和休息。

他现在已经完全习惯而且喜欢起这个环境。和二十五年前,他跟徐力里初次来到这里的感觉完全一样。那时,他震惊;他还没见过这么幽雅、舒适美丽的环境,也容忍不了自己那简陋的平房区与这高雅的小楼区形成的反差。

他和徐力里坐在院里的长椅上,观赏着外檐装饰着浮雕花纹的两层洋房和眼前鸟语花香的小树林和花圃。有一种不可言状的复杂情感,产生出一连串毫无边际的联想:儿时的田野、毛茸茸的羔羊、粪叉、柳筐、土坯房;幽山居士、琴棋书画,万卷藏书、青竹红瓦;法国的上流社会,舞会客厅,花天酒地,王公贵戚……这里的美、舒适和寂静使人瞬间觉到耐人寻味的人生。或有或无,或短暂或悠长,或空旷孤寂,或安然超脱……然而,当他从纷杂的思绪中挣脱出来,一个鲜明的感觉——差距,一条隐隐的裂痕已经在他的思想中出现了。

现在,他也成了这里的主人。在他意识到当初导致他与徐力里之间的爱情悲剧,最根本原因是那种从最朴素的社会环境中培养出的认识偏见时,已经太晚了。他失去了她。那段初恋,由于他的褊狭,由于他的粗疏,而随着时间的推移成为遥远的历史。

倘若历史倒转回去,允许他重新选择生活,那么一切该是什么样子?阎鸿唤做了个深呼吸,奇怪自己为什么忽然间在紧张繁忙得使人透不过气来的时候,居然会想起这些,这些不能忘怀却必须忘却的往事。

他朝自己的房子走去。

这时,一个声音叫住了他。他没有立即回过头去,那微弱的声音使他不能立刻意识到有人真的在叫他,他恍惚地停住了脚步。

再没有任何声音,但他的第六感又告诉他,有人在等待他。

他本能地回过头去,立刻像触电般呆住了。

傍晚轻纱似的薄霭笼罩的大树暗影下,一个修长的身影手里拿着卷什么东西站在那里。那是徐力里。

"是你?"他情不自禁地向她走过去。

"你刚回来?"她勉强地微笑了一下。

"你病了?"走近她,他发现她的面容十分憔悴。

"是的。"

"你要坚强。我已经通知卫生局下最大的力量,只是自己要千万当心。"

"谢谢。"

"我,我对你关心很不够,老柳他批评了我,请你原谅,……你要充满信心……我……"

她像是没有兴趣听他讲这些话:"我来找你,是为的这张图纸。"她把手里的东西递过去,"这是我设计的一座立交桥,我想直接交给你。"

阎鸿唤深深地感动了。她还是那个他熟悉的徐力里,倔强、执着,对自己所热爱的事业可以付出全身心的代价。他接过图纸,觉得周身都在发热。

"走,到我家坐一会儿,我们好好聊聊。"他低声请求着,他一直回避见到她,见到了,就不想很快结束这场谈话。

"不,不必了。"徐力里摇摇头,"我只是希望你快一点审查我的设计,我的时间不多了。”

她的语气又一次使他的心感到疼痛,他冲动地握住她的手:“别这样说,我一定尽快研究你的设计。”

“答应我,市里准备建的八座立交桥,有一座要采用我的设计。”徐力里的手似乎在发抖。

“好的,我答应。”

徐力里从他的手心中抽出自己的手,凄楚地一笑,转身走了。

阎鸿唤木然地站在那里,望着她孱弱的背影消失在鹅卵石铺成的小路尽头。

他的耳边突然响起柳若晨那天对他大声喊出的话:“她……爱你,把一生的感情,把最纯真的爱情给了你!”

就是这句话,使他在知道她患了绝症后仍没有勇气去看她。

今天,她来了,她难道仅仅为了一张图纸吗?但他又不知自己该说些什么,需要说的太多,然而该说的,他似乎已经说了。

二

徐力里回到自己家的小院,进了门,就听见弟弟把他那台美国音响开得震天响,乱糟糟的音乐夹杂着弟弟和他的朋友的嬉笑声,叫人心烦。

她搬回家,他只是付之一笑:“闹别扭啦?回来住几天也好。”仅此而已。他只知道和他的朋友一起尽情地快乐,完全不知道他姐姐内心的痛苦。但她不怪弟弟,她不愿弟弟被她的痛苦所累,她希望弟弟生活得快乐幸福。

她不想进楼去,可又无处可去。她想安静一会儿,可心又总静不下来。

明天,就要住院了。她不知道住进医院还能不能回到这里来,还能不能再见到弟弟。她没有告诉父亲。怕他经受不住这种打击。上个月,她去北京发现父亲精神很坏,人到了他那个年龄,身体每况愈下,衰老的速度甚至按天计算。她怎么忍心用自己生命的消失去加速另一个生命的离去。

她悄悄走上楼。房间里的写字台上还摊着很多图纸和绘图工具。她收拾起桌子,以后怕再也用不着它们了。她照照镜子,镜子里的她,脸色苍白,疲惫而憔悴,青春早已荡然无存。人已到了中年之末,而她此时的心境比实际年龄还老。在自己的亲朋好友、同学同事中,难道自己不是比任何人都更接近死亡边沿?立交桥的设计使她心力交瘁,终于搞完了,为什么没感到轻松反而觉得沉重?这沉重是由于对生的留恋?对亲人的留恋?对桥的留恋?还是对于往事的留恋?当她争分夺秒地搞立交桥设计时,她没有一点空余想这些,现在,她却觉得心里空落落的,空得让她发颤。她感到累,力不可支。她克制着自己想到床上躺一下的欲望,她知道自己站着的时间不会太多了,而躺下去却是永久的事。

她该为自己准备一下住院的东西。没有什么要带的,倒是需要清理一下自己的"遗物",她不知怎地想起了这个不吉利的词儿。医院从北京请来了专家,是阎鸿唤特别关照,可她并不抱任何希望。她不相信本世纪会产生攻克癌症的诺贝尔奖金获得者。尽管癌症病人中也有起死回生的先例,但那是奇迹,不是医学。她对自己并不抱幻想,死里逃生的侥幸者毕竟太稀少了。

徐力里决定把所有的东西,文字和衣物全部处理掉,一件也不留下。

她打开衣箱,拿出一本已经磨损了绸面的日记本。这些年,不管发生什么事情,她一直带着它。现在,她却要在死之前,首先烧毁它。这日记记载了她刚刚萌发的初恋,一直到她与阎鸿唤最后分手的那最痛苦的日子的全部心路历程。日记断断续续，记载着她青春时代最幸福的回忆和一个少女的全部秘密。那天，柳若晨没有看到它，她觉得遗憾，倘若他看到了，世界上就会有一个人真正了解她。尽管她会生气，或者做出一些激烈的举动，但总归，她不会在他眼里再是一个不食人间烟火、没有七情六欲的“怪人”，可惜，他只看到了那张照片。

她端过脸盆，把日记一页页撕开，然后用火柴点着，一页页烧掉。

人没有必要让别人一定理解自己。感情，这是世界上惟一纯粹属于自己的东西，让它随自己的生命一起离去，也许这是最好的。

即使是阎鸿唤，他也不一定了解自己了。多少年了，她只是远远地看见过他。刚才，他们站得那么近，甚至，他还握住了她的手，可是，为什么她却觉得陌生、遥远，难以与日记本中的他重合？

他直到毕业时，才知道她是徐克的女儿。他先是吃惊，后来又有几分激动。

她带他来到自己的家。父母热情地接待了女儿的同学。父亲尤为关注，从学习到生活详细地和这个年轻人交谈。她感到欣喜。把父亲拉到一边，悄悄地汇报了自己的秘密，父亲的态度却出乎她的意料之外。

父亲反对女儿的选择。

徐克早已替女儿选中了未婚夫。他的一个老战友是驻外大使。大使的儿子前一年从外交学院毕业，准备派往欧洲做驻外大使馆秘书。老战友出国前就和徐克两人悄悄商定，等儿女们大学毕业，就让他们完婚。两个孩子青梅竹马，虽说读中学时就不在一起，但每年暑假，徐克常让力里到北京去玩，总要住在老战友家几日。两个父亲相信自己的儿女们一定会满意这种安排。但没想到,女儿选中了一个工人。

徐克很欣赏阎鸿唤。阎鸿唤是他亲手树起的一个典型,保送他上大学也是他的意见。作为市委书记,他对这样一个踏实、上进、事业心很强的劳动模范是喜爱的;但作为一个父亲,他却不能接受这个青年。他觉得女儿和阎鸿唤在修养和气质方面有差距。

前市委书记是燕京大学的高才生。解放前一直在白区搞地下工作。解放后,为了加强对这个大工业城市的领导,党把他这个具有丰富城市工作经验的知识分子派来当市委领导。徐克非常善于团结周围的干部。他渊博的知识和风度,平易近人的作风和领导艺术,赢得了大家的尊敬和拥护。但他内心里对工农干部、对从部队转业到地方的进城干部有着某种程度的轻视。他们理解问题,考虑问题往往比较浅薄,工作方法比较简单,而且目光短浅,有一种"农民"式的说不出的味道,使他感到不舒服。

从这个角度,他不愿吸收这个年轻人进入他的家庭,他希望自己的女婿是一个气质、修养、谈吐、风度上都首屈一指的人物,像老战友的儿子那样。

然而,徐克没有充分的理由说服女儿。他意识到女儿对阎鸿唤的好感,正是自己在言谈话语中慢慢灌输的。女儿的选择,恰恰是自己经常教育她向工农学习的结果。女儿没有错,父亲也没有错。

阎鸿唤敏感地察觉到了徐克态度上的变化。市委书记脸上那种首长式的亲切、长者样的慈祥不见了,一副冷漠、审视、挑剔,甚至近乎傲慢的神态。难道这仅仅是长辈对子女摆出的架子?当徐力里把一切告诉他时,他顿时醒悟到自己犯了一个不该犯下的错误,他毅然离开了徐力里。

她这时才发觉,自己对他的自尊心估计得太不足了。她不该把一切全告诉他。阎鸿唤天生的倔犟性格,使他无法在心理上承受歧视而寄人篱下。

她给阎鸿唤一连写了十几封信,他一封也没有回。

她矜持而焦急地熬过一天又一天,时而生自己的气,时而生阎鸿唤的气,但她相信他同相信自己一样,深深地爱着对方,相信由于自尊心引起的一切误解和不快很快会烟消云散。

然而,三个月后,却突然传来了他已经结婚的消息。她不相信,可那是事实。

她痛苦,恨自己,也恨他,这犟牛占有了她全部的爱,以致她不能再爱任何一个人。

她打开抽屉,拿出阎鸿唤送她的那张照片。或许就是这张照片给她留下了希望。她觉得他没有退还自己的照片,也没有要回他的照片,是因为他的心里还有她。现在,她似乎才明白,这种推测也许不过是一个痴情女子幼稚的梦。

她犹豫了一下,没有勇气把它扔到火里。该不该把它一同带到另一个世界?虽然那个世界根本不存在,但她还要它伴着自己一同烧掉。结束她的爱和恨,和这个世界带给她的折磨和摧残,那只有弟弟知道的这一页。想起徐援朝,一种深深的手足之情油然而生。

那时,父亲以莫须有的罪名被投入监狱。徐力里和正在上中学的弟弟一下子被抛置到发狂的社会最底层。她用工资养活弟弟。徐援朝是个有血性的男孩子。红卫兵组织开除了他,他不甘接受命运的变迁,深夜,他和市委几个干部子弟一起悄悄撕去那些反对他们父母的大字报和标语。一连三天,他们干得很顺利。第四天,他们被发现了,二十多个"造反派"大汉包围住他们。走投无路,只有拼死一搏。几个十六七岁的少年与"造反派"打了起来,人少势弱,三拳两脚便成了俘虏。

一个星期后,徐援朝遍体鳞伤地回了家。她几乎认不出自己的弟弟。那张原本清秀的脸肿成青紫色的大包,一身血污伤痕。他们被吊在房梁上,当作沙袋由人练拳脚,一只只拳头击在他们身上,一只只脚踢向他们的头部。几条血肉之躯不是沙石袋子,一个人被打死了。打手们才住手,把剩下的三个奄奄一息的“俘虏”,用汽车拉到郊区一条臭水沟边。他们被冷风吹醒了,凭着尚存的一口气,回到自己的家。

徐援朝足足用了半年时间才在姐姐的精心护理下恢复了元气。他开始和另一个同学练习拳脚。厚厚的一叠牛皮纸几下就被他捣烂。地下室台阶上的水泥墙,让他踹裂。砖头、木板,树干、被垛,全成了他发泄的对象。

徐援朝一心想报复,但又无处找到自己的仇人。

徐力里希望弟弟成为强者,又为他揪着心,担心他会到社会上闯出什么大祸。她常常觉着会有大祸临头。

大祸闯下了,闯祸的不是徐援朝,而是她自己。

她在大街上看到一张大传单,那上面印着父亲的照片,他的双臂被反剪着,一只大手揪着他的头发。父亲闭着眼,头发似乎全白了。这张传单右下角还有一张照片,照片下分明印着一个人的名字——徐克的忠实走卒,假劳模阎鸿唤。阎鸿唤的头发也被人死命地向后揪着。但他没闭眼而是怒目而视、咬着牙,依稀可见两腮凸起的肌肉。她再也控制不住自己,迫害,这是迫害。对于父亲的历史,她无从辩白。对于阎鸿唤的经历,她有权证实。她一把撕下了传单。这举动把周围观看的群众惊呆了,以为她疯了。很快人们发现她的神经是正常的,便呼啦一下子把她团团围住。

当她在一片愤怒的责问中清醒一点时,才明白自己在冲动下干了一件什么样的傻事。有人推搡她,有人揪住她的胳膊和衣领。她无助地被人推来推去。处在“革命”情绪中的人们七嘴八舌地质问她,她耳朵嗡嗡地什么也听不见。突然有人打了她一个嘴巴,她抬起头想看看那个打她的人,谁知脑后又是狠狠地一拳。有生以来,她第一次受到这样的欺辱。徐力里立刻变成一只暴怒的狮子,向打她的人扑过去。她的动作太突然,让对方猝不及防,对方的手被她咬出了血,耳朵也被她死死揪住。

她被扭送到附近的群众"扫氓"指挥部,罪名是"撕毁革命传单,殴打革命群众"。

很快,她的身份被查明了,市里最大走资派的女儿。而且是"流氓"。她被绳子捆在屋中间的柱子上一动也不能动。惟一的反抗只有绝食。

"扫氓"队员的流氓本相彻底暴露了,他们兽性大发,污辱一个大人物的女儿或许比糟蹋一个普通姑娘更有味更刺激,他们撕掉她的衣服,欣赏她的裸体,满足他们兽性的心理情感。

极端虚弱的徐力里失去了任何反抗的力量,她觉得自己已经死了。

夜里,大楼内审讯和拷打的惨叫声阵阵传来。昏迷中,她似乎听到了撬门的声音。一个臂戴红袖章的小伙子闯进门来,脱下衣服裹住她的身体,背着她朝外跑。惊恐之余,她觉得这个小伙子很熟悉。

门口,躺着被击昏的看守,两个小伙子为他们打开大门,"你们俩回家吧,趁他们还没有发觉。"

她听出,背她的是弟弟,是援朝。

徐援朝背着姐姐沿着河堤奔跑,前面不远就是家了。

冷风一吹,徐力里完全清醒了。她觉得自己浑身发烧,赤裸的胸脯紧紧贴在弟弟汗淋淋的脊背上。她立刻想起这几天的屈辱,疯也似的从援朝身上挣扎下来,朝河下奔去。

"姐姐!"徐援朝喊着追上去把她扑倒,"我拼着命把你救出来,你不能死!"

天上没有月亮，只有星光。河水潺潺地流淌，包在她身上的衣服在奔跑时脱落了，惨淡的星光像无数眯缝着的眼睛，窥视着她洁白的裸体，瑟瑟夜风吹来，使她战栗，瑟缩起身子，用手捂着脸，泪水簌簌流下来。

“援朝，你不懂，我以后怎么见人？”

徐援朝从姐姐身上爬起来的瞬间也有一丝不可名状的惶惑、恐惧和羞涩，令他喘不过气来。但很快他抱住姐姐：“不，姐姐，在我面前怕什么？我绝不讲，那伙流氓也不敢说。”

他捡回那件上衣，替姐姐围住身子：“马上就到家了，换身衣服，我送你离开这儿，火车票已经买好了。”

“小弟！”她抱着自己的同胞手足，痛哭起来。

十几年来，弟弟一直替她保守着这段被凌辱的秘密，连父亲也不知道。弟弟是她危急时的保护神。她对弟弟充满感激之情，她能满足弟弟的一切要求，而不允许别人指责弟弟一句，若不是迫于舆论，她就想守着弟弟度过一生，不再嫁人。

徐力里烧掉了日记，把剩下的衣服包起来，想明天悄悄卖掉。一张五千元的存款单她放在腾空的箱子里，上面别上一张字条“给弟弟援朝”。她死后，弟弟会发现的。

楼下的声音小了。援朝的朋友们可能已经散去，她看看表，深夜十二点了。

该到了告诉弟弟的时候了，她有很多话要跟他谈。

她不想谈自己，那样会引起弟弟的伤感；也不想回忆过去，过去对她已变得毫无意义；她想劝弟弟改变一下生活。

她搬回家后，发现援朝变了。晚上，他都宾客满堂，男男女女玩乐跳舞到深夜。白天，她到弟弟的房间里，卧室里陈设考究，床头柜上竟摆着令人难堪的“春宫”照片，书房里没有几本书，书柜里让各式装潢精致的进口香烟、名酒占领了。客厅里，父亲用过的沙发早被请到地下室,几套讲究的德式沙发,二十四英寸的彩电,日本的录像机,美国的落地音响……

援朝不过是个科级干部,哪来的这么多钱,花天酒地,肆意挥霍?她只是狐疑过,却不曾真的往深处去想。弟弟在外贸部门工作,买东西也许方便、便宜。

她所担心的是,弟弟太不珍惜时光了,他把大量的时间耗费在娱乐上。援朝很聪明,他完全可以干一番事业,人的一生有几个十年?"文革"耽误了十年,粉碎"四人帮"后又虚度十年,现在再不努力,时光转瞬即逝,到头来两手空空。在这飞速发展的时代,他的后半生该怎么办?

她不喜欢弟弟现在的生活方式,但她能理解援朝。想到弟弟在"文革"中的遭遇,她觉得弟弟有权利纵情享受一下人生的乐趣,活得快乐一点。不是那"十年",援朝早该顺利地读完大学,说不定早就成为一个像样的科技人员、学者了,他在物理学方面是有天赋的。

她轻轻走下楼。她一定要让他理解姐姐的一片苦心,这样,她才能放心地离开弟弟。

走下楼,她发现前厅的灯关掉了。客厅的灯还亮着,只是灯光变得十分暗淡,发着黛绿色的磷火般的光,远远望出去显得阴郁、森冷。柔和、缠绵的音乐低吟着在静静的楼道里回荡。

徐力里轻轻走到客厅门口,推开一条门缝,不由得大吃一惊。

录像机里,一对全身裸体男女在床上扭动,做着不堪入目的动作,录像机对面,几对黑发男女几乎是全裸着搂抱在一起躺在沙发上蠕动。徐援朝躺的位置正对着门。他和一个女人像蛇一样纠缠在一起。

徐力里吓得闭上了眼睛,失魂落魄,跌跌撞撞地奔回自己的房间。她关上门,下意识地碰上了门销,倚着门,心还止不住咚咚地跳。

发生了什么事情？比目睹一场凶杀案还可怕。弟弟在干什么？她想起那天柳若晨提醒她的话："他整天和什么人在一起，男男女女的，这样下去，会出事的。"当初她那样不以为然，甚至反感，可现在，柳若晨不幸而言中。

弟弟有妻子，他怎么敢跟一个看上去比他小十几岁的女孩子干这种事？这是些什么人？这叫什么聚会？

徐力里觉得自己胸口一阵疼痛，头也有些晕了。

第十二章

一

道路工程拆迁指挥部设在东市区原区委的旧楼里，三位指挥走马上任了。

出于工作需要，张义民有了一辆专车。可惜，专车开不进普店街狭窄的胡同，只得远远地停在胡同口。偌大个普店街，他是第一个上下班出入有轿车接送的人物。轿车向普店街的住户进一步验证，如今的张义民是个市里的大干部。张义民感觉到了街坊们的这种心理，这让他十分惬意，上下车时便做出一副坦然的样子，眼皮微垂，像是老在思考什么重大事情，眼睛绝对不理睬周围的目光和表情。

今天，他回来得比较早，那个在徐援朝家认识的罗晓维上午突然给他来了个电话，约他在凤华饭店见面。他负责的西线拆迁工作已经开始，每天忙得不可开交，哪里还有时间与这个只有一面之交的姑娘去约会，他本想婉言谢绝，但话到嘴边却又改变了。高婕去上海有两个多星期了。火车站的电话，她明白无误地向他暗示了自己此行的目的。他感到受了侮辱，几乎无可忍受。他开始怀疑自己对高婕的追求是否值得，追求的每一步都伴随着羞辱，这种追求已经愈来愈超出了他的心理承受能力。一种被女人愚弄的悲哀心情，使他突然觉到了罗晓维的可爱。那天跳舞时，她悄悄地给了他一个吻,这是他有生以来第一次接受一个姑娘的吻,尽管他当时的感觉是恐惧多于陶醉,但毕竟不能忘怀。"我演出回来啦,挺想你的,这回赚了点钱,请请你,怎么样?"她的语气直率、大方、热情,这都是高婕远不能相比的。"怎么回事?快说话,几点钟?告诉你,我还看见高婕了呢!不见我,可就什么都不知道啦。"他犹豫了片刻,答应了。现在他急匆匆赶回家,是想换件像样的衣服去赴约。他虽然不打算放弃高婕,但取得罗晓维这个漂亮而又有"背景"女孩儿的欢心,给自己的爱情留一条后路也很重要。

他吩咐司机等他半个小时,然后走进胡同。

万老头远远地堆着一脸笑,截住张义民。

"义民,下班啦?"

"嗯。"张义民像往常一样地随口应着,眼睛并不去看那打招呼的人。

"义民,跟你打听个事儿,就一句话。"

张义民不情愿地站住:"什么事?"

"听说,听说你是市里管搬家分房的?"万老头嗫嚅着,"咱这普店街的住户,该往哪儿搬呀?"

"街里没传达吗?普店街全迁到市里新盖的大型居民区去。"

"是呀,是呀!"万老头挤出一副尴尬的笑容,"咱在这块地方住惯了,搬那么老远地方住,太不方便了。你,你看,你大叔做买卖离不开这块地。义民你有权,你就替大叔发句话,找处近点儿的房子。"

"怎么不方便?做买卖哪儿都一样做,只要在居民区,你那煎饼就有人买。"

"是呀,是呀……可住楼房,我那推车往哪儿放,家福的货往哪儿堆?在这块,和各头儿的人都熟了,办个事也方便,到新地方,人生地不熟的,这买卖兴许就不好做了。"

“普店街拆迁不归我管。我说话也不管用。你有什么要求可以向街里反映。”

张义民说的是实话。环线站路需拆迁的建筑,是哪个区局的,由哪个区局负责拆迁。柳副市长亲自抓沿线企业拆迁。张义民分工抓零散民房和事业单位建筑拆迁,普店街拆迁由康克俭区长抓。这三块任务难度差不多,先动工的西线工程施工所需的拆迁是张义民负责。阎市长给了十五天时间,现在已经过了四天,一切相当顺利,至今还未发现“钉子户”,这得归功于市里舆论宣传工作的威力。这些天,报纸、电台、电视台发动了宣传攻势,再加上各级领导的工作形成了一种声势,一种权威。他负责的地段是就近搬迁,而且大多数住房都能有所改善,何乐而不为?张义民确有天时、地利、人和三大优势,给了他一次出师得利、马到成功的表现机会。张义民好不得意,他得意不单是为自己能巧妙地利用市长阎鸿唤的威望,指挥了局长区长们,也不单是为自己将在市长面前抢头功,而是他相信康克俭一定会败给他。康克俭是阎鸿唤最赏识的一个干部。康克俭凭什么?还不就是凭他各项工作都抢先。这次,张义民要让阎市长看到,他张义民比康克俭有能耐。

他比谁都清楚,普店街的头不好剃。

普店街住户多,是非也多,不像西线的拆迁住户那么好说话。普店街的住户,几辈子住在这儿,这儿的拆迁户要迁到靠近郊区的两处新建居民区。况且供东线搬迁的房屋还差两万平方米,又不可能增加搬迁户的住房面积,你让普店街的住户离土,怕不那么容易。那些平时把骂大街当好话说的人不翻了天才怪呢。

瞧,万老头已经找上门来。普店街像他这种个体户不止几十家。条件不满意,能给你来个“坐地炮”。普店街的拆迁,阎鸿唤给了二十天,只比西线多五天。张义民早就认准再给康克俭五十天,他也完不成,除非强行拆房。但那样一来,普店街人多势众,互相壮胆,说不定呼啦一下全跑到市政府门口坐着去,那事态可就严重了。康克俭未必敢这样做。可倘不这样做,他领下的二十天完成拆迁任务就得延期,随之,施工也延期,阎市长的计划就不能如期执行,康克俭在市长心目中的位置就完了,而取而代之的将非张义民莫属。

"听说你当了总指挥,我这么件小事,你发句话不就成了?"万老头堆着笑继续求他。

"我不是跟你说过了,有困难直接向街里反映,市指挥部不能管那么具体。"张义民很不耐烦。

"老邻居了,求你给个方便。你帮我这一次忙,我们忘不了你的好处,也绝不跟别人说。"

"万大爷,您有话留着到区里说吧,一会儿我要去开一个重要会议。"

万老头听张义民的话头硬邦邦的,脸上有些挂不住,又不敢得罪张义民,只好仍赔着笑脸:"好,好,我向区里反映,……如果区里……还得求……"他的话还没说完,张义民已经走远了。

张义民回到自个家,屋里满地狼藉,父亲正与妹妹在收拾东西。

他家将是第一个离开普店街的住户。

他与高婕的关系尚未最后确定,他不敢贸然搬到黄山大楼去。但现在,他也不能随大流搬到市边儿上去住,市政府在东市区盖了几幢干部宿舍。机关最近痛快地答应他可以把房子换到那里。他明白,这次不是看的高伯年书记的面子,而是看的阎市长的面子,他能与副市长区长同为正副职,机关行政部门谁又能小看他?

"你们这是干什么?"张义民问。

"提前收拾收拾,到搬家时就利索了。我……"父亲看是宝贝儿子,他现在对儿子变得越发恭敬起来。

张义民见自己连个插脚的地方都没有，皱皱眉："我早说了，最近搬不了，那房子小，电还没接通呢，你们急什么？"

"早一天，晚一天，都是那么点事。早收拾停当，心里早安稳。"义民爹没发觉儿子不高兴，张义民到家从来就是这副嘴脸，义民有出息，给家里长了脸，就该是"皇上"。

"这堆破烂收拾个什么？"张义民突然吼起来，"还想搬到市政府干部楼去？丢人现眼！"他环视着屋里堆在床上、地上的破旧东西，"这么乱哄哄、脏乎乎的，让我往哪儿呆？"

父亲见儿子发火了，忙不迭地吩咐女儿："快，把床上的那堆衣服搬到一边，腾出一块干净地让你哥坐。"

张义兰撇撇嘴，不情愿地给义民打扫出一块空地。

张义民沉着脸坐下："去，给我把那件白衬衣拿来。"

这种没有主语的命令，从来是下给妹妹的。张义兰赶紧从衣橱里拿来衬衣。父女俩看看张义民换衣服，全然忘了自己该干的事情。

"这么傻愣着干什么？领带呢，怎么老不记着拿?!"

"干吗这么横，谁该着伺候你？"

"不想伺候人，自己长本事去！"张义民从不容忍妹妹不顺从，见她顶嘴，一下子火起，"上学的时候不好好上，到头来去卖菜，一辈子不会有出息，伺候伺候我你还冤？"

义民爹想替儿子消消气："义民，你别在意小兰的话，她回家就干活累着哪。"

"累死又有屁用！全是吃货！"义民反而更加没了好气。

父亲听出儿子的气要撒到自己头上了，不敢再说话，亲自把领带找出来，双手递给儿子，又扭头数落女儿："你这孩子太不懂事，跟你哥顶嘴，看不出他累得连喘气的工夫都没有！他的事耽搁得了吗？还不麻利点，帮帮他，快，给你哥把皮鞋拿来，擦干净。"

"这天儿有穿皮鞋的吗?"张义民不领情,顶了父亲一句,"擦擦这双。"他把鞋脱下来,由父亲弯腰拾起,递给妹妹。

张义兰坐在小板凳上,给哥哥擦着皮凉鞋。她后悔不该顶撞哥哥,顶撞他从来没有好结果,况且今天她还有事要求他。她做出一副认真的样子,抱着那鞋细细地擦。

义民穿着拖鞋,在立柜镜前系好领带,见妹妹还在用心擦鞋,一脸的委屈,心里也觉着自己有点过分。妹妹在家里就像他的仆人,在这个世界上,他还不敢对谁像对待自己的妹妹这么威风。他的口气温和了:"行啦,小兰,不用那么细致了。"

义兰抬眼望望哥哥,见他眉头舒展了,便把鞋递过去,趁机会说:"哥,听说你现在权力可大了,全市所有的房子都归你管,连房管局都管不了。"

她的话是自己编的,除普店街这条胡同的人们听她胡吹过几句,别人怎会知道哥哥是谁? 义兰这样说是为了哄义民高兴,她知道哥哥爱戴高帽。

"谁说的?"张义民虽不大信,却希望是真的。"胡同的人瞎猜。"

"不是胡同里的,连我们副食店的人全知道。"

捕风捉影,什么事一传就邪乎了。张义民想,这么说,自己有几分知名度了? 这种传言对他太有利了。不知这传言是从市政府机关干部嘴中,或是市拆迁指挥部那儿传出的,还是普店街居民臆造的? 两种可能,其意义差异很大。

"你们副食店怎么会知道我?"他追问,任拆迁副指挥,报上没登,按规定,只有副市长或市委常委以上的干部报上才上名。

"我怎么知道?"张义兰担心哥哥看破,支吾着。

"什么权不权的,你别瞎说,别给我招惹闲事。刚才万家福他爸爸就堵着我,非让我给他调房,这老头不知从哪儿听到的信儿。"

父亲听儿子提起万老头,想起什么,往儿子跟前凑凑:“老万头前两天也跟我提起过这事,求我跟你说说。”他留意着儿子的脸色,“他说,你要能帮个忙,他送台冰箱。”

“胡闹!”张义民两眼瞪起来,“你让他少来这套,以为送台冰箱,我就管他的事,没门儿!”

张义兰见父亲离了题,忙给哥哥帮腔:“爸,咱才不要他那电冰箱呢,以为自个儿挣八万块钱,给点钱,别人就得巴结他。哥有权,能帮忙也不帮他们家。”

“什么八万?这种人怕别人看不起他,就吹牛。”

“是真的,万家福给我看过他的存折,他还要办个工厂,一年能赚五六十万。”张义兰为了让哥哥相信,又顺口夸大了家福的话,她没见过折子,但对万家有八万深信不疑。

张义民哼了一声,心里不禁酸溜溜的,自己每月不过一百多元工资,凭什么一个劳改释放犯,臭个体户比他堂堂国家处长挣得多!贡献和报酬,体面和待遇太不成比例。

“办工厂?万家福做梦还想办托拉斯呢!他早晚得‘二进宫’。”

“别管他,哥。”张义兰赶紧把话引过来,“我觉得杨大娘家咱得帮帮忙,能不能和咱搬到一块,或者近点?”

张义民无心再与父亲和妹妹说废话,全神贯注地审视着自己的全身打扮,镜中的他,仪表堂堂,罗晓维今天一定会更着迷。

“哥,你答应了吧?”张义兰见他不说话,以为有门儿。

“我谁也不管,冲杨建华我也不管!”张义民恨恨地回答。他不是有意伤妹妹,而是从心眼里恨杨建华。自从他当了高伯年的秘书后,胡同里的人谁不仰视他,只有杨建华不把他放在眼里,甚至脸上还有那么一种轻蔑。

张义兰忍气吞声就是为了求哥哥这一件事,没想到他对杨建华这个态度，忍不住又顶他："杨建华怎么了？人家现在也当公司经理了，比你低不到哪里去。"

"他当经理了？"张义民又一惊。

"你以为就你能当官？人家现在是市政工程公司的大经理，今天也是坐汽车走的。没准，人家将来比你官儿大。"义兰解气地大声喊，能把义民气得跳脚才好。

张义民这一次却没发火。这个消息和万家福有八万元钱一样让他发酸和心寒。公司经理和处长是同级干部。处长在市政府是个没权的大衙役，公司经理可是拥有实权的小县令，一个史春生当上凤华饭店的经理就已经够瞧的了，现在又冒出个杨建华，还有那个万家福，他张义民在人们眼中还会有以前那种荣耀和神秘色彩吗？

鸡窝飞出一只凤凰，人们会刮目相看。

如果一下子飞出三四只凤凰，人们就得比比看了。

"妈的。"他在心里骂了一句自己从没骂过的粗话。他发誓，绝不让这些原不如自己的人赶上来，更不能让他们超过自己。

走着瞧，他张义民的天地岂是普店街居民可以想象的！

二

普店街要拆迁了。街办事处把市政府的决定正式通知到各家各户。

居民的第一个反应是高兴的。住了这么多年的"三级跳坑"今天终于可以跳出来，成为楼房的居民了，大家奔走相告。紧接着，感情又复杂起来，真的要搬了，心里又惶惶然，若有所失。

老人们怕住不惯楼房，年轻人觉得离市中心远了，上下班又多十几里的路。一些多年被缺房或无房结婚所困扰的人们，心中又燃起希望的欲火，想乘机扩大一下住房的面积。

“那么远的地方，不多给两间房谁去？”

“街里传达了，按原面积分房。”

“那不合理。”

“就是，咱这院子也得算平方米数。”

“不给扩大，不搬！”

“对，不合适不搬，只要大伙全不搬，谁也不敢怎么着。”

这真是难得的机会，用不着在自己单位来排队要房，看领导人的脸色，给头头送礼打点，也用不着在分房会上撕破脸，为分米之差，你争我抢。现在，政府要用这块地，想让咱走，那好，多给间房。这回是政府求咱，主动权在自个儿手里。

“能住进楼房，夏天不让水泡，就改善了。这么硬闹，政府一觉着不合算，不拆了，咱们就没辙儿。”

有人怕这么一闹，把个好事又弄黄了。

“哪儿会，阎鸿唤可不是别的市长。他说过的话从没收回过。瞧市里干的几件大事，刚开始谁都不信，可最后还不是件件办成！现在咱们多要几间房，这在市里算个针眼大的事，市长才不会为这屁大的事改主意呢。”

“有理，市长一算账就是几千万，还在乎咱这一间房？”

人们这么一说，似乎大家心里都有了底。

“改主意也没嘛，不搬更好，谁愿意穷折腾。”自以为有了底儿的人们又开始做出满不在乎的样子。

拆迁的消息，给普店街带来了兴奋，希望，也带来了几个不眠之夜。男女老少几乎都在谈论和重复着同一个话题，尤其昨天，当人们看到几个测量人员来到街里，架上测绘仪已开始工作了，便更加确信政府拆迁普店街的计划不会再变。

陈宝柱趿拉着一双拖鞋，光着膀子，浑身汗淋淋地转砖运土，动手和泥，一副大兴土木的架势。

万老头和张义民碰了个面儿，刚给窝了一下，闷头回到小院，看见陈宝柱一身土地干活，止不住纳闷儿，普店街眼看就要拆了，这小子倒要盖什么？

“宝柱，你这要干啥？想扩大厨房？咱这房可要扒啦。”

陈宝柱抹把汗：“谁盖厨房了？”

“那你想盖小房？”万老头瞧着院里已经十分拥挤，窄小的过道紧张了。他虽知道用不了多久这地方就得拆，但陈宝柱若真盖了就只能剩一个人走路的夹缝，他和家福的两辆货车可怎么办？

“在这他妈的地上盖小房，还不够我伸腿的呢。”

万老头一块石头落地。

“我他妈的给屋里打个隔墙，到时候大小也得算我两间房。万大爷，到时候还得求您老给证明一下，说我家早就是两间了。”

万老头心里又好气又好笑。你那房卡明写着一间，隔就能变成两间不成？

“好，好。”万老头嘴上应着，回自己屋里去。

陈宝柱没想到什么房卡，他就认为自己的点子高。十六平方米隔成两间，将来能对付一个偏单元。

这些日子陈宝柱经历了一个大落大起。

他一时犯性打了老队长，事后才明白自己闯了祸。他知道自己这回好不了，果然传来了要开除他的消息。按过去的脾气，他索性拿刀捅了那个老帮子才解气。但他想想又怕对不起杨建华。人总得讲点义气。他家房漏，杨大娘让万家福把老娘背到自己家里，建华又派队上的人给他修房。杨建华够意思。听说打老队长的事也给建华惹了麻烦，他心里已经过意不去了，看着建华和杨大娘的面子，他也得忍下这口气。

开除就开除,现在哪儿不养爷!万家福不就开除公职了吗,可人家现在,腰缠万贯,不照样整天吃香的喝辣的。那几天,他有意和万家福套近乎,巴望着能跟家福一起干,就是当个小伙计也认了。万家福却一直躲闪着他,他明白,那小子嫌弃他,看不起人。宝柱一狠心,索性自己往农贸交易市场蹲了几天,看看那帮个体户是怎么做买卖的,掂量着自己能干点什么买卖。交易市场卖什么的都有,他看得眼花缭乱,弄不清人家都是从哪儿趸来的货。他跟人家打听,素不相识,谁又肯把买卖真经告诉他?转悠了几天,他也没摸到门路。

走投无路,还是投靠自己旧日哥们儿是条道儿,过去建华管着他,他跟那帮人断了往来。如今,他管不了那许多了。

他去找了北大街摆西瓜摊儿的“三帮子”德胜。德胜过去是跟在陈宝柱后面的跟屁虫。现在,长得五大三粗,块头儿比宝柱还大,身边也有了几个穿花格衬衫的长发蓄胡子的新哥们儿。见到宝柱不像从前那副巴结相,而是神气活现,不把陈宝柱当个人物了。陈宝柱自觉虎落平阳,不顾德胜的态度,只求德胜收他入伙。德胜很痛快,让他第二天找他们一起去取货,并大大方方甩给宝柱两张“大团结”,“买两盒好烟抽。”德胜满不在乎地说,并许诺,取回货,分给宝柱一百元。陈宝柱正愁这个月工资发不下来,没活路呢,给老娘买药钱都是杨大娘掏的,听到一百元,心里挺高兴。他花了一块八买了盒过滤嘴,又花了两角钱买了盒杂牌烟,过滤嘴留着明儿在哥们儿面前抽,杂牌这会儿抽,剩下的钱,他给老娘买了天麻丸和二斤肉。美滋滋地回了家。想着今后花花的票子口袋里装着,老娘也高兴高兴。看万家福那小子今后还敢狗眼看人低!更主要的也气气那老队长,开除我,咱爷们儿反倒发财了。宝柱越想越兴奋,一夜没睡好,压得床板吱吱响。

转天上午,他去找德胜,帮德胜看了一天瓜摊。傍晚,德胜找来一辆卡车,留下一个哥们儿看摊,其余的人跟他坐车到了西郊区。车在公路岔路口停下。不一会儿,远处来了两辆大车,载着满车西瓜。德胜几个过去拦住车。

“这瓜怎么个价?”德胜问。

“不卖,这是送市里总店的。有合同。”前辆大车的老车把式见几个横眉立目的小伙子拦车,有点慌神。

“傻蛋!跑那么老远送瓜,还赚不够跑道钱呢。咱们好商量,出个好价钱,这车瓜我包了。”

“没个秤,没法卖。”老把式慌忙说。

“估个价,这车五百来斤,每斤八分,不低吧?”

“大兄弟,别开玩笑,这车足有两千斤。”

“卸车看,我在果品批发公司干这么多年,掂量掂量,说的数儿错不了。”

后辆赶车的小伙子看出这几个人不地道,跳下车:“不卖!这瓜送市里一毛五分收购。”他话还没说完,只见腰两侧被两把明晃晃的刀子顶住。

“你们……”

“明说吧,卖不卖?”

老把式明白他们遇见了什么人,他怕伤着自己儿子,只好忍痛答应了。“好,好,八分就八分,按两千斤算。”

德胜朝其他几个一摆手:“依他,装车。”

然后扭身递给宝柱一把刀子:“你看着点,不老实,就废了他们。”

赶车的父子俩眼看着两车瓜被这帮人装到汽车上。

德胜从口袋里掏出个报纸包扔给老把式:“一千六,一分钱不少,你们俩分去。”说完迅速跳进驾驶室,汽车飞也似的远去了。

“你们怎么知道准备两千斤的钱?”宝柱装车累得骨头散了架,

靠在车帮上问。

“什么钱？一堆废报纸。”长发哥们儿说。

宝柱心里一惊，这不等于明抢吗？早知道德胜这么干，他就不来了。让警察抓住起码又得关几年。可既来了，又躲不得。

“这车的牌号，让人记下来报告就坏了。”

“嘿，这咱早想到了，全用纸糊上了，进了市再撕下来，汽车市里有的是，卖瓜的成千上万，‘雷子’上哪儿查去？”

一车瓜卸到了德胜的瓜摊上。

“德胜，你小子贼了。”宝柱拍拍德胜的肩膀。

“随便捞两条小鱼，小意思。现在的行情，就是便宜了胆大的，亏死了胆小的。走，再跟我们往东郊跑一趟，多弄两车瓜，‘咬秋’一脱手，能赚一大笔。”

“不行，我得回去了。我那老娘一个人瘫在床上，还不知一天吃喝没有呢。”

“才取了一半儿货，可只能给五十，昨天咱们说得清楚。”德胜斜愣着眼。

“行啊。”

“什么时候再入趟门子，我手头还有活儿。”

“到时候再说吧，我那老娘离不开人，日子说不准。”陈宝柱犹豫着，拿不准该不该跨进这座门。

德胜见宝柱神色不大对，从口袋里掏出一百元：“今儿算我没干，我那份儿也全赔给你。哥们儿，我这可是全看旧交情，才帮你一把的，今后干不干由你，哥们儿绝不为难你，可今晚的事要露了风，如今哥们儿我也不是吃素的了。”

“你这是什么意思？”陈宝柱被德胜激火了，“你也太小瞧我了，我陈宝柱多咱㞞过？”

他数出五十装进兜里，把剩下的五十丢给德胜，扭头回了家。

宝柱不敢再去干。五十块钱拿在手里心里很不安生,他整天想着发财,但不义之财到了手,心却虚了。

虽然心里犯嘀咕,但手头没钱用,陈宝柱还是把钱花了,花了钱,下一步怎么办呢?难道那两只金戒指在他家里就放不住吗?建华来了。

“这些日子好受吗?”建华把他叫到胡同口。

“还不赖。”陈宝柱无精打采地靠着墙,嘴上却充硬汉。

“混蛋,跟我说实话。”

“实话?我豁出去了,脑袋掉了,碗大的疤,有什么了不起!”

“你活一辈子就是为着落那么个疤?”

“那我有啥法?老王八非要堵我的路。”

建华一只大手攥他的肩膀,把他从墙根上拉起来:“路靠人自己走。这几年你在工程队老毛病改了不少,可你本性难移,遇到事,什么理由不好说,非得要横?”

“他根本不听我说,黑上我了,我有理也说不清。”

“老队长看不上你,还不是你平时溜尖要滑,留下的坏印象。谁又信你一下子变得孝顺了,为什么别人的话,他就听得进去?”

“哼,在他手下干,累死也落不了好,开除更痛快!”陈宝柱想挣脱建华那双手,但挣不开。

“老队长恨你不遵守纪律,干活儿吊儿郎当,但他可夸你技术好。”

“别胡嘞!”陈宝柱以为建华哄他。

“前年修康庄桥,老队长说你铺的路面比别人好,说‘宝柱这小子有两把刷子,只要肯走正道,是把好手’。”

陈宝柱恍惚也想起,那时老队长确实奖赏过他一支香烟,拍着肩膀夸过他,他不吭声了。

“你的长处别人看得到,你的短处别人也看得到。你觉得做一个人,该怎么活着?你以为开除了,去干个体,钱就那么容易挣?那同样得付出辛苦。就拿家福来说,什么时候,你看他像你这样闲着没事溜达。他的钱靠自己起早贪黑挣来的。而且,光卖力气还不行,还得动脑筋,得懂知识,研究买主的心理,了解市场行情,还得遵守国家法律,工商管理规定,依你现在的样子,国营单位干不好,个体也同样干不好!说不定哪天赚不来钱,急得去打架,去抢,早晚还得让社会开除。"

"谁……谁去抢了?……"陈宝柱听见"抢"字,心一哆嗦,说话也结巴了。

"是呀,你要真干那事,我非先敲碎你的脑壳不可。"

陈宝柱不敢抬头。

"你的正道是回工程队好好干,把自己的技术才能发挥出来,做个像模像样的人!"

"不开除我啦?"陈宝柱不相信自己的耳朵。

建华点点头。

陈宝柱高兴得恨不能给建华跪下:"建华,你真够意思,冲你和杨大娘,打今往后,我不干出个样儿来给人瞧瞧,我就……"

"别光拿嘴说。"建华截住了他,"这次城市道路改造工程是城市改造的一件大事,你得在工程中立功,打翻身仗,懂吗?"

陈宝柱绝路逢生,一下子变乖了。转天到队里上班,让老队长指着鼻子一顿骂,他一句嘴没还,末了还堆上笑,左一个决心,右一个保证,让老队长消了气。队里给了他个警告处分,他却觉着自个儿捞了个大便宜。私下里还跟队里的小青年吹:"他敢开除我?哥们儿回来了,这就叫胜利!"可干活的时候却不敢再偷懒,在施工准备工作时,跑前跑后,挺卖力气。

但是最近,陈宝柱又冒出一股心思来。

队里一个青年工人结婚了。大伙儿一块闹洞房,爱犯野的小子们喝得醉醺醺的,逼新郎用舌头舔新娘鼻子。新郎给哥们儿面子,新娘也大方。看得陈宝柱心里像有小虫子爬。

回到家里,陈宝柱倒在床上便开始胡思乱想。

自个儿也二十七八了。停职这一个月,队上又有两个弟兄搞上了“对象”,自己什么时候才能娶个老婆?

男人和女人的那一回事,陈宝柱从小就知道了。

一间屋子半间炕的家,小宝柱半夜醒来,常常懵懵懂懂地看见过父母的勾当,小小的心灵中多了一种新奇的渴望,这种欲望日益充塞了整个大脑。他急切地寻求尝试的目标。他看上了张义兰。义兰那时才六岁,比他小四岁,一天,趁母亲去买菜,宝柱把她叫到家里,骗她说只要和他一块玩玩这个之后,可以领她去坐坐父亲的小吉普。义兰挺听话,偏巧母亲来了,发现义兰正撩开裙子,宝柱帮她脱,顿时,母亲又气又怕,脸变得煞白。她警告儿子:“小孩子干这种事要死的。”陈宝柱当时信以为真,后来,义兰还追他吵着要去坐车,宝柱却不敢了,他怕死。到了中学,他开始混在不三不四的团伙里,才明白母亲骗了他。在团伙里,他搭过一个“伴儿”,至今还记得她的样子。脸儿白白的,脑门上一溜齐眉穗儿,说话奶声奶气的,长得比哪个哥们儿的“伴儿”都好。他为她打过人,也挨过打。她跟他逛街、看电影、下馆子,就是不跟他来真的。一天,他发现她跟他的“大哥”正在做那种事,他急了,狠狠打了她一顿,她躺在地上骂:“我愿意。你妈不也是个臭婊子吗,当我不知道?有脸打我?”宝柱被噎得说不出话。转天,“大哥”把他堵在一条死胡同里,想给他点颜色。醋意,妒火,加上父亲刚刚被枪毙带给他的绝望,化做一种仇恨的报复,他掏出三棱刮刀,朝着平日称王称霸,肆意打骂他的“大哥”腹部刺去。

他坐了两年牢。

直到坐了牢,他也没尝到女人的滋味。现在队里师兄弟一个个都在找“对象”,又是在报上登“征婚”,又是买票参加“鹊桥会”。自己呢,不比别人缺胳膊少腿,也该找个老婆,晚上搂着睡觉,白天照料老娘。连那天老队长骂完他都说:“往后好好干,长点儿出息,再娶个老婆。”

可他早听说现在搞“对象”头一个条件就得有房,没房没人跟你。普店街要拆迁,陈宝柱琢磨了一夜,想出这么一个“高招”,乘机弄间房。

陈宝柱和好泥,又把砖搬进层,准备砌墙。

“宝柱,这不让邻居们说闲话吗?”宝柱妈躺在床上,劝儿子。

“哼,谁他妈的敢说!现在谁有法子,谁想。谁眼热,谁就干。”

“那你也该告诉杨大娘一声,要不,就跟你建华哥商量商量。”母亲对儿子的举动感到不安。

“告诉她,她就得管,还不如不告诉。再说,建华人家现在当经理了,到时也能住上黄山大楼了,咱怎么办?不就得凭把力气多闹间房嘛。”

“你建华哥有出息,就是住进大楼,也是靠自己的本事。他对你对咱家都有恩情,可不许你眼红,说建华的坏话。”

“我还不懂这个?建华升官,我乐不得的呢,也气气那狗东西。”

“你怎么还跟老队长过不去?建华走了,没人管着你,妈这几天就对你放心不下。”

“你就少操点闲心吧!老队长那里早没事了,我是说张义民那狗东西。建华现在也当官了,我看那小子再神气!”

“你呀,你就别看不惯别人了,让人家看得惯你,用正眼瞅你就行了。”

陈宝柱把一搭泥重重地甩在墙垛上:“你别瞧不起我。我比建华比不上,要真干起来,准比义民强。您老就闭眼睡觉吧,明儿说不定咱还当上总理呢,到时一个月挣他个千儿八百的,给娘买个电子床,想睡想起,想吃想喝,想拉想尿,一摁电钮,全他妈的自动的。”

“你这孩子,总没个正经,整天说梦话。唉!正经说,也到了该娶媳妇的时候了!”

宝柱没了话。现在,他就怕提媳妇,一提心里就躁。媳妇,媳妇,有了房,人家说媳妇就有了一半儿,可那一半儿,哪找去?

三

万老头闷头进了屋。一屁股坐在床边上,掏出烟点上。

“咋啦?哭丧着脸。”盘腿坐在硬板床上熨衣服的老伴,放下熨斗,瞧着老头子。

“咋?准备搬家吧,往后买卖也得黄了。”

“去街里问了?”

“就那么一句话,统一拆迁没照顾。”

“家福不说让求求义民嘛,他是管事儿的。”

“管!管!”万老头气急败坏地站起来,“人家不管!”

“那就没法子了?”万大娘也犯愁了。

万老头在老婆眼里是个活神仙,家里一切事都是他安排,听他的就没有过不去的沟沟坎坎。不管遇到什么事,他都能拿出对策来。儿子刚出狱时,拉不下书生脸儿,总想着还去教书,原来的学校不要他了,他就一趟趟跑教育局,申请去郊区教学。万老头做了决定,让儿子跟自个做买卖。结果,咋的?儿子做买卖一样挣出个脸面,比吃一辈子粉笔灰还强。万老头在外面恭维着笑脸对人,在家里就绷着脸做主子。没有他,万家这条小船就开不起来。

万老头听老婆说他没了法子,也觉得自己在家不能丢面子,他抽口烟,思忖了一下:“怎么没办法,我早做了退路准备了。”他瞧瞧自己的房子,“北关街上我相中两间门脸儿,里外间,比咱们这房要宽绰,做买卖最合适。人家要两万五,我划下五千。买房置产这也是买卖人该着办的事,早年间……”

“你舍得?”老婆问。

“有啥舍不得?舍不得本钱就赚不了大钱。有了门脸儿,开个小铺子,不比推车上街体面、气派?”

万大娘从来对丈夫言听计从,丈夫一番话,她脸上消了愁。

门开了,家福浑身是汗进了门,直着眼就朝水缸奔,舀瓢水咕咚咕咚喝个饱。

“今儿买卖咋样儿?”万老头故意不看儿子,沉着脸说。

“还行。”万家福抹抹嘴,转身要进自己的小屋。

“回来!”父亲叫住儿子,“这些天,像没了魂似的,你就不许多说两句?”

万家福站住,转过身,开始报账:“卖了三条牛仔裤,八条裙子,够可以吧?”

“混话!你是给我干呢,还是给你自己干?我问你这些天,整天干的什么?”

万老头发现儿子这几天心思好像并没全放在买卖上,从上海回来,办厂的事已闭口不提了,可又整天抱着一堆报纸杂志翻,晚上也不睡觉,又刻又写,印出一张张像“文革”时传单似的字纸来。

那是万家福一条新的生财之道。

他一直不甘心自己这个高智商的人只做小买卖,厂子办不成,总想干点别的。这次去上海,火车上碰到那个科技情报所的工程师,一席谈话使他又开了一窍。信息社会,信息可以转化为物质、财富。到上海取完货,打包送上火车。他归途上坐慢车,一路上专拣小站下车，下了车又专朝农村奔，注意察看当地地理环境、产品、资源，琢磨着这里什么条件可以利用，什么农副工产品可以发展。与当地乡镇负责人，建立了联系，了解了他们特有的产品、资源和缺乏的技术资料、物资。回来后，他白天卖服装，晚上找信息，把杂志、报纸上的各种信息资料，分门别类剪贴。然后跟市工商局疏通，办了一个“农副业信息服务部”的新执照。从此，一边卖衣服，一边兼营“信息服务”。他给去过的乡镇，寄去广告，宣称“要成为万元户，本部可代为提供可靠的信息和技术资料”。果然，大量来信购买信息，有的具体询问养鸡、养兔、养貂、养鱼虾，种葡萄、种苹果、种梨树等技术知识，有的要求提供原料、产品的信息；有的介绍自己当地情况希望给予指点致富之路……家福和几个同学合作，查资料，买书籍，与农科院、情报所建立联系，把有关技术资料信息提供给对方，提取五到一百元的服务、资料费。刚刚干了不到一个月，两千多元就进来了，而且供不应求，来信求援的越来越多，家福倒有一多半精力放在这个“信息站”上了。这样办下去，加上他的小摊点，一年挣上三四万不成问题，这样，即使没有父亲的首肯，办工厂的资金也有希望了。

“您别管，反正把钱给您挣回来就行了呗。”家福不想对父亲解释，一则他不懂，二则他见钱眼开，自己的计划就会泡了汤。他把一天挣的钱交给父亲。

万老头点点钱，除去本钱，净赚了四十多块，他满意地点点头。

“家福，我问义民了，他不管。”

“你怎么跟他说的？”

“求他呗。”

“光凭个嘴说，现在可不行，你以为街坊邻居就这么大的面？告你得舍本。”

“我跟你张大爷说了，事成送台电冰箱。”

“这么大的事，一台冰箱不行，还得加台彩电，现在就送。”

“你小子狂，让他发句话就这么金贵？”

“没有烧手的好处，人家肯给你办吗？”

父亲蔫了，舍不得钱，明摆着不行，可再花两千，又心疼。

“您拿钱来吧，明儿我去买。买了送去，房子就有戏。”

“你有准？他不收咋办？让邻居瞧见咋办？他收了不办咋办？得把事儿想周全。”

“您甭管了。明儿一早把钱给我预备好。”

万家福说着对着镜子擦把脸，整整头发，扭头又出了门。

他要买冰箱彩电还得先和五金交电公司的朋友打个招呼。平时他没少帮那朋友的忙，弄个条儿问题不大，关键他还得去探探义兰的口风，再下决心。

义兰的菜市场离普店街只有两个路口。

这是个只有一间售货厅的小店，店里油盐酱醋，熟肉生肉，水果糕点，蔬菜咸菜，样样齐全。万家福平时不问家务事，还是头一回到这儿来。

张义兰围着条白围裙和一个胖女人守看菜摊。

“义兰。”他招呼她。

“哟，真新鲜，怎么今儿个你来买菜？”义兰坐在一只倒扣的破筐上正百无聊赖，见到他，挺高兴。

“非得买菜，看看你不行？”万家福笑着说，义兰在这儿比在家里对他的态度显然要亲热。

“我有啥看头？”张义兰说话有点发嗲，扭头向胖女人介绍，“李姐，这是我们胡同的万元户。”语气中不无炫耀。

“哟，是吗，看不出来，我还以为是个大学生呢。”

“人家本来就是大学生，辞了干个体的。”张义兰仿佛生怕同事小看了万家福。

“可不，大学生有什么，不就挣七十六块吗，能当了万元户吗？现在，就个体户吃香，有本事还是干个体。”胖李姐羡慕地瞧着万家福，“做啥买卖？”

“服装。”万家福简短地答，他不想多与这胖女人周旋，看看她们的菜摊，对张义兰说：“你们的菜也太次了，怎么卖得出去？”他顺手抓起一根已经发干了的黄瓜。

“没人买。”义兰说话带着气，“店里头头屁都不管，卖多卖少一个样，光赔钱吧。”

“这哪儿行，店小也得改革呀，吃大锅饭干不好。”

“倒是嚷嚷改革呢，昨天公司来人开会，要把店承包给个人。这么个破店，亏了那么多，谁敢应？”

“你应。”万家福毫不犹豫地接口，“这可是个机会。”

“我看我们经理那熊样，真想争口气，可回家一琢磨，又没胆儿了。”

“你包，没问题。你们这个店经营的都是生活必需品，根本没有赔的理儿。没关系，有难处，我给你出主意。”

“对。”胖女人在旁接口说，“人家是个体户，懂得买卖，又有文化，点子多。义兰你就干吧，咱们店也就你泼泼辣辣的，有胆子。不然，工资都发不下来，咱们都喝西北风去？”

“真的？”张义兰望着万家福，动心了。

“那当然，这也是一番事业。我看你行，今儿晚上我帮你琢磨琢磨，明天你就跟经理挑明。”家福口气很坚决。

义兰看家福那激动的样子，想到他对自己一直很关心，不由得心里十分感动。

“这么说，你还真不能搬得太远。”她说。

“你让你哥给我们家帮帮忙。”家福自然地接上了话茬，“再说，你知道，我一直想办工厂，厂房也选好了，就在附近，远了……”

“你怎么还想办厂？你不说资金不够，上面也不批吗？”

“那是原来，让我爸说得我不想办了。那会儿觉得我爸有理，攒十几万银行一存，以后就不紧不慢地做点买卖。生意不好也有利息兜着，日子比一般人要好，一辈子也就行了。可后来我一想，人生不能过得太没意义。有钱不一定生活得痛快，人总得干点嘛，不然生活就没光彩。酒囊饭袋、吃喝玩乐精神会空虚。我既有这个想法，趁年轻就得干一番事业，搞企业的心我一直不死，就算把本儿赔了也想试试。”

张义兰还从未见家福这么长篇大论地谈什么，也从未想到他肚里还有这么大的志气，完全没有了过去在她面前畏畏缩缩，不敢说话，讨好的㞞样。今天的万家福说话、语气、神态都挺帅。

“嗬，你这小伙子还真行。”胖李姐一边惊叹着，“张口一套一套的，把我们义兰都说傻了。”

义兰这时才觉得自个儿有点失态，推了一把那女人：“你别胡嘞。”

“得，你们先聊着。”胖女人识相地离开了菜摊。

“同志，西红柿多少钱一斤？”一个女人来买菜。

义兰不理她，冲家福说：“那我再跟我哥说说，就怕他……”

“你告诉他，他帮我个忙，亏不了。我送他冰箱彩电，外加屋里装饰，有一万，够不够？现在办事都讲明码。”

“瞧你真是财大气粗，张嘴就是一万。他办不成你不就亏了？”

“亏不了。”万家福见义兰今天待他好，胆子也大了，开起了玩笑，“送给你，咱们还不是一回事？”他压低声音说。

“去你的。”张义兰红了脸。

“喂，同志，我买菜。”买菜的女人有点急了。

“着什么急，等一会儿。”义兰斜了女顾客一眼，“没见我有事儿。”

“你……”女顾客被噎得说不出话来。

“哟,你承包可不能这态度。”万家福又小声说,“我走了,给咱们弄彩电冰箱条儿去。”又大声说,“晚上,我找你去,商量你承包的事儿。”

“你还卖不卖菜?”女顾客真火了。

“我给你拿。”胖李姐不知什么时候回到菜摊上。

“那我走了。”万家福口气很亲近。

“嗯。”张义兰点点头。不知为什么,这么短短的一小会儿接触,她竟对万家福有了个崭新的感觉,口气也亲昵了。

万家福的背影没有了,义兰还在那儿愣神儿。

“哎,这小伙子是不是你对象?”胖李姐捅捅义兰。

“去,没那事儿。”张义兰否认着。

“差不离儿。又有钱,又有词儿,长得也精神。你甭瞒着我。”

张义兰忽然觉得自己一阵心跳。是呀,家福有这么多好处,怎么自己以前没发现过呢。

四

踏进凤华饭店,顿时进入了另一个世界。这儿高雅、华丽,一种舒适、安谧的气氛和从四面八方散发出的香气汇聚成令人沉醉的力量,使得走进大厅里的张义民有点手足无措。

张义民还是在凤华开业典礼时,陪市领导到这儿剪彩,顺便参观了一次,那次人很多,并无今天这种特殊的感觉。他有点嫉妒史春生,这样的美差怎么就落到他头上了。

一位穿着华丽旗袍的女服务员彬彬有礼地把他引向二楼一间餐室。

好雅致的房间，浅黄色的两套软缎沙发，飘逸的白色窗纱，配着粉红色的地毯。靠墙是一张茶色玻璃餐桌和两把软椅。罗晓维坐在那儿等着他。

她今天穿一件白色的镶纱边连衣裙，脖子上一串工艺考究的金项链熠熠发光。没有了穿宽袖窄裤的活泼和调皮，却多了几分清丽和纯美。

罗晓维见张义民呆呆地望着她，不由微笑了。张义民穿件半袖衬衫，领结打得漂漂亮亮，身材伟岸又带有书卷气，倒像一个涉世不深的大学生。

她走过去，拉住他的手："傻站着干什么，快过来坐下。"

张义民觉得她的手一碰他，就有一股电流闪电般传到全身，全身立刻麻酥酥、热辣辣的。

她看见他这副呆样，笑着甩开手，"叭"地一下在他颊上吻了一下："哇，你这个傻样子，好可爱！"

张义民猝不及防，越发慌了神儿说："别，别这样。"

罗晓维拉他在椅上坐下："怪不得高婕看不上你，原来你是个清教徒。"好像有些生气。

他坐在椅子上，只觉得脸颊湿漉漉，罗晓维嘴唇上的一种香气仍在缭绕，使他有点神不守舍。

一位女服务员进来，解了他的围。她为他俩放好碗筷，又斟上酒，便站在一边等待吩咐。罗晓维摆摆手，她知趣地退下。

张义民举起酒杯："晓维，我敬你一杯，算我向你赔礼。"

"高婕根本不爱你，你还执迷不悟。"

"不，不能这样说，高婕她其实……"

"算了，别自欺欺人了，我在上海，看她天天和那个男高音黄炯辉泡在一块儿。"

"那是高婕的老师。"张义民赶紧解释。

“老师？情人式的师生。”

“不,不是的,她跟他关系密切,是因为崇拜。”

“崇拜？崇拜就朝夕为伴,崇拜就 go to bed？我都看见了。住在一个饭店,谁都知道,就你不知道,或者明知道还甘心戴绿帽子。”罗晓维举起酒杯和张义民碰碰杯,然后一饮而尽。

张义民也一口气喝光了酒,他的脸再次涨红了。罗晓维的话直戳他的内心深处,羞辱使他无言以对。当别人知道了高婕的丑闻,就意味着自己忍辱负重,苦苦攀附的那根线要断了。

“今天,不要提她。”他为自己又倒满一杯酒。

“好,听你的。”罗晓维再次举杯。“为你这句话,连干三杯。”

张义民顺从地干了三杯,他本不会喝酒,空腹连饮,心情苦涩,虽然是低度的王朝酒,他也开始觉得头晕,腿轻。

罗晓维似乎也有了几分醉意:“我就不懂,你为什么在当今八十年代还那么清教徒似的。人生若没有享受,还有什么乐趣？有的人生来就是为了吃苦,为别人活着,而不是为自己活着,比如你,整个儿一个傻帽儿。”

张义民对罗晓维的指责内心反倒有几分得意。正人君子的形象是他一贯需要在别人面前树立的。看来,罗晓维已接受了他的这种形象。其实,他何尝不希望自己的生活里充满乐趣,接受这个姑娘的邀请不正是为了享受与异性交往的刺激吗？

“人其实都是在为自己活着。”他说,“只不过寻求自我,表现自我的方式不同,有的人只看眼前的小利益,而有的人看得更长远。”

“得了吧。”罗晓维用餐巾擦擦嘴,“你别说那套学生腔吧。那天在援朝家,我就看你像个书呆子。什么自我呀,寻求呀,远大呀,我最烦这些词儿。今朝有酒今朝醉,我最反对为着什么长远而用清规戒律束缚自己,眼前的乐趣不享受,说不定哪天就飞走了。像我老爹,清正廉明一辈子,活着光吃苦了,‘文革’一场运动还不是又在苦中见了马克思。幸亏我伯父还当政，否则不仅他吃了一辈子苦，带累我们几个孩子也吃苦。”

张义民心里一亮，罗晓维果然是干部子弟。

“你伯父是干什么的？”

“他官儿倒没我老爹大，才是个副部长，不过因为在北京，咱们这儿的老部下们还都买他的账。”

“你是背靠大树好乘凉啦。”

“什么大树，一离休，都没用，还是得靠自己。我是一点光不沾，靠自己唱出来，靠哥们儿捧红的。”

“你怎么认识的徐援朝？”

“怎么，想当克格勃？”

“不，我想了解一下我的这些新朋友，也包括你。”

罗晓维咯咯笑起来：“说你呆你就呆给我看。通过我的嘴了解我？有意思。”

“你今天找我商量什么事？”张义民赶快转开话题，他发现自己在这个言词直率，说话毫无遮拦的女性面前，一再露怯。

“我不在电话中告诉你了吗！第一想你，赚了钱想请请你。第二是开导开导你，帮助你高瞻远瞩地分析分析中国发展的大趋势。”

“哦，我倒想领教领教。”张义民来了情绪。这个只知“享受”“乐趣”的姑娘难道还对政治感兴趣？

“好，你听我说。”罗晓维把一筷子白切鸡放到嘴里，细细嚼了，又喝上一口酒，这才开始“演说”。

“中国人的观念发展趋势，我以为目前乃至将来就只有一个：从务虚到务实。何为虚？何为实？虚便是所谓的荣誉，实便是物质，金钱。说白了，钱就是一切。人们追求，羡慕和尊敬的不再是什么革命经历，模范事迹，荣誉称号，道德典范，而是百万富翁。想想十九世纪初期的欧洲,法国大革命后资产阶级开始鲸吞掳掠,聚敛财富,成为暴富,而社会的旧观念仍推崇已经衰落的贵族。资本家有钱没地位。不少贵族已经没落潦倒,然而仍拼命维持和自我欣赏着徒有虚名的贵族头衔。资本家中的蠢货们拼命巴结贵族上层,不惜一切代价,甚至攀亲联姻,获取贵族的爵位。结果怎样?资本家最后主宰了一切,贵族的桂冠变得不值一文。有预见的聪明贵族,便早早加入资产者的行列,把自己变成他们中的一员。"

罗晓维说着,看看旁边毫无表情的张义民,喝了一口酒,接着说:"徐援朝和我们圈子里的一些朋友,就是这样的聪明人,有预见。他们利用老头子们现在还有的那点力量,办公司,搞大号买卖,就是为了成为百万富翁。而你,就像那些想爬到贵族圈儿中去的蠢货。"

张义民感到震惊、刺痛。罗晓维的话如此尖刻,而他却像被剥去了衣服、赤裸裸地站在那儿,狼狈不堪。

"你的比喻极不恰当。当今中国不是资本主义上升时期的欧洲,无产阶级老干部也不是封建社会的没落贵族,社会性质不同,不能混为一谈。你的话,缺乏最简单的社会发展常识,还讲什么'发展大趋势'。"张义民思索了一下,找到了反击的武器,语气也"狂"了一些。

"不恰当吗?可能。但却是真理。比如现在我们社会中最富的人是谁?是个体户、专业户、二道贩子。他们很多人原先是社会最底层的人,失业者,劳改释放犯,考不上大学的社会青年,贫困线上的农民,所以他们才不顾惜什么面子、尊严,才敢于冒险。仅仅几年时间,很多人成功了,成了万元、十万元、几十万元甚至百万元户。人们嫉妒他们,可又有谁甘心辞掉铁饭碗,不顾面子和地位干那一行呢?人们仍旧在心理上鄙视他们。而实际上,这些人中的佼佼者已经改变了地位,进入了政界。现在捐出钱袋中的几分之一,当个政协委员的人大有人在。人们的这种社会心理早晚要变,到时候,社会发现,被人看不起的,不是那些万元户,而正是他们自己。”

罗晓维的话使张义民立即想起了万家福和自己。他一直瞧不起万家福,万家却家财万贯;他一直为自己的社会地位而沾沾自喜,张家却仍旧一贫如洗。

“你的意思,是让我去辞职当个体户?”张义民半开玩笑地说。刚才的语言交锋,已经使他紧张的神经松弛了。

“像你这样的,干个体,怕连家当都得赔光了。”罗晓维笑着用手背捂住嘴。

张义民见罗晓维讥笑他,有点恼火:“我就不信,我干个体干不过他们。但社会不能全是个体户,我有我的位置和事业。”

“对,你的位置正是你的优势。你抓住这个优势,会远远超过那些个体户。”

“这是什么意思?”

“把手中的权变成钱,就看你有没有胆量?”

张义民心里一阵惊悸,只觉得灌入耳朵的话冷飕飕的。他何尝不懂,但是他怎么能拿政治前途作为赌注,去冒风险。长期以来,他一直恪守着为自己设计的目标,一步步前进,不曾越雷池一步。

“我有什么权?”他淡淡地说。

“你会不知道?徐援朝可一清二楚。”

“清楚什么?我只是负责监督、控制国家一类物资按计划分配,例行公事。”

“分配本身就是权。给谁不给谁就是权。”

“我无权决定给谁不给谁,只是负责审核局里上报的计划,公对公。”

“援朝会打通一些局，这些局里会报计划给你，你只要照顾一下批一批。好处，他会给你的。”

“徐援朝，要这些东西干什么？他是干保卫工作的，物资跟他有什么关系？”

“当然有关系。他现在手可长了，很多城市的公司和他有关系，只要你肯合作，你手中的那些木材、水泥、钢材都会变成‘大团结’。”

“他搞这些要犯错误的。”

“犯错也犯不到援朝身上，你别看左一个通报右一个判刑，那全是些没根子的傻帽儿。援朝出不了事，出了事也有人兜着。”罗晓维为张义民搛了些菜，放在他面前的盘子里，“你怎么不吃？不吃白不吃。坐失良机，你会后悔的。你廉洁奉公，不就是个大公务员吗？你知道援朝他们手里已经有了多少美金？在国外账号下存了多少钱？”

张义民沉默了。

罗晓维的话使他看到了另一个世界。

他已经过了而立之年，但没有享受多少人生的乐趣。在晓维他们玩乐、享受青春之时，他却在挖空心思去追求那一点点在亲朋好友面前的炫耀。在别人痛快地品味桌上的美味佳肴时，他想的是如何把围在脖子上的餐巾弄得平整、美观而有风度。

他是愚蠢的。罗晓维说得对，钱，钱是万物之本，有权无钱，权不如一块抹布。

他盯着罗晓维漂亮的娃娃脸，那孩子般的脸上再没了孩子气，这姑娘不简单。

“你也是他们其中一员？援朝派你来当说客的？”

“你说对了一半。”晓维笑眯眯地专心搛着菜。“我和他们没有关系。我明白钱的重要性，但我不追逐它。我有我的生活方式，我的艺术圈子。在那里,快乐和生存,挣钱和事业都是一回事。说客嘛,倒差不多,是援朝让我找你的。"

"是这样。"张义民的眼睛黯淡了。他自作多情,以为这女孩子喜欢他,其实不过是个说客。

张义民的神情全被罗晓维看在眼里,她不由一阵心跳,一股微火迅速烧遍全身。她站起身,走到他面前,把双手搭在他肩上。

他抬起头,正与她的目光相遇。

那目光里有多少复杂又热烈的内涵?脉脉含情又勾魂摄魄,没有了天真单纯,而是一种纯粹女人的渴望。

这目光,不能不使他产生渴望,连同被那双手接触的双肩,在他的周身燃起了一种强烈的欲念,他觉得自己灵魂深处有一种朦胧的觉醒,和一种极兴奋、极热切,甚至极狠的冲动。

他一把抱住了那柔软娇小的身体,紧紧地把她的丰满胸部压在自己胸前,嘴唇急切地寻找着她富有弹性、香气袭人的双唇,拼命地吮吸着。他几乎窒息了,这种渴望使他浑身火一样的发烫、发软、发狂。

他不能自制地去脱她的上衣。

"哦……"她呻吟着,抓住他的手,"不要……现在不行。这是饭店。"

"我不管……"他觉得自己失去了理智。

"明天……不,一会儿,到别的地方。"

"哪儿?"他想立刻就去。

"到援朝那儿。"

"什么?"他发热的脑袋连同躯体一下子凉了下来,身子也僵硬了。

第 十 三 章

一

环城路西线工程破土动工了。

阎鸿唤选择了零点这一时刻,打下了整个工程的第一根桩。

午夜,震耳欲聋的汽锤当当响着。凤凰立体交叉桥工地沉浸在庄严而又热烈的气氛中。声声锤响,牵动着全城人民特别是在场所有人的心。这里有工程技术人员的激动,多少年来,国内外的专家对这座城市的改造,尤其道路改造,摇头叹息,如今,他们迎难而上,亲手设计的一道道方案将付诸实施;这里有市政工人的激动,多少年来,他们在狭窄的道路上修修补补,从未甩开膀子干过,如今,他们将亲自修建出一条环形玉带,架起道道彩虹。中国经济改革给中国大地带来了"仙气",把人们从睡梦中唤醒,把美好的梦变成指日可待的现实。

千家万户此刻都在沉睡,然而这里却灯火通明,沸腾着破土动工的喜悦,回荡着市长铿锵有力的声音:"要干出中国人的志气,用两个月时间,建筑起我们这座城市第一座气势宏大的立体交叉桥;用半年时间拿下西线道路改造工程。今天,零点我们动工,春节零点我们告捷。以高速、优质的成果向新的一年献礼!……"

市长阎鸿唤站在用土堆成的工程指挥台上。

"阎市长,您回去休息吧。"市政工程局局长曹永祥望着两眼充满血丝的阎鸿唤。

“不,我再看一看,回去也睡不着。”阎鸿唤很兴奋,他把快要滑下肩的风衣向上拉了拉,问,“那个杨建华在哪儿?”

曹局长指了指前面不远处一个头戴安全帽的人:“在那里指挥的就是他。市长叫他?”

阎鸿唤在强烈的照明灯光柱下,搜寻到正在那儿指指画画的杨建华:“不,不要打搅他。他是现场作战指挥,承受着千钧重力。”

市政二公司是整个道路工程拉上去的第一支队伍,肩负着凤凰桥、康庄桥、振兴桥三座立体交叉桥的建造任务和十公里的道路修筑任务。这对一个只有五千人的工程公司,要按期保质保量完成任务,是艰巨的。

“你们要多关照二公司,杨建华这头一脚踢好,就能振奋其他施工队伍的士气。他有什么困难,你们局里要为他扫除障碍,包括人力、机械、物资。”阎鸿唤对局长说。

“杨建华很有魄力。人力没有问题。别看他承包了这么多项任务,但他还没把全部队伍拉上去,只用了四个施工队。”

“噉?”阎鸿唤感到惊讶,“用四个施工队,他有把握?”

“他把另外几支工程队的机械全部集中到这四个施工队,加强他们的机械化程度。每一个施工队承包一项工程,这样做,产生了一种刺激,刺激了竞争。”

“就是说八个人的饭,现在只分给四个人吃,谁能吃,就靠竞争,投标定夺。”

“对,杨建华就是这个意思。局里支持了他的改革尝试,此次大工程正是个用实践检验的好机会。”

阎鸿唤点点头:“这是个好办法。市里这次的方法是各区、局承包,局里搞公司承包,公司又搞投标,层层承包。”

局长补充说:“实际上杨建华已经把工程承包到组了,每个工程队都成立了突击队。”

“好,你们要注意在凤凰桥工程中拿出经验来,向整个工程推广。我今天把电视台的同志请来了,给你们搞了个专题片。第一根桩打进去,我的牛皮也吹出去了。全市人民可在电视机前全看到,听到了,这叫‘背水一战’,自己将自己一军。三个月拿不下来,你、我无法向市民交代。我们这个时期的官不好当呀,得拼命。”

曹局长笑了:“市长,我看出来了,早做好扒掉一层皮的准备。没有后路了。”

阎鸿唤拍拍局长的肩膀:“在基建方面,你是一块宝,是把金钥匙。现在就看你这个总指挥的了。”

阎鸿唤看看表,已经深夜二点了,便对身边的张义民说:“请大家回去吧,还有明天的工作。”

张义民赶紧安排汽车,送几位陪同来的领导一一离去。

他今天好不得意,始终陪着市长。西线工程按期动工,不能不说他立了头功。现在西线整个地段,除了一所小学和两个局办幼儿园还得耽搁两天外,已经全部拆除完毕,整个拆迁工作干净、利落、迅速。市长今天一见他面,就拍着他的肩膀,赞赏地点点头。褒奖之意全在这一拍一摁之中。下一步就看康克俭的了,市里拆迁分片包干,这可是立了军令状的。

张义民这些天觉得自己更加成熟了,尤其晓维一席话,使他开了窍。过去他追求官位升迁、社会地位的提高,而如今,他突然领悟到地位和实际利益之间那种密不可分的相互作用关系,决心要利用自己一贯迷醉的虚荣去猎取实惠。并且立刻发现,机会往往是送上门的,只要想获取,唾手可得。因此这两天,他不再对万家福送礼之事暴跳如雷,而采取了回避的态度,通过义兰给了家福一个含混的回答:“等等看。”

这会儿,他见市长也准备走了,急忙追上去。

“市长，还有什么指示？”张义民与市长并肩走下土坡。

“小张，再有五天，西线能不能彻底迁完？”

“您放心，我只需要三天。”张义民胸有成竹。

“我等你好消息。你回头跟柳市长说一下。东市区的拆迁，康克俭的任务比你重，所以房屋要统一筹划安排，西线尽可能挤出一些，让给普店街搬迁用，保证东线拆迁。”

“康区长会有办法的。”张义民说。

“听说东市区委已经把自己新盖的干部宿舍楼让了出来。康区长的区里几位领导也让出自己的住房，我听了很感动。”阎鸿唤的消息来自妻子。素娟告诉他，为了保证东市区普店街的拆迁顺利进行，康克俭在区政府干部会议正式宣布，他带头第一个把家迁到新居民区，并且把原来的三间住房压缩到两间。

“是吗？我还没听到，也许是传言？”张义民听着市长对康克俭的赞扬，心里怪不舒服，他原以为目前，自己应垄断市长的全部夸奖。

“不是传言。康克俭这个人敢说出口，就能做得到，我了解他这一点。”

在普店街目前寸土没动的情况下，市长仍对康克俭深信不疑，张义民感到吃惊。

“如果区长腾出一间房，就能解决普店街的搬迁问题，那当然不错。但我觉得，康区长的自我牺牲，未必会有这么大的影响。一个区长成功的关键不在让房而在工作有方。”

“噉？你怎么看？”

“要想真正搞好搬迁工作，我认为东市区目前首先应该找房源。如果东市区确有困难，我负责压缩西线的房子支援他们。另外，要采取必要的措施，不能一味迁就住户的要求，否则多少房也不够用。我们西线地段搬迁什么样的人没遇到？什么苛刻条件都提出来了。但我就坚持,不合理的要求一概不考虑。群众想不通,得靠我们去做说服工作,必要时采用强行手段。”

阎鸿唤看着侃侃而谈的年轻人,脸上露出一丝不易察觉的微笑。

“西线各区、局,你估计能挤出多少间房给东市区?”

“如果努力,估计化工局能让出十套,西市区能挤出十六套,商业局能让出二十九套,加上其他的,总共能挤出六十多套房子。”

“不,远远不止这个数,这里面有埋伏。你可以挤出一百五十三套房。我现在要求你拿出一百五十套,借给东市区。”

“这……”张义民被市长说得张口结舌。没想到市长居然对情况一清二楚。

阎鸿唤仿佛没有觉察出张义民的窘态,继续说:“东市区拆迁难,康克俭不叫苦。我清楚。不用说提什么苛刻条件,就是按原面积分配,也仍差三四百套房子。巧妇难为无米之炊。你回去和柳市长说,我的意见,要把市委、市政府新建的几幢干部宿舍楼,全部拿出来,用于普店街的搬迁。康克俭的做法,给我一个启示。我们去做群众工作,首先要身体力行,取得讲话的资格。”

张义民知道自己弄巧成拙了。在这个精明过人的市长面前,他不能要一点滑,他再一次感到一种无形的压力,便点点头。

“好,我向柳副市长汇报。”

“到时一百五十套房,我向你要。”

“是。”

“最近柳市长身体怎么样?”阎鸿唤突然记起自己有五天没有看见柳若晨了,只是听说柳若晨把行李搬到搬迁指挥部了。

“柳副市长身体不大好。白天忙工作,晚上还要去医院看爱人。”

阎鸿唤不再说话。这五天之内,他和柳若晨通了三次电话。

柳若晨只跟他谈工作,从不涉及别的。他问徐力里的病情,柳若晨避而不答。这让阎鸿唤感到很尴尬。

这一瞬间,他的心突然被一种柔情和痛楚占据了。他回忆起许多与徐力里相处的往事,也想到那个晚上,她住院前交给他的那份立体交叉桥设计图纸。

他感到深深的内疚。凤凰桥没能如徐力里所愿,没采用她的设计。接替徐力里主持凤凰桥总体设计的工程师,认为她的设计占地太大,造价过高,在讨论方案的会上提出异议,而阎鸿唤同意了这种否决。他不敢想象一旦徐力里知道了这种否决,会作何种表示,对一个临终的人的最后愿望,这是否太残酷了?他再一次对徐力里的情感进行了摧残。但作为一个市长,他又不能不这样做。他没有勇气去看她,他怕她问这桥,他既不能欺骗她,也不能不回答。

阎鸿唤坐上自己的车,车启动了。这时,迎面一辆轿车驶进了工地,阎鸿唤认出这是柳若晨的车。

他叫司机灭了火,然后走出轿车,等着柳若晨。

柳若晨从车里出来,看见阎鸿唤,便向他走过来。

“你还没有走?”柳若晨问。

“开工典礼你怎么没参加?”阎鸿唤反问他。

“典礼,你是主角,有没有我这个陪衬并不重要。难得的时间挤出来,我去看她了。”

“我明白。”阎鸿唤轻轻地说,心中油然生起一种感激之情。

“不,你不明白。”柳若晨冷冷地说,“你根本不理解她,她天天盼望着凤凰桥的设计方案,而我们辜负了她。”

“你不会把结果告诉她吧?”

“我没有权利隐瞒。”

“什么?!”阎鸿唤几乎喊了起来,“你没有权利告诉她。”他抑制不住内心巨大矛盾带来的冲击,他狠狠地盯着柳若晨,如果他不是市长,如果柳若晨不是徐力里的丈夫,此刻,他都会一拳把柳若晨打倒。

“我有这个权利,我是她丈夫。过去我一直没有给予她什么,我想弥补我的过失。我爱她。”

“什么?这是爱吗?明明是刺激,对于一个身体虚弱、生命垂危的人,你是在折磨她,置她精神于绝境。你,你是报复吗?报复徐力里,也报复我,是不是这样?你回答我。”

“报复?”柳若晨扶了扶鼻梁上的眼镜,由于激动,他有些颤抖,眼镜一再往下掉,他索性摘了下来,死盯住眼前模糊不清的阎鸿唤,“原来是这样,没想到你是如此的冷酷。”

“柳若晨同志,你要对你说的每一句话负责。”阎鸿唤被柳若晨的态度和言词进一步激怒了。

“难道我说得不对吗?你冷酷,冷酷到连她最后的愿望都不让她实现,还想欺骗她。”

“我是市长,不能为一个女人的愿望去浪费国家的财产,这你不是不知道!”

“可是为什么不能让她修改一下,成全她呢?”

“工期紧,我们没法儿等。”

“工期是人定的。”柳若晨毫不放松。

“工期就是金钱,就是一座城市的财富!”

“而且你虚伪。”柳若晨一字一句地说出这句话,转身准备离去。

“站住!”阎鸿唤无法忍受这种轻蔑,“你需要把话讲清楚。”

柳若晨回过头,望着他:“不要这样大惊小怪,不要指望人人都对你唱颂歌,你做不到。你爱她,但你否认,欺骗自己,也欺骗别人。不然,你何至于联想到报复?你这个词儿,正是说明你离开她是对她、对她父亲的报复，而且你只允许你这样报复。别人恨她你受不了，别人爱她，你也受不了。难道最后，你还要让她继续把你的欺骗当作希望，带着对你的依恋离开人世吗？人不能太贪心了，你选择了事业，自尊，选择了报复，就不能再希图留有她那个温馨的梦。我是她的丈夫，我要尽我的一切去帮助她，让她看到自己的力量和希望，明明白白，不留遗憾地告别人世。人的生命结束时，真正的幸福是为自己写上一个完整的句号，我想这是她的心愿。”

阎鸿唤从未见过书生气十足的柳若晨这样激动，这样跟他毫无顾忌，振振有词地讲话；也从没想到柳若晨居然这样把他看得清清楚楚，比他自己还清楚。他终日忙碌，沉浸在总体设计和宏伟蓝图的事业中，很少有暇想别的。柳若晨却一再地勾起他的这根柔肠。他突然对自己，对柳若晨产生了一种厌恶。

“现在是什么时候，两个市长在工地上谈这些。”阎鸿唤甩甩手。

柳若晨不再说话，他戴上眼镜，双手插进风衣口袋，朝着机器轰鸣，人声鼎沸的工地走去。

二

高伯年在医院住不下去了，医院像一道屏障，把他与外界、与他领导的城市隔绝起来，他发了脾气，医院党委研究，同意了他的出院要求。但要通知他时，他却“失踪”了。整个医院紧张了一个下午，直到傍晚，市委办公厅才通知他们，市委书记找到了。

高伯年是坐张义民的汽车离开医院的。

张义民的汇报，使他一分钟也不愿意再在医院呆下去。阎鸿唤只用了这么短的时间准备，就将如此庞大、艰巨的道路改造工程动了工。设计方案才通过五天，桩已经打上了。这纯粹是仓促上阵，况且东线拆迁还没完。现代化难道就是这么个干法儿吗？这叫逞能。过去他带兵打仗还要讲究个不打无准备之仗。现在修筑一条公路，建造现代化的立体交叉桥，更要准备周全，考虑好每一个细节。他越想越担忧，有一种要出大问题的预感，这使他下决心要干预一下，以防事态到了不可收拾的地步，给国家造成巨大的经济损失。在他离开一线之前，不能允许这类事情发生。

然而，当他从市政工程设计院和道路工程指挥部出来后，他的决心动摇了。

简直不可思议。在阎鸿唤的指挥下，准备工作有条不紊，井然有序。而且，他接触的所有人，都与张义民不同，他们对工程抱着十足的信心，亢奋的热情。他没有表示任何反对意见，心里充满了矛盾。作为这座城市的老市长和现任市委书记，他当然希望在他任职期间，城市道路问题能解决，早在他当初就任副市长时，就产生过这种念头，然而，这念头在客观条件面前变成了可望而不可即的幻想。如今，阎鸿唤在把他当初的这种愿望付诸实践，他本来应该感到欣慰。然而，他的心情却并不欢畅，因为这一切并不是他努力的结果。他曾经抱着怀疑和否定的态度，反对过改造方案的实施。一旦道路改造工程真正胜利完工，那么，他扮演的角色实在不太光彩。他后悔自己当初表态太明朗了。

高伯年怀着这种矛盾的复杂心理，驱车来到市委大楼，他急切地要立即接触市委工作。

几位副书记已经下班回家了。只有市委秘书长和办公厅主任还在办公室里研究工作。

他们显然对市委书记的突然出现感到意外。

“高书记，您今天怎么就出院了，也没打个招呼？坐什么车来的？”

“心里长了翅膀，医院一天也呆不下去了。”高伯年开了个玩笑，坐到沙发上，“怎么，还在研究工作？”

秘书长面有难色地看了一眼办公厅主任，支吾着没有回答。

昨天，办公厅接到了一份来自云南边防前线的电报，高伯年的长子高原牺牲了。大家立即意识到这个噩耗对于一个正患心脏病的父亲意味着什么样的沉重打击。常委们研究，暂不告诉高伯年，只通知了沈萍。此刻，秘书长和厅主任就是刚从沈萍那里回来，正研究如何说服高伯年继续在医院住一段时间。高伯年却不期而至了。

高伯年对秘书长的神态感到恼火。他断定，现在市委的工作不向他请示，除了照顾他身体的原因外，一定还存在着其他因素。他老了，但并不服老，可别人一定从年龄上认为他老了，甚至有人会盼他老，希望他能腾出位子，好来坐他的这把交椅。特别这次自己病倒，人们也会认为这将加速他退居二线的速度。人心难测呀！他就任书记不久，就有些老同志向他反映，说市里一批老同志退下由一批新干部接任后，最初，他们对老同志还尊重，事事请教，毕恭毕敬。两年之后，他们在自己的职位上坐稳了，心理上适应了，自我感觉就与从前不一样了。他们开始完全按自己的意志办事，不再征求老同志的意见，甚至公开否定前任的许多所作所为。见到老同志，说话完全是一副平起平坐的口吻，有的更是摆出一副现任领导者的架势，居高临下地与老同志交谈。一位三十年代参加革命的老组织部长就曾找上门来骂娘，骂自己培养出一只狼。在市人大常委会上，一些老同志也一肚子牢骚，向他告新干部的状。高伯年当时一方面劝说老同志要心胸开阔，不仅要有退出舞台的勇气，而且要有甘为自己的徒弟当配角、跑龙套的气度。一方面他也找到一些新干部，批评他们对老同志不够尊重，但他鼓励他们丢掉老框框，放开手大胆工作。然而现在，他还没有退居二线，只不过刚刚病了一个多月,就已经体味到这个滋味了。他自己将来能有那种气度吗?“人一走,茶就凉”,如今,他觉得人未走,茶已经不热了。连秘书长和厅主任研究什么工作,都不肯痛痛快快向他汇报。

“道路改造工程上马了,这在市里是一件大事,市委常委会是否研究了怎样保障市政府这项任务的落实?”高伯年单刀直入。他猜测,阎鸿唤不会不在市委常委会研究,市委也会做出相应的决策。秘书长和厅主任现在研究的问题肯定与这项工程有关,否则不会这样难于启齿。

“在市委常委会上,阎市长就道路工程改造方案向市委常委会做了两次汇报。常委大多数赞同这个方案,但根据您的意见,市委没有形成文件,也未做什么决议。”秘书长答。

高伯年几乎是紧张地听完秘书长的汇报,他喘了口大气,思忖片刻,说:“道路改造工程,是市里一件大事。你们应该向我汇报,我当初的意见,只是个人的一些想法,主张把工作搞细,防止轻率从事。如果这些问题都注意到了,市委应该有一个积极的态度。明天,我上班,这一个多月耽误的时间和工作,我要补回来。有什么要报批的文件,你们准备好,交给我。”

高伯年站起身,准备离开。

“高书记……”秘书长突然拦住高伯年,“常委会根据您的病情,又研究了一次,决定……希望您最好再住一段时间,争取病情再稳定一些……”

“扯淡!”高伯年发火了,“我出院住院与常委会有什么关系?我是医生的病人,不是你们的病人,你们有什么权利做这种决定?我再说一遍,明天我要上班,主持市委工作!”

三

沈萍呆滞的目光望着手中的照片，高原朝她微笑着，模样英俊可亲，就像他父亲当年那样。

高原不是她的亲生儿子，但她爱他，以一个母亲的心。

她与高伯年结婚后，为了与孩子培养感情，她开始每天接孩子回家睡。一天早上，她觉得自己被窝里有只细嫩、光滑的小腿，她往上一摸，摸到了高原那胖胖的小身子，孩子钻到母亲被窝来了。她心里一阵喜悦，把他搂在怀里，亲吻那发着乳香气的小身躯，"儿子，"她小声说。从没生过孩子的她体味到了一个母亲的骨肉相濡的那份情感。孩子也许都有向妈妈撒娇的天性，三岁的小原原忘记了生母，很快喜欢自己漂亮的妈妈。他钻她的被窝，把小脚丫放到她肚子上；他把妈妈当大马骑；他摁着妈妈的鼻子当喇叭……原原和妈妈整晚都腻在一起。她爱这孩子，从不把原原和高伯年过去那个"黄脸婆"联系到一起。这么漂亮可爱的儿子就是自己的，他长得像父亲。

她生下高婕后，仍把高原当作自己的亲骨肉，她喜欢男孩子。父母之间发生争执时，高原总是站在母亲一边，悄悄地到她的房间宽慰她。小高原对于终日忙忙碌碌、一副严父模样的父亲，只有敬畏。高原上了小学、中学，学习成绩优秀，每次记分册拿回家来，第一个就要交给妈妈。

然而，动乱使他们母子关系破裂了。

一天，高原回到家，一脸阴云。

"你过来。"他直愣愣地冲她说。

她预感到有什么事情要发生，顺从地走到儿子房间，看着他把门砰的一声狠狠关上。

“我的亲妈妈在哪儿?”高原眼中有一股怒火。

“原原,你疯了!”她恐惧地望着他。

“我没疯,我想要被你逼走的亲妈妈。”

“你……你不要瞎说,你怎么……怎么知道的?”

“你到大街上去看看吧!大字报满街都是。你是哪年嫁给我父亲的?是你逼着我父亲和母亲离婚的。你……你这个资产阶级的臭小姐,恶毒的美女蛇!”

多少年过去了,高原最后那两句话她仍无法忘记,并且常常刺激她。她曾发誓绝不原谅他,因为她付出了那么多的爱,而他的回报却是诅咒和摧残。

高原参军了,临走时并没请求她的宽恕,甚至没有向她告别。只是近两年,他才在给家里的信尾上偶尔写上一句“问妈妈好”。她明白,裂痕出现了,就很难完全弥合。她对重新得到儿子的爱不抱任何希望。高原不是自己的亲生骨肉,又何必去期望恢复那并无血缘关系的感情呢?她想忘掉他,想去恨他。但每当高原来信,不管信中提到还是没提到她,她都隐约感到一种刺痛,总是不由自主地想起小原原和她那份亲昵、甜蜜,浸透了幸福感的母子情。她无法否认她对高原的感情远远胜过对亲生儿子高地的感情。

她甚至厌恶这个小儿子。高地的存在时时勾起她对一段往事的记忆,他长得太像一个人了。

当沈萍无意中撞见丈夫和那个医生之间的丑事之后,她怒不可遏。尤其见到那个女人文雅、温顺的样子,无法抑制的妒火几乎使她丧失了理智,劈头盖脸地撕打那个向她跪下的女人,她觉得高伯年一定爱那个女人,一定反感她婚后变得越来越暴躁的性格。她要报复他。

报复的机会来了。她碰到一个中学同学王守义。王守义的父亲曾是沈萍父亲买卖行里的账房先生，而王守义则曾是沈萍的追求者。郊游，沈萍不慎鞋子掉下了山坡，同学们取笑，起哄，王守义爬下坡，替她取回鞋子。平日放学，只要天稍黑，或赶上风雨，他就在校门口等着她，一直把她送回家。但沈萍根本看不起他，唯唯诺诺，酸里酸气的，像个女人。她决心做个新女性，心目中设计出自己崇拜的英雄。这次见了面，才知道解放后王守义也进步了，在市委统战部里当了干部。

她把老同学领进了自己的房间。

与其说她在报复高伯年，不如说是在报复自己。在毫无情愫地出让了几次自己的身体以后，她后悔了。她开始厌恶王守义，也厌恶自己，觉得自己干了一件最荒唐的蠢事。

她不过是想借此发泄对丈夫的怨气，取得心理上的平衡，但后果却不堪想象。她怀孕了。这是她没有想到的，她绝不想和这个人结合出一个生命来。丈夫对不起她，但并没有给家庭带来麻烦，而她却将给这个家庭带来一个不属于这个家庭的成员。得知她怀孕的消息后，王守义慌了神，矢口否认他们之间的关系，拒绝承担一切责任，吓得逃之夭夭，再也没进过她家门。

倒是高伯年挽留住了高地的生命，他不知道沈萍要去流产的原因，坚决不同意。他需要再有一个儿子。

高地长到三岁，面部特征就愈来愈多地出现王守义的影子。看到他，沈萍就如同看到了自己那段不光彩的往事，令她不快。高地的存在，就仿佛是那个令她厌恶、鄙视的王守义无时不在。她对这个亲生儿子，竟没有一点亲生母亲的感情。

她的感情仍然系在她亲自抚养大的高原身上。

高原同志不幸在七月三日战斗中壮烈牺牲……

一行黑色电文，猛地刺痛了她的心。

眼前，硝烟弥漫，炮弹卷着旋风，冷酷而尖细的呼啸，声音穿透人的耳膜，鲜血，太浓太红的鲜血，慢慢地，慢慢地染红她面前的一切。

妈妈！……

是那幼稚、细嫩的童声。儿子在喊她！

她浑身抖了一下，泪水涌了出来。她是高原的妈妈，没有血缘关系却又血肉相连、感情相依。她欺骗不了自己，她是如此深切地爱高原，她的儿子。

“你怎么了？”是伯年那熟悉的声音。

她没有想到，丈夫突然回来了。

高伯年惊愕地发现妻子两眼红肿，泪痕满面，哀痛不堪。

茶桌上，放着一纸电文和高原的照片。

“出事了？……”他的声音有点发抖。

沈萍控制不住自己，伏在丈夫身上大声抽泣起来。

陪送高伯年回家的厅主任，无法阻止已经发生的事情。

高伯年脸色发白了，他拿起电文，不幸的预感被证实了。一阵撕心裂肺的绞痛，使他踉跄地跌坐在沙发上。

高原，他牺牲了？……他牺牲了！……

儿子生在战场，又在战场上消失了。

四

阎鸿唤决定立即去看望市委书记高伯年。

他请妻子送走了前来报信的秘书长和厅主任，自己迅速去卧室换了衣服。

在临出门的那一刹那，他又犹豫了。人生最大的悲痛莫过于老年失子。在刚刚听到噩耗之时，他去安慰高伯年，会起到抚慰作用吗？或许，过一会儿，等高伯年心情平静一点后，他再去，效果会好些。但是千万记住，今天晚上不要涉及那个敏感的道路工程。

他坐下身，点着了一支烟。考虑如何安慰这个老同志。他觉得自己很不会讲话，虽然平时，他的工作，他的事业，需要他讲各种各样的话，鼓舞士气的；分析形势的；语重心长的；富有气魄的；……可是现在，他却像一个小学生，不知如何开口，千言万语也抵不了那种悲痛！他感到很难过。

高伯年生出了个英雄儿子！

应该为有这样的儿子引以自豪。他没有去过老山前线，可他知道，那里聚集着一代精英。遥对那儿的鲜血，他觉得自己挺渺小。机遇和培养使他目前处在一个重要的位置上，这个位置要他在这个中国历史上最伟大的变革时代，去做一番事业，而这个事业已经迈开了坚实的第一步。

反对这个工程的高伯年将如何对待他这第一步？作为市委书记，高伯年有权过问。作为市长自己必须得到书记的支持。他本想在高伯年出院后，就此与自己的老上级做一次推心置腹的长谈。然而，现在又不是时候。

烟蒂燃到了手指，阎鸿唤甩掉它，站起身。

还是去见高伯年。漫漫长夜，两个人会比一个人要容易度过些。

他走出房门，穿过庭院，走上台阶，推开了高家客厅的门。

客厅里，高伯年一个人坐在沙发上，灰白的头发有点凌乱，人显得疲惫、憔悴，仿佛一下子老了十岁。

“伯年同志……”他轻轻在那老人身边坐下。

高伯年抬起头：“是鸿唤？我正想请你来谈谈。”

“你身体怎么样？”

高伯年仿佛没有听见他的问话：“我今天要与你谈的，是想明确告诉你，对道路改造工程，我是赞同的，这也是我多年的夙愿。”

阎鸿唤几乎愣住了，他万万没有想到，高伯年能在这个时候，说出这样一句话。

第十四章

一

东市区搬迁分指挥部,一片喧嚣声。这里各个街办事处的头头们进进出出。要汽车,要增房,要救兵帮助动员……

区长康克俭和区委书记晋波,已经一连五天没有回家,蹲在指挥部,坐镇指挥。东线搬迁动员令已经发出,市搬迁指挥部要求他们二十天结束东线搬迁。大面积的搬迁,涉及方方面面,尽管他们预先设想了许多具体困难,仍有大量意想不到的难题突然冒出来,需要他们亲自拍板定夺。

“老晋,无论如何,今晚上你要回家睡一觉。”康克俭见晋波脸色发黄,关心地说。

“什么时候,哪能回家?你头上顶着军令状,我掉几斤肉,也得陪着你挺着干呀。”

“普店街什么时候开始动了,我才能放心。”

“普店街问题不大。居委会配合得很好,已经多次召开了居民小组会,宣传道路改造的意义,舆论攻势对居民震动很大,绝大多数居民都通情达理,一些个别户也收回了原来提出的无理要求,剩下几个‘钉子户’,昨天我亲自登门,对他们讲明道理,晓之利害,看样子‘钉子户’也开始松动了。”康克俭笑着说,为晋波倒了一杯水,又从抽屉中拿出几粒药,递给老书记。

晋波接过药,用水送下去,然后说:“西线支援的房,派人接收了没有?”

“派人去了,全是顶层楼,而且离我们区也远,我看还得立足于自力更生呀。”

一位干部慌慌张张地推门而入:“晋书记,康区长,有人汇报,从昨天下午开始,到今天早晨已经有十几户搬进了健康楼。刚才我们去看了一下,现在还有人在往里搬。”

“什么住户?”晋波放下杯子。

“是咱们区委干部家属。”

“查清谁带的头没有?”康克俭问。

“问谁,谁也不说。”

康克俭用力一拍桌子:“区委已经做出决定,现在谁再搬,谁就是强占房屋。”

“那他们说根本没有听到区里有什么决定。”

显然是谎话。既然没听到什么消息,就不会发生这种集体抢占房屋的行动。昨天上午指挥部临时决定将新盖的区委家属宿舍,全部用于工程沿线居民搬迁的周转房。那房已经分配出去了,但没办手续,钥匙还在区委。康克俭立即把办公室主任找来。一问,果然办公室没有起草通知。

“我原打算今天再发通知也不晚。”王主任说。

“你的‘原打算’是百分之百的错误,你知不知道我们总共还有十二天的时间?现在需要的是按小时计算我们的工作。”

晋波皱起眉头,听着区长与下属的对话。

他快离休了,也许等道路改造工程完成后,他就要离开区委书记的岗位,这是他最后帮助康克俭完成的一件艰巨任务。他是东市区的元老,他熟悉了解区里的几乎每一位干部。在他们中,他享有很高的威望。根据他的能力和资历,他本来该到更重要的岗位上去，但是他几乎从来得不到提拔，而他的助手们却相继走向了高一级的领导岗位。他默默地，从不抱屈地为一个个比他年轻的干部撑着台面，每当他们遇到难题、障碍，他就伸出手来。

这一次，晋波知道，又该自己出面了。突然发生的占房事件，只能说明一个事实：问题就出在区委干部身上。

“王主任，你家分的那套新房，有没有人占？”晋波用犀利的目光盯着办公室主任。

“我……我不清楚，那套房的房号我给了儿子，其他的，我哪有时间去管！”

晋波不再追问，他沉思了一下，对康克俭说：“克俭，我去一下，让他们腾出来，你就盯住普店街吧。”

“老晋，还是我去吧。”康克俭担心晋波过分激动和劳累，身体顶不住，“健康楼是给普店街腾的，两处是一回事。我先去处理，有什么问题，您再亲自出马。”

晋波点点头：“也好。……克俭，这事一定要坚决，无论是谁也不准例外。在工程需要和人民群众利益面前，对任何干部和家属也不能有特殊照顾。”

康克俭带上王主任和区政府两个干部，乘车直奔区委新宿舍楼。

汽车上，王主任睨视着区长那张铁青的脸，想说点什么，又不敢开口，他知道康克俭的厉害，便捅捅身边一个干部的腰，向区长方向努努嘴。那干部会意地点点头。

“区长。”那干部开口了，“其实，占房人的心情可以理解。人家已经拿了房号，就等于分给人家了嘛。”

康克俭没有说话。

“再说，区机关干部够倒霉的了。这次分房是区政府年初决定的，大家好容易盼到盖好，分了，又飞了，干部们工作情绪上会受影响的。”

“这么说,占房的人里有你?”康克俭问。

“不,不,不,我是替大家说句公道话。”

“公道话不假,机关干部住房的确也很紧张。但我们干部改善住房条件要有个前提,就是群众基本住房问题得到解决才行呀。现在,普店街那么多居民为了全市的道路工程需要搬迁,他们总要有个住处。你们想,在我们还不能把搬迁户住房全部解决的时候,我们机关的干部却去改善自己的住房条件,这心里能安生吗?”

汽车在健康楼的路口停下来。新楼群之间的路全被一辆辆搬家的汽车堵塞了。康克俭下了车,从衣袋中掏出本和笔,把汽车的牌照号码一辆辆全记下来。

他走到一辆大卡车前站住,问驾驶室里的中年司机:“你的车是哪个单位的。”

“区蔬菜公司的。”中年司机斜了一眼。

“这是给谁搬家?”

“你问这么多干什么?”

“我是区长康克俭。这几幢楼,你们蔬菜公司都归我负责,我当然要问。”

司机先是愣了愣,接着脸上挤出笑容,慌忙推开车门走下来:“是康区长?怪不得觉得面熟,我没看清,当是过路人闲着没事,多嘴呢。”

“说吧,给谁搬的?”

“区人大秦副主任……的儿子。”

“谁派的车?”

“我们经理,他说是区里调拨的任务。咱当司机的也就是听喝呗。”

康克俭又朝前边一辆车走去。那年轻司机早已目睹刚才这一幕,不等他开口,就先自回答:“我是区服务公司的。也是经理派的车,车上的东西全是我们副经理女儿的嫁妆,一会儿卸完,女婿家还得拉一大车。”

区长没有说话,转身径直朝对面一幢楼门口走去。

中年司机走到年轻司机身边小声地问:“老弟,胆儿不小,你跟区长说的话,可全让你们经理女婿听到了,回去老丈人跟前一汇报,你可小心脚疼。没见吗?区长脸色不对劲儿。”

年轻司机满不在乎地抽着烟:“你不照样全说了。”

“我是给秦副主任干活,他是老资格了,区长惹不起他。再说他又不是我顶头上司。你不然,给经理干,回头区长撸经理,经理不拿你撒气?”

“我他妈的管他呢!区长问什么,我说什么。他经理不乐意,我还不乐意呢。他妈的,有点房全让当官的占了,连他妈的女婿全能沾上光,我等房结婚等三年了,连个影儿都没有,敢情全让这群小王八蛋抢去了。”

“干生气,谁让人家是官呢。”

“他丈人是官,他妈的女婿不照样和咱一样是个工人?”

“你呀,要么有气就别来。来了,还是少惹点事。老弟,别年轻气盛,要吃亏。”

年轻司机一笑,顺手从车座旁抽出一条高级过滤嘴香烟,“这次来不亏。我就是冲这个来的,反正给公司出车也是出,给这小王八蛋出车,还能捞点抽的。嘿嘿,不来,房子也不分给我。来了,挣点外快,不捞白不捞。”

楼道里,康克俭一进去就发现,一楼已经有一套房门的锁被撬开了。一帮人出出进进的,手提肩扛,几个人抬,正一件件往里搬家具。

康克俭拦住一个满头大汗张罗指挥的青年:“这东西是谁的?”

“我的。”那青年干脆地回答。

康克俭上下打量了一下他：“我是区长康克俭。请把你父亲，老丈人的名字告诉我。”

“怎么啦？……这是我的主意。和他们没关系。”年轻人顿时有点发慌。

“好。把你的名字和你的单位告诉我。”

“我……”年轻人慌得扭身要走。

康克俭一把拽住他：“别走，你还没回答我。”

“你问我干什么？又不是我带的头，我刚来。二楼、三楼、四楼都住满了，你找二楼带头的去。”

“麻烦你，跟我去二楼跑一趟。”康克俭仍不松手，“需要你证明一下是他带的头。”

随后跟来的王主任拦住区长：“区长，我去问，您就别上楼了。”

“不，我今天来就是干这个的，六楼也得上。”康克俭拉着那年轻人走向二楼，王主任跟在后面。

二楼的中单元敞着门，里面的家具已经摆好，一个小伙子正穿着背心拖地。王主任抢前一步走进房间。小伙子见到他，张张嘴，看到他身后的区长又把到嘴边的话咽了回去。

“你怎敢私自搬进来！”王主任厉声问道。

“我的房，为什么不能搬？我这有房号，机关分房小组分的。”小伙子掏出一张纸。

“区里有通知，这房不分了，你知道不知道？”王主任毫不放松。

“我没见到，也没听说。”小伙子答。

康克俭拨开横在他前面的王主任，仔细看了看面前的年轻人：“你姓王吧？”他问。

小伙子低头不语。

康克俭又看看王主任：“他是你的儿子？”

王主任面红耳赤，汗淌了下来。

“这件事交给你了。”区长对主任说，“立即搬出。”

“这和我爸爸没关系！搬进来是我自己想这么办的，是分给我的房，我就不搬。”主任儿子脖子一横，眼一瞪。

康克俭笑笑，眉峰一耸，口气十分严厉：“这套房是区里原计划分给你父亲的，而不是分给你。你没资格决定搬进来，还是搬走。”他转过脸，“王主任，房子的用处，区委的决定你都清楚，我给你一个小时时间，到时房子要搬空。”

“这，我管不了这孩子呀，现在年轻人太野……”

“你的儿子，自己想办法。到时不搬空，你就被撤职了，党内处理，根据表现，交支部大会讨论。”

“这……”王主任汗如雨下。

主任儿子冲到康克俭面前：“凭什么撤我父亲的职？告诉你，第一个搬进来的可是晋书记家。”

康克俭愣住了：“谁说的？”

年轻人也回报一声冷笑：“您自个儿去看嘛，昨晚人家把房子都布置好了。怎么，你能撤晋书记的职吗？他区委书记儿子不搬走，我爸才是个主任，凭什么让我们带头？”

形势急转直下。康克俭万万没料到带头搬家的竟是晋波的儿子，他觉得自己刚才那股凛然正气受到一种威胁，他不可能用同样的办法去制服晋波的儿子。他明白，如果晋波的儿子晋小波不搬出去，他就无法说服任何人。

他觉察到问题的棘手，怎么办？打电话请晋波来？晋波一定想不到抢占之风的祸头是自己的儿子。但他听晋波说起过这个小儿子，一个能把爹妈气死的浑小子。晋波即使来了，仍可能是无济于事，反而使局面更加被动。

王主任似乎窥探出区长的为难心理，脸上露出一丝不易察觉的得意笑容。这带有几分嘲讽的笑意迅速地被康克俭捕捉在眼里。

“无论是谁也不准例外!”康克俭重复着晋波来时交代给他的话。他看看表,“一个小时,这个单元必须搬空。王主任,因为我是第一个向你下达命令,你必须第一个执行,其他人一律给一个小时时间。”

“好,好。”王主任抹不掉脸上那丝得意,点头答应。

康克俭把随行干部叫到一边,嘱咐了几句,便依主任儿子的指点,来到三楼晋小波占据的单元。

单元内传出立体声收录机里一个嗲里嗲气的女人歌声,康克俭几乎是用拳头把门砸开的。

“哟,康叔叔,请进,参观一下我的新房。”晋小波果然在里面。

康克俭沉着脸走进去,环视了一下满屋崭新的陈设:“谁让你住进来的?”

“我。”晋小波摆出一副不在乎的神情,“靠我家那个老头发慈悲算是没门。末了还是老娘心疼我,悄悄把房条给了我,我只能先入为主了。不然老头偏心,还不定把房给谁呢,我只好来个偷袭。哈哈。”他得意地笑着,根本不把父亲提拔起来的区长放在眼里。

“有了房,我就可以找对象了。”他甩甩手。

“钥匙没发,房本没发,你怎么敢破门而入?”

“早晚的事儿呗,给我爸爸分的房还能变?”

“当然能变。这房全部分给了搬迁居民住,原分房方案已经作废了。”

“凭什么给他们?”

“凭国家建设的需要,凭着还有几百户居民住处没有着落。”

“他们没着落,我还没着落呢。”

“你现在在家里不是自己独住着一间屋吗?”

“那太小了,才十二平方米,能结婚找对象吗?”

“小波,你一个人住十二平方米嫌小,知不知道,我们市里还有多少群众一家三代就住在这么大的小屋里。”

晋小波眼皮翻翻,索性靠在沙发上:“那是咱们国家太落后,看人家国外……”

“正是因为落后,我们才需要建设,才需要我们每一个人为改变这个‘落后’去为社会创造,而不是坐享其成。你说对吗?”康克俭耐心地对晋小波说。

“那我管不着。我有条件,我就不能住十二平方米。”晋小波完全不理会康克俭的苦心。

康克俭火了:“条件?你有什么条件?这房子就是分了也是解决你父亲的住房,不是解决你的。你要改善,凭着自己的工作到你们单位去要!”

“向我们单位要,还不得等到猴年马月!现在哪个单位分房不先满足头头的需要?头头一个脑袋能住几间,还不都是给自己儿子、孙子!单位的房分给头头的儿子,我当然只好管我老子当头的东市区要房。”

晋小波的话,像一块烧红的烙铁,炙烤着康克俭,他心里顿时觉得火燎一样。这次分房,他本没申请,但区里由王主任主持的分房小组还是分给了他一间别人交出的房屋,这间房不同样也是为了解决他儿子将来的需要吗?他当时觉着,只要符合规定,群众没意见,就可以接受。但没想到,这种规定的本身就导致了一个社会性的恶性循环!尽管,这次为了搬迁工作,他早已把这间房交出了,然而,作为区长,对这种规定,他有着纠正、改变的责任。

“你怎么想起昨天突然搬进来的?”

“因为你们要让房呀,你们让给谁我不管,已经分给我家的,我得先占住,不然我家老头子一犯傻,‘风格’出去。”

“你从哪儿听说要让房的?”

“王占军说的,他爸告诉他的。”

“王占军是谁?”

“区政府办公室王主任的儿子。”

康克俭明白了。他走到晋小波身边,拍拍小波的脑袋:“让房的决定,是你父亲为首的区委常委会研究的。昨天上午做出的决定,下午搬进来已经违反纪律了。区委这样做,是为了市政建设,也是为了改变你说的国家落后的现象。下半年,区里还要盖一批房,群众的住房,包括你的住房将来都会解决的。”

晋小波梗着脖子不动。

“从现在开始,一个小时,你把东西搬出去。”

“不搬!”晋小清叫起来。

“你敢!”康克俭脸一拉,表情严肃。

晋小波愣住了,他没想到这位对父亲一贯尊敬的区长突然翻了脸。

“就是搬,我也没人。这些东西,我请了十几个哥们儿帮忙,我自个儿能搬吗?”

“有人帮你,我已叫人通知派出所派民警来帮忙了。”

“我不搬!”晋小波又吼起来。

康克俭一拍茶几:“你敢不搬,就采取强制手段!”说罢,他扭头大步走下楼去。

十几位民警已经由所长带领着,等候在楼下。

康克俭吩咐所长:“你们派三四个同志挨家去说服,”然后一指楼上晋小波的房间,“其余的人先把那套房子腾出来,他敢阻挠,就采取强制手段。然后,你可以对其他仍不打算搬的住户宣布,区委书记晋波的儿子,已被强制搬出,谁想仿效就采取同样的手段。今天下午三点前,由你指挥,这几幢楼全部搬空。”

“是。”所长回答。

听到区长的话,一些没卸车的人,感到事情不妙,悄悄散去,接着一辆辆汽车载满家具开始向后倒去。

办公室主任此时苦着脸走下楼来。

“康区长,这孩子死活不搬,都是大小伙子了,骂不管用,打又打不动,您看……”

“这么说,在规定期限内搬不出去了?”康克俭审视着王主任的脸。

“啊? ……就是……就是……难办。”王主任抱着一线希望。

“你被撤职了。听着,从现在起,再给你一小时,如果依然照旧,我将提议党委考虑你的党籍!”

王主任一下脸变得煞白:“怎么?”瞬间,他醒过味来,血涌上脸,涨成酱紫色,“你真敢撤我,我就去市里告你,你太独断专行了! ……”

康克俭走到自己汽车前,回过头:“你可以去告,因为你是公民,但你已经不是区政府办公室的主任了,从现在起,你无权再过问区政府的工作。”

康克俭的车开走了。

被免职的主任仍狼狈地呆站着,像一只斗败的公鸡。

二

普店街的拆迁,是道路改造工程拆迁任务中最大的一项。它意味着这片几乎与这座城市一起诞生的,拥有三千多户的居民区从此在这座城市的版图内消失。取代它的将是一座现代化的大型立体交叉桥和环桥耸立的新型商业区。

规划设计者们充分表现了自己惊人的雄心和宏大的气魄。

而这里的居民呢?

普店街的居民在希望中等待着搬迁动员令的下达。人们要求改变生活环境的愿望远远大于对这个居住了几十年,甚至几辈子的地方的留恋。两个星期以来,各家报纸和电台、电视台集中宣传改造市里交通的必要性和重要性。居民们意识到,市里交通改造和自己居住条件的改善指日可待。但对区里明文规定,此次搬迁是市政建设需要,一律按原住房间数、米数分配,又感到不满足。从"三级跳坑"式的低矮住房搬到整齐舒适的高楼单元,对普店街居民是件喜事;搬一次家不增加房间,对被缺房困扰多年的居民们又是件憾事。于是,在街里动员时,几乎家家户户都在寸土必争,强调困难,提出要求。

大礼堂里,康克俭把区里对搬迁工作的安排、政策,实打实地告诉大家。人们听到为了解决普店街的搬迁,区委区政府把新盖的干部宿舍楼全部让出来的决定,深深被感动了。一位老工人当即上台表态:

"老少爷们,政府修道,为了谁?还不是为了咱们?咱说心里话,住这蛤蟆坑里,这罪谁都受够了。过去,咱看着对过的大楼就眼馋,有气,如今政府扒了这块地,给咱楼房住,这就是想着咱。谁要是出难题,就是昧良心,不知好歹,跟自个儿过不去。一家多一间,上千户该多多少?如今区长连自个的房子都让出来了,哪朝哪代,听说过当官的为老百姓让房的?不能光让政府想着咱们,咱们也该为政府想想。我现在明白了过去提的要求,不算数,新房给大给小,全听政府的。只要市里建设搞好了,就不愁以后没房住!……"

有人给大爷的话鼓了掌。杨元珍在台下站起身,冲大伙说:"俗话说,'人心齐,泰山移。'咱们普店街坊的心气,也是盼着市里建设搞好，大河没水小河干，市里搞好了，将来什么好日子没有哇？咱们心齐，让市里领导瞅瞅，咱普店街的街坊们全是好样的。”

她的话立即得到反响，又有几户人站起来表了态。搬迁，像股大潮流，千家万户都涌向大潮而来了。

康克俭被这大潮感动了。

多么通情达理的群众。

他走到麦克风前：“大爷大娘，兄弟姐妹，同志们，大家住房困难这是事实，但这次，我们只能改善条件，增加不了面积。我们要一步步来。修筑二环线，是市政建设的大局，大家要服从这个大局。只要交通解决了，市政建设包括住宅建设会很快发展起来的。我这个区长是区人民代表大会选出来的，我向你们保证，普店街居民住房紧张问题，两年内一定得到解决。两年后的今天，哪一家还有老少三代同居一室的，就拿着我今天的保证，去区人大常委会罢我的官。”他把手中一个纸条扬了扬，“有人刚才递了个条子，反映市搬迁指挥部的领导同志借搬迁、利用职权改善住房条件。这件事，我将向上级部门反映，可以调查。但我告诉大家，这类事情是不会发生的。现在，市委、市政府已经全部冻结了市机关的新盖宿舍楼分配。无论哪一级领导，只要住在拆迁区内，就都要与群众一样按原标准，搬迁到规划地点。任何人不能以任何理由，搞特殊化。这是市委的一条纪律，希望群众和我们一起监督这条纪律的执行。”

康克俭的话被掌声所淹没。

普店街家家户户忙碌起来。

有的拆厨房，有的卸门窗，住了几十年，破家值万贯，人们惟恐到搬家时遗忘了什么。

那些早就不放心的人到新居民区去看过。回来后脸亮堂堂的,有爱说的,逢人就吹“方厅又顶一间房子”,“厕所里还有淋浴呢。”“两个门一开,过堂风就来了,电扇该退休了。”“楼和楼之间,像个花园。”于是,更多的人又跑去实地考察,回来后,恨不得立马搬家。

万家小院里东一搭,西一搭的东西摆得满当当的。万老头收了摊子,无心做买卖了。自区长到街里开过会,他心里彻底凉了,准备随大流搬。这两天,他叫儿子和他一块收拾着家里所有的“产业”。

万家福提着几个旧酒瓶子,准备扔到土箱里。万老头赶紧拦住:“干什么,你?不过了?”

“这几个瓶子留着碍事,搬家砸了伤着人。”

“碍不着你的事,卖给收破烂的还能换好几角钱呢。”万老头从儿子手里拽过装瓶子的网兜,小心翼翼地收到一只大筐里,那筐里已经装上了不少被儿子扔掉他又捡回来的“宝贝”。

他狠狠地瞪了儿子一眼。家业是一针一线攒起来的,这回就是有了几个钱,也是起早贪黑挣的。人不能忘本,吃上红烧肉就忘了捡白菜帮子;抽上过滤嘴就忘了捡烟屁股。像家福这样大手大脚,别说几万元,就是几百万也能叫他给败了,万老头年轻时见过那种人。

“留着您那点破烂,等着发财吧。”家福讥笑父亲。

“你少废话。白扔给人家一千五百块,还发财?”想起白白送给张义民家的彩电,他越发心疼,幸亏冰箱还没买到,否则也搭进去了。千儿多块买了个气泡,没容细看就破了。真是拜佛走进了吕祖庙,找错了门。

万家福知道爹的心思。老头从街里开会回来,劈头盖脸冲他一顿臭骂,他才知道,不仅自个儿家就近搬迁无望,就连张义民家也得规规矩矩随着大伙走。他先是不信,去问义兰,才知是真的。

他不像他爹那样懊悔。有失必有得，虽说花了钱没有走成“后门”，可义兰爹说要把彩电退还给他时，义兰并没发话，还有点羞涩地一笑。分明是和他想到一块去了。一台彩电，权当一份彩礼，迟早要送，再说，远点怕什么，反正义兰也搬走，骑车早晚来回，与她结个伴，怕嫌路短呢。

他没理父亲，顾自用绳子绑箱子。

“混账！这箱子四周不垫点东西就绑，还不让你勒坏了！”万老头今儿看儿子干什么都不顺眼。

“我说不用捆，你要捆。捆又怕捆坏了。尽是事！”

“不捆，搬家时人多手杂的，谁偷了你的，你都没处找贼去。”

“您看好你的钱匣子就行，这些破玩意，谁要你的。趁早扔了，回头怕扔都没处扔，你看人家。”家福朝对过宝柱家一努嘴，“宝柱连家都不回，就放心大胆地让别人给收拾。”

万老头看看进进出出帮宝柱搬家的人，压低声音冷笑道：“你少提那个混蛋，那是个畜生，老太太住院，他都不去守着，还算个人？你瞧瞧他家趁个嘛？装不满一平车，一件像样的东西也没有，当然不怕偷。”

宝柱家里还真的一件像样的家具也没有，但宝柱妈几十年积攒下的破烂真不少，主人不在，搬家的人尽可能把成形的、能用的，一件不落地装进车里，绝非一平车能解决问题。

帮忙搬家六个人，是市政二公司派来的。二公司成立了服务队，帮助施工工人解决家庭生活中的种种困难。服务队的名单中，陈宝柱被排在第一位。

宝柱妈前几天，突然感到心慌，杨元珍找来卫生院的大夫，大夫听听心脏，量量血压，说：“赶紧送医院抢救。”一辆救护车把老太太送进了医院。

家福打电话叫来了宝柱，儿子在妈眼前守了三天，家福妈第四天到医院看望老邻居,老太太跟前是个不认识的中年妇女,二公司服务队派来的人。宝柱又到工地上去了,把快要死的老太太丢给不认识的人,他就忍心。万老头听老伴说了这事,背后把这浑小子又骂了一顿。

这会儿,服务队把宝柱家的东西装上了车,一个个擦脸抹汗,拍手打土,准备跟车走了。

"几位师傅,辛苦了大半天,过来喝口水吧。"家福说。

服务队的几个人不客气地端过万家福递过的茶水喝起来,一个小伙子没好气地说:"今天算倒霉了,要不是您这位师傅,连口水都喝不上。"

家福爹凑过来,小心地问:"你们几位小兄弟和宝柱是……?"

"我们根本不认识。公司开了条,我们只管按条办事。"

"那你们几位胆子可不小,真敢动他家的东西?"家福爹感到惊异。

"咦,我们又不偷他、抢他,有什么不敢?连块破布,我们都给他列了清单,他自己搬,怕也搬不了这么干净。"

家福爹嘿嘿干笑了几声:"你们呀,你们是不知道他陈宝柱是什么人。你瞧瞧,他屋里那堵墙,半个月前垒的,他恨不得一间变两间呢。他早放了话,不给两间不搬,谁搬,他就和谁豁命。现在,你们哥几个不跟他打个招呼就给他搬走了,受了累,他也不领情,闹不好还得找你们玩命去呢,那牲口蛋子,什么事都办得出来。"

几个年轻人傻了眼,虽然嘴上是七个不在乎,八个不含糊,心里却有点犯嘀咕,一个人说:"要不然给公司打个电话?"

"杨经理让来的,还能有错,本人不同意,门钥匙哪儿来的?"

"杨经理是不是杨建华?"万家福问。

"对,没错。"

"那就行,你们几位放心走吧,陈宝柱天不怕地不怕,就怕你们杨经理。有事你们找他。”

几个年轻人松了口气,推车走了。

“您吓唬人家干什么?”万家福瞥瞥父亲。

“我吓唬?你当陈宝柱干不出来?他要在家,哼。”

“您以为这回耍横就行?”

家福爹叹了口气:“唉,现在就缺宝柱这样的人,他要闹起来,兴许咱们也能沾点光。”

“家福!”张义兰戴着套袖跑进万家院子。“你们这收拾完没有?”

“快了。”家福见到义兰,情绪就高涨,“你家呢?”

张义兰帮助家福拽住绳子:“我哥那懒鬼,放不下臭架子。他说,我们明天再搬。你们今天搬得走吗?”她本来是过来叫家福去她家帮忙的,见这里正乱,家福爹又一脸不高兴,便没说出口。

“好说,一会儿我家收拾差不多了,我就过去帮你收拾。要收拾不完,我就先退了车。明儿和你家一块搬。”

万老头和老伴两个,见儿子和义兰这股子热乎劲儿,顿时愣住了,莫非……家福爹不敢信儿子和义兰对上了象,可听着,看着,又挺像。

“家福,那天我忘告诉你了,我们店我承包了,我可是信了你的话,到时真赔了本找你算账。”义兰声音有点发嗲。

“已经包了?”

“当然。三天以后就公布,公司已经通知我了,不然我这么着急搬家。搬完,拾掇利索了,我就该干了。”

“太棒了。我保证你没问题。这几天,我替你想了个方案。关键你得选好三个人,进货员,保管员,会计。这三个人一定得是铁哥们儿。”家福说得兴起,手里活也搁下了,“搞采购的必须精明,路子宽,识货,才能保证货源充足,进价低;货色齐全,质量高。保管员必须心细，认真，对店里的货一笔笔了如指掌，除了零售，还得想法与大饭店、大机关、大工厂都挂上钩，这样货的销路就广了。会计更重要。账目必须笔笔清，每日盘点，日清月结……”

“这用你告我？”义兰扑哧笑了，“我在店里干了这么多年，哪里有毛病，心里早有数。开商店可不比你这个个体摆摊儿那么简单，满嘴外行话还来教我。”

万老头听着来了气。自从儿子放回来，老伴就开始为儿子的婚事犯愁。当爹的，心里也着急。但儿子犯的错不比别的，正经姑娘都腻歪。可不正经的姑娘，老两口儿子也腻歪。因此儿子的婚事便成了全家头等的腻歪事。万老头却瞧不上义兰，一嫌这孩子疯扯，二嫌她哥，三嫌义兰和建华太近乎。谁知家福这不争气的东西偏偏就喜欢这个扯丫头，追来追去，还真叫他追上了，怪不得上千的票子扔到张家，家福一点不心疼。开头，老头琢磨着，真要成了这门亲，也有这门亲的好处，也就没搭茬，听儿子和义兰穷聊。可义兰这最后一句话，又把他惹火了。义兰不就仗着有个当官的哥吗，听那语气，分明是用话作践儿子。于是，他干咳了一声：

“家福，你小子没事别磨闲牙。别人的事儿，你操哪门子心？你求别人的事，谁又替你真操心？我和你妈得歇会儿了，剩下这些，你全得收拾了。”

张义兰愣了一下，家福爹这话是冲自己来的，顿时脸色一变，扭头走了。

家福气得跺脚：“您这不是存心拆我的台吗？什么好事也让你给搅黄了！”

“好事？她就是看上咱家有俩钱儿。我明告你，这号人休想进我家门！”儿子的话无异于给万老头已经冒火的心上浇了油，儿子跟老子发脾气，这还了得。他高嗓门地嚷起来。想让张义兰听见，千儿多块钱给他乖乖送回来。

“钱怎么了？钱是我挣的，没钱我还不找她呢！”家福气极了，冲父亲喊了一嗓子就出了院门。

院门外，张义兰早就没了影，她家在胡同口，这么一小会儿，她走不到那儿，她上哪儿去了？

旁边院门里跑出个人来，把家福撞得一个踉跄。

那是史春生，和普店街这会儿正在打包拆门浑身是土的街坊们不同，他浑身上下利利索索，领带结打得一丝不苟。

还没等家福跟春生搭话，院里就甩出一阵女人的叫骂声：“你个混蛋！你想一推六二五呀，你不许走！”跟着史春生的老婆王敏就冲出院门抓住了丈夫的胳膊。

“干什么？你，你小声点，让人家……”史春生尴尬地挣脱老婆的手。

“甭怕别人听！我还正想让人家给评评理呢。家福兄弟在这儿，你给评评。”王敏索性对家福诉起苦来，“咱们普店街搬迁，哪家不是男的主管，女的帮衬？我们这位可好，说他们那个什么高级饭店不让请假，全让我管。好，我管就我管，说实在的，自打结婚，从洗衣裳做饭到买煤看孩子，他史春生哪一样沾过手？好，您金贵。可我也得找几个帮手呀，我跟我的单位要，头儿满给面儿，明天就派车派人。可人家帮忙是客情，我不得请人家一顿？忙忙活活的，家里没法做，就下馆子吧。他在饭店工作，咱们就去吃一顿，连我八个人，正好一桌。可他就是不让，你说，气不气人？！”

家福望望这满脸怨气的女人，她浑身是土，头发乱蓬蓬的，要不是街坊，谁也不会把她和面前这个衣冠楚楚的史春生联系到一起，他不禁同情起她来。

“要说也是，你们单位什么都不管，管顿饭还不行？”他帮王敏的腔了。

“家福，你不知道‘凤华’不比从前那个小馆了，这是中外合资的饭店。”

“合资怎么了，是不是在中国开的？还不许中国人吃怎么的？咱们又不是不给钱，就是让照顾一下。”老婆说。

“照顾不了，八个人四百块一分不能少，这还是最低标准的。”

“你不是经理吗？一点权没有？”家福问他。

“我们那儿是按国际标准管理，违反制度根本没门。就是我这个副经理，有了过失，照样炒你的鱿鱼。”

“什么？”万家福没听懂。

“就是解雇你。”春生解释道。

“解雇就解雇。回家干个体户，更好！像现在，一天不着家，有家不管事有什么好的，这种没人味儿的饭店还呆着个什么劲儿？当个副经理要权没权要利没利，什么事都得听人家大鼻子的，没出息！”王敏话茬子很硬，一句不让。

“你懂什么？”史春生说。

“懂什么？懂过日子，懂顾家顾儿子，懂不给洋人当三孙子！”

“你！……”史春生脸上一阵红一阵白，甩手就走。

“好，你走！你走！你一辈子别回来！”王敏在丈夫身后咬牙切齿地喊。

“嫂子，别生气了，春生也有他的难处。这么着，明儿我介绍你去翠华楼，那儿的经理跟我是哥们儿，内部价，一百二十块一桌，怎么样？”

“我也管不了了，这个家我不要了。”女人抹着眼泪回了小院。

家福不敢多耽搁，加快脚步朝义兰家走去。

张家小院内，张家父子正齐心合力地在席上打被褥捆儿。张义民只穿个背心，满头大汗。

义兰不在院里。

张义民抬头看见万家福便点点头，算是打了招呼。

家福赶紧过来帮义民。“你歇会儿，这活儿不是你干的，我来。”

张义民就势松了手，抹抹汗：“不忙，我准备明天搬，市指挥部派人来。”

家福狡黠地一笑，市指挥部要能派人来，义兰就不会去找他了，但他仍说：“这好搬，还用动用指挥部，一会儿我有十来个哥们儿要来帮忙，费不了多大劲儿，保证给你顺顺当当搬过去。”

张义民拍拍家福的肩膀：“那就全靠你了。”

两个老同学，这是几年来第一次比较平等的对话。他们一起长大，同时走出大学的校门。然而失误和机遇，放纵和节制却各自为他们铺设了不同的两条路。

现在，他们分处在一条直线的两个端点，当世界旋转起来的时候，又很难说谁占据着上端。

张义民看看表：“哎呀，一会儿我还有个重要的会，我看还是明天……”

“你开你的会去，这儿我承包了。”家福利利索索地将行李一个个捆好。

张义民脱开身，跑到胡同口的水龙头去冲浇身子。指挥部确实可以派人来帮他搬家，可他没张口，他怕自己这个寒酸的家丢了堂堂副指挥的面子。而原先的穷朋友，这几年又早断了来往。只好自己干。自己干，他一则怕累二则窝囊。多嘴的义兰早就跟胡同吹风他们家要搬到市委宿舍楼，甚至把高伯年给女儿留在黄山大楼的房间也早吹成他的了。结果，他仍然和这些人一起搬到同样的居民楼去。因为搬家，他有几天没见到罗晓维了。高婕去上海一个多月了，一封信也没有，怕是第二个孩子也该有了。他想起这些，心里就被苦涩和屈辱塞得喘不上气。每当这时，他就去找罗晓维，在她那儿发泄自己的怨、恨、情火。但每去一次，他又都觉着自己往泥潭中深陷了一步。

从水龙头旁直起腰,张义民碰见了气势汹汹的万老头。

“我家那个混账是不是在你们家?”万老头突然觉得在张义民面前长高了一头,口气也硬了。

“在。”张义民客客气气。

“这混蛋,自己家还没有收拾完,他就管闲事,现在帮忙的十多个人都到了,这小子倒不知钻哪个洞里去了。”

“家福说,您明天搬。”张义民耐心地说。

“明天搬？说得美！明天,那楼道的地方还不全让人占了去,我凭什么明天搬?”万老头心里的火一下子喷射出来。

“占楼道？我看谁敢?！我早就向全市搬迁户明确了。公共地方不许占,谁家占就罚款,严重的交指挥部处理。”张义民的脸色和口吻立刻威严了。

“那……”万老头顿时哑口,张义民一句话又把他压矮了。

“万大爷,今天搬,明天搬都一个样。您要是怕没帮忙的,明天我从市指挥部派二三十人够了吧?”张义民又换了副笑脸,平辈儿似的拍拍老头的肩膀。

万老头张口结舌,他本不想再把张义民这坏小子放到眼里,可不放行吗？他直愣愣地瞧着张义民的背影,竟没勇气像说头几句话那样,硬邦邦地再甩上一句泄火的话。

一阵噼里啪啦的鞭炮声在胡同口响起,有人家起程了。接着,接二连三地响起了鞭炮,鞭炮声和汽车喇叭声响成一片,一辆辆的大卡车满载着一家两家、十家百家的家什,离开普店街,驶向新的居住地。

一阵尖利的叫声从胡同口传来,那叫声很惨,像是女人的声音:“出事了……”

万老头慌慌忙忙地跑出胡同。

一群人围成了圈儿。圈里有人说:“这孩子爬汽车玩,汽车猛地一开,把孩子摔晕了。”

万老头挤不上前。

张义兰搀着杨元珍从胡同口跑出来。她不顾一切地挤进人群,一见躺在地上的孩子,嗓子变了音。

“小蒙蒙! ……”

第十五章

高婕回来了,拖着疲惫的身体和一颗破碎的心。

她走出火车站。一个多月的时间,她几乎把这儿忘记了,而现在,她的记忆在慢慢复苏,仿佛从一场梦中醒来,她又回到了生活的现实中。

她提着一只小皮箱,缓缓地随着人流走到人流的分流处。她四处张望,想叫一辆出租车回家,她实在无力拖着这皮箱去挤公共汽车,虽然它并不重。那只沉重的皮箱,在火车开动的时候,她把它扔还给他了。他猝不及防,皮箱砸到他脸上,他倒了,眼镜落到地上,镜片开出一朵玻璃花,鼻子流了血,极狼狈地仰在地上,惶惑而羞怒地看着其实已经变得模糊不清的她。她有了那么瞬间的快意,觉得发泄出一口腹腔淤积的闷气。那血多少抵偿了一部分她为他流过的,在人们眼中视为最贞洁的血。她看到站台上,不少人都围了过来,形成一个囚笼,把他圈在中央,像观赏一个动物。又是一丝瞬间的快意。这可怜的一丝快意,对她却是如此珍贵和稀有。一个多月,她从他身上仅仅得到了这么一点微薄、短暂,又并非甜蜜的快意。人们会认出他的,一个大名鼎鼎的歌唱家,被他遗弃的女人打翻在地。让这丑闻传播吧。他不是想摘取音乐界的王冠吗?他不是舍不得丢弃那个在美国有个洋爹的婆娘吗?他不是敢随意戏弄她的感情吗?好,试试看吧。她把受的屈辱化为报复,使她在那一刻自我感觉成为了 一只雄性的猛兽。

然而,现在,她却只感到浑身无力。脑子里、眼睛里一片空白。

坐进出租汽车,惟一的愿望是快到家,好一睡不醒。

汽车驶过繁华的闹市区,驶过高大耸立着的"东芝"公司和"柯尼卡"的彩色巨型广告牌,驶过她天天上下班经过的街道。这一切唤起她一股亲切的情愫,包括那些过去令她反胃讨厌的"入侵"广告牌。为什么自己要自寻烦恼,破坏这宁静、安逸的生活?她有一个尊贵的家庭;她有自己最理想的职业。她的生活本不该和羞辱联系在一起。或许正是这种优越感造成的空虚,使她一时昏了头。她的眼睛潮湿了,虽然在他面前,她没有掉过一滴泪。

汽车驶过歌舞剧团的门口。她不敢看那绿色的大门。她怕别人看见她。她刚刚知道什么叫"怕",她曾经毫无顾忌:批评会、警告、记过、列入编外,她都不在乎。而现在,她怕,怕这些,怕孤独。

"司机同志,为什么要绕到这儿来,应该直行。"她发现司机拐了个不应拐的弯儿。

"前面正在修环线,不通。"司机通过头上方的镜子睨了一眼坐在后面的漂亮姑娘。

环线?这是什么?一个稀奇古怪的名词,她皱皱眉。

在横穿一个大路口时,她看到左右路口全被木板封住了,车行之处尘土飞扬,木板墙内红旗飘扬,吊车在转动,像是在大兴土木。

"本市人?"司机好像很愿意和她搭讪。

"对。"

"出差回来?"

"嗯。"

"走时,环线还没有动工吧?"

"什么叫环线?"她忍不住问。

"你不知道环线?"司机感到吃惊,"就是环城一圈的大马路,这连小孩子都知道的。"

她不知道。一个黄炯辉占据了她的全部。她没有空余的地方关心别的事儿。走时,好像听爸爸说过一条什么路,反正是和她毫无关系的路。回来了,这条路已经动工,而她的路,该怎么走?

出租汽车把她送到厦门路222号,高婕和门卫招招手,车又前行,在她家小楼前停下。

她走下车,付了款,谢绝了司机帮她提皮箱的好意,车开走了。

她站在花池旁,看着家里那扇雕花玻璃大门,踌躇不前。久别家里一个多月了,现在,她有什么资格回家,她该怎样面对自己的父母、哥哥?家里没人会理解她。

她再一次感到害怕。有生以来,她头一次怕父亲,怕母亲,怕家里的一切人。

高伯年坐在自己家的办公室里,正在认真审阅秘书送来的各种文件、报告和一些简报及信函材料。出院以来,他接连经受了大儿子牺牲、女儿离家出走这两件事的打击,险些又重返医院。但他终于顶住了内心的伤痛。最近,他的病情和情绪逐渐稳定了下来。开始了正常工作。上周,中央召开工作会议,他在会上汇报了自己城市的工作,一是抓市场物价稳定的同时抓市民情绪的稳定;二是抓企业经济改革的同时,注重企业职工思想教育,取得新时期思想政治工作点上的经验;三是支持培养年轻干部,卓有成效地抓了基本建设和市政建设。在小组讨论会上,中央一位领导同志特别表扬了他这个市委书记善于培养年轻干部,在把握党的路线、方针、政策的同时又能大胆、放手,给政府部门创造条件,使它们行使经济建设和市政建设的领导权、管理权。高伯年从心底感到宽慰。中央通过他的汇报了解了他的工作,理解了他作为一个老干部对新干部阎鸿唤的支持和帮助。知道了这座城市突出的成绩里面有他一份心血。这一段时间,由于顺利开工给他带来的心理不平衡,多少得到了补偿。他意识到,工程的成功,已不仅仅与阎鸿唤的名字联系在一起，而且也与他高伯年分割不开了。因此，他在窃窃自喜之余感到了压力，道路改造工程已经上了马，“开弓没有回头箭”，现在，一定要搞好，千万不能出什么问题。

他在审阅过的文件上圈上圈，又一份份地在需要批示的材料、报告上签署了自己的具体意见。他对文件的处理，向来十分认真，尤其在批示意见时，要反复思忖，拿准了才写。他当市委书记以后，要求各部门的负责人在批示文件，一定要拿出自己的意见，改变过去文件旅行，只会签不负责任的过场话的作风。这种改革，体现出他的一贯工作作风，他认为这对机关那种官僚主义作风也是一种制约。

他把文件放在一边叠齐，就开始审阅来信。

秘书在两封信上标了红△，这是纪检方面的信，高伯年打开，立即吸引了他的全部注意力。

东市区政府办公室主任揭发区长康克俭。“独断专行，用个人意气取代党的干部组织路线。”信中诉说了自己被康“一句话”便免职的经过，原因是他了解区里的内幕，对康克俭大搞不正之风有过意见和斗争。

高伯年有点激动。打击报复，专横跋扈，这种作风深为他所痛恨。虽不能排除写信人由于免职所带有的情绪成分，在言词和程度上会有夸大。但他相信信中反映的问题基本上是属实的。康克俭是晋波一再向市委常委会推荐的干部，当时组织部考察时，他就是个争议人物。后来，他多次接触到康克俭，这个中年干部多少带有点阎鸿唤的影子。

他沉思了一下，在信的上方空白处，写一句：“因儿子占房而免去父亲的职务，这种株连性处理，体现了干部思想上封建主义色彩的影响，正是左的思想方法的表现……”写到这儿，他想了想，觉得应该先给东市区委晋波去个电话，问问情况。

晋波证实了办公室主任被撤职确实是康克俭当时决定的,“但是……”晋波似乎想解释一下。

“但是什么？老晋,你是区委书记,在干部管理上,你可不能失职。……即便是他泄漏出去的,就该撤职吗？冻结分房,早晚要公布的嘛,一旦知道,就会有人去强占。你没泄漏给你儿子,你儿子不照样去占了嘛？我能张口就撤了你吗？谁占了就让谁搬出去好了。不要搞那些表面上原则性很强,实际上违反党的政策的事。现在有些人,特别是年轻干部,以为搞改革就可以不要政治思想工作,学西方那套动不动就撤职、解雇的简单方法,以为这就是改革。其实这是搞‘顺我者昌,逆我者亡’。干部是党的财富,不是哪一个人雇的临时工,想换就换,想撤就撤。组织任命与撤职是党委集体组织决定,不能由哪一个人说了算,区长更没这个权力……好,前不久,还有人反映了康克俭其他方面的问题,我批转给你看看。你是老同志了,也有经验,不仅要培养、扶持青年干部,还得特别注意观察和考察青年干部,把好接班人的关。这是我们这些老同志离休前为党为国家要做的最重要的事情。欢迎有时间来家里做客,尝尝老沈的拿手好菜……忙？我们哪一个现在不忙哟,随你吧。……好,什么时候来,提前来个电话。”

高伯年放下电话,又拿起笔继续在刚才写的几句话后面写道：

> 将来信转组织部苏瑞同志,市纪委占温同志,东市区委晋波同志阅,组织部应就此问题发个文件,在干部任免问题上杜绝这类事情的发生。

他停下笔,歇一歇,又抽出另一封信。这是市委办公厅报送的一封匿名信。

信中反映的问题同样令人吃惊。

这信来自道路改造工程第一线。信中反映,市政二公司经理杨建华,在工程中弄虚作假,虚报、冒领、滥发奖金,有的工人月奖高达五百元，连公司临时托儿所阿姨奖金都是二百元。这些都是杨建华为了收买群众，不惜损害国家利益，大发市重点工程之财。另外，他还利用职权，在工程任务艰巨，人力紧缺的情况下，派十几个人给自己搬家，粉刷新房。最为严重的是，杨建华包庇重用流氓、劳改释放犯、臭名昭著的造反派陈俊生的儿子陈宝柱。不仅平时与之称兄道弟，而且利用工程之机，提拔陈为突击队队长……

虽是匿名信，但措词严谨，有理有据，冷静客观，不带感情色彩，每一个问题，揭发人都列举出知情人的名字和单位。看来，检举人虽不敢披露自己的姓名但绝非凭空捏造。

这是高伯年看到的第一封反映道路改造工程中的问题的信。一个道路改造工程中的重点公司，却存在如此严重的问题。前天，他还和阎鸿唤交换过意见，认为环线工程体现出一种精神。他让阎鸿唤总结出几条来。昨天在布置工作时，市工程局党委书记还以二公司为例大讲什么政治思想工作在工程中的作用等，现在看来，纯属欺人之谈。他从没见过二公司的基层干部，想象中，杨建华这个人绝不是正经干部，单凭他追求比自己小十岁的姑娘这一点，就让高伯年联想起勾引自己女儿的那个流氓。以奖金搞刺激，用流氓当骨干，这种领头人可想而知。陈俊生，高伯年没有忘记这个人，“文革”中反市委的急先锋，凶残狠毒的打手，多少老同志受过他的迫害和折磨。堂堂一个公司领导干部居然与这样一个人的儿子称兄道弟，这本身就已经很说明问题了。高伯年深深感叹清查“三种人”的艰巨性、持久性。那个杨建华绝不是一般认识问题而是严重的立场问题，如果认真调查，也许就能查出根本性的问题，高伯年毫不犹豫地批示。

信中反映的问题一定要认真追查。可由组织部、纪委、财政部门、公安局组成联合调查组立即着手对此案的调查，并作出严肃处理。请将此件转鸿唤同志，及市委常委阅。

高伯年放下笔,轻轻站起身,走到窗前。

窗外,已是深秋。满园的落叶铺在地上,像厚厚的黄地毯,在秋风中摇曳的树枝,枝头的黄叶、黄绿叶子已所剩无几。

新陈代谢,万物如此。叶落叶生,规律难违。然而,树叶的换代更新,尚且要经过一个冬春夏秋,党这么宏大的一个事业,更新怎么能“速战速决”?他感到忧虑。市里发生的事情,他都负有责任,很多问题都是由于“快”造成的。过去考察一个干部要用几年、十几年甚至几十年的时间。正的走了,副的接,副的走了从下一级里选一个接。现在,这种按部就班的秩序被打破了。既要考虑年龄,又要考虑学历,只能用短时间在规定范围内去找干部。这样难免选得不合适,甚至出大问题。论资排辈固然不对,但总还有它的长处、稳妥。所有的干部都经历过同样的考察期,这样,就避免了杨建华式的人物钻空子的现象。这类现象如果仅仅是个别的,还罢,会不会还有,有一批,一大批?今天碰上两个敢于直接向市委书记反映问题的人。也许,还有很多群众,对自己的领导敢怒而不敢言,有很多群众得了实惠而放弃了同那些危害国家利益的掌权人的斗争,使更为严重的问题被掩盖起来。自己是已经到了叶黄快落的时候,离退下去不远了,别人会不会像自己这样能敏感地发现问题,及时、果敢、不留情地处理这些问题?他不怀疑中青年干部的能力和魄力,但怀疑他们的明辨是非的能力。近几年来,他听一些知识分子中青年干部满嘴的西方管理名词,却忽视了一个最重要的东西,社会主义传统和社会主义方向。

搞建设也得符合中国的国情。看来,在领导层中,他还需要加强这一意识的教育。阎鸿唤自道路改造工程上马后,和他见面的时间越来越少,不免有恃胜而骄之嫌,这封信也许不必急于直接转给阎鸿唤和常委们看,应该先把情况摸一摸?谁去摸呢?他踱步思索着,突然想到了一个最为可靠的人——张义民。

他打电话给自己的秘书,让秘书通知张义民今天到他这里来。

刚放下电话,沈萍急匆匆闯进门来。

"伯年,小婕回来了。"

"在哪儿?"

"到家了,这孩子不敢见你,你快去看看她。"

高伯年刚要站起身,又立刻放软了腰,仰在椅背上:"不,丢人现眼,我不见她!"

高婕躺在床上,眼睛呆呆望着房屋顶角上那石膏雕花檐板。小时候,每天晚上,阿姨照顾她洗完澡,上了床,就关上灯,说一声"睡吧",然后悄悄离开她的房间。她不能马上入睡,就拉开床头灯,顺着灯罩洒出的淡红色的微弱光线,去看那雕花屋顶。白天看,那是一朵玫瑰,到了晚上,那玫瑰变成了一片纷繁变幻的童话世界,像窗子上的冰花,像黑暗中闪烁的五彩星星,给了她无数美好、离奇的梦。

现在,她脑中纷乱地叠映和翻滚着的又是一场梦。她希望这是梦,然而她醒着。

饭店,粉红色的灯,玫瑰红的地毯,乳黄色的电话,还有床单、窗帘什么的一片暖色,像他那个温柔的吻,他那使她浑身痉挛的触摸和他那厚重的男子气的鼻息。

"你怎么来了?不是给你寄钱了吗?……"

钱!暖色底子中用硬板刷重重抹了一道粗野的冷色。四周柔和的线条变成无数直棱棱的触角,深蓝色近于黑色的那一笔直戳她心。

她肉滚滚的,越抹越有力,跳动频繁的心躲避着那黑色。

"我想你!"

"你来要惹祸!"

“可我想你!”

“你呀,我真拿你没办法,叫你不要来,你还是来了,记住以后电话不要打到我家里。”

“为什么?”

“不能让她知道。”

“我想,你应该告诉她。”

“什么? 你胡闹! ……好了,我现在马上就得走,晚上有个重要活动。你呆在这里哪儿也别去,有时间我会来找你的。”

“……”

“以后再告诉你,明天我再来。今晚不能来!”

“我……刚刚流产十八天。”

“那谁让你来的? ……”

“砰!”猛碰上的门挤出又一笔黑色,裂开粉红的薄雾,露出破败的底色。

一个浑浑噩噩的夜。惊叫,黑暗,哭泣……

清晨,哭肿了的眼睑下摆着一束鲜花。一个甜甜蜜蜜的吻印在额头。

“生气了? 真的,昨天,我真有一件很重要的事。”

“……”

“一个美国老板准备资助我在那儿搞独唱音乐会,如果成功,你想想看……昨天请老板吃饭,不能耽搁。”

“我就不能陪你去请客,为什么非要让她去?”

“白天定好的。我怎么会知道你要来?”

“你可以告诉她改时间了,你原先不是老这样说的吗。”

“小孩子话。”他笑了,有几分得意,“你知道是谁帮我联系的? 她的父亲,美国一个公司的老板,在时间上我哪儿骗得了她?”

她把毛巾被拉上来,盖住眼睛。遮住滴到眼里的泪水,逃避他的得意。

他轻轻把被拉开,解开她的衣扣:“今天白天属于我和你。”

他和过去一样冲动。兴致勃勃。她顺从地把自己交给了他。当她躺在他怀里,闻到那熟悉的香水味时,心里却除了苦思,一点激情也没有。

“看来流产和生孩子没什么两样。她生过孩子就是这样松松垮垮的。也许女人生过孩子后都会给男人留下遗憾。”

他的话使她有点恶心。

以后,他总是隔天来一次。像一个嫖客,时隔一日,养足精气,找她来发泄。那含情脉脉、温文尔雅的感情对白,那绅士般的风度和骑士样的抚爱,全部消失了。他心里只有他的美国音乐会和他老婆的外国籍老板爹。

她不能忍受了。她像一个见不得人的贼。封闭在这间小屋里,等到接受别人剩余的温情。她每每想到他和那女人一起去讨好那个阔佬,晚上和那女人同床,用她熟悉的动作去温存那女人,她就要发狂。

“你不许和她同床,每天晚上你都得来!”

“这不行,她会发觉的。”

“那你就告诉她,你爱我,不爱她。”

“你这回来怎么尽耍小孩脾气,我怎么能跟她说这些,尤其这个时候,她爸爸对我事关重大。”

“你说谎!你以前从没说过她有这么个爸爸。”

“他是四九年坐飞机逃到台湾的。后来去了美国,发了财,入了籍的。她当时和爷爷奶奶一起赶到飞机场,没想到飞机提前起飞了。这次,她爸爸好不容易找到她,视为珍宝一样。”

“所以,你就视她为珍宝了?”

“说话别那么刻薄。没有她,我怎么出国?”

“出国对你就那么重要?”她猛地坐起身,“你在国内不一样有你的事业?”

“国内?”他冷笑一声。

“你可以参加国际比赛。”

“比赛?那没有我的份。音乐界同行嫉妒我,官僚老爷不理我,压制,贬低,整人,甚至音协理事会都排斥我在外,谁能为你的成功铺路?自己!只有自己!我算看透了。只有自己设计自己,靠一切机会打通这条路!”

“你已经有名了,还要什么?”

“有名,你太短浅了,我要在国外载誉而归,国内就会另眼相看,凭我的条件,摘取王冠。”

“摘取王冠一定得靠外国人吗?离开这个女人,调到我们那儿去,我可以叫爸爸帮帮你。”

“你爸爸?他是谁?”

“是市委书记。”过去她以炫耀爸爸的官职为耻,现在却成了她惟一可以抓住的稻草。

他愣了一下,哈哈一笑:“市委书记?官职小了一点,如果是文化部长,或许有点办法。市委书记,过去吓人,现在,十个也顶不上一个有钱的外籍华人。搞音乐会需要有外国人的支持和钱。懂吗?我的市委书记千金。”

她的血一下子涌上来,黑色的裂缝在床下裂大,她的身体似乎在下沉。

她的父亲过去曾经把那个女人的爹赶出了中国,但现在那个女人却夺去了她的情人,因为有个被赶走又回来的爹。

她想呕吐,想掴他一个耳光,想咬烂他的脸……

“不要问这些没用的话了,”他皱皱眉,“我们还是……”

“你回答我!”她大声喊起来,“你是不是真心爱我?你要明白,死对女人是轻而易举的事情。”

他抬头看着她，惶恐不安：“当然真心。”

“你把话说全，用你的心说。”

“好好，小婕，我用心说，我真心爱你。真话。”

“……你走吧。”

“你……你也回去吗？……高婕，别那么死心眼，你知道‘性’有时也是一种手段。何必看得那么重？现代人以自乐为天，自寻烦恼可不是现代人的思维习惯。”

“……”

“等我从美国回来。一定去找你，我们的时间长着呢，‘两情若是久长时，又岂在朝朝暮暮’，你说对吗？”

“你快滚！”她叫起来。

“我已安排今天下午都陪着你，明天送你上火车。”

她使足气力给了他一个耳光：“我叫你快滚！”

他呆住了，扶了扶歪斜的眼镜，怔怔地看了她一眼，缓缓走到门口，突然又猛地回过头：“你……你想死？”说完，他的脸变得惨白，额头渗出细细冷汗。

“死？”她冷笑了，“你不是真心地爱我吗？我为什么要死？”

她想象过自己会被对他的爱折磨死，但从未想到过去寻死。黄炯辉的恐惧给了她一件可以发泄的武器。

第二天，估计他将来送行时，她悄悄离开了饭店，敲开了黄炯辉的家门。

那个女人开了门。

这是一个皮肤保养得极好的中年妇女，穿一件剪裁合体的黑丝绒连衫裙，脖颈上一串做工考究的金项链熠熠闪光，显得雍容大方。鬼才知道这女人为什么不移居美国去找她的父亲。

那女人客气地把高婕让到屋里沙发上坐下。

“我是黄炯辉的情人……”高婕盯着那女人已布满细细纹路的双眼,“我来就是为了告诉你一切。”

那眼睛几乎是惊恐地听完了高婕讲述的她与他从相识、相爱到现在的全部过程。

“不,不可能……”那女人的脸色惨白,惶惑、惊恐和痛苦使她的脸几乎变了样。

“全是真的。”高婕几乎是快意地看着面前的这张脸。她仇恨这女人的存在,甚至莫名其妙地仇恨那架提前起飞的飞机。

黄炯辉回来了,见到屋里的情景,他立刻明白了,恶狠狠地瞪了高婕一眼,扑到那女人身边,颤抖着,几乎要跪下:“不要信她的话。她发疯了,不要信,求求你。”

那女人呜咽着:“……你……你……你把她轰出去!”

黄炯辉真的转过身来:“你……”他的声音发抖胆怯,像变了一个人。

高婕做出平静的样子迎上去。

“你昨天不是诅咒发誓说你真心爱我吗?那我今天就是要证实一下这话是不是真的?你敢碰我一下,我就拼死在你家里。我的遗书已寄给我父亲了。你以为一个女人的感情是容易玩弄的吗?你以为我是可以随意被欺侮的吗?我就不信我父亲过去能把她父亲赶出中国,今天就能看着他女儿死在对头女儿的手里,而让你逃脱法律的制裁,我要让你的音乐会成为一场梦。怎样来结束这场梦,你来选择吧!”

黄炯辉退缩了。他蹲下身,揪着自己一头乱发,用拳头擂自己的头,样子十分丑恶。在过去甜甜蜜蜜的日子里,她无论如何想象不到他还能表现出这么一副丑态。她立刻得到了解脱。

她过去怎么会爱上这样一个人?

那女人放声痛哭起来。这个家乱了,她可以走了。

“黄炯辉,你选择吧。明天我还来,你自己做不了决定,我就去找她的父亲和你们的领导。”

“你就不想想自己的名声?我黄炯辉是个结过婚的男人,而你还是个未婚姑娘。”

“我爱上你的那天,就从没考虑过名声。我不在乎,而你在乎。你为了名声,可以不要良心。”她讥笑地看着他,虚伪、无能、可怜、可耻。

她一连去了四天。去那座令她仇视的宅院,搅乱那儿的一切。只想出出自己的一口恶气。

这个家庭却没有分崩离析。经过一番风雨吵闹之后,那女人不再害怕见到她,而且表情也变得柔和了。

“姑娘。”那女人的口气像个母亲,“我父亲已经回美国了,他已经知道了炯辉的事,气坏了。炯辉的音乐会开不成了,他是罪有应得。”她的表情很凄楚。

高婕不再恨她。她的过错只是没有得到丈夫真正的爱,只是因为碰到了一个负心的男人,而这过错,高婕自己不也有一份儿吗?高婕现在只恨背叛了两个女人情感的黄炯辉,自己没有理由老和她过不去。

“我想求求你,原谅他吧。……他对你的感情,我猜不透,我只想保住他的名誉,保住我们这个家……只要他的名声别搞臭,事业有发展,一切随他去了……我求你了,我有两个女儿,她们不能没有父亲。……”

女人的眼圈红了。

高婕对那女人产生了一丝怜悯,也多了一分鄙夷。为了名声,她就甘心把这个虚伪的家庭维系下去。

“你难道还愿意和他在一起?”

“我……我不能,也许以后会离开的,只是现在……”女人的眼圈又红了。

高婕决定走了。再呆下去,她觉得乏味。

黄炯辉来送行。带来了一个精致的皮箱。

他打开皮箱,满满一箱漂亮衣服,从色彩图案到款式做工,她看出,全是舶来品。箱底有一只小小的首饰盒,里面是一条别致的金项链,跟那女人项上的那一条一样。

"谢谢你。"他说。

"为什么?"

"为了你给我留下了名誉。"

"哦?"她笑了,瞥瞥旁边这个现在看来已经形容委琐的男人,"送我上火车吧。"

"好,好。"他求之不得地说,"小婕,别生我的气了。我争取明年和她离婚,只是这期间你别找我的麻烦。等等我,明年,我一切圆满了,就去找你,和你结婚,咱们终生厮守。"

她笑笑。在火车开动的瞬间,她把那只皮箱狠狠地砸向他。他想错了,也错看了她,当他摘去他的面具,露出他卑劣的真容时,她的一片痴情顿时化为乌有……

这或许是她人生中的一个梦,一个乌七八糟,不堪回首的梦。

她仿佛刚刚认识自己。

她一直认为自己是个现代女性,从不欣赏什么"结发共枕席,黄泉共为友",人的感情此时有此时结情;彼时无,彼时分手。何必厮守?何必白头?只要爱,不管有无婚姻这一形式,彼此需要,彼此给予就行了。她热忱地追求一种解放,一种进步和文明。她曾崇尚西方人对爱的理解和性的开明,梦寐以求人的个性自由和人生的欢乐。但上海一行,她发现,自己失败了。在她想永久地得到幸福,想把感官的欢乐变成一种实实在在的生活时,她立刻失败了。她看到人的丑恶和人与人之间的关系的肮脏。她仿佛才真正了解自己，她仍然是一个传统的中国女性，她受不了他的负心，不能轻松地去想他和别的女人做爱，渴望着专心一致的爱情。

现在，她感到一种解脱，与令人厌恶的过去维系的爱已断裂，留下的只有一种轻松和对未来生活的希冀。

然而，在这希冀中，她发现，她羡慕起婚姻这个合法的形式，她疲惫的心需要有一个家庭，一个孩子，一个男人来保护。她是一个需要依赖什么的女人，需要把爱情变为私有。她是在中国的文化氛围中长大的姑娘，她过去追求的不过是自己披上了一件“现代派女性”的外衣，然而她的内心深处仍旧是一个完完整整的中国女人。

她跳不出生她养她培育她的土壤。

可是，哪儿有这样一个值得她爱的，可靠的丈夫呢？

张义民坐在高家小客厅里。

他在搬迁指挥部接到高伯年秘书的电话，便立即赶来了。高伯年交代给他的任务，他简直喜出望外，最近几天，由于搬迁引起的烦闷一扫而空。普店街出乎意料地按期搬迁完毕。他错误地估计了普店街搬迁的形势，更没想到这么庞大的搬迁竟没遇到棘手的麻烦，原以为多少会闹几起乱子。中国百姓的顺从和安分，使他吃惊。他和康克俭在搬迁工作中打了个平局。平局在他眼里不算胜利。当他知道有人告了康克俭一状，心里暗暗高兴。下一个任务，是调查杨建华，而且需要秘密进行。他看了揭发信，不由得喜形于色。

“这个人我认识。”张义民对高伯年说。

“啾？那你认为信中反映的事情有可能吗？”

“这个，需要调查。我们应该据事实讲话，顺着信中提供的线索，问题不难查实。”

“你现在正在道路工程改造指挥部工作,便于调查。不要让别人察觉,用三四天时间,摸清情况,立即向我汇报。”

张义民点点头。最近施工一线捷报频传,速度快得惊人。市政二公司的消息报上见得最多。几天前,电视台搞个现场采访,杨建华几次出现在屏幕上。电台搞了杨建华的现场采访,杨建华的声音在转天早晨的新闻节目中播出了。张义民晚上回了趟家,据妹妹讲,全楼上下老普店街的住户都听到见到了杨建华,大家很兴奋,认为“杨建华给普店街老住户脸上增了光”。

普店街的人就是这么没见识,以为报上、电视里、电台里出现了一下,就不得了。张义民虽不把这种小事放在眼里,但心里却不是滋味。

今天上午,市长召集道路改造一期工程汇报会,阎鸿唤在总结发言时也提到了杨建华,说杨建华是个了不起的将军。

阎鸿唤的话无意中给了张义民很强烈的刺激。在他的野心世界里,不能容忍杨建华。真正的竞争对手是同代人。

在这个会上,他被派到工程物资指挥部当副指挥,负责一公司、二公司、三公司的施工材料供应。柳副市长去抓工程设计,搬迁指挥部只留下了康克俭。张义民暗暗叫苦。他对这项工作并不怵头,按照罗晓维的说法,这是个掌权管物的美差。但他不愿给杨建华做粮草官,材料供应不上,误了工期,他要承担责任,罪过是他的;保证了材料,工程上去了,成绩是人家的。自己不显山不显水,给杨建华抬了轿子。他左思右想,无计可施。

然而,他万万没想到,一封匿名信给他解了围,障碍和危机全不存在了。

“小张,有个事情,我一直想问问你,你和高婕的关系怎样了? ……我是以一个长辈的身份问你。”

高伯年交代完工作,忽然神色伤感地对张义民说。

他听沈萍说女儿回家后，心里一直矛盾着。他疼爱这孩子，又不满女儿所作所为。他希望眼前这个他看中的年轻人能够成为他女儿的丈夫，但不想强人所难。沈萍常责怪他不关心儿女。她怎么知道他的内心痛苦。这些日子，闭上眼，牺牲了的大儿子就出现在眼前，高原的音容笑貌，常使他在梦中心痛醒来。他虽知道还有个孩子，却没见过面。杨元珍不知下落，或许把这孩子带到了远离家乡的山区，他只能在假想中与这个儿子见面。高原在遗书中还没忘记嘱咐他去找到自己亲生母亲。三儿子高地他关心得很少，但高地却很有出息，凭着自己的努力，居然考上了研究生。他高家前几辈世代扛锄，只到了他这辈出了个当干部的，如今高地又成了高家惟一的知识分子，这使他很欣慰。惟独女儿，使他大伤脑筋，他不得不再与张义民谈一次私事。这次，他不希望张义民选择，而希望张义民能够原谅。自己快离休了，明年就将退出已经辗转四十年的政治舞台，他的权力和责任将一起失去，他希望在这之前，女儿能被张义民接过去，他相信这个年轻人的前途，而女儿将随之有了前途。

“高书记，我对高婕一直是有感情的，也一直在耐心等待她，可是……”

“只要你对她有感情就好。”高伯年截住张义民的话，他害怕张义民说出什么别的话，会使谈话难以收场。“她会回心转意的。你是我一手培养起来的，我了解你，也信任你，我希望你能等她，和她结婚，我只有把女儿交给你才放心。”

这是高伯年第一次明确主动地要求张义民跟自己女儿结婚。

“高书记，”他仍恭敬亲近地说，“我就怕小婕不这样想。她去上海一个多月了，连一封信也没给我写，也许她长期留在上海了。”

“她回来了，不许她母亲提起那个混蛋的名字，看来她醒悟了。”

“回来了?”张义民感到意外。

“我还一直没见她,她身体不大好。你上去看看她吧,她在这时需要你的关心。”高伯年的声音显得很苍老,他用少有的近乎请求的目光,期待张义民能代自己去温暖女儿的心。

张义民犹豫了。中午汇报会结束后,他就给罗晓维去了个电话,约好晚上见面。和罗晓维在一起远比和高婕一起愉快,而且他怕现在过于接近和肯定就留不下退身之步了:“她一定很累,我明天再去看她吧。”

“去吧,一个月没见面了,今天或明天,早晚要见。”高伯年以为张义民出于紧张和腼腆。

张义民没有理由再推辞,只好硬着头皮上楼。

高婕躺在床上,见到他,勉强露出一丝笑容,然后慢慢欠身坐起来。

张义民关好门,坐到床边沙发上,用玩赏的目光打量着相别一个月之久的高婕。

他一眼就看到她变了,一个月前火车站的高婕与现在的高婕,同样苍白、消瘦,现在却没了那时的高傲冷酷,只剩下了疲惫和那么一点罕见的颓丧。

这一个月,她经历了什么?会在脸上留下这样的痕迹?

“过得还好吧?”他故意问。

“还好,你呢?”高婕不愿让他发现内心的创伤,强打精神反问张义民。

掩盖不住的凄然,微弱的声音使张义民找到了答案,他有点得意地跷起二郎腿。

“我这一个月忙得连想想自己的事的时间都没有了,也很少到你家来,今天要不是你爸爸打电话找我有重要事情商量,恐怕我还不会知道你回来了。”

他不等高婕插话，便把自己一个多月担任搬迁指挥部指挥，如何筹划房屋；如何巧妙利用居民心理动员搬迁；如何像指挥一场大战役一样把一座座工厂厂房摧毁，把一座座民房扒倒，把一批批居民有条不紊地迁到新居；如何打响了全市道路改造工程的头一炮；如何受到市长的表扬和同行的羡慕甚至妒嫉……

他的话，有他的真实经历也有加上想象随口添加的动人故事。在这个曾经狂傲得近乎冷酷的公主面前，他第一次扫除了自卑和怯懦，侃侃而谈，近乎炫耀和吹嘘。她反感也罢，乏味也罢，或者听了受到刺激也罢。反正，她对于目前的他已经不那么十分重要了。

然而，高婕却听得专心致志，甚至入神了。

她从张义民的话中感到了一种与她生活完全不同的生活，一种火热的、生气勃勃的，但与她却毫无关联的气氛。她生活的城市发生了突变，而她对此却一无所知。

“我仿佛游离在生活之外了。”高婕叹了一口气。

“你的生活不是很丰富吗？”

高婕听出张义民话中的讥讽，她并不为此生气，自己被生活嘲弄了。而对他，她曾毫不掩饰地嘲笑、羞辱过，用自以为是的真实蔑视过他的虚伪。但现在，她突然感到面前这个男人没有多少可以被指责的。他是一个生活的强者。一个黄炯辉让她看透了一切。存在人与人之间的，除了金钱、名声、地位，还有什么？相比之下，张义民反倒好些，他依靠自己奋斗。他没有可以依赖的一切外力，不过是想攀附一根绳，然后靠自己的力气爬上去。工人、农民、军人、运动员、艺术家、学者、当干部的……哪一个行业没有自己的王冠？企业有竞争，团体有竞争，舞台有竞争，运动场有竞争，难道权力就不该有竞争？谁把握住王冠，谁就是强者。强者只瞄准自己的目标，而不吝惜手段和方式。在这一点上，张义民的方式要比黄炯辉干净得多。

“我想改变自己的生活。”她整整自己凌乱的头发,现在她这个样子,是不是很难看?她第一次在张义民面前,注意起自己的仪容。

“但人抹不去自己的记忆。”

高婕努力思忖着张义民的话。什么时候,张义民神态也有了几分高傲,那种她过去欣赏的男人神态。

张义民站起身,坐到她的床沿上,伸出手轻轻抚摸了一下她的头发。这从未有过的温柔举动差一点勾出高婕的眼泪来。她用一个有过两性体验的女人敏感,闭上眼睛,等待着即将发生的事情。作为受欺辱的女性,她厌恶和恐惧即将来临的热烈,作为一个受伤的女人,她又渴望得到一种温存的爱抚。

她的身子有些发抖。

张义民的手停住了。追求高婕这么多年,他没敢碰过她。现在她的神态,那样动人。他迅速地把她和罗晓维做了个比较,晓维活泼、泼辣、大胆,一种热辣辣的青春美,而高婕现在,忧郁、沉静,一种古典式的女性美,高婕比晓维要漂亮得多,无论是眉眼轮廓还是双肩线条,甚至双乳那隐约可见的曲线和裸露的白皙的脖颈,都那么细腻,柔美,比晓维具有诱惑力。他知道,这是一个完全有把握的时机,这个美丽的躯体可以即刻之间被他拥进怀抱。他紧挨着她,体香和发香沁入他的心肺,红润柔软的双唇对他近在咫尺,他浑身的血热了,禁不住一阵痉挛,那个部位不可抑制地勃勃欲动。

他猛站起身,逃离了巨大的诱惑,克制住自己刹那间的冲动。在她没有明确的表示,在他没有做出最后选择的情况下,绝不能对高婕做出任何过分亲昵的举动。他不能失控,同时欠两个女人的账,以致将来受到左右两方面的夹击,而影响自己的政治生涯。

“我走了。”张义民待自己握住了门把,旋开门时才说,他的声音已经平稳了。

“你可以多坐一会儿。”高婕不无失望。

“晚上还有很多事,如果你有事打电话给我。”

张义民快步走下楼梯。

他没遇到高婕以往伤害他的那种语言,也没遇到麻烦的纠缠。短短一个多月,他与她的关系扭了个个儿,像出任搬迁指挥,着手调查杨建华一样,在解决与高婕的关系上,他也把握了主动权。他可以自由自在地在高婕和罗晓维之间游离等待,看谁能给他的未来带来更大的幸运。今天,他可以向市委书记交差了,明天,他就要看市委书记为女儿还肯再付给他多少。

现在,罗晓维一定在凤华饭店等急了。

他的心情和脚步一样轻松。

第十六章

一

夜带着一股寒意，显得格外静寂。屋外树梢不时传来轻微的飒飒声，有如女人裙裾的窸窣，有如无数个手指轻轻弹拨着阎鸿唤思绪的琴弦，搅动着他心底的波澜。

他开了整整一天的会。

上午是视察少年儿童活动中心，在已规划好的空地上召开的现场会。下午通过光明桥的规划设计方案，和商委研究市民冬菜和蛋供应问题。一连大小三个会议，每个会议，他都是主角，一天下来，他感到口干舌燥，精疲力竭。

这会儿，他靠在椅背上，喝一口素娟为他煨的银耳汤，觉得甘美甜润，凉爽利口，嗓子里好过多了。

他想起了徐力里。这一段时间，他的脑子被他的城市所占满，几乎忘记了她，可今天下午的会，又把她清晰地显现在他面前。

光明桥将坐落在已经拆迁完毕的普店街西段，是整体规划中最大的一座立体交叉桥。规划设计方案拿出了三四个都没有通过，不是造型结构一般化，就是占地过大，耗资过多。光明桥的规划方案成了全线工程的燃眉之急。

“一定要设计出一座造价低，造型独特新颖，美观而又有气势的立交桥。”他曾下了指示。

今天，随着普店街拆除、平整完工，设计方案终于拿出来了。他请来了国家建委的领导，国内著名的建筑专家一起“三堂会审”。

大胆的想象，奇特的构思，精巧而又合理的设计，把苜蓿叶式及定向立交的匝道联结方式组合起来，利用空间的高低错落只设计两层式，桥面高度低，高架桥长度短，整个外形像一朵美丽的花。在座的人为之一震。前些日子，当一个个方案被否定的时候，很多人为市长揪着心，为主管设计的柳副市长捏把汗。现在，果然想出个宝贝，这是一座具有中国建筑风格和工艺特点的立交桥，具有工程功能全、占地少，省资金等优点而又造型别具一格，国内外都没有的超水平的设计方案。

柳若晨由于高度紧张，额头上的汗水和由于激动流下的泪水融合到一起，他摘下眼镜擦拭着。

“设计者是谁？”

“设计者来了没有？”

人们在问，柳副市长沉默不语。

会议结束了，老建筑专家走到柳若晨面前，老人很想见见这位设计者。

“她在医院里。”柳若晨抱歉而又艰难地，“不能来了。”

“她叫什么名字？”老专家问，“哪个单位的？”

“徐力里，市政工程局的总工程师。”

全场愕然无语。接着大家又几乎同时从愕然中醒来，大家要去看看她。

“对不起。”柳若晨阻止大家，“她需要安静……请大家理解和尊重她的要求。”

阎鸿唤和大家一样，为柳若晨说出的名字而震惊。他没有说话。

他万万没有想到徐力里在她设计的凤凰桥方案被否定之后，

以重病的身躯又向这座最大最复杂、要求最苛刻的立交桥设计进军了。她就不怕再失败吗？他的眼睛湿润了。

与会者散去了，阎鸿唤叫住柳若晨："她的病情怎样？"最近，他几乎没问起过她。

"不会有多少时间了。"柳若晨凄凉地回答，"最多，最多也许只有两三天。"

"什么？"他激动地扳住柳若晨的肩膀，"我和你一起去看看她。"

"不用了。她现在没有这个愿望。"柳若晨神情冷漠。

阎鸿唤的手从柳若晨肩上滑落下来，心如乱麻。

他至今没有去看过她，他怕面对她，一个至今仍苦苦爱着他的女性。他有着向世界挑战的智慧和勇气，偏偏在她的面前不知所措，况且，他无法解释她的凤凰立交桥方案为什么被否决。现在，"最多还有两三天"这个断言，使他的心震颤了，对于只有四十八年的人生来说，最后的两三天，每个小时都要用黄金来计算，一个生命已走到尽头的人，却设计出这座光明桥。

此刻，阎鸿唤觉得自己心神不定，脑子里怎么也摆脱不掉那种强烈刺激，两三天，两天，一天半，一天……他觉得时间在飞速流逝，死亡在走向徐力里，他没有具有神力的手，无法阻挡时间的脚步向前迈进。时间，它给人以生命也把人推向死亡。如果世界上有一种东西最慷慨无私，那就是它；如果世界上有一种东西最吝啬无情，那也是它。他感到一种从没有过的巨大失落感。

面前案几上摆着一叠急需处理的文件，现在该是工作的时间了，每天夜里十点到第二天凌晨一点，他都要伏案工作三个小时，批阅文件，审改明天的讲话稿，翻阅各大报纸，读一点书，考虑下一步的工作……这三个小时，对他来说容量极大，十分宝贵。他从不轻易让任何人、任何非工作方面的事干扰、占用这三个小时。他有过彻夜不眠，还没有过白白空耗。今天，他却无论如何不能把自己的精力集中起来。坐在办公桌前,心乱如麻。

光明桥该动工了,离计划的东西线工程全部完工只有三个月时间,春节能不能向全市人民告捷?治理污染“黄”“黑”“白”三条龙的几项工程下个月要破土动工,碳黑厂改造已经拉开序幕;煤制气工程准备就绪;就看发电厂供热改造工程的技术关能否过去。这个老发电厂每年排出的“白龙”,肆虐这座城市整整半个世纪了,下午,环保局的报告说,将采用静电除尘解决废气中的二氧化硫问题,但还有一些技术问题尚未过关;“老城区”的改造和兴建,今天中午开了第一刀,下一步的承建要具体落实;几个居民区的小区绿化冬天不便进行,但要布置好;……

他思绪纷乱,收不拢来,千头万绪,竟不知今晚想做些什么。他狠狠摔掉烟头,离开办公室。

走进卧室,看见素娟正在桌边写着什么。

道路改造工程,她也上马了。昨天,他难得和妻子女儿一起吃了顿晚饭。饭桌上,素娟高兴地告诉他,她如何发动街道大娘们赶制、捐献慰问品到工地。还组织了义务服务队,帮助施工工人洗衣服、理发、改善工地伙食……开始,他也挺有兴致,还夸奖了妻子几句;后来,妻子越说越兴奋,恨不得事无巨细,一一讲给丈夫听,他有点不耐烦了。他脑里装满了第二天的议题,便在素娟谈兴正浓的时候,放下了筷子,走进了办公室。待他从办公室回到卧室时,素娟已经睡着了。

现在,他看见素娟还在忙,不由得一阵歉意。

素娟听到动静,转过头:“有事吗?”

“睡觉。”阎鸿唤走到床边。

素娟赶紧走到床边,为丈夫铺床:“怎么了?”她问,不相信丈夫肯这么早结束工作。

“没什么,我有点累。”阎鸿唤声音懒懒的。

“我还得写几行,一个计划,不影响你吧?”

“你能写出什么好计划来,过来,跟我聊聊天。”

妻子诧异地注视着丈夫,自他当市长以来,这是第一次听他说,想与她聊聊天。

“可是,我这计划明天得在机关讲,这和你的‘环线’可是直接联系的,你瞧,我以工作支持你,你却不支持我了。”

“别在家里说什么环线,我一天到晚都在跟它干,回到家来就不能说点别的?”阎鸿唤有点不耐烦。

“可我是妇联主任,明天……”素娟轻轻走到丈夫身边,把手里的计划递给他,“我还想让你帮我提提意见呢。”

“真见鬼。”阎鸿唤把妻子的计划丢在地上,“谁出的鬼主意让你当什么主任,女人就是女人,妻子就是妻子。”他把妻子揽在身边坐下。

“瞧你,我不是天天给你当妻子?就这么一回……”

“一回也不要。素娟,你说,让女人撑起世界的一半儿,这个说法对吗?我觉得,这太残忍了。”

“这是什么话?”素娟笑了,“当然对,世界当然有我们的一半儿。”

“你们这一半应在家里,撑住家里这个小世界。”

“你今天想起什么来了?”素娟惊异地看着丈夫。

“我问你,假如有一天,你和人结婚了,而我心里还只有你一个,不想再结婚了,你觉得该怎样对待我才对呢?”

“你疯了,我怎么会再结婚?”

“我只是假设一下。”

“那要看我为什么和你离婚,如果没感情了,互相有了仇,只要我和别人结了婚,就不再理你。”

“不对,你没听懂我的意思。”阎鸿唤打断妻子的话,“这么说吧,拿我和你现在关系来说。如果我又和别人结了婚,你对我还像现在这种感情,你希望我怎么做才对得起你,让你痛苦更少一些?”

“我会永远痛苦,你无论怎么做,也减少不了这种痛苦,离婚,本身就对不起我。”

“不,不对。你还是没有讲清楚女人的心理。如果我们根本还没有结婚,只是恋爱,可由于一个特殊的原因,我们没能结婚,而我和另外一个人结了婚,而你仍然爱着我,你希望我怎么办?”

素娟立刻明白了,她缄默不语。

“你说呀,还是妇联主任呢。不合格,你应该了解妇女的各种心理。”

“如果真是这样,我不希望你猜度我的心理,迎合我的心理。这种猜度基础上的迎合是虚假的,我只希望你按自个儿的真实感情去行事。”素娟看了一眼丈夫,尽量选择着文绉绉的词语,她知道了丈夫此刻的心事。对于那个女人,她听他讲过。

阎鸿唤感到脸和心都发烫。

真实?他怎么才能理清自己的真实情感?他曾真诚地爱过她,也曾真的淡忘了她。只是那次会面,当她把图纸亲手交给他时,才又重新勾起他对逝去了的爱情的回忆。当他知道她仍爱着他的时候,才又一次隐隐发现自己的心底还深深藏着一个她。但他已不能再爱她,不仅仅是道德的约束、婚姻的束缚,还因为他脑中没有空隙给这过去了的,又重新出现的爱留有余地。自从他踏上市长这个职务的那一天起,他就逐渐意识到他的“自我”在逐渐消失;他不再仅属于自己,属于素娟,属于这个家庭;更多的,他却属于这座城市,属于它的今天和明天,属于它的人民;他不能只以一个阎鸿唤、丈夫、父亲的身份思考问题,更多的,他以市长这个特有的身份思考。为了这座城市,他必须放弃一些对于他仍然是珍贵的东西,包括徐力里对他的爱。同时,他也逐渐意识到他的"自我"在增强。他要把他的意志,他的思想,他的目标,化为全市统一的行动,这全盘的部署和落实,都是他的意志的体现,他从来没有过这样的自信。

但是现在,在这个小小的卧室里,妻子寥寥几句话,却使他自信全无。他弄不清自己,倘爱,为什么这么多天竟忙碌得从不曾想起她,倘不爱,为什么自己今晚如此情意绵绵,以致无法继续工作?无论如何 ,他不能让她在临终前继续痛苦了,她之所以能在重病之下,完成这么一项艰难的设计,一定是爱的力量支撑着她。他不能让她这个支柱折断,他要给她一座大厦,对她说:"我爱你,一直爱你。"是欺骗,还是怜悯?是还情,还是抚慰?不,都不是,此刻,这是他的真心话。

"鸿唤……"素娟知道丈夫虽然闭上了眼,但并没睡着。

"晓松今天来信了。"

"噢。说些什么?"阎鸿唤仍然闭着眼睛。

"他说。小萌想要一件裘皮大衣。今年冬天,北京这种衣服挺时兴。"

"那就给她买呗。"

"他手头钱不够。"

"咱们赞助他点儿。"

"钱太多了点。要五百块。"

"胡闹,什么大衣这么贵?"阎鸿唤睁开了眼睛。

"我倒是给晓松存了点钱,现在也有两千多块了,可是……"素娟有点发愁,"光大衣就花五百,剩下的还够买什么?眼看着他今年也二十六了,快该办了。"

"不给买。"阎鸿唤坐起身,"晓松已经独立了,想给女朋友买东西还伸手跟家里要钱,不像话。"

“晓松要买,准是小萌喜欢。”

“小萌这姑娘也不对头。刚谈对象就要东西,格调不高。”

“你甭翻来覆去总有理。那是晓松的一片心。”

“他几片心都行。但别太过分了,追求享受。”

“算了吧,你拿不出钱来就埋怨孩子。谁让你们出国回来老宣传人家外国服装,这可倒好,国内的姑娘都打扮起来,你又受不了了。”

“嗯。”阎鸿唤望着妻子,“这么着,你给晓松去封信。就说,现在国外早不流行这种衣服了。最流行的是式样新的新潮服。一年一件,过了时就不要了。别买什么裘皮的,不好放,样子也难看。然后……然后你上街到小贩那儿给媳妇花一百来块买件样子漂亮的衣服寄去。准是皆大欢喜。”

“你以为人家信你这套?”

“就这样吧。”阎鸿唤关上了灯,“咱们睡吧。”

他倒下身,又嘱咐妻子。

“明天早上五点半。无论如何要叫醒我。”

妻子对他谈起的儿子的“大事”,多少分散了阎鸿唤的注意力,他觉得头绪清楚了。今天要早点睡,明天一清早就去看徐力里。八点半,他要听取农委关于郊区社队乡镇企业的情况汇报,然后,还要参加开发区两个合资项目的规划会议。只有早晨,他才能抽出时间去看她,而且,不知为什么,他觉得去看她,向她表示那句重要的话的时间,最好是在一个早晨。

他关上了灯。

月光透过窗棂,洒在他的脸上,身上。皎洁的月光,像二十多年前那个北京近郊的夜晚一样明亮,可像这月光一样的她,却就要离开这个世界了,似一颗来去匆匆的流星,在黑蓝色的夜幕中划出它最后一道光亮。

此刻，她在想着什么，也在想着那个夜晚吗？

她躺在病床上，全身的疼痛难以忍受，她几乎彻夜不眠。漆黑的夜带着一种奇异的压迫包围着她，使她越来越感受到呼吸的紧迫。她觉得自己生命漫长的旅程离终点不远了，自己的双脚已经站到了死神的面前，再迈一步就是死亡的万丈深渊。

她并不感到恐惧。生与死，对一个人原是这样的简单，此刻，她躺着，功能衰弱的机体还在运转，大脑还在思维，她便是活着，或许，下一刻，她的身体各部位的运转停止了，她便成为一个没有思维没有灵魂的肉体，迈入了死亡的门槛。她在父亲那里看过一个录像是英国片子，里面有个垂死的老人，为了满足孙子的要求，在死神请他去天堂之时，特地跟上帝请了二十四小时的假，第二天跟他的孙子快快乐乐地度过了他在人间的最后一天。如果真有天堂，她也真想跟上帝请个假，准许她迟到一点时间，只要允许她把心里的话告诉给他。

现在，他伏在她的床前睡着了，一连多少天，他都是这样度过他的夜晚。

她望着他已露出白发的头，心里好难过。

一起生活了五年，到生命的最后一刻，她才发现，他是一个多么好的男人，一个多么好的丈夫，一个与她多么相似而又多么理解她的情人。是的，情人。

这些日子，她忘了生，忘了死，心里只有那座光明桥，她把全部希望寄托在最后一搏。她已虚度了多少年，到了可以用武的时候，又几乎丧失了作战的能力，她怎么能甘心？

柳若晨天天夜里都来，带给她所需要的资料和数据。

他没有问她："想吃什么？"尽管他也让秦阿姨不断地烧各种小菜送到病房。

她也没有对他关照什么身后之事，尽管她望着他长长了的胡子，掉了的纽扣，很想说点什么。

她只是问："有希望吗？"

他总是答："光明桥是你的，肯定是。"

于是她忘记了痛苦，忘记了死神，光明桥给了她一片光明。

柳若晨和她一起分析被否定的一张张方案。从别人的失败中找出自己的成功之路。

她的规划设计方案终于拿出来了，他兴奋得落了泪，就像自己填写了一份满意的答案，急迫等着老师打分一样急匆匆地走了。"一定会成功。"他说。

交卷之后，她的心情反倒变得无法平静了。柳若晨替她打了保票，可她心里却忐忑不安，心潮犹如起伏的狂涛，整天晕沉沉，不能入睡。医生不得不给她注射镇静剂。

今天中午，柳若晨告诉她，下午就要讨论方案了，她亢奋地坐起来。

"你要慢慢讲，讲细些。"

"放心吧。"

"不能让他们轻易否定，有意见，我可以修改设计。"

"放心吧。"

整整三个半小时，她从没觉得时间这样漫长，这样难挨。独自一个人怀着希望，一分一秒地等待。茫然的恐惧总在折磨她，可她偏偏不肯收回伸向希望的手。

"通过了，通过了！"柳若晨几乎是小跑着进了病房，额头上满是汗。他把会上大家的赞赏和评价一股脑儿告诉她。他翻来覆去地说，仿佛整个会，都是在唱赞歌。

她的心陡然平静了，像是沉入清澈透明的湖底。云没了，风没了，旋流和狂涛消失了，留下的只是一汪平静的湖水。这时，她才注意到他,她的丈夫柳若晨。这些日子,在她生命颠簸的小船上,是他伴着她风雨同舟。他的脸消瘦了,灰蒙蒙的一层土色;眼熬红了,细麻麻一网血丝。她和他恍恍惚惚在同一个单元里住了五年,没有爱情的婚姻像一个单调枯燥的梦。此刻,她仿佛才从梦中醒来,发现自己日夜希图得到的东西并不是那么遥远。小时候,她被秦牧的散文所吸引,憧憬着广州那美丽的榕树,父亲去广州,她也磨着一起去。住在宾馆,她又吵着要去植物园,去看她渴慕的榕树,父亲终于带她去了,那长着胡须的苍老的榕树美得令她心醉,她满足了,回到宾馆才发现,原来她下榻的房间外面,竟是满满的一园榕树。现在,她觉得,像那遥远的榕树其实就在眼前一样,她用一生苛求寻觅的伟丈夫,不正是眼前这个人吗?

爱情,对于青年人,它是燃烧,是激情,是火山;对于中年人,它是温暖,是柔情,是大地。它的纽带不再是两极的吸引,而是双方的沟通,理解。

柳若晨是如此地理解她!

"若晨。"她用自己微弱的声音叫他。

柳若晨惊醒了,抬起头:"力里,你觉得怎样?"

"握住我的手。"她有点羞怯地说,"不知我现在变成什么样子了,很难看,是吗?"

"不,你只是瘦了,我看还是原来的样子。"柳若晨紧紧握住她的手。

"是吗?"她脸上掠过一丝红晕,嘴角露出笑意,"我多想回到咱们的家,过一次新婚之夜,做些妻子该做的事情……"一颗泪珠从她眼角淌下来。

"力里,别想那么多,我在你身边,我……"柳若晨捏紧了妻子的手,泪水盈满了眼眶。

"你不怨恨我吗?"

“不，你是我的好妻子。力里，我……我一直想告诉你，我爱你。”

“若晨……我，我也爱你，真的，我爱你。”她两眼泪花闪烁，“谢谢你，我太满足了……命运把事业和爱情都赐予了我……我没有什么遗憾的了……”

突然，她觉得血猛地涌上头部，仿佛自己一下子坠落在茫茫云海，眼前的一切都变得模糊了，她挣扎着不让自己坠下去。

“若晨……抱……抱起我……”她觉得自己仿佛变成一股轻烟，一缕一缕地离开了自己的身体。

柳若晨紧紧地把妻子抱在怀里，她还在清醒的最后一刹那，用尽最后的力气把自己的嘴唇递给他。她接触到那渴望的湿润，幸福地闭上了眼睛。她觉得异常地轻松，很久她没有这样自由、愉快了。她紧紧地抓住丈夫，想永久地把来得太晚的爱情紧紧抓住。她依偎在他的胸前，像靠着一叶小舟，飘摇着，慢慢启航了……

清晨，阎鸿唤赶到了医院。

七点钟，初冬的太阳，明亮而柔和，四周是一片浅玫瑰色的晨曦；七点钟的太阳是青春和希望的象征。他要把希望的阳光带给她，在她生命的最后一天。

他没有惊动任何人，径直走向病房。他不是以市长的身份代表市委市政府看望一个有贡献的工程师，而是代表他自己，怀着旧日恋情去看望一个深深爱着自己的人。

然而，当他终于找到要找的房间号，推开门时，屋里的情景立刻使他惊呆了。

主治大夫从耳朵上摘下听诊器，护士们拔去输氧管，拉上白色的床单——一个人死亡的标志。

“病人六点三十分停止呼吸，七点零三分停止抢救。任何措施都无法再延缓她的生命。”主治大夫向阎鸿唤做了说明。

阎鸿唤失望地向徐力里的遗体走去。他没想到时间对于他和她都这么无情,连短暂的四十八小时都不肯给足。他一步步走过去,这本是一个很短的距离,他本来拥有充分的时间去完成这一距离。她住进医院的时候;凤凰桥开工的时候;昨天,听到病危消息时……他失去了一次又一次属于他的机会。

柳若晨轻轻替他撩开蒙在徐力里身上的白床单。

一张被病魔折磨得干瘪的脸,在日光照射下,两只深陷的眼睛闭合着。眼角和嘴角之间有一点浅浅的泪痕,宽大的额头是惟一保持住原样的部分,其他部位都已找不到他所熟悉的样子了。脖子和手腕都已瘦得脱了形,可以想象全身都已枯瘦如柴。

泪水蒙住了阎鸿唤的视线。她就是这个样子,刚刚完成一座美丽壮观的立体交叉桥,也许正是因为她把自己的血脉灵魂都奉献给了大桥,她才变成这样。

她神态自若,恬静安宁。

“我来晚了。”他沉痛地对柳若晨说,“她说了些什么?”

柳若晨默默地把白单子蒙上徐力里的脸。

过了好久,他像是对自己,又像是回答:“她说,她生前没有留下遗憾。”

二

张义民从市委书记家里走出来,觉得心情极好。

他是专程来向高伯年汇报对杨建华问题调查结果的。汇报之后,沈萍却执意让他多坐一会儿,并叫保姆端来一盘冬天罕见的西瓜。一会儿,高婕从楼上走了下来,她能主动从楼上下来见他,这是他们交往以来的第一次。虽然脸上仍然很冷,但眼睛里鄙夷他的神色没有了,目光中隐约可见一丝祈求和缓的羞赧。

女儿出乎意料地出现,使高伯年和沈萍很高兴,他们悄悄地退出了客厅。

“你现在精神好多了。”张义民看着高婕。

“我也觉得好多了。”高婕在张义民对面的沙发上坐下,眼睛盯着脚下地毯上的图案。

“我很高兴。原先我担心你不能自拔。”

“我不是那种没出息的女人。”

“那就好。”张义民站起身,拍拍帽子,到衣架那儿取下大衣。

“怎么,要走?”她狐疑地看着他。

“我还有事,工程任务太重,我不能耽搁更多的时间。”他望着她,语气很平淡。

“我,我想和你谈谈。”高婕坐在沙发上没动。

“再找一个时间吧,现在,你和我都需要再冷静想一想,对吗?”他特意把“我”字咬得很重。

走出高家大门,他还觉得背后高婕一双失神的目光送着他的身影。他有个隐隐的直觉,只要继续这样冷淡,折磨她几次,就可以彻底征服她。想到自己同时能赢得两个漂亮姑娘的心,尝到她们不同的滋味,他心里充溢着一种火爆爆的欢悦。这些日子,他一切都十分顺利,心里不免有几分得意。

他这个新任命的粮草官,上任之后,四面奔波,八方求援,市内、市外,迅速把施工材料准备齐全。这全幸亏他平时积累了一份信息备忘录,不管每日多忙,他都要浏览各报,把有用的资料剪下,分门别类归好,每天一个多小时。为他的第二把火提供了材料的信息,仅十天“粮草”备足,他去市长那里报捷。阎鸿唤非常满意,夸奖一番,给了他五个字“无往而不胜”。他相信自己在市长眼中已经成为常胜将军。这个印象太重要了。

他感谢这次道路改造工程,将军出自战场。只有这种战斗气氛的环境才能给人以施展才干的机会,平日在机关上传下达,靠领会,猜度领导意图行事,显不出一个人的真正才能。现在,经过拆迁和备料,这两个大阶段的“实践”,他对自己的信心更足了。他确信自己是个人才,既有组织才干,又有指挥能力,既能捕捉信息,又能科学地调动人力。他坚信,倘若有更重要的担子交给他,他也会像挎一只小篮子似的担起来。他盼着有这样的机会到来,等待着机会。

捎带脚儿,他在紧张忙碌地准备“粮草”之时,也不露声色地完成了调查杨建华的任务。

在市政二公司,他遇见了副经理严克强,一下子就了解到许多可以证实匿名信内容的情况。严克强敏锐地觉察到张义民与他交谈的兴奋点,推断出他有可能是市委书记派出的“钦差”,自己写的匿名信得到了反馈,于是严克强是用赞赏的语气,袒护的态度巧妙地把自己在匿名信中提到的问题,添枝加叶地与张义民聊天聊起。

张义民凭着自己的政治敏感,也嗅出了这年轻的副经理和杨建华之间存在着矛盾,权力和位置之间存在着一种抗争,这种在青年干部之间存在着的微妙关系,他很明白,他要利用这点。

张义民觉得杨建华是自己生活中的一个有力对手。杨建华和自己一样善于把握成功。这样下去,即使在这一级他与他构不成矛盾,在未来的一天,也会构成对他的直接威胁。必须提前,搞垮这个将来的对手。如果说张义民在调查之始,还仅仅怀有一丝快感,那么在调查之末,他已经成为一种自觉的行动了。

张义民把了解的一切情况向高伯年做了汇报。他希望高伯年能下决心处理这件事。

走到花园别墅的岔路口。张义民站住了。下一个方向该向哪儿走？前两天罗晓维打电话告诉他，徐援朝的姐姐死了，让他这几天抽个空儿去看看。人在痛苦时，一点点关心胜于人在得意时的几倍热情，这时候去表示一下，会有效地缩短距离。他明白了罗晓维的意思，但他还掂量不出与徐援朝的进一步接近，于他究竟有好处还是坏处。今天罗晓维又给他来了个电话，他没接到，估计可能想见他，而她很可能就在徐援朝家。十多天没见到她了，他挺想念她。

那天，她找到他，说老家一个乡办企业想通过他这个关系买点建筑材料。他手里正有这些东西，而且属于前期工程计划中节省下来的物资。

"有介绍信吗？"他问，怕里面有什么名堂，日后惹乱子。

"当然有。"罗晓维递给他盖着红印的介绍信。

"这事和徐援朝没关系吧？"他对徐援朝总是保持着一种警惕。那小子几次让他帮忙搞点物资，他都没答应。从知道徐援朝在干倒买倒卖的勾当后，他就有意拉开了距离。他当然对油水并不反感，挣这百十来块钱的工资，对他来说，已经是饥渴难熬了，但是，他必须再谨慎地观察一个时期。徐援朝可以胆大妄为，出了问题，有老头子顶着。他不能。一旦出了事，他就成了替罪羊，身败名裂。

"我会帮他吗？"罗晓维似乎对他的怀疑十分不满，平时她一方面拉张义民进入徐援朝这个圈子，一方面又从未主张张义民帮徐援朝办事，这张义民是清楚的，他的担心消除了。

"是你的亲戚？"

"跟我没关系，我不会找你。"

"真是生产急需，为支援乡镇企业的发展，倒可以批点，只是手续要齐全，而且……"

"你放心，跟乡镇企业直接打交道最保险，双方互利，谁也不会捅出去，何况那边是我亲叔叔，知根知底儿。他是乡里的土皇帝，你是这里的县太爷，两个人的交易，你知，他知，万无一失。"

“还有你知道。”张义民跟她开个玩笑。

“我？我可没跟你分‘你’‘我’，还不是为了你能捞点儿‘回扣’，省得光吃那点干工资。”

他批了条子，三千元好处费也落了腰包。这是他有生以来，第一次在自己的存折上出现这么一大笔数字。他尝到了甜头。他又精确地算了算，整个工程，如果采用杨建华工地的做法实行“文明工地”和“四级承包”把物资承包到组，就大大节省建筑材料。于是，他提出了在全工区推广“文明工地”的建议。这样，工程结束后，他手里又可以有一大批物资了。如果再与晓维的亲戚合作几次，何愁不迅速变成“万元户”？他才意识到，钱并不难赚，关键敢不敢伸手去抓。当他用知情人的目光注意到这个社会时，便发现，事事，处处原本都存在着这种交易，“好处费”几乎浸透在所有的公与公，公与私，私与私的交往之中，谁能顺应这个现实，谁就是既得利益者。

他因此对罗晓维的天平盘子上又加上了一块砝码。高婕在这一点上远没有罗晓维全面。罗晓维比不上高婕漂亮，但她的政治背景，外交手段，经济实力，哪一点都比高婕强。况且，是她，第一次主动地让他尝到了一个女人的滋味。

但岔路口另一个方向是阎鸿唤的家。他以前没有去过。一是没有面上合乎情理的缘由去，二是怕高伯年知道，不好解释。但此时不同了，他现在在阎鸿唤手下工作，到市长家里汇报工作是正常的，况且目前正巧有个理由。他到东北去跑钢筋时，那里一个市长满足了他的要求，并请他给阎市长转达一个建议，希望在化学工业、仪表工业上加强协作，得到他们这个市的支持。他回来以后，还没顾得上汇报，这可以作为进入市长家的敲门砖。

花园别墅大院里的白杨树、梧桐树叶全部脱落了，只剩下光秃秃的树丫，现出炭条似的黑色，冷悄悄地站着，初冬的夜，晚风飒飒，三岔路口寂然无声。

张义民忽然感到一阵孤寂。三栋别墅的主人们都在自己温暖的窝里怡然自得，惟独自己站在这个黑惨惨的地方徘徊。

他把自行车把一扭，决定去徐援朝家。他累了，到那儿会见到罗晓维的，她会给他轻松，给他温暖。高婕回来后，罗晓维加强了对他的“攻势”，一心想把他夺到手。这点，他十分清楚，便有意无意地向罗晓维透露了一些高婕的“火力”，以从反面加强罗晓维的热情，他抓住了她的“弱点”。她认为，女人之间的竞争要靠魅力，靠本事，而不是凭嫉妒。正是这，让张义民在她身上一再享受到女人身上所有的东西，而且用不着担心付出代价和冒风险。这两天自己太紧张了，需要松弛松弛。和罗晓维在一起，是最好的消遣。十天不见，他就像新婚的丈夫，天天都有一种饥渴感。罗晓维打电话给他，肯定也想他了。

他推开徐家大门。

徐家客厅里，灯光暗淡。徐援朝整个人缩在沙发里。他双手捧着头，两眼红肿。看上去神情恍惚，已经完全失去了往日的风采。

张义民没有想到一贯跋扈骄恣的徐援朝会有这样一副表情。他对姐姐会有这样丰富深厚的一份感情。

“援朝，我来看看你。”他走到徐援朝身边坐下，“别太难过了，人总归会有这一天。”

“可是……”徐援朝凄楚地说，“姐姐还年轻，她死得太早了……我对不起她，我太不关心她了。”

泪水复从他的眼中流出来。徐援朝这几天，觉得自己完全失控了。姐姐的去世，给了他几乎是灭顶的打击。姐姐住院这么久，他这个亲弟弟竟一次也没有去医院看她，他以为她不会有什么大病。他跑到外地去洽谈一笔生意，被自己现在的生活迷住了。当他回来,听到姐姐的噩耗,见到柳若晨转交给他的姐姐遗物时,他几乎呆了,完全不相信这会是真的。

姐姐给他留下一张照片。那是他五岁时与姐姐的合影。他戴着一顶爸爸的旧军帽,系着姐姐的红领巾傻乎乎地笑着,依偎在姐姐的身边。照片背后,是姐姐当年幼稚的笔迹:

小弟说:"我要像爸爸一样勇敢,像姐姐那样聪明。"

小力　援朝摄于八一幼儿园门口

这张照片引起了他对全部童年、少年和青年时代的回忆。三十几年来,他第一次那么充满柔情地回想起那些金色的,无忧无虑,充满憧憬,幻想和幸福的童年,那么痛楚地回想起那些黑色的,被侮辱被损害的,充满失望,仇恨,苦难的青少年。这三十多年,他的欢乐和痛苦,爱和恨,其实都是和姐姐在一起分享的。仅仅最近这几年,他才像一只离岸的船,独自驶向大海,离开了姐姐。

现在,姐姐突然没有了,徐援朝觉得心里仿佛形成了一个大大的空洞。一向自以为看破人生看破红尘的他,却无论如何也填补不上失去姐姐这个空洞,逃脱不掉这份悲痛与伤心。

"你们为什么都不告诉我,她得了癌症,你们都知道!"

"我没想到你会不知道,我以为……"张义民不知道怎样回答这个变了样子的徐援朝。

"你们!你们这些人!"徐援朝又咆哮起来。这些日子,他常这样,"还有若明,我最恨你!更恨你哥哥!"

柳若明无可奈何地瞧着徐援朝。他已经无数次地申明,他也不知道。嫂子住院期间,他正和援朝一起奔波于几座沿海城市。跟海关上他们的"线"打交道,成交了一大笔生意。这援朝自己是清楚的,何必迁怒于他。他感到很委屈,也替哥哥委屈。但他不敢回嘴。他知道徐援朝的厉害。援朝在盛怒之下,给把刀子能杀人。

"柳若晨,不是好人!是杀人凶手!我姐姐为什么跟他分居,还不是他气的！姐姐的病这么严重，他为什么不告诉我？……”

徐援朝忽然像个孩子似的大哭起来。哭了一会儿，又恨恨地骂：“柳若晨这个混蛋，凭什么不让我见姐姐一面？我恨不得宰了他！”

张义民后悔不迭。他不该来这儿。徐援朝发起混来是没法子劝的，他更不能帮徐援朝骂柳副市长，只好默不作声，却如坐针毡。

徐援朝骂累了，又缩在沙发上，脸色极难看。

“告诉北京了吗？”张义民轻声问柳若明。

“没有。援朝和我哥都不让告诉徐伯伯，这也是嫂子的遗嘱。晓维最近见过徐伯伯，说他身体很不好。”

张义民终于找到了机会：“罗晓维没来吗？”

“没有。有两天没来了。下午来过一个电话，问你在不在这儿，也许一会儿来吧。”

这座房子昔日灯红酒绿，是一座醉生梦死、使人的物欲肉欲得到最大满足的宫殿。如今，却死一般沉寂，变得凄惨寥落。徐援朝那些哥们儿呢？也许都来过了，也许来过之后就不想再来了。他们到这里来是为了寻欢作乐，不是为了分担痛苦。张义民想到徐援朝这些全无踪影的“哥们儿”，不免有些幸灾乐祸。他不想在这儿继续呆下去，扮演一个毫无价值的“铁哥们儿”角色。罗晓维不在，即使在，这儿的气氛也早让他失去了在此寻欢的兴致。

他离开了徐家。

走下黑惨惨的石阶，不知是徐援朝的情绪传染了他，还是因为没见到罗晓维，一阵阴郁裹住了他。

“嗨！”随着一声清脆的呼叫，罗晓维出现在他面前。

她穿一件雪白的羽绒服，配一顶红色贝雷帽，在这漆黑的夜色中显得分外俏皮、清丽。

“我等你好久了，瞧，手都冻木了。”她把一双手捂到张义民脸上,冰凉冰凉的。

“你为什么不进去?”张义民摘下她的双手,把它们暖在自己手心里。

“我不想见到徐援朝,安慰的话都说尽了,再说还是那些话。况且,我也受不了他那副样子。”

“没想到徐援朝对他姐姐还挺有感情。”

“亲姐姐,怎么会不难过。”

“难过有什么用?人都死了,他现在骂这个骂那个,我看不如骂骂他自己。我以为他眼里光有钱了。”

罗晓维瞥瞥张义民,掏出一个存折塞到他手里:“这是我大伯给你的三千块回扣,我用你的名字存上了。”

张义民收下存折:“晓维,快走,在这儿,让人看见影响不好。”

“怕什么?”罗晓维把手插到张义民的臂弯里,“其实,人也就是这么回事。看见援朝姐姐的照片了吗?年轻时多漂亮。可现在,一股烟,没了。……所以呀,趁咱们还年轻,何不痛痛快快乐一乐,别对不起自个来世这几十年,什么也别在乎。”

“可徐援朝这一回家,咱们都没地方去了。”

“有地方。”罗晓维拿出一只粉红色的钥匙牌,“丽多饭店,我包了个房间。”

第十七章

一

冬天悄悄地降临了。夏季的绿、秋季的黄都相继隐去,让褐色和灰色所替代。光秃秃的树枝和庄严耸立的建筑物也都蒙上了一层冷色。但街上年轻姑娘的俏丽的时装,鲜红、嫩黄、翠绿、海蓝等鲜艳的毛衣外套,薄呢大衣和漂亮的纱巾小帽,使这城市的冬景改变了它呆板冷寂的画面,有了几分热烈、生气和妩媚。

季节的变化使城市的外表变得冷峻了。然而,它的内里仍然是一如既往的活泼,节奏有力地跳动着。街头广告牌一次次刷新,拿着"天鹅牌"冷烫精的黑发女人,变成了捧着"威娜宝"香波的金色女郎;商场的霓虹灯由双管单色变成了多管多色;自由市场里主妇们照例和小贩们讨价还价,分毛必争;每日上下班时,公共汽车里仍然和沙丁鱼罐头一样拥挤,密不透风;物价、奖金和各种门类的有奖储蓄仍旧是人们热衷的话题;公园的早晨,老人依然聚集练操习拳,晚上恋人相依相伴,全然不顾天气的冷暖。……生活像以往一样地繁忙,紧张。

凤凰桥工地上尘土飞扬,运送灰沙石的汽车驶进驶出,一里方圆的工地,被一圈木板围起来,隔开了外边的生活和里边争分夺秒的奋战。在这里边的许多人,有一个多月没有见到外边的世界了。琳琅满目的繁华商店,穿着五颜六色时装的人群;菊花争妍的公园，以及熟悉的大街小巷和温暖的家，这一切一切仿佛都离他们很远很远。他们迷住了工程，全身心投入了紧张的施工。

杨建华驱车来到凤凰桥工地，自开工以来，几十个夜晚他是在这个工地度过的。凤凰立交桥，被阎鸿唤市长称之为环线这条长龙的“眼睛”。事关大局，他理解市长的话，这一仗打漂亮了将会影响、牵动工程全局。二公司承包的三座立交桥，两段路进展神速，三座桥都已完成了清除现场，浇铸承台，打桩，筑桥墩和帽梁几项工程。两个筑路队也完成了三分之二的铺路任务。尽管冬季施工要比夏秋两季要困难、艰苦，但工人们憋足了劲儿，进度一点没落下。杨建华这些日子日夜在几个工地转，工人连班，他也不分昼夜，这儿的气氛和施工的每一环都紧紧地系住了他这个指挥员的心。他仿佛又感受到了当年几十万知青向荒原开战的气魄与心境。

他绕过工地材料堆，走到在浇铸混凝土的老队长跟前。

“老队长。”他招呼着。

“你怎么又来了，不是告诉你睡一下嘛？信不过我？快去睡，几天没合眼了，人又不是铁打的。全公司这么大摊子，经理垮了，是闹着玩的？”

杨建华笑笑：“来回的车上早迷糊了几觉，年轻轻的，哪儿那么容易垮？我担心的是您。”

老队长的肝病这些日子又犯了，但他就是犟，不肯歇：“我？人到了这岁数，觉就少了，躺在床板上也是烙大饼，不如忙活点得劲儿。”

“老队长，您就别犟了，该歇就歇，有病就得早治，后边还有的是工程等着你呢。”

“嘿，我吃着药呢，自己的毛病，我自己清楚，用不着你唠唠叨叨。就是去医院看病还不就是给这号药，还得搭上半天时间，挨个儿,受气。”老队长直直腰,叮嘱旁边浇铸的几个青工,“仔细点儿,小心毛坯眼儿。”然后,朝另一个桥墩走去。

“老队长!”杨建华赶紧喊住他,“您派几个人跟大伙儿打个招呼,一会儿,我请几位外国专家参观。”

“都啥时候了?请外国人凑热闹,添乱。我就烦今儿一拨参观的,明儿一拨采访的,一点忙帮不上,还得搭上人陪着,这时间我搭不起。你可别学着耍花活儿。”

杨建华笑了,望着老队长砖红粗糙的脸:“老队长,您别小看这一拨拨人,花这么点时间值得。您没瞧见,那次小学生慰问之后,大伙劲头儿多足,孩子们对咱关心,大家长劲儿。报上登了咱们施工队几条消息,大伙高兴得都快把报纸看烂了,家里人看见也高兴。市长说了,宣传了咱们,不仅表彰了施工人员,也教育了其他行业的群众,用咱们这种精神,推动全市各行各业干‘四化’的热情。咱花这么点时间,贡献大了。”

“得,别给你师傅上这一套一套的,外国人也干‘四化’?”

“唉,让外国人开开眼嘛。有些中国人说外国的月亮圆,一些西方人也觉得自己的圆,让他们来瞧瞧咱们的月亮,见识见识。”

“你呀,就是花道道多。”老队长点点徒弟,转身去了。

杨建华知道师傅的脾气,他嘴上虽犟,可一定是去安排了。他担任公司经理,受命于艰巨任务之时,深知它是块难啃的骨头。上这种活儿,要有一支过得硬的队伍。这支队伍的管理不能靠行政命令,管、卡、压,也不能单靠物质刺激,还要靠人的一股子精神。精神从哪来?杨建华用的法子是旧瓶子装新酒,一样酒香溢人。他先搞了个政治动员,讲此项工程任务的光荣,对全市人民生活的作用和改善本市交通的重要,以及未来的展望。为大家描绘了一幅将在大家手中描绘出来的城市远景图。活儿干得值,工人们的精神头儿就上来了,然后又充分利用全市人民对环线的关心支持,点燃市政工人心中的自豪感。再就是搞好后勤服务,他把承包队甩下的工人,组织起几个服务队,看护家属病人,买煤、买粮、搬家……为工人服务,工人心暖和,没有后顾之忧,就轻松,底气就足。

现在工程已接近最后一段了,前两期工程质量不错,后面的质量能不能保证?昨天,他召集了施工队各组组长和突击队长会,专讲后期质量,但他还觉得缺一把火,便给史春生去了个电话,询问凤华饭店有没有懂建筑的外国客人,他要借借西风。

半个小时后,外国客人们在史春生的陪同下来到工地。

大鼻子的到来立即吸引了人们的注意力。

三位教授两个美国人一个法国人,都是本市一所大学新聘的教建筑的外籍教师。他们用挑剔的目光,转来转去,又摸又敲,看着油光瓦亮的混凝土墩台和一丝不苟地干活的工人,脸上露出惊奇的神色:"像人造大理石!"

"筑一个墩台用多长时间?"法国人问。

"用了五天时间。"老队长回答。

"噢!五天!不可思议!"

陈宝柱得意地对翻译说:"告诉他们,这还留着量呢!"

围着的工人全笑了,老队长悄悄瞪了陈宝柱一眼。

临走,教授伸出大拇指:"中国人这个!"

一张张经过烈日和冷风加工后的黑色、棕色的粗糙的脸膛容光焕发。

杨建华对大伙说:"瞧他们惊奇的。"

老队长撇撇嘴:"打根儿上我也没瞧得起他们,早年间……"

一个工人打断老队长的话:"人家机械水平是比咱们先进,可话说回来,人的技术不见得比咱们强。"

陈宝柱挤上来:"咱们比他们强。再说,他们干活哪有咱们玩命！”

“下一步，我们就要上梁、整桥面了。大伙一定要保证质量，干出世界一流水平的活儿，再让他们惊讶惊讶。”杨建华郑重地对工人们说。

“没问题，经理就放心吧。”陈宝柱拍拍胸脯。

老队长瞪着陈宝柱：“有能耐在活儿上见！”

大家又笑了，散开，各自去干活儿。

杨建华松了口气，他要的就是这么一种气氛。大家争强好胜，互不相让。这就是一种劲儿，有了这股子劲儿，多难上的山也能爬上去。

可是此刻，他连极容易走的路也走不稳了，已经三天三夜没合眼了。他是靠亢奋支撑着，这会儿，松了口气，头就开始发晕。他需要立即躺下眯一会儿，他只要找个凳子靠一靠，就立刻听不到搅拌机的轰鸣和工地上嘈杂的噪音了。他走进队部，晃动的木板房里，他直愣愣只看见一张床，一张就像是为他预备的木板床。

“半个小时。”他对自己说，朝那床走过去。

“杨经理，你家里来电话，说你儿子病了，挺重！让你马上回去。”电话值班员急匆匆跑进屋。

儿子，病得挺重！杨建华忽然清醒了，睡意全消。

“昏睡不醒，一天没吃东西了。”

杨建华心里一阵抽搐。上个月搬家时，小蒙从汽车后面摔下来，昏睡了四天。母亲打电话让他回去，当时工程刚开工，一刻也离不开。几天后，他抽空回家一趟，小蒙已经好了。他心中一块石头落了地。母亲却生了他的气，狠狠数落了他一顿。奶奶疼孙子，给吓坏了。这次病会不会跟那样摔伤有关系？他想打个电话让服务队去人帮一下，又放心不下儿子。没来由的，怎会又昏睡了。

“汽车就在外边。”值班员告诉经理。

杨建华匆匆地坐上了小汽车。

汽车直奔新居民区。

杨建华的新居在五楼。起先街里照顾杨元珍岁数大,腿有点毛病,分她一楼,万家分在五楼。谁知万老头一下子就火了,认准街里存心和他过不去。住五楼,他的货车怎么办?他吵着闹着非要个一楼单元。房子已经分出去了,一楼五楼都不是好楼层,相比之下,一楼进出方便,通厨房还有个十二平方米的小院,所以没人愿跟万家换,何况他一吵一闹,反倒让人觉着五楼比一楼差得远。杨元珍不愿看着街里为难,便把一楼让给了万家。

这会儿,杨建华三步并两步直奔五楼。

“哎呀,快送小蒙去医院,这病病得太突然了。”杨元珍见到儿子,如同见到救星。小蒙蒙突然发烧,她急得去敲邻居的门,没人。想想,就是有人,在家的也都是老人,帮不上忙。普店街离卫生院只有七八分钟的路。可这儿卫生院盖好了,还没开张,去市里医院得坐十几分钟的汽车,从楼门口到汽车站还有两里路。她抱不动八岁的孙子,已早不是当年抱着机枪找丈夫的年岁,她只能眼巴巴地等儿子回来。

小蒙蒙赤红着脸,昏睡着。

“妈,别着急,去医院打一针就好了。”建华安慰母亲。

“爸爸。”小蒙忽然睁开眼,轻声叫父亲。

“小蒙,爸爸来了,咱们去医院。”建华一阵心酸,小蒙蒙三岁柳若菲就走了。这五年,虽然有母亲带,可蒙蒙的每一点变化都牵动着他的心。他爱儿子,儿子就像他的一个复制品,越大,身上就越明显地带着他儿时的特征。他小时候是“三国迷”,儿子也是魏、蜀、吴不离口。儿时他常常沉浸在自己编织的“战役”之中,自言自语,时而充当将军,时而充当士兵。一天他下班去接儿子,远远地就看见小蒙一个人顺着边道上回家,口中念念有词,手里比画得有板有眼,俨然一个八岁的杨建华自己。

“桥修完了吗?”

“快了。”

“太好了。”小蒙迷迷糊糊又闭上眼睡了。

建华抱着小蒙蒙下了五楼,坐车去了医院。

“怎么不好?”女大夫眼皮搭拉着,没精打采地问建华。

“这孩子昏睡,呕吐,一天没吃东西。”

女大夫似乎没有听见杨建华的话,动作机械地照例依次检查过喉咙,心脏,摸摸腹部,随手开了处方单和注射单,脸上冷淡而平静。

平静,或许没有什么大病,可是,冷淡……

“大夫,这孩子一个月前被摔着后脑勺了,脑震荡,从汽车上甩下来的……”

蒙蒙的摔伤,一直像个提在半空的吊爪,揪着当父亲的心。

“多长时间?”女大夫耷拉的眼皮终于抬起了一半。

“有四十六天了。”

那眼皮又垂了下去,接着在药单上写着一些杨建华完全不认识的中国字,不置可否地说:“先吃药,打针看看。如果不放心,再到总医院脑系科看看。”

脑系科!

“您再给看看,这症状会不会是脑子里的毛病?”杨建华觉得自己的舌头有点发紧。

“你这人怎么这么啰嗦?!告诉你现在不像,你既然说他脑震荡,就去看脑系科。”耷拉的眼皮这会儿突然睁得老大,露出女大夫黑白分明的眸子,然后又迅速地垂下去,用眼角把杨建华狠狠地夹了两下。

一拳头就能使这“夹子”开成红花。

杨建华使劲忍下去想在那眼皮上挥舞一下的念头，抱起儿子走出诊室。

打针，吃药。小蒙蒙躺到家里床上时，脸色好多了，头也不再发烫。

杨元珍松了口气。

建华心里仍被吊爪揪着，退烧针管退热，病源呢？

"爸爸……"小蒙显得精神了。

建华摩挲着儿子的手。这手长得跟自己一模一样，指甲是方形的，长在自己手上是那么难看，在蒙蒙手上却十分可爱。他把这手放到自己唇边，轻轻吻了吻。

"爸爸，……我想，买个足球……奶奶不同意，她不让我踢足球。"

"爸爸同意，你过生日那天送给你。"

"过生日，你不是要带我去少儿活动中心吗？"小蒙惟恐一件生日礼物代替另一个生日许诺。

"带你去，去一整天，所有的项目全让你玩过来。"建华想让儿子高兴。小孩一高兴往往病就好了。

果然，小蒙蒙一骨碌爬了起来。

"真的！"

建华的心终于回到了原地，奶奶笑着赶紧把孙子按下，盖上被。

一阵急促的敲门声。

来人是办公室的小刘："严经理让我通知您，立即到工程总指挥部去，有急事。"

急事？现在工程上哪有不急的事！

那么，回头抽空再去脑系科吧。

工程总指挥部，几位正副总指挥在等他。曹局长什么也没问，建华什么也没说，大家围着桌上的沙盘坐下了。

“凤凰桥什么时候能完工？”曹局长问。

“一个月。”建华信心十足。

“不行，得提前。”

“再提前五天。”这意味着在预定日期内提前了半个月。

“十天。”曹局长凝视着新提升的经理，“二十天完成任务。总指挥部准备把光明桥的修建任务交给你。光明桥开工的时间必须在二十号左右。”

十天？五天已经拿出了冲刺的力气，哪来的本事再挤五天。

“光明立交桥，是环线上最大的一座立交桥，在全国也是数得上的。时间紧，任务重，它是环线工程最后一战，什么时候拿下它，什么时候全线通车，敢不敢立军令状？”

立军令状？军中无戏言，杨建华不能不犹豫。

“人生能有几回搏？造光明立交桥这样的大桥，人一生能赶上几次？失去这个机会，我敢肯定，你会后悔一辈子的。”

“我试试看。”

“今天找你来，没给你试试的时间。”曹局长步步紧逼，口丝毫不松。

“好，我接了！”杨建华一拍桌子，像是把自己的脑袋放到了总指挥部。

接下这个任务，就意味着凤凰桥的工期要在极限上再缩短十天，同时做好光明桥的前期准备工作和凤凰桥的收尾工作，他的兵将会怎样说？

“接得对！这一头一尾全归咱，死了也值。”老队长兴奋地一拍大腿。参加这样宏大的工程，完成了他几十年的夙愿，老头儿像注射了兴奋剂。

“为保证桥面工程时间,明天就得上大梁。”建华盯着老队长由于高兴而愈发发紫的黑脸。

老头儿掰指算算:“对。只是怕帽梁的模板桥拆不出来,木工班夜班只是五个人。”

“集中兵力一起上。”

“我包了!”蹲在墙角抽烟的陈宝柱大大咧咧地站起来,“这活儿归我们突击队。”

“这不是闹着玩儿。”老队长瞟了陈宝柱一眼。

“你们都去睡觉,养足精神明儿上梁。明儿上午,我准叫你们看不见帽梁上有粒木渣儿。”

“有种你就干。别吹大牛。”老队长一贯看不上陈宝柱。

“不信?我……”宝柱急得要瞪眼。

建华拍拍宝柱肩膀:“我信。宝柱,看你的了,注意安全。”

“你放心。”陈宝柱拍拍胸脯,神情从来没有这样庄重、严肃。

儿子的这副神情,是宝柱妈一直希望在他脸上看到的,老太太多想儿子能认真、能庄重、能温顺哪。可当她儿子带着这样一副母亲理想的神色率领突击队连夜奋战的时候,宝柱妈已进入了弥留之际。

她对死毫无恐惧,受了一辈子苦,生给了她多少值得眷恋的东西?能够不再睁开眼睛,苦海便到了尽头。

瘫在床上这么多年,她与外界几乎隔绝。她不识字,家里又没有电视机,她无法感受到时代的巨大变化。她想象不出别人家都是怎么生活的。嫁一个有出息的丈夫,生一个有出息的儿女,那福该怎么受用?几十年尝的全是苦,反倒不知何为苦,何为乐?活着就是苦,死了便是乐。她凭着自己的生活经历,简单地把生活中的人分作好人和坏人。好人又分为善人和本分人,坏人分成恶人和不走正道的人。她遇到过不少善人。当她还是个小丫头时,村子里来过一个卖糖稀的老头。见她饥肠辘辘,舔着舌头的发馋样子,便拿细苇子棍在糖稀中一滚,送给了她。这是她第一次吃糖,棉签大小的糖稀,让她记了老头儿一辈子的恩德。还有救她出火海,帮她从良的民警同志;照顾她这么多年的街坊杨元珍,眼前正在医院伺候她的"服务队"闺女们……这些人和她不沾亲不带故,却受了人家那么多情,无法报答。

宝柱妈突然感到一阵剧烈的抖动,她嘴唇向里抽搐着,痛苦地喘着大气,死神在召唤她。她用灰败不堪的手紧紧抓住被单,像是害怕被煎熬的灵魂就这么去了。她,在等待她的儿子。

老天爷把她放到这个人世上,就给了她这么一个亲人,虽不是她亲生的骨肉,却是她一点点拉扯大的心头肉。他是她的儿子,是狼、是虎,总是她的。

守护她的一位公司服务队的女工,看她不行了,告诉她,已经派人去工地叫宝柱了。

她等着……

刚住院时,儿子在她身边守了三天,这三天是她一生的安慰,虽然转瞬即逝,她还是感谢儿子,就像小时候那支糖稀,苇子签儿虽小,却终生难忘。

她等着,她要再见宝柱一面,她还有许多话要对他说。

"快了……从工地骑车到医院,怎么也得半个钟头,现在正修二环线,道路太挤,车骑不快。"

从她那圆睁的双眼,似乎看到了她的愿望,守护的人,不断给她输入希望。

快了,快了,快了……

陈宝柱刚把自己的突击队拉上去,就接到母亲病危的信。怎么办?他不能现在就溜了呀。

妈,您再等等我,再等等……陈宝柱心里火烧火燎。

他离开医院时,母亲拉着他的手,流着泪说:“宝柱,你去工地干活,妈高兴,妈高兴看你成人,妈只盼临咽气时,你守在我身边。”

“妈……好好治病,您能好。”

母亲颤巍巍从腰中掏出一个布包,她把它埋在墙洞里二十多年,住院时又让杨大娘给她缝在裤腰上。“这是两只金戒指,你留着。妈就这么两件值钱的,这么多年,甭管多苦,日子多难,想着自个儿还有两件宝贝,心里就踏实,觉着自个儿,还能给儿子留下娶媳妇的钱。拿着,别丢了,别花了,见着它就见着了妈,不到娶媳妇别用它。”

他扑通一声给母亲跪下来,他伸不出那双手,怕捧不住母亲山一样重的疼爱。

现在,母亲要去了。他无论如何也要见妈一面。

可是,此刻,他却拔不出腿。

今儿晚上的活儿,事关重大,关系着整个工程进程,关系着他陈宝柱的誓言,也关系着他们整个突击队——十一个哥们儿的荣辱成败。

道路改造工程上马了,施工队承包了凤凰桥的施工任务。队里接着成立了一个个承包班组,班组人员由班组长自己挑。眼见一个个都被叫上了号,独陈宝柱没人要。

陈宝柱气得青筋直暴,找到杨建华。

“老队长给我穿小鞋,让我栽面儿。”陈宝柱倒不是不干活手就痒,是觉得难堪。

“该明白了吧?别看平时大家不惹你,可谁心里都有杆秤。关键时候,你就可以看出大家并没把你放在眼里,这可怨不着老队长,是班组长们不要你,因为你不行。”

“我不行?!”陈宝柱被杨建华的话激怒了,“拉出来,咱们比试比试!”

“比试比试?”杨建华故意激他,“让你承包一个组,你敢不敢接?”

“敢! 干不过他们,我是孙子。”

几天以后,由几个施工队甩下来的落后青年组成的“陈宝柱青年突击队”成立了。这是一支全部由解教人员、劳改释放青年组织起来的队伍,平均年龄只有二十二岁。

公司为这支队伍制作了和其他正式青年突击队一样的队旗。杨建华亲手将这面旗子授给了陈宝柱。劳动创造了人类,他相信艰苦的施工劳动一定会把他们锻炼成真正的人。杨建华把陈宝柱突击队安排在凤凰桥这个重要的位置上,送陈宝柱八个字——自尊、自爱、自强、自信。

陈宝柱第一次在人们面前挺直腰杆做人。

班组长们看不起他,给了他一个震动,杨建华信任他,让他挑起一副担子,又给了他一个震动。他用这八个字向队里十一个被甩下、有污点的哥们儿做了开场白:“哥们儿,别人瞧不起咱们,这一次豁了老命,咱也得争争这口气,我就不信,咱们干不过他们!哥们儿,都卖把子力气,把红旗给我夺下来,让他们看看谁是孬种!”

凤凰桥工程,将是他们生活的一个新起点。

火热的生活,紧张的施工,忘我的劳动唤起了陈宝柱突击队员的良知和胆识、勇气和力量。与其他班组相比,他们从不落后,上个月,还夺得了施工队的最高奖金。

紧张的施工,把陈宝柱的心铸在了工地,浇铸在大桥的每一个墩台上。

他觉得自己变了,变得连自己都不相信自己了。

然而,老队长仍然不相信他。

他要以今晚的行动使老队长,和那些过去曾经看不起他和他们的人相信,他们,陈宝柱突击队的十一个青年人也是建设大桥的主人。

一个晚上,拆除全部帽梁模板,还要保证质量,这关键时刻,他一分一秒也不能离开。

但是母亲!

妈,您就再等等我吧！拆模板的活儿是我夸下海口揽下来的,干不完要误大事,误整个工程的工期！我不能让您闭眼前,再看我给您丢一次脸……

转天清晨,老队长早早醒来,赶紧钻出工棚。他发现整座大桥上的四十多个帽梁的模板已经全部拆除干净。一根根预制大梁也已整齐地排列在桥墩下面。

他妈的,陈宝柱这小子还真行。

“陈宝柱！宝柱!”老队长大声喊着,他第一次产生了夸一夸陈宝柱的念头,他掏出内衣口袋里还从没拆过封的一盒好烟,准备奖陈宝柱一支过滤嘴香烟。这小子,关键时刻不含糊,助了他一臂之力。

突击队一个队员疲乏地靠在吊车的履带上,像是在梦呓:“宝柱刚走,看他妈去了。”

“他妈咋了?”

“夜里死了。”

死了?……

老头儿的眼圈红了。他发狠似的吹响了早班的上工哨,尖厉的哨声在工地上空回旋,飘荡。

腰部一阵剧烈疼痛,一阵阵搅得他心麻。他紧紧腰带,戴上安全帽,拿着指挥旗,走向指挥台。

今天十根大梁全看他的了。

二

二十天过去了。道路改造工程传来第一个捷报，全市第一座立体交叉桥宣告完工。昨夜，施工队干了一个通宵，白天两个组油刷大桥护栏杆，其余班组和青年突击队清扫工地现场。节省下来的材料运往光明桥工地，废土废料垃圾也拉走处理掉。下午工程总指挥部对大桥最后一道工程桥面质量进行了验收，有关技术人员经过严格检验，评定油面整度完全达到一流水平。

二十天，工地上没有人回过家，没有人每夜的睡眠超过六小时。一天二十四个小时，工程不停，机械不停，时间不断，空间占满，一环紧扣一环，挤出拼出了一天。

公司经理杨建华是惟一一个离开过凤凰桥工地的人。他需要在五个工地巡回指挥、检查。其他四个工地速度并不比凤凰桥逊色，工人和技术人员的高度责任感，在紧迫的任务面前，达到了忘我的程度。

曹局长站在凤凰桥宽阔的桥面上，拍拍杨建华的肩膀："好样儿的。"

"工人们这些日子都干红了眼。"杨建华补充说。

曹局长点点头："是呀，咱们市政工人用自己的汗水，证明了他们是好样的。"他是从铁道兵部队转业到地方的干部，分配到市政工程局，有人劝他不要去，说那是个最乱最糟最吃力不讨好的单位。他还是来了，他看到了这三个"最"。他想整顿，谈何容易。现在，他把这支最乱最糟最让人瞧不起的队伍，拉上了这个舞台，导演出了一场有声有色有苦有乐有难有险的大剧，震撼人心的大剧。

现在他首先自己被这个"剧"感动了。抗美援朝时，他是炸桥能手,也是建桥专家,在敌人的炮火底下,飞机轰炸声中,他用木头,石头,钢板甚至还有人的血肉之躯建成过无数座桥。战士们在战场上杀敌红了眼,在炮火中修桥架桥红了眼,那是在血中与敌人作战。而现在,没有炮火硝烟,没有飞机轰鸣、血泊牺牲,他的工人们仍然干红了眼。这是什么?民族之魂,中华民族的一股子精灵之气。有了这,何愁不屹立于世界民族之林!他念大学的儿子这一阵子老跟他念叨"民族的劣根性",而且一一列举出例子论证给他看,他肚里装了桥梁学、工程学可没有那么多社会学、文化学,从没认真思考过儿子提出的问题,觉得儿子说得太片面,有时又觉得有点道理。而转业到这近十年,不知是不是儿子所说的那个"商埠文化"。他发现社会上机关里的的确确有那么一种令他厌恶的东西,扯皮、恭维、说漂亮话却不办事;淡漠、猜忌、牢骚满腹而又胸无大志,看别人冒尖就眼红妒忌,讽刺谩骂,背后做手脚……这使他厌恶反感然而他自己却无法摆脱,在全市这个大战役开始之前,他也不过是个庸庸碌碌想为而无为的闲官,而他手下的这些工人,也只会给马路来回打补丁,闲着没事就闹事,工程队里常常就像是一个泥泞的斗牛场。

而现在,在这场空前的壮举中,那些平庸似乎都被大战役洗涤,他和他的工人们创造出了一个又一个的奇迹,如果儿子了解了这一切,他会说些什么?

"好好干!"曹局长又一次拍拍身边这位年轻的经理,"下一个光明桥要更漂亮更利索,干出世界一流水平!"

杨建华笑笑,点点头。

局长一行人的汽车刚离开工地,老队长便找到杨建华。

"建华,又来人总结你的事迹呢,这回可是市里来的人。你年纪轻,估摸着要把你调局里去呢。"

下午,当总指挥部对桥进行验收的同时,市委的一个调查组也开进了凤凰桥工地。调查组直接找到老队长，要求他从清理工地现场的工人中抽出十个不同年龄不同性格的工人开座谈会。座谈会一开始，主持人就明确了会的主要议题，一是了解经理杨建华的情况，二是了解陈宝柱突击队及其本人情况。

刚才，老队长已经把人召集齐了，回过头来找杨建华。

“总结我的事迹？”

“可不，点着名了解你的事迹呢。”老队长脸色不太好看，“你是经理，咱二公司又争气，算是你经理领导得好，光总结你的也就罢了，可还总结陈宝柱的。我觉得不合适，宝柱这小子在凤凰桥露了脸，娘死了都不回家，豁出命干，这不假，可谁又是孬种？你不能捧他过了头，这两天，《青年报》登报，团市委表扬，就行了，怎么市里也把他当人了？难道说过去老实巴交、肯干的小伙子，像那几个队的，都顶不上他这个根儿有黵儿的人？”

杨建华望着老耿头，没有做声。

他不偏袒陈宝柱，也没特意宣扬过陈宝柱突击队。有次公司团委书记找他，说《青年报》准备采访一下公司的几个青年突击队。他对团委书记说，希望在宣扬正面典型事迹的同时，也要注意把一些落后青年转变为先进青年的事例宣传出去，展现一下市政青年工人的整体风貌。后来，《青年报》记者怎样采访陈宝柱，团市委怎么表扬陈宝柱，他就一概不知了。他赞成这种宣传，这不仅对后进青年的转变增加了动力，而且可以帮助社会去正确对待有过污点的青年。但倘把陈宝柱作为市级先进典型，他又觉得过了分。有很多青年突击队比陈宝柱突击队事迹更为突出，不能因为这是支由后进青年组织的队伍，就把先进的标准降下来。后进青年的觉醒在于人们把他们看做平等的人，一旦降低标准，只能造成他们心理上新的不平等。不能这么干。

“老队长，市里的人在哪儿？我去看看。”

“别忙，师傅还有句话想跟你说。你可能不爱听，但我还是要说。人不能图那虚名，踏踏实实干点实事就成。师傅就这么一辈子过来的，我啥也不图，就图靠自个儿的手，靠自个儿的这把子力气和技术，活个心里自在。你能当上经理就不低了。市政工程局万把号人，又有几个能当上经理？人要知足，心不能太高。经理还是干活的，你干得来，可要是到局里，你就干不来了。你没那么多心眼，师傅怕你将来吃亏。要想不吃亏，你就得变心眼，师傅又不愿意看着你变成另外一个人。”

老头儿不知怎地动了感情，一双手搓着一支烟卷，怎么搓也搓不上。

“师傅，您想到哪儿去了。”杨建华掏出一支烟递给师傅，又替他点上火。

“干点事，别让人家四处去宣扬。别人抬你，你得压着，人怕出名猪怕壮，小心费了力，反倒遭人嫉。”

“您听到点什么了？”

“没有，现在是没人说你个不字，我是经验，提个醒儿。”

经验，这两个字，老队长是有着血的体验的。老耿头是五十年代、六十年代连续的劳动模范，年轻时也着实红火过一阵，名字上过报，照片登在局光荣栏里，是个著名的“铁”队长，可十年动乱一开始，他就成了“假劳模”。他尝受了当尖子挨掐的滋味。

杨建华转身朝开座谈会的工棚走去。

他要找市里的人谈谈。并不是因为老队长的话使他动了心，而是他自己从来就不赞成宣传自己。公司工人集体的功绩不能加在他一个人身上，倘这样宣传，起到的作用将是负的，比摧毁他公司的全体机械还要麻烦。

他在门口站住了，想先听一听座谈会的情况，听听工人们怎么评价他这个新经理，又怎么看待这支小有名气的陈宝柱突击队。

屋里主持人陌生的声音在启发工人:“大家敞开谈,什么问题都可以反映。好的地方就别说了,我们全都掌握了。今天主要是想听听大家对杨经理的意见和工作中的问题。大家放心大胆地说,不要有顾虑,我们一定为反映问题的同志保密。就是传出去,杨经理若打击报复,你们立即向我们反映,市委一定严肃处理……”

会场一片沉默。

这是了解他的事迹?这是组织部为提拔干部而在听取群众的意见?

杨建华悄悄离开了工棚。他们来干什么?他不能不产生一种怀疑,但是他觉得正在谈论着关于自己的话题时,他最好要回避。

一辆汽车在他面前停下,会计从车上跳下来,气呼呼地朝杨建华跑来。

“经理,公司财会科不让提奖金。”

“为什么?”

“没理由,他们说是严经理下的令。”

杨建华火了,一个电话打给严克强。

“奖金是我签字让领的,你为什么扣住?!”杨建华在电话中嚷。

严克强却沉得住气,慢条斯理地说:“杨经理,别喊嘛,这是上面的精神,我是照章办事。”

“什么上面精神?谁的上面精神?你给我批了,责任我顶着。”

“不行呀。”严克强仍旧不紧不慢,“我是管财务的,出了问题只能是我的责任,我可不敢违抗上级领导。再说,这个精神是市委的,你顶得了吗?”

严克强的语气中有抑制不住的得意。

杨建华恼怒地把电话挂上,想想,又给局计划处拨了个电话。

计划处长支支吾吾:“这事不好办呀,也可能你们的月奖金发得多了些？……反正市里专门发了个通知，要求暂时冻结二公司的奖金。”

多了一点？凤凰桥施工队，在工程上整个给国家节约了六十万，而工人们提取的奖金才一万，六十分之一多吗？这一万是工人劳动换来的，抢时间抢出来的，精打细算省出来的。多劳就得多得，为什么不算算这一百多人的施工队，一个月干出几个月的活儿，一百多人顶上千人的劳动量？整个工程队只领取一万元奖金，这一万创造了六十万元的价值！

他把电话打到了总指挥部。

“正在施工又要紧张开始时，突然来这么一下子，工人们会怎么样想？咱们政策一旦制定，就不能老变！”

“建华，你放心好了，政策一定兑现。”曹局长听后当即回答，“凤凰桥施工队这个月的奖金晚发两天没什么，你现在要集中精力考虑光明桥的施工方案。”

“局长，咱们必须把话说清楚……”杨建华惟恐局长放下电话，扯开嗓门喊着。

“说清楚什么！”局长厉声回答，“现在根本说不清楚！咱们现在要清楚的是道路改造的形势！为了不给全市生产带来更大影响，为了早一天解决交通堵塞拥挤的现象，市民们天天盼着环线早日全线通车。市政府要求我们四月底必须全线完工，你算一算时间，距今天只有一百十一天，你自己考虑考虑，有没有你说清楚的时间！”

局长啪地挂上了电话。

说清楚?!

杨建华从云山雾海中钻了出来，这才明白，市里来的人根本不是总结什么事迹、经验，而是针对二公司，针对他杨建华来的调查组。

他回过头，走到工棚门口，一脚踹开了工棚大门。

屋里的人看见杨建华气势汹汹地出现在门口，都愣住了。一双眼睛惊恐地望着他。

冷静，冷静！你现在不是一个普通市政工人，而是领导着一个公司的经理！

“大家可以散会了。市里来通知了，请你们几位立即回原单位。”杨建华语气认真地说。

工人们立即纷纷离开。

“市里谁来的电话？”调查组的人问杨建华。

杨建华关上工棚的门，转过头去，盯着发话的人：“我。”

“你?!”那人一惊，随即质问，“你有什么权利假冒市里！”

“你们有什么权利来这里?!”杨建华反问他。

“我们是受市委的委托，是组织决定的。”

“组织决定，这儿的任务是修立交桥！你们是来干什么的？”

“开个座谈会。”

“这儿只需要站着干，不需要坐着谈。这儿是什么地方？你们知道吗？这儿是第一线，是战场，以后不许你们随便进入我二公司的工地。我们不需要你们！”

“如果我没猜错，你的名字叫杨建华。”调查组主持人站起身来，“你这种态度是错上加错！”

“一点不错，杨建华就是我。这儿我说了算。请你们立即回去！”

“你不要心虚嘛，如果没有问题，怕什么？”

“正因为我不怕，所以我才敢命令你们离开，叫你们从凤凰桥工地滚出去！”

杨建华打开工棚大门，说：“请吧！”

一行人灰溜溜地走出工棚，调查组长气急败坏地甩下一句话：

“我们要向组织部汇报你的问题!”

傍晚,凤凰桥工地从未有过的寂静,苦干了几十天的工人们早已进入梦乡,准备迎接下一个更艰巨的工程。在白炽耀眼的照明灯下,宽阔颀长的桥身静静地卧在那里,像个正在酣睡的睡美人。

杨建华独自走上桥头,凝视着这座他和工人们用血汗筑成的艺术品。他为自己这支队伍而骄傲。

他刚刚从待业大军加入到这支队伍中来时,市政工人是被市民歧视的。由一支考不上高等学府,又没有一个好爹娘的青年为主体的大军。世俗的偏见,市政工人自身的表现混杂在一起,使自己的地位在众多行业中沦为最低等。一半以上的适龄青年苦恼地找不到对象。矮人三分的屈辱感像阴云笼罩着市政工人的心。他们发泄自己情绪的办法是彻底毁坏自己的形象,头发留得像女人,脸不洗、鞋不擦,身上穿件破棉袄,扣不系,带不扎,麻绳一根勒当中,他们自嘲地编句顺口溜:“远看像逃荒的,近看像要饭的,仔细一看是市政的。”

那时候,市民常常看到这种情景,上下班必经之路被刨个槽儿,刨出的土堆在边道上,汽车只好绕行,推自行车的和两条腿走的,挤在边道上翻山越岭、跳跃前进。施工工人根本不去铺设管道,或去整修路面,而是东倒西歪,仰着、卧着、坐着、趴着看行人的西洋景儿。他们打盹、聊天、打牌,一条一百米长的路面能耗一个月。路人看不惯,有那多嘴的质问一句,便会引起这些有火没处撒的工人群起而攻之,什么话难听甩什么。市政工人野,人们都说他们野,他们索性野起来个样儿给你瞧瞧。让干活?先给钱,给多少钱干多少活儿。没奖金?那就慢慢耗,耗到上头交不了差给了钱再干。头头搔头皮,现在工人的觉悟太低,眼里光有钱。

钱?给多少钱能买来工人的自尊?

如今,同样也是这支队伍,拉上来却创造出发达国家用先进机械也难以达到的高速度。赢得了社会各界的赞誉和支持。一条环线,神奇般地在短短几个月时间医治了社会与工人自我之间两方面的心理痼疾。文明施工,施工不扰民,沿线为民服务,市政工人的形象在市民眼中变得高大了。工人们也在社会价值的天平上发现了自己。在他们懂得了自尊的同时,有了自尊。在这条全市人民关注的环线上,在这个前所未有的巨大工程中,他们自豪地成了主角。杨建华从来没有像现在这样对自己的队伍充满信心。

凤凰大桥竣工了,等待他的却是诬陷和打击。

一定是有人捣鬼!

不干了,何必自找苦吃!杨建华越想越觉得撒手不干是最好的选择,谁眼红这个“经理”的差事谁来干,谁他妈的觉得奖金发多了谁来干干试试!他回他的施工队,还当他的副队长。

“杨建华。”一个清脆熟悉的声音,是肖玲。

“这么晚了,你跑到这里干什么?”杨建华望着大桥,并不转身。

肖玲把手中的大衣披在建华身上:“我在局里听说了,赶来陪陪你。”

“听说什么?”

“听说你把市委派来的调查组臭骂了一顿。调查组跑到总指挥部,让曹局长立即停你的职。”

“停职吧,我正不想干呢!”杨建华气顶脑门。

“曹局长两眼一瞪:停了他的职,你们哪一个能指挥?他把那些人噎了一顿。”

一股暖流冲击着满心的委屈。她冒着风寒赶来,就是为了告诉他这些,他感激地望着肖玲。

在凤凰桥施工的日子里,肖玲经常活跃在工地,为工地写报道,施工队高昂的士气,有她一份功劳。她每次来,都像过去一样,和工人一起说说笑笑，忙东跑西。她的汗水和笑声融进了这座大桥。杨建华和她没有再谈什么，他想避开老队长那天提出的话题，躲开肖玲那天真、坦白，充满柔情蜜意的目光，和那目光中的期待。然而他不能。他越来越喜欢这个活泼而又带有几分幼稚的姑娘，她已占据了他心底那块空白。即使在最紧张最忙碌最喘不上气来的施工紧张时刻，他一看到她娇小、轻捷的身影，心里就会莫名地愉快和兴奋。

他想，她对他的爱慕不过是种浪漫的想象。当他把自己家庭和经历中的一切全告诉她后；当她冷静，现实地考虑到今后的生活；当她与他的结合面临社会世俗的偏见和冷遇时；她该怎样选择和对待自己的选择？

工程太紧张，他顾不上跟她谈。等大桥竣工后，挑一个明月皎洁的夜晚，他要跟她谈。

现在，这个夜到来了。却在他如此心境之下来临。

“肖玲，你了解这是怎么一回事？”

“听说，有人向市委书记告了你一状。高伯年批示，要认真调查，并立即停止二公司的奖金。”

“是谁告的状？告什么？”

“不知道。市委送来的那份文件，当场就被曹局长撕了，你不知道，曹局长的火气比你还大。”

“火气？……”杨建华冷笑一声，“凤凰桥工地的工人连轴日夜苦战，却拿不到应得的报酬。我这个经理对得起我们工人们吗？我怎么向大伙交代？整天喊改革，叫改革，工程承包时都呼万岁，上面要建设，要质量，要省材料，工人都做到了，为什么偏偏落实工人们经济所得这一项时，眼就红了，就没人为工人说句话？高伯年下令停发奖金，那么就请他下来干干试试，他坐在洋楼里能知道工地沙土中的工人是怎么干的？我杨建华不干这种失信于民的事，曹局长光发火有屁用,他该顶住,奖金照发。”

“你不能怨曹局长,他不赞同市委的做法。”

“不赞同?不赞同也得执行对吧?不执行就要丢乌纱帽,为了保乌纱帽就得昧良心,就牺牲工人的利益。”

“那你打算怎么办?”

“不兑现,我就不干了,不用他撤职,我辞职。”

“你错了……”肖玲突然打断杨建华的话,“我一直很佩服你,没想到你的骨头这么脆。不干了,算什么英雄?把位子让出来,就算你有能耐,你不是说过‘一定’要把全市最大的光明桥拿下来吗?”

她用语气强调“一定”二字的分量,话罢,用一双美丽的眼睛逼视对方,但很快肖玲又害怕了,她怕杨建华生气。

她第一次敢于教训她心目中的偶像。

她是独生女,母亲五年前去世了,父亲是医院的药剂师,非常宠爱自己的女儿。女儿太像她的母亲,因此父亲的疼爱中更多的又是放纵。肖玲从小自由自在长大,性格单纯,又有几分泼辣。她和父亲的关系与其说是父女不如说是朋友、忘年交的朋友。

她由衷地钦佩杨建华,甚至是崇拜他。她从小一帆风顺,羡慕杨建华那代人的坎坷,她天真纯洁,最欣赏杨建华的成熟深沉。一举一动,有一种男子汉的特有风度,她的那些同龄男同学在杨建华面前,不过都是些乳臭未干的毛孩子。自从杨建华在她心中站定,她的性格似乎发生了一些变化,去掉了几分“假小子气”,增添了几分羞赧;少了几分爽快,多了几分含蓄。少女的心理随着生理的成熟发生着微妙的变化。

这种微妙的变化,没能躲避过父亲的观察。她告诉了父亲。没想到父亲勃然大怒,差点让她认不出自己的父亲。

“我不同意!”父亲脸色铁青,“他要学历没学历,要工作在建筑队，而且是个大你十岁的二婚头！”

“二婚头，那怎么了？你不就是比季姨大十岁的二婚头吗？您不同意我，我就不同意您。”肖玲早料到父亲会反对，但她手中掌握着回击的王牌。

半年前，父亲经人介绍与一个“老姑娘”恋爱了，两人年龄恰恰相差十岁。父亲同女儿商量，女儿深明大义，为了父亲的幸福，她开了绿灯，可如今，父亲却给她开了红灯。

女儿的话使父亲卡了壳儿。

但他态度仍很强硬。他的情况与女儿不同。小季三十八岁，上山下乡八年，待业一年，上大学四年，好好的一个眉清目秀的姑娘让命运耽误了“个人问题”，这个年龄不找“二婚头”，就得当一辈子尼姑。况且，自己是本科毕业生，药剂师，除了年龄大一些，哪个条件也不亏待小季。可女儿是才二十四岁的大学毕业生，总不致找一个大十几岁的市政工人吧，什么副队长，根本就不能算国家干部，没有学历，却有个八岁的儿子。

肖玲不管父亲的反对，依然我行我素，谁也无法抹去杨建华在她心中的位置，终于引发了父女间的又一次交锋。

“小玲，你最近整天泡在工地，怎么回事？是不是又去找那个杨建华了？早告诉你，不许找他，一个建筑工人，有什么出息？”

“什么出息？人家现在当经理了。”

“经理，工人提拔上来的，还不是一样一身野气！”

“我喜欢他。”

“不行！”父亲说不服女儿，只好说出实话，“你季姨今年三十八岁，你却给我找了个三十六岁的女婿，这怎么行？别人会怎么看？”

“这怎么不行？您找您的老伴，我找我的男朋友，他们之间没必要做横向比较，自己幸福就成，管别人怎么看！”

肖玲的话再次使父亲哑口无言。

父亲不再说话就是默许了，可肖玲还不知道究竟杨建华对她是什么心思。她早已向他暗示了心迹，然而他却若即若离，她觉得他看自己的目光是亲切的，友爱的，深邃的，就是缺少那么一点炽热，她渴望的那种情人的火辣辣的目光。或许他那个年龄的男人已经没有了这种炽热，还是他从来就只把她当个小妹妹看待？

肖玲忐忑不安。有机会，她一定要和他谈个明白。

现在，机会来了。说不清为什么，她不愿在建华得意的时候向他表露爱情，只有在这时候，她的爱才能发挥出更大的价值，爱给人的是温暖和力量。

杨建华感到惊讶，没想到他心目中天真单纯的肖玲竟能说出这么一番有用的话。

他深深地回望着肖玲：一定！是一定。

"谢谢你。"他说，"我杨建华绝不能让人整倒。谢谢你给我打气。"

肖玲的目光发烫了："建华……我愿意做一个打气筒，天天跟着你。"

炽热的目光，勇敢的表白，这女孩子总有一些特别的东西使他心动。

"陪我到大桥中间去看看好吗？"她的声音有点羞怯。

杨建华没有答话，默默挽住她的臂，向大桥中段走去。冬夜的寒风撕扯着他们的衣服，风里还夹杂着碎雪，刮打着面颊，火辣辣地刺痛，肖玲却全不在意，她紧紧依偎着杨建华高大的身躯，把头靠在他宽厚的肩臂上，依着新漆好的大桥栏杆站住。穿过工地木板围墙，四周五颜六色的万家灯光在夜幕中闪烁，不远处变幻的霓虹灯广告牌走马灯似的映出一幅幅色彩绚丽的画面。夜真美。

"我这个人命不好。"建华终于开了口，目光聚集在大桥下停放的大吊车，"谁跟我生活都可能受一辈子苦。我原来的爱人就在婚后失望了,选择了一条最理智的路 ——和我离婚。起先,我恨她,但细想想,她是对的。家庭就像一个链子,把一个男人和一个女人的命运系在一起。一荣俱荣,一损俱损,不允许其中一方在生活上追求更大幸福。许多人结了婚,才发现婚后的生活远不像婚前热恋时想象的那般幸福、浪漫。婚后没有了花前月下,更多的是柴米油盐,生活会由兴奋变得漠然,吸引变成重复单调,这才意识到婚前的感情并非真正的爱情。当他们想走出去的时候,就会觉察到婚姻这根锁链,限制了行动的自由。我的家庭条件很差,小蒙蒙已经懂事了,你面对的,是要有足够勇气来迎接的生活。我曾为一个人打开过锁,我不知该不该把链子又套在另一个人的脖子上。”

“我要这链子。”肖玲紧紧抓住建华的胳膊,“因为链子那一头是你。你要走得太快,把我甩下来的时候,我就紧拽住它,叫你等等我。当你落在我后面的时候,我就拉一拉,叫你快一点。就用链子把咱们俩锁住,谁也别想跑。”

杨建华忍不住笑了:“你把生活看得太简单了。”

一阵寒风扑来,肖玲下意识地缩缩脖子,打了个冷颤,杨建华敞开大衣,把肖玲娇小的身子裹进自己怀里。

风呼呼吼着,她靠在他温暖的怀里,什么也听不到,只听他胸前那片暖地里,一颗心怦怦地跳动。她觉得一种从未体验过的爱的冲动在燃烧。她沉醉在他身上那种陌生的男人气息中,恨不得把自己化在那股烟草和汗味混合的气息中。

她有些痉挛地搂紧了他。

她的发丝撩拨着他的面颊,一阵发香使他勃然心动。五年了,从柳若菲走后,他从未接触过女性。可此时此刻此景,这风这雪这怀中的女孩子,一切又都那么似曾相识,像在草原那些寒冷的夜晚,只不过当初那个女孩子心里结满了冰,而这一个则心里燃烧着火。

她仰脸望着他，她的脸离他是这样的近，嘴唇向上张开着，软软的潮湿的，像在等待和渴求什么。

他低下头，迎过去。

一阵熟悉而陌生的藕香直冲他的口腔，这香气竟跟她的，柳若菲口中的香气一样。

他猛然停止了自己的动作。

一阵刺痛。

猛然间，这个熟悉的动作使他想起柳若菲。她现在干什么？也有一个男人陪伴着她吗？

这五年，他竭力不去想她，然而，在心底深处，却始终嵌着一个抹不掉的影子。

他慢慢转过头去。

不远处，桥头上，有一个人缓缓向他们走过来。

今天一收工，陈宝柱便离开了工地，他骑车跑了四十里路，从郊区火化场取来了母亲的骨灰。

大桥上梁的那天凌晨四点。大夫惊奇地发现宝柱妈的脉搏已经没有了，但她仍睁着眼睛支撑着等待着，呼吸完全停止了，依然恋恋地不肯闭上眼睛，她要最后再看看儿子。两个小时后，宝柱赶来了，他扑在母亲身上痛哭，妈已听不见儿子的声音，她的身体已经变凉变僵，可她仿佛又听到了，双目竟渐渐合上了。

这是他第二次面对亲人的死去。他爹被处决时，他只是觉着栽面，并没怎么当回事，一门心思在他那群哥们儿中鬼混，只是对再也不能跟爹一块坐吉普车兜风多少有点遗憾。那个专横跋扈的爹除了教会他抽烟，喝酒，没给他留下什么值得追忆的东西。母亲的死却使他悲痛万分。在这世上，妈就只宝柱这一个亲人，而他，也只有妈最疼他。他知道自己不是妈的骨血，为此，他恨过她，也恨过那对把自己遗弃了的亲生父母。然而当他一点点从那个混沌的世界中拔出腿来时,他却越来越珍惜妈对他的疼爱。尤其,这几个月,当他遭白眼落聘时;当他挑起大旗在建华的激励下成立起“陈宝柱突击队”时;母亲平时那些絮絮叨叨的、听不入耳的话却常常在耳边响起,他后悔自己平时骄横,后悔不听母亲的话,才落到这个地步。这种悔恨心情甚至在监狱里他也不曾有过。关在大墙里面的他,是沦落到底而不知耻的他;在工地上的他,是视无能落后为羞的他。这两个他之间,是一个多么遥远的距离。

为了争这口气,他和十几个哥们儿,付出了自己大量的汗水和力气,也得到了他从来没得到过的东西。当他在寒风和酷暑之中和哥们儿一起上完最后一车混凝土收工回棚的路上,当他听到那些原先不屑于理睬他们的人夸奖他们时,当他代表大伙领取到全施工队的最高月奖金,他的心里就会涌起一种复杂的感情。活了二十多年,他从来没有这样真真切切地意识到自己的尊严和价值,也从没有像如今这样把荣辱看得那么至关重要。他渴望着将来把立功受奖的奖状拿回去给母亲看一看,也想推着母亲到他亲手修建的桥上走一走,他想让妈知道:她的宝柱出息了。

然而,母亲没有等到这一天。

陈宝柱轻轻地把布包放在地上,打开。

里面端端正正地放着母亲的骨灰盒,一个雕刻精细,做工考究的檀木骨灰盒。这本是专门供给高级人士使用的,不卖给一般市民。陈宝柱火了,人他妈的死了,还分什么高级低级!他掏出这几个月积蓄的全部奖金和工资,放在柜台上:“我就要买这个高级的!我娘她受了一辈子罪,死了,我这当儿子的怎么也得让她住得好点。”经理为难了:“这上面有规定的,得有证明。”

“什么证明?我没有!我妈就我一个当架桥工的儿子,咱们是平民百姓。”陈宝柱气得牙咬得发响,语气尽量平缓,但还露出了火气。

“经理,您就照顾一下我们队长,他为了修环线,亲娘去世都没见上一面……”同去的队友帮宝柱求情。

“噢。”经理望着宝柱,沉思片刻。亲自给他挑选了一个最讲究的盒子。

此刻,陈宝柱双手捧着骨灰盒,缓缓地走向立交桥的栏杆,喃喃自语:

“妈,您瞧瞧吧,这就是我修的立体交叉桥……”

他把盒子放在栏杆上,两手抚摸着盒盖,如同抚摸着母亲瘦削的肩头。寒风吹乱了头发,拍打着他的脸,他丝毫不觉得冷,他陪着母亲观赏着这座雄伟壮观的大桥,凝聚着他的心血和再生的大桥。

小时候,父亲最爱去戏园子看大戏,每次都带着他,甩给他个布袋,让他在西瓜摊前拾人家嘴里吐出的西瓜子,父亲则大摇大摆地进去看戏,他在戏院门口的瓜摊前捡瓜子。等戏散了,他把捡到的半布袋瓜子交给父亲。父亲把他架在脖子上,拎着布袋子哼着戏,把他驮回家。母亲把这瓜子洗净,配上作料炒熟,然后卖给家福爹,家福爹再推车去卖。六岁的宝柱,开始为家里挣钱。那次,戏散了,人走尽了,宝柱没有见到父亲,他哪里知道,父亲在看戏时和人动了手,被揪到了派出所里去了。老子光顾上去搅理,早忘了在戏院门口等着的儿子。夜深了,人稀了,宝柱哭着顺马路往家跑,他不记得路,只顾向来的方向跑。在一座大桥头,碰到了寻找他的母亲。母亲一把把他抱在怀里,他不停地哆嗦,一句话也说不出来,吓坏了。母亲抚摸着他的肩,抱着他,把他放在桥的木栏杆上,逗他看月亮照在水里的倒影,看桥边那昏黄灯光中飞来飞去的虫。直到他慢慢地不再害怕,恢复了平静,才背他回了家。从此,小桥,水中的月亮,灯光里的飞虫,像一个朦胧而又清晰的梦,和母亲的爱融合在一起,深深地印在他的脑海里。

“妈,您认不出来了吧?那儿就是那座木桥,那条污水河填平了,变成了自行车道。”

他对母亲说,他觉得母亲的亡灵什么都能看到。

“妈,那天,我没赶上送您,就是为这座桥。这桥比那木桥排场多了吧?我知道您盼的是我长出息,像建华那样做人。我这阵子听您的话了。您看那边插的旗子了吗?那是我的旗子,我就是那青年突击队的队长。您盼我出息,盼了一辈子。现在,儿子出息了,您就细细瞧瞧吧……”

泪水从陈宝柱的眼中淌下来。

第十八章

一

整个一条街冷清下来了。

天冷,黑得早。一过五点,就有人开始收摊,到八点,所有的服装摊全收了,只剩下万家福一个。他不时望望西边路口,盼望着能见到张义兰的身影。可是他一次次怀着希望望去,又带着失望转回头。

每天到了这个时候,他也早收了摊。把剩下的服装塞进大尼龙袋里,放到三轮车上,上面再压上挑摊的竹竿,然后蹬到附近那个亮着红灯的门口前停下,那是派出所。黑灯瞎火的,就他一个人,真要来那么三四个有贼心的,动手抢了你,谁也没辙。虽说这类事还没发生过,可不怕一万就怕万一,防备点儿没亏吃。在派出所门口,就保险了,就是遇到什么不测,喊一嗓子,警察就会出来。派出所的人他都熟,全是他摊上的常客和“特殊”主顾,相互之间有照应。七点半一过,张义兰准到,两人再一块儿回家。正在修环路,他们得绕道,从这儿到新居民区有三十多里路。可他和她一边骑一边聊,并不觉得累。话还没说够,就到了家。现在不少卖服装的哥们儿都是来去骑摩托,他还蹬着三轮车。过去是近,用不着,现在远了,他又不想用,就是为着和义兰上下班同步。他和她的关系正稳步向前发展,但还没到能公开给她也买辆摩托的火候,机械化得忍到结婚后实现了。

早晨路上,义兰说:“晚上别收摊,等我帮你卖。”他答应了。可此刻都八点了,整条街上就他孤零零一个摊子,一无主顾二无同行,仿佛他神经有点不正常。可他不敢收摊,答应了她,就得兑现,这是他目前奉行的与张义兰和平共处的首项原则。

终于,西口拐角,出现了张义兰的影子。

张义兰临下班时,又和进货员研究了一笔生意。从东北进一批便宜木耳,估计货到时,正是春节前,肯定是抢手货。谈生意,谈误了点,迟到半小时。

她承包了春光副食店后,才两个月,店里就红火了。她第一件事就是把营业时间延长了一个小时,下午由六点关门改到七点。五点半到六点是下班时间,也是顾客的又一次高峰。南来北往的过路人,一半担负着给家里采买的任务,下班顺路捎上点儿菜、肉,解决晚饭问题。现在的家庭结构变了,小家庭占绝对优势,自在倒是自在,可一日三餐全靠下班后自己一双手解决。双职工白天上班,采买的最佳时间就是下班后。五点半到七点半便成了各商店的营业旺时,六点半一过,顾客人稀,售货员肚饿,惶惶然惦记自己家里的“小世界”,于是这一带几家副食店把关门的时间都定在了六点半。然而,那些下班晚了的,沿途不便采买的,做饭时突然发现酱、油、醋没有了的人,就都成了七点钟关门的春光副食店的主顾,独此一家,别无他店。张义兰还制定了一套“名、优、特、小、零、全”的六字经营方针,更增添了对顾客的吸引力。加上服务态度好,顾客来过一次还愿再登门,两个月,春光店便在这一带小有名气。很多人宁肯绕远路,也愿到这儿来买东西。张义兰旗开得胜,踌躇满志。

张义兰跳下自行车就笑。万家福真的乖乖听话没收摊,傻乎乎地等着她,她挺得意。

“哟,你还真不收摊!”

“哪敢呀。”

“如果我今天自己骑车回家了,或者有了什么事不能来,怎么办?”

“那只好在这儿摆一夜,服从命令听指挥嘛。”

“你就嘴甜。”

万家福动手拆摊,义兰早晨的话原不过是捉弄他。

“别拆,我说了陪你卖,就陪你卖。卖到九点。”

“你别找乐了。深更半夜,谁来买衣服,像个挂幡守灵的。”

“别说话那么损。别人都收了摊,买卖全是你的,保管比你一白天收获大。”

万家福住了手。也罢,有人买则赚,没人买也不亏,自从和张义兰好了,整天忙忙碌碌,紧紧张张,没工夫上公园,也没工夫躲到边道深处,犄角旮旯儿,像模像样地谈情说爱。正好两人唠唠嗑儿。

“你去过咱普店街吗?”义兰问,“看看去,房子全推了,那么一大片空场子,我都不认识了。”

“嗨,我老去。今儿早送你去店里后,我就蹬车去了趟。你猜谁在那儿干活呢?”

“谁?”

“建华和宝柱。”家福自从和义兰好了以后,内心里总是对建华有一种歉疚感,觉着是自己夺了建华的女朋友,便常去杨大娘家看望,也常在建华和杨大娘之间充当通讯员,传个口信,捎点吃的。似乎这样,他才对得起建华。

“是吗?”义兰仿佛漫不经心。

“宝柱现在真变了个人。跟我没说几句话就干活儿去了。工地上有面旗子,上方就写着陈宝柱青年突击队,这小子,当队长了。”

“你甭提那小子,见到建华了吗?”

自从搬到新居民区,她就再没见过建华和宝柱。她早忘了宝柱,可没忘建华。她家和杨大娘也没分到一个楼洞里,早出晚归,难得碰上。有时她挺想这一老一小,可又不好意思去看看,自己已经和家福好上了,晚上到建华家去,会引人误解。不论是建华还是家福,谁误解她,她也不乐意。她不再追建华了。建华心里根本没她,而家福却一心一意地待她。况且,家福现在一点不比当上经理的建华差。上个月,区里成立“个体劳协”,家福是理事,最近又有讯说,区里要让他当政协委员。不管是真是假,当上当不上,反正家福在区里挺红。现在,有钱就有地位,他杨建华想当政协委员怕也当不上。为了在东市区人熟,也为了能陪义兰上下班,家福都没有换执照。义兰对建华是爱不上又忘不掉,连带着对家福的感情也复杂起来,说不准为什么总是觉得跟家福好有那么丁点遗憾,可真有一天,家福要是跟她吹了,她会不想活。

“没见到。我只在工地外边碰上宝柱刚买煎饼果子回来,说建华也在工地上。”

“噢。”义兰怪自己,怎么还是老想着提提他。

“义兰,我跟你商量个事。”

“别黏黏糊糊的,说吧。”

“我想捐一万块给道路改造工程。”

“什么,一万?”义兰惊讶地望望家福,随即又眨眨眼,“你捐八万和我有什么关系?”

万家福轻轻把一只手搭在张义兰的肩膀上,有点战栗地观察着她的表情。只要她不反感,就表明他们的双边关系可以发生第二次飞跃。

义兰果然没有反感,仿佛他的举动很平常。对呀,自己这么多天怎么就是连碰都不敢碰她一下。

“当然和你有关系。现在我的手头有三万,加我爸爸那起码有四五万,总共七八万,将来还不都是咱俩的。”

七八万?家福的话这次像是实打实的。

“你真要捐?”

“我想了好几天了,你没见报纸登着一个工程师捐了五千块,听说捐款的人不少呢。”

“你疯了,还是冒傻气?谁愿捐谁捐,咱不捐!报上见行字,掏一万块,吃饱了撑的!”张义兰尖着嗓子喊起来。一万块在她眼里数字太大了,如果不是跟万家福好上了,她做梦也没奢望过自己会有一万元。她似乎已经觉得这钱就要从她手中撒出去了:“你嫌钱多了,工厂不办了?”她知道一提工厂,家福就会把手攥得紧紧的。

“工厂一定得办。你等着吧,到老了,我准是一个大企业家。但要想实现这梦,得先起家。光有钱不行,还得捞点政治资本,有一定的社会地位。甭说花一万,花两万也值。你想,捐五千,报纸上就那么吹,我捐一万,报纸,电台,电视台还不一齐上,到时我就成名人了。区政协委员就当定了。你别看现在办工厂,这也卡那也卡,有钱也白搭。如果一旦我成了知名人士,谁敢卡我?这道路改造工程是市长亲自抓的,我捐款,市长准高兴,闹不好还得接见我,只要能和市长连上线,我的事业就畅通无阻。”

万家福认为,要想干大事业,目光就不能短浅。

“道路改造缺你那一万?国家有的是钱,你就别做美梦了。到时鸡飞蛋打你别后悔。”

“我的情报很准。三个渠道向我传递了信息,第一是你哥。他告我,修环线,阎鸿唤凑钱难着呢。今天,宝柱又说,工人干活都玩了命,上面却不让发奖钱,这不说明,市里没钱嘛。第三就是报纸宣传了。为什么宣传工程师捐五千?这就是政府的希望,希望老百姓都跟这个工程师学。现在捐一万,准能捞个资本,别人要再抢了先,你再捐一万元,也差大事了。”

“国家没钱,就别修。”

“这你就不懂政治了。”万家福晃着脑袋,“就从这一点,我看准阎鸿唤是个干大事的人,将来一准能上……”

他指指天。

“阎鸿唤上去了,还能带上你?”

“他到了中央,当然带不上我,我算老几?我也不是当官的材料。我要的是护身符,就像你哥,给市长当过秘书,谁敢惹?现在市长缺钱,我带个头,这就叫政治投资,成为阎鸿唤的政治股东。”

“说的是什么呀,我听不懂。我就一条,扔出去一万我得听见响儿,要不,我可不饶你。”

张义兰俨然已经是七八万元的主人。

两人说得热火,忘了点。一个钟头过去了,只有来往过路的,没有在摊前停留的。人们逛衣服市场,喜欢在一溜儿十个上百个衣摊前,挑着样式,比着价钱买。就剩一个摊,汽灯都显得冷落,又失去了参照系数,索性没人瞧摊子一眼,况且深更半夜冷天冷地,谁都急着往家奔。他们的脖子越缩越短,腰越来越弯,不停地跺脚,还是冻得发麻。

“收摊吧。”义兰有点上下牙打架。

两人动手拆摊,装车。

“冷不冷?”家福握握义兰冻红的手。

“废话!”义兰娇嗔地说。

“一会儿,到没路灯的地方,我搂搂你就暖和了。”

“去你的。”义兰推了家福一把,她常看到晚上墙角街边一对对男女亲昵,曾经羡慕过那些被小伙子爱抚的姑娘。家福的话使她心里美滋滋的。

“怕什么,我俩搞对象,正大光明,早晚结了婚还不是一回事。”家福握紧了义兰的手。最近张义民的态度突然有了个一百八十度的大转弯,看见万老头又亲热又客气。家福爹心里的气消了,同意了家福和义兰的事。

“呸,谁跟你结婚,到现在连个订婚戒指都不给我买。”义兰嘴硬,身子却有点发软。

“只要你同意,明儿我就买。”万家福大喜过望。

“我可要好的,上面带猫眼的,店里小蔡结婚时就戴一个那样的,谁见了谁都说好。她那还是假的,我得要真的。”

“没问题,哪个最贵,咱买哪个。”家福紧紧握住她的手,往自己怀里拉。

张义兰挣脱开:“你甭动手动脚的。买了戒指,才算订婚,到那时……”

她抬眼瞧瞧万家福一脸窘相,又笑了,凑到他耳边小声说:“到那时,我什么都依你,随你的便……”

万家福高兴了,顺势在她脸上吻了一下。

义兰吓了一跳,脸刷地红了,赶紧看看四周,忽然她一拽家福羽绒服的袖子。

“哎,你看那是谁?”

家福顺着义兰的眼看过去,迎面走过来推车步行的一男一女,两人漫步低语,像一对恋人。仔细一瞧,男的竟是史春生,女的却不认识。打个招呼吧,他刚想张嘴,义兰又一拉袖子:“快背过身去。”

家福和义兰背转身子。

史春生仿佛并没发现街上还有人,两个人低头慢慢向前走去,走出五十米。义兰悄悄转过脸,看着不远处那一对:“春生在外边搞破鞋呢。”她诡谲地说。

“怪不得他闹离婚,原来有个第三者……”

两个人同时转过身,望着那一对儿的背影,为今晚上这个重大发现而兴奋。

今晚太来劲儿了,义兰想。

“你打算怎么办?”春生问黄砚秋。

黄砚秋到底还是被开除了。戴维签的决定。春生和工会主席出面干预,无济于事,反倒使戴维愈加怒不可遏。戴维已经忍耐很长时间了,没有副总经理的阻挠,黄砚秋早被开除了。没有制裁就没有管理,没有严格管理就没有风华的发达和利润。

怎么办?是指工作,还是指生活?黄砚秋听不出他问的是什么。工作,无非是回到原来的饭店去。那是中国人出钱盖的由中国人管理的中国人的天下。虽然饭店的工作条件、设备条件比风华差,还会遭受别人的冷嘲热讽,但总能容纳她。虽然在那儿下级对上级也绝对服从,遭到的麻烦并不比风华少,甚至很多事会更难办,但她还是愿意在国营饭店干。那里总有自己说话的权利、争辩的权利、发泄不满的权利,而在风华没有。当她衣冠楚楚、风姿动人地候立在豪华的前厅时,当她忍受着那个蓝眼睛的戴维无情的斥责时,甚至当她从那白种人手中接过一笔为数丰厚的奖金时,她总有一种寄人篱下,受人奴役的心理失重感。被开除,何尝又不是件好事?只是离开了史春生,她的生活将变得黯淡无光。生活,下一步的生活倒是她想得更多的事。丈夫不肯离婚。男人嫉妒起来比女人更厉害。他认定她是另有目标才和他离婚的,仅仅因为这种推测,便坚决不肯离婚。两个人的存款被他藏了起来,孩子送到了奶奶家。她想孩子,就得到婆婆家去看,而每看一次孩子就得忍受一次婆婆指鸡骂狗的恶语中伤。她爱孩子、想孩子,这种心理被丈夫看出,便提出了离婚的条件:孩子留下,东西什么也不许拿,一个人滚蛋。她可以不要东西,但孩子,她一定要。离婚条件谈不通,离婚成为悬案。她听说,夫妇因感情不和分居两年,调解无效,街道就可以判离,于是便搬回自己娘家住。没想到那男人又找上门来,赖到晚上不走,声明若不同床,他就要把她的丑事嚷得她家街坊四邻全知道。她的父母是一对怕事的中学教师,从没见过这种架势,只好压服女儿。她不肯,她没有丑事,不怕他闹。结果他便闹翻了天,气得父母连她一起轰出家门。她只好回到那个“家”。晚上回家,她做好饭,他进门便吃,吃完又去打麻将牌。她洗衣服,看书,困了就睡。刚一入睡,又被半夜回家的他砸醒,粗鲁的蹂躏和无数个下流的提问。她不回答,他就打就吵就骂,吵骂打到他自己都失去了兴趣和力气,才停止。她蒙上被流泪,泪干了,天也亮了,爬起来还要去上班。这种循环往复的生活,她过够了。

“我也不知道。”她只能这么答。

“别没信心。”他说。

“你指的什么?”

“都指。工作、生活。”

“你呢? 怎么打算的?”

“我得在凤华坚持下去。一直到把凤华的管理权全部抓到手。十年的合同期不算长。既然国家付出了高昂的学费,再难以忍受,我也不想半途而废。”

“十年以后,我若想回来,那时你要不要我?”

“当然要。”史春生抓住黄砚秋的手臂,“回去后,可能会听到些风言风语,不要理睬它。一心把凤华管理上的好经验拿过去,试一试。争取闯出一条适合中国国情的饭店管理路子,到时候,我请你回凤华当副经理。”

黄砚秋苦笑一声:“我不过说说而已,和你在一起工作是不可能了。我给你惹了不少麻烦,心里总觉着对不起你,过去心里有什么苦闷,愿意和你说话,以后分开了,也就没了谈心的机会。”

“你遇到什么事儿,就给我打电话。”史春生心里感到苦涩。每当他和黄砚秋在一起,总是情不自禁地想到自己的老婆王敏和那个占有黄砚秋的丈夫。该诅咒的婚姻,一条横在他和她之间的深沟。

“不,我不想让别人猜测、说闲话。”黄砚秋摇摇头,“我要挺着腰板儿活着,你更需要这样,对吗?”

史春生默默地走着。是的,为了他现在的成功,他不能让流言伴随着自己,而他们的周围总是有一些过分“关心”别人私事的人,把别人的痛苦当作自己兴奋的谈资。他爱身边这个女人,他同样爱自己的事业,与他的“野心”相比,他又把一切看得很轻,在他卧薪尝胆之际,自己不能落个“第三者”的名声。在中国,“第三者”是个千钧重负,再硬的汉子也要被压弯的。理解、信任、成功……随之而去,议论、指责、恶名……阴云般密布在命运的头顶。

为了成功,他必须克制自己。

他一直把黄砚秋送到家门口。望着她缓缓走上台阶,消失在那扇黑门里。

他久久地站在那里,痴呆呆地凝视着那扇窗口,直到那双脚站得发木,脸颊冻得发疼。

他的理智提醒他,该离开了。离开是现在最好的选择。

史春生回到家,一头躺在床上。

王敏早哄着了孩子,正抱着个洗衣板在大盆里洗衣服。过去住平房,自来水龙头在胡同里,洗衣机用不上。搬进楼房后,很多人家都买了洗衣机。王敏说了几次想买一台,史春生也答应了几次,至今仍没有买。

也许,这就是人们所说的感情。王敏整天照看孩子,上班,做饭,洗洗涮涮,要说也够操劳的,可他不心疼,反而看着她心烦。如果他看到黄砚秋每天下班还要吭哧吭哧地用手洗衣服,他准立即买台洗衣机给她送去。他不能否认自己的这种感情,他与黄砚秋人分开了,感情却维系着。饭店里美方管理集团中有个香港雇员给他看过手相,说他婚姻不到头。以往他一向不相信这些,这一次却暗自吃惊,不得不相信,手相有些道理。难道他能和王敏过到头？与其这样和她生活一辈子,他宁愿一个人。

“怎么今天又回来这么晚?”王敏压住心里的火,装作关切的样子问丈夫。

她早就怀疑史春生有外心,不然哪家的丈夫会心里没有孩子、老婆和自己的家？而史春生早出晚归,回来就阴沉着脸,不说不笑,家里的家务什么也不管。她暗中做了调查,史春生每星期只值两天班,其他时间就该六点下班。可他从没有八点以前回过家,哪去了？她悄悄跟踪过两次,发现了他的秘密,他和一个女人骑车朝他回家相反的方向骑去。王敏用自行车驮着孩子,跟在后面,围着大马路绕,第一次怕孩子冻着,没有跟到底,第二次绕来绕去,把人跟丢了,自己也差点迷了路。凭她以往的脾气,她早就追上去揪那个女人打起来,看看哪个婊子敢夺她的丈夫。但人往往在走背字时,考虑问题更细致。她思忖,她要是追过去一打,反而帮着他们把事情挑明了。反正现在春生不敢跟她提离婚,只能这么偷偷摸摸的,就是说了,她不离也没辙。如果闹开了,春生反倒容易死了心跟自己离,张扬出去,自个儿老赖着不离也让别人笑自己窝囊没骨气。转天,她把这事和厂里一个贴心的姐们儿说了。那姐们儿的丈夫也有过这么一段,后来又回心转意了。她问姐们儿使的是什么法儿？那姐们儿说,这多半儿是男人老和老婆呆在一块呆腻了,找个女的求个新鲜劲儿。有本事的男人都在这方面不安分。等新鲜劲儿过去了,就好了。还教给她一些拢回男人的招儿。

王敏回家把那些招一一试过,全不灵。但她没灰心,丈夫的心飞了,收回来也得有那么段时间,现在只有忍,等将来他过了这个劲儿,心安分下来,再找他算这笔账。

她见丈夫不回答,便擦擦手,坐到春生身边:“我再给你做点吃的?”

“不饿。”春生这才回答了一句。

“今天下午看电视了吗?”王敏耐着性子问。春生过去总是嫌她什么也不懂,只知道柴米油盐,谈不到一块儿,今天她找到了一个新话题。

“上班能看电视?”春生不耐烦地说。

“全市开的大会,老山前线来人做的报告,讲得可好呢。”

他知道今天有个“老山英模报告会”。公司送来了票,可他的饭店不允许任何人在上班时间离岗去听报告。

“咱市里书记的儿子牺牲了,报告讲的就是他儿子,和咱们差不多的岁数,还是个官,死得别提多可怜了,我听着直掉泪。部队把奖章给了高书记。这个当爸爸的,好不容易把儿子拉扯这么大,死了,一滴眼泪也没流,这心也够硬的。也许人家在家里早就哭干了。唉,将来我可不让咱小培去当兵打仗,吓也把人吓死了。可往后,都是独生子,也不知许不许不服兵役?……过去看电影电视,说什么军长的儿子打仗死了,我以为是编的呢,原来真有当大官的送儿子去打仗的……”王敏絮絮叨叨说个没完。

史春生闭着眼睛,根本没听见她后面都说了些什么。市委书记儿子牺牲的事儿,他早听人说过,只是没往心里去。听说老山前线每天都要牺牲很多人。打仗就要死人,不论谁死了,对于烈士的父母和家庭来说,痛苦是相同的。不管他是将军还是平民百姓,并不因为烈士的父亲是市委书记,这种牺牲就具备着特殊的意义和荣誉。荣誉对于烈士,永远应该是平等的。

“你怎么不说话?”王敏推搡一下春生。

“我累了。”史春生翻身坐起，手脚麻利地脱了衣服，钻进儿子的被窝。

“整天呆在高级饭店里，吹不着，冻不着，那么舒服的沙发坐着，你还累？我整天站着干活，晚上到家又洗又涮，做饭带孩子，还不累死？”王敏说着说着就来了气。

“你累你也睡。”史春生搂住儿子暖和的小身体，把后背留给她。

“你，你死去。”王敏赌气地说。她晚上特地煮好了两只荷包蛋等着他，丈夫却全然不理，仿佛他得了病，丝毫也没了对她的需要。

她想想，还是压住火气，替春生掖掖被子：“告诉你，杨大娘和小蒙蒙全病了。”

“怎么回事？杨大娘也病了？”史春生立刻转过脸来。

“杨大娘下午昏过去了。”

史春生二话没说，坐起身，穿上了衣服，下了地。

“你干吗？”

“我去看看杨大娘，你甭管，自个先睡吧。”

看着丈夫匆匆开门走去，王敏心里一阵委屈，自己在春生心中的位置还不如个邻居大娘。

杨元珍一夜噩梦不断。从梦里醒来，昏沉沉闭上眼睛，接着又一场噩梦。总是一片炮火，子弹乱飞。年轻时候的高伯年被机枪射倒，头上流着血，肚肠子挂在外边，他挣扎着向前爬，几把明晃晃的刺刀追上来，向他的后背戳去。她惊叫一声，醒了，却看到一个人倒在地上，她爬过去扶起那人的头，不是高伯年，是个陌生的汉子。那黑脸汉子一把搂住她，不停地叫“妈妈，妈……”，她上上下下地摸着他，他身体冰凉的，两手僵直，这不是她的小原，小原是个俊孩子，不是他这满脸胡子茬儿的丑样儿，她推开他，那汉子还在喊:“我是你儿子……”她摸摸身边的小蒙,怕那汉子把小蒙蒙吓着。小蒙已经五天没上学了,感冒、发烧,和上次闹病一样没精神,吃不下东西,浑身无力。她给小蒙吃了药,不见好。又让家福和春生帮着送医院瞧了次病,打了针,取回不少药,还是不见好。她拍拍小蒙,那汉子没了。她想着,心里觉得闷气难受,那汉子是怎么回事?突然,她觉着梦到的就是她的儿子,她不该推开儿子。

下午,小蒙躺在床上觉得闷,要看电视。她打开电视,给孙子解闷,没想到,她听到的是晴天一声霹雳。眼前一黑,昏倒在地。

她有二十年没有见到小原了,可这二十年来,她是怎样地思念、惦记着他的!

最后一次见到小原,是在他上初中的时候。她躲在高家对面的马路上,远远地等着小原从那扇门里出来。她总是这样一次次地看望儿子,看到儿子一点点地长大,变高。这次,她想和儿子说句话,不求儿子叫她,只想听儿子说句话。

她候在小原上学要经过的路上。小原从她身边擦过身时,她小声叫住了他。

“孩子……你叫什么名字?”

“你问这干什么?”

“我喜欢你。”

“你是谁?我不认识你。”

“……让我送你去上学行吗?”

小原神色紧张地看着她,脸上皮肤细细的,她直想搂住儿子,狠狠地亲一亲。

但小原却慌慌张张地跑了,他一定以为她是个疯子。

她后悔了很长时间,甚至不敢再去偷偷地看儿子。她怕被那个女人发现,也怕小原告诉他爸爸后,引起高伯年的怀疑。过了很久,她熬不住,又悄悄去了,但再也没看到儿子。后来,她才知道,高家搬走了。高伯年当了市长,搬到更高级的地方。她却一直以为是为了她才搬走的。小原肯定不知道他还有个亲生母亲,她相信,儿子若知道了,一定会来找她。

可是,儿子一直没有来找她。

而她,为了不让高伯年知道她的一切,还为不愿再与他见面,她也一直无法再见到小原。

想不到当她再次知道小原的下落时,竟是他的死讯。

晚上,万老头和老伴进了杨家的门。

搬进新楼,万老头闹了一场,住到了杨大娘的一楼单元,把自己的五楼给了杨家。虽然住得方便了,可心里却添了心病。先是老伴埋怨他:“没人味儿,让人家老的老,小的小,每天爬五楼。”接着儿子数落他:“自私过分,杨大娘腿有毛病,这不是欺负人吗?”他也觉着不合适,自个在普店街住了这么几十年,虽说做买卖要点花活,鬼点子,可对邻居,他从来不占便宜。远亲不如近邻,从来处街坊,他是笑模笑样,有大面儿的人。这一回,他做事超出了自己规范的圈儿,所以家里人唠叨,他便忍着不吭声,这一来,那两个人越发来劲儿,连着他做买卖的生意经都一块儿否定了。万老头在家里一贯的霸主地位眼看着就要动摇,他一急,发了一次火。老伴再不敢吭气,可儿子却不理他,三天两头帮杨家忙,买菜、看病,仿佛想补上老子欠杨家的情。

下午,他听说杨元珍病倒了,便上街买了一堆吃的,麦乳精、罐头、橘子、巧克力糖……一口气花了三十块钱,用大网兜兜着,叫上老伴一块上五楼来看老街坊。他觉着,老太太一病,正好借机会还还情,也去去自个儿这块心病。

他和老伴张罗着给杨元珍和小蒙蒙做了挂面汤,伺候他们吃下了,又陪着她聊天。可杨元珍老是眼睛发直,什么话也没有。万老头有点害怕,万一这儿出了什么事,他可担待不了。正巧春生来了，解了万老头的围。

“春生，正好，你陪陪你大娘。我得去找家福告诉建华一声。”万老头忙不迭地拉着老伴下了楼。

史春生照顾小蒙蒙吃了药，就在屋外过道里支起建华的行军床，躺下。他不放心，索性陪大娘和小蒙蒙一宿。

杨元珍的叫喊声把史春生惊醒了，他慌忙爬起来。

“杨大娘，怎么了？”

杨元珍终于哭出了声。普店街的大人孩子从没看见杨大娘哭过。这一次，她哭了，仿佛要把几十年没流过的泪一起流出。她此刻完全清醒了，她不信鬼神，但认准她推开的那个汉子，就是她的小原。

她呜咽着念叨：“我的儿子……儿子。”

“杨大娘，您先躺下，明儿，我就把建华叫回来，您先安心睡觉。”

“不……不是……”杨元珍没法解释她呼唤的是谁。小原的事，连建华也不知道。

史春生不知该怎样安慰杨大娘，他的睡意已全无，只好坐在一边发愣。杨大娘的神情今天有点反常，他盼着快点天亮，好去招呼建华。

天快亮了，史春生突然发现，小蒙蒙的呼吸急促，他摸摸小蒙的头。不好，小蒙发烧了。

“大娘，小蒙病重了。”

杨大娘一惊，挣扎着坐起来，果然孩子两腮赤红，病得不轻。这几天，小蒙一直没好，刚才听邻居说，自个昏迷不醒，小蒙光着脚去叫人，准是冻着了。

史春生和杨大娘一齐给小蒙穿衣服。得赶紧上医院。

一摸，小蒙尿炕了，湿漉漉的一大摊。

杨元珍慌了神，这孩子从两岁起 就再没尿过炕，今天，这是怎么了。

“春生，你看，小蒙的腿怎么这么软？”

“小蒙……小蒙……站一下，把裤子提上。”春生把着小蒙的双腋，试着让小蒙站起来。

小蒙迷迷糊糊地醒了：“奶奶……奶奶……我的腿没有了。”

“啊！……”杨元珍的心咯噔一声悬了起来。

“站一下，站一下……”史春生抱着小蒙想让他站起来，可他双腿搭拉着，像面条一样的弯曲着，完全支撑不住。

瘫了。小蒙蒙瘫了。

二

星期天一大早，区长康克俭骑自行车来到新居民点。

昨天下午，区委书记晋波主持了区属公司、局以上负责人会议，通知书上写明会议内容是讨论明年的区委工作要点。然而，会议只是由区委一副书记把工作要点草案念了念，并没有讨论，接下来是一个检查。

区政府办公室主任王守义拿出一份材料，态度十分沉痛地检讨了自己工作作风拖沓，对子女教育不严，以致造成区政府腾房工作的混乱，给群众造成不良影响。一篇检查，他足足念了四十分钟，一边念，一边脱稿发挥，还不时斜眼扫一眼端坐在晋波身边的康克俭。他告赢了，今天这个会，与其说是检讨会，不如说是平反会，检查一念完，晋波就将宣布他官复原职。那天，康克俭撤了他的职，当时，他还不相信，自己一个有三十几年党龄和工作资历的处级干部，凭他区长一句话就真能撤了？转天，他到机关去上班，发现他的办公桌已经搬出了主任室，刚提拔不久的办公室副主任，大言不惭地要求他，三天之内将工作移交完毕。他去财务室领工资，会计通知他，本月工资不能按原处级工资发给他。区长指示，只发百分之七十，将来定下降到什么级，再按级领取。多退少补。王守义万万没想到，康克俭真拿他开了刀。鸡飞蛋打，王守义从头凉到脚。聪明反被聪明误，快离休了，本指望能混个局级离休，但“干部年轻化”扰乱了正常秩序，让康克俭这样的中年人当上了区长。现在，连个处长也没有保住。他先是害怕、懊悔，接着又觉得委屈、不平。强占房有的是领导干部，包括晋波。为什么单单撤他，看他好欺侮？祸已临头，豁出去了。告他，让他康克俭认识认识他也不是个软柿子。可康克俭正春风得意，在市领导眼里是个吃香的人物，如何告倒他？王守义颇费了一番脑筋。他赢了，念一份检查，便可一切了结。

康克俭坐在一边，神态严肃，对王守义的检查一言不发。他不是军队指挥官，但他是区里的最高行政长官。市政府下达的搬迁任务，是死任务，军令如山。他完成这项任务，也必须坚决果断，非常时期，要有非常时期的手段。容不得他去全面了解一个人的历史，综合功过再去斟酌处理。他需要的是果敢地推进自己的工作进程，毫不留情地扫除前面的一切障碍，撤了王守义的职，抢占房的风压住了，保住了搬迁工作的大局，这就是他的胜利。

撤王守义之举在区里引起了不同的反响。有赞扬他有气魄的，也有认为他做得过分的，甚至有的人说他是滥用职权，独断专行。他全然不顾。他要的只是房子，腾空这一百二十套房子，就能解决一百二十户搬迁户的住房。然而，当这一切稍微平静下来，当他的头脑从高温状态稍微冷却一点的时候，他才慢慢发觉到一些人态度上的变化。

区里一些干部中不时传来一些风言风语：

“康克俭为了巴结市长,拿咱们的利益送人情……”

“得罪咱们怕什么,只要讨上面好,他就干,什么有魄力,纯粹为自己往上爬。”

“康克俭的眼睛盯在副市长的位置了……”

“小人得志,忘恩负义。”

一些老领导见到他面如冰霜。他把这次强占房的人员名单在机关大会上公布了,这不是存心给有子女占房的老领导难堪吗?

康克俭突然在一天之内接到区一位人大副主任转来的四十三份提案,有关于独生子女就近入托的;有关于冬煤不能送煤入户的;有关于青年夫妇虐待老人的;有反映教师住房问题的……在每个提案上面,副主任都批道:请康区长亲自抓落实,在某月某日将解决落实情况报区人大常委会。最高权力机关动用了手中的权力责成区长短期之内解决一系列不可能短期内解决的问题。而拥有这最高权力的人还是第一次如此明确急迫地把这些向来束之高阁的提案批转下来,而且一件不漏。

区委书记晋波的话少了,长者般亲切的口吻也不见了,起初,康克俭向他汇报了强行把晋小波搬出的经过后,晋波非常支持康克俭的做法。老书记对儿子没有对区里干部的那种权威。随着儿子一天天长大,他对儿子的管束力越来越小。儿子常给他惹祸,从没给这位父亲增添什么光彩。这是他一生中,也可以说是在他整个思想政治工作的生涯中,最值得悲哀的一件事。他认为康克俭所采取的制裁措施,是身处当时境地,惟一可采取的有效措施。他表扬了康克俭。回家后,他大动肝火地把儿子连同老伴骂了一顿,惹得全家不高兴。儿子气急败坏地和老子吵了一架,老伴气得倒在床上,三分是病,七分罢工,躺了三天,晋波在家里,以零比二败北。

在机关,有人向他耳边吹风:群众都议论,这次抢占风是晋书记儿子带的头，康区长铁面无私，叫警察把晋小波从屋里轰出去了。事情本来如此，但晋波听到这议论，心里非常不快，这种议论的传播，会直接有损于他这个区委书记的威信。

他开始觉得康克俭的做法欠妥。问题不在于是否该对自己的儿子采取强制手段，而是在于该由谁来下令采用这种手段。康克俭当时若打个电话给他，他也同样会做出这种决定。那样，舆论就会大不相同了。偏偏康克俭没有打电话。是康克俭考虑问题不够周全，还是康克俭根本就不想顾及他晋波的威信？他可是事事处处竭力维护康克俭威信的，没有晋波的支持，像康克俭这样资历的年轻干部，不会很快在区政府立住脚。从这点想，他觉得康克俭有些对不起他。

就在这时，他接到了市委书记高伯年的电话，不久又接到市委转下来的书记批示。

“市委书记的意见，你考虑考虑吧。”晋波把高伯年的批示交给康克俭。

“就是王守义告到中央去，他的职我也撤定了！”康克俭看过市委书记的批示气愤地说。

“克俭同志，你要注意啰，市委书记批评的就是你这个问题。撤销一个人的职务，不是由你一个人说了算，干部管理归组织部门，处级干部归区委常委会。不要以为赌气，个人意见就可以代替组织的决定。”

康克俭感到愕然。他万万没想到晋波，这位值得尊敬和一直不遗余力支持着他的区委书记，对市委书记不负责任的批示，对王守义无视区政府决定、唆使挑动干部家属抢占房屋的行为，对已经执行了两个月之久的撤销王守义职务的决定，突然表示出这么一种出乎意料的态度。

“晋书记，您……”康克俭大为不解，想问个究竟。

“不要说了。我看你是头脑太热了。热了,在处理问题上就难免做得不够妥当。你刚刚被提拔到区领导岗位,经验不足,在所难免。一个干部应该有魄力,但不要为表现个人;想把工作干好是对的,但要防止功利主义。一个人要想干好工作,就必须摆好个人与组织的关系,处理好上级与下级的各种关系。高书记批示的意见,可能有过火的地方,但也有应该引起我们警惕的地方。回去认真检查检查。”

康克俭离开了办公室。一怒之下,他想直接找高伯年把事情讲清楚。一个市委书记不经过调查,单方面听取状词,随便批示意见,下面怎么工作?如果高伯年那里讲不通理,就到中央去告。很快,他又冷静下来,这样闹的结果会怎样?这种对抗,可能会使自己的有理变得无理。那些大讲民主集中制的人,可能他自己的“龙颜”就最不容人触犯。令他难过的是晋波的态度。他一直把他视为自己最强有力的支持者,偏偏忽视了晋波也是一个普通人,有着普通人都会有的心理。这种心理也同样是不能触伤的。

康克俭的这种认识并不是晋波的认识。晋波仍然是继续支持康克俭的。他知道康克俭并没错,错的是王守义。但他想借此提醒康克俭注意到自己头脑中不自觉滋长出的一种危险苗头。他不想撤销对王守义的处分,那样康克俭就立即陷于被动,甚至会造成区长说话不灵,指挥不动的局面。为了执行市委书记的指示,也为了爱护和教育康克俭,晋波采取了折中的办法。让王守义做公开检查,然后恢复王守义办公室主任的职务。

他没有与康克俭商量,就这样办了。他想让康克俭了解自己在区里所处的位置——并不是康克俭已经可以随便决定一切。

会散了。会场上只剩下晋波和康克俭。两个人默默无语地对视着,互相猜度着对方的心理。

“有些想法吧?”晋波先开了口,恢复了他以往长者的口气。

“想得很多。”

“谈谈。”

“谈什么呢？”康克俭话到嘴边，又咽了回去。

“我希望你通过这件事变得更成熟些，但不要从此缩手缩脚，还要放开胆子干。”

“继续碰壁？”

“不一定。”晋波揉揉头，“只要在工作中，考虑到各种关系，就可以赢得各方面的支持。你这次的教训，就是太不注意各方面的关系了，因此得罪了多数人。”

“多数人？谁是真正的多数？如果我们脑子里百分之六十的精力都用在平衡关系，把各种关系都照顾到，也许就 一事无成。”康克俭禁不住冲口而出。

晋波发现，康克俭根本没有从中吸取任何教训。

现在，康克俭要求自己把昨天的愤怒暂置一边。春节快了，新居民点的生活安排怎样，他一直惦记着。倘没有这些顾全大局、通情达理的普店街居民的支持，搬迁工作不会这么顺利。前一段，那四十二个提案拖得他抽不出身来，今儿是星期天，他把什么事都往后一推，来到新居民点。

他把车靠在十五楼二栋门下，准备找这里的居民代表杨元珍聊一聊。

五楼没有人。他看看手里的地址，没错，501 室，办公室小程办事很认真，这个地址按说不会错。

他看看四周，502，503 房门都紧闭着。封闭的单元结构，再不会像在大杂院那样，敲一个人的门，十个邻居都伸出头来。

他还是下了楼，先转转楼群环境也好。

一楼拐角处，一对年轻人匆匆走进楼来，他认得那男的是普店街的个体青年万家福，这个青年前不久，为环线捐了一万元。在个体协会的表彰会上,康克俭见过他。

“小万。”康克俭招呼他。

万家福一愣,抬头一看:“哟,康区长,您这是……?”

“没事。星期天,随便转转。”

“您屋里坐,我们家就住在这儿。”万家福热情地招呼康克俭。

“哦。杨元珍是不是在这里五楼。”

“对。您找她?”

“她家里好像没人。”

“嗨,别提了。这不,我和义兰刚从医院回来。”

康克俭这才注意到万家福身边站着个衣着艳丽的姑娘。

“康区长。”张义兰接口说,“杨大娘家一老一小全病了。我们刚送她去医院……咱们新居民区什么都好,就是医院太远。居民小区有卫生院的房子,怎么还不开张哪,看个病得上市里。这儿坐汽车又不方便,倒两次车,可把人折腾死了。区长,您区里也该管管……”她说话又脆又快,像连珠炮。

“义兰。”万家福打断她的话,“区长刚来,也不让区长进屋,站这儿就是一大串,你又不了解区里工作情况,什么事哪像你想的这么简单。”

“小万,让她讲吧。我正想了解这方面的情况呢。”康克俭笑着对张义兰说,“接着讲……”

张义兰反倒一时不知该说什么才好。

“砰!”一声地震般的声音,伴随着两个女人的叫骂声从楼上传来,喊声越来越大。

“义兰,怕又是二楼打起来了,你快去劝劝。”

义兰应声上楼。

万家福转头解释道:“二楼一个单元分两家,厨房太小,东西摆不下,两家三天两头打架。”

康克俭没有说话。刚刚进新区一幢楼,就摸到三个问题,医院、交通和住房新的邻里矛盾。看来,他得尽快召集有关方面开个现场会。落实新区卫生院筹建搬迁之事,还有与市公用局联系开新汽车线站一系列的问题。

搬迁工作之后,紧接着是一系列的细致工作,他这个区长又有忙的了。

第十九章

整个二公司的奖金全部冻结。这对二公司承担的其他工程影响并不大,但对于刚刚开工不久的光明桥工程能否如期完工,构成了直接威胁。

道路改造工程总指挥,市政工程局局长曹永祥在光明桥工地找到杨建华。

“老队长的病情怎样?”

“挺严重,肾炎四个加号,住院了。”

“施工队工人的情绪呢?”

“大家还不知道内情,以为奖金只是晚发些日子。”杨建华苦笑着回答。

“情况现在变得更严重了,你轰走了一个调查组,现在市里又派来一个检查团到指挥部监督工程开支。冻结了工程节余的全部资金。也就是说,从光明桥开工之日起,你们有可能再也拿不到奖金。”

“什么?”杨建华气得骂起来,“他妈的哪个老爷定的,哪个老爷来干,不然我照发不误!”

曹局长拍拍杨建华的肩膀:“年轻人,不要太气盛,这是市委书记亲自决定的。你一个公司经理顶不住,人家就是冲着你、我来的。”

杨建华知道是自己闯下来的祸。遇事太不冷静,有些话说过了头。可是,难道听任那些诬陷之词,自己就没有表示愤怒的权利吗？他弄不清是谁在整他，为什么要整他，单单一个严克强有这么大的神通？

“算了，您就撤了我的职吧，只要能给二公司解围。”

“当时如果撤了你，也许就不会再来个什么检查团。可是现在，”曹局长叹了口气，“就是撤了你的职，也撤不走他们。”

“那怎么办？”

“建华，只有把实情告诉工人。不要等工人问的时候再去欺骗他们，我们应该尊重我们工人的人格。”

“那立刻就会引起一场雪崩。”

“是啊，如果要暴发，迟早都会暴发的。我们不能等工程干个一半，再让它出问题。我考虑，为了慎重起见，必须立即把二公司的队伍撤下来。这样减少你的目标。另外，也避免中途换人造成更大的损失。”

曹永祥的这番话是经过深思熟虑的。杨建华虽然没有什么问题，自己了解这个年轻干部。但杨建华已经触犯了市委书记。检查团的到来，完全证实了这一点。官司是要打，可现在正在施工当口，检查团可以制造出一系列的麻烦，干扰光明桥的施工。光明桥是环线最后一个工程。“五一”能否全线通车，在此一举。他必须做到万无一失。

“不，曹局长，光明桥的任务，我不交。”杨建华坚决地说。

“现在不是赌气的时候。一个军队靠的是士气。士气受挫，再善战的将军也难以把握住胜利。一切难以预料的情况都会发生。”

“我不怕。”

“你不怕，我怕。光明桥开工日期已经耽误了三天。本来，我就没有给工程留下余量。一天紧咬一天，严丝合缝，真要有点风吹草动，误的就是全线工程的大局。到时，我们无法向全市人民交代。”

“我不是赌气，而是为了争口气。我立过军令状，军令状不能作废。”

“你有把握？”

“我保证一天不误地把光明桥拿下来，四月二十九日，您来验收。”

曹局长没有答话。他相信杨建华，又担心工人们的情绪，他一生冒过多次风险，但这次的风险太大了，他不能不犹豫。

考虑良久，他握住杨建华的手。

“好，先把实情告诉工人们，我再做最后决定。”

曹局长走了。

杨建华努力使自己冷静下来。他面对的困难要比想象的艰难，他同样感到自己在冒有生以来最大的一次险。他不知道当把一切告诉给工人们，会导致一种什么样的结局，是啊，没有奖金，工人们照样得干活儿，从前工人们就这样干过来的。现在当然仍旧可以要求工人们这样干。但是现在工人们已经懂得了自己劳动所创造的价值，不能再容忍人们轻蔑他们的劳动，肆意剥夺他们劳动应得的报酬。他们冒着酷暑、严寒，在短短五个月时间里，修起一段段宽广的道路，一座座雄伟的立交桥。这在西方国家也需要用几倍的时间，花几倍的钱，难道这种创造出的巨款经济效益中就不应该有建设者一份吗？这种合理所得被剥夺了，工人们会怎么想？但他又不能不讲，曹局长说得对，工程上马后一旦控制不住大家的情绪，立即就会造成无法弥补的重大损失。

关键时刻，老队长不在身边，老队长就是为了要接光明桥的任务，在凤凰桥累倒了。如果老头儿在，肯定和自己一个心气，绝不把光明桥的任务交出去。

杨建华把光明桥施工队伍召集起来，郑重地传达了检查团冻结二公司奖金的决定。

会场顿时大乱,比他预想的还要糟。

“到公司揪严克强那小子去,就是他捣的鬼!”

“找曹永祥去,他娘的,当官的说话算不算数!”

“对!到市里找高伯年、阎鸿唤告状去!”

杨建华没有制止工人们的喧嚣。大伙儿完成了他下达的任务,而他却不能兑现自己的许诺。难道还不能给大家几分钟发泄不满的时间和自由?

“他妈的!不干了,不发老子奖金,就不上光明桥!”有人真的把工具摔在地上。

“对!罢工!谁爱干谁干,咱不干了!”跟着又有许多人扔掉手中的工具。

愤怒没有停留在人们的嘴头上,顷刻间,它将化为上百人罢工的行动。

杨建华这时才意识到不能再沉默了。继续沉默会助长火势的蔓延。虽然自己也憋着火,但不能在这时候和大家一起喷射。这不是向哪一个人施加报复,也不是对哪一个人的惩罚和抗议。目前,光明桥工程高于一切。

“住嘴!”杨建华吼住正在叫喊的工人们,“罢工?向谁罢工?向我们自己吗?向那些天天在又窄又挤又堵的马路上受罪的市民吗?那里面有我们的父母兄弟、妻子儿女,有那些到工地上慰问我们的各行各业的群众、老人、妇女和儿童,想一想他们到工地来时,对我们说过的那些话吧。全市人民给了我们荣誉,日夜盼我们建好桥,修好道,而我们,却要罢工。”

大家静了下来。杨建华亢奋激昂的话震颤了他们的心。

“难道,我们是为了奖金才在这里日夜奋战的吗?大家想一想,在凤凰桥工地加班加点干的时候,谁想到的是钱?我们把光明桥的任务抢到手,谁又是为了钱?建筑环线,改造道路,不是为某一个人,而是为了造福我们自己,造福我们的子孙。我们能直接参加这项工 程,是我们的骄傲,我们做出的贡献,不是钱所能代替的。奖金可以冻结,但荣誉谁也冻结不了。因为这荣誉浇铸在这座光明大桥上。大桥是一座传世的丰碑,记载着我们市政工人不朽的功勋。光明桥的任务,我们二公司不仅不能交出去,而且要用更快的速度、更高的质量,把它修建起来。因为,它代表了我们市政工人的形象、胸怀和志气。"

会场变得死一般沉寂。

"有谁还坚持拿不到奖金就不干了?请站起来离开工地。"杨建华大声问。

没有人回答,也没有人站起来。

"指挥部在等待我们一个回答,我们是撤出工地,换一班人马,还是留下来干?大家回答吧。"

"干!"会场上所有的人几乎异口同声。

这正是杨建华所期待的回答,也是他向曹局长下保证时所料到的,没有人比他更了解这些与他朝夕相处的工人们。

阎鸿唤听到市委派出检查团到道路改造工程指挥部的消息后,立即驱车赶到指挥部。

这些天,市政府的紧急事儿太多。猪肉出现了紧张,本来本市猪肉储存供应到今年夏季没什么问题,但春节前夕,突然出现了邻省市纷纷来他这里抢购之风,如果不采取断然措施,让猪肉继续外流,很可能过了春节,连"五一"都维持不到,这需要召开商业口的紧急会议;春节前夕,一些个体商贩套购市场紧缺物资。转手倒卖,哄抬物价,一些集体和国营商店也乘机随意涨价,乱涨物价之风,引起了市民心里的紧张和不满,不立即刹住这股风,就会造成社会不安定的因素。这需要召开物价、工商、税务方面的紧急会议;春节过后,离春耕春播还有不到两个月的时间,环城线完工后,紧接就是环郊线开工,在这之前要把环郊线的规划和设计方案搞完,提前征地,免得郊区农民播了种后再占地,造成农民、国家双方受损,这需要召开规划局和农委的联合会议……一个个紧迫的,又是与人民生活密切相关的会议占去了阎鸿唤主要的精力和时间。不仅如此,一些琐碎的,然而又是亟待解决,求得批准的企业生产中的问题或人民生活中的问题,每天都大量地堆积到他的办公桌上,文件需要过目,计划需要审定,报告需要批示……每天他都要工作十五六个小时。日理万机,他似乎已经习惯了,并未感到精力的不足,也没让工作的摆布出现混乱,一切都在紧张而有秩序地进行。

可是,昨天,发生了一件令他震惊的案件,市公安局检察院联合向他报告,破获了一个重大经济犯罪、流氓犯罪集团。首犯是原市委书记、现中顾委员徐克的儿子徐援朝,还有现任副市长柳若晨的胞弟柳若明,市公安局要求立刻逮捕二犯,检察院列数二犯主要犯罪事实,准备正式向法庭提出起诉。案情是严重的,但阎鸿唤意识到比这更严重的是两位主要人物的特殊身份,以及由此造成的社会舆论影响。可能公安局、检察院同样顾及到这个问题,才特意不单单依照法律,而且依照组织程序,向市委常委会和人大常委会提出书面报告,在强调法制的社会,当然要依法从事。尤其经过整党之后,群众对这类问题尤为敏感,因此丝毫不能犹豫手软。市委常委会经过半天讨论,由市委书记和市长在两份报告上共同签发了常委会的意见。

今天,他刚刚上班,秘书就交给他一份市委城建工委简报,简报上说,市委派出了一个二十人组成的财经纪律检查团进驻市道路改造工程指挥部。这消息又一次让他震惊。

他由指挥部办公室主任陪着,走进了小会议室。会议室里间屋里正在进行一场言词激烈的谈话。阎鸿唤示意办公室主任不要惊动里面的交谈,悄悄地坐在外边会议室的沙发上。

“整个工程投资由我们局承包,现在一没超投资,二无质量问题,你们检查什么?”这是曹永祥的声音。

“曹局长,我们的目的,不是整你,也不是否定市政工程局在建设环线中取得的成绩,我们只想通过检查,搞清二公司的经济问题。”一个中年人慢条斯理地说着。

“二公司在经济上没问题。”

“局长,任何结论都要在调查之后才能得出,您不要把弓拉得太满嘛。”

“我当然可以拉满弓。二公司承包,发节余提成费是我批准的,他们的账一笔笔我都清楚。”

“你清楚就好。但有一条您必须执行。冻结工程之外的全部支出,今后一切开支由检查组监督。”

“光明桥不能按时完工谁负责?如果我们的政策朝令夕改,工人们的热情就会受到打击,士气会受到挫伤。你知道那会造成什么样的后果吗?工程无限期地拖延下去,市内交通拥挤不堪的局面还要持续半年乃至一年;国家还要多拿出几千万来维持缓慢的工程。一个破记录的速度在世界建桥史上留下夭折的记载。你们知道吗,由于你们的举动,可能会造成不是几万元奖金所能弥补的巨大损失。”

“曹局长,问题恰恰就在这里。”中年人拿出一种教训的口吻,“我们的四化不是用钱堆出来的。如果您的工人离开钱就完不了工,给多少钱就干多少活,那您就不是一个社会主义国家的局长,而是资本主义国家的一个老板。市政工人劳动量大,工程进度快,这不假,但其他行业的人就不辛苦?像机关干部,每天忙上忙下,一个月一分钱奖金都没有,我们就不干工作了?二公司有的工人一个月拿了四五百的奖金,比国家总理的工资都高,这合乎情理吗?像什么超进度奖,节省原材料费,工程质量奖,巧立各种名目,其实根本立不住。没有超进度问题,只能说原指标定得太低,也不存在节省材料问题,只能说定计划时报高了用料数,工程质量是必须保证的,工厂工人出了次品要罚,产品合格是应该的,发什么奖?市里拿出这么多钱投资环线工程,可钱不全用在工程上,相当一部分流入施工人员的腰包,这叫什么?这叫吃工程,严重说就是经济犯罪。"

阎鸿唤听不下去了,他仿佛看到那个慢条斯理侃侃而谈的、脑满肠肥的检查团团长自鸣得意的样子。他走进里屋,注意打量了一下检查团的团长,发现这位戴眼镜的中年人,并不是想象的那么神气十足。稀疏的头发,干瘦的脸颊,穿着一身蓝色薄呢中山装,手捧着笔记本,弓腰倾身坐在沙发椅上,活像一个布经讲道的牧师。

那人见到阎鸿唤,慌忙站起身:"市长……"

阎鸿唤握握伸过来的手:"对不起,我不认识你,你是……"

"我是市委城建工委经查办的主任,叫……"

"噢。怪不得你说了那么多外行话,这就怨不得你了,因为你是专门研究问题的,所以谈论什么事情都染上点职业病。你刚刚提了不少问题,其实这些问题并不难解答,只要你到工地去,走一走,看一看,然后再干一干,很多问题就清楚了。正确的结论,在小账本上是得不到的。热火朝天的工地是一本大账,它记载着最有说服力的数字,一目了然。那里也急需干活儿的人。你不是觉得在机关里拿不到奖金吗,不是有不少人看着市政工人眼热吗,那么,曹局长,你就照顾照顾这些人的情绪,敞开大门,优先吸收检查团参加你们的队伍。光明桥完工,还有环郊路,高速公路,市内还有几个大的建筑工程,别说一个检查团,就是一个检查师,检查军也可以嘛。"

"市长。"检查团团长相信市长一定是误会了,"我们是市委派来的,高伯年同志……"

阎鸿唤打断他的话:"市委?我是市委副书记,我怎么不知道?每次常委会我都参加了,怎么没听说派了这么一个检查团?现在市委的名义也太不值钱了,谁都可以代表市委,市委的任何一个部门,任何一个个人都可以称自己是市委。于是很多人办的很多蠢事都加在市委的头上,市委在人民群众中还有什么声望?市委是党在我市的领导,我们党的政策是支持改革。你们是来干什么的?挑改革毛病来的!那些因循守旧的地方、单位、部门你们不闻不问,而哪里有人改了旧章程,革了平均主义分配制度的命,你们的眼睛就盯向哪里。左一个组,右一个团,端着放大镜找毛病,跟在屁股后面抓辫子。找不到,也要硬给人安上一条,抓住不放。这么做,能代表市委吗?"

检查团团长红了脸:"市长,那……"

"怎么办?撤回去。改革的时代,我们党的干部首先要研究改革,支持改革,自身进行改革。如果觉得这样撤回去向上交不了差,那么就到光明桥去,一边干一边搞调查研究。"

检查团团长诺诺而回。

阎鸿唤在曹永祥身边坐下,手伸向放在茶几上的烟。曹永祥一把摁住他的手,然后从文件柜里拿出两条"大重九"香烟,递给市长。

"女婿孝敬我的。你给我解了围,算我给你的提成。"

阎鸿唤笑笑,不客气地转手递给秘书。

"老曹,凤凰桥工程刚结束时,就来了调查组,你怎么不告诉我?"

“告诉你,怕你为难。市长和市委书记不能公开顶牛呀,那人心就乱了。我不是跟你说过了嘛,我给自己留的后路只有两条,一条是进医院,一条是进监狱。现在还差得远呢,天大的事我一人顶着。”

阎鸿唤哈哈大笑起来:“我不也告诉过你,我的脑袋掖在了你的裤腰带上,你完蛋,我也跑不了,陪着你一块完蛋。”

曹永祥摆摆手:“我的裤腰上不掖别人的脑袋,尤其你的脑袋值钱,更掖不得。你这样的人,群众需要,市长的位子不能丢。我官小,影响不了大局,不怕丢官,大不了提前几个月离休,反正我曹永祥手下不能出冤死鬼。”

“谢谢。”阎鸿唤感动地拍拍老局长的手,“说心里话,来时我也犹豫,老高做了批示,我这个市长拗着劲儿干,问题就复杂了。但又有什么法子?我是市长,就得履行市长的职责,但有人偏偏在你负责的事情上横插一杠子,让你欲罢不忍,欲干不能。党政职责扰在一起,有些事就不好办,相互一边干工作,一边平衡党政关系。像走钢丝,改革的步伐快不了。”

“这是个问题,我看迟早体制改革得考虑这个问题。”

“不谈了。走,咱们到光明桥工地看看去,慰问慰问施工工人。我在位一天,就不能让不干的整干的,不能叫站着干活儿的全成了鬼,坐着养神儿的倒成了仙。不管他检查团撤不撤,我们去给工人们撑撑腰。”

住在医院,老队长怎么也不能安下心来,他埋怨自己病得不是时候,他住不惯病房。守着大夫,治病方便,但心里不舒坦,一天到晚憋得慌,病刚稍微见点轻,减下一个加号,他就吵着闹着出了院。呆在自己家里,心里照样不踏实,躺也躺不住,吃也吃不下。医生一再嘱咐,这种病,就得卧床休息,安心静养。养,他哪养得下去?

市里不可能没完没了地建大桥,近几年,像光明桥这样规模的立体交叉桥怕是最后一座了。十年,二十年以后是不是还要建,他不管。那时,建与不建早与他无关了。眼下,赶上这么个机会,偏偏又在这当口病倒了。全队的人都建了两座,他当师傅的却只捞上一座,这不等着让人笑话?即使今后病好了,回队里说话都不硬气。一个个小青年还会把他这个师傅放在眼里?他越想越上火,就是干着急,没办法。肾这玩意管啥用,他不清楚,只是害得他浑身无力,动弹不了。腰眼上这么点小毛病,硬是把他硬朗朗的身子骨搞垮了。

他天天听广播,看报纸,想知道些光明桥的动静,可就在开工时听到点消息,以后再没动静。住院时,队里来人看他,说有人想整杨建华。那天市里来的调查组,就是调查建华问题的。他听了后悔了好几天,自己真是老糊涂了,不顶用,替人家张罗了一个会。这不是给人家炮膛里装火药,打自己吗?他耿直为人一辈子,从没坑害过谁,快活到头儿了,帮人整人,而且整的是建华,他的良心能好受?

难道建华被人整了?光明桥停工了?怎么一点消息没有。这几天,他就犯嘀咕,偷偷叫儿子到工地去打听。儿子回来告诉他,上面把队里的奖金给停了,工人都骂大街,他更呆不下去了。死活也得到工地去,建华需要个帮手儿。

"你要想让我多活两天,就让儿子把我送工地上去。"他对老伴说。

"老东西,想去找死?工地不缺你个糟老头儿,你也用不着学雷锋。病病歪歪到那去,干也不能干,碍手碍脚的,你以为还能图人家说你个好?"

老伴一次次骂他,老头儿仍是翻来覆去这么几句话。他在老伴面前人变得固执了,话也变硬了。守自己老婆过了一辈子,受气不受气放一边,只要进了家,他就觉得没啥意思。他愿意在队里,愿意有工程任务,愿意实实在在干点儿活。别人把干活当作受累受罪,他不,他觉得干活儿是种安慰,是种乐趣。别看他不会说不会道,徒弟们并不把他当回事,也没少招惹他生气。但他自己清楚,他离不开这帮嘎小子,他从心眼里喜爱他们。尤其现在正建大桥,自己去了干不了就不干,在一边看看也好。在凤凰桥施工中,他是施工指挥,但他看出来,建华比他强,招数也多。如今不比从前了,施工用的尽是外国进口的先进机械,他过去使的那一套,眼下好多都用不上了。他是不如年轻人了,就算出主意,也不一定比人家的法儿强,但有些技术活儿,他可以给指点指点,帮建华检查检查,不也顶点用?到了工地,住在工地,天天守着工程,看着大桥,没有比这更让他觉着痛快。就是死在工地,也能死个痛快。

儿子见父亲着了魔,整天愁眉紧锁,茶饭不香,就劝母亲:"妈,就让爸去吧,得这种病的人,不能着急、生气,气顺病好得快。爸这人的脾气您还不知道,他看着桥,比看着您高兴。"

老伴答应了。转天让儿子借了辆手推车,把老头子和行李卷一起拉到了工地。

老队长出现在工地上,大家纷纷把他围起来。杨建华看到车上的行李,顿时明白了,他拨开人群把老队长搀到工棚里。

"师傅,您怎么来了?病没好,我可不同意您到这来。"

"你好狠心呀,你们在这儿干,把师傅一个人扔在家里,瞅都瞅不上,我就是死,能闭眼吗?"老队长笑呵呵地说,到了工地,他的心顿时敞亮了。

"我看您是信不过我们。"杨建华挨着老队长坐下。

"信得过,信得过。"老头儿惟恐建华误会了,"工地上的空气养人。我在这儿不碍你们的事,也不给你们添乱,只要让我能在工地上溜达溜达,就比打针吃药管事。来,抽根烟,师傅请客。"

老队长叫儿子把自己的帆布包打开,拿出一条过滤嘴香烟,掰开,一盒盒地扔给在场的工人和技术人员。

"都别客气,一人一盒。师傅带来了二十条呢。全在行李里裹着,一会儿打开分。"老队长神气地说。

昨天夜里,他悄悄央告老伴,给他一笔钱,买点好烟带给大伙抽。不发奖金了,这帮子小年轻,准会不高兴。他当队长的不能委屈大伙。老伴气得骂他得寸进尺,刚挣了点奖金钱,就开始糟蹋钱。公家的事公家管,她管不着。他不敢再提,惹她翻了脸,兴许明儿就去不成工地了。他翻来覆去,在床上"烙饼",长吁短叹。他看见老伴也没睡着,准是生他的气,火消不下去。谁知,天一亮,老伴翻身下地,从箱子里给他拿出二百块钱,让他看着给大伙儿买点啥。他感激得差点没把老泪流下来。买啥?他让儿子全买成烟,而且要买带过滤嘴儿的。

"老队长,您这是有什么喜事了?还是中了彩券发了大财了?"一个工人半开玩笑地问。老队长突然大方起来,大家都奇怪。

"听说不让发奖金了。咱不管上面什么精神,大伙建桥卖了力气,我这个当队长的不能亏待大伙。我老伴非让我请请大家,一下子给了我这个数……"老队长伸出两个手指。他一辈子没舍得花钱买这么好的烟抽,做梦也没奢想过在自己的抽烟史上会有如此壮观、辉煌的一页。

所有的人都感动了。一盒烟,对于他们不算什么,大家嘻嘻哈哈打开就抽。过去,大伙老拿老队长的烟怄老头,抽老队长的烟就抽个稀罕劲儿。此刻,大家不再开玩笑了,手中的烟不是普普通通的烟,是老队长的心。建华一边坐着默默地抽着烟。他明白了,老队长为什么现在带着病又重返工地。他站起身。

"该干活儿去了。中午吃饭时,咱们开个欢迎会,欢迎我们队长。"

老队长突然发现少了一个人:“陈宝柱呢? 快把那小子给我找来。”自从知道宝柱妈死了,宝柱那天为了大桥没跟老太太告个别,他心里一直觉得对不住宝柱。这次他病了,是宝柱把他背进病房的,还罐头、点心的买了一大堆。他要多发给宝柱两盒烟,表表他的心。

“宝柱夜班,谁知一大清早跑哪儿去了。”一个工人回答。

陈宝柱下了夜班,等其他人都睡了,自己悄悄溜出了工地。

这些日子,他看到大伙心气没有在凤凰桥工地时高了,明白这情绪是从哪来的。那天,当建华刚讲完不发奖金的事,大伙儿就像炸了锅,他突击队里的几个小子喊得最凶,这次,他没跟着一起闹,而是默默地蹲在搅拌机旁,狠着劲儿抽烟。

“他奶奶的,白白扣了几百块。”他心里也在骂,就是没骂出声。

他从没想过建这几座大桥干什么,也不想环线工程和他有什么直接关系,更别提什么造福还不知道在哪个肚子里抽筋的子孙万代。但他不想罢工,虽然罢工是件很过瘾的事。因为他不想离开工程,离开工地。他刚朦朦胧胧懂得了什么才是生活,什么才叫荣誉,而且也尝到了做一个堂堂正正的人的滋味。看来,成为建华那样大伙儿全看得起的人并不是一件多难的事,这全是工程带给他的,刚干出点样儿来,怎么能撒手不干了呢? 工程承包,谁干得多,干得好,奖金就高。在凤凰桥工程上,总共他拿到了一千多元的奖金,凭着自己力气挣的。他从来没挣过这么多钱,每月领到奖金他都觉出心和手发烫。过去,他梦想赚大钱,发大财,好清清闲闲,享大福。如今,几百几百的钱到了手,反倒觉得不干活儿,活着不带劲儿了。他比别人更注重奖金的多少,因为奖金告诉了他,也告诉了大家,他陈宝柱并不是个孬种。现在奖金不让发了,干活儿怎么比高低?

现在工程虽说没受多大影响，进度也不慢，就是弟兄们牢骚不断。有骂严克强的，也有骂高伯年、骂阎鸿唤、骂曹永祥的，骂这些人，他不在意。他觉得这些当官的挨骂活该，他们用不着钱，想要什么，一句话，鸡鸭鱼肉，彩电冰箱全白给。他们不愁钱，所以也不想给工人们发钱。但听到有些人也骂建华，为了保官儿，说话不算数，不敢得罪上面，让哥们儿白干，这话叫陈宝柱受不了了。

终于，他狠了狠心，想把母亲留给他的戒指卖了，卖个一两千块钱给建华，让建华犒劳犒劳弟兄们，足吃足喝一顿，意思意思，大伙对建华便没气了。心里一痛快，干活儿劲头就足。只要光明桥拿下来，建华就丢不了经理的官。

他到了收购珠宝、首饰的店，把两枚金戒指递给柜台里边的胖子。

胖子戴上眼镜对着戒指端详了半天，又从头到脚把宝柱打量一番，一句话没说，进了里间屋。接着又走出两个人，把他请进去盘问了半个小时。戒指是谁的？哪来的？你母亲是干什么的？你姥爷是干什么的？

他只回答说戒指是他妈妈临死留下的，其他的一概不知，知道的也不想说。

“不卖了！”他火了。

可不卖又不行了，戒指留下，让他去取户口本和工作证。没办法，他只好跑回家取了户口本和工作证，回来又是一番盘问和端详，仿佛他们不是珠宝收购店倒是派出所。

“回去，再开一张单位证明和街道证明。”他们扣下了户口本和工作证，比派出所还有权。

“你们怎么这么啰嗦？这又不是偷的、抢的！”陈宝柱发急了。

“因为你说不清楚。你母亲是个家庭妇女，父亲是个工人，哪来这么贵重的戒指？”

“贵重？……”

“这两个宝石戒指,起码值一万,只要你把证明信开来,有了证明,我们就把钱给你。”

“一万？……”陈宝柱差点没兴奋得晕过去。

他二话没说,撒腿就往回跑,到了工地,他气喘吁吁地把杨建华拉到一个角落里。

“建华,钱有了,发奖金没问题。”

“哪来的钱?”

“一万块,我的。我把我妈留给我的戒指卖了,好家伙值一万!”陈宝柱仍沉浸在兴奋之中。

宝柱妈留下的戒指,建华见过。宝柱妈曾托杨大娘替她收着,杨大娘无论如何不答应。这事,杨大娘告诉过建华,宝柱妈死后,把戒指留给了宝柱,宝柱曾经拿给他看过。不大点的东西,沉甸甸的。

“别弄丢了,这是老人留给你的纪念物。”建华关照宝柱。

“放心吧,脑袋丢了,这玩意儿也丢不了。”

离这次谈话,只有半个月的工夫,宝柱就把戒指卖了。

“你怎么把戒指卖了？这样做太对不起你妈了。”建华阴沉着脸埋怨宝柱。

“建华,在大伙眼里你可是大经理,说话得算数。我也看出来,发不出奖,你心里也挺别扭。哥们儿在凤凰桥干得够意思,咱也不能对不起大伙儿。这钱你发给大家,不在钱多钱少,就是意思意思,叫大伙儿心里痛快痛快,你就瞧好吧,大伙准像在凤凰桥一样,干起来玩命。”

“不,这钱我不能接。”

“建华,我这当儿子的对老娘没尽过孝心,自己花这钱心亏。我妈病了这么多年,都是杨大娘和你照顾着,凭良心说,这戒指该是你的……嗐,别管是谁的了,就说是你的,分给大伙,我陈宝柱心甘情愿。你要是不接就是看不起我宝柱。”

杨建华望着陈宝柱,眼睛有些潮湿,说不清是高兴还是感动,陈宝柱能这样想,能说出这样的话,令他欣慰。

“你快到公司给我开张证明信,你跟我一块去取。一万块,那还不得一大提包钱?”陈宝柱恨不得杨建华立刻就和他一起去,把钱拿到手。

建华笑笑,拍拍宝柱肩膀:“老队长来了,你快去看看,他找你呢。”

中午,利用吃午饭的时间,工地上开了一个会。

杨建华先替老队长把烟发到每个人手里,接着把陈宝柱打算卖戒指给大家发奖金的事跟大伙说了。

陈宝柱一听急了,把饭盒一搁站了起来:“哥们儿,这钱是咱经理的。咱杨经理见大伙拿不到奖钱,心里过意不去,把家都给卖了给大家发奖,咱哥们儿得给建华经理争气呀。”

在场的工人们听了,谁也坐不住了,都站了起来。

“经理,你太小瞧我们了,我们埋怨,是觉着事不公,可不是眼里光有钱。”

“就是嘛,这样领到的奖钱,我们不要。”

“经理,我们不能要你的钱。”

“对! 要你的钱,缺八辈子德。”

杨建华示意大家安静下来。

“大家不要嚷了。这钱不是我的,是陈宝柱的,我刚才说的是实情。陈宝柱的母亲是旧社会里受苦、受难的一位妇女,存下了这两个戒指。我们谁也说不清这戒指上渗透着老人多少血和泪。她活了一辈子,苦了一辈子,生活再艰难,她也没把它卖了换钱花。这位善良的母亲,像千百万母亲一样,把自己最珍贵的财物留给了自己的子孙,这戒指是老人家留给宝柱娶媳妇用的,这钱,我们当然不能要。可是,我们得想一想,陈宝柱要卖了它,为的是什么?还有老队长,病这么重,听到工地奖金冻结了,拖着病身子,赶到了工地,用自己的钱给大家买了奖品,这又是为的什么?为的是光明桥按时竣工!为的是让我们所有的建桥工人,心甘情愿地为大桥尽责出力!他们之所以这样做,是因为他们懂得,自己是大桥的主人,是城市的主人……"

"说得好!"阎鸿唤和曹永祥突然出现在工地。

他和曹局长两个人在工地之外下了车。工人们带着一种情绪在施工。他们不能像个老爷似的,乘着豪华轿车出现在大家的面前。平时还可以,出于工作需要,现在这种形势下不行,同样是为着工作需要,顾及到工人们的心理,他们步行到了工地,在一边见到了刚才的一幕。

工人们呼啦一下子站起身,慢慢向市长围拢过来。

"市长,你得为我们主持公道。"一个工人说。

阎鸿唤选择了一个平整的石头站上去:"让我主持公道,因为我是市长吗?刚才杨经理说得对,你们是城市的主人,公道不公道,你们最有权评判,用不着谁去主持。你们建起的一流凤凰桥和现在正在建的全国最大的立交桥就是最有说服力的事实;老队长和那位青年突击队队长的行动就是最雄辩的证明。我想,那些坐而论道,认为这也不行,那也不行的人,那些对我们环线施工人员的一腔热血持怀疑和不理解态度的人,会在你们的面前感到惭愧的。中国的改革就是为着走向公道。多劳多得,少劳少得,不劳不得。让创造者拥有自己的创造,让主人得到应得的一切。谁阻止这样做,谁就会被社会所淘汰,被人们所抛弃。市长,是市民的公仆。我只能向你们表明我的态度,不管谁反对,政府所说的话一定要兑现,请大家相信……"

“市长，有你这句话，就是不发奖金，我们也认了。”

“其实我们心里就是这口气咽不下去。”

工人们七嘴八舌。不少人还是第一次面对面听市长讲话，老百姓都知道，阎市长从来说话算数，既然市长说话这么亮堂，证明这次“奖金事件”不会不明不白地了结，工人们的心气平了些。市长的话使他们郁闷的心情开朗了。

就在这时，一辆吉普车驶进了光明桥工地。上面下来了几位身着警服的人。

这几个人似乎并没注意这里发生了什么事，他们从人群中穿过来，用刑警队员特有的机敏扫视了一下周围的人，视线捕捉着他们要寻找的目标。

“谁是工地的负责人？”

“我。”杨建华朝他们迎过去。

“我们是东市区公安分局刑警队，请您协助我们把陈宝柱找来。”

陈宝柱？大家的眼睛下意识地转向陈宝柱。

“你叫陈宝柱？”

“对呀。”陈宝柱愣了，不知发生了什么事，只是见到警察，本能地紧张起来。

“认识刘德胜吗？”刑警队长犀利的目光剑一般锋利地逼视着陈宝柱。

“刘德胜？噢……三帮子吧？认识。”提到“三帮子”，宝柱知道没好事，汗不由得渗了出来。

“你参与了刘德胜抢劫盗窃集团活动，经分局批准，你被收审了。”

“没有，我没有！”陈宝柱突然狂吼起来，“我早跟他们没来往了。”

“你持刀抢劫瓜农西瓜,获赃款五十元,这事你还想抵赖吗?”

陈宝柱脑袋嗡的一声,傻了。妈的,他早把这事忘了,好一个“三帮子”,把他卖了。

刘德胜是因另一起盗窃案被逮捕的。在警察的多方追问、审讯中,他供出了陈宝柱参加抢瓜的事。公安局于是得到了一个意外收获。

“有……有那么一回事,可那是早的事儿了,以后我就洗手不干了。”

“就这一件事,你就够拘留的了。”刑警队长掏出拘留证,“跟我们走。”

“不!我不走!……晚两个月,等大桥建好了,随你拘,现在我不走。”

陈宝柱一边说一边后退,工人们迅速给他让出一条道。两名公安人员见状扑上去,紧紧将陈宝柱的肩膀和手腕抓住。

杨建华拦住刑警队长:“同志,能不能给他两个月时间,陈宝柱现在是青年突击队队长,是环线建设的功臣,宽大一点吧。”

“同志,作为领导,您应该懂法。触犯法律和治安条例,是要受到处罚和制裁的,在法律面前,任何人求情都是没有用。”

所有人的目光都转向站在一边的阎鸿唤。老队长走到市长面前:“阎市长,您发句话吧,他抢了五十,罚他五百、五千,只求别带走他。这孩子刚有点出息,别毁了他。”

阎鸿唤扶住老队长的胳膊,他感觉到这位老工人在抖。这种情绪传染了他。这个即将被带走的青年,为了五十元去犯法,如今还是他,为了环线建设要献出自己的一万元。然而,就在他献出一万元的时候,却要为五十元去接受处罚。多么费解的难题,但又是多么简单的道理。功是功,过是过,在法的面前,功过无法相抵。

“老同志,让公安人员执行任务吧。人不能大于法,我市长必须遵法、执法呀。”

陈宝柱知道没希望了。他扑通给杨建华和老队长跪下了:“建华,老队长。我给咱队丢人了。那是上次我打了老队长,停职时,手头没钱才去干的。我怕你们说我,一直瞒着。后来,凤凰桥一开工就给忘了。你们骂我打我吧,但别把我的突击队给拆了,我回来还得干。”

老队长把陈宝柱扶起来:“宝柱,起来。师傅明白你了,别看你又进了局子,但在师傅的眼里,你不是过去的宝柱啦,还是今天的宝柱。”

陈宝柱抹抹泪,又对建华说:“别忘了开证明取钱的事,大家不肯要这钱,那钱就留在队里,等光明桥建好了,让哥们儿拿着出去旅游,开开眼。”

建华替陈宝柱把棉工作服的领扣系好:“进去以后,好好交代,争取早点出来。大家等着你。”

吉普车开动了,陈宝柱突然推开车门,不顾刑警队员的扯拽,双手抱拳,大声喊着:

“哥们儿,我的活儿拜托哥儿几个了,等光明桥建好了,告我一声。”

吉普车急速驶出了工地,工地上一片肃寂。

这一天的夜格外冷,寒气逼人,滴水成冰,然而光明桥工地迎来的却是一个灯光通明不眠的夜。几乎所有的人都奋战在施工现场上。

第二十章

一

一张当日的报纸从手中滑落下来,高婕无力地闭上眼睛。报上有一条来自大西洋彼岸的消息,黄炯辉在美国旧金山举行独唱音乐会,一举成功。她的报复并没有损伤他,他到底还是去了美国,并且达到了他想达到的目的。而她呢……

她需要有人安慰她,可是没有人能安慰她。张义民不再成为安慰者的角色,相反她却成了张义民的俘虏。张义民现在每次来都被她的父母捧为上宾,那完全是为着她的缘故。他不再怕见到她,甚至连门也不敲,就闯进她的卧室。不再像以前那样规规矩矩,小心翼翼坐在椅子上,而是随随便便斜仰在沙发上,一双沾着积雪的皮靴,毫无顾忌地在刚刚换洗的沙发套上蹭来蹭去。他的眼睛里充满着自信,在这种自信里她却多少看到了几分对她的轻蔑。他的脸上洋溢着一种满足的喜色,那种能够随意驾驭和猎取他所畏惧、谄媚过的对象而自然表现出的洋洋自得。他说话的语气也变了,那些礼貌的,谦恭的,猜度逢迎着她心理的话被一些指令性的,主人般的语言所替代,就像是有意地让她知道他的厉害,并让她为当初她的傲慢而感到懊悔。他完全变了,就像已经成为了她的主人,拥有着把她拾起来或者扔掉的权利。

她厌恶他那副下贱的得意。痛恨他像一只癞皮狗那样,以撕咬一只失去抵抗、挣扎能力的弱鸡去显示威风，换得快乐。她希望自己像那些被侮辱、被遗弃、被失恋弄得心灰意冷的少女们一样，默默地忍受自己内心的痛苦，不需要爱，也不再去爱，无情无欲。但很快，她又对自己失去了信心，她不是那样的人。黄炯辉带给她的不仅是心灵上的痛苦，同时也带给她生理上的折磨。她忍受不住孤独，无法抗拒生理欲念对她发生的巨大诱惑。张义民对她的放肆在不知不觉中变得具有了魅力。她对他越来越产生出一种依赖，甚至依附的心理。她过去看不起他的家庭，现在细想想自己的父亲过去不也曾是个农民。张义民踌躇满志，巧于心计，谁能断言他的将来不是父亲一样的人物？她希望在他的身上发现更大的希望之光，只有这样，她才觉得心理能够获得平衡，才能报复黄炯辉对她的负情。只要张义民能够满足她心理和生理上的需要，他对她什么态度，她都可以不在乎。

她不再是过去那个高傲的公主。

一天晚上，这样的事终于发生了，她留下了他。

她和他躺在一起，发现张义民完全不像个初涉房事的男人。他几乎什么都懂，抚摸和触及的部位极为准确，动作也相当熟练，她不觉疑惑了，这些不是读书所能知道的，她第一次时，除了不可抑制的冲动，几乎对其他的具体步骤一无所知，完全被动，听任黄炯辉的摆布。而张义民的热情和冲动却缺少自发性有着一种规定性，就连发泄之后，那种为满足对方需要而做的短暂停留，都像是一个已经结过婚的人。她问他，张义民冷冷地反唇相讥："你有资格问这个问题吗？"

高婕默然了。她没有资格，也没有勇气和兴趣再追问下去。也许两个具有相同过失的人在一起生活，反倒会相安无事。她一天天等待着，等待父母或者张义民向她提出婚事。结婚是她目前寻到精神解脱的惟一办法。但张义民却闭口不谈结婚的事，母亲也一反常态不再跟她唠叨。为了摆脱痛苦,她等待结婚,为了结婚,她又得痛苦地等待。

她等到了什么?是那个丝毫无损的家庭在美国欢聚,是那个女人对丈夫的宽容和对她的欺骗,是黄炯辉的成功得意。这使她刚刚麻木下来的心,又重新被刺激得发抖。

不知什么时候,高地悄悄走进妹妹的房间,轻轻坐在高婕对面的沙发上,像是想说些什么。

"小婕,我要走了。"半天,高地才说出这句话。

"去哪儿?"高婕似乎还没有从自己的情感天地里走出来。

"去美国。"

"美国……干什么去?"高婕感到意外。

"自费留学。"

"……我怎么没听你说起过,自费?你在那儿无亲无故,哪来的钱?"

"蓓蒂帮我,以后自己去了再想办法。弄钱挣钱的办法总会有的。"

"蓓蒂?"

"我们学校的留学生,学汉语的,她很喜欢我。"

"你也爱……喜欢她?"

"我无所谓,我只想去留学。"

"这事什么时候开始的?"

"蓓蒂早就帮我联系好了,去她任教的加州大学,只是当时她在这儿的学习还没结业,另外我在等考'托福'。现在全妥了,只差办手续了。"

"爸爸妈妈知道了吗?"

"我想走时再告诉他们……其实,我对他们并不重要,这个家里有我没我都一样。他们从不关心我,关心的只是你。"

“不。”高婕走到二哥面前，抓住他单薄的肩膀，“你不要走。我不让你走。你不是已经考上研究生了吗？在国内还不是一样拿学位，为什么非去美国？那儿是个竞争的社会，你又没有朋友，你这么老实的人，在国外要吃亏的，二哥，我不让你去……”。

高婕紧紧地抱住二哥，惟恐高地真的在她生活中消失了。不声不响，少言寡语的二哥刚才几句淡淡的心里话，刺得她心痛。是的，爸爸妈妈平日待他太冷漠了。父母早晚要离去。大哥已经不在人世，在今后的漫长人生旅途中，她需要二哥，二哥也需要她。

“小婕，你放心。”高地轻轻拿开妹妹的手，“我不想依靠任何人。过去靠自己，今后还靠自己。……在国内，我学不出来，指导教授给我们画了圈儿，课题研究只能在他的圈里转。即使我拿到了学位，也不过是我变成了指导教授传声筒的标志，不会有大出息，所以，我必须出去。世界大得很，我得学会创造。在专业上创造，在命运上创造。上次机会，让爸爸为了自己的虚荣给毁了。现在蓓蒂给了我这个机会，我绝不放弃，我一定要去。高地在社会上不能永远是一个可有可无的人。”

高婕惊异地看着二哥，和二哥一起长大，她竟没有发现，在懦弱老实的二哥身上会有如此执着的个性。

“你，打算出去几年？”

“说不定，先得拿到博士学位再说。”

“你这个指导教授限制你，你硕士毕业了可以另考别人的博士生，何必……”

“谁的都一样，风气如此，学术界一样狭隘。况且，国内博士生毕业了算什么？连个副教授都不给。可国外回来的硕士生，就三间一单元，副教授头衔送上门。我为什么放着近路不走，偏偏绕路读国内博士生，永远低人一等？何况，回来不回来，我还要看情况再说。”

“为什么?”高婕这一回是真正地吃惊了。她想不到二哥不想再回来。或许,这个家让二哥太心寒了,心寒到了不想再回来。

“二哥,蓓蒂这样的外国女人,可靠系数有多大?她们从来就是一阵凉一阵热的。”高婕觉得自己的口吻有点老里老气,饱经沧桑,“而且,爸爸妈妈不能同意你。”

“所以,我不想告诉他们。我打算学你,留一封信,然后悄悄离开。只有你,小婕,你是家里惟一对我好的人,我不能不告诉你。”

“二哥!”高婕的眼泪夺眶而出。她再一次抱紧了二哥。

楼上的一幕,楼下的父亲全然不知。这些天,高伯年从机关回家就钻进自己的书房,满脑子都是他自己的事,根本没注意家里发生的事。高地从来很少在他面前露面;高婕让他伤心,难堪;沈萍的喋喋不休叫他神经受不了。他对这个家烦了。人老了,老了,特别容易怀旧,爱去想那些已经过去了的和早已不存在了的往事,这种心境的变化,常常让他想起高原,想起高原的母亲。

高原小时候,他常给儿子讲战争年代的故事。那些过去习以为常的战斗,和那些艰苦、危险而又极其普通的经历,在他的嘴里,变成一段段惊天动地,富有传奇色彩的故事。在故事中,他是个英雄,那些牺牲了的和还活着的,已经成为将军的战友们,也都是英雄。高原是父亲最虔诚和最入迷的听众,使他有机会,有责任去回忆、升华、讲述那段被人民所崇敬,被青年人所羡慕的,属于他、也属于所有为社会主义新中国打天下的革命者的光荣经历。那是中国几千年来,最伟大、最辉煌、最壮观、最为可歌可泣的革命史诗。六四年,他坐在人民大会堂观看大型歌舞《东方红》时,他曾由于自豪、骄傲而兴奋、激动,由于兴奋、激动而热泪盈眶,那歌舞为他展示过去战争年月他所经历过的一切。他的故事一定灌注到儿子的灵魂中去了。看着高原的眼睛,他看到了儿子的渴望,一种对忠勇的渴望和对壮烈的向往。……在他的子女中,惟独高原像他当年一样勇敢地投身到战争中,并且壮烈地倒在战场上。高原的身上流着父亲的血。高伯年一次次从办公桌的抽屉里拿出高原的照片,是骄傲,是自慰,还是悲伤?他凝望着儿子刚刚提升为连长时寄来的照片。那时,高原刚刚做了丈夫,而现在,他牺牲时已经成为父亲。高伯年给大儿媳宋丹写了信,不止写了一封,让她带着孙女住到他这儿来,他已经给她们腾出了房子。宋丹没见过他这个公公,犹豫了很久,才来信说下个月来。高伯年觉着,自己对儿子只尽了一半父亲的责任,那一半,他要加倍补偿在儿媳妇和孙女身上。一个失去了丈夫的女人和一个失去了父亲的孩子,要比失去了儿子的父亲更痛苦,因为她们年轻,孤独的时间要更长。

这种对儿媳遭遇不幸的怜惜,使他又一次联想起另一个女人和孩子——杨元珍和那不知名的儿子。他给高原讲的故事中,没有讲过杨元珍。杨元珍的故事,即使在大家都没有意识到自己有可能进入故事的战斗年月里,就已经感动了部队的战士。全营的士兵都知道"高大嫂"和那挺她只身夺过的机枪。他没讲这些,因为它的内容太复杂,牵扯到一个女人和一个男人,无法说给一个不谙世事的孩子听。更主要的是他也担心它会留给儿子一个终生难忘的印象,当有一天,儿子了解到自己有一个生母时,会产生一种联想,倘若儿子把这种联想摆在他面前,他将无言以对。他无法解释这段历史,儿子是不会原谅他抛弃了一个英雄母亲的。现在想起来,高伯年十分后悔,他没有给儿子留下一点点亲生母亲的东西,儿子就离开了这个世界。他有愧于烈士,也有愧于儿子的母亲。他手中没有杨元珍的照片,本来可以拍一张的,在军管会宿舍附近就有家照相馆。她从乡下来,他却没有想起带她去。结果留下了一个遗憾,留下一个十分遥远而又模糊的记忆。她现在在哪里?或许已经离开人世,这倒是种安慰。她可以不再为丈夫的遗弃而痛苦,怨恨。她嫁给他之后,就陪着他担惊受怕,受苦受累。

她参加了革命,和他并肩战斗,盼着胜利,盼着和他生活在一起,盼着用鲜血换得一个和和美美、火火爆爆的小日子。她是那样热切地期待着他和他的队伍能给她带来幸福;她是那样忠贞地跑到前线向他表示:生生死死和他在一起。可是她等到的、盼到的是什么?她本来最有资格,也可以成为厦门路222号别墅的女主人。可她现在又在哪儿?直到最近,他的良知才清清楚楚地告诉他,他给她的,是一种什么样的致命打击。

他从来没有现在这样地思念她,还有那个他从未见过面的骨肉,高原的亲弟弟。

这些日子,高伯年在闲暇时,总摆脱不掉这种思绪的缠绕和困扰。是因为高原的牺牲,还是因为他意识到自己老了,意识到快要退下位来,将要永久地、单调地生活在这个家里,意识到他的名字将逐渐被人淡漠、遗忘,才去想起这些被自己曾经淡漠、遗忘的往事和亲人。

他是觉得自己老了。他越来越感到无力战胜危机,而这危机来自他曾自以为永远不可能取代他的阎鸿唤。他不得不承认,阎鸿唤比他高明,比他更有魄力。刚刚上任几年,市政建设就让城市发生了巨大变化。更让他自愧不如的是,阎鸿唤走出了道路改造这步棋。它给阎鸿唤在市民中带来了更高的声望,使之具有了一种远比他更强有力的凝聚力。对于这些,他作为市委书记,不能斤斤计较,毕竟自己是有着四十二年党龄的老同志,应该给予新干部以更大的支持和帮助。他一直也是努力这样去做的。尽管在支持帮助的同时,他无法克制内心日益增长的失落感。

问题在于,怎样才是真正帮助和支持这个新干部?

阎鸿唤是像他自己一年前在人民代表大会上自我标榜的那样,只是尽一个公仆的责任吗?不,现在他有他的目的,那就是野心。他想通过一系列别人认为难以办到的工程,向中央、向市民表现他个人独具的才能。也许,开始时仅仅是为了表现。一个新上任的市长,希望表现出自己胜任职务的能力,这种表现欲是正常的。然而,在他的表现得到认可之后,这种表现欲就会进一步演变为野心。阎鸿唤这个演变是极迅速的,甚至可以说一开始他的表现欲就是一种野心。现在市政府决定的很多事情,阎鸿唤从不向他这个市委书记打招呼。阎鸿唤不在市政府坐机关,却全市到处跑,到处讲话。工厂、商店、工地、大学、部队、电视、电台,无非是四处炫耀自己。他的讲话里,很少提到市委,总是讲他的市政府要干什么,干了什么,他做什么事都别出一格,本来可以在会议室开的会,他非到现场去开,搞什么"现场办公会",而且处心积虑笼络人心。听说前不久,他把各大局的局长请到凤华饭店大吃大喝。他一步步地把市委书记架空起来,逐渐实现他的一统天下。高伯年觉得自己一点点捕捉到了阎鸿唤的种种迹象,从工作上,从他对待市委书记的态度上,也从一些小事上,高伯年认为,阎鸿唤这种日益膨胀的野心,只有他这位有着几十年党内政治斗争经验的人才能敏锐地洞察出来。他在公开场合和私下交谈中,无数次地向人们流露暗示过这个问题,希望人们有所觉察和警惕。但他发现,他没能阻止住他的干部包括市委常委们向阎鸿唤靠拢。阎鸿唤越来越多地赢得了干部和群众的信任票。这就更令他感到惶惑和不安。

他觉得这种对阎鸿唤缺乏认识和盲目的追随,或许是一种更大的危机。

办公桌的电话铃声,把高伯年从万端愁绪中解脱出来。

电话里,检查团的负责人向他汇报了阎鸿唤对检查团工作的指责,请示他,是否撤回检查团。

高伯年心中的火一下子冲向头顶:"不准撤,阻力再大,也要坚持把问题查清楚。"

第一次派的调查组就被轰了回来。他曾怀疑,阎鸿唤暗中起了作用,否则曹永祥、杨建华不敢如此胆大妄为。现在,他的怀疑得到了证实,问题的根子就在阎鸿唤身上。

昨天,张义民告诉他,那个造反派的儿子已被公安局抓起来了,是个抢劫犯。这个事实更加坚定了他查清二公司问题的决心。他支持道路改造工程,但支持不等于一味肯定,及时发现处理工程中存在的问题,就是最大的支持。群众反映的市政二公司经理杨建华的问题,他不能不闻不问,但一管就触动了某些人的神经,这只能说明其中肯定有问题。

阎鸿唤竟然如此对待他派去的检查团,太目空一切了。市委书记不代表市委,难道他阎鸿唤能代表市委、市政府?过去,自己对他太宽容了,才导致了他敢于和自己公开对抗。阎鸿唤这话是有意向人表明,凡阎鸿唤抓的工作就不容他人插手,包括市委书记也不能说个“不”字。这未免太狂妄了。他不能再容忍阎鸿唤这种行为,一定要把二公司的问题查个水落石出。包括阎鸿唤本人的问题,像请客,巧立名目向企业摊派;还有不顾国格向中外合资企业的外国人伸手要钱等等问题。

高伯年暴躁地在办公室里踱来踱去。他感到愤懑和失望,他一生最大的政治错误,就是把阎鸿唤提拔到市长的位置上来。他没能较早地识破他。一切野心家都违背不了他们行为发展的规律,一旦时机成熟就取而代之。有时出于某种需要,急不可待,就铤而走险,抢班夺权。阎鸿唤这不是已经向他挑战了吗?阎鸿唤把他对他爱护、支持、忍让,全当作了无能,从而助长其过高估计了自己的实力。

他思考着下一步该怎么办,分析着可能出现的种种情况。即将出现的局面会十分复杂,在这方面,他应该比阎鸿唤表现得更富有经验,富有韬略。

足足又过了半个小时，高伯年终于又拿起电话，拨到检查团的办公室。

“检查团暂时撤回来。”他说。

“撤？……”对方刚刚向他的检查团团员们传达了市委书记不可动摇的决心，不到一个小时，却又接到了截然相反的指示。

“环线工程，中央很重视，市民们很关心，我们必须保证工程按时竣工。”

“那二公司的问题……”对方还是不懂市委书记为什么突然来了个一百八十度的大转弯。

“问题跑不了。但现在这个时候，要防备杨建华之流撂挑子，制造停工，以此转移视线。检查团暂时撤回来，二公司的老问题跑不了，新问题还会有。等完工后，再一笔笔清查，那时，就不仅仅是杨建华的问题了。”

高伯年放下电话。经过反复考虑，他做出这个决定，除此之外，没有更好的万全之策。退一步，进两步，在军事和政治斗争中，都是经常运用的策略。环线工程现在是市民的“兴奋点”，深得民心，而阎鸿唤则掌握着这个“点”的制控权。在工程快要竣工时，去揭露问题，群众不会买账，反而会造成工程的半途而废。群众现在盼着交通问题得到解决。盼着环线能改变城市面貌。打破了市民的梦，房子拆了，路修不出来，桥建成个半成品，市民的不满就会冲向他。甚至一些文人还会把他描绘成那种浅薄的、电视剧里某些阻挠改革的领导那种可憎嘴脸。阎鸿唤则成了遇到阻力的改革家。事情就怕，是与非混淆在一起。尤其在经济改革时期，很多问题无定论，说不准的情况下，提反对意见要慎重，要把握住时机，把握住社会心理变化的规律。任何一个大的变化，哪怕是件了不起的创举，在它进行过程中，都要伴随和孕育着一种新的矛盾和新的不和谐，这些在人们追求它的时候是很不容易被发现的，反而视其为宝。但新的矛盾总要爆发,新的不和谐总要表现出来。当人们对新变化的新奇感到熟悉,并逐渐习以为常、失去兴趣的时候,就会重新用挑剔、审视的眼光去看待它了。人们会开始不满、指责,找出千百条理由否定它,包括那些他们曾经热情赞颂和推崇过的人。环线建设过程中,市民对它抱的期望过高,舆论宣传过重,投入的资金、人力、物力过多,牵动面过大。阎鸿唤这种集全市人民精力于一点的做法,本身就给环线建设的评价造成不利因素。只有等它全线通车,当道路管理,工程质量,环线工程投资资金紧张的时候,揭露借改革之机,用承包的形式,有人侵吞了国家大笔资财的问题,就具有了说服力。从而暴露阎鸿唤的所谓"高速度"和"锐意改革"的实质是什么。

阎鸿唤可能会为他的一句话而撤走了检查团而自鸣得意。但他一定要让阎鸿唤为这个"胜利"付出应有的代价。

为了不失一个共产党员的光明磊落,高伯年准备立即写份报告,向中央和纪委如实反映发生在这座城市,发生在这些以改革家自居的中青年干部身上的问题,现在到了应该引起警惕的时候了。

沈萍推门进来:"老高,我跟你商量个事。"

她现在满脑子是女儿的婚事。前天,她找了外贸公司的经理,预定了一套进口家具,昨天又给海关负责人打了长途电话,让他设法处理几件海关没收的家用电器给她。至少要有彩电和冰箱两种,有音响、录像机更好。那个负责人上次动手术,是沈萍亲自为他组织的专家小组会诊,况且他又是高伯年的老部下,事儿再难办,他也得办,黄山大楼那套房子闲置了一年多,她本想找人去整修装饰一下,想了想又改变了主意。她得让高婕在她这儿结婚,暂时住在这幢楼里,她也好照应一下女儿。沈萍已经觉察到张义民对高婕的态度有了变化,她有点儿放心不下。目前,她不想过分计较张义民的态度,等结了婚,她再以丈母娘的身份教训女婿,替女儿把和张义民的关系调理顺。她有这个把握。万事俱备,只欠东风,现在,只剩下和老头子定定女儿的婚期了。

“我想让高婕他们‘五一’结婚。”沈萍走到桌前。

“你跟他们商量好了?”高伯年摊开稿纸,准备亲自写报告,不愿意让人干扰。

“甭跟他们商量,他们肯定盼着早点儿。”

“小婕同意了?”

“你个糨糊脑瓜子,亏你天天早起遛早儿,耳聋,眼也不灵。告你吧,好几个晚上,张义民就没走,住在小婕屋里了。”沈萍早就发现了这个秘密。

“什么?!”高伯年由于恼怒,额上的青筋绷起来,“张义民他怎么敢……”

“瞧你这副正人君子相,好像这是什么了不得的事儿。小婕如果不同意,张义民他敢?过去小婕老看不上张义民,现在看情形,她是乐意了。什么事都得辩证地看,小婕和张义民一直交着朋友,这就不为过。所以,我才考虑早点儿让他们结婚,免得再出什么岔子,小婕可再经不住刺激了。”

高伯年无话可说了。“好,那你就给办吧。”他只想快点结束这场对话。

“你说得倒轻松。办,怎么办?为了让小婕心里高兴,得把婚事办得像个样。老百姓办事还得花几千块,摆十几桌呢。这次得把中央的,市里的老战友都请来,搞像样点。”

“你怎么变得这么庸俗?我们是党的领导干部,能和一般群众比这些?现在正抓党风呢,我们不能带这个头。小婕的婚事,多听听张义民家里的意见,量力而行,不能铺张浪费,大操大办。我们得注意影响。”

“你呀,整天在会议、文件里泡着。你也到社会上去走一走,看一看。这不是咱们结婚那会儿,抱一床被来就算结了婚。现在的观念也不是五六十年代什么艰苦朴素、勤俭建国,现在讲究会挣会花、能挣能花的新生活方式。我们存点钱,还不是为了子女。咱们就这么一个女儿,为她我全花了也舍得。我不用张义民办。不是让他把小婕娶走,而是我们娶他张义民。婚事我们办。张义民家也拿不出多少钱,还不是喝点酒,发块糖,闹闹哄哄就完了。我这次想让他们去黄山、庐山、张家界、九寨沟、三峡转一大圈,然后我们到青岛去等他们,在那里举行典礼。让小婕玩个痛快,把那些乱七八糟的事忘掉。”

“好吧,好吧。你去办吧,怎么办全可以。”

“我办?我全办就不跟你说了。你得跟各地方提前联系,让他们到哪儿都有个照顾。怎么,你别不耐烦,你是不是父亲,小婕是不是你女儿?”

“我、我、我!!!”高伯年拍打着桌子,“你看不见我正在干什么!”

沈萍连瞥也没瞥桌子上的稿纸:“谁管你干什么?干什么也是白干!你们这些人,有权也不会维护自己利益,左一个改革,右一个政策,一左一右就把权交给了别人。共产党打下了天下,现在,打天下的共产党人还没死,坐天下的就换了人。你到下面瞧瞧去,掌实权的还有几个正经共产党人。”

“你胡说些什么?!”高伯年没料到引出沈萍这么一番话。

“胡说?我们局五个局长,一个摘帽右派,一个五八年的归国华侨,一个民主人士,一个一直也入不了党的非党群众,一个六二年才毕业的大学生。党委书记的党龄还不到七年。这就是你们的干部路线,让有资格的,一心跟党走的党员靠边站。”

“你有什么资格说这些?你不也是和平时期入党的嘛?”高伯年站起身,沈萍的话使他恼怒。

“我没资格？对，你有吧！”沈萍冷笑一声，“可你离靠边站还远吗？你该明白了，手中有一天权，用与不用，结果都一样。谨小慎微也好，维护影响也好，廉洁奉公也好，铁面无私也好。到头来，都得离休，都摆脱不了你离开政治舞台后的冷落，你等着瞧吧。”

妻子的话狠狠刺痛了高伯年，他颓唐地坐回到转椅上。

沈萍不想再跟丈夫争论。她恨他的迂腐，没有他，事情她照样能办。她转身准备离开。这时，门边茶几上的电话铃响了，这是门卫通向这儿的内线电话。

通过这个电话来访的人，都是些基层干部，亲戚朋友等不速之客，现在，高伯年不想接待任何人的来访。

“你接一下，就说我不在……”

沈萍没好气地拿起电话：“喂，我是……谁？”她的脸骤然间凝固了，只觉得心里怦怦跳，“告诉他，伯年同志不在。什么？……就说我也不在。”

她听到电话里，门卫向来人解释，她刚要放下电话，话筒里又传来急促的声音：“沈萍、沈萍。我是王守义呀，我只求见一面，就五分钟、五分钟……不然，我明天还要来。”

沈萍只觉得周身的血液向心底流去，话筒里的声音越是迫不及待，她就越感到恐惧。二十多年了，他来干什么？这些年，她不知道王守义的下落，也不想打听，更不想听到这个名字，见到这个人。可他偏偏又出现了。

“谁呀？”高伯年听出对方是向沈萍陈述进来的理由，他担心来访者是否有重要的事情找他。

沈萍狠了狠心：“让他进来吧。”她放下电话，竭力掩饰自己惊恐不安的神色。

“找我的？”高伯年仍不放心地问。

问话提醒了沈萍，她做出十分厌烦的样子：“没你的事，找我的,一个老同学。现在有些人真讨厌,以为我这个书记夫人什么事都能办,尽来找你的麻烦。"

高伯年倒希望有些事能缠住沈萍,免得她一趟趟地进来干扰他:"既然是老同学,就见见,别让人说你摆架子,不过要讲原则。"

"用不着你指示,你就记住别露面,什么事我对付。"

沈萍出去了。

高伯年长长出了一口气。他现在需要独自一个人好好考虑一下要办的这件重要的事情。

沈萍让保姆把王守义带到会议室,然后吩咐保姆:"你去忙你的事吧,这个客人,不用招待。"

保姆应声走开。沈萍这才捋了捋头发,走进会客室。

沙发上坐着一个又矮又胖,花白头发的小老头,倘不是事先通了电话,沈萍万万想不到他就是当年的王守义。

"你来干什么?"沈萍冷冷地问,心里有点发慌。

王守义慌忙站起身,不知道是由于紧张还是激动,声音有点发颤:"高书记救了我,我特地来向他表示感谢。"他一边说,一边躬着腰。

"怎么回事?"沈萍仍有些紧张地坐在离他很远的沙发上。她不知道王守义被撤职,又因高伯年一个批示官复原职的事。她不愿意去看那张脸,随手拿起茶几上的茶杯,眼睛盯在茶杯的细花纹上。但她还是感觉到他的目光掠过她的手,在她身上徘徊了一阵,最后停留在她脸上。她越发不敢抬头正视他。

她的表情,在王守义的眼里,产生了另一种效果,完完全全是一个贵夫人表现出的傲慢。

这次来高宅,王守义犹豫了很长时间,才下了决心。这么多年,他不敢再跟沈萍联系,也不敢打听一下生在高家的儿子。他害怕,甚至很长一段时间,他怕听到"高伯年"三个字,高伯年由副市长,升到市长,又当了市委书记。高伯年的地位越高,他就越害怕。如果市委书记知道了他在书记夫人身上干的事情,会毫不留情地把他碾成齑粉。对市委书记来说,这是轻而易举的事情。王守义只有听到人们在私下议论到市委书记,或晚上老婆的表现令他不很满意的时候,才偶尔在心里回味一下年轻时追求沈萍失败后留在他心里的怅惘和那一次突兀而来的艳遇带给他的热辣辣的空虚。直到近几年,一次高伯年到区里检查工作,他才确信高伯年早已忘了他这个名字而且根本不记得他这个人。他才知道,二十来年的战战兢兢竟完全是多余的。高伯年怎么会知道呢,他害怕丢官,沈萍当然更害怕丢掉夫人的位置,而这个秘密只有他和她两个人知道。他的心安稳了。这次他被康克俭撤了职,他破釜沉舟,豁出去了,才抱着自己好受不了也不让康克俭好受的念头,给高伯年和阎鸿唤各寄了一份告状信。他只抱着一线希望。没料到高伯年一笔了却了自己的错误,已经失去的一切又都乖乖地回来了,这让他不禁又萌发了一种新的念头。

他现在尽管职务恢复了,但事情并不等于全解决了。康克俭年轻气盛,霸道得很,这口气不会轻易咽下去,说不定什么时候,捉住什么把柄,还会整他,报这"一箭之仇"。康克俭有能耐,而且根子连在阎鸿唤那棵大树上,肯定还会往上升迁。庆幸之余,他不得不念及后路。但总不能老小心翼翼,夹尾巴做人,那样徒有个职务又有何用?他还有很多事情没有解决:得再弄套房子,女儿的工作需要调调,离休后能否按解放前参加革命的干部对待,还得再弄几个证明……这一切都必须在他有职务,没退下之前弄妥。但这些都是容易招惹麻烦的事,过去没人盯着你,解决起来并不难,现在康克俭虎视眈眈,没事还要找碴儿呢,这些事情就不好办了。他思前想后,觉得只有一个办法,能保障自己的政治安全,这就是借此机会,把自己和市委书记连到一起。有了这层关系,今后就什么也不怕了。

他曾担心过沈萍会反感他。他目前的处境,只会遭到她的轻蔑。当初她告诉他怀孕的消息后,自己不该吓成那副熊样。因此,他对此刻沈萍的冷漠有思想准备。但他总觉着自己会成功,当年是沈萍主动找的他,说明她心里曾经有过自己。不管她现在怎么想,反正不会太绝情。女人,总归是女人。

王守义从头到尾,把经过他篡改了的事情经过向沈萍讲述了一遍。

沈萍一颗悬着的心落了下来。她觉得这件事很滑稽,倘若她知道,绝不会让高伯年管。面前这个人,只能勾起她的一股厌恶之感。她不敢相信自己曾经和这样一个人发生过那种事情。这是一个永远不值得她瞧上一眼,永远不会有什么出息的人。

她的神经放松了,放下手中的茶杯,用一种拒人千里的口吻说:

"原来是这样。"她拖长了声音,"问题既然已经解决了,你就没有必要再来了。伯年同志过问这件小事并不是冲着你,而是因为那位区长违反了干部政策。这不需要感谢,今后努力工作,就是对伯年同志最好的报答。"

"当然,当然。不过高书记对我恩重如山,我总需要有一点表示,我想拜见一下高书记,表表我的决心。"

沈萍鄙夷地笑笑:"伯年同志工作相当紧张,连其他市领导要见他都得事先约个时间,像你这样的基层干部,他是不会见的。以后有机会,我把你的意思转告他就行了。"

王守义十分尴尬地坐在沙发上,犹豫了一会儿,又堆出一脸笑容。

"那也好。你转告和我当面说是一样的。"说着,他侧身把放到沙发一边的提包和一个大盒子拿过来,"这算我一点心意吧,这里面的茅台酒,我足足存了十年,现在很难买到这种真茅台酒了。这是一台日本进口的石英钟,我的二小子在进出口公司工作,弄这些便宜。以后书记或你有什么事,不便直接办的,就交给我,我全能给你们办到。你们市领导太忙,有些小事儿办起来又要考虑影响,我这个基层干部办什么倒容易、方便。"

"你干什么要搞这套庸俗的东西。"沈萍刚才由于紧张,没注意到王守义还提着这么一堆东西来,她可不想收他的东西。就是再贵重的礼品,只要是王守义送的,吃着不会香,用着也堵心。"伯年同志是市委书记,党性很强,廉洁奉公,最反对人搞这一套。他的酒,机关事务管理局会解决,你那些东西,我们不需要。你赶快带走,以后不要再来了。现在伯年同志还不知道他帮的是你,要知道是你,说不定再给你降三级呢,你快走吧。"

沈萍站起来,下了逐客令。

王守义的脸红一块,紫一块。他没料到,局面会这么糟糕,他僵在那儿。

然而,王守义毕竟不是当年的王守义了,生活磨炼了他,使他有了应付各种局面的经验和胆量。事情不能没达到目的就罢手,这样走出去,这根线就再也没机会接起来。

"沈萍,咱们是老同学了,过去曾经关系不错。"王守义学着沈萍的口气,把"关系"两个字拖长,"我知道你为什么这样对待我,那件事,怨得着我吗?"说到这儿,他斜眼看看沈萍,又大着胆子继续说下去,"我可觉得我没有对不起你的地方。我一直为你担着心,甚至连来看看我的……"

"不要说了!"沈萍厉声制止住他说下去,她不容他说到那孩子。高地是高伯年的儿子。

"好,好,不说了。"王守义重新抬起脑袋,"我今天来,见到见不到高书记不要紧,只想让你今后多关照关照我的事情。这对你是小事,对我可是大事。现在提拔的这些中青年干部,全是些暴发户,根本不懂得什么叫党性,哪像咱们那个时候,那样单纯,幼稚。他们就知道上爬,抓权,对上百依百顺,照办紧跟,对下,专横跋扈,整人。我的事还没算完,康克俭肯定会变相报复我。到时候,你怎么也得帮个忙,让高书记给我撑腰。我们都老了,这几十年,我跟着党,什么风浪都经过,也没想为自己图些什么,现在快离休了,不能落个让这些娃娃随便整治的下场。沈萍,不管看在我们关系面上,还是看在我们老同学面上,你总得管管。"

沈萍没有答话,王守义最后几句话,多少引起了她的一些共鸣,触动了她的恻隐之心。

"只要你遵守党纪国法,谁能整治你?"

王守义重重叹了口气:"你是守在市委书记身边,谁也不敢碰你。你哪知道下面的事情。一个个土皇帝似的,管你有没有问题,想整就整,欲加之罪,何患无辞?高书记这回一批示,我在他们眼里就是高书记的人了。康克俭可是阎鸿唤的人,更得找我的毛病。"

"哪里的这套无聊的提法。什么高书记的人,阎鸿唤的人,完全是'文化大革命'的那套逻辑。"

"这是明摆着的嘛。康克俭一口一个阎鸿唤,根本不把高书记放在眼里。高书记是老革命了,当然不会搞这些。可阎鸿唤不一定不搞。群众下面看得清清楚楚,也都这样议论,无风不起浪呀。"

"这都是群众主观瞎分析。一会儿说高伯年是中央谁谁的人,一会儿说阎鸿唤是中央谁谁谁的人,全是凭空编造。谁是谁的人?全是党的干部。市政府在市委领导下工作,市长就是市委书记的人,有些人就是爱议论上面的事情,什么情况又不知道,你们以为这是基层单位正副手闹意见不和呢?市里可不允许这么闹,谁闹这套就是搞分裂,就是反党活动。"

沈萍说完,见王守义坐着还不想动,只好把声音放软:"如果真有人凭空整你,你可以跟我打个招呼。"

"谢谢,那就太感谢了。"王守义忙不迭地说,站起身,迟疑着,又像想起什么似的说,"沈萍,还有一件事得求你帮忙,你能不能……能不能给我写个证明,证明我是解放前夕加入地下'民青'的,这样我就可办离休,可以拿百分之百的工资……"

沈萍把脸一沉:"这种欺骗组织的事怎么能做?你明明是解放后才参加的,我不能出这种证明。"

"沈萍,其实就差几个月的时间嘛。我算做解放后参加革命的太冤了。严格说,我就是解放前参加的,你忘了,你给我分派过任务,你们组织的活动,我全参加了。"

"那是外围活动。充其量,你算个有进步要求的人物吧。"

王守义不再说什么,沈萍丝毫不念旧情,出了他的意料之外,可就这样离去,又实在不甘心。

他的神情被沈萍看在眼里,倘不给他留个希望,恐怕他是不肯走的,便说:"好啦,关于证明的事,我再考虑考虑。"

"谢谢,谢谢。"

王守义这才挪动双腿,走出会客室。沈萍望望他带来的那堆东西,不敢坚持再让他带走,担心推让,争执起来,又生出什么啰嗦事。她耐着性子,把王守义送到大门口。尽管王守义毕恭毕敬,低三下四,自己厉声厉色,但不知怎么,她总觉得整个谈话中,自己就像王守义手中牵动的木偶。为了让这个瘟神早点走,又只好迁就他。

万没想到,就在她将王守义送到楼门时,高地偏偏正从高婕的房间走出下楼来。高地打学校回家从来不跟她打招呼。她完全不知道,今天高地在家。

高地跟妹妹谈完,急急要回校。考"托福"时,他借了同学一些美金。现在蓓蒂给他换了些,他得去还。他匆匆在母亲和那个陌生的客人身边擦身而过。他平时在家很少讲话,母亲对他的视而不见早已习惯,他瞧也不瞧身边这两个人,家中的一切都和他没有关系,现在就更没有了。

王守义注视着这个年轻人,他敏锐地发现这小伙子脸上明显地带有自己年轻时的许多特征。一种极为复杂的表情长时间滞留在他的脸上。惊讶和喜悦,歉疚和悔恨在他心中交织。王守义知道这个孩子,但没有这种思念。这是会给他带来不安和灾难的生命。虽然他今天曾提起过这个儿子,但那只不过是一种手段和自己惟一能够要挟沈萍的武器。孩子不是从父亲身上脱胎的,他对没见过面的儿子缺少切肤的骨肉之情。然而,当他看到了这个本该是属于他的孩子出现在他面前时,一股父爱油然而生。这个孩子才是自己家里的真正的老二,酸、甜、苦、辣一齐涌上心头。

他的目光一直追随着高地骑车而去的背影,直到在他的视线中消失后,才慢慢收回来。

"他现在做什么工作?"

"你没必要打听这些,他和你没关系。"沈萍冷冷地回答,然后把玻璃门拉上,压低声音说:

"你记住,如果你今后想生活顺当些,就不要再提起他。大人的过错,跟孩子没关系。这个包袱,只能由你、我默默地背着,懂吗?"

王守义半晌才点点头:"是呀,人又何必这样认真。"他长叹了一口气,"他给高伯年当儿子,比跟着我强。"

"你明白这点就好。你的证明,将来组织派人来问时,我可以给你写。康克俭要报复你,你可以去机关找我,这里,你不要再来了。"

王守义苦笑了一下,拖着步子走了。

沈萍关上了门，如释重负。她镇静了一下自己的情绪。她想应该立即去找丈夫，提醒他注意那个康克俭。王守义的话不可全信，也不可不信。

二

张义民最近越发春风得意，志得意满。他已经把高婕俘虏了。这一半要归功于那个音乐家。黄炯辉把她的心从他手中夺走，很快，又放了回来。夺走的是一个高傲的近似无情的女王，放回来的则是一个温顺的、完全驯服了的可怜虫。

世界上的事就是如此，当你千方百计想得到它时，却得不到，可你不再幻想它时，它却不知不觉地来临了。

那一半功劳是罗晓维的。是罗晓维这颗砝码，让他增添了改变对高婕态度的勇气。

起初，他只是利用罗晓维填补自己内心的空虚。后来，那一次在“风华”，他发现了罗晓维对他有不可抗拒的吸引力。在徐援朝家一次又一次的幽会之后，他已经习惯了罗晓维给他的柔情缠绵。在她销魂的吻和爱中，高婕对于他，似乎已变得无关紧要了。

高婕回来后，罗晓维对他的进攻更加强烈，她包了丽多饭店的一个房间作为她与他新的幽会地点。她对他的柔情使他觉得几乎不能背叛她。可是，他得到高家装装样子，这样即使跟高婕的关系已经结束，责任也是高婕的。谁知，高婕变了。她的骄傲被一脸忏悔、祈求和温顺所代替。高婕已经主动拆除了以前她设置在他们中间的障碍。他有意在她面前表现得蛮横无理，有意发泄自己对她的轻蔑，想试试她是否真的肯顺从。她顺从了，而且他越暴戾，她越顺从，这反倒让他弃之不得。高婕的变化，使她增添了一种女性的迷人之处。他终于在高婕的默许暗示之下,留在了她的房间。这个举动,和高夫人、高书记对他所形成的一种既定氛围,使他最终决定还是选择高婕。

晚上,他赶在吃晚饭时,到了高家。

他是应沈萍之邀到这里吃饭的。今天,沈萍一连打了两个电话让他来。偏巧,罗晓维约他去“丽多”,他想推掉沈萍的邀请,但沈萍的口气不容置喙。他不敢违背她的意思,乖乖地按时前来就餐。

吃过饭,高伯年回自己书房去了,沈萍把张义民和高婕叫到沙发上坐下。

“我想和你们商量一下你们的事情。”沈萍瞧瞧女儿,又望望张义民,“我准备让你们‘五一’办,你们考虑一下这个时间怎么样?”

离“五一”只有两个多月的时间。张义民看看高婕,高婕垂着眼,盯着地毯上的图案,好像单等他的答复。

“是不是太早了一点,我还什么也没有准备。”张义民想推迟一下,他还需要跟罗晓维画个句号,处理好跟罗晓维的关系也并不简单。

“你什么也不用准备,该准备的我全准备了,只要你们说出个时间,一切事我全替你们办了。高婕住的那间房子刷刷浆,如果想贴壁纸也可以。我可以找人办。旁边那间屋子,腾出来做你们的书房。”

做了多年的梦,就要变成现实,张义民感到心头一种说不出的滋味。他将迈进厦门路222号,实现他成为高伯年家族成员的夙愿,他能不喜?然而,这有把握迟早会实现的事情,又似乎来得太早。他不想这么快就结束游离在两个女人之间的生活,况且罗晓维不仅给他精神和肉体的快感,而且在继续帮他搞钱。他现在尤其需要钱。跟高婕结婚,他不能不掏一分钱,而且要掏得比高家多,他不愿高家在经济上小看他。

“你们俩再商量商量,如果没什么意见,时间就这么定了。”沈萍站起身。她认定他们都同意了这个日子,她这样说,不过是宣布结束谈话,把空间和时间留给孩子。

沈萍离开客厅后,高婕才抬头小声问张义民:“你觉得‘五一’早吗?”

“无所谓。”张义民淡淡地说,“反正就这么回事。”

高婕的目光黯淡了:“我看你并不高兴,你是不是心中有什么秘密,感到左右为难?”

“无稽之谈。”张义民冷冷地说,走到衣架前取下自己的帽子和大衣。

“怎么,你要走?”高婕狐疑地问。

“我还有事要办。本来脱不开身不想来,你妈妈非要让我来。”

“张义民……”高婕觉得一股火气憋得她气闷,她尽量克制住自己,“在结婚前,我们应该好好谈谈。”

她忽然觉得,和面前这个变得骄横放肆的男人结婚,未必能医治自己的创伤,反而会加重。她的事是明的,他的事却是暗的。她和黄炯辉已经成为历史,他和那个不知名的女人却可能仍在进行。这些,应该在结婚前说清楚。

“以后再谈吧。现在我有事。”

张义民穿上大衣,回头看看高婕。她那副幽怨的神情又使他情不自禁地抱住她,狠狠地在她双唇上吻了两下。

他骑车到了丽多饭店。径直到了623房间,他伸出手来,正欲敲门,又收了回来。今晚,他得跟她好好谈一下,发一个分手讯号。跟罗晓维平和地分手又不至于触犯她,是一次技术性很强的谈话。

他按照习惯,轻轻叩了三下门。

“哪一位?”里面传来一个粗重的男人嗓音,接着门打开了,一个又矮又胖，身着睡衣的男人站在他面前。

“你找谁？”

“我……”张义民一阵疑惑，“罗晓维在吗？”

“谁？罗？……不认识。”

门砰地在张义民面前关上了。

服务台的女服务员告诉他，罗晓维早上就退掉了房子。

张义民沮丧而又疑虑重重地走出丽多饭店。

他从存车处取出自行车，推车刚要骗腿上车，突然愣住了。

罗晓维一动不动地站在一棵大树旁。丽多饭店的灯光照在她脸上，那脸如泥塑木雕，毫无表情，惨白无光。

“你怎么了？”张义民被她的神情吓了一跳。

“你怎么才来？我等你都等急了。”罗晓维惨惨地说，“又去高婕那儿了？”

“出了什么事？”张义民把车放下，复锁上，走到她身边，“我刚去623，才知你退了房间。”他从她脸上，预感到有什么事情发生了。

“没什么。咱们到河边去谈。”罗晓维拉着张义民就走。

“哎呀，那多冷呀，要不，去徐援朝家。”

“我现在不想见到徐援朝。”

张义民猜测一定是徐援朝最近对她有了什么过分举动，或许那家伙知道了“丽多”，找上门了。徐援朝原先与罗晓维的关系，在第一次他与罗晓维交欢时，她就毫不掩饰地告诉了他。当时，他并不生气，只怕徐援朝会生他的气。后来，他发现，徐援朝并不在乎这件事，他兴趣广泛，姑娘像走马灯似的换。这反倒让他有点别扭，觉得自己只不过拾了一件人家扔掉的东西。慢慢地，他的这种情绪又被罗晓维的狂热和他对高婕的报复心理所取代。难道，徐援朝现在寂寞了，又对罗晓维下了手？张义民挽着罗晓维的手臂暗暗思忖，一旦她将事情说出口，自己该表示何种态度？无所谓不行，这要伤她的心，毕竟她现在一心爱着自己。表示气愤，怒不可遏？他又不想为这类事去格斗。而且，这件事恰恰给了他一个机会，一个可以跟罗晓维终止关系而又没有责任的机会。最妥当的办法，是一怒之下，骑车而去。任她在后面呼喊、哀求，他头也不回地走掉。这样，让她负着内疚，勾销了以往的旧账。

"义民，你爱不爱我？说真心话。"罗晓维小声说。

"当然。很爱。"张义民觉得自己的猜测是准确的。他等着她说出他预料到的话。

"你是爱我这个人，还是爱我的家庭？"

"直到现在，我也不知道你父亲是谁。你对我也是同样，我们之间的交往就在于彼此的吸引。"

"你能起誓吗？"

"能起誓。有什么事，你就说吧。"张义民不想再兜圈子。

"如果，我出了事，你还爱我吗？"

"出什么事？"张义民故意不解。

"坐牢。"罗晓维突然停住脚步，两眼紧紧盯住他。

张义民有瞬间惊诧，接着他又觉得这是她在要花招，想故意把问题引开、夸大，一旦他信誓旦旦，那么她再讲出真情，就不成其问题了。他感到好笑，坐牢和不贞是两回事。

"坐牢，我等你。"

"我要你和我一起去坐牢。"罗晓维双手抓住他的两只臂膊。

"好，我陪你。"

"你发誓。"

"我发誓。"

罗晓维突然抱住张义民，一双手紧紧地勾住他的脖子，狂吻起来，这极其热烈放纵的吻，使他非常惬意。也许这是最后一次吻了，他暗想。

“义民,我们案发了。……”她偎在他怀里说。

“什么?……”张义民惊叫一声,推开罗晓维。

“徐援朝走私的货被海关扣了,昨天,这案子涉及的十几个人,除了徐援朝和柳若明,全被拘留了。公安局正在抓我,这两天,我到处躲,我知道逃不脱。只想见你一面,跟你亮个底。”

“你们搞走私?”

“你难道还不知道?徐援朝这帮朋友什么都干,套购物资,倒买倒卖,走私文物、珠宝,玩女人……”

“为什么没有拘捕徐援朝?”

“也许考虑他和柳若明都有背景吧,也许是想从我们嘴里得到口供后再逮捕首犯,我不清楚。”

张义民止不住地颤抖,他和这个集团也不无关系呀。

“那你找我干什么?我帮不了你……”

“我想告诉你,我不会供出你来,我怕你一害怕,自己抖出来。”

“我?……我,我跟你们有什么关系?我跟你们一点关系也没有。”张义民恨不得立即跑掉。

罗晓维突然冷笑一声:“好哇,张义民,我算看透你了,事还没落到你头上,你就推个干净。告你说,你把道路改造工程材料私卖给别人,这不犯法违法吗?”

“那是支援社队企业。”

“这类东西,你有权调拨吗?支援?三千元的好处费呢!我不过不愿你陷进徐援朝的圈子,才假借个亲戚名义,弄了个介绍信,又转了个渠道,把货给了徐援朝。这件事,徐援朝不知道,别人也不知道。可是我能供出来,三千元好处费,难道还不能让你丢了党籍,摘了乌纱帽?”

张义民嗡的一声,觉得头都炸了,他最担心的事出现了。

“你……你算把我毁了。”

“要想不毁，只有一条路，我冒着危险，到处找你，就是为了告诉你这个，指给你条路。”

“晓维，你说吧。你保住我，我永远忘不了你。”张义民几乎是哀求了。

“只要你爱我，等着我，我就不告发你，你可以安心做你的官。”

“可是，如果别人说了……”

“徐援朝不知道你批条子的事。这事我揽在身上，其他的事你也没参与。咱们之间的关系，徐援朝知道，他可能会说，但你不要承认，我也不承认，咬死口是一般朋友。”

张义民无路可走，只好答应。“好吧，我答应你。可是你不能变卦，如果那样，我的错误就更大了，还不如现在去坦白。”

“别傻了。我到处找你，就怕你冒傻气，书呆子。我进去以后，你的任务就是要爬得再高些，我将来就有指望。不然，我出来时就惨了。反正我不会关太久，只要你不说，我担保你不会有事。打死我，我也不会说出你。”

“可是，你怎么办？你该快去找找你父亲的老战友，找找你伯父。你又不是主要人物，有人说句话，兴许就没事了。”张义民被罗晓维的话感动，一时替她担起心来。

罗晓维不做声了，她低下头，一只脚尖在地上划着圈儿，又猛地抬起头：“义民，我跟你说真的吧。我父亲根本不是什么中央领导，他只不过给一个部长当过厨师。我从北京来到这儿，见干部子弟到哪儿都吃得开，就假说自己也是。本来不过是说着玩，有次，我在酒吧唱歌回来，徐援朝他们劫持我到他家，几个人要轮奸我，我急了，又说自己是干部子弟，把他们唬住了。后来，我又带徐援朝去了趟那部长家，老头儿对我特好，徐援朝便深信不疑。我那时极羡慕他们的生活，希望能混到他们的圈子里，久而久之，我自己也觉得这似乎是真的了。我爱上你后，觉察到你是追求门第的。

你追高婕,就因为她是市委书记的女儿,所以一直骗着你。"

张义民浑身冰凉,他想恶狠狠地骂她"骗子"!但却张不开口。

"你说,你现在还爱我吗?"

"……"

"如果你否认,那我就毁了你。"罗晓维恨恨地说。

完了,全完了。张义民顿时失魂落魄。

他不敢否认,否认只会使他的命运更惨。

第二十一章

一

黎明时分,蓝宝石般的天空渐渐呈现出柔和的淡蓝色,天边泛起一片红云,空气里弥漫着破晓时清新的雾气和寒气。

杨建华做了一个深呼吸,清晨的曙光给人的心灵带来一种充满生机的感觉。他组织车辆和人力,连夜突击,整整干了一夜,把光明桥的施工现场清理得干干净净,此刻,一切就绪,他感到一种说不出的轻松。

劳动,可以使人忘掉许多的不快。尽管,只是暂时的忘记。

昨天,市委检查团团长,那个戴眼镜的中年人,突然出现在工地上。

"杨建华同志,工程进行得还顺利吧?"他拍拍建华的肩膀,亲热地说。

建华望望眼镜的瘦长脸:"如果没有人来插足,工程本来应该是很顺利的。"

"啊……啊……这桥修得挺有气魄的。"眼镜尴尬地笑着连连点着头,然后又问,"现在还有什么工作没做吗?"

"你没看见吗,它竣工了,今天再连夜清理一下工地,迎接明日的通车典礼。怎么,你是随便到这里来看看,还是另有公事?"

"哦,……建华同志,我想占用您一点时间,和你谈谈。"眼镜突然有点结巴。

建华疑惑地看看他:“好吧。”

走进工棚,眼镜让建华坐下,自己反客为主地倒了一杯水递过去。

“建华同志……你很辛苦啊。”他在建华身边坐下。

建华喝了一口水,没有说话。

“我发现你干什么事情都还是有些魄力的……年轻人,有冲劲,这是好事。伯年同志平时也很赞赏青年人的这股子劲头。可是……”眼镜停顿了一下,看看建华,“可是这股子劲头,也得看用在什么地方。对上级的安排,咱们就不能硬顶。人家反映咱们有问题,不管怎么说,你也应该允许查一查嘛,不查,咱们自己将来也说不清楚,是不是?”

建华放下水杯:“您有什么事就直说吧。”

眼镜迟疑一下,把一份材料递给建华。

建华扫了一眼那材料。

材料是打印的。上面赫然印着“关于建筑二公司经理杨建华停职审查的决定”。

“对于组织的决定,有什么想法可以谈谈。把工作先跟副经理交代一下,我希望这一次,你能正确处理好这个问题。上次,你太不冷静了。有问题,咱们通过这一次吸取教训,如果没问题,查查反而清楚,要正确对待……”这一次他语气里带有长者的关切,和多少让人感觉到的一丝同情。

“按照组织程序,我的职务任免,应该是由局党委来决定。”建华把眼睛从材料上挪开,望着眼镜,语气尽量平静地说。

上次检查团被市长、局长顶走后,艰巨的工程任务使他没有空暇再想这件事,但他总觉得这件事没有完,他无法预感等待他的是什么。自己突然一夜之间置身于两个矛盾的交点:或者被人当做一个改革的英雄,或者沦为一个罪人。并且,哪一种结果,都不是由他自己决定,而完完全全取决于他人的评判与争斗。

他现在迎来的是后一个结果。

“市纪检委有权决定。”

“一个月前就决定了,对吧?”杨建华冷笑了一声。

“当时考虑工程比较紧张……我们研究想……”

建华嘴角露出一丝嘲笑:“想卸磨再杀驴,对吧?”

“你怎么能这样认识……”眼镜又口吃了一下,“我们本想给你一次机会,但没想到你还是坚持错误把奖金发了……你应该清楚,这个决定是怎样造成的。”

“我不清楚!”杨建华觉得一股火气直冲头顶。

“那就只好等我们调查核实后再让事实说话吧。”

杨建华站起身,他不想再说什么,桥已经建完,功过是非由人评说。

他突然感到一阵轻松。人生毕竟给了他一个舞台。虽然只是短短的七个月,但他觉得自己演得不错,起码是尽情地表演一番,而且表演得精疲力尽,此时退出舞台,又何尝不是件乐事。

曹局长打来个电话,通知他明天上主席台参加通车典礼,杨建华没有说什么,他没有理由跟这个与他同样劳累、同样辛苦、同样正直的上级发表自己的抗议。他知道他同样给那个老头惹了麻烦。他只想大声地骂一嗓子——

他妈的!

杨建华面对着此刻已变得宁静和空旷的大桥,真想把昨天在办公室里不便骂出的那一句“国骂”喊出来,让这雄伟的大桥和大桥四周那鳞次栉比崛起的建筑,一同发出回响。

但他,只是长长地吐了一口气。

“建华,那板房还拆吗?”一个年轻的施工队长走到杨建华身边。

建华朝桥下望去,现在桥下四周,全部清理完毕,柏油地面被水冲刷得一尘不染,只是在桥下留了一个施工时工人住的活动板房。

“不拆了。大伙儿两天没睡了,又不愿意回家,想看看典礼仪式,我想让他们在里边睡一会儿。这房子在桥下,不会影响大桥观瞻的。你别忘了早点派车去接老队长。”

施工队长应声而去。

建华又去板棚看看睡觉的工人们,这才蹬上自行车回家。

他急急地蹬着车,觉得路特别长。他惦着小蒙蒙的腿。工程期间,他离不开,多亏了家福、春生两个人照应,他们在电话里总是安慰他。现在,他可以什么都不管了,他只有一个念头,回去好好照料儿子,就是跑遍全国所有的著名医院,也要把儿子的病治好。

楼门口,建华碰到了史春生。

“回来了?”

“总算完工了。”杨建华下了车,一只手握住春生的手,“多亏了你,忙前忙后的,我这个当爹的还……”

“瞧你,咱们弟兄,什么时候变得这么客气了?”史春生拍拍建华的肩膀。

“我过意不去。你在合资企业,又是个头儿,请假不易,不知影响没影响你?我其实应该回来,可是……”

“越说越外道。其实我就请了三天假,其他都是家福和义兰他俩照顾着。最近这些天,你那位来了,我们就没再管什么了。”

“谁?……”杨建华一愣。

“人挺不错的,你小子有眼力。”春生羡慕地说。

“谁呀?”建华越发莫名其妙。

“你呀,别跟我装相了。你总算苦去甜来,有个称心的人啦,我呢……”他叹一口气。

“春生,又怎么啦?”建华对史春生的话感到不解。

“快上楼看孩子去吧。咱们回头再聊,我有一肚子话想跟你叨叨呢。我先上班去啦。”

杨建华锁好车,直奔上楼。

才清晨六点钟,又是“五一”节休假,各家各户都没起床,楼里静悄悄的。为了不惊动邻居,建华没敲门,掏出钥匙开了门。

单元房里一股暖烘烘的混浊气味扑面而来,没有外面的空气清新,但却让他感到十分亲切、熟悉。这是家里特有的味儿,回到家了,两个多月没回来了,一种急不可待想见到母亲、儿子的心情,使他冲动地推开里屋门,直扑到床前。

他愣住了。

床上并排躺着三个人。母亲、小蒙,还有一个竟是多日不见的肖玲。

床上的人被推门声惊醒了。肖玲猛地坐起身,慌乱地望着他,窄小的背心裹着她年轻丰满的胸脯。建华不由得把眼睛挪开,血带着一种异样的感觉,热辣辣地涌到了脸上。

“爸爸!”小蒙惊喜地叫着,两只手支撑着身子,像是要扑向父亲。

建华一把搂住小蒙,把他抱起来,使劲地在儿子的脸上吻着,硬硬的胡子茬扎得小蒙乱叫。

杨元珍抹抹泪,坐起身,故意沉着脸斥说儿子:“野人,你还知道回家,心里还知道有个儿子?”

“妈,工程实在离不开呀,不信……您问问她。”建华朝满脸羞红的肖玲看了一眼。

杨元珍穿上衣服,嗔怪地笑:“一点规矩也不懂,也不知敲敲门就往里闯。还不出去,我们娘仨要起床。”

杨建华从床上抓起小蒙蒙的衣裤,把儿子抱到外间屋子里。

“小蒙,腿好些了吗?”建华摸着儿子软绵绵的双腿。

“爸,你看,脚趾能动了。”小蒙蒙使足力气动着脚趾给父亲看,“也能站着了。”

“站一站,给爸爸看看。”建华把儿子举起来,轻轻地让儿子的脚放在自己腿上。

小蒙站了没几秒钟就瘫坐在父亲腿上。

建华眼睛一阵发酸。

“肖阿姨天天背我去扎针。大夫说能治好,还说北京有个大夫会治。肖阿姨说等爸爸回来,她和爸爸一起带我去北京。”

“对,爸爸和肖阿姨一定带你去北京……肖阿姨好吗?”

“好,爸爸你说呢?”

“……好。”

门开了,肖玲穿好衣服,走进小屋。

杨建华感激地望着肖玲,他不知道应不应该说点感谢的话,说出来的却是:“你……你怎么来了?”

肖玲微笑着,带着几分调皮的神情摇摇头:“不知道。”

“你怎么知道我住这儿?”

“不知道。”

建华有点发窘:“很累吧?”

“不知道。”肖玲依然是那副神情。

“你怎么什么也不知道?”

肖玲莞尔一笑:“因为你知道。”她的脸飞起一片红晕,为了掩饰,她蹲下身帮建华给小蒙穿裤子。

她的话使建华怦然心动。此刻,她挨着他,那么近。姑娘身上特有的气息阵阵朝他袭来。工程后期,她一直没再到工地上去,他担心她病了,也猜想过她可能对他的冷淡失望了,就是没想到她在自己家里,像一个母亲一样照看着小蒙。

他心里一阵发颤,在肖玲站起身的一刹那,建华情不自禁地在她额上深深吻了一下。

肖玲已经消退的红晕一下子又涨到耳根。

“小蒙,爸爸真坏。”她慌忙抱起小蒙。

小蒙蒙也在肖玲的面颊上亲了一口。

父与子的吻像一股麻酥的热流沁入肖玲的全身。这些天,她体验到了一种成年女子、家庭主妇的劳累辛苦和温馨快乐。或许这种体验对于她早了一点,但这爱的尝试,是那样的实际和具体。那天在桥上,建华曾说她“要有足够的勇气”来面对和他在一起的生活,那时,她并不理解。短短的十天,她对建华那番话,还有爸爸的话,才有了真正的体验。的确,未来的婚姻生活并不如她想象的那样浪漫。自己将和建华一起背起一个沉重的生活负荷,她将在成为妻子的同时成为一个孩子的妈妈。小蒙蒙现在和她处得很好,因为她是“肖阿姨”,倘若,小蒙蒙知道“肖阿姨”要来当他的后妈,他幼小的心灵会怎么想?

肖玲这几天想了很多,她发现自己仿佛变了,她渐渐地融合进了这个家庭,她不再是那个幼稚天真的女孩子,而是一个成熟起来的女人了。

此刻,建华父子的吻,使她心里又一次涌起了一种情感,她爱他们,不是单纯的少女的爱,而是一种妻子和母亲的情愫。

这一切全被正在厨房做早点的杨元珍看在眼里。

从肖玲第一天出现在她面前的时候,她就喜欢上这个姑娘。这姑娘心地善良、活泼、大方又有教养,既不像柳若菲那么娇嫩,也不像张义兰那样疯扯。

“伯母,我来了,就不用麻烦外人了,我负责带小蒙去看病。”肖玲像一家人一样对杨元珍说。

"这孩子死沉的,你背不动他。"杨元珍打量着她瘦小的身体,有些担心。

"跟杨建华一起干活的人都是大力士。"肖玲甜甜地一笑,背起小蒙就走了。

一天、两天、十天,姑娘天天背小蒙去医院。

白天,黑夜,肖玲日夜守护在她们祖孙身边。

"孩子,该回你家看看,不然你爸爸会惦记你。"

"我爸爸正在度新婚蜜月,他身边有人管他。"肖玲活活泼泼地笑笑,"还是您和小蒙蒙这两个病号需要我。"姑娘的话说得真真切切。

杨元珍看出这姑娘跟建华的关系不一般,但又不敢相信一个在局里工作的女大学生愿意找个离了婚、拖着个孩子的男人。她几次想问问肖玲,又怕太唐突。肖玲的到来使她失子的阴郁心情得到缓解,小蒙蒙的病有起色也使她得到了安慰。

但她一直担心姑娘不过是组织派来帮忙的,怕建华工程一结束,姑娘就该走了。因此,她不敢抱太大希望,怕愿望落空,自己受不了。

今天,她总算一块石头落了地,心里安定了。

杨元珍做好了早点,招呼大家来吃。

"今天是通车典礼,我以为你得参加完典礼才回家。"肖玲坐到桌边,替建华剥好一个鸡蛋,像主人一样递给他。

"咱的任务是建桥,典礼不是咱的事。"建华把鸡蛋夹在馒头里。

"环线完工了,你们准备放几天假?"

"不知道。"

"你当经理不知道?工人们累坏了,你该体恤大家,放它半个月假。我在报纸上看到一条消息,北京有个气功师能治小蒙的病,我们可以抓紧这半个月时间,带小蒙去北京看看病。”

“这没问题,估计我要歇一年了。”

“怎么,曹局长给了你假?”

“是市委书记亲自批的假,停职审查。根据那帮人工作的效率,还不得查个一年两年的。”

“高伯年还想整你?”

“何止是想整。这次的架势是不把我整垮誓不罢休。”

杨元珍听到“高伯年”三个字,不由得心里咯噔一声:“你们说的是谁?”

“妈,您别管,是工作上的事,您不懂。”

“不,你得告诉妈,是不是你工作上出岔儿了? 是不是市里的高伯年对你不好?”杨元珍神色紧张地瞧着儿子的脸。

肖玲发现杨元珍的脸变得惨白,赶紧说:“伯母,您别担心,建华工作中没有错误,高伯年不了解情况。整是整不垮建华的。”

杨元珍心里全明白了。她了解儿子的为人处事,建华绝干不出坏事。高伯年为啥要整他? 不了解情况? 高伯年怎么能了解到他要整的就是他自己的儿子。他也许根本不知道他有这个儿子,或者他早就把这个儿子忘了。可是,天! 他偏偏整的是自己的亲生骨肉!

她放下碗筷,踉跄地走到里间房,把门关上。

她真想痛哭一场。

三十五年了,整整三十五年!

自从她在那份离婚协议书上摁上手印,她就下定一个决心,今生今世,不再与他见面。她要在他的生活中消失,包括她腹中的婴儿,一道在他的生活中消失。

她独自把建华拉扯大,守口如瓶,没有跟儿子吐露一个字。几十年,她都挺过来了,女人,不是靠男人活着的。

这一年,命运老是跟她作对,先是夏天闹大水,她在居委会见到了他;再是电视转播英模大会,她知道了小原牺牲的噩耗;现在,又是建华挨整,整他的竟是他!

知道小原牺牲后,她一夜仿佛老了十年。岁月可以抹去一切往日的不快和阴影。她已经不是当年那个健壮年轻的媳妇儿,他也不是那满脸胡花的壮汉。

她和他都老了。

人老了,孩子是最大的安慰。

这些日子,她想过,让建华去认高伯年,可建华这么个性子,能够去认一个抛弃了他三十几年的父亲吗?建华会恨父亲的。

她不能说。

可现在……告诉建华,把闷在心里几十年的话说出来,骨肉之情也许会使他们之间的怨恨消除。去找高伯年,他知道建华是自己的骨肉就不能再整他了。

但是,建华会怎么想,他能原谅他的父亲吗?

她无法开口。

杨元珍不知自己闷闷坐了多久。建华推开门,见母亲失神地坐在床上。他发现,自从小蒙蒙病后,母亲变得脆弱了。过去,遇到任何事情,母亲从没有这样失魂落魄过。

"妈,您这是怎么了?"他推了推母亲的肩膀。

杨元珍仍呆呆坐在那儿,脸上没有表情和血色。

"您还不相信我?我绝不会干出对不起党和国家的事,您放心吧。"

"建华……"杨元珍招呼儿子,"你坐下,妈有一件事要告诉你。"

建华乖乖地在母亲身边坐下。

"你爹没有死……那个高伯年,就是你爹。"

“什么?!”建华惊呆了。

随之进门的肖玲也惊呆了。

二

通车典礼的会场设在全市瞩目的光明立交桥上。光明桥披红挂绿,愈发显得雄伟、壮观。

桥中心地面铺上绿色锦纶地毯,一溜长桌,搭成了剪彩仪式的主席台。主席台两侧是各界群众代表和施工立功人员代表。对面桥上是一支身穿白色衣裤的少先队鼓号队。在大桥四通八达的桥面两旁上千名组织而来的庆祝队伍,身着节日盛装整齐地排列着。

因为中央、国务院的领导同志要来参加通车剪彩仪式,为保证大会顺利进行,保证首长安全,大会现场指挥张义民调动了一个营的武警战士,负责保卫工作。在远距大桥四周一公里处设置了一条警戒线,由武警战士、公安局保卫处、交通大队民警共同把守。警戒线之外,早已拥挤着成千上万特意赶来一睹大桥风采的群众。

万家福换上一套熨得笔挺的西服,白衬衣领口系着紫红色的领带,他牵着张义兰的手,从人群中挤上来,闯入警戒线,立刻被一名警察拽住。

“拽我干吗?我有公事。”万家福抻抻被拽歪的西服,脸上露出执行重要公事而受阻的愠怒。

“什么公事?证件!”警察并没有被万家福的虚张声势唬住。

万家福想了一想,从口袋掏出一张名片,上面赫然印着东市区政协委员的头衔。

警察拿过名片看了看,发现根本不是通行证,毫不客气地继续向后推他。

万家福申辩着:“我是找杨建华的,他是修这大桥的……”

“少废话,快后退。”警察毫不通融。

“我们找副指挥张义民,他让我们来的。”张义兰亮出哥哥的王牌。

“谁让来也没用,今天除带有证件标记的汽车外,任何人也不准进去。”几个民警围过来,三把两把将万家福和张义兰推出警戒线。

“你们横什么?”张义兰化过妆的脸上一副满不在乎的神情,“告诉你,我们原来就住在这,凭什么不让我们靠近看看?”

“大会结束后,你们随便进去。”几位民警对张义兰的抗议不屑一顾。十几位武警战士很快在人群面前排出一堵人墙。

“我们给大桥捐了一万块,你们算老几?凭什么……”张义兰不服气地冲面前一位战士喊。

“算啦,算啦。”万家福悄悄扯扯义兰的衣襟,他不想把大家的目光集中到他身上。

“什么算啦。”张义兰瞪了万家福一眼。她是特意请假来的,自从她承包当上经理,这是她第一次请假。可现在,靠前一点都靠不上去,太窝囊。

万家福松开手。他知道这时跟义兰顶一句,义兰会有十句等着他,只会使他更难堪,便转过头,自己踮着脚向里望。

工地四周的木板围墙已无踪影。一座壮观的大桥屹立在那里。他找不到昔日的一点点痕迹,辨认不出大桥坐落的地方就是自己生活了三十年的普店街。半年多前,这里还是密集、低矮的小平房,老天爷撒泡尿就能成灾的“三级跳坑”,如今,却一展雄姿,成为城市最值得骄傲的地方。

“不让靠前,我们走。”张义兰赌气转身要挤出人群。

“别。”万家福拉住她,“既来之则安之,估计大会十一点就能完。”

张义兰又转回身，真走，她也不甘心。

和他俩一样，拥挤在这里的群众，谁也不想离开，即使只能远远地看一看，听一听市长讲话的声音也行。据说，剪彩时，还要放几百只鸽子，上千个气球，这种盛况怎么也得见识一下。大家觉着，自己的城市能修出这么宽阔壮观的路和大桥，是件了不起的大事，挤就挤点，凑个热闹，图个高兴。

是呵，生活在这座城市里的人，怎能不兴奋？

一条全长二十公里的环形公路，如同给这座城市镶嵌了一道光环。八座风格各异的立体交叉桥，为城市铸起八座丰碑。六座人行天桥恰似六条彩虹，横架在宽达四十米的大道上。一排排粉刷一新的住宅楼，一幢幢高层大厦，矗立在大道两旁。这条宽广的通衢大道神奇地使城市变了个样。那车流与人流相争，堵塞拥挤的喧嚣苦斗；那破烂不堪、杂乱无章，左凸右凹的街景，全被这道光环，扫涤得无影无踪。它把这座城市的过去横截一刀，结束了一段历史。

市政府秘书长是大会的现场总指挥，他叫来副指挥张义民。“大会后，来宾车队的绕出路线和先后顺序安排好了没有？”

“我刚挨个通知了，没问题。”

“车辆指挥不能出一点岔儿。再过十分钟中央领导和市领导就要到了，你赶紧把代表队伍整顿一下，这么乱哄哄的不行，要排整齐些，不然让中央领导看着成什么样子。”

“好。我立即去。”张义民应声而去。

这些日子，他一直提心吊胆，夜里睡觉也睡不踏实，无时无刻不担心厄运降临自己头上。他特别注意观察高伯年、阎鸿唤对自己的态度，他们任何一个冷漠的神情和目光，都会使他心惊。女人是毒蛇，尤其是罗晓维这样的女人，说不定什么时候就能把他出卖,毁掉他。

但十天过去了,二十天过去了,他平安无事。

难道那个女骗子真的恪守了自己的诺言?他天天晚上在被窝里画十字,乞望宇宙中真有那么一位宽容的上帝。

现在,已经过去了一个月,看来,罗晓维闭上了嘴。不然他不会安安稳稳在这里当什么副指挥,沈萍也不会逼他“五一”就和高婕结婚。

想到今晚就要和高婕结婚,他不知道这一婚姻将导致一种什么结局。他向罗晓维发了誓,才保住了目前的地位,但一旦罗晓维出狱知道了,定会把他投入监狱,让他失去现在已经到手的一切。可是拒绝结婚,立即就会得罪沈萍,失去高伯年这一靠山。这是他多年努力,苦心追求的结果,岂能轻易葬送?然而,结婚会使他加上一种重负生活,还不如自首,承受处理更痛快。他目前只有这样一种选择。走进高伯年家门,就是高家的人,倘出了事,高伯年为了名声,能不管吗?即使高家一怒之下,抛弃了他,他也算过了一段上层家庭的生活,总比现在就不敢迈这一步强。事情总在不断地变化,为什么只想罗晓维报复自己,而不想自己利用高伯年的势力、阎鸿唤的信任,和自己正趋上升的位置将罗晓维置于死地呢?……想到这里,他不由自主地打了个寒颤,不进则退,人生不就是一场倾轧和争斗吗?他怎能甘心服输,把自己的命运交给罗晓维呢!

尽管他下定了决心,但一想到这场与罗晓维吉凶莫测,你死我活的较量,还是神经紧张,不寒而栗。

这种潜在的威胁,使张义民最近十分谨慎,工作起来反而更加尽责。

他来到施工立功受奖人员代表队伍前,整顿队伍。一会儿,十人一行的五列横队就出来了。

“你的代表证呢？戴上。”张义民指着老队长身边的一个老年妇女问。

老队长慌忙接话：“这是我老伴，我有病，曹局长让她陪着我。”

张义民皱皱眉：“一会儿少先队员要献花，献红领巾，您这么搀着也不像个样子呀，老队长，你就自己坚持会儿，让她下去。”

“他自己怕站不住。”老太太搭上言。

“站不住就别来了。”张义民有点不耐烦。

“你咋这么说话？”老队长火了，“我不来，你来？这桥是我们建的，我就该来！”

“你来可以，可得遵守大会纪律。她不是代表，没资格站在队伍里。”

“你！……”老队长气得把拐杖戳得嗒嗒响，一把将胸前的代表证掠下来，“好你个畜生，我走，我走！”

张义民意识到自己刚才的话说硬了，现在这个时候，千万不能激化矛盾：“老队长，您别生气。今天，中央领导同志来参加咱们大会，市政工人代表得拿出个精神抖擞的样子来，让领导检阅。总不能让人看着老弱病残一大堆，老头老婆，成双成对，像是街道上的居民代表。您要有病，最好到桥底下的工棚里歇着，一样参加大会。红花，我让人给您送去。”

“我才不稀罕你的红花。”老队长火冒三丈，“我是冲这座桥，冲领导来的，你要让我来，我还不来呢。”

张义民看看表，不再搭理老队长：“大家赶快站好，领导马上就要到了。”然后又指示几位工作人员，“把老队长送到工棚休息。”

老队长瞪了张义民一眼，在老伴的搀扶下，来到大桥底下的工棚里。他的队伍还没有撤，昨晚为今天的大会搞了一夜突击，现在一个个横七竖八，随便倒下都睡着了。

“不叫你来，你非要来逞能，还把我弄到这儿丢人。结果咋样？

让人轰下来，要躺家里舒舒服服的，能有这事？”老伴看着坐不能坐，站不能站，躺不能躺的工棚，责怪着老头儿。“你觉着自己是个人儿似的。你就是个干活的，干活儿挣钱，多拿几块奖金是你的本分。建桥是你的事，建好了就没你的事了。什么上台呀，露脸呀，那全是当头儿的事。”

“你就别唠叨了，我来，那是市里领导请来的。”

棚外一阵鼓号齐鸣。中央领导、国务院领导和市委市政府领导到了。

老队长坐不住了。不行，他还得上去。是他的队建的这座大桥，他是队长，他应该代表他们站到立功受奖的队伍里，接受领导的检阅。

“你在这儿坐着，我去参加会。”老队长拄着拐棍，颤巍巍走出工棚。

“站住！”两位武警战士拦住老队长。

“为啥？”

“这是保卫规定，没有代表证，任何人不准接近大桥。”

老队长蒙了。他万万没有想到，这两个站在工棚门口的军人，是在看守着工棚里面这些建桥工人。

“我是代表！”老队长举起拐棍向着两个看守吼道。

“代表证呢？”

老队长看看胸前，气得一句话也说不出来了。

高伯年、阎鸿唤陪同中央书记处书记，国务院副总理登上了大桥。领导们在阎鸿唤的引导下，先来到立功受奖队伍面前，同市政工人代表一一握手。阎鸿唤用眼在队伍中寻找着杨建华，准备把杨建华介绍给中央领导同志，但怎么也找不到。昨天，他还特意关照曹永祥，一定要安排杨建华到主席台。看来，曹永祥没有按他的指示去做,他有些不快。

环线工程竣工,全线通车,并不意味着高伯年对二公司的问题放了手。说不定什么时候,高伯年就会把它端到常委会上去向自己发难。阎鸿唤知道,在这个问题上一定会有一场官司,而能否打赢这场官司,将决定环郊公路开工的时间和整个道路改造工程能否按原计划进行。他专程跑趟北京,把中央,国务院的领导请来剪彩,不仅是为了鼓舞士气,而且也想让中央对道路改造工程的成就给予肯定,对工程中的做法给予认可。这两个目的达到了,他的官司就赢了。他在北京,详尽地把环线的建设情况做了汇报。其中重点介绍了城市发展的规划,道路改造工程资金筹集情况,搬迁中市民的支持,以及在工程建设中许许多多生动的事迹。中央对阎鸿唤能用这样短的时间,用这样少的投资,完成了这样一项工程浩大的城建项目十分感兴趣。前天,中央、国务院的领导同志一到,阎鸿唤先给中央书记处书记、副总理播放了环线工程之前,这条道路所占地的原貌,那拥挤状况的录像。转天,陪同他们沿环线走了一圈。前后的对比,惊人的变化,给中央、国务院领导留下了鲜明、深刻的印象。在领导同志下榻的宾馆,副总理在与高伯年、阎鸿唤的交谈中,给了建设工程十五个字的评语:高速度,高质量,高水平,投资少,效益大。

阎鸿唤心里一块石头落了地,有了这十五个字,一切非难就立不住脚。他做事不怕下面反对,对下面,他有招儿,就怕上面否定,那样一切付之东流。现在,他得到了肯定,下一步便可放手干了,但他留意到高伯年态度仍有保留,高伯年要求剪彩之后单独与中央书记处书记和副总理谈一谈。谈什么,阎鸿唤无法知道,但他认为,高伯年肯定会涉及二公司“问题”。

因此,阎鸿唤特意打了个电话,嘱咐曹永祥,务必让杨建华参加今天的大会,准备把杨建华特别介绍给中央领导。

然而,杨建华却不在立功受奖之列。

中央领导接见完立功人员代表之后,在主席台就座。大会准备在九点钟准时开始。

高伯年依旧穿着他那身只有在重要场合才穿的西服,以表示他对今天大会的重视。他紧挨在两位中央领导的旁边坐下来,不时用手帕轻轻擦擦额头的虚汗。最近他心情不大好,身体也就显得欠佳,但这么重要的场合,他还是一定要来的。

今天的大会由阎鸿唤讲话,这是市委常委会决定的。虽说高伯年当时同意了,心里却很别扭。一般,这样重要的讲话,是应该由市委书记讲的。但常委们却建议由阎鸿唤代表市委、市政府讲话。阎鸿唤不加推辞地接受了。高伯年本来对这次讲话有些犹豫,他不想对工程做明确表态,他对其中的很多做法不满。可是当他看见阎鸿唤那副理所当然接受讲话任务的神态,又有几分不快。这无外乎拱手让给了阎鸿唤又一次沽名钓誉的出风头机会。自己的犹豫正是阎鸿唤求之不得的。特别是他听说中央领导同志要来参加典礼仪式时,更加感到阎鸿唤完全是有意抢夺了这次抬高自己的机会。所有参加会的人,都会认为这样隆重的大会,由阎鸿唤讲话,是特意安排的。但常委会既然已经决定,也就不好再做更改。他前天临时决定,他不主持今天的大会,改由市政府秘书长主持,以此来降低典礼的规格,以免引起那些关心人事变动的人士的胡乱猜测。同时,他又打电话指示市纪委调查团,立即向杨建华直接宣布停职的决定。现在该到了摊牌的时候了,只有撤了杨建华,二公司的问题才能彻底暴露出来。也只有查清二公司的问题,他与阎鸿唤之间的原则分歧,才能分清楚是非。撤了杨建华,阎鸿唤就坐不住了。阎鸿唤越反对,问题暴露也越清楚,这样才有助于解决市里的下届班子问题。

讲稿的内容也是经过市委常委讨论的,他只提出两条修改意见，一是不要把对环线工程的评价，说得太高，城市建设、市政交通只是其中的一部分，不要因为对这方面的工作抬得过高，影响到在其他战线工作的同志的情绪。如果把全市人民的注意力都集中到这一方面上来，就破坏了全市工作的全局。二是在谈到经验的时候，要首先突出社会主义制度的优越性，和政治思想工作的巨大作用，必须加上这样一句话，"在坚持改革的同时，注意反对有些人以改革为幌子，搞不正之风，违反国家财政纪律和损害人民利益的歪风，及时消除了它们带给施工队伍的影响，从而使环线的高速度完工有了可靠的保证。"

高伯年侧眼看看阎鸿唤，见他正掏出讲稿，准备讲话。

就在这大会即将开始的时候，大会总指挥手中的无线电对讲机，传来了紧急呼叫声。

"指挥部，我是北警戒线，我这里告急，群众都想接近大桥，请你再派两个班增援。"

警戒线之外的人群，禁不住后面不断蜂拥而至的人潮冲击，开始向警戒线压去。面对如此巨大的冲击，警戒线向后退出了三十米。

"一定要顶住，一定要顶住。你估计北线有多少人？"总指挥对着对话机讲。

"说不清呀，如果不增加人，我们很难顶住，我们绝对顶不住了……"

总指挥的衣服顿时被汗水浸透了，他在四条警戒线上部署了两个连的兵力，都没能守住。这位一直担负全市性大会组织工作的市政府秘书长，预感到自己将犯下严重失职的错误。西线告急，东线告急，北线眼看要突破，现在，他又从哪儿去调人……他负疚地把目光投向市长。

无线对讲机传出的声音，高伯年和阎鸿唤都听到了。

“鸿唤,这么重大的事情,昨天,你应该周密布置一下,怎么能出这种乱子?”高伯年立即表示出不满。这绝不是阎鸿唤粗心和缺乏经验,而是他的心思没用在这儿。

阎鸿唤确实没有估计到群众对通车典礼,怀有如此巨大的热情。

“您的意见?……”阎鸿唤问高伯年。

高伯年看了一眼身边的副总理,然后果断地对阎鸿唤说:“肯定有坏人捣乱,让保卫人员抓几个人,制止住。”

“抓人?这怕不妥。”阎鸿唤没想到高伯年竟提出这种意见。“不能抓人。这是群众的热情,环线是全市人民建的,他们是道路和大桥的主人。”

副总理表示赞同:“让主人们进来吧。今天不仅是环线通车的日子,也是‘五一’劳动节,我们应该和群众一起来分享获得劳动成果的喜悦。”

“那安全问题……”高伯年仍有些担心。

“伯年同志放心吧。”中央书记处书记笑了。

市政府秘书长下达了命令,除道路两侧和大桥各口的警戒人员外,其他警戒线全部撤除。

成千上万的群众沿着大道两侧的边道,拥到大桥下面,顷刻间,光明桥的桥身四周,汇成一片沸腾的海洋。

万家福和张义兰随着人流来到大桥下面。

“义兰,我家的屋子就在这。”万家福指指脚下的水泥地面。

“瞎说。”张义兰不信。

“你不信?我有参照物。你看,对面那座黄山大楼,我们屋正对着那扇窗户。”

“真的?”张义兰兴奋了,“快快找找我们家的地方,我们家正对着我哥要住的那套房子。”

万家福噘噘嘴,“将来能住黄山大楼倒不错,守着光明桥,环境多好。看来,怎么变也是你哥这样的人吃香。”

“你羡慕了?将来你也找个市领导当老丈人。”义兰撇撇嘴。

“我这个人才不图当女婿沾光。”万家福摇摇头,挺有气派地说,“你看着吧,将来我一定要成个大实业家,花几万块在这里买套漂亮房子住。”

“做梦!”

“做梦?你等着吧,也许三年,最多五年,它就不是梦!”

万家福充满着信心和自信。他想达到什么目的,就能达到,只要有钱。他现在当上了区政协委员,区个体劳动协会的副会长,已经具备了政治条件,下一步就该办工厂了。他凝视着坚实的桥墩,突然觉得自己的思维也形成了一个立体交叉。

大会开始了。

“同志们,今天是‘五一’国际劳动节。”阎鸿唤洪亮的声音回荡在大桥上空,“在这个日子里,全市人民瞩目的环线工程胜利通车了。我代表市委、市人大、市政府、市政协,向在环线工程中做出巨大贡献的工人,干部,工程技术人员,解放军指战员表示亲切的慰问和热烈的祝贺!向所有支持,帮助过这项工程的单位和居民表示衷心的感谢和崇高的敬意!……”

在群众暴风雨般的掌声中,坐在观光车中的曹永祥心神不安地向主席台立功受奖的代表队伍里张望。

为了减少会场主席台上的人员,压缩典礼的时间,各区局的主要领导都分别坐在十几辆观光车中,等典礼一结束就随同中央领导同志乘车观光环线一周,曹永祥坐的车紧靠主席台,看那儿很清楚,但寻找不到杨建华。

市委批准的环线立功受奖人员名单中,杨建华的名字被勾掉了。

“受奖名单先不要下发,全部封存起来。”曹永祥对局宣传部长说。

局宣传部长看着手中一叠市委文件,迟疑地:“那表彰会呢?”

“推迟!”曹永祥毫不犹豫地回答。

“这……为杨建华一个人?”

“不是为一个人,而是为了我们刚刚认识的真理。推迟五天,一定要推迟五天。”

在工作中,这是他第一次把时间向后推。五天时间,他要让杨建华的名字和他所领导的集体重新出现在这个名单上。否则,他就辞职。工程结束了,他无所顾忌,人脑子打出狗脑子,他也要把这个问题闹个一清二白。

昨天,他打电话通知杨建华:“市长特意打来电话,让你作为受奖人员代表上主席台。”

“不去,明天对我最大的奖赏是回家看儿子,睡觉!”

曹永祥不知道杨建华刚刚结束了一场与检查团团长的谈话。

“胡闹!明天就是用钢筋支着眼皮,你也得给我乖乖上主席台!”

但现在,他眼睛都看酸了,也没见到杨建华的影子,心里不由得发火。这个杨建华,什么都好,就是性子太犟,看哪天见到他,一定好好撸他一顿。

“……这项工程从市政府正式批准,到今天全线通车,只用了七个月时间,在旧城搞城市建设,这个速度是世界市政建设史上绝无仅有的。我们仅用了一个月时间就完成了勘探、设计、拆迁和施工准备工作。整个工程涉及二百多单位,二千五百多户居民,拆除民用住宅六万平方米,单位建筑四万五千平方米,这样大面积的拆迁工作,只用了十八天。……工程质量,经有关部门和专家检查验收,混凝土合格率,构件垂直度合格率,外形尺寸合格率,都在百分之九十六以上，达到世界一流水平。而工程的总投资在原材料涨价情况下，只相当于世界发达国家同类工程所需投资的百分之七十。用这样少的投资，这么快的速度，却完成了这样一个规模浩大，高质量的工程，这不能不说是一个奇迹！这个奇迹在我们全市人民共同努力下，创造出来了！……”

阎鸿唤的声音慷慨激昂，铿锵有力。

正如高伯年认为的那样，这个讲话是他有意抢到手的。他主要考虑讲话的效果。今天电视台要作实况转播，电台还要把这个讲话重播三遍。这次讲话，一定要起到振奋人心，激发出市民更大建设热情和信心的作用。环线建成通车后，紧接着就是环郊公路和高速公路工程，仍需要依靠全市人民同心协力，再接再厉，一鼓作气干出来。所以，这个讲话不仅要重申交通改造在城市建设和经济起飞中的重要作用，总结环线工程中的宝贵经验，而且要把它带给群众的胜利喜悦，化做一股凝聚着全市群众意志的巨大动力。因此，这个讲话，要具有引人入胜的魅力和催动人心的感召力，包括表达的语气，语言的组织都要讲究点艺术。然而，凭着阎鸿唤以往的感觉，高伯年的讲话往往不注意，乃至破坏了这艺术。平稳的，慢节奏的，缺乏一种抑扬顿挫、声调变化的那种官腔十足的语调能把一篇引发群众共鸣，焕发出山呼海啸热情的激昂文字，变成一种冗长乏味的，令人厌烦的时间消磨。因此，在高伯年略微犹豫，而一些常委提议由他讲话时，他未加推辞，欣然答应了。

在群众一片欢呼声中，阎鸿唤继续讲下去：

“……环线工程高水平建成，是市政工程战线的一项光辉成就，也向全市人民展示出，我市市政工程队伍是一支敢打硬仗、勇挑重担的好队伍。自环线工程开工以来，工地的各级干部和工人们每天吃住在现场，每天工作十几个小时，很多施工人员没有歇过星期天和节假日。……市政队伍这种敢于冒尖、敢于创新和永不满足的拼搏、进取精神,应该受到全社会的承认和尊重,它代表着我们这座城市的精神,一种真正的中华民族的精神……”

高伯年听到这儿有些坐不住了,一股难以克制的怒火使他不能继续听下去。阎鸿唤根本没有采纳他提出的修改意见,却反其道而行之,公然和他唱起了对台戏。阎鸿唤还懂不懂党的纪律,还有没有一点组织原则?!

“这个讲话不能代表市委,只能代表他自己。”高伯年对身边的中央书记处书记说。

“为什么？我看讲得很好嘛。”

“我下午再向中央汇报,现在我要退场。”

书记和副总理一起劝阻:“老高,要注意影响,有意见咱们今后慢慢交换,采取这种方式不好。”

高伯年只好又气呼呼地坐下,但他脑子嗡嗡的,什么也听不进去。

老队长装着一肚子闷气,憋在工棚里,靠着墙闭着眼像在打盹。其实,他的耳朵却在专心致志地听着外边扩音器里传出来的市长讲话。市长的话让他听着句句舒服,带劲儿。

在工棚外警卫的战士,钻进工棚,推推老队长。

“老师傅,可以出来了。”

“可以出来了,这叫啥话?!”老队长睁开一双冒火的眼睛,怒视着面前的士兵,“可以出来了”这口气就像是恩施犯人放风。他可没蹲监狱。娘的,外边都人山人海的时候才放老子出去。老子还哪儿都不去了。他狠狠地瞪了一眼,把睡在一边的工人向里推了推,索性挤着躺在床上。

武警战士知道自己碰上了个倔老头,知趣地退出工棚。

“……道路改造工程全部结束后,将形成合理的道路网络骨架,不仅解决了市内历史形成的南北不通、东西不畅的状况,而且把市区同郊县以及郊县之间连接起来。这样就为实现我市改造老区,建设新区,工业重点东移的总体布局打下了可靠基础。这样,市区就能大发展,郊县就能搞活,城乡就会协调发展,共同致富……我们不仅改变了城市的生活环境,而且直接创造了良好的投资环境,有利于吸引大量的外商投资。我市将真正发挥出中心城市的作用,向开放型、外向型、轻加工型经济发展……只要全市人民同心同德,实干苦干,用不了多长时间,一座繁荣、美丽、整洁、发达的现代化城市,就会出现在我们面前!美好的图画,向往的神话就会变成现实……"

老队长对市长讲的不能全听明白,但他听着觉得周身沸腾着一股热血。这时,工棚外突然爆发出噼里啪啦、震耳欲聋的鞭炮声。该是剪彩了吧?他越听心里越痒痒,便猛地坐起身。赌气,向他娘的谁赌气?大桥是他工程队建的,凭啥不大摇大摆地出去看看!如果他不赌气从大桥上下来,那龟孙子又能把他咋样?结果,偏拗这股劲儿,吃亏的还不是自己。奶奶的,这次不能犯傻了。

老队长让老伴搀扶着走出工棚,只见无数只鸽子和气球,伴随着鼓乐和鞭炮声一起飞向天空。快三十年没见到这样的场面了。十年大庆,作为市劳模,他上过一次观礼台,但记忆中的场面,远不如这一次热闹。

"快,快把屋里那帮小子们叫起来,睡个啥劲儿!这场面全是为咱表演的,你倒是快点去呀!"老队长惟恐他的工人们看不到,狠个劲儿地催老伴。有生以来,他几乎是第一次理直气壮,大声大气,豪迈地命令自己的"太上皇"。

老伴儿顺从地跑进屋,一个挨一个地使劲推搡,头上汗都出来了,但没人醒过来。

环线施工以来,谁也没睡过这么香甜的觉。今天早晨,他们不愿意离开工地,为的就是想看看通车典礼。他们在屋里等着等着,就睡着了。一睡着,就睡得沉沉的,大桥上发生的一切,他们都没有听到、见到。他们沉浸在自己的梦乡里,比起世界上一切美好的向往,他们更迷恋自己现在的梦。

第二十二章

一

夜晚,城市到处张灯结彩,高大建筑物和一些公共场所都装饰上一串串彩灯。远远地望去,宛如一串串悬在空中或天上垂挂下来的硕大宝石、珍珠项链。

今年的“五一”劳动节,节日的气氛显得分外浓,各类演出,各种舞会,各大游艺场所,吸引着成千上万的爱好者。环线通车带给城市的喜悦,使市民喜气洋洋。

厦门路222号门楼上方,也悬挂起两只大红灯笼。逢年过节,警卫班的战士都把它挂起来。今年“五一”节,值班门卫,没像往年那样在红灯笼上贴上“五一”两个黄纸剪字,而是遵从市委书记夫人的旨意,贴上了两个大大的囍字。而且战士们还换上了崭新的军装。——一会儿将有大批客人光临这座花园别墅,市委书记家要为女儿举办盛大的婚礼。

沈萍今天格外忙碌。直到半个月前,她才决定,女儿的婚事就在本市办,婚礼就在自己家里举行。

在这之前,她曾设计过两个方案,全被高婕、张义民和老头子否决了。

她曾想让高婕旅游结婚,然后到青岛举行婚礼,这是一种受年轻人欢迎的结婚方式。偏偏高婕不同意,她哪儿也不想去。张义民又不好请假，他挑的担子不是想搁几天就能自己决定的。沈萍只好放弃这一想法。

她又设计了第二种方案。在市委第一招待所为女儿举行婚礼。那里面的大餐厅正好可以举行仪式，并且能摆二十几桌酒席，这样可以把女儿的婚礼搞得气派一些。伯年是市委书记，市里各方面的领导和平日里给自家提供方便、帮过忙的老朋友，足有二百多人。这样办，钱是要多花些，但这也是一项感情投资。老高平日死死板板的，难免得罪一些同志，趁婚礼也好为他笼络笼络感情。谁又知将来能用上谁呢？更何况，老高离休为时不会太远。在位时高朋满座，离位后未必不庭院冷落。何不借机热闹热闹，让女儿的心里得到点安慰，也给女婿增添些荣耀。今后孩子们的成长进步，还得靠这些人配合帮助呢。她算了算，其实也花费不了太多的钱，市委招待所是专门招待市里客人的，用不着租场费和服务费，宴席也只收成本费。而且还有国家补贴，外边饭店三百元一桌的宴席，这里也就收五十元。当然要想按这个价格办，需要老头子出面。但她刚一提出这个方案，高伯年就坚决反对。

依高伯年的意见，就在家里摆上两桌，请请老战友，再加上张义民一家人，有那么个意思就行了。

沈萍不依，她坚持要办出一个大场面。她结婚时，发了几块糖，把被子一挪窝，太窝囊了。什么影响不影响的，时代不同了。她决定就在家办，并且不跟高伯年商量，发出了一百多张请柬。

她把市委招待所的厨师和服务员请来帮忙；采买工作交给了商业局副局长；借餐桌、碗筷、酒具的活派给了市委办公厅的一位处长；婚礼布置她调来了警卫班的几个战士，指挥当然由她亲自担任。

高伯年参加完通车典礼后，就一直呆在楼上，楼下沈萍的忙碌和女儿的婚礼，他丝毫没有心思过问。

他原打算，通车典礼之后与中央领导认真地谈一谈。中午北京却来了紧急电话，说有重要会议，要求两位领导同志立即回去，与他的谈话，只好推迟。

“伯年同志，这两年你们市各方面工作成绩都很大，基本路子是正确的，你要多支持鸿唤的工作。”

“有不同意见是正常的，但重要的是要看哪个意见更有利于推动改革。”

两位中央领导与他分别时讲的这两句话，他越琢磨，越觉得对他带有批评的意味。这种明显的偏袒，让他很不舒服。这口闷气堵在心里，搅得他心烦意乱。

沈萍却一趟又一趟上楼找他的麻烦。

“你可真坐得住，人家警卫班的同志在下面帮忙，你当书记的该下去慰问慰问，说几句感谢的话。”

“平时不该代表我办的事，你乱代表，现在你能代表我说几句，你又不代表了。”

沈萍没工夫和他争辩，下楼去了。十多分钟后又走上楼来：“厨师来了，人家是冲你才登门帮忙的，你去看一眼。”

“不去！谁请来的佛谁拜！”

沈萍狠狠瞪了他一眼，气哼哼地走了。

最后一次，沈萍破门而入，终于把高伯年惹火了。

“谁让你搞这套？你瞧瞧厦门路222号哪家像你这样？”

“我怎么了？徐克给儿子结婚，不也是热热闹闹的！”

“你和徐援朝比？徐援朝判刑了，你也想让你的孩子判刑？”

一句话把沈萍也惹火了。

“你还好意思提援朝判刑的事？现在社会上一些人专门找干部子女的毛病，有屁大的事就给嚷嚷得满城风雨，好像我们的子女全是依仗权势，胡作非为的人。干部子女犯了点错，就恨不得加重惩罚,枪毙了才好。徐援朝他们无非是想多弄点钱,现在社会上谁不想着钱?到处捞钱的有的是,你们怎么不管?那些个体户,两三年就成了十万富翁、百万富翁,那门道能正吗?对那些流里流气的小流氓你们束手无策,还一个劲儿地支持,对这些革命后代倒认起真来。"

"谁犯了法都要治罪的。"高伯年愤愤地回击沈萍。

"我真看不透!你要抓,你的监狱装得下吗?而且你敢抓吗?援朝的案子,阎鸿唤一拍板,你连句话都不敢说了。阎鸿唤没扛过枪,一个普通干部提上来的,没有是非原则,没有无产阶级感情;你呢?你可跟徐克是老战友,你的感情也没有了?我看一会儿见到老徐你怎么交代?"

沈萍又像往日发脾气时高喉咙大嗓门地嚷起来,高伯年只好把自己想嚷的话憋回去。他克制住自己,妇人之见,不必计较。

"记住,徐克来时,千万不要提起徐力里和徐援朝。"他对妻子说。

当他知道沈萍去信邀请徐克参加高婕婚礼的事,大发雷霆。徐克现在是什么心情?请他来参加喜事,等于一个强刺激。高伯年对徐克的感情很深。每当阎鸿唤的一些做法引起他反感的时候,他脑里总浮现出当年他与徐克配合工作时的情景。那种融洽与默契,一方面来自徐克同志的领导水平,另一方面就是自己懂得市长在市里是一个什么位置,自觉地尊重与服从市委书记的领导。而这一点,阎鸿唤恰恰不懂。他没想到的是,昨天徐克特意打来长途电话,告诉高伯年,他今天一定要赶来参加高婕的婚礼。老战友的情谊让高伯年极为感动。今天,对这场婚礼,他惟一感兴趣的就是能见到徐克,他有许多话憋着要跟徐克谈。

"你少假惺惺的,说不定徐克就是来找你算账的。"沈萍白了丈夫一眼,转身下楼去了。

张义民帮助几位服务员把餐桌台布铺好,看看表,觉得快到客人们来的时候了。他走进自己的新房,新房布置得十分雅致。高婕一个人穿着拖鞋,坐在沙发上漫不经心地翻着画报。

“都什么时候了,快换上衣服,脸上也该化化妆了。”张义民见高婕懒洋洋的样子,心中有几分不快。

高婕放下手中的画报。婚礼对于她只不过是一种欺人耳目的形式,一个新闻发布会,把她早已尝受和体验过的内容合法化。除此之外,还有什么意义?一个没有任何新鲜感的结合,一个女人不能享受到花烛之夜的喜悦和羞怯,也是一种人生的遗憾,这种感觉人生只能有一次,而她享受这感觉的机会早在一年前被一时的冲动、狂热和饥渴无情地取代了。她现在惟一的感觉,就是一会儿要下楼参加一个会,或者是去演一场热闹的哑剧。

张义民把高婕的婚礼服扔给高婕,自己则换上沈萍特意到出国服装店为他定做的深色西装,打好领带,又在胸前别上一朵红绢花。

“动作迅速点,我先到门口迎候客人。”张义民朝高婕又催促了一句,匆匆走了。

他的语气、神色和紧张的动作,也同样像一个赶场的演员。高婕在心里苦笑了一下。

张义民走下楼,发现沈萍请来的婚礼主持人、市委三处的刘处长,老远就向他伸出热情的手。

“今天新郎官太精神了。”处长亲热地握着张义民的手,“为老弟,我可是忙前忙后,腿都快跑断了。”

“太谢谢您了,环线工程我离不开,让你老兄受累了。”张义民知道这几天婚礼的筹备刘处长帮了不少忙,可他同这位四十多岁的处长接触不多,平素也没交谈过。

“咱们之间没的说,应该的。”刘处长拿出一个大纸盒,“为恭贺你的新婚之喜,我和你嫂子送一份小礼物,留个纪念吧。"

张义民打开纸盒,里面是一对精致的景泰蓝花瓶。

"这让你太破费了。"

"哪儿话,轻、重是我的一点心意,比不上外贸公司侯经理的钢琴。"

张义民不得不佩服丈母娘的高明。今天的宴席总共花了不过三千元,可目前却已收到了上万元的礼品,他不禁又想起罗晓维经常熏染他的话"权势运用得当,钱就会比一切渠道来得更便当"。想到囹圄之中的罗晓维,不知怎地,他心中忽地掠过一丝怜悯。

刘处长又神秘地把张义民向旁边拉了拉:"听说阎市长准备提你当建委副主任了?"

"我没听说呀,"张义民吃惊地睁大眼睛,"你可不要胡猜。"

处长诡谲地笑了笑:"我的消息绝对可靠,老弟当上了市委书记的女婿,难道还真的不知道?"

张义民突然觉得心里热得有些发烫,突如其来的消息,让他激动而又不敢置信:"我真的不知道。"

"刚三十出头就当上了部委级干部,这在全市也是首屈一指的,到了我这个年龄,你还说不定到中央去了。"

"你太过奖了,我这么年轻,挑不起重担。"张义民谨慎地说。

"你的能力没问题。加上一边有市委书记亲自培养,一边市长信任、重用,以后得多关照关照喽!你上任后,我就有事要麻烦你,我的房子你得给我调调。"

"如果真有这回事,那自然没二话。"

张义民用力握握刘处长的手,这个消息对于他,比婚礼更重要。

他精神焕发地走到门口,估计客人们陆续就要到了。

一辆银灰色的轿车和一辆乳白色的轿车相继开进院子,停下,里面分别走下张义民的父亲和张义兰、万家福。

张老头瘸着一条腿,拄着拐棍儿,在义兰和家福左右搀扶下走上台阶。

张义民微微皱了一下眉,对义兰说:“你们怎么也来了? 不是说好了,只让爸爸来,汽车可不是去接你们的。”

“你结婚,我当然得来。”张义兰大大咧咧地回答,她今天打扮得过分娇艳,这更引起哥哥的反感。

万家福走上前:“我们是来给新郎助威来的。我早就跟义兰说,这是张家娶媳妇儿,喜事应该咱们办。在凤华饭店气气派派地办他十几桌,钱你没有我有,可你偏不听我的。我跟义兰觉着,不能让高家笑咱张家无人,就租了辆豪华‘皇冠’来了,跟他们比比点儿。”

“胡闹!”张义民阴沉着脸说,“这个地方是你们能随随便便来的地方吗? 今天来的全是上层人士,你们算什么? 尤其你名不正言不顺的,还是个个体户,让我怎么向别人介绍?”

万家福没料到自己满腔热情赶来贺喜,却遭到张义民的这番奚落,不由得蹿出一股怒火。

“张义民,甭说我和义兰还有这层关系,就凭我是你的老同学、老邻居,你也该请我参加你的婚礼! 别以为你有什么了不起,我万家福在社会上也是有地位的。”他掏出名片甩给张义民。

张义民看看名片,轻蔑地递还给他:“你呀,不过是政治上的一个小点缀,谁又真瞧得起你?”

万家福的脸气得发青:“这难道就是你眼中的我吗? 好,我走! 从今天起,咱们的交情算是断了,你看不起我,我眼里也没有你,咱们骑驴看唱本,走着瞧,今后还不定谁高谁低呢!”

万家福扭头便走,张义兰紧紧跟着。

张义民也觉得自己的话太过分了,这次结婚,家福送了他一千块钱,他忙追过去。

“家福,别生气,怨我没把意思讲清楚,我是怕……怕人小瞧咱。”

万家福鄙视着张义民:“你要真怕人家小瞧你,就长本事,把老婆娶自己家去。我看是你小瞧了自己,满脑子虚荣。要是我,与其住进洋房,连腰都不敢直的话,不如住在普通房里挺着腰板活着痛快。”

“就是。”张义兰为家福帮腔,“这地方有什么了不起的,凤华饭店我们都平蹚,谁又稀罕这破地方?要不是想见识见识那位臭小姐,你八抬大轿请我,我还不来呢。”张义兰自从跟上万家福,早已不在乎这个哥哥了。

万家福不能原谅张义民,他砰的一声关上车门,乘车扬长而去。

张义兰紧紧挨着万家福,捧住万家福的脸亲了一口:“好样的,家福,我爱你这股子劲儿。”

万家福并没有因为这个吻感到痛快。今天两次受阻,弄得他十分沮丧。在这个社会里,并不是有了钱就什么地方都可以行得通的。在政治领域里,没有他的地盘。他有钱,可以尽情地享受,去吃,去玩,去乐,因为那些地方要赚他的钱。仅此而已。他在社会上站立着行走着,人们却依然看不起他。

张义民走到父亲身边。父亲不知所措地看着他,那张脸显得粗糙而衰老。这张脸是无法与高伯年那容光焕发、富态的长者容貌相比的。

看着父亲苍老、委琐的面容,万家福的话仍在强烈地刺激着张义民的耳膜。他心里不禁涌起一阵悲哀。他觉得高婕、沈萍和大厅里的人们都会轻蔑他有这样一个父亲。尼克松可以炫耀他买牛排的困苦,田中角荣能够以家贫为荣,因为他们当上了总统、首相。

而他，虽然爱自己的父亲，但此刻，却又只能为父亲感到羞愧。

早晚有一天，在他成就辉煌的时候，他也会当着任何人，毫不惭愧地介绍他的贫民父亲。

拐杖在张老头的手中轻微地颤抖着。他一生都在指望儿子，但他又不知道究竟能指望到儿子什么。

“记住，进去以后少说话。也不用跟人低三下四的。”儿子又在教训他。

大门口值班室派人送来两封信。一封是给高婕的，另一封是给沈萍的。

沈萍看出信封上的字是儿子高地写的。她才想起今天高地没有在家。她打开信，读了几行，脸色刷地一下变了。

“伯年……伯年……”她上气不接下气跑上楼去。

“老徐来了？”高伯年慌忙站起身。

“不，不……高地走了，高地走了。”她仓惶地、带着哭腔嚷着。高伯年接过沈萍手中的那封信。

爸爸，妈妈：

请原谅我的不辞而别。我已去美国自费留学，也许不再回来了。美国并不是我向往的地方，但那里却能给我所需要的东西。签证是四月二十五日下来的，但这几天爸爸一直忙于市里的工作，看着您那沉思不语和忧心忡忡的样子，我不忍再去打扰和分散您的精力。我知道您把您的事业看得高于一切，为此，我深深地崇拜您。妈妈正全身心地忙碌着妹妹的婚事，我不愿破坏妈妈这种充满着喜悦的紧张心情，也不愿由于我的走而影响了妹妹的婚期，因为我希望我在走的时候能赶上妹妹结婚的日子。由于这种心情，我不便向你们当面告别。

昨天，我在咱们的院子里徘徊了很久，深深地把养育了我的这个地方镶嵌在自己的脑子里，默默地向自己的家告别，一次又一次为您们祝福。

您们把我哺育大,我内向的性格却不能真正让父母了解我。也许在爸爸妈妈的眼里我是极其渺小的,小到不值得得到你们的关心和理解。但我的内核是广大而丰富的,甚至野心勃勃。我有爸爸一样对事业的追求和献身的意志,也有着妹妹那样对爱的追求和炽热的情感。现在,这两个追求,由美国向我传来了呼唤,我决定迎着这呼唤离家而去。

爸爸是个老布尔什维克,一定会把我骂为祖国的叛逆,妈妈也许会视我为忘恩负义的不肖子孙。

请爸爸妈妈原谅我,我只想按照自己的意志去生活。

如果不能宽恕我,就请忘掉我吧,尽管我在你们心目中本来就不重要。但我永远忘记不了这个家,忘记不掉我的祖国。

(这封信我将请同学送给值班室)

高地　五月一日晨

高伯年感到浑身发颤。

“快,快叫汽车,我们立即去机场。”

“晚了,飞机早就起飞了。”高婕出现在门口,她穿着洁白的婚礼纱裙,泪水盈眶,手中拿着二哥给她的信。

楼上发生的事情,张义民全然不知。一个个客人接踵而来,客厅里已经坐满了人,他谦恭地同来宾握手致谢时,接下一件件礼品,但他心里却极度不安,他在焦急地等待着一个人的出现。

刘处长透露给他的信息,引起了他心中一阵骚乱。这次职务提升,证实自己已经得到了阎鸿唤的赏识,自己的一切努力没有落空。是啊,如果一切都正常运转,的确一切都没有落空,前途会是一片光明。偏偏自己陷落在不正常的事态发展环境里,那么到手的东西,随时都可能得而复失。市委书记和市长之间的冲突日趋明显。在市政二公司问题上的意见分歧,已经公开化。工作上的意见分歧必然导致感情的破裂。这种矛盾直接影响到他。市长是昨天,才知道他与高家的关系,而提名他当建委副主任的建议肯定在这之前。今天的婚礼说不定会毁掉这次重要的提升。

他这些日子,光顾权衡高婕与罗晓维之间的利害关系,而忽略了保持另一种关系的平衡,这种平衡对于他至关重要。

沈萍给的客人名单中有阎鸿唤,并且告诉他,阎鸿唤答应参加他们的婚礼。但直到现在,这位住得最近的邻居却还没有到。

他走出来,决定亲自到市长家去请阎鸿唤。

张义民一边走一边考虑到市长家如何表白自己的心迹,才能让阎鸿唤相信,一,他不过是做高伯年秘书时被那个漂亮的高婕爱上了。而他本人虽然爱高婕,却一直由于反感高伯年的保守与迂腐,思想感情不融洽,迟迟下不了与高婕结婚的决心,最近高婕拼命追求他,他才答应了。二,他是坚决跟着市长干的,尽管他做了高伯年的女婿,但这丝毫不影响他的思想。他佩服市长的开拓精神,愿跟着阎鸿唤这样有气魄有现代意识的领导人干工作。当然,这番话说得要巧妙,不能弄巧成拙。阎鸿唤不是高伯年,自己的表白要严丝合缝,不能有一点点做作。

他绕过一片密密的柏树丛,市长家的那幢小楼出现在面前。楼里没有灯光,他摁了足足有五分钟的门铃,没有人给他开门,难道市长家真的没有人?庆祝“五一”联欢会,昨天晚上已经开过了,今天市里并没安排什么大型活动,市长一家人会到哪儿去呢?

二

光明立交桥纵横交错,连贯东西南北。它的南端紧紧毗连着巍峨高耸的全市第一座三十二层的高层住宅楼黄山大厦。白天,二者交映成辉，相互衬托，展示出一幅现代的都市景观。晚上，当黄山大楼所有窗口的灯和光明桥上的灯都亮起来的时候，远远看去，又给人一种奇特、浪漫的感觉，宛如一位美丽深情的女子，舒展长袖，静静地依偎在高大雄健的恋人膝前，默默地倾诉着绵绵情话。

柳若晨一个人呆呆地站在黄山大楼封闭式的阳台上，痴痴凝视着徐力里亲手设计的这座大桥，就像注视着妻子的身姿。光明桥施工期间，他每天晚上回到家，都要站在这里看上很久。现在大桥竣工了，仿佛徐力里又回到身边，与他夜夜厮守在一起，这给了他莫大的安慰，也勾起他对妻子深深的、悠远的思念。

"柳同志，饭做好了。"秦阿姨轻声招呼他。

秦阿姨过去尽心尽力照顾着两个好似毫不相干的主人，她结过婚，在七八家帮过佣，但从没见过柳家这样的夫妻。她用她的勤勉和谨慎同两个主人的关系都处得很好。女主人去世了，她感到心里也突然空了一半，这个原来就很安静的家变得愈加静得可怕。

"柳同志，徐同志故去了，我……我是不是也该另找一处去帮忙？"她在开过追悼会后，怯怯地问男主人。

"你觉得这样好，你可以走。"柳若晨的声音沙哑而凄凉。

秦阿姨犹豫了。柳副市长是个心眼好的老实人，他根本不会照料自己，工作这么忙，身边没个人怎么行？

"如果您同意，我也想留下。"

"你愿意的话，我倒希望你留下。"柳若晨用求助的目光看着她。徐力里死了，她再一走，他不知自己今后该怎么生活。

秦阿姨留下了，把对两个主人的殷勤，灌注到对柳若晨一个人的周到照顾上。她发现柳若晨对死去妻子的感情突然变了，变得那么纯情而真切。她在徐力里的照片镜框上镶贴上黑边。柳若晨发现了，立刻把黑边去掉。

“柳同志，死者的照片都要加黑边的，不然……不好。”秦阿姨惊惶地想劝阻副市长。

“不要加上那黑圈，不要让我老想到她死了。”柳若晨目光悲切，情深意浓。

他每天站在阳台上看够了，总要先默默地走进徐力里的房间，在她的床上静静地躺一会儿，才回到自己的房间里去睡觉。那种痴情的举动，连最动情最悲伤的故事也远比不过他这种怀念更让人感动和心碎。

秦阿姨把饭菜摆好。今天她做的菜全是柳副市长和徐力里各自爱吃的菜。她在桌上摆了两只高脚酒杯。她想柳副市长今天一定想同徐力里一起吃饭。虽说她在徐力里生前从没见过他们同桌进餐。柳若晨独自站在阳台上，她知道他又在想念徐力里。她不忍破坏副市长的这份思念之情，悄悄地在他身后等了一会儿，又担心饭菜凉了，只好招呼他。

柳若晨回过头，眨眨眼，以便使自己从刚才的思绪中清醒过来。

“今天我喝杯酒。”柳若晨对秦阿姨说。

“酒我已经准备好了。”

“给徐力里摆一个酒杯。”

“我摆了两个。”

柳若晨感激地点点头。

“把饭菜挪到这里吧，这儿离光明桥更近些。”

秦阿姨把饭桌挪到了阳台上，柳若晨则将封闭阳台的玻璃窗推开。傍晚清凉的微风，弥漫着仲春的芳香气息轻轻地走了进来。

阎鸿唤和任素娟坐在汽车里，把从没有带出去过的保姆也叫上了，为的是让家里彻底无人。

下午阎鸿唤与市政府的几位副市长、秘书长分头到炼钢厂、纺织厂、铁路和一些大商场去慰问在节日里仍在生产、服务第一线加班的职工。回到家已是时近五点钟。

“沈萍又来电话催了,让你来后,咱们立刻过去。”任素娟已经换好了衣服等他。

“不去了,我是来接你的,咱们一起到柳若晨那儿去过节。”

“老高那里怎么解释?”

“我们明天再去嘛,今天若晨冷冷清清一个人,老高这里人多,不缺咱们两个人。”

“那总得打个电话……”任素娟觉得有点不妥。

“到若晨家再打吧。”

她跟随丈夫匆匆地上了汽车。

阎鸿唤昨天晚上接到沈萍的电话,邀请他今天参加高婕的婚礼。市委书记家办喜事,市长自然是第一个请到的客人。阎鸿唤欣然接受了沈萍的邀请。

但今天他又改变了主意。

中午,他与高伯年分手时,发现高伯年阴沉着脸,立刻猜想出高伯年的心情一定与他的讲话有关。他预料到高伯年会对自己没有按他的意见修改讲稿不满。他违背了高伯年的意见,是因为他考虑到在这些认识上,他们难以短时间取得一致。环线工程是伟大的,对城市的长远发展,其意义是不容低估的。他必须对历史负责,对工程的建设者们负责。他了解高伯年的脾气,如果今天他去参加高婕的喜宴,两个人难免要有一场争论,这会影响婚礼的喜庆气氛。后来,他了解到高家不止向他一个人发出了邀请,而是几乎向所有的市部委级以上的干部发出了邀请。一个女儿的婚礼,参加的范围够得上一次常委扩大会。他对高伯年有些不满了,目前市里这么多事情需要研究解决,市委书记却饶有兴致地花费这么大的精力、财力,兴师动众地为女儿办婚事。

然而最终使他决定不去参加高婕的婚礼的直接因素,是由于柳若晨。

就在下午几位市长准备分头慰问的时候,柳若晨将一个厚厚的信封交给他。

阎鸿唤打开信。一行清秀的钢笔字映入眼帘:辞职报告。他没继续往下看,急忙翻到最后一页,下端签的是“柳若晨”三个字。

“为什么?”阎鸿唤对柳若晨的举动感到吃惊和不解。

“我的报告里写清楚了。”柳若晨扶扶眼镜。

“如果我不同意呢?”

“这样做没有任何道理。一个人当选由不得自己,难道不想再干了,想辞职也由不得自己,非得别人同意吗?”

“这不奇怪。即使在西方,一个政府高级官员要辞职,也要经过总统接受才行。”

“可我们是中国,我不想跟任何国家比。我的报告一式两份,另两份已寄送市委组织部和市人代会,我希望组织允许我有我个人的意愿,尊重我的意见,尊重我的尊严和名誉。”

我们是中国?阎鸿唤一直回味着柳若晨的这句话。在中国应该怎样?或许中国的一个市长太少遇到这样的情况,因而也太缺乏处理这类情况的经验。在当今中国,干部问题上最棘手的是一些应该离开职位的却无法让他离开,到了离职年龄的,也要付出一定的代价将他“买”开。中国是个“官”的观念浓重的国度,官和民都被心头这个沉重的观念压得喘不过气来。职务连接着权力,权力连接着地位,地位连接着许许多多的东西。很多人为了取得和保持住这个地位,不惜一切手段,甚至丧失了人格上的尊严。柳若晨却主动要求辞去职务,放弃这个“官”位。

在下去慰问的路上,阎鸿唤坐在小车里看了一遍柳若晨的报告,他似乎对柳若晨的真诚有了一些理解。

怎么办?不接受柳若晨的辞职,也许表明了对一个人工作成绩的肯定。在自己的副手里,柳若晨是最弱的,以致自己不得不常常偏重或取代他的工作。但柳若晨是尽心尽力的。在城市规划方面,有他的贡献;环线工程有他的心血,拆迁工作他挂的帅,工程设计他是主管。今天的成就有柳副市长一份功劳。如果他不辞职,完全可以在这个位置上继续干下去,即使能力难以支撑,也会自然安排到职位相等的其他岗位。但柳若晨希望的是彻底辞去一切职务,离开这个令他感到困难的"官"位,回到他的研究室,干他热衷而又得心应手的专业。

接受柳若晨的辞职,也许表明了对他的尊重。一个人应该有选择自己位置的权力。柳若晨是理智的,他最了解自己的长处与短处。但柳若晨的辞职会得到人们的理解吗?又有多少人相信,柳若晨是完全出自对自己的尊重,才去辞职的呢?人都想具有尊严,但人是否又都能理解什么叫尊严?

阎鸿唤决定不参加高婕的婚礼,他要和柳若晨推心置腹地谈一谈。

柳若晨为两个酒杯斟满了酒,轻轻地端起酒杯。他不会喝酒,但这已是第二次与徐力里喝酒了。那一次是徐力里为他斟了一杯酒,今天,他要敬自己的妻子一杯。

今天是妻子设计的光明立交桥落成的日子,他为她骄傲。

在上午的通车典礼仪式上,他望着桥两侧和桥下欢呼、雀跃、兴高采烈的人群,恍惚中,他觉得徐力里就在那人群中,向着他在笑,向着大桥在笑。她在人群中时隐时现把欢乐播散在人们的心头。他知道这是一种幻觉。思念让他把世界上所有的喜色都看作妻子的笑脸。但他沉湎在幻觉中,他多么希望这是真的。他的心在呼唤,呼唤着天边,呼唤着云端,呼唤着春风,呼唤着妻子的名字,让她能随着轻风,驾着白云,从天上飘落。

他端起酒杯,与徐力里的酒杯轻轻地碰了一下,一饮而尽。白葡萄酒喝到嘴里甜滋滋的,落到肚里暖烘烘的。他把空杯放到徐力里的位置上,然后又拿起她的酒杯。力里,我替你喝了这一杯。

一个人活一辈子能够给世界留下点什么不容易,可你留下了,留下了这座百年不朽的桥。你的生命比起我,比起许多的人都要长。

柳若晨在心里与妻子交谈。

我也快要轻松了,归回自己的原位。我的这个念头早就有了,还征求过你的意见,那是我第一次想跟你谈点什么的时候。

我羡慕你,你一直在自己热衷的位置上,而我却阴差阳错错了位。现在,我要和你一样,做个普普通通的技术人员,我的位置不应该在政府的大楼,而在我的研究室里。

你会赞成我的选择的,对吗?

这几年,我不知道自己是怎么生活过来的。说不清自己都做了些什么。只能说,很多事情我都在努力地做,又没有一件事情是我力所能及的,没人帮助,我一件事也干不成……

柳若晨向徐力里述说着,他相信世界上只有徐力里能够理解他,理解他这种得以解脱的轻松。

有一次阎鸿唤在市长办公会上讲起干部问题。

“我们有八种不同属性的干部。有属千里马的,干起工作有冲劲,一往无前;有属牛的,任劳任怨,踏踏实实,肯卖力,有韧劲,但难免有个犟脾气;有属虎的,干事情有胆量,有信心,思想不受约束,干起工作能摆出一副拼命的架势,就是往往容易冲动,伤害同志的感情;有属猪的,不干工作,得过且过,思想懒惰,不求进取,热衷于吃吃喝喝;有属狗的,专擅讨好领导,爱好打小报告,动不动就咬人整人;有属鸡的,只会唱高调,干实事又没多大本事;有属绵羊的,胆小怕事,没有一点斗争精神,见矛盾就害怕,遇到风险,躲到一边儿去了。还有一种属蛇的,油滑得很,满肚子坏水,到处出溜,让人捉摸不着。我们用人,多启用马、牛、虎,不用那些狗、羊、蛇、猪、鸡。”

柳若晨听着,暗自给自己对了对号。他究竟属什么?八种人里没有他。

一次单独的机会,他问阎鸿唤:“你看我属哪一类?”

“界乎牛、羊之间。”阎鸿唤像早就替他分析过似的,顺口答道。

“不对,我属龙。”

“属龙?……”阎鸿唤显然为他的狂妄和自不量力的回答感到吃惊。

力里,你相信我会这样说的吗?这种回答或许有些英雄气概,但你也许会和阎鸿唤一样嘲笑我,没有自知之明。其实,对于副市长的“官”位,我确实属龙。龙,徒有虚名,而无其实。

我何尝不想回到实实在在的专业上,干一番我实实在在能干的事业。但我却一直在犹豫。环线工程要上马了,我担心那时辞职,会让人以为我是有意逃避,戴了四年乌纱帽,刚给副担子挑,就溜了。拆迁工作完成后,我卸了总指挥的职,又想提。但想到你,我决定继续再干下去,由我主管设计工作,对你会有帮助。设计完成后,本该辞职了,可我的犹豫又加重了。我担心流言蜚语的包围。当一个正当、合理的意愿违反了人们常规心理时,人们就会用种种猜测去解释它,不惜亵渎人的名誉。你要知道,你和鸿唤那段往事,不再是无人知晓的秘密,你要知道我的弟弟犯了罪。我现在辞职,人会怎么想?会说我的辞职是由于阎鸿唤的排挤造成的,把它说成两个情敌合不来。会说我可能与若明的案子有牵连,或者有其他不便公开的错误,辞职不过是为了自己的体面……我有些怕,我了解生活在我周围,生活在这个社会上的人们。

但这样继续下去,我又不堪忍受。一个老同学见了我,“若晨,你现在仕途不错么。当了官,别光顾自己往上爬,把我们这些老九给忘了,现在连见上一面都不容易。”

虽然是玩笑话,但我常常听到,一次次地触伤着我,我为什么要走这条不适合我,而我又不热衷的仕途呢?四年中,老同学们,包括我原来的助手,各自在专业上有了一个又一个的成果,我呢?两手空空,无颜以对。

昨天,我站在阳台上,望着光明桥,想了很久。是你,让我彻悟,人该怎样生活,才能使自己的生命充实。一个人如果不能按照自己的意愿去生活,那么人还有什么尊严?君子坦荡荡,又何惧流言蜚语。

力里,辞职报告,今天,终于交了。我就要开始了和你一样的生活。不,应该说和你在一起,开始同样的生活。

我会让你看到,柳若晨在自己应站的岗位上,他也是一个伟丈夫。

阎鸿唤让司机把汽车在离光明桥附近的地方停下来,附近有一条小街,那里有一个农贸市场。

“我们下去买些菜,我们今天不能空着手去。”阎鸿唤对妻子说。

“你坐在车里吧,我自己去。”任素娟觉得这是自己的事情,丈夫是从来不过问的。

“我和你一起去,我也想遛一遛。”阎鸿唤跟随妻子下了车。

农贸市场上许多货架已经空了,天色已晚,许多小贩已经收摊,只有一些剩货不多的卖主还在耐心地等待买主来临。

“这鸡蛋多少钱一斤?”任素娟问一个卖鸡蛋的农民。

“便宜了,一块七,您瞧瞧这个个儿。”卖主对买主炫耀着,边说边拿起秤,好像买卖已经成交。

阎鸿唤拿起个鸡蛋,举起来,然后仰起脸,眯起一只眼,想看看鸡蛋是否透亮。他记得过去挑鸡蛋时都要这样照一照。

“别出洋相了,你看看还有没有太阳?”任素娟看见丈夫的傻样子,心里发笑。

他这才意识到太阳早已落下了,现在已到了傍晚,他自嘲地笑了。

“这么晚了,还不收摊? 你是哪个郊区的?”

“西郊的,就剩这么点鸡蛋了,卖完了再回去,我要早早收了摊,您哪儿吃鸡蛋去。包了吧,也就四五斤。”

“再便宜点。”阎鸿唤说。

“老哥,今儿一白天,我都按一块八卖的,要不是想早点回家,我才不卖一块七呢。”卖主煞有介事地以攻为守。

“一块六,怎么样? 按这个价,我全包。”阎鸿唤饶有兴致地讨着价。

卖蛋的人做出一副发狠的样子:“好吧,就这么办,赔就赔了,图个干净利索。”

卖蛋人见他们没有家什,便去找了一只空纸盒儿,热情地为他们装好。

“给我点钱,我先去那边转转,一会儿就来。”阎鸿唤对妻子说。

他很有兴趣地在农贸市场转来转去,突然觉得这里是那么新鲜,过去自己熟悉的那种生活似乎又回到了他身边。他到这里视察过市场情况和物价,但每次都是前呼后拥,交谈的双方是拘谨的。自从当了市长,他就再没有亲自买过东西。这种采买的烦恼与乐趣,在他的生活中消失了,在商品社会里,一个人没机会与商品直接打交道,不能不说也是个小小的遗憾。

他们拿着买好的鸡蛋、鱼和一些蔬菜回到汽车旁。

"那就是光明立交桥吧?"任素娟问丈夫。

"对。"

"我想到上面看一看。"

"好,我陪你参观参观。"阎鸿唤让司机和保姆先到柳若晨家里去,他则与妻子一起漫步走上大桥。

紧紧靠着丈夫的肩头,任素娟感到由衷的满足。这样与丈夫在街上并肩漫步,对她简直是一种奢侈的享受。她爱他,为丈夫工作中的第一个进展而欢欣,为他每一个成功而自豪。最近几年,她的生活中仿佛失去一些东西,一些对于她十分宝贵的东西。当她每天晚上孤独地等待丈夫回家的时候,这种感觉就愈加强烈。晚上夫妻间的倾心交谈,深情的温存;节假日一起做顿可口饭菜,欢聚一桌,或到哪儿去逛逛,这些,在别人家里最平常的事对于她,却都已是遥远的过去。

现在,这几年的缺憾,似乎一下子就得到了补偿。她多么希望丈夫能永远这样,她需要的是丈夫而不是市长。

"你怎么不说话?"她见丈夫沉思不语。

"我在欣赏这座桥。"

"你看了无数次了,还没有看够?"

"对这座桥,永远也看不够。它不仅仅是座桥,这座桥上发生了多少让人难以忘怀的事,体现了我们多少民族的精神。桥建成了,人们仍需要一次次地去认识它,才能感受到它强大的承受力和凝聚力。"

任素娟没有再说什么。作为妻子,她了解丈夫对光明桥的那种特殊情感。

阎鸿唤此时,思绪万千。上午,他站在这儿讲话,注意力全在自己的讲话效果和群众情绪上。现在,他的思想纵横交错,他想到了徐力里,她给她的城市留下了一个长久的纪念物,也给他留下了一个无法追悔的遗憾和永久的思念;他想到了那年轻的二公司经理杨建华和那位抱病坚持在工地的老队长;甚至想到了那个跪倒在众人面前请求宽恕的陈宝柱……一个个建设者的身影从他眼前掠过。这里,曾经是沸腾的,充满着豪迈气概和忘我献身精神的工地,此刻,却显得那样宁静和开阔……

他的思绪又飞到了下一个更艰巨的工程,环郊路的建设上。今天通车典礼上群众表现出的兴奋高昂的情绪,使他看到了人们渴望城市变化的心情。道路改造工程是民心所向。这更坚定了他的决心。不能停留,一鼓作气,靠群众这股子士气,再奏一曲雄浑的都市交响乐。

阎鸿唤陪着妻子默默地在桥上散步,从东走到西,从南转到北。

"你觉得这桥怎么样?"走下桥来,阎鸿唤问妻子。

任素娟脸烧红了,她发现自己竟什么也没看到。她看不到桥上一辆辆汽车驶过,听不到傍晚四周传来的人语喧哗,她沉浸在自己的王国里,只感到四周一片寂静,鸟语花香。和丈夫在一起散步的幸福使她忘记了周围的一切。

"鸿唤,我真想让时间永远停留在今天。"

阎鸿唤望着妻子的脸,她的脸由于兴奋而红润,一种满足愉快的光芒在她的双眸中闪烁。很久很久没有这样端详自己的妻子了。她老了,发际已出现了银色。他禁不住伸手为她绾了一下发丝。他给予妻子的太少了。他只顾把自己奉献给了这座城市,却没注意妻子为他所做出的奉献。

"别说傻话了。今天,谁也留不住。"他轻轻挽住妻子的胳膊,"我们还是多想想明天吧。"

今天,古人为什么把"今"和"金"读成同音,也许就是因为今天最宝贵。

今天,是历史与未来的交叉点。面对今天,人必须要对历史负责,也必须对未来负责。阎鸿唤觉得自己每天都站在这个交叉点上,他要对明天无愧,让今天充实,又要走向明天。

不是结局的尾声

几天之后的一个上午,徐克要回北京了。高伯年、阎鸿唤、柳若晨三个人一直把他送到了光明立交桥上。他坚持要再看一看女儿设计的这座大桥,并且由这里启程。

徐援朝的判决书是前天下来的,他被判了有期徒刑十五年,柳若明判了七年,罗晓维判了三年。

徐克疼爱儿子,但他这次来,没有找任何人,也没要求司法部门在处理儿子问题时给予照顾。

但谁又能肯定,这个市委书记极为关注,涉及到许多领导人子弟的重大案子,法院在量刑时没有掺进诸多因素?

十五年,徐克算了算,那时援朝已经五十岁。他怕是等不到那一天了。再过两个月,他就要彻底离休。老人对自己离休后的晚年有过种种设想,或回来,和女儿住在一起,或把儿子调到北京自己身边。现在,这两个设想全落空了。他带着女儿给他的骄傲和儿子给他的耻辱,离开这里。在这里,他生活、工作了三十五个春秋,如果叶落归根的话,这里应该是他的“根”。

昨天,他到监狱里去探望儿子。他受到了特殊的照顾,让他们父子单独呆了两个小时。

他只问了儿子一句话:“为什么要犯罪?”

“为了多弄点钱。”

儿子简洁而坦白的回答,使徐克感到一种剧烈的震颤。这就是自己的后代。钱,如果为了钱,他这个巨富的儿子完全可以不去参加革命，坐等就能继承万贯家财。但他视金钱为粪土，为了追求真理，他加入到穷人的队伍，被敌人关进了监狱。他革了一辈子命，为了自己的信仰奋斗到现在，万万没有想到，自己的儿子，竟是为了钱，而沦为一名罪犯，关进了自己的监狱。

“若晨，”徐克握住柳若晨的手，“以后替我多去看看援朝……”

柳若晨点点头。

徐克的车离开了光明桥。

送走了徐克，三个人对视了一下，似乎各自都有无限的感慨。高伯年默默地向自己的汽车走去。

“老高，今天我们谈谈好吗？”阎鸿唤赶上前去。这些天，他一直想找高伯年推心置腹地谈谈。

“好吧。到我家谈吧。”高伯年想到徐克的劝说，允诺了。既然阎鸿唤主动要谈，那么就谈吧。但他对此次谈话不抱太大的希望，因为他不准备在原则问题上让步，而阎鸿唤也不会轻易认识错误。

柳若晨什么也没说，坐进自己的汽车，走了。明天市委党委才讨论他的辞职报告，人大常委会则得等市委常委会讨论之后。他现在不想再与任何人谈话，该谈的都谈了，今天有一件重要事情等着他。

阎鸿唤坐进了高伯年的汽车。汽车刚刚启动，阎鸿唤突然发现了一张非常熟悉的脸，这正是他想在通车典礼上想见而没见到的杨建华。他立刻叫司机停住车，推开车门走出去。

杨建华背着小蒙蒙，肖玲搀扶着杨元珍正东瞧西望，指指画画地一路走过来。

“杨建华同志。”阎鸿唤在车前迎住他们，伸出手。

“市长！”杨建华在这儿与市长不期而遇，十分兴奋，他一只手托住背后的儿子，另一只手紧紧握住市长的手。

“杨建华”三个字引起车内高伯年的注意。他从没见过杨建华,但他猜测这个人就是被撤职的市政二公司经理。看到阎鸿唤热情的样子和杨建华的激动神情,他立刻感觉到,今天与阎鸿唤的谈话是徒劳的。他想让司机把车开走,但一瞬间,他又觉得这个人很面熟。杨建华并不是他想象中的尖滑相,相反,这个小伙子长得很英俊,纯朴,眉眼和脸庞好像一个人,像谁?像大儿子高原,从体形到面貌都十分相像,一种奇特的联想又让他注意到了站在杨建华身后的老太太。倏地,他的心仿佛被电击了一下,禁不住地颤抖了——那张脸更为熟悉。记忆中,前妻的形象又在他脑中复苏了。难道真是他们母子?他不敢相信。

几十年寻子的惆怅,几十年怀旧的伤感,顷刻都聚集在一起,涌上他的心头。

他走下汽车,缓缓朝他们走去。

他发现对方也在愣愣地看着他。

“我是高伯年。”高伯年介绍着自己,注意观察着对方的面部表情。

老太太木然地把目光移向她的儿子。

“知道您,市委书记。”杨建华十分平淡地回答。

高伯年继续盯住杨元珍:“您贵姓?”

“我姓刘。”

“老家是平山县的?”高伯年听她的话音正是自己家乡的口音。

“保定城里的,没到过乡下。”

不对,全不对。

高伯年失望地坐回车内。世界上相像的人很多,是自己思念儿子心太重了,他们母子怎么会来到这里?然而他们母子过于平淡的神情又不能不叫他生疑。

阎鸿唤也回到车里:“老高,怎么回事?”

“认错人了。”高伯年叹了一口气。

汽车开走了。

杨元珍昏倒在肖玲的怀里，她为了克制住自己，用尽了平生的气力。

“妈、妈！”建华叫着母亲。

杨元珍睁开眼，握住儿子的手。

“建华，他还是想找咱们的……”杨元珍望着儿子，“可妈还是按你的话做了，你不后悔吧？”

“不，不后悔。”建华扶住母亲，“过去咱们靠自己，今后还靠自己。”

“你呢？”杨元珍望着肖玲。

“妈，您真好。”肖玲把杨元珍的手紧贴在面颊上。

就在这个上午，一辆红色的出租车从飞机场一直开到光明桥下。

一个服饰考究，身材修长的女人走下车来。

五年前，柳若菲离开这里，远渡重洋，去异邦安身。为什么，连她自己都说不清楚。她只觉得一夜之间，一个封闭的世界突然打开了。海外关系不再是耻辱，它变成了可以肆意向人们炫耀的资本，移居海外成为多少人渴望的目标。她对这突变感到惶惑，又感到陶醉。她心里产生一种强烈的欲念，她希望看到那些给了她歧视和羞耻的人都嫉妒得眼睛发红。然而，丈夫并不希图她为他打开的世界。为了满足自己这种不可抑制的对人世的报复心理，为了走出那间狭小的天地，她离开了自己的家，自己的丈夫和儿子。

海外生活没有让她失望。在那儿，她有了草坪、别墅、汽车，还有了白人黑人朋友，但当这一切新奇之感过去之后，她忽然觉得自己一无所有。她愈来愈感到一种无法摆脱的孤独和单调。年老的伯父伯母，或长或短与她同居的男人，都填充不了她内心那个越来越大的空洞。她无法将自己融化在那个陌生的国度,融进那些陌生的人群。那里,人们都生活在自己的土地上。而她,却像飘离在半空之中……她开始思念自己远在祖国的亲人,甚至思念起内蒙草原弱畜点土坯房里的炉火,以及普店街那低矮潮湿的小屋……

这种思念化成一种无法控制的力量,将她从海外牵回了这块生她养她的土地。

她给哥哥打了电报,要他去接她。但她没见到哥哥,便叫了一辆出租车。

“去哪儿?”司机问她。

“普店街。”她脱口而出,惊奇地发现自己最急切见到的竟是那间小屋。

她来寻找那条窄小的胡同和那个拥挤却是温暖的家。

然而,她站在这儿,却惊呆了。

普店街消失了。她的眼前奇迹般地出现了一条宽阔的马路,一座雄伟壮观的立体交叉桥和大桥两旁高耸的建筑群,以及桥上衣着新潮、鲜艳的熙熙攘攘的人群。

迎接她的,又是一个陌生的世界。